名人與媒體推薦

在伊恩．藍欽的引導，不只是重返變身博士藏匿的愛丁堡陰森巷弄，也進入網路和高分貝音響所交織的英國青少年次文化。《瀑布》是傑出的犯罪小說，沒有「犯罪小說」這一詞的老朽氣味。一本貼近當下世界聲光的犯罪小說。

——王浩威，台灣心理治療學會理事長

自從看過《黑與藍》，我就不時到書店晃蕩，希望能搜尋到有關雷博思探長的下一身影。他上回把我牽引到蘇格蘭蕭瑟淒冷的北海邊，丟下一瓶單一純麥威士忌、一張ＣＤ、就讓我一個人在漫天大霧裡自尋生路。我終於熬過來了，對他只有敬意和感激。現在，我又迫不及待的衝向《瀑布》。雖然高度不及一人，但是雷霆萬鈞。

——孫大偉，資深廣告人

伊恩．藍欽的作品就像單一麥芽威士忌，後味優雅，餘韻長存。

——陳銘清，台灣推理作家協會會長

筆法細膩，篇幅龐大，卻始終能抓住讀者，毫無冗長之感，對白精采而生動，主角雷博思探長的特殊性格和行事方法更是躍然紙上。

——景翔，資深翻譯及文字工作者

看雷博思探長帶著「學徒」跟「女友」，一方面要躲過分局裡人事更迭官官相欺，一方面要抽身破解隱身在周遭的極惡罪犯。伊恩．藍欽形塑的不僅是罪犯與黑暗氛圍，更創造出一位鐵漢柔情探長。

——薛良凱，誠品網路書店營運長

雷博思探長這次糾纏在兩條分屬極度古典和現代的犯罪線索中……；故事不斷穿越進出歷史、虛擬、現實三度時空……。但懸疑之外，伊恩．藍欽筆下獨有的蘇格蘭氣味依舊迷人，一種由高地冷空氣、嘈雜小酒館、鮮活小人物揉合出的生活氣味……。

——蘭萱，中廣流行網「蘭萱時間」主持人

蘇格蘭黑色之王。

——詹姆士．艾洛伊，電影《鐵面特警隊》原著作者

在當今一票最佳犯罪小說家當中依然一枝獨秀。

——麥可．康納利，犯罪小說《詩人》作者

一級的犯罪小說，加上強烈的現實主義。

——週日電訊報

藍欽筆下的驚悚小說簡潔、老練，步調拿捏得恰到好處。

——蘇格蘭人報

對於對白的敏感度如彈簧刀一般尖銳，坦白說，這是犯罪小說的最高境界。

——每日快報

如文學的除漆劑一般，藍欽用他簡潔的文體刮去矯揉造作，顯現出底下腐敗的現實。

——獨立報

在英國警察程序小說的寫作領域中，藍欽獨領風騷……是我們最優秀的犯罪小說作家。

——獨立報週日版

可信度高的人物，具說服力的對話，以生動而詳盡的氛圍為背景，邪惡、強而有力的情節，藍欽的這些能力令人讚嘆不已。

——Time Out 雜誌

伊恩·藍欽目前是英國犯罪小說界影響力最大的作家，他作品的銷量佔了英國市場的十分之一強，而他的名氣與銷售量確實有文學才華作為支撐。

——Time Out 雜誌

他的小說充滿能量……基本上，他是史蒂文生（《金銀島》等名著作者）文學傳統裡，那具有浪漫主義的說書人。……他的文筆生動簡潔，一如史蒂文生，但是他文字的彈性與韻律卻開啟了詩意表現的可能性，這是藍欽獨樹一幟的地方。

——蘇格蘭週日報

瀑布

The Falls

Ian Rankin

伊恩・藍欽

陳靜妍　譯

國家圖書館出版品預行編目資料

瀑布 / 伊恩・藍欽（Ian Rankin）作；陳靜妍
譯. -- 初版. -- 臺北市：臉譜出版：家庭
傳媒城邦分公司發行, 2008.11
面； 公分. --（M小說系列；4）
譯自：The falls
ISBN 978-986-6739-83-5（平裝）

873.57　　97016209

M小說04

瀑布
The Falls

作　　者　伊恩・藍欽 Ian Rankin
譯　　者　陳靜妍
主　　編　冬陽
封面設計　聶永真
發 行 人　涂玉雲
出　　版　臉譜出版

城邦讀書花園
www.cite.com.tw

發　　行　英屬蓋曼群島商家庭傳媒股份有限公司城邦分公司
台北市民生東路二段141號2樓
讀者服務專線：02-25007718；25007719
服務時間：週一至週五9：30～12：00；13：30～17：00
24小時傳真服務：02-25001990；25001991
讀者服務信箱E-mail：service@readingclub.com.tw
劃撥帳號：19863813 書虫股份有限公司
城邦讀書花園網址：http://www.cite.com.tw
臉譜推理星空網站：http://www.faces.com.tw
M小說部落格網址：http://facesmystery.pixnet.net/blog

香港發行　城邦(香港)出版集團
香港灣仔駱克道193號東超商業中心1樓
電話：852-25086231/傳真：852-25789337

馬新發行　城邦(馬新)出版集團
Cité(M) Sdn. Bhd.(458372 U)
11,Jalan 30D/146,Desa Tasik, Sungai Besi,
57000 Kuala Lumpur,Malaysia
電話：603-90563833/傳真：603-90562833

初版一刷　2008年11月11日

定價380元（本書如有缺頁、破損、倒裝，請寄回本社更換）

感謝愛丁堡的陳威廷先生提供相關資料。

人物表

洛錫安與邊境警方

約翰・雷博思	聖藍納分局探長
比爾・普萊德	聖藍納分局探長
華森	剛退休的聖藍納分局長，綽號農夫
婕兒・譚普勒	新上任的聖藍納分局長
喬治・「嗨呵」・史威勒	聖藍納分局警官
席芳・克拉克	聖藍納分局警佐
葛蘭特・胡德	聖藍納分局警佐
菲莉妲・豪斯	蓋菲爾廣場分局警佐
派特・康納利	蓋菲爾廣場分局警員，綽號派弟
湯米・丹尼爾	蓋菲爾廣場分局警員，綽號遙遙
愛倫・懷利	托比申分局警官
巴比・荷根	里斯分局警官
柯林・卡斯威爾	洛錫安與邊境警署副署長
艾瑞克・班恩	總部刑事局警官，綽號大腦
克里夫豪斯	總部犯罪小組探長
歐密斯頓	總部犯罪小組警官

瀑布

失蹤女大學生相關親友

斐麗芭・包佛　失蹤的女大學生，外號斐麗
約翰・包佛　斐麗芭的父親
賈桂琳・包佛　斐麗芭的母親
藍納・馬爾　約翰・包佛工作上的合夥人
大衛・卡斯特羅　斐麗芭的男友
湯瑪斯・卡斯特羅　大衛的父親
泰瑞莎・卡斯特羅　大衛的母親
亞伯特・溫菲爾德　斐麗芭的朋友，外號阿畢
克蕾兒・班利　斐麗芭的朋友

其他主要登場人物

唐納・德文林　退休法醫教授，斐麗芭的鄰居
山地・蓋茲　法醫
科特　法醫
琴恩・柏其　蘇格蘭博物館資深策展人
貝芙莉・杜德斯　在瀑布村發現棺材的女性，人稱貝芙
史帝夫・何利　記者
康納・李爾　羅馬天主教會神父，雷博思的老友
哈麗葉・布羅　律師，婕兒的朋友

獻給雅倫和尤恩
是他們起的頭

不是我的口音——自從開始住在英格蘭之後，我甚至沒有從鞋子上擦掉——而是自己的性情，個性中典型蘇格蘭人的無趣、挑釁、惡毒、病態，以及，雖然盡力卻仍然持續的自然神論[1]信仰。我曾經是、始終都會是，不自然歷史博物館中的差勁逃犯……

菲利普．柯爾〈不自然歷史博物館〉[2]

---

1 相信創造宇宙萬物的上帝存在，但信仰的真理只能由理性探究得來，而非藉由啟示。此為對照「唯信主義」——存在於基督教、伊斯蘭教與佛教之中，認為信仰的真理來自於經文的啟發及信徒的見證。

2 菲利普•柯爾，蘇格蘭作家，〈不自然歷史博物館〉為一九九〇年發表於《愛丁堡評論》之文章，是關於愛丁堡的黑色幽默故事。

第一章

「你認為我殺了她，對不對？」

他坐在沙發的前緣，頭低垂胸前。頭髮細長柔軟、瀏海很長，兩隻膝蓋像活塞一樣上上下下，骯髒的球鞋鞋跟從來沒有碰到地板。

「你吃了什麼藥嗎，大衛？」雷博思問。

年輕人抬頭，眼裡滿是血絲，加上黑眼圈。臉孔削瘦、有稜有角，沒刮的下巴布滿鬍渣。他的名字是大衛·卡斯特羅，不是大為或大偉，他很清楚地表示，是大衛。名字、標籤、分類，都非常重要。媒體對他有不同的描述：他是「那男友」、「悲傷的男友」、「失蹤學生的男友」。他是「大衛·卡斯特羅，二十二歲」，或是「同學大衛·卡斯特羅，二十出頭」。他「和包佛小姐同住」，或是「經常拜訪」「謎樣失蹤者的公寓」。

公寓也不只是公寓，而是「位於愛丁堡時髦新城的公寓」，「為包佛小姐的雙親所擁有，價值二十五萬鎊的公寓」。約翰和賈桂琳·包佛是「麻木的家屬」、「震驚的銀行家與其妻子」。他們的女兒是「斐麗芭，二十歲，愛丁堡大學藝術史學生」，她「很漂亮」、「活潑」、「無憂無慮」、「充滿生氣」。

現在，她失蹤了。

約翰·雷博思探長改變姿勢，從大理石壁爐前稍微走到旁邊。大衛·卡斯特羅的視線隨著他移動。

「醫生給了我一些藥。」他說，終於回答了問題。

「你服用了嗎？」雷博思問。

年輕人緩緩地搖頭，眼睛還看著雷博思。

「不怪你。」雷博思說，雙手滑進口袋。「那些藥讓你昏睡幾個小時，但不能改變什麼。」

這是斐麗芭——朋友和家人叫她斐麗——失蹤的第二天。兩天的時間並不算長，但她的失蹤並不尋常。那天晚上七點鐘，朋友打電話確認一小時後在南區的一家酒吧碰面，那種小小、時髦、在大學附近流行開來的地方，這種酒吧是經濟繁榮下的產物，專為滿足人們對於昏暗燈光、高價加味伏特加的需要。雷博思知道這個地方，他往來工作的路上曾經經過幾次。隔壁就是一家傳統酒館，伏特加混合酒只要一鎊五十便士，不過沒有時髦的椅子；員工知道如何避免衝突發生，對於雞尾酒酒單則不是很清楚。

她在七點還是七點十五分左右離開公寓，蒂娜、崔斯、卡蜜兒和阿畢已經喝第二輪了。雷博思看了檔案，確認這些名字：崔斯是崔斯坦的簡稱，阿畢是亞伯特；崔斯和蒂娜在一起，阿畢和卡蜜兒是一對，斐麗本來應該和大衛在一起，但她在電話裡解釋大衛不會加入他們。

「又吵架了。」她說，聽起來並不是很在意。

她離開前設定了公寓的警報系統，這對雷博思而言又是另一件新鮮事——有警報系統的學生窩。她鎖了安全鎖，也鎖了彈簧鎖，公寓安全上鎖之後才離開。她下了一層樓到溫暖的夜空裡，這裡和王子街之間有一段很大的陡坡，再一個上坡帶她到舊城，南區。她不可能走路，但是室內電話和手機的通聯紀錄都沒有市內車行的電話號碼。所以，她如果搭了計程車，那是在街上叫的。

如果她有走到那一步的話。

「你知道，我沒有。」大衛．卡斯特羅說。

「沒有什麼，先生？」

「沒有殺她。」

「沒人說你有。」

「沒有嗎？」他再次抬頭，直視著雷博思的眼睛。

「沒有。」雷博思向他保證，這畢竟是他的工作。

「搜索票……」卡斯特羅提問。

「那是這類案件的標準程序。」雷博思解釋。遇到這類案件——可疑失蹤案——的時候，要清查所有可能的人物和地點，一切照程序來，所有的文書都要經過簽名批准。至於搜索男友的公寓，雷博思大可補充，**我們這樣做是因為，加害者十有八九都是被害者認識的人**。不是陌生人，不是躲在暗處的採花賊。殺死你的是你最親近的人：伴侶、情人或兒女，是你的叔伯、最親近的朋友、最信任的那個人。他們背叛你，或者你背叛他們；你知道些什麼，擁有些什麼；他們嫉妒你、鄙視你、需要錢。

如果斐麗死了，那麼她的屍體很快就會出現；如果她還活著，但不想被找到，那麼這份工作會更加困難。她的雙親已經上電視請她出面聯絡；警方在他們家裡監聽電話，以應付綁架的贖金要求。警方也在大衛．卡斯特羅位於加農街的公寓裡流連，希望能找到什麼東西；警方也來過這裡——斐麗．包佛的公寓。他們在「看顧」大衛．卡斯特羅，不讓媒體接近。至少年輕人是這樣被告知的，不過也有一部分是事實。

前一天，警方已經搜索過斐麗的公寓。卡斯特羅有鑰匙，包括警報系統的鑰匙。電話打到卡斯特羅公寓的時候是晚上十點，崔斯問他有沒有斐麗的消息，她早該在往夏啤歐酒吧的路上，卻沒有出現。

「她沒有跟你在一起吧，有嗎？」

「她最不可能找的人就是我了。」卡斯特羅如此抱怨著。

「聽說你們吵架了，這次又是什麼問題？」崔斯的聲音有些含糊，帶著一絲消遣的意味，卡斯特羅沒有回答。他掛掉電話撥斐麗的手機，轉到語音信箱後留言要她回電。警方聽了留言，專注在微妙之處，試著讀出一字一句中的虛假。午夜的時候，崔斯又打了一次電話給卡斯特羅，說他們一群人去了斐麗的公寓，但沒人在家。他們一直打電話，但斐麗的其他朋友似乎沒有人知道發生了什麼事。他們在公寓外等卡斯特羅來開鎖，屋內沒有斐麗的蹤影。

在他們的認知裡，斐麗已經是個失蹤人口——警方稱之為「失人」——不過，他們等到第二天早上才打電話到東洛錫安的家裡，告訴斐麗的母親。包佛太太第一時間就打電話報案，受到她認為是警方總機的短暫盤問之後，她打電話到先生在倫敦的辦公室。約翰．包佛是一家私人銀行的資深合夥人，如果洛錫安與邊境警方[1]不是他的客戶，一定有其他人是，因為，一小時之內就有警官接手了這個案子——大老闆下的命令，也就是來自費提斯大道的警方總部。

大衛．卡斯特羅為兩位刑事調查組警官開了鎖，他們並沒有在屋內找到騷亂的跡象，也沒有線索顯示斐麗芭的去向、命運或心境。那是個很小的公寓——刨漆木板的地板、新上漆的牆（裝潢師傅也受到訊問），客廳很大，兩扇窗戶從地板向上伸展；有兩間臥室，一間當書房用。訂做的廚房比貼木牆壁的浴室還小，臥室裡有很多卡斯特羅的東西，有人把他的衣服堆在一張椅子上，上面疊了一些CD和書，最上面用一個洗衣袋蓋著。

被問到的時候，卡斯特羅只能假設這是斐麗的傑作。他說：「我們吵了一架，這大概是她面對衝突的方式。」是的，他們以前也吵過架，不過她從來沒有把他的東西堆起來過，他也不記得了。

一位善解人意的客戶出借私人噴射機，讓約翰．包佛飛到蘇格蘭，他幾乎在警方抵達之前就到了新城的公寓。

「如何？」這是他的第一個問題。卡斯特羅自己給了答案：「對不起。」

這話聽在刑事組警官的耳裡頗有寓意，他們私下討論案情——和女友吵架結果失手，回過神發現她死了，你把屍體藏起來，但是被她的父親質問時，本性使然，脫口而出的是半自白。

對不起。

短短三個字，有這樣多的解讀方式：對不起我們吵架；對不起麻煩到你；對不起發生了這樣的事；對不起我沒有好好照顧她；對不起我做了……

如今，大衛．卡斯特羅的父母也來到了愛丁堡，在最好的飯店之一訂了兩個房間。他們住在都柏林的郊區，父親湯瑪斯被形容是「財務自主的富豪」，母親泰瑞莎是室內設計師。

兩個房間——這在聖藍納分局引起議論紛紛，他們為什麼需要兩個房間？話說回來，大衛是他們的獨子，他們又為什麼不厭其煩地住在有八間臥房的大宅裡？

甚至引起更多討論的是，新城的案子關聖藍納分局什麼事？最近的分局是蓋菲爾廣場分局，然而，他們卻又從里斯、聖藍納和托比申分局借調了額外的警力過去。

「有人運用關係」是大家的共識。「放下一切工作，有個有錢人家的小孩逃家了。」

私底下，雷博思並不同意。

「你要喝點什麼嗎？」此刻他說，「茶？咖啡？」

卡斯特羅搖搖頭。

「你不介意我……」

卡斯特羅看著他，似乎聽不大懂，然後才慢慢了解。「請便，」他說，「廚房在……」他開始比手勢。

「我知道廚房在哪裡，謝謝。」雷博思說。他關上身後的門，在走廊上站了一會兒，很高興出了令人窒息的客廳。他的太陽穴陣陣抽動，感覺眼睛後方的神經緊繃。書房裡傳來聲響，雷博思探頭進門內。

「我要燒開水。」

「好主意。」席芳．克拉克警佐的眼睛沒有離開電腦螢幕。

「如何？」

「我要茶，謝謝。」

「我是說——」

「還沒，寫給朋友的信、作業，大概有一千封電子郵件需要過濾。如果有她的密碼會有幫助。」

「卡斯特羅先生說，她從來沒有告訴過他。」

克拉克清清喉嚨。

「那是什麼意思？」雷博思問。

「意思是我喉嚨很癢。」克拉克說。「我的只要加牛奶，謝謝。」

雷博思留她在房間裡，自己進廚房，把水壺裝滿水，尋找馬克杯和茶包。

「我什麼時候可以回家？」

雷博思轉身，面對站在走廊的卡斯特羅。

「也許最好不要。」雷博思告訴他。「記者和攝影機……他們會盯著你，日夜打電話。」

「我會把電話拿起來。」

「那會像坐牢一樣。」雷博思看年輕人聳聳肩。他說了些話，雷博思沒有聽到。

「什麼？」

「我不能待在這裡。」卡斯特羅再重複一次。

「為什麼不能？」

「我也不知道……只是……」他又聳聳肩，手指穿過頭髮，抓回他的前額。「斐麗該在這裡的……這實在太沉重了。我一直想起最後一次一起在這裡的時候，我們在吵架。」

「吵些什麼？」

卡斯特羅空洞地笑了笑。「我甚至不記得了。」

「在她失蹤的那一天？」

「那天下午，是的，吵完我就衝出去了。」

「這樣說來，你們常常吵架嗎？」雷博思試著讓這個問題聽起來像是隨口問問。

卡斯特羅只是眼神空洞地站在那裡，緩緩搖頭。雷博思轉身，分開兩個大吉嶺茶包，放進馬克杯。卡斯特羅在解釋嗎？席芳·克拉克在書房門後偷聽嗎？他們在看顧卡斯特羅，是的，小組的一部分成員分成三個八小時的班，但他們也是為了另一個理由才帶他來這裡。表面上，他在場是為了說明斐麗芭·包佛通訊錄上的人名；但雷博思要他來，因為也許這裡就是犯罪現場。也許大衛·卡斯特羅有所隱瞞。聖藍納的賭盤是平手，在托比申可以賭到二賠一，蓋菲爾的賭盤則看好他的清白。

「你的父母說，你可以和他們一起住旅館。」雷博思說，轉身面向卡斯特羅，「他們訂了兩個房間，所以大概有多一間房。」

卡斯特羅沒有上鉤，他又看著探長幾秒鐘，轉身把頭伸進書房內。

「找到你要找的了嗎？」他問。

「可能需要一些時間，大衛，」席芳說，「最好讓我們繼續。」

「你不會在那裡找到答案的。」他指的是電腦螢幕。她沒有回答。他站直身子，頭歪歪地說，「你算是專家，是吧？」

「只是分內該做的事。」她的聲音很安靜，好像不想讓聲音傳出房間之外。

他好像正要補充什麼，又想了想，結果只是回到客廳裡。雷博思把克拉克的茶拿過去。

「你對我真好。」她說，檢視著漂浮在馬克杯裡的茶包。

「不確定你要多濃。」雷博思解釋。「你覺得怎麼樣？」

她考慮了一下。「看起來似乎夠真實。」

「也許是因為你對帥哥沒有招架之力。」

她嗤之以鼻，把茶包撈出來丟到垃圾桶裡。「也許，」她說，「你認為呢？」

「明天要開記者會。」雷博思提醒她。「你認為我們有辦法說服卡斯特羅先生出面公開呼籲嗎？」

□

兩位蓋菲爾廣場分局的警官負責值夜班。回到家，雷博思放水想好好泡個熱水澡。他在熱水管的水龍頭下擠了一些沙拉脫，想到這是小時候父母會為他做的——滿身泥巴的從足球場回家，迎接他的是泡沙拉脫的熱水澡。並不是因為這家人買不起沐浴乳，「那只是比較時髦的沙拉脫。」他母親這樣說。

斐麗芭．包佛的浴室有十幾種不同的「香浴精」、「沐浴乳」、「香浴乳」。雷博思點點自己的庫存：刮鬍刀、刮鬍泡、牙膏、一支牙刷加上一塊肥皂。鏡子背面的醫藥櫃裡有OK繃、止痛藥和一盒保險套。他看看盒子裡面，剩一個，去年夏天就過期了。他關上櫃子，見到自己的凝視——灰暗的面孔，絲絲灰髮，即使抬頭也有雙下巴。他試著微笑，看到牙齒已經錯過前兩次約診，他的牙醫威脅要把他除名。

「排隊吧，老兄。」雷博思喃喃地說，從鏡子前轉身離開脫衣服。

□

綽號「農夫」的華森分局長的退休派對在六點鐘開始，這其實已經是第三或第四個同質聚會，不過是最後一個，也是唯一的正式聚會。里斯大道的警察俱樂部裡滿是彩帶、氣球，大大的布條上寫著：**從被逮捕到非常實至名歸的休息**。有人在舞池裡倒了一落稻草，加上充氣豬羊完成農場的場景。雷博思到的時候，酒吧的生意正好，他進門時三名總部的大官正要離開。看看手錶，六點四十分，他們給了退休的分局長四十分鐘寶貴的時間。

稍早時，在聖藍納分局有一場褒揚典禮，雷博思錯過了，他那時正在執行看顧的工作。不過，他聽說了副署長柯林．卡斯威爾的致詞。有些警官從農夫駐過的轄區前來，有些現在自己也退休了，來說幾句話。他們留下來參加晚上的聚會，看來整個下午都在喝酒，領帶拉開、鬆垮垮地掛著，發亮的面孔閃爍著酒精的熱度。有個男子正在唱歌，歌聲對抗著天花板上喇叭傳出的音樂聲。

「可以請你喝點什麼嗎，約翰？」農夫說，離開他的座位加入坐在吧台的雷博思。

「也許來一小杯威士忌，長官。」

「有空的時候，這裡來半瓶麥芽威士忌！」農夫對忙著倒生啤酒的酒保大吼。眼神專注在雷博思的臉上時，農夫的眼睛瞇起來。「你看到總部來的那些兔崽子嗎？」

「進來的時候遇到。」

「全都喝他媽的柳橙汁，很快握握手就回家了。」農夫專注地想讓口齒清晰，結果太過。「以前從來不知道機車到底是什麼意思，不過那些就是──機車族的代表！」
雷博思微笑，告訴酒保拿雅柏威士忌。
「媽的記得倒雙份。」農夫命令。
「你自己喝得還高興吧，長官？」雷博思問。
農夫呼口氣。「幾個老朋友來送我。」他對著桌子的方向點點頭，雷博思也跟著看過去，映入眼簾的是一群醉鬼，身後是放著自助餐的餐桌，有三明治、臘腸卷、洋芋片和花生米。他看到幾個認識的面孔，洛錫安與邊境警區的人馬：馬卡里、奧德、夏格．大衛森和羅伊．費雪。比爾．普萊德在和巴比．荷根說話，葛蘭特．胡德站在幾名重案組的警官旁，分別是克里夫豪斯和歐密斯頓，葛蘭特試著讓自己看起來不像在拍他們的馬屁。喬治．「嗨呵」．史威勒發現，對於自己的搭訕詞，菲莉妲．豪斯警佐和愛倫．懷利警官一點也不買帳。總部來的珍．巴伯正在和席芳．克拉克交換八卦，因為克拉克曾經隸屬巴伯的性犯罪小組。
「如果這場聚會的風聲走漏出去，」雷博思說，「那壞蛋們可爽了。誰在局裡留守？」
農夫笑了。「沒錯，聖藍納只留下最精簡的人力留守。」
「出席滿踴躍的，不知道我的退休會會不會來這麼多人。」
「我打賭會更多，」農夫靠近說，「起碼老大們一定會來，就算只是來確定一下自己不是在作夢也好。」
換雷博思笑了，他舉起杯子向上司乾杯。他們喝下手中的酒，農夫咂咂嘴唇。
「你想還要多久？」他問
雷博思聳聳肩。「我還沒滿三十。」
「至少不會太久了吧，對不對？」
「我沒在算。」不過那是謊話──他常常在想。「三十」就是服務滿三十年，此時的退休金最高，有點像是警察的人生目標──五十幾歲退休，濱海小屋。

「我不常說這個故事。」農夫說，「我進警界的第一個禮拜，他們要我在櫃檯值班，大夜班。這個年輕男孩──還不能算是少年──他進來，直接走到櫃檯前。『我把妹妹弄壞了。』他說。」農夫的眼睛瞪著虛無。「我到現在還可以看見他，他的樣子、一字一句……『把妹妹弄壞了』。我完全不知道他是什麼意思。結果，原來是他把妹妹推下樓梯，摔死了。」他停下來，喝了一大口威士忌。「我進警界的第一個禮拜。知道我的學長怎麼說嗎？『接下來只會更好。』」他勉強擠出一個微笑。「我從來都不確定他說的對……」突然，他的手伸到半空中，微笑變成露齒而笑。「她來了！她來了！我以為自己被放鴿子。」

他的擁抱幾乎淹沒婕兒．譚普勒分局長，農夫在她的臉頰上一吻。「有沒有可能你是餘興節目？」他問，然後拍了自己的額頭，「性別歧視語言──你會舉發我嗎？」

「這次放過你，」婕兒說，「用一杯酒交換。」

「這一輪該我了，」雷博思說，「你喝什麼？」

「長伏特加。」

巴比．荷根正在大叫，找農夫過去解決一個爭議。

「使命的召喚。」農夫語帶抱歉地說，搖搖擺擺地走過去。

「又是他的派對絕招嗎？」婕兒猜。

雷博思聳聳肩。農夫的特長是背誦聖經裡所有的章節名。他的紀錄是一分鐘以內，今天晚上不會有人要求他破紀錄。

「長伏特加。」雷博思告訴酒保。他舉起威士忌酒杯，「再來幾杯這個。」他看到婕兒的表情。「一杯是給農夫的。」他解釋。

「當然。」她在微笑，但眼神沒有。

「你自己選好日子慶祝了嗎？」雷博思問。

「慶祝什麼？」

「我只是在想，蘇格蘭第一位女性分局長……一定值得狂歡一晚，可不是？」

「我聽到消息的時候開了一瓶小香檳。」她看著酒保把安古斯圖拉樹皮芸香調味滴到她的杯子裡。「包佛案進行得怎麼樣了？」

雷博思看著她。「你是以我新任分局長的身分在問嗎？」

「約翰……」

有趣的是，兩個字可以表達這麼多。雷博思不確定自己是否抓到所有的細微差別，不過也足夠了。

約翰，別逼我。

約翰，我知道我們之間有一段過去，但已經過去了。

婕兒・譚普勒非常努力工作才有今天的地位，但是，她也被放在顯微鏡下檢視——很多人希望她失敗，包括一些也許她當成朋友的人。

雷博思只是點點頭，付了酒錢，把一杯威士忌倒進另一杯裡。

「他已經解救自己了。」他說，朝農夫的方向點點頭。他已經背到新約全書了。

「他總是那個志願犧牲的烈士。」婕兒說。

農夫背完之後，一陣歡呼聲響起，有人說是新紀錄，但雷博思知道不是，只是另一個善意，相當於退休紀念的金錶或壁爐上的座鐘。麥芽威士忌喝起來有海藻和泥煤的味道，但雷博思知道，從現在開始，只要他喝雅柏威士忌，就會想起一個小男孩走進分局大門……

席芳・克拉克正從房間的另一頭走過來。

「恭喜。」她說。

兩個女人握手。

「謝謝你，席芳，」婕兒說，「也許有一天也會是你。」

「可不是？」席芳同意。「警棍就是要拿來打破這些無形限制的。」她緊握拳頭舉到頭上。

「要喝一杯嗎，席芳？」雷博思問。

兩位女性交換眼神。「他們也只有這點用處。」席芳說的時候眨眨眼，雷博思離開讓她們繼續笑。

□

卡拉ＯＫ九點開始。雷博思到洗手間去，感覺汗水冷卻了他的背部。他的領帶已經拿掉，放在口袋裡，外套掛在吧台附近的椅背上。派對裡的人來來去去，有些準備上夜班，或因為手機或傳呼機裡有訊息而離開。其他人抵達，有些回家換了便服才來。一位聖藍納分局通訊室的女警換上了短裙，雷博思第一次看到她的小腿。農夫在西洛錫安轄區的一群同事抵達，帶著農夫二十五年前的照片，裡面混著一些被竄改過的，農夫的頭套在健美男子裸照的身體上，有些姿勢已經超過損害名譽好幾級。

雷博思洗洗手，在臉上和脖子後面潑了一些水。洗手間裡只有烘手機，他只好拿手帕當毛巾用。這時候，巴比．荷根走進來。

「看起來，你也在克制歌喉。」荷根說，走向便斗。

「你聽過我唱歌嗎，巴比？」

「我們應該來首二重唱：『我的水桶裡有個洞』[3]。」

「我們會是唯二知道歌詞的蠢蛋。」

荷根吃吃地笑。「記得我們還是年輕小伙子的時代嗎？」

「上古時代了。」雷博思說，一半是對自己說的。荷根以為是自己沒聽清楚，但雷博思只是搖搖頭。

「下一個接受黃金大歡送的會是誰？」荷根問，已經準備好再出去。

「不是我。」雷博思聲明。

「不是嗎？」

雷博思又抹抹脖子。「我不能退休，巴比，退休會要了我的老命。」

荷根嗤之以鼻。「我也一樣，但是工作也在一點一滴扼殺我。」兩個男人若有所思地看著對方，然後荷根眨眨眼，拉開門。他們走回熱鬧和喧囂之中，荷根張開雙臂向一個老朋友打招呼，農夫的一個好朋友把杯子推向雷博思。

「雅柏，對不對？」

雷博思點點頭，吸吮一些灑在手背上的酒，想像一個有消息要報告的小男孩，舉杯一飲而下。

□

他從口袋裡拿出一串鑰匙，打開樓下的大門，鑰匙新得閃閃發亮，是當天才打的。走向樓梯的時候，他的肩膀摩擦著牆壁，上樓時緊緊抓著扶手，用第二支和第三支鑰匙打開斐麗芭．包佛的公寓。

裡面沒有人，警報系統也沒有設定。他打開燈，腳下的單張地毯似乎想把自己纏在他的腳踝上，他必須手抓著牆壁才能掙扎脫身。房間就像他離開的時候一樣，只是現在電腦不在桌上，因為被搬到分局去了。席芳相信包佛的網路服務公司有辦法幫她跳過密碼驗證。

臥室裡，有人把堆得好好的大衛．卡斯特羅的衣物搬離椅子，雷博思假設是卡斯特羅自己。他不會在沒有允許的情形下這麼做——除非老闆說可以，公寓裡的東西都不能被移離。鑑識小組得先檢查那些衣服，也許要從中採樣。已經傳出來自上面的壓力，這種案子，代價會像煙霧一樣攀高。

在廚房裡，雷博思幫自己倒了一大杯水，然後坐在客廳裡，大約就是大衛坐過的地方，一些水從下巴滴下來。牆上的畫作是裱框的抽象畫，好像在玩戲法，他移動眼睛就跟著他移動。他彎腰要把空杯子放在地上，結果整個人跟著跪了下來，唯一的解釋是哪個混蛋在酒裡耍了花樣。他轉身坐下，闔上眼睛片刻。關於「失人」，有時候你的擔憂是無謂的，他們不是出現，就是不想被找到。有這麼多……辦公室裡總是傳閱著照片和相關描述，上面的面孔焦距不清，好像處於變成鬼魂的過程中。他眨了眨睜開眼睛，抬頭看天花板上裝飾華麗的飛簷。新城的公寓很大，但是雷博思比較喜歡自己居住的地區，商店比較多，沒有這麼自命不凡。

威士忌一定是被下了藥，他可能不會再碰了，以免召喚出那些來自過去的鬼魂。他不知道那男孩後來怎麼了。是意外還是蓄意？如今，那男孩應該已經當父親，也許甚至當上了祖父。他還會夢到自己殺死的妹妹嗎？他還記得那個站在櫃檯後面，年輕、緊張的制服警察嗎？雷博思的手拂過只有經過打磨上蠟處理的地板。他們沒有把木板撬起來，還沒。他感覺兩塊木板間的縫隙，指甲伸下去，但找不到施力點。不知怎的，他把杯子弄倒了，杯子開始滾動，聲音充滿整個房間。雷博思看著杯子，直到它停在門口，被一雙腳擋住去路。

「這裡他媽的發生什麼事？」

雷博思站起來。眼前的男人大約四十來歲，穿著一件中長羊毛外套，手放在口袋裡。他跨腳站著，身軀填滿了門口。

「你是誰？」雷博思問。

男人從口袋裡伸出一隻手靠向耳朵，手裡拿著手機。「我要打電話報警。」他說。

「我就是警察。」雷博思伸手到口袋拿出證件。「雷博思探長。」

男人研究證件後還給他。「我是約翰．包佛。」他說，聲音緩和了一些。雷博思點點頭，已經猜出大約是如此。

「很抱歉，我……」雷博思沒有說完。他把證件收起來，左膝軟了一下。

「你喝過酒。」包佛說。

「抱歉，是的，退休歡送會。我並沒有在值班什麼的，如果你是這個意思的話。」

「那麼，我可以請問你在我女兒的公寓裡做什麼？」

「可以。」雷博思同意。他看看四周。「只是想……嗯，我想我……」但是他找不到字眼接下去。

「請你離開好嗎？」

雷博思微微點頭。「當然。」包佛移動，讓雷博思不需要碰到他就可以通過。雷博思在走廊停下來，半轉身準備再道歉一次，但是斐麗芭．包佛的父親已經走到客廳的窗戶旁，兩手抓著窗框，瞪著外面的夜色。

他安靜地走下樓，現在已經醒了一半，隨手關上大門，沒有回頭，也沒有向上看二樓的窗戶。街上沒有人，稍早的一場雨使得街上還閃閃發亮，映照著街燈。他的腳步聲是唯一的聲響。他爬上斜坡，皇后街、喬治街、王子街，然後是北橋。人們從酒館出來，回家，尋找計程車和走失的友人。雷博思在通恩教堂左轉下到加農街，路邊停著一輛警車，裡面有兩個人，一個醒著，一個睡著。他們是蓋菲爾分局的警員，不是抽到下籤，就是不討老闆喜愛，不然沒有其他理由解釋這個沒人會感謝的夜班。對於醒著的那個警員而言，雷博思只是另一個路人，他的眼前有份折疊起來的報紙，拿著的角度就著街燈。雷博思敲打警車的車頂時，報紙飛起來，掉在睡覺那人的頭上，他驚醒過來，抓住蓋著自己的報紙。

乘客座那一邊的車門打開，雷博思趴在門上。「男士們，這是你們一點鐘的鬧鈴服務。」

「我差點拉在褲子裡。」乘客說，試著收好自己的報紙。他的名字是派特．康納利，剛進刑事組的那幾年對抗著給他取「派弟[4]」這個外號的運動。他的同事是湯米．丹尼爾，看起來好像一派輕鬆，就像他做每件事一樣。他也有自己的外號「遙遙」（Distant），從「湯米」（Tommy）到「咚咚」（Tom-Tom）到「遙遠的鼓聲」（Distant Drums）到「遙遙」，不過也說明了這個年輕人的個性。如此殘忍地被吵醒，見到又認出雷博思之後，他也只不過翻翻白眼。

「你就不能帶杯咖啡來嗎？」康納利抱怨著。

「本來可以，」雷博思同意，「或是字典。」他瞥一眼報紙的填字遊戲，只有四分之一被填滿，提示線索本身則畫滿了塗鴉和可能的答案。「今晚很閒嗎？」

「只有問路的外國人。」康納利說。雷博思微笑，上下看看街道。這是愛丁堡的觀光重地，上坡那端的紅綠燈旁有一家旅館，馬路對面是一家針織品店。路上還有其他商店販售花樣繁多的紀念品、奶油酥餅、威士忌玻璃酒瓶等等，五十碼外就是一家蘇格蘭裙服裝店。約翰．諾克斯之家[5]依偎著隔壁的建築，一半隱藏在陰沉的陰影下。曾經，舊城是愛丁堡的全部，一條狹窄的街道從城堡到到聖十字宮[6]，兩旁延展出去的巷弄像彎曲的肋骨一般。然後，隨著越來越多人聚集，衛生狀況越差，新城又蓋起來，對於舊城和那些無法負擔搬遷的人，喬治時代風格[7]的優雅是經過計算的傲慢。雷博思覺得有趣的是，斐麗芭·包佛選擇了新城，大衛·卡斯特羅卻選擇住在舊城的中心。

「他在家嗎？」此刻他說。

「他不在的話我們還會在這裡嗎？」康納利的視線落在同伴身上，「遙遙」正從保溫瓶裡倒出番茄濃湯，他遲疑地聞一聞，很快喝了一口。「其實，你可能就是我們要的那個人。」

雷博思看著他。「是喔？」

「幫我們解決一個爭議，『非法執事合唱團』的『發餉日』，是第一張還是第二張專輯？」

雷博思笑了笑。「**果然是**很閒的一夜。」思考片刻之後，「第二張。」

「你欠我十鎊。」康納利告訴「遙遙」。

「介意我問個問題嗎？」雷博思彎下身，感覺用力的時候膝蓋碎掉了。

「請便。」康納利說。

「你們要上廁所的時候怎麼辦？」

康納利微笑著說：「如果『遙遙』在睡覺，我就用他的保溫壺。」

「遙遙」嘴裡的一口湯差點從鼻孔噴出來。雷博思站直身體，感覺血液打到耳朵上——天氣警報，十級宿醉快到了。

「你要進去嗎？」康納利問，雷博思再看一眼那棟公寓。

「正在考慮。」

「你進去的話我們必須記錄。」

雷博思點點頭。「我知道。」

「剛從農夫的退休送別會過來嗎？」

雷博思轉向車子。「你想說什麼？」

「嗯，你一定有喝酒，對吧？也許不是就訊的好時候……長官。」

「你說的也許有道理……派弟。」雷博思說，走向門口。

□

「記得你問我的問題嗎？」

雷博思從大衛．卡斯特羅手上接過一杯黑咖啡，從藥盒裡拿出兩顆止痛藥配著喝下去。這時已經是半夜了，但卡斯特羅還沒睡。黑色T恤，黑色牛仔褲，打赤腳。不知道他什麼時候跑了一趟酒類專賣店——袋子攤在地板上，半瓶裝貝爾威士忌就在不遠處，蓋子不見了，不過只少了幾杯份。雷博思下了結論：看來不是個會喝酒的人。只有不會喝酒的人才會認為應該如此面對危機，喝威士忌，又必須先去買，也沒必要買整瓶，幾杯就夠了。

客廳很小，公寓本身像塔樓的樓梯一樣盤旋上來，石階已經走到凹陷。很小的窗戶，一個世紀前他們設計這棟建築的時候，暖氣還是奢侈品。窗戶越小，熱氣越不容易流失。

客廳和廚房只用一個台階分開，和一道看起來像分隔牆的東西。打開的走道有兩扇門的寬度，吊在肉店用掛鉤上的鍋壺顯示卡斯特羅喜歡烹飪。客廳都是書和CD，雷博思瀏覽過後者——約翰．馬丁，尼克．德瑞克，瓊妮．蜜雪兒——低調而理智。書則看起來像是卡斯特羅念英國文學系的用書。

卡斯特羅坐在紅色的坐墊上，雷博思選擇了兩張直背式木椅的其中之一，木椅看來像他在堤道區看到的，放在店門外宣稱是「古董」的家具，從六〇年代的課桌到辦公室重新裝修救來的綠色檔案櫃都有。

卡斯特羅手穿過頭髮，什麼都沒有說。

「你問我，是否認為是你做的。」雷博思說，回答他自己的問題。

「做什麼？」

「殺了斐麗。我想你是這樣措辭的：『你認為我殺了她，對不對？』」

卡斯特羅點點頭。「很明顯不是嗎？我們吵架，我可以接受你必須視我為嫌疑犯。」

「大衛，目前你是**唯一的**嫌疑犯。」

「你真的覺得她出了什麼事？」

「你認為呢？」

卡斯特羅搖搖頭。「自從這一切發生之後，我除了想破腦袋，什麼也做不了。」

他們在沉默中坐了片刻。

「你來這裡做什麼？」卡斯特羅突然問。

「如我所說，我在回家的路上。你喜歡舊城嗎？」

「喜歡。」

「和新城有點不同。你不想搬離斐麗近一點嗎？」

「你想說什麼？」

雷博思聳聳肩。「也許，這解釋了你們這一對，你們各自喜歡愛丁堡的部分。」

卡斯特羅乾澀地笑。「你們這些蘇格蘭佬真會歸納。」

「怎麼說？」

「舊城相對於新城，天主教徒和新教徒，東岸和西岸……有時候，事情可以比這樣的關係要複雜一點。」

「異性相吸，我只是這個意思。」他們之間又一陣沉默。雷博思瀏覽著房間。

「看來他們沒有把房間弄亂？」

「誰？」

「鑑識小組。」

「有可能更糟。」

雷博思喝一口咖啡，假裝有喝到。「不過，你不可能把屍體留在這裡，不是嗎？我是說，只有變態才會做這種事。」卡斯特羅看著他。「抱歉，我這是在……我是說，只是理論上。我不是嘗試在暗示什麼。但是鑑識小組，他們不是在找屍體，他們處理的是你根本看不到的東西。斑斑血跡、纖維、一根毛髮。」雷博思慢慢地搖頭。「陪審團很吃這一套，舊的辦案方式已經丟出窗外。」他放下黑色光亮的馬克杯，伸手到口袋裡拿他的香菸。「介意我……？」

卡斯特羅猶豫了一下。「其實，如果你不介意的話也請給我一根。」

「請便。」雷博思從菸盒裡拿出一根菸，點燃，把菸盒和打火機丟給年輕人。「想要的話捲根草，」他補充道，「我是說，如果你是抽那個的話。」

「沒有。」

「如今的學生生活一定大為不同了。」

卡斯特羅吐一口煙，研究著香菸，好像對他來說很陌生。「我會這麼假設。」他說。

雷博思微笑。只是兩個成人一起抽菸聊天的午夜時分，交心的時間。外面的世界在沉睡之中，沒有人偷聽。他起身走到書架旁。「你和斐麗怎麼認識的？」他問，隨機拿起一本書翻閱。

「晚宴，我們一見如故。第二天早上吃過早餐之後，我們散步到華里斯頓墓園，那是我第一次覺得愛她……我的意思是，不會只是一夜情。」

「你喜歡電影嗎？」雷博思說。他注意到有一排好像都是關於電影的書。

卡斯特羅朝他看過去。「我將來想嘗試寫劇本。」

「很好。」雷博思打開另一本書。看起來好像是關於希區考克的詩集。「你沒有去旅館？」他停了一下之後問。

「沒有。」

「但你見過父母了?」

「見過了。」卡斯特羅又吸一口菸，彷彿想要吸光香菸裡的精華。他發現自己沒有菸灰缸，到處尋找適合的東西——燭台，一個給雷博思，一個自己用。從書架前轉身，雷博思的腳擦到什麼東西，一個金屬玩具小兵，不到一吋高。他彎腰撿起來，步槍已經斷了，頭扭到另一邊。雷博思不認為是自己造成的，他安靜地把它放在書架上，再次坐下來。

「他們有取消另一個房間嗎?」他問。

「他們分房睡，探長。」卡斯特羅抬頭看他，本來在臨時菸灰缸的邊緣整理著菸頭。「不算是犯罪吧，是不是?」

「我並不是最適合下判斷的人，已經不記得自己的老婆離開幾年了。」

「我打賭你**根本**記得。」

雷博思又笑了。「有罪。」

卡斯特羅頭靠在坐墊的背面，壓抑著呵欠。

「我該走了。」雷博思說。

「至少喝完你的咖啡。」

雷博思已經喝完了，但還是點點頭，除非被趕出去，否則還不打算走。「也許她會出現。人有時候會做一些事，不是嗎?突發奇想就不告而別。」

「斐麗並不是不告而別的那一型。」

「但是，她還是有可能打算跑到哪裡去。」

卡斯特羅搖搖頭。「她知道他們在酒館等她，這種事她不會忘記。」

「不會嗎?也許她遇到什麼人……你知道，一時衝動，像廣告那樣。」

「別人？」

「有可能，不是嗎？」

卡斯特羅的眼睛黯淡下來。「我不知道。我有想過這樣的可能性，她是否遇見別人。」

「被你排除了？」

「是的。」

「為什麼？」

「因為，像這樣的事情，她會告訴我。斐麗是這樣的人，不論是價值一千鎊的名牌洋裝，或是父母請她坐協和號客機，她沒辦法保守祕密。」

「喜歡做些會讓人關心的事嗎？」

「我們偶爾不都是這樣？」

「她不會是在惡作劇吧，會不會只是為了讓我們一群人找她？」

「假裝自己失蹤？」卡斯特羅搖搖頭，又打了一個哈欠。「也許我該睡一下了。」

「記者會是幾點？」

「中午過後，配合重點新聞時段。」

雷博思點點頭。「上去別緊張，做自己就好了。」

卡斯特羅把香菸捻熄。「不然我要做誰？」他作勢把香菸和打火機還給雷博思。

「留著吧。你永遠不知道什麼時候會需要。」他站起來。雖然吃了止痛藥，還是能夠感受到血液打到頭蓋骨的感覺。**斐麗是這樣的人**——卡斯特羅提到她時還在用現在式。這是漫不經心的評論，還是經過算計？現在，卡斯特羅也站起來，臉上的笑容給人皮笑肉不笑的感覺。

「你根本沒有回答那個問題，對不對？」他說。

「我沒有預設立場，卡斯特羅先生。」

「現在又沒有了？」卡斯特羅雙手滑進口袋。「記者會上見？」

「有可能。」

「你會注意我有沒有說溜嘴嗎？像你的鑑識小組在做的事一樣？」卡斯特羅瞇起眼睛。「我也許是唯一的嫌疑犯，但我可不笨。」

「那麼，你會了解我們是站在同一邊的……除非你另有所知？」

「你今天晚上為什麼來這裡？你現在不算在值勤，對不對？」

雷博思站近一步。「你知道以前的人怎麼想嗎，卡斯特羅先生？他們認為謀殺案的被害人在自己的眼球上留下凶手的印記——他們的最後一眼。有些凶手會在行凶後把被害人的眼球挖出來。」

「但我們這個年代已經不那麼天真的以為了，探長，不是嗎？你不能期望光是從眼神的接觸就認識某人，知道如何評斷他們。」卡斯特羅向雷博思彎身，眼睛稍微張開。「好好看一眼，因為展覽就要結束了。」

雷博思凝視著他，瞪回去；卡斯特羅先眨眼，打破了僵局。他轉身要雷博思離開，雷博思走到門口，卡斯特羅又叫住他，他正用手帕擦拭著菸盒，還有打火機。卡斯特羅把東西丟回給雷博思，掉在他的腳下。

「我想，你大概比我需要這些。」

雷博思彎腰撿起來。「拿手帕做什麼？」

「不能不小心一點，」卡斯特羅說，「證據可以出現在最奇怪的地方。」

雷博思直起身子，決定不搭腔。在門口，卡斯特羅大聲對他說晚安，雷博思走下一半樓梯才回應。他在想，卡斯特羅擦拭了菸盒和打火機，他當警察這麼多年，從來沒有見過嫌疑犯做這樣的事，這表示卡斯特羅預期自己會被設計。

或者，也許，他的目的正是為了製造這樣的印象。此舉讓雷博思看到這個年輕人冷靜算計的一面，顯示他是個有能力預先思考的人。

1本書註解全為譯註或編註。「洛錫安與邊境警方」（Lothian and Borders Police）的轄區涵蓋愛丁堡、東洛錫安、中洛錫安、邊境以及西洛錫安。總部位於愛丁堡的費提斯大道。前一本譯作《黑與藍》譯為「大愛丁堡區域警察署」，在此修正，並將「洛西安」譯名同步修改為發音更近似原文的「洛錫安」、「聖里奧納分局」改為「聖藍納分局」，請讀者鑒察。

2此處席芳作勢打破的是所謂的「玻璃天花板」，意指在機構中由於性別、種族、身障、年齡等所受到的歧視，進而在升遷上受到阻礙。

3「我的水桶裡有個洞」為一首兒歌，循環式的歌詞：「水桶裡有一個洞，填洞需要稻草、割稻草需要鐮刀、磨鐮刀需要石頭、石頭需要先灑水、汲水需要水桶……」

4「派弟」是派特的暱稱，也是英國人對愛爾蘭人的暱稱。

5約翰·諾克斯於十六世紀領導蘇格蘭宗教改革。位於皇家哩路的約翰·諾克斯之家是他在一五七二年去世之前曾短暫居住之處，現為博物館。

6聖十字宮位於皇家哩路盡頭，自十五世紀以降為蘇格蘭王室居住地，目前為伊麗莎白女王的夏初行宮。

7喬治王朝（一七二〇～一八四〇）時代的建築風格，注重比例、平衡、對稱，依房間面積決定窗戶面積等等。

第二章

這一天是那種涼爽、拂曉微光的日子，有可能屬於蘇格蘭的任何三個季節。天空的顏色像屋頂的石板，吹的是雷博思的父親會稱為「冷冽」的風。他的父親說過一個故事——其實說過好幾次——關於一個冰冷的冬日早晨，走進羅賀立一家雜貨店的故事。老闆站在電爐旁，雷博思的父親指著冰箱問道：「那是你的愛爾郡培根嗎？」老闆回答：「不，烤的是我的手。」[1]他發誓這是真實故事。當時雷博思大約七、八歲，也相信這故事的真實性。不過，如今看來似乎成了老笑話，他已經在其他地方聽過別人改成自己的版本。

「看到你笑還真稀奇。」**咖啡師傅**一邊幫他泡雙份**拿鐵**一邊說。這是她的用語——**咖啡師傅**、**拿鐵**。她第一次形容自己的工作時，聽起來好像是「律師」[2]，讓雷博思很迷惑，問她是否在兼職。她的咖啡亭是梅德斯公園一角一個改裝過的崗哨亭，大多數的早上，雷博思上班經過的時候會停下來。他總是點「加奶咖啡」，而她總是糾正為「**拿鐵**」，然後他會加一句「雙份」。現在不需要了——她已經記得他喝什麼——不過，他喜歡這些字眼的感覺。

「微笑可不違法吧，是不是？」他說。她把奶泡舀在咖啡上。

「你比我清楚。」

「你老闆會比我們兩個都清楚。」雷博思付錢，把零錢放在裝小費的奶油盒裡，朝聖藍納分局走去。他不認為她知道他是警察。**你比我清楚……**應該只是隨口說說，除了接他的玩笑話之外沒有任何意義。他也把她的老闆扯進來，因為這個連鎖小鋪的老闆曾是個律師。不過，她好像沒有聽懂。

到了聖藍納分局，雷博思坐在車子裡，配飲料享受著最後一根香菸。分局後門停著幾輛廂型車，等著載人去法院。雷博思幾天前才為了一個案子去作證，他一直打算查詢結果如何。分局後門打開時，他以為會看到一行拘留人犯走出來，結果是席芳．克拉克。她看到他的車子，微笑，對著在所難免的景象搖搖頭。她向前走來時，雷博思搖下車窗。

「死刑前的豐富早餐。」她說。

「你也早。」

「老闆要見你。」

「那他派對緝毒犬了。」

席芳沒有說什麼，只是在雷博思下車時對自己笑了笑。他們穿過停車場一半的距離時，他聽到：「已經不是『他』了。」他停下來。

「我忘了。」他承認。

「對了，你的宿醉還好吧？還有什麼順便忘了的事嗎？」

當她開門讓他先進去時，像是突然看見獵人打開陷阱的那一幕。

□

農夫的照片和咖啡機已經搬走了，檔案櫃上有些送別卡片，除此之外，房間其他部分像以前一樣，包括待處理文件夾裡的文件，和窗台上唯一一盆仙人掌盆栽。婕兒．譚普勒坐在農夫的椅子上，看起來並不舒服。日積月累下來，他巨大的身軀已經壓出一個形狀，永遠無法配合她較小的身型。

「請坐，約翰。」他朝座位走到一半時，她說，「告訴我，昨天晚上是怎麼回事。」她的手臂放在桌上，兩手指尖放在一起。這是農夫試著隱藏不悅和不耐時常常會有的動作。她要不就是從他身上學來，或者是用來裝扮她的新身分。

「昨天晚上？」

「在斐麗芭．包佛的公寓，她父親發現你在那裡。」她抬頭，「而且，你顯然喝過酒。」

「我們不都有喝嗎？」

「沒像某人喝的那麼多。」她的視線往下移到桌上的一張紙上。「包佛先生想知道你有什麼打算。坦白說，我自己也很好奇。」

「我在回家的路上……」

「從里斯大道到瑪其蒙？經過新城？聽起來你的方向感很差。」

雷博思發現到自己的手上還拿著咖啡，不疾不徐地放在地上。「這只是我辦案的方式，」他終於說，「事情平靜下來之後，我會想回到現場。」

「為什麼？」

「以免有些東西被遺漏了。」

她似乎在考慮這個說法。「我不確定這就是完整的答案。」

他聳聳肩，沒說什麼。她的視線再次落在眼前的紙上。

「然後，你決定拜訪包佛小姐的男友，這又算什麼明智的舉動？」

「那真的是在回家的路上。我停下來與康納利和丹尼爾說話，卡斯特羅先生家的燈還亮著，於是我前去確定他沒事。」

「真是有愛心的警察。」她停下來。「假設那是卡斯特羅先生認為需要向他的律師提及你拜訪的原因？」

「我不知道他為什麼要那樣做。」雷博思在堅硬的椅子上移動一下，伸手拿咖啡掩飾。

「他的律師提到騷擾。我們也許必須取消監視。」她的眼睛盯著他。

「你看，婕兒。」他說，「你和我，我們不知道已經認識多久了，我的辦案方式不是什麼祕密。關於這一點，我確定華森分局長曾經引用過聖經。」

「那是以前，約翰。」

「什麼意思？」

「你昨天晚上喝了多少？」

「太多，但不是我的錯。」他看著婕兒眉毛一挑。「我肯定有人給了我一杯下了藥的酒。」

「我要你去看醫生。」

「天哪……」

「你的飲酒、飲食，你的健康狀態……我要你去做身體健康檢查。還有，所有醫生認為需要做的事，我要你都遵守。」

「苜蓿芽和紅蘿蔔汁？」

「你要去看醫生，約翰。」她是在要求他，不是徵求同意。雷博思嗤之以鼻，喝光咖啡舉起杯子。

「半脂牛奶。」

她差點笑了。「我認為，至少是個開始。」

「聽著，婕兒……」他站起身，把杯子放進本來一塵不染的垃圾桶裡。「我喝酒不是問題，並沒有妨礙到我的工作。」

「昨天晚上妨礙到了。」

他搖搖頭，但她臉色凝重。最後，她深呼吸一口。「你離開俱樂部之前……還記得嗎？」

「當然。」他沒有坐下，站在她的桌前，手放兩旁。

「你記得自己對我說了些什麼嗎？」他的表情已經對她說明了一切。「你要我和你一起回家。」

「對不起。」他試著回想，但是一點印象都沒有。他完全不記得自己離開俱樂部的事……

「出去吧，約翰。我會幫你約時間。」

他轉身拉開門，走到一半的時候又被她叫回去。

「騙你的，」她微笑說，「你什麼也沒說。要祝我新工作順利嗎？」

雷博思試著譏諷一番，不過卻說不出口。婕兒維持著笑容，直到他甩上門離開了才消失。華森的確說得很明白，但沒什麼不是她早已清楚的：**也許有點太喜歡喝酒，但他是個好警察，婕兒。他只是喜歡假裝自己可以沒有我們其他人……**在這方面，也許是真的，但也許約翰．雷博思很快就會發現，是他們可以沒有他。

□

參加過送別會的一群很好認——附近藥局大概賣光了阿斯匹靈、維他命C以及解宿醉的專利藥。脫水似乎是主要因素，雷博思很少看到這麼多蒼白的手裡拿著這麼多瓶提神飲料Irn-Bru、能量飲料和可樂。清醒的那些人——要不就是沒有去送別會，或是只喝不含酒精的飲料——洋洋得意，不是刺耳地吹著口哨，就是盡可能大聲關抽屜和門。斐麗芭調查小組的主要案情室以蓋菲爾廣場分局作為根據地——距離她的公寓比較近——但是，由於參與的警力眾多，空間是個問題，聖藍納分局刑事組的房間因此空出一角供使用。席芳現在在那裡，在電腦前忙著。地上放著一個備用硬碟，雷博思知道她在用包佛的電腦。她把電話夾在臉頰和肩膀之間，一邊說話一邊打字。

「那方面也運氣不好。」雷博思聽到她說。

他和其他三位警官共用一張桌子，這點很顯而易見。他把洋芋片的殘渣撥到地上，兩個芬達空罐丟到最近的垃圾桶裡。電話響的時候他接起來，但只是地方報社來打探消息。

「去找新聞聯絡處。」雷博思向記者說。

「別這樣嘛。」

雷博思想了想，婕兒．譚普勒以前的專長就是擔任新聞聯絡官。他的目光掃過席芳．克拉克。「那新聞聯絡處是誰負責？」

「愛倫．懷利警官。」記者說。

雷博思說謝謝，掛掉電話。對席芳而言，新聞聯絡官的職務會讓她更上一層樓，特別是負責高曝光率的案子。

愛倫·懷利是派駐在托比申分局的好警察，身為新聞聯絡處的專家，婕兒·譚普勒應該在派任前被徵詢過意見，也許甚至由自己決定人選。她選了愛倫·懷利，他在想，不知道有什麼內情。

他從座位上站起來，讀著釘在他身後牆上的文件。輪班表，傳真，聯絡電話地址清單。兩張失蹤女子的照片，一張已經發給媒體，也在一些新聞裡出現，這些新聞被剪下貼出來。如果她沒有安全無虞地被找到，很快的，牆上的空間會變得非常寶貴，重複、不正確、煽情的新聞剪報會被拿掉。雷博思思索著一個用語：**悲傷的男友**。他看看手錶，離記者會還有五個小時。

□

由於婕兒·譚普勒的升職，聖藍納分局少了一名督察長。比爾·普萊德探長想要那份工作，因此試著在包佛案上展現自己的權威。雷博思剛進到蓋菲爾廣場分局的案情室時，只能驚訝地站著。普萊德把自己變時髦了——看來全新的西裝、燙過的襯衫、昂貴的領帶，閃閃發亮的黑色厚底皮鞋擦得無懈可擊。如果雷博思沒看錯的話，普萊德也上了理髮院，沒有修剪太多，但做了改變。普萊德被分到負責調度任務，也就是派小組到街上去，每天挨家挨戶敲門詢訪的苦差事，查問鄰居——有時候還得查第二次、第三次——還有朋友、學生和大學教職員。往來的班機和渡輪也要查，官方發出的照片傳真到火車站、公路局和洛錫安與邊境轄區內外的警局。比對蘇格蘭各地剛發現屍體的身分是其他人的工作，另一組則專注在醫院的病人。還有愛丁堡市內的計程車和租車公司……都需要時間和精力。這些工作構成了公眾所看到的調查過程，不過在幕後，「失人」的近親和密友都會接受詢問。雷博思懷疑背景調查會出現什麼結果，至少這次不會有。

終於，普萊德對身邊一群警察發號施令完畢，大夥兒便作鳥獸散。他看到雷博思，使勁眨了眨眼，一邊走過來，一邊用手揉著額頭。

「小心一點，」雷博思說，「權力使人腐敗那一類的事。」

「原諒我，」普萊德說，降低聲調，「但我感覺到真正的刺激。」

「那是因為你做得到，比爾，總部卻花了二十年才認清事實。」

普萊德點點頭。「謠言說，你先前拒絕了督察長的職位。」

雷博思嗤之以鼻。「謠言，比爾，就像佛利伍・麥克合唱團的唱片，最好不要放。」[3]

房間裡的場景彷彿編排好的舞蹈動作，每個參與的人都忙著自己分配到的工作。有些在穿外套、拿鑰匙和筆記本，有些捲起袖子坐定在電腦或電話前。本來沒這筆預算，辦公室卻莫名出現了全新的椅子，形成一幕幕淺藍色旋轉畫面——坐在上頭的人用滑動替代走動，才不會因起身離座而失去這項戰利品。

「我們已經不再看顧那男友了，」普萊德說，「新老闆下的命令。」

「我聽說了。」

「來自家人的壓力。」普萊德補充。

「這樣才不會對調查預算經費造成傷害。」雷博思的評語，他直起身子。「比爾，今天有工作給我做嗎？」

普萊德翻翻手中板子上的文件。「接到三十七通來自民眾的電話。」

雷博思舉起雙手。「別看我。想當然爾，惡作劇和亡命之徒是留給新手的任務？」

普萊德微笑。「已經分配了。」他承認，對著兩名警佐點點頭，最近才從制服警察升上來，看來面對工作量很是氣餒。陌生電話是整個行動裡最不受感謝的工作，任何高知名度的案子都會有相當程度的假自白和假線索。有些人喜歡引人矚目，即使是在警方的案件調查中成為嫌疑犯。雷博思認識愛丁堡好幾個這樣的人。

「克勞・山德？」他猜。

普萊德拍拍紙板。「到目前為止已經三次了，他打算承認自己犯下謀殺罪。」

「帶他進來，」雷博思說，「那是唯一擺脫他的方法。」

普萊德有空的那隻手伸到領結上，好像在檢查瑕疵。「鄰居？」他建議。

雷博思點點頭。「就鄰居吧。」他說。

□

他整理初步面談的筆記，其他警官被分配到街道的另一頭，讓雷博思和另外三位——兩人一組——負責斐麗芭·包佛家兩邊的公寓。總共三十五間，有三間沒人住，剩下三十二間，每組負責十六個地址，也許每家停留十五分鐘……總共需要四個小時。

這一天，雷博思的合作伙伴是菲莉妲·豪斯警佐，他們爬上樓梯到第一間公寓的時候，她已經幫他算好總共需要的時間。事實上，新城這裡的豪華喬治風格建築、藝廊和古董商店，雷博思不確定能不能稱之為公寓。他問豪斯的意見。

「連棟公寓？」她建議，揚起微笑。每層樓有一到兩間公寓，部分飾有銅製門牌，其他則是陶瓷製，有些甚至只用膠帶簡單貼張卡片或紙片而已。[4]

「不確定愛丁堡公民協會會認同這樣的行徑。」豪斯評論道。

有的卡片上有三到四個名字，雷博思猜裡頭住的是學生，來自不同於斐麗芭·包佛那樣的富裕環境。

樓梯間本身很明亮，打掃得很乾淨，擺有寫著「歡迎」的腳踏墊和一盆花。樓梯扶手上方掛著花籃，牆壁看來是新漆的，樓梯也有人打掃。第一層樓梯順時鐘往上，兩間公寓沒有人在，他們把名片塞進信箱裡，其他公寓一間花十五分鐘——「只是幾個問題……看你有沒有想到要補充的……」屋主搖搖頭，承認自己還很震驚，這麼安靜的小巷弄裡發生這種事。

一樓大門裡有一間公寓，比較豪華，有著黑白方格大理石的入口，兩旁各是多利克風格[5]的門柱，在「金融業」工作的租屋者不打算長住。雷博思查覺出模式：平面設計師、實習顧問、活動企畫師……現在又有金融從業人員。

「沒有人在做貨真價實的工作了嗎？」他問豪斯。

「這些都是貨真價實的工作。」她告訴他。他們回到人行道上，雷博思點一根香菸，注意到她瞪著他。「要一根嗎？」

她搖搖頭。「已經撐了三年。」

「很好。」雷博思看看街道左右。「如果這裡是薄紗窗簾的那種地方，他們現在就會拉窗簾偷看了。」

「如果他們有裝薄紗窗簾，你就沒辦法往裡面窺看自己錯過了什麼。」

雷博思含著煙，從鼻孔呼出來。「你知道，我年輕的時候，新城總是有著一股放蕩的味道，土耳其式長袍、大麻、派對和不成材的傢伙。」

「如今已經沒有他們生存的空間了。」豪斯同意。「你住在哪裡？」

「瑪其蒙。」他告訴她。「你呢？」

「李文斯頓。當時只住得起那裡。」

「我的是很多年前買的，兩份薪水……」

她看著他。「不需要抱歉。」

「當時的房價還沒有那麼瘋狂，只是這個意思。」他試著讓自己聽起來不像是在辯解。是那個和婕兒一起開的會，她的小玩笑增加了他的不安。還有，因為他去拜訪卡斯特羅而終結了跟監行動。也許，該是和某人談談喝酒這件事的時候了……他把菸屁股彈到路上。路面是由被稱作「鋪石」的光滑小方石鋪設而成。他剛到這城市的時候，錯叫成圓石，一個當地人糾正他。

「下一戶，」此刻他說，「如果請我們喝茶，我們要接受。」

豪斯點點頭。她的年紀大概三十多或四十出頭，及肩棕髮；臉上有雀斑，圓潤，好像還留著嬰兒肥。身穿灰色褲裝和翠綠色襯衫，脖子的地方用一只銀色賽爾特別針別起來。雷博思可以想像她在凱利舞會[6]上跳「剝柳樹葉舞曲」的時候轉來轉去，帶著與工作時同樣專注的神情。

在一樓公寓的下方，順著彎曲的外梯下去的是「花園公寓」，這個名稱來自於連接到後院的花園。公寓前方的石板上有更多花盆，上下各兩扇窗戶——儼然只是半個地下室[7]。入口對面是一對木門，可以進到人行道底下的地窖。雖然警方應該檢查過了，雷博思還是試著打開這兩扇門，兩扇都鎖著。豪斯檢查她的筆記。

「葛蘭特．胡德和喬治．史威勒比你捷足先登。」她說。

「那時門鎖著還是沒鎖？」

「我開的鎖。」一個聲音傳出來。他們轉身看到一位老太太，站在前門裡面。「你們要鑰匙嗎？」

「是的，麻煩你。」菲莉妲．豪斯說。老太太轉身回公寓時，她轉向雷博思，用兩根食指做了個表示「茶」（tea）的T字，雷博思豎起兩隻大拇指回應。

□

雅登太太的公寓是個印花棉布博物館，無主瓷器之家。沙發上覆蓋的毯子一定花了很多時間才織好。她為溫室[8]地板上擺滿的鐵罐和金屬桶道歉——「一直沒有機會修理屋頂」。雷博思建議他們在那裡喝茶——他怕在起居室裡一轉身就把瓷器撞飛。不過，開始下雨之後，他們的對話又被雨聲中斷，自水桶噴出來的水又威脅著雷博思，好像會給他和在外面同樣的待遇。

「我不認識那小妞。」雅登太太悲傷地說。「也許，如果我多出門的話，就有可能看見她。」

豪斯瞪著窗外。「你的花園照顧得真好。」她說。這句話太過輕描淡寫了——細長狹窄的花園、蜿蜒的步道，兩旁細長的草坪和花床完美無瑕。

「是園丁的功勞。」雅登太太說。

豪斯研究上一次訪談的筆記，緩慢地搖搖頭。史威勒和胡德沒有提到園丁。

「雅登太太，可以給我們他的名字嗎？」雷博思問，聲音漫不經心的有禮。不過，老太太還是很擔心地看著他。雷博思給她一個微笑，遞上一塊她自己的無酵母司康餅。「只是，我自己也許需要一名園丁。」他說謊。

他們離開前的最後一件事是檢查地窖。其中一個裡面是古老的熱水桶，另一個裡面只有黴菌。他們向雅登太太揮手道再見，謝謝她的招待。

「有些人真不錯。」葛蘭特．胡德說。他在人行道上等著他們，衣領翻起來抵擋雨水。「目前為止，連理會我們的人都沒有。」他的伙伴是「遙遙」丹尼爾，雷博思點頭打招呼。

「怎麼了，湯米？連上兩個班嗎？」

丹尼爾聳聳肩。「換班。」他試著壓抑呵欠，豪斯拍拍她手上的筆記。

「你，」她告訴胡德，「事情沒做好。」

「呃？」

「雅登太太有個園丁。」雷博思解釋。

「再來我們連收垃圾的都要找了。」胡德說。

「已經做了，」豪斯提醒他，「垃圾桶也檢查過了。」

他們兩個好像在討價還價。雷博思考慮擔任和平仲裁——他隸屬聖藍納分局，胡德也是；他應該幫他說話才是——不過，他只是再點了一根菸。胡德的臉漲紅。他是個警佐，和豪斯同階，可是她的年資比較久。有時候，和經驗爭辯是沒有用的，不過這並沒有阻止胡德嘗試。

「這樣幫不到斐麗芭．包佛。」「遙遙」丹尼爾終於說，停止了虛談。

「這小子說的好。」雷博思補充。是真的，大型調查行動可能讓人盲目而忘了專注在單一的基本事實上。你變成大機器裡的一個小齒輪，進而做出要求以確保自己的重要性。椅子的歸屬成為議題，因為爭論起來比較容易，又可以很快解決。不像案子本身的難度，幾乎以指數成長，讓人越發顯得渺小，直到看不見單一基本事實（single essential truth）——雷博思的導師洛森．蓋帝斯稱之為「SET」——也就是那個人或人們需要你的幫助，案子必須要破，把罪犯繩之以法的事實。偶爾被提醒這一點是好的。

最後，他們友善地分頭離開，胡德記下園丁的聯絡方式，答應和他談談。之後，繼續爬樓梯。他們大概在雅登太太家花了半個小時，豪斯的計算時間方式已經不適用，這又證明了另一個眾所周知的事實——調查行動耗費時間，好像時間快轉，沒辦法解釋用到哪裡去了。即使努力試圖解釋自己的疲累，唯一剩下的只有未竟的挫折感。

另有兩間公寓沒人在家，接著，在第一個樓梯間，開門的是一張雷博思認得的臉，卻想不起來是誰。

「是關於斐麗芭．包佛的失蹤案。」豪斯正在解釋。「我相信，我的兩位同事和你談過，這只是後續調查。」

「是，當然。」拋光的黑色大門開了更多了一些。男子看著雷博思微笑。「你想不起來我是誰，但我記得你。」微笑更開了。「你永遠會記得生手，是不是？」

他們被請到屋內的玄關，男人自我介紹是唐納．德文林，雷博思認識他。雷博思進入刑事組後第一次旁觀的解剖，就是由德文林操刀。他是大學的法醫教授，也是當時愛丁堡的首席法醫。山地．蓋茲曾是他的助理，現在，蓋茲是法醫教授，科特醫生是他的「學弟」。玄關的牆上是德文林接受不同獎項的裱框照片。

「不過我想不起你的名字。」德文林說，做手勢請兩位警官先進到堆滿東西的起居室。

「雷博思探長。」

「當時是雷博思警佐？」德文林猜，雷博思點點頭。

「你要搬家嗎，教授？」豪斯問，看著身邊一大堆箱子和黑色垃圾袋。雷博思也看著——堆高的文件、抽屜從櫃子裡拉出來、紀念物飛散在地毯上的危險性。德文林吃吃地笑著。他是個身材短小精悍的男子，大約七十多歲。灰色的毛衣外套幾乎已經失去原有的形狀，鈕釦掉了一半，木炭色的褲子用吊帶提著。臉頰胖胖的、布滿紅絲，金邊眼鏡的後方是一雙小小的藍眼。

「就某些方面來說，我想是的。」他說，將幾綹髮絲往後撥到圓頂頭皮上。「這樣說吧，如果說死神是至高無上的搬家工人，我就是在做他的無薪助理。」

雷博思想起德文林說話總是這個調調，可以多說絕不少說，總是要引經據典一番。德文林解剖的時候，記筆記是一場惡夢。

「你要搬到安養院嗎？」豪斯猜測，老男人又咯咯地笑。

「還沒準備好被遣散，天啊，還沒。不是，我只是在清除一些不想要的東西，這樣一來，我歸天之後，那些有意願從我殘留財產中撿破爛的親戚處理起來比較容易。」

「省得他們全部丟掉？」

德文林看著雷博思。「你正確而簡短地描述了這件事。」他稱許地點點頭。

豪斯伸手到一箱皮面書籍裡。「這些你都要丟掉？」

「當然不是。」德文林不耐地咂嘴。「比如你手上這一冊，是唐納森所著人體構造素描的早期版本，我打算送給外科學院。」

「你還有在和蓋茲教授碰面嗎？」雷博思問。

「噢，山地和我喜歡偶爾互相沾染一下彼此的氣息。他很快就要退休了，我肯定他的作法，讓年輕人上來。我們欺騙自己，說這是為了讓生命生生不息，當然完全不是如此，除非你剛好信佛。」他為自己覺得是小小的笑話而笑。

「就因為是佛教徒，不表示你一定會再回來，是嗎？」雷博思說，讓老人更加高興。雷博思瞪著壁爐右方牆壁上一張裱框的新聞剪報——一件一九五七年定罪的謀殺案。「你的第一個案子？」他猜。

「的確是。一位年輕的新娘被她的丈夫棒打至死。他們來愛丁堡度蜜月。」

「那一定是這地方引發了氣氛。」豪斯評論道。

「我太太也覺得很可怕。」德文林承認。「她過世之後，我又把它放上來。」

「嗯。」豪斯說，把書放回箱子裡，徒勞地尋找坐下的地方。「我們越快結束，你可以越早回去大掃除。」

「實際主義者——很是樂見。」德文林似乎滿足於讓他們三人就這樣佇在一張巨大快被磨光的波斯地毯中間，讓人害怕動輒像骨牌一樣倒下。

「這些東西有按照順序放嗎，醫生？」雷博思問。「或者，我們可以把幾個箱子搬到地板上？」

「我想最好使用餐廳裡的雙人椅。」

雷博思點點頭，跟著他，視線移到大理石壁爐上燙金的邀請函，來自皇家外科學院，邀請參加外科醫學會館的晚宴，「正式服裝和勛銜」，底部寫著。他唯一擁有的勳章在走廊櫃子的箱子裡，每到聖誕節都拿出來掛，如果他肯費力的話。

餐廳裡最引人注目的是一張長木桌，以及六張未經裝飾的高背椅。通往廚房的地方有一個服務窗口——雷博思的家人會說是「包利洞」——還有暗色的食器櫃、布滿塵埃的玻璃和銀器。一些裱框照片看來像是早期攝影，在攝影工作室裡擺姿勢的威尼斯船上生活，也許是莎士比亞劇的其中一景。高大的窗格窗戶看出去是建築物後方的花園。在下方，雷博思可以看到雅登太太的園丁把她的草坪修得——不是意外就是刻意的設計——從上面看起來像個問號。

餐桌上有一幅完成一半的拼圖，是愛丁堡市中心的俯瞰圖。「任何幫助或完全幫助，」德文林說，手打開指著拼圖，「都會感激不盡。」

「看起來很多片。」雷博思說。

「只有兩千片。」

豪斯在座位上坐立不安，她終於向德文林介紹自己，並且問德文林退休多久了。

「十二……不，十四年。十四年……」他搖搖頭，驚異於時間加速的能力，心跳卻變慢了。

豪斯看看自己的筆記。「第一次訪談的時候，你說你那天晚上在家裡？」

「沒錯。」

「你沒有看見斐麗芭．包佛？」

「你目前為止的資訊都正確。」

雷博思決定不用椅子，靠在窗戶旁，雙臂交疊。

「但是你認識包佛小姐？」他問。

「我們打過幾次招呼，是的。」

「她當你的鄰居已經快一年了。」雷博思問。

「你會記得這是愛丁堡，雷博思探長。我住在這兒已經將近三十年了——我太太過世的時候搬進來的。認識鄰居需要時間。不過，恐怕常常在有機會認識之前，他們就搬走了。」他聳聳肩。「過了一陣子之後，我就不再嘗試了。」

「那真可惜。」豪斯說。

「你自己住在哪裡……？」

「如果我可以……」雷博思打斷他，「回到手上的問題」。他離開窗戶旁，雙手放在桌上，眼睛看著零散的拼圖。

「當然。」德文林說。

「你整個晚上都在家，沒有聽到什麼令人不安的事？」

德文林抬頭一瞥，也許注意到雷博思最後講的不安二字。「沒有。」他暫停一下之後說。

「或是看到什麼？」

「一樣。」

豪斯現在看起來不再感到不安，她顯然被這些回答給惹惱了。雷博思在她對面坐下，試著用眼神和她接觸，但是她已經準備好自己的問題。

「你曾經和包佛小姐有過不愉快嗎，教授？」

「有什麼好不愉快的？」

「現在不會有了。」豪斯冷淡地陳述。

德文林看她一眼，轉向雷博思。「我看你對那餐桌很有興趣，探長。」

雷博思才發現自己的手指一直摸著木頭的紋理。

「那是十九世紀的東西，」德文林繼續說，「也是一個解剖學家打造的。」他看了豪斯一眼，又回到雷博思身上。「我記得一些事……也許不是很重要。」

「是什麼，教授？」

「有一個男人站在外面。」

雷博思知道豪斯正要說些什麼，所以搶在她之前開口。「這是什麼時候的事？」

「她失蹤的前幾天，還有前一天也是。」德文林聳聳肩，太清楚自己說的話的效果。豪斯的臉變紅，努力不讓自己尖叫出**你什麼時候才要告訴我們？**雷博思讓自己的聲音保持平穩。

「在外面的人行道上？」

「沒錯。」

「你有看清楚他的長相嗎？」

又再聳聳肩。「大約二十出頭，深色短髮……沒有造型，只是打理得很整齊。」

「不是鄰居？」

「當然有可能是鄰居。我只是告訴你我看到什麼。他似乎是在等人或什麼的，我記得他在看錶。」

「也許是她的男朋友？」

「噢，不是，我認識大衛。」

「你認識他？」雷博思問，仍然不經意地看著拼圖。

「講過話，是的。我們在樓梯間碰過幾次。不錯的年輕人……」

「他穿什麼衣服？」豪斯問。

「誰？大衛嗎？」

「你看到的那個男人。」

德文林看來幾乎很享受伴隨這句話而來的怒視。「夾克和長褲。」他說，低頭看看自己的毛衣。「我無法說明得更詳細了。我自己從來沒有注意過流行時尚。」

這是真的。十四年前，他在綠色手術衣底下就穿著類似的毛衣，還有永遠歪斜的領結。你永遠不會忘記自己看過的第一次解剖──那些後來變得越來越熟悉的景象、味道和聲音。金屬刮在骨頭上的聲音，手術刀切開肌肉時的颯颯聲。有些法醫有著很殘忍的幽默感，會為「生手」做特別詳細的表演。但是德文林沒有，他總是專注在屍體上，彷彿房間裡只有他們倆，以接近儀式的禮節進行著這樣親密、開腸剖肚的最後行為。

「你認為，」雷博思問，「如果你想一想，也許回想起那一天，你可以想到更完整的描述嗎？」

「我滿懷疑的。但當然，如果你認為很重要的話……」

「現在還早，教授。你自己知道，我們什麼都不能排除。」

「當然、當然。」

雷博思把德文林當成同行的專家……這策略很有效。

「我們可能會試著弄出一份合成畫像。」雷博思繼續說。「這樣的話，如果原來是鄰居或是有人認識的人，我們可以馬上排除。」

「聽起來很合理。」德文林同意。

雷博思拿起手機，打電話到蓋菲爾廣場分局，約了第二天早上的時間，然後，他問德文林是否需要派一輛車。

「我應該可以找到地方，還沒有老到那個地步，你知道。」但他送兩位警官出門的時候，起身緩慢，似乎是因為關節僵硬引起。

「再次感謝你，教授。」雷博思一邊說，一邊握他的手。

德文林只是點點頭，避免和豪斯眼神接觸，她並沒有要和他握手。他們前往下一個樓梯間時，她嘟囔了什麼，雷博思沒有聽到。

「什麼？」

「我說，去他的男人。」她停下來。「你不算。」雷博思沒有說什麼，打算讓她說個痛快。「你認為有沒有可能，」她繼續說，「如果是兩位女性警官過來，他會說些什麼？」

「我想，那要看她們怎麼對待他。」

豪斯瞪著他，尋找並不存在的輕薄。

「我們工作的一部分，」雷博思繼續說，「是假裝喜歡每個人，假裝我們對每個人說的每件事都很有興趣。」

「他只是——」

「讓你很不舒服？我也是。有點自大，但是他就是這樣，你不能表現出來。你說的對，我不確定他會告訴我們什麼，他會認為是無關的。但是後來他打開心房，只為了讓你知道自己的地位。」雷博思微笑。「做得好，我不是常常有機會扮演『好警察』的角色。」

「他不只讓我覺得不舒服。」豪斯承認。

「那是什麼？」

「他讓我起雞皮疙瘩。」

雷博思看著她。「不一樣嗎？」

她搖搖頭。「他跟你玩的老朋友那一套，我只是有點不舒服，因為我無法參與其中。但是那則新聞剪報……」

「牆上那一個？」

她點點頭。「**那**讓我起雞皮疙瘩。」

「他是法醫，」雷博思解釋，「他們比我們大部分人厚臉皮。」

她想想這一點，讓自己稍微笑了笑。

「怎麼？」雷博思問。

「噢，沒什麼。」她說。「只是當我站起來準備離開的時候，沒辦法不注意到桌子下面的地板上有一塊拼圖……」

「還在那裡？」雷博思現在也笑了起來。「你這樣觀察入微，我們遲早要把你升上刑警……」

他按下隔壁的門鈴，繼續工作。

□

記者會在總部舉行，蓋菲爾廣場分局的案情室現場直播。有人想辦法用手帕將電視螢幕上的指印和汗漬擦乾淨，其他人則調整百葉窗的角度，遮蔽下午突然出現的陽光。椅子都坐滿了，警官們三三兩兩坐在桌前，有人帶來遲用的午餐，三明治和香蕉。裝著茶和咖啡的馬克杯，罐裝柳橙汁。對話調成靜音，無論總部由誰負責警用攝影機，他們正在想辦法把攝影機固定好。

「好像我家八歲小孩拿著攝影機……」

「《厄夜叢林》[9]看太多次了……」

的確，攝影機看似在上下搖動，捕捉到人們腰部左右的位置、一排腳和椅子背面。

「表演還沒開始。」有人明智地提出忠告。沒錯，電視上可以看到其他的攝影機還在調整中。受邀的觀眾

——拿著手機貼近耳朵講話的記者——還沒入座，很難聽出在說些什麼。雷博思站在房間後方，距離電視有點太遠，但他沒有要移動。比爾．普萊德站在他身邊，顯然很疲倦，也同樣試著不要表現出來。他手中的記錄板變成讓他心安的工具，一下子壓在胸前，偶爾又拉開看一看，好像會神奇地突然出現新的指令。百葉窗拉上之後，細長的光束透進房間，照射出本來看不見的塵埃。雷博思想起兒時某次上電影院，放映機開始運作，電影開始放映時那種期待的感覺。

電視螢幕上，觀眾們已經開始就坐。雷博思知道那個房間——沒有靈魂的房間，專門用在研討會或是這樣的場合。一端是一張長桌，後面有個臨時的螢幕，顯示洛錫安與邊境警署的警徽。警方的攝影機突然搖擺起來，原來是有一扇門打開，一行人進到房間裡，房間安靜下來。雷博思可以聽到攝影機的馬達突然嗡嗡作響的聲音，閃光燈紛紛閃了起來，先是愛倫．懷利，然後是婕兒．譚普勒，跟在後面的是大衛．卡斯特羅和約翰．包佛。

「有罪！」攝影機的鏡頭拉近卡斯特羅的臉時，雷博思面前有人大叫。

他們一行人坐在一排意外大陣仗的麥克風前，攝影機的鏡頭還在卡斯特羅身上，向後拉一些，讓他的上半身入鏡，但是喇叭裡傳來的是懷利的聲音，先是緊張的清喉嚨聲。

「各位女士先生，午安，謝謝你們的出席，我先介紹形式和一些規則，然後再開始……」

席芳在雷博思的左邊，她和葛蘭特．胡德一起坐在一張桌前。胡德瞪著地板，也許專注在懷利的聲音。雷博思記得他們以前曾經密切合作過一個案子，幾個月前的葛威案。席芳看著螢幕，但她的眼神一直跑到其他地方。她手裡拿著一瓶水，手指忙著撕瓶上的標籤。

她本來想要那個工作，雷博思自己想著，現在她心裡在痛。他用意志要她轉頭看他這邊，這樣他可以提供些什麼——微笑或聳肩，或只是諒解的點點頭，但她的眼睛又回到螢幕上。懷利的喋喋不休終於結束了，現在換婕兒．譚普勒。她正在歸納案情，更新最新的細節。她聽起來很有自信，是記者會的老手。雷博思可以聽到懷利再一次清喉嚨的背景聲音，看來似乎讓婕兒很不高興。

不過，攝影機對兩位刑事組警官一點興趣也沒有。攝影機在那裡是為了專注在大衛・卡斯特羅身上，斐麗芭・包佛的父親則沒有那麼引人矚目。兩個男人坐在一起，攝影機時而在他們之間緩慢地移動。很快帶一下包佛，又回到卡斯特羅身上。自動對焦運作得很好，直到攝影師開始決定推近拉遠，這時影像需要幾秒鐘才會變清楚。

「有罪。」那個聲音又說。

「要打賭嗎？」另一個聲音回應。

「安靜一下。」比爾・普萊德大叫，房間安靜下來。雷博思給他無聲的鼓掌，不過普萊德又看了一眼手上的記錄板，然後回到螢幕上。在那裡，卡斯特羅開始說話。他沒有刮鬍子，看起來好像和前一天穿著同一套衣服。他打開一張折起來的紙，在桌面上壓平；但是，他說話的時候並沒有向下看自己所寫的。他的眼睛在攝影機之間移動，不確定自己應該看哪裡，聲音乾枯而微弱。

「我們不知道斐麗發生了什麼事。我們非常需要知道。我們全部的人，她的朋友、家人……」他看著約翰・包佛的方向，「……所有認識她、愛她的人，我們需要知道。斐麗，如果你正在看，請和我們其中一人聯絡，只要讓我們知道你好不好……你沒有受到傷害。我們快擔心死了。」他的眼睛閃爍著淚光，停下幾秒鐘，低頭，又直起身子，拿起那張紙，但看不出漏掉什麼。他半轉身好像在徵詢他人的指引，約翰・包佛伸手捏一捏年輕人的肩膀，自己開始說話，聲音轟隆，彷彿麥克風不知為何似乎壞了。

「如果有人挾持我的女兒，請和我們聯絡。斐麗有我的私人手機號碼，任何時間，日夜都可以。我要和你談一談，不論你是誰，不論你為什麼做了你所做的事。如果有人知道斐麗的去處，記者會結束時螢幕上會有一個電話號碼，我只需要知道斐麗活著沒事。在家看這場記者會的人們，請仔細地再看一次斐麗的照片。」他舉起照片，照相機再次發出按下快門的聲音。他慢慢轉變方向，讓每部攝影機都可以捕捉到這一刻。「她的名字是斐麗芭・包佛，她只有二十歲，她是我的女兒。如果你曾經看過她，或是認為也許有見過，請和我們聯絡，謝謝。」

記者已經準備好問題發問，但大衛·卡斯特羅已經起身離開。

又是懷利的聲音。「目前這個時間還不恰當……我要謝謝你們持續的支持……」但聲音被問題所淹沒。同時，攝影機的鏡頭又回到約翰·包佛身上。他看起來很鎮定，雙手在面前的桌子上交握，閃光燈把他的影子投射到身後的牆上時，他的眼睛眨也不眨。

「不，我真的不……」

「卡斯特羅先生！」記者們大聲叫著。「我們可不可以問一下……」

「懷利警官，」另一個聲音大叫，「你能不能告訴我們可能的綁架動機？」

「我們目前還不知道動機是什麼。」懷利的聲音聽起來很狼狽。

「但你們接受這是綁架案？」

「我不……不是，我不是這個意思。」

螢幕上，約翰·包佛試著回答其他記者的問題，一排記者圍成一圈。

「那你是什麼意思，懷利警官？」

「我只是……我沒有說是……」

接著，婕兒·譚普勒權威的聲音代替了懷利的聲音，記者從以前就認識她，就像她也認識他們。

「史帝夫，」她說，「你非常清楚我們不能那樣臆測細節。你如果想編造謊話多賣一點報紙，那是你的問題。不過，這樣對斐麗芭·包佛的家人和朋友一點也不尊重。」

隨後婕兒處理更多問題，堅持大家先安靜下來。雷博思雖然看不見她，但可以想像愛倫·懷利很明顯地退縮。席芳的腳上下抖動著，好像腎上腺素突然上升。包佛打斷婕兒說，他想回應提出的幾個問題，同時鎮靜有效的回答，然後記者會開始散場。

「很冷靜的客戶。」普萊德說，移動去重新安排他的下屬，該是回到工作的時候了。

葛蘭特·胡德靠過來。「提醒我，」他說，「哪個分局給男朋友最大的賠率？」

「托比申。」雷博思告訴他。

「那我的錢就要去那裡下注。」他看著雷博思的反應，結果什麼都沒有。「少來了，長官，」他繼續說，「全都寫在他的臉上！」

雷博思回想他和卡斯特羅見面的那一夜……眼球的故事，還有卡斯特羅如何靠近他，**仔細而意味深長地看了他一眼……**

胡德搖搖頭，欠身走過雷博思身邊。百葉窗已經打開了，短暫的陽光轉變成城市上方厚重的雲層。卡斯特羅的「表現」的帶子會送到心理學家手上，他們會尋找蛛絲馬跡，短暫出現的光明，他確定他們會找到。席芳站在他面前。

「很有意思，是不是？」她說。

「我不認為懷利是媒體的料。」雷博思回答。

「她根本不該在那裡，第一次出現就處理這樣的案子……跟入了虎口沒什麼兩樣。」

「你沒有很享受那一幕嗎？」他狡猾地問。

她瞪著他。「我不喜歡血腥的運動。」她欠身離開，又遲疑了一下。「你怎麼想？」

「我覺得你說有意思說對了，單數的有意思。」

她微笑。「你也注意到了？」

他點點頭。「卡斯特羅一直說『我們』，而她的父親一直說『我』。」

「好像斐麗的母親一點都不重要。」

雷博思想得比較深。「這也許並不代表什麼，除了包佛先生對自己的重要性自我膨脹。」他停頓了一下，「就商業銀行家來說，他並不是第一個。電腦那個東西弄得怎麼樣了？」

她微笑——「電腦那個東西」大概就總括了雷博思對於硬碟等物件的知識。「我破解她的密碼了。」

「意思是？」

「意思是我可以檢查她最新的電子郵件……一旦我回到座位上之後。」

「舊的看不到？」

「查過了。當然，沒辦法知道哪些被刪除了。」她深思說，「至少我不認為有方法。」

「沒有存在於某處的……主機？」

她笑了。「你在想的是六〇年代的間諜電影，占用整個房間的電腦。」

「抱歉。」

「別擔心，對於認為LOL是『忠誠橘子小屋』[10]的人來說，你已經算不賴了。」

他們離開辦公室到走廊上，「我要回聖藍納分局，要搭便車嗎？」

她搖搖頭。「我有開車。」

「那好吧。」

「看起來，我們好像會用到『福爾摩斯』。」

這是雷博思的確知道的一項新科技——內政部巨大的主要調查系統，這是一個軟體系統，收集資訊，加速整個過濾的過程。用上這個系統，表示斐麗芭．包佛的失蹤現在是市警局的優先案件。

「如果她悠哉地從沒有事先通知的購物之旅歸來，可不是很有趣嗎？」雷博思突發奇想地說。

「會是個解脫，」席芳嚴肅地說，「但我不認為會發生，你呢？」

「不會。」雷博思安靜地說，他要在回基地的路上去找東西吃。

□

回到他的座位上，雷博思再一次審視手上的資料，這次專注在家庭背景上。約翰．包佛是一個銀行家庭的第三代，一九〇〇年代早期發跡於愛丁堡的夏綠蒂廣場。斐麗芭的曾祖父在一九四〇年代把生意交給她的祖父，他則在一九八〇年代約翰．包佛接手之後才退居幕後。幾乎是接手後的第一件事，斐麗芭的父親就在倫敦設立了辦公室，並且專注在此處的事業。斐麗芭在倫敦卻爾西區的一家私立學校就讀，約翰的父親在一九八〇年代後期去世後，一家人才重新搬回北方，斐麗芭也轉回愛丁堡的學校就讀。他們的家「杜松」原是男爵宅邸，介於古蘭和哈丁頓之間的十六畝鄉間。雷博思不知道包佛的妻子賈桂琳作何感想，十一間臥室，五間接待室……先生一星期至少四天都在倫敦。愛丁堡的辦公室還在原來的夏綠蒂廣場，由約翰．包佛的老朋友藍納．馬爾負責經營。他們在愛丁堡大學認識，一起去美國念商業管理碩士。雷博思稱包佛為商業銀行家，但包佛銀行是小型私人銀行，專為富有的菁英客戶所設計，提供投資建議、資產管理以及包佛皮套支票簿所代表的聲譽。

包佛本人接受訪談的時候，重點放在為利益綁架的可能性。不只是家裡，愛丁堡和倫敦辦公室的電話都在監控之中。所有的郵件也經過攔截，萬一出現贖金的要求，上面的指紋越少越好。不過到目前為止，他們只接到一些惡作劇的紙條。另一個可能性是因為交易而翻臉，因此報復成為動機。但是，包佛很堅持自己沒有敵人。因此拒絕調查小組檢視他的銀行客戶名單。

「這些人信任我，沒有他們的信任，銀行就完了。」

「先生，請恕我無禮，你女兒的福祉很可能就靠……」

「我非常清楚這一點！」

在那之後，訪談就一直離不開對立的意味。

最不利的情形——根據保守估計，包佛的身價約值一億三千萬鎊，而包佛的個人資產大約占百分之五，等於六百五十萬個被專業綁架的理由。但是，如果是專業綁架，現在不是應該有聯絡了嗎?雷博思不是那麼肯定。

賈桂琳．包佛原本名叫賈桂琳．吉爾—馬丁，父親是外交官兼地主，將近九百畝的祖宅占了柏斯郡的大部分。她的父親如今已經過世，母親搬進產業上的一間小屋，土地本身則由包佛銀行管理。主屋、紫菜岩小屋已經成為會議及其他大型聚會的場所，顯然有一齣電視劇就是在那裡拍攝的，雖然那部影片的片名對雷博思一點意義也沒有。賈桂琳沒有上大學，而是忙碌於一連串不同的工作，主要是某些商人的私人助理。她認識約翰·包佛的時候，正在經營紫菜岩產業，到她父親在愛丁堡的銀行接洽。他們一年後結婚，斐麗芭在那之後兩年出生。

只有一個孩子。約翰·包佛自己也是獨子，但賈桂琳有兩個姊姊、一個哥哥，目前都不住在蘇格蘭。獨子跟隨父親的腳步，由外交部派駐華盛頓。這讓雷博思連想到，包佛王朝身陷麻煩，他不見斐麗芭急著加入父親的銀行，不知道這對夫妻為什麼沒有試著生個兒子。

不過，就所有的可能性而言，這些都和調查不相關。不過還是一樣，這是雷博思喜歡這個工作之處——建立網狀的人際關係，窺看別人的生活、思考、疑問……

他轉到大衛·卡斯特羅的資料上。在都柏林出生、受教育，這家人在九〇年代早期南遷到達齊。父親是湯瑪斯·卡斯特羅，似乎從來沒有工作過，從事土地開發的父親設立信託基金，提供他的生活所需。大衛的祖父在都柏林市中心擁有幾塊主要地產，以此過著安逸的生活。他也有幾匹賽馬，現今的時間都專注在這方面。

大衛的母親泰瑞莎則完全不同。她的背景最多只能稱為中下階層，母親是護士，父親是老師。泰瑞莎念的是藝術學校，她在母親罹患癌症、父親崩潰時休學找工作，提供家人生活所需。她在百貨公司的櫃檯工作，然後轉到櫥窗裝飾，從那裡開始室內設計的工作——一開始的對象是商店，然後是富人，因而結識湯瑪斯·卡斯特羅。他們結婚的時候，她的雙親都已經去世。泰瑞莎應該不需要工作，但她還是繼續下去，成立自己的一人公司，直到營業額數百萬鎊的五人公司，她自己沒有算在內。含海外的客戶名單也在持續成長之中。她現在五十一歲，完全沒有怠惰保養的痕跡，比她小一歲的先生依舊活躍於社交圈。愛爾蘭報紙的剪報有他在賽馬地點、花園派對之類的照片，但沒有一張是和泰瑞莎一起出現。在愛丁堡的飯店裡各自的房間……如他們的兒子所言，很難算是犯罪。

大衛比較晚上大學，花了一年的時間環遊世界。他現在是英國語文和文學碩士班[11]三年級的學生。雷博思記得他客廳的書：彌爾頓、華茲華斯、哈帝……

「在享受風景嗎，約翰？」

雷博思睜開眼睛。「在沉思，喬治。」

「這樣說來，你沒有要放棄？」

雷博思瞪著他。「差多了。」

「嗨呵」‧史威勒離開，席芳過來靠在雷博思的桌子上。

「所以，你的沉思有多深？」

「我在想，詩人羅比‧伯恩斯可能謀殺了他的一個情人。」她只是瞪著他。「還是其他讀到詩的人也有可能。」

「看不出有何不可能，不是有個什麼集中營的指揮官整晚聽莫札特？」

「那可真是個令人愉快的想法。」

「總是在這裡照亮你的日子。現在，幫個忙如何？」

「我怎麼能拒絕？」

她給他一張紙。「告訴我你覺得這是什麼意思。」

主旨：冥岸(Hellbank)

日期：九月五日

寄件人：Quizmaster@PaganOmerta.com

收件人：Flipside1223@HXRmail.com

你破解冥岸了嗎？時間緊迫，「糾纏」(Stricture)等待你叩關。

益智王(QuiM)

雷博思抬頭看她。「你要給個提示嗎？」

她拿回那張紙。「這是電子郵件的列印稿，斐麗芭有一些新的電子郵件還沒看，來自她失蹤的那一天。除了這一封，其他全都寄到她其他的名字。」

「其他的名字？」

「登入代號，」她暫停，「網路服務通常會給幾個登入代號，可以有五到六個。」

「為什麼？」

「這樣才能當……不同的人，我猜。斐麗面1223(Flipside1223)是一種代號，她的其他電子郵件都是寄到『斐麗．包佛』(Flip-dot-Balfour)。」

「那是什麼意思？」

席芳呼出一口氣。「就是想不透才問你。也許表示她有我們不知道的一面。她這個代號完全沒有留存的郵件，如果不是她看完信就刪除，就是寄錯給她的。」

「不過，看起來不像巧合，是不是？」雷博思說，「她的外號是斐麗。」

席芳點頭。「冥岸、糾纏、異教徒．奧瑪他(Pagan Omerta)……」

「奧瑪他是黑手黨的沉默法則。」雷博思說。

「還有益智王。」席芳說。「他或她是這樣簽名的，QuiM，一點青少年的幽默。」

雷博思再看看那封信。「打敗我了，席芳。你想怎麼做？」

「我想追蹤寄這封信的人，不過不太容易，我唯一能想到的方法是回信。」

「不論是誰，讓對方知道斐麗芭失蹤了？」

席芳降低聲調。「我想用**她的**方式回覆。」

雷博思深思。「你認為這樣有用？你要說什麼？」

「我還沒決定。」從她雙臂交疊的方式，雷博思知道她已經決定要放手去做。

「譚普勒分局長進來的時候先告知她一下。」他警告。席芳點點頭要離開，但他叫她回來。「你上過大學，告訴我，你以前會和斐麗芭．包佛這種學生混在一起嗎？」

她嗤之以鼻。「他們是來自另一個世界的人。對他們而言，不用去上討論課、也不用去上大堂課，他們有些人我只在考試的時候才會看到。而且你知道嗎？」

「什麼？」

「他們這些混蛋總是會及格……」

□

那天晚上，婕兒．譚普勒在巴摩爾飯店的棕櫚庭主持慶祝會。一位身著燕尾服的鋼琴師在另一個角落彈著琴。冰桶裡坐著一瓶香檳，桌上是一碗碗的小點心。

「記得留點肚子吃晚飯。」婕兒告訴她的客人，她已經在「海德安餐廳」預約了八點半的位子。現在剛過七點半，最後到的人才剛進門。

席芳脫下外套道歉，一名服務生剛出現，拿了她的外套，另一個服務生已經來把香檳倒進她的杯子裡。

「乾杯，」她說，坐下來舉起杯子，「還有恭喜。」

婕兒．譚普勒舉起自己的杯子，讓自己微笑。「我想，這是我應得的。」她對著身旁熱切同意的朋友說。

席芳已經認識其中兩位客人，她們都是法界人士，席芳在幾個起訴案裡和她們合作過。哈麗葉．布羅四十五出頭，黑色頭髮燙過（也許還染過），身材藏在一層層的軟呢和厚棉裡。黛安娜．麥卡夫四十出頭，灰金色短髮，沒有遮掩她凹陷的眼窩，反而用深色眼影誇大。她總是穿著亮色衣服，更加強她旗杆般營養不良的外表。

「這位是席芳・克拉克。」婕兒介紹派對的最後一位成員。「我分局裡的警佐。」她說「我分局」的方式好像是得到一個地方的擁有權，然而席芳想，離事實也並不太遠。「席芳，這位是琴恩・柏其，她在博物館上班。」

「噢，哪一個？」

「蘇格蘭博物館。」柏其回答。「你去過嗎？」

「我在塔樓餐廳吃過一次飯。」席芳說。

「那不太一樣。」柏其的聲音越來越小聲。

「不是，我的意思是……」席芳試著找到外交辭令。「開幕之後我去用餐過一次，跟我去的那個男的……嗯，很不好的經驗，於是讓我打了退堂鼓。」

「了解。」哈麗葉・布羅說，好像生活裡每個行為的錯誤都可以用異性來解釋。

「嗯，」婕兒說，「今天晚上只有女生，所以我們可以放輕鬆。」

「除非我們晚點去舞廳。」黛安娜・麥卡夫說，眼睛發亮。

婕兒看到席芳的眼睛。「你把電子郵件寄出去了嗎？」她問。

琴恩・柏其嘖嘖地說：「請不要談公事。」

兩位檢察官大聲同意，但席芳也點點頭，讓婕兒知道郵件已經寄出去。不過，是否有人會被騙倒則是另一回事，這也是她為什麼晚到的原因。她花了太多時間看斐麗芭的電子郵件，所有她寄給朋友的，試著找到比較有說服力的語調、什麼字眼、什麼順序。她改了十幾次草稿，才決定維持簡單就好。但是，斐麗芭有些郵件好像是長長的聊天信，如果她先前寫給益智王的信也是那樣怎麼辦？他或她面對這樣簡短不尋常的回答，會有什麼反應？**問題，需要和你談談。斐麗面**。然後是電話號碼，席芳自己的手機號碼。

「我今晚在電視上看到記者會。」黛安娜・麥卡夫說。

琴恩・柏其嘆息。「我剛剛怎麼說的？」

麥卡夫轉頭，用她大而深色的謹慎眼睛看著她。「這不是公事，琴恩，大家都在談論這件事。」然後她轉向婕兒，「我不認為是那男朋友做的，你覺得呢？」

婕兒只是聳聳肩。

「你看？」柏其說，「婕兒不想談這件事。」

「比較有可能是那父親。」哈麗葉．布羅說。「我哥哥和他同校，為人非常冷酷。」她說話的自信和權威顯示了自己的出身。席芳猜，也許她從幼稚園開始就想當律師。「那母親在哪裡？」布羅要求婕兒回答。

「她無法面對，」婕兒回答，「我們有要求她出面。」

「她的表現不可能比那兩個還笨拙。」布羅說，從眼前的碗裡挑出腰果。

婕兒突然看起來累了。席芳決定換個話題，問琴恩．柏其她在博物館做什麼工作。

「我是資深策展人。」柏其解釋。「我的主要專長是十八和十九世紀。」

「她的主要專長，」哈麗葉．布羅插嘴，「是研究死亡。」

柏其微笑，「沒錯，我策劃的展覽是關於信仰和──」

「更真實的是，」布羅插嘴，眼睛看著席芳，「她把維多利亞時期夭折嬰兒的棺材和照片收集起來，每次如果剛好不小心去到那一層樓，都會讓我肚子痛。」

「四樓。」柏其安靜地說。席芳認為她非常漂亮。嬌小纖細，棕色直髮及肩向內捲，臉上有酒窩，下巴線條清楚，粉紅色的臉頰，即使在棕櫚庭隱密的燈光下也不受影響。席芳看不出她化了妝，也不需要。她穿的是低調、柔和的顏色，外套和長褲在店裡大概被稱為鼬鼠色，外套下是灰色開士米毛衣，一條紅棕色的羊毛圍巾在肩膀的地方用雷尼．麥金塔的別針別著，也是四〇年代晚期的東西。這讓席芳想到自己不但是這裡最年輕的，而且大概年輕至少十五歲。

「琴恩和我是同學，」婕兒解釋，「後來失去聯絡，四、五年前才又不期而遇。」

柏其聽到這個回憶時微笑。

「我可不會想見到我的同學。」哈麗葉・布羅嘴裡一大口堅果說著。「都是混蛋，那一群人。」

「再來些香檳嗎，女士們？」服務生說，從冰桶裡舉起酒瓶。

「我們已經等有夠久了。」布羅很快地說。

□

在甜點和咖啡之間，席芳到洗手間去，沿著走廊走回餐廳時遇見婕兒。

「她們都是聰明人。」婕兒微笑著說。

「這是很棒的一餐，婕兒，你確定我不能夠……」

婕兒摸摸她的手臂。「我請客。我不是每天都有值得慶祝的事情。」微笑在她的嘴角融化。「你覺得你的電子郵件會有用嗎？」席芳只是聳聳肩，婕兒點點頭，接受這樣的判斷。「你覺得記者會怎麼樣？」

「慣常的叢林混戰。」

「有時候有用。」婕兒沉思。除了香檳，她又喝了三杯葡萄酒，不過，唯一顯示她並非完全清醒的線索是她的頭微微傾斜，以及沉重的眼皮。

「我可以說一件事嗎？」席芳問。

「這不是上班時間，席芳，愛說什麼就說什麼。」

「你不該給愛倫・懷利。」

婕兒瞪著她。「應該給你，是嗎？」

「我不是這個意思。不過，如果是第一次當新聞聯絡官的話……」

「你會做得更好？」

「我沒有這樣說。」

「那你在說什麼？」

「我是說，那是個叢林，你把她丟進那裡，連個地圖都沒有給她。」

「小心，席芳。」婕兒的聲音已經失去了溫暖。她考慮了一下，吸吸鼻子，說話的時候眼睛看著大廳。「愛倫．懷利已經纏著我好幾個月，說她想做新聞聯絡官，我一有機會就給她了。我想看她是不是像自己以為的那麼厲害。」現在她的眼睛看著席芳，她們的臉近到席芳足以聞到酒味。「顯然不是。」

「感覺如何？」

婕兒伸出一隻手指。「別太過分，席芳。我手上的問題已經夠多了。」她看起來似乎要再說些什麼，但只是搖搖手指，擠出一個微笑。「我們稍後再談。」她欠身從席芳身旁經過，推開洗手間的門，然後又停下來。「愛倫已經不再是新聞官了，我本來想找你……」門在她身後關上。

「別當是給我恩惠。」席芳說，但只是對著同樣已經關上的門。婕兒彷彿在一夜之間變得無情，利用羞辱愛倫．懷利展現自己的力量。問題是……席芳本來**的確**想做新聞官，但同時也對自己的想法很不齒，因為她很享受那場記者會，享受愛倫．懷利的挫敗。

婕兒從洗手間出來時，席芳坐在走廊的椅子上，婕兒站在她面前，眼睛朝下看著她。

「你真掃興。」她下了評語，轉身離開。

1 這是一則蘇格蘭笑話。「那是你的愛爾郡培根嗎？」（Is that your Aryshire bacon?）用濃重的蘇格蘭口音說時，聽起來像「你在烤你的屁股嗎？」（Is that your arse you're baking?）。所以站在電爐旁的老闆才會回答：「不，烤的是我的手。」

2 咖啡師傅是「barista」，音近「barrister」（律師）。

3 佛利伍．麥克合唱團曾於一九七七年發行一張名叫《謠言》的搖滾專輯，雷博思借此嘲諷散布不實謠言一事。
4 一般公寓樓下的門鈴旁會有一個小小的格子，上面用打字或手寫標示住戶的名字。
5 意指希臘本土及其位於義大利南部的殖民地和西西里島等地所流行，堅固結實的柱子。
6 凱利（ceilidh）原指源自蘇格蘭的蓋爾社交舞蹈，之後用於表示源自蘇格蘭及愛爾蘭的賽爾特社交聚會，包括吟詩、敘事、歌唱及舞蹈等，現今則普遍存在於世界各地蘇格蘭及愛爾蘭裔族群群居之處。
7 因為挑高，所以不完全算是地下室。
8 這裡的溫室不是種花的地方，而是在室內隔出一間有大片窗戶、甚至玻璃屋頂的房間。由於室外溫度低，陽光照進來的時候可坐在這裡享受，室內氣溫也會因此升高變暖，故名溫室。
9《厄夜叢林》（The Blair Witch Project）為一九九九年出品的美國電影，仿紀錄片形式的恐怖片，全片用不斷晃動的鏡頭表達、強調業餘自拍手法。
10 LOL為網路聊天用語，原意為laughing out loud（大笑出聲），雷博思以為是loyal orange lodge（忠誠橘色小屋）。
11 有別於英格蘭及威爾斯等地為三年制大學，畢業後授予學士學位；蘇格蘭的大學為四年制，畢業時授予碩士學位。

第三章

「我還以為來的會是街頭藝術家。」唐納．德文林說。在雷博思的眼裡，他身穿和上次見面時完全一樣的衣服。退休的法醫坐在桌前，旁邊是一部電腦，和蓋菲爾分局似乎唯一知道如何使用臉部合成畫像軟體的刑警。合成畫像軟體是一個資料庫，存有各種眼睛、耳朵、鼻子、嘴巴，有特殊效果可以組合細節，加以合併。

雷博思大概知道農夫的同事們如何把他的照片套在肌肉男的身上了。

「已經比過去好些了。」雷博思只這樣說，以回答德文林的評語。他喝著附近咖啡店的咖啡，不及他的**咖啡師傅**的標準，但比局裡咖啡販賣機的好多了。昨晚他的睡眠斷斷續續，在客廳的椅子上流著汗，發抖著醒來——惡夢和盜汗。不論哪個醫生可以告訴他些什麼，他知道自己的心臟沒有問題——他可以感覺到心跳，做著自己的工作。

現在，咖啡只能勉強讓他不打呵欠。電腦前的刑警完成了草稿，正在列印。

「有些**什麼**……有點不對勁的地方。」德文林說，但已經不是第一次了。雷博思看了一眼，是一張臉沒錯，但毫無特徵，很容易忘記的那一種。「幾乎有可能是位女性，」德文林繼續說，「然而我很確定，是**他**不是**她**。」

「像這樣呢？」刑警問，點著滑鼠。螢幕上的那張臉長了飽滿茂密的鬍子。

「噢，實在很可笑。」德文林抱怨。

「那是提貝警佐眼裡的幽默，教授。」雷博思道歉。

「你知道我**已經**盡力了。」

「我們了解，教授。提貝，把鬍子拿掉。」

提貝拿掉鬍子。

「你確定不可能是大衛・卡斯特羅？」雷博思問。

「我認得大衛，不是他。」

「你跟他有多熟？」

德文林眨眨眼。「我們說過幾次話。有一天在樓梯間碰見，我問他手上拿的書，彌爾頓的《失樂園》，我們討論了一會兒。」

「聽起來很有吸引力，教授。」

「的確是。相信我，那小伙子頭腦不錯。」

雷博思陷入沉思。「你認為他有可能殺人嗎，教授？」

「殺人？大衛？」德文林笑了。「我不認為他會覺得這種行為算是智力的運用，探長。」他停頓一下。「他還是嫌疑犯嗎？」

「你知道警方辦案是怎麼樣的，教授。在證明清白之前，全世界都是有罪的。」

「我以為是反過來：證明有罪前都是清白的。」

「我想，你把我們和律師搞混了，教授。你說，你並不真的認識斐麗芭？」

「同樣的，我們在樓梯上擦身過。大衛和她的不同之處在於，她似乎從來都不想停下來。」

「有點高不可攀是嗎？」

「我不知道好不好這樣說。不過，她似乎是在有點稀薄的空氣下長大，你不覺得嗎？」他變得比較小心。

「其實，我是包佛銀行的客戶。」

「那你見過她父親嗎？」

德文林的眼睛閃爍。「老天爺，沒有。我根本算不上是他們相對重要的客戶。」

「我一直想問，」雷博思說，「你的拼圖拼得怎麼樣了？」

「很慢，不過，這本來就是這種東西的樂趣所在，是不是？」
「我從來都不是玩拼圖的料。」
「但你喜歡你的拼圖。我昨天晚上和山地・蓋茲講過話，他告訴我你的事。」
「那一定讓電話公司賺翻了。」
他們一起微笑，回過頭來繼續工作。
過了一個小時，德文林決定前一個人像比較接近。謝天謝地，提貝儲存了每一個版本。
「是的，」德文林說，「當然一點都不完美，但我想至少是令人滿意的……」他作勢從椅子上起身。
「趁你在這裡，教授……」雷博思伸手進到一個抽屜裡，拉出一大本照片。「我們想請你看一些照片。」
「照片？」
「包佛小姐的鄰居，大學朋友的照片。」
德文林慢慢地點頭，但沒有顯露出熱誠。「這是過濾程序的一部分？」
「如果你覺得可以做的話，教授。」
德文林嘆息。「也許一些淡茶可以幫助我專心……」
「我想我們可以提供淡茶，」雷博思看看正忙著用滑鼠的提貝。靠近時，他看到螢幕上的臉和德文林自己很像，倘若不是少了頭上的角。「提貝警佐會去拿茶。」雷博思說。
提貝從椅子上起身之前，先確定儲存了這個影像。

□

雷博思回到聖藍納分局時，有消息進來，關於另一個僅僅稍加遮掩的搜索行動，這次是查看卡爾頓路上，大衛・卡斯特羅停放名爵跑車的地方。

豪登侯的鑑識小組在那裡沒有找到任何明顯且具重要性的東西，他們已經知道車上會到處都是斐麗・包佛的指紋，她的一些個人用品——一支唇膏、一副太陽眼鏡——在置物櫃裡也不意外。車庫本身很乾淨。

「沒有上鎖的冷凍櫃？」雷博思猜。「沒有暗門通往酷刑地窖？」

「遙遙」丹尼爾搖搖頭。他當起跑腿工，在蓋菲爾和聖藍納分局之間傳送文書。「開名爵的學生。」他評論道，又搖搖頭。

「別說是車子，」雷博思告訴他，「光那車庫大概就比你的公寓值錢。」

「天啊，你有可能是對的。」他們笑得很酸。每個人都很忙。昨天記者會的重點——愛倫・懷利出場的部分被剪掉——已經在晚間新聞播出。現在忙著追查失蹤學生的目擊線索，意思是要處理很多電話……

「雷博思探長？」雷博思轉身面向那個聲音。「請到我的辦公室。」

那的確是她的辦公室，已經加入了個人風格。要不就是檔案櫃上的那束花把空氣變得新鮮，或是她可能用了人工芳香劑。農夫的椅子也沒了，取而代之的是更實用的型號。農夫以前總是無精打彩地坐著，婕兒則正襟危坐，彷彿隨時可以起身。她遞出一張紙，坐在對面的雷博思必須離開座位才拿得到。

「有一個叫瀑布村的地方，」她說，「你知道嗎？」他慢慢地搖頭。「我也沒聽過。」她承認。

雷博思連忙讀那張短箋。是一個電話留言，瀑布村發現了一個洋娃娃。

「娃娃？」他說。

她點點頭。「我要你去看一看。」

雷博思笑出來。「你在逗我。」但他抬頭看到她一臉空白。「這是我的懲罰嗎？」

「懲罰什麼？」

「我不知道，也許是為了在約翰・包佛面前酩酊大醉。」

「我沒那麼小心眼。」

「我正開始懷疑。」

她瞪著他。「繼續說，我在聽。」

「愛倫‧懷利。」

「她怎麼樣？」

「她不該受到那樣的待遇。」

「你是她的粉絲是吧？」

「她不該受到那樣的待遇。」

她伸出手拉起耳朵。「這裡有回聲嗎？」

「我會一直說到你開始聽為止。」

他們繼續瞪著對方，房間裡一片沉默。電話響的時候，婕兒似乎不想聽。最後伸手去接時，眼睛還瞪著雷博思。

「是？」她聽了一下子。「是的，長官，我會去。」她的眼神移離，放下電話，重重地嘆了一口氣。「我要走了。」她告訴雷博思。「我要去和副署長開會。你去瀑布村就是了，好不好？」

「我不想為難你。」

「那個洋娃娃在一口棺材裡，約翰。」她的聲音突然間聽起來很累。

「小孩的惡作劇。」他說。

「也許。」

他又看一次短箋。「這裡說瀑布村在東洛錫安，可以讓哈丁頓或其他分局去處理。」

「我要**你**去處理。」

「你不是認真的吧？這是個玩笑，對不對？就像你告訴我，我想和你調情？告訴我要去看醫生？」

她搖搖頭。「瀑布村不只是位於東洛錫安而已，約翰，包佛家在那裡。」她給他時間吸收這個資訊。「你隨時都會接到醫生的約診通知。」

□

他沿著一號公路把車子駛離愛丁堡，路上車不多，太陽低而明亮。對他而言，東洛錫安就是海邊的高爾夫球場、岩石沙灘、平坦的農地和通勤小鎮，強烈地捍衛著他們的特質。這個地區有著自己的祕密——格拉斯哥的罪犯藏身於露營車場，但基本上是個平靜的地方，許多一日遊遊客選擇的景點，或是往南到英格蘭的路上繞道途經之地。對他而言，哈丁頓、古蘭、北布維克這樣的小鎮總有一股含蓄的感覺，富裕的封閉領地，小小的商店依賴當地社區的支撐，對於附近首都的大賣場文化非常睥睨。然而，愛丁堡發揮了她的影響力——市內的房價迫使更多人搬得更遠，而綠色區帶則被房屋及商圈發展業者侵入。雷博思曾經派駐的分局位處進城南端和東端的核心要道上，過去十年來，他注意到尖峰時間越來越多的車流，緩慢、無情的通勤族。

瀑布村不好找。他相信直覺而沒有用地圖，結果錯過一個轉彎跑到卓倫去。在那裡，他停留足夠的時間買了兩包洋芋片和一瓶Irn-Bru，搖下他那一邊的窗戶，就在車子裡小小野餐起來。他還是認為婕兒派自己來是為了給他一個下馬威，讓他了解自己的處境。對他的新任分局長而言，那個地方就是叫作瀑布村的遙遠前哨。吃完點心，他發現自己正吹著口哨，是關於住在瀑布旁的一首歌，雖然自己只記得一半的旋律。他覺得應該是席芳錄給他的曲子，針對七〇年代以降音樂教育的一部分。卓倫只有一條主要大街，非常安靜地在他身旁。偶爾有行經的車子或卡車，但人行道上沒有人。店主人試著找話題聊，但雷博思對他所評論的天氣沒什麼可以補充的，也沒有問去瀑布村的路。他不想讓自己看起來像個該死的觀光客。

他拿出地圖集，瀑布村幾乎占不到一個點那麼大。他不知道這個地名是怎麼來的。他很清楚這類事情，如果發現地名源自某個奇怪的、當地獨有的發音，像是「費爾斯」、「富立斯」之類，他也不會感到意外。他又花了十分鐘在迂迴的路上，像溫和的雲霄飛車般上上下下，最後才找到那個地方。如果不是因為一些盲坡和緩慢移動的牽引機，害他只能用二檔的速度爬行，本來應該不到十分鐘就可以找到的。

瀑布村並不如他所預期。村子中央是一小段主要道路，兩邊都有房子，不錯的獨棟房子，照料良好的花園，窄小的人行道後是一排小屋，其中一間外面的木製招牌整齊地漆著「陶器」二字。不過，村莊的盡頭——其實只是個小聚落——有看起來頗可疑的、一九三〇年代風格的國宅，灰色雙併建築、破碎的籬笆、馬路中間的三輪車。一塊草坪把房子和馬路隔開，兩個孩子不怎麼有興趣地相互踢著球。雷博思開車經過的時候，他們的眼睛轉過去研究他，好像他是什麼稀有動物一樣。

然後，就像他突然進到村裡，也突然又回到鄉間風光。他在村子的邊緣停下來，眼前不太遠處可以看到像是加油站的地方，但看不出是否還在營業中。剛剛被他超車的牽引車現在經過他的面前，減速後進入一塊犁了一半的田。司機一點都沒有注意雷博思，車子顫抖一陣後停下來，他從駕駛座上滑下來，雷博思可以聽到裡面的收音機很大聲地播放著。

雷博思打開車門，在身後一甩關上。那個農場工人還是沒有注意到他。雷博思把手掌放在腰際的石牆上。

「早啊。」他說。

「早。」那男人在牽引機後方擺弄著他的機器。

「我是警察。你知道我可以在哪裡找到貝芙莉．杜德斯嗎？」

「大概在家裡。」

「她家在哪裡？」

「你看見那個有陶器招牌的小屋？」

「有。」

「那是她家。」男人的聲音變得漠不關心，連往雷博思的方向瞥一眼的興趣都沒有，而是專注在犁田機的刀片上。他的身材壯碩，黑色捲曲的頭髮和黑色的鬍子框住一張滿是皺紋和曲線的臉。有那麼一刻，他讓雷博思想起童年時期的漫畫人物，奇怪的臉孔從哪一面看都可以。「是關於那該死的娃娃，是吧？」

「是的。」

「根本就是無聊的胡扯，還要去找你們這些人來。」

「你不認為和包佛小姐的失蹤有關嗎？」

「當然沒有。只是草原側社區來的孩子，如此而已。」

「你大概說的對。草原側社區就是那一排房子，是不是？」雷博思回頭對著村裡點點頭。他看不到那些男孩子——他們和瀑布村一樣，被彎路擋住了——但他覺得自己聽得到遠處踢球的聲響。

那農場工人同意地點點頭。「像我說的，浪費時間。不過，浪費的是你的時間，我想……但是是我的稅金支付的。」

「你認識那一家人嗎？」

「哪一家？」

「包佛家。」

那農場工人又點點頭。「他們擁有這片土地……的一部分，還有你看得到的隨便一條路。」

雷博思看看四周，第一次了解到眼前沒有任何屋舍或建築，除了那加油站。「我以為他們只擁有那屋子和附近的土地。」

現在那農場工人搖搖頭。

「對了，他們家在哪裡？」

第一次，那男人的目光鎖住雷博思。不論他打量雷博思的目的是什麼，似乎已經滿意。他的雙手在褪色的牛仔褲上摩擦著，把手弄乾淨。「村另一頭的一條小路，」他說，「往那邊走一哩。很大的鐵門，你不會錯過。瀑布也在那裡，大約走到一半的路上。」

「瀑布？」

「真的瀑布。你會想看的，不是嗎？」

農田後面的地勢緩和地起伏，很難想像後方有足夠的高度造成瀑布。

「我不會想浪費你的納稅錢觀光。」雷博思笑著說。

「不會是觀光，可不是？」

「那會是什麼？」

「該死的犯罪現場。」聲音裡帶著惱怒。「他們在愛丁堡什麼都沒告訴你嗎？」

□

一條小巷從村子裡蜿蜒延伸上坡，任何經過的人大概會像雷博思一樣，以為盡頭是死巷，也許是轉進某戶人家的車道。但是路最後還是開闊起來，雷博思把車子停在路邊。就像村人解釋的，那裡有一座木梯。雷博思鎖上車門──城市佬的直覺反應，很難抗拒──爬過階梯，進到一片田野，有牛在吃草。他們對他的興趣大概和那農場工人一樣多。他可以聞到牠們，聽到牠們鼻子呼氣和大聲咀嚼的聲音。他盡最大努力避免踩到牛屎，一邊走向附近的一排樹林。樹林指出溪水的路徑，如此一來就可以找到瀑布。前一天早上，貝芙莉·杜德斯在這裡發現一口小小的棺材，裡面有一個娃娃。他找到這個村莊以之命名的瀑布時，不禁失聲而笑。瀑布只有四呎高。

「算不上是尼加拉瀑布，是不是？」雷博思在瀑布旁蹲了下來。他無法確定娃娃本來躺在哪裡，但還是四處看看。這是個漂亮的景點，也許很受當地人歡迎。沿途由一些啤酒罐和巧克力包裝紙帶路到此。他站起來檢視四周，有風景卻又遺世獨立，眼前看不到任何民宅。他懷疑會有人看到娃娃是誰放的，前提是，娃娃並不是從上游沖下來的，也不是說上游有什麼堪稱線索的東西。小溪蜿蜒往山腳流，他懷疑上游除了一片荒野還會有什麼。他的地圖上甚至沒有這條小溪，上面也沒有住家，只有山丘，可以走好幾天也不會見到半個人影。他在想包佛的家在哪裡，然後發現自己在搖頭。有什麼差別？他來這裡不是為了找娃娃，有沒有棺材都一樣……只是來捕風捉影。

他又再次蹲下，一隻手放進水裡，手掌向上。水冰涼而清澈，他撈起一些，看著水從指間滴落。

「那個水我一滴都不會喝。」一個聲音叫道。他抬頭看著光線，一個女人從樹林那裡出現，削瘦的骨架上穿著長印花棉布洋裝。太陽在她身後，衣服下的身材一覽無遺。她一面向前走來，一隻手把金色長髮往後拉，撥在眼睛望出去的視線之外。「農夫。」她解釋。「他們用的化學藥物滲透到泥土和溪水裡，有機磷酸鹽，誰知道還有什麼？」她似乎因為想到這點而不寒而慄。

「我從來不碰那種東西。」雷博思說，一邊站起來，一邊將手在袖子上擦乾。「你是杜德斯小姐嗎？」

「大家都叫我貝芙。」她伸出骨瘦如柴的手，手的另一端是同樣骨瘦如柴的手臂。像雞骨頭，雷博思心想，小心不要握得太用力。

「我是雷博思探長。」他說。「你怎麼知道我在這裡？」

「我看到你的車子。我從窗戶往外看，你開車經過的時候，我就直覺地知道。」她用腳趾跳了一下，很高興證明自己對了。他讓雷博思想起少女，但她的臉卻是不同的故事——眼角的魚尾紋、下巴的皮膚鬆弛。她一定有五十出頭了，不過外露的活力卻比實際年齡年輕許多。

「你走路來的？」

「噢，是的，」她說，看著腳下的開口涼鞋，「我很意外你沒有先來找我。」

「只是想先到處看一看。你到底是在哪裡發現這個娃娃的？」

她指著瀑布流水的地方。「就在瀑布下面，在河岸上，完全是乾的。」

「你為什麼這樣說？」

「因為我知道你在猜是不是從上游流下來的。」

雷博思沒有表現出自己的確是這樣想，但她似乎還是感覺到了，又踮腳跳了一下。

「而且它就這樣放著。」她繼續說。「我不認為是有人不小心留下來的，他們會注意到而回頭來拿。」

「考慮過往警察事業發展嗎，杜德斯小姐？」

她咂咂嘴。「拜託，叫我貝芙。」她沒有回答他的問題，但是他可以看出來，她聽了很高興。

「我猜你沒帶在身邊？」

她搖搖頭，頭髮因此掉了下來，她必須再撥回去一次。「在小屋裡。」

他點點頭。「在這裡住很久了嗎，貝芙？」

她微笑。「我還沒有口音，是不是？」

「還早。」他承認。

「我在布里斯托出生，在倫敦的時間久到懶得記，因為離婚而到處亂跑，到這裡就已是上氣不接下氣了。」

「那是多久以前的事？」

「五、六年前。他們還是叫我家『史旺敦家』。」

「在你之前住在那裡的那家人？」

她點點頭。「瀑布就是這樣的地方。探長，你笑什麼？」

「我本來不確定要怎麼發音。」

她似乎能理解。「很有趣，是不是？我是說，只是一道小小流瀉而下的水流，為什麼是『瀑布』？似乎沒有人知道。」她停下來。「這裡本來是個礦村。」

他的前額起皺。「煤礦？這裡？」

她伸手指向北方。「往那邊一哩左右，沒挖到什麼，是三〇年代的事了。」

「也就是他們蓋草原側社區的時候？」

她點點頭。

「但是現在沒有在挖礦了？」

「好幾年沒有了。我想，大部分住在草原側社區的人都沒有工作。那片長滿矮樹叢的地方，你知道，並不是原來的草原。他們蓋第一批房子的時候，那裡有一片真的草原，但是後來他們需要更多的房子……只好蓋在原來草原的正上方。」她又跳了一下，改變話題。「你想，你的車子能掉頭嗎？」

他點點頭。

「嗯，慢慢來，」她說，轉身離開，「我先回去泡茶，在轉輪小屋見，探長。」

□

「轉輪。」她解釋，一邊把熱水倒進茶壺裡，是做拉胚陶器的轉盤。

「剛開始是療癒，」她繼續說，「在分手之後。」她停了一下。「但我發現自己原來還滿拿手的，我想，我讓一些老朋友很意外。」她說老朋友的方式讓雷博思認為，這些朋友在她的新生活裡已經不占一席之地。「所以，也許『轉輪』也代表生命之輪。」她補充，舉起托盤，帶領他進入她所稱的「會客室」。

這是一個狹小、矮天花板的房間，到處都是明亮的花色圖案。他想，有幾個應該是貝芙莉‧杜德斯的作品——藍漆陶器的盤子和花瓶。他記得讓她發現他有注意到。

「大部分是早期的東西。」她說，語調中試圖帶著些許輕視。「我留著是為了紀念。」她再次把頭髮拉到後面，手鐲和手鍊滑到手腕上。

「這些做得很好。」他告訴她。她倒茶，遞給他一組粗獷的杯盤，同樣的藍色。他看看房間四周，看不到棺材或是娃娃的跡象。

「在我的工作室裡，」她說，似乎又讀到他的心思，「我可以去拿，如果你要的話。」

「麻煩你。」他說。她起身離開房間。雷博思感覺房間給他窒息感。茶水並不是茶，而是替代的花草茶，他考慮倒進其中一個花瓶裡，但最後決定拿出手機，打算檢查留言。螢幕空白，沒有訊號。也許是因為粗厚的石牆，不然就是因為瀑布村所在的地區收不到訊號，他以前就知道東洛錫安會這樣。房間裡只有一個小小的書架，大部分是藝術品和工藝品，幾本威卡教[1]的書。雷博思拿起一本開始翻閱。

「白色魔法，」他身後的聲音說，「相信自然力量的信仰。」

雷博思把書放回去，轉身面向她。

「在這裡。」她說。她捧著棺材的樣子好像是什麼朝聖隊伍的一分子。雷博思向前一步，她伸出手臂給他，他溫柔地從她手上接過，好像覺得被期待應該這麼做。同時，他的腦海裡又浮現一絲想法：**她神經有問題……這一切都是她自導自演！**不過他的注意力還是轉移到棺材本身。棺材是用深色木頭做的，也許是陳年橡木，用黑色釘子釘起來，類似地毯的大頭針一樣。木板經過測量後鋸開，邊緣磨砂，除此之外沒有經過處理。整件物品大概有八吋長，並不是出自職業工匠之手，連雷博思這種不擅木工的人都看得出來。她為他打開蓋子，眼睛睜大沒眨眼地瞪著他看，等著他的反應。

「本來是釘死的，」她解釋，「是我撬開的。」

裡面，小小的木製娃娃雙手平放在兩旁，臉部圓潤但空白，身穿一片印花棉布。有經過雕刻，但沒什麼藝術性可延，鑿子雕過的地方有深深的刻痕。雷博思試著把娃娃從盒子裡拿出來，但他的手指太笨拙了，娃娃和棺材之間的距離也太小。他把盒子倒過來，娃娃滑到他的手掌上。他的第一個想法是拿娃娃身上那塊布和客廳裡的不同材料比對，但並沒有明顯的吻合之處。

「這塊布滿新的，也很乾淨。」她低聲說。他點點頭。棺材在戶外的時間沒有很久，還沒有弄髒或受潮。

「我看過一些奇怪的東西，貝芙……」雷博思說，聲音逐漸變小。「現場沒有其他東西？沒有什麼不尋常的東西？」

她慢慢地搖頭。「我每星期都散步到那裡。這個，」摸著棺材，「是唯一突兀的東西。」

「腳印……？」雷博思開始提問，卻又停了下來。這種問題對她的要求太高了，但她已經準備好回答。

「我沒有看到什麼腳印。」她的目光離開棺材，又回到他身上。「我有**特別**找找看，因為我知道棺材不可能憑空跑出來。」

「村子裡有人喜歡木工嗎？也許是個木匠……？」

「最近的木匠在哈丁頓。隨便想一想的話，我不知道有人……我是說，哪個正常人會做這樣的事？」

雷博思微笑。「我打賭你一定有想過。」

她報以微笑。「我沒有想太多，探長。我是說，如果是在一般情形下，我可能會對這類事情聳聳肩，但是，加上發生在包佛家女孩身上的事……」

「我們並不知道發生了什麼事。」雷博思覺得有義務要說清楚。

「但是想必有關連？」

「不表示就不是惡作劇。」他說話的時候眼睛還是看著她。「在我的經驗裡，每個村莊都有自己的駐地怪咖。」

「你是說我……」她聽到屋外車子接近的聲音而停下來。「噢，」她說，站起身，「應該是那個記者。」

雷博思跟著她走到窗邊。一名年輕男子從一輛紅色福特「焦點」的駕駛座走出來。在乘客席上，一位攝影師把鏡頭裝到相機上。司機伸展、搖搖肩膀，好像是一段漫長旅程的尾聲。

「他們之前有來過。」貝芙解釋。「包佛家女孩剛失蹤的時候，留了一張名片給我。這件事發生的時候……」她走到前門，雷博思跟著她走進狹窄的玄關。

「那並不是最聰明的舉動，杜德斯小姐。」雷博思試著表達他的不悅。

手放在門把上，她半轉身對他說：「至少他們沒有指控是我惡作劇，探長。」

他想說**但他們會**，不過傷害已經造成。

記者的名字是史帝夫．何利，為一家格拉斯哥小報的愛丁堡辦公室工作。他很年輕，二十出頭，這是好事——也許他會接受勸阻。如果他們派的是老鳥，雷博思連試都懶得試。

何利身材短小，有點過重，頭髮用髮膠塑造成鋸齒狀，讓雷博思想起在農場籬笆上看到的一根鐵絲。他手上有一本筆記本和筆，用另一手和雷博思握手。

「我不認為我們曾見過面。」他說，說話的方式讓雷博思懷疑記者並非不知道他的名字。「這是東尼，我亮麗的助理。」攝影師嗤之以鼻，把攝影器材袋揹到另一邊的肩上。「我們想的是，貝芙，我們帶你去瀑布，讓你從地上撿起棺材。」

「是，當然。」

「這樣可以省下拍室內照的麻煩。」何利繼續說。「也不是說東尼會介意。但如果把他放在室內，他會開始搞創意和藝術氣息。」

「哦？」她以讚賞的目光看著攝影師。雷博思忍住笑。「創意」、「藝術氣息」這些字詞對於記者和貝芙而言，有著不同的意義。但是何利很快也就聽了出來。「我可以讓他再來一次，如果你喜歡的話，幫你拍個人照，也許在你的工作室裡。」

「這算不了什麼工作室。」貝芙反對他的說法，手指撫摸著脖子，享受著這樣的想法。「只是個放了我的拉胚機和圖畫的客房。我把白紙釘在牆上，讓光線更明亮。」

「說到光線，」何利插嘴，若有所思地瞪著天空，「我們最好開始行動了，是吧？」

「現在剛好，」攝影師向貝芙解釋，「不會維持太久。」

貝芙也抬頭，同意地點點頭。一位藝術家對另一位藝術家。雷博思必須承認，何利很有辦法。

「你想待在這裡留守嗎？」他現在和雷博思說話。「我們只需要十五分鐘。」

「我必須回愛丁堡。方便要你的電話號碼嗎，何利先生？」

「如果我找得到名片的話。」記者開始翻口袋，掏出一個皮夾，從裡面拿出一張名片。

「謝謝。」雷博思說，一面收下。「能不能借一步說個話……？」

他帶何利走遠幾步，看到貝芙和攝影師站得很近，問他自己的衣服是否適合。他的感覺是，她念著村裡有另一個藝術家的感覺。雷博思背對他們，最好能遮住他要說的話。

「你看過這個娃娃的東西嗎？」何利問。雷博思點點頭。何利皺皺鼻子。「你認為我們在浪費時間嗎？」

他的音調很友善，邀請對方做事實的陳述。

「幾乎可以確定是如此。」雷博思說，一點也不相信，而且清楚一旦何利看過那奇怪的雕刻，他同樣不會相信。「反正是郊區一日遊。」雷博思繼續說，在語調裡硬是加入一些輕率的味道。

「我沒辦法忍受鄉下。」何利承認。「就我的品味而言，距離二氧化碳廢氣太遙遠了。很驚訝警方派個探長……」

「我們必須嚴肅地對待每個線索。」

「你們當然得這麼做，我可以了解。不過，我還以為頂多派個警官或警佐。」

「如我所說——」但何利已經轉身離他而去，準備好回到工作。雷博思抓住他的手臂。「你知道，如果這東西真的變成證據，我們可以封鎖消息？」

何利敷衍地點點頭，試著用美國口音說：「叫你們的人找我們的人。」他放開他的手，回到貝芙和攝影師身邊。「這裡，貝芙，你要穿那樣嗎？我在想，天氣這樣好，也許你穿短一點的裙子比較舒服……」

□

雷博思開車回到小路上，這次沒有在階梯旁停下來，而是繼續開，不知道自己可能會發現什麼。再往上開半哩，寬廣的車道上鋪著粉紅色的碎屑，卻突然在一道高聳的鐵閘門前停止。雷博思把車停在路邊，走下車，閘門用掛鎖鎖著。他可以看到後方的車道蜿蜒經過一座森林，樹木遮掩著房子。沒有告示牌，但他知道這應該就是「杜松」。鐵閘門兩旁是高聳的石牆，逐漸緩降至比較可以應付的高度。雷博思離開車子，繼續走了一百碼，翻身過圍牆，進到樹林裡。

他的感覺是，如果嘗試走捷徑，他可能會落到困在樹林裡好幾個小時。所以他走向車道，希望在彎道之後能有另一個彎道、再一個彎道延伸下去。

車道的狀況正如他想像。他茫然地想著，送貨的、郵差怎麼進來？也許不是約翰．包佛這樣的人會關心的事。他走了整整五分鐘才看到房子，外牆是陳年石板的顏色，延伸的兩層樓哥德式糖果屋建築，兩邊各有一座塔樓。雷博思沒有費力走太近，甚至無法確定有沒有人在家。他假設會有某種安全措施——也許有個警員守著電話——如果確是如此，也會很低調。房子俯瞰著一片整理良好的草坪，兩旁各有花床。主建築的盡頭也有一個看起來是掛鎖的地方，沒有車子也沒有車庫，也許在後方看不見的地方。他無法想像在這樣陰沉的環境裡，有人會真的有辦法快樂得起來。房子本身看起來幾乎像是眉頭深鎖一般，警告著任何快樂和不當的行為。真不知道斐麗芭的母親是否感覺自己像博物館裡上了鎖的展覽品。他看到樓上窗戶裡有一張臉，但一瞧見那臉就消失了，也許是幽靈。一分鐘後前門打開，一個女人跑下階梯來到碎石車道上。她朝他跑來，散亂的頭髮遮住了臉孔。她跌倒在地，他跑向前扶她。她見他接近，很快地站起來，忽視自己破皮的膝蓋和卡在上面的碎石，手中滑落一支無線電話機，又撿起來。

「不要過來！」她大叫。她把臉上的頭髮撥開時，他看到是賈桂琳．包佛。話一說出口，她似乎就後悔了，伸出兩隻手安慰道，「聽著，對不起，只要……只要告訴我你要什麼就好。」

然後他懂了，眼前這個受驚嚇的女人以為自己是綁架她女兒的人。

「包佛太太，」他說，舉起自己的手，手掌朝向她，「我是警察。」

□

她終於停止哭泣。他們倆坐在門口的台階上，彷彿她不願意讓房子再度擁有她。她一直說對不起，雷博思一直說他才應該道歉。

「我只是沒有多想，」他說，「我是說，我沒想到會有人在家。」

她也不是單獨一人。一名女警走到門口，但被賈桂琳．包佛堅定地命令「走開」。雷博思問她是否也希望自己離開，但她搖搖頭。

「你是來告訴我什麼事的嗎？」她問，遞回早已浸濕的手帕。眼淚，他造成的眼淚。他要她留著手帕，她整齊地折起來，又打開，再重複整個過程。她似乎仍然沒有注意到自己膝蓋的傷，坐著的時候裙子夾在雙腿之間。

「沒有新的線索。」他很快地說。然後，看到她的希望流失。「村裡也許有一個新的線索。」

「村子裡？」

「瀑布村。」

「怎樣的線索？」

突然之間，他希望自己從來沒有提起。「我現在實在沒辦法說。」老套的退路，但在這裡沒有用。她只要對她先生說些什麼，他就會拿起電話要求知道。即使他沒有，或者他對她隱瞞這個奇怪的發現，媒體也不會這麼委婉以待……

「斐麗芭有收集洋娃娃嗎？」此刻，雷博思問。

「洋娃娃？」她又在把弄著手上的無線電話，在手裡轉來轉去。

「有人在下面瀑布的地方找到一個。」

她搖搖頭。「沒有洋娃娃。」她安靜地說，彷彿感覺不知為何，斐麗芭的生活裡應該有洋娃娃，而「沒有」這件事反映了她不是個好母親。

「也許沒有什麼意義。」雷博思說。

「也許。」她同意，填補兩人之間的沉默。

「包佛先生在家嗎？」

「他等會兒會回來，他在愛丁堡。」她瞪著電話。「沒有人會打電話來，是不是？約翰工作上的朋友都被通知要保持電話線路暢通，家人也是。保持電話暢通，以防他們打電話來。但他們不會打，我知道他們不會。」

「你不認為她是被綁架的，包佛太太？」

她搖搖頭。

「那妳認為發生什麼事了？」

她瞪著他，眼睛因為哭泣而布滿血絲，眼袋因為缺乏睡眠而出現陰影。「她死了。」幾乎像低語般說出來。

「你也是這樣想，對不對？」

「現在這樣想實在是太早了。我曾經見過失人在好幾個星期或幾個月後出現。」

「幾個星期幾個月？我無法忍受這樣的想法。我寧願早點知道……不論結果是什麼。」

「你最後一次見到她，是什麼時候？」

「大約十天前。我們去愛丁堡逛街，平常去的地方，並沒有真的打算買什麼。我們吃了點東西。」

「她常常來這邊嗎？」

賈克琳．包佛搖搖頭。「他對她下毒。」

「什麼？」

「大衛．卡斯特羅。他毒害她的記憶，他讓她以為自己記得某些根本沒有發生過的事。我們上次見面的時候……斐麗一直問關於她童年的事。她說這些記憶讓她很痛苦，我們當時忽略她、不想要她。那都是胡言亂語。」

「是大衛．卡斯特羅讓她這樣想的？」

她坐直身子，深呼吸一口又吐氣。「我是這樣相信。」

雷博思沉思。「他為什麼要做這樣的事？」

「因為他這個人——」她讓這句話懸在半空中。電話鈴響變成突如其來的刺耳聲。慌亂中她找到正確的按鍵。

「喂？」

然後她的臉放鬆了一點。「哈囉，達令，你幾點會回家？」

雷博思等她講完電話。他在想著記者會，約翰．包佛說「我」而不是「我們」的樣子，好像他的妻子沒有感覺、不存在……

「那是約翰。」她說，雷博思點點頭。

「他常常在倫敦，是不是？你一個人在這裡不寂寞嗎？」

她看著他。「你知道，我也有朋友。」

「我不是那個意思。你大概常去愛丁堡。」

「是的，一星期一、兩次。」

「那麼，你常常見到先生的工作伙伴嗎？」

她又看著他。「藍納？他們夫妻倆大概是我們最好的朋友……你為什麼問？」

雷博思作勢抓抓頭。「我不知道，我想只是聊一聊。」

「那麼不要。」

「不要聊天？」

「我不喜歡。我覺得好像每個人都在設圈套。就像在商務派對上，約翰總是警告我不要洩漏什麼，你永遠不知道誰在打探銀行的資訊。」

「我們不是競爭對手，包佛太太。」

她稍微低頭。「當然不是。我很抱歉，只是……」

「不需要道歉。」雷博思說，站起身來。「這是你家，你的規矩。你不會這麼說嗎？」

「嗯，如果你這樣說的話……」她似乎心情好了點。不過，雷博思認為只要是賈桂琳．包佛的先生在家的時候，遵守的是**他的**規矩……

□

在房子裡，他發現兩位同事舒服地坐在起居室裡，女警介紹自己是妮可拉‧坎柏，另一位是總部刑事局的艾瑞克‧班恩，更常被稱為「大腦」。班恩坐在一張桌子前，上面有一具室內電話、筆記本和筆、錄音機以及連接到手提電腦的手機。驗證過目前打電話來的是包佛先生後，班恩把耳機放回脖子上。他把草莓優格的瓶子拿起來直接喝，對雷博思點點頭打招呼。

「真舒服的工作。」雷博思說，欣賞著旁邊的環境。

「如果你不介意極度無聊的話。」坎柏承認。

「手提電腦做什麼用的？」

「連接大腦和他的怪咖朋友。」

班恩對她搖搖手指。「那是TT科技的一部分：追蹤和線索（Tracking and Tracing）。」他專注在殘餘的零食上，沒有看到坎柏對著雷博思做嘴型說「書呆子」。

「很好，」雷博思說，「如果這樣的努力值得的話。」

班恩點點頭。「剛開始有很多慰問的電話，來自親朋好友，令人印象深刻的是瘋子很少，也許是因為電話號碼沒有登錄在電話簿裡。」

「只要記得，」雷博思警告，「我們要找的人也許也是個瘋子。」

「這裡也許有不少瘋子。」坎柏說，兩腿交叉。她坐在房間裡三張沙發的其中之一，眼前打開的是《卡拉東尼亞》和《蘇格蘭田野》雜誌。她坐的沙發後面還有其他雜誌，雷博思感覺它們屬於這房子，而且她至少每本都讀過一次。

「你是什麼意思？」他問。

「去過村子裡了嗎？白化症患者爬在樹上撥弄著五弦琴？」

雷博思微笑。班恩很迷惑。「我沒有看到。」他說。

坎柏的表情說得很清楚——**那是因為在某個平行的世界裡，你在樹上和他們一起……**

「告訴我，」雷博思說，「在記者會上，包佛先生提到他的手機……」

「他不該那麼做，」班恩說，搖著頭，「我們要求他別這麼做。」

「手機不好追蹤？」

「用起來比室內電話更具機動性，是不是？」

「但還是可以追蹤？」

「在某個程度以內。外面有很多不安全的手機，我們可能追蹤到一個門號，然後發現是前一個星期被偷的。」

坎柏壓抑一個呵欠。「你看到是怎麼樣了吧？」她告訴雷博思。「精彩刺激雷霆萬鈞……」

□

他回城裡的時候並不急，知道對面車道的交通慢慢繁忙起來。尖峰時間開始了，高級行政專員的汽車又循序回到鄉下。他知道有人每天從遠至邊境、法夫和格拉斯哥的地方通勤上下班，大家都說是房價害的。在愛丁堡市內不錯的區，一間三房的獨棟雙併要二十五萬鎊以上。這樣的錢在西洛錫安可以買一間大的獨棟房子，或是在考登貝斯買半條街。另一方面，雷博思在瑪其蒙的公寓也有過不請自來的推銷電話，收過飢渴的買家寄給「屋主」的信。愛丁堡就是這樣，似乎無論房價爬得多高，總是有買家。在瑪其蒙，通常是地主要找一些資產加到自己的投資組合裡，或是小孩的雙親想在大學附近買公寓。雷博思已經在他那棟公寓住二十幾年了，也看到這個地區的變遷。家庭和老人越來越少，學生和年輕無子的夫妻越來越多，這些族群似乎沒有混在一起。一輩子住在瑪其蒙的人眼睜睜看著自己的孩子搬走，因為買不起附近的房子。雷博思現在已經不認識他那棟公寓的鄰居，或是他隔壁棟的。就他所知，只剩下他是唯一自買自住的。更令人擔心的是，他似乎是那裡最老的。而信件和出價仍然不斷，價格也繼續上升。

這也是他為什麼要搬走的原因，並不是說他已經找到新的地方了。也許他會回到租屋市場，如此一來可以有選擇的自由——鄉間小屋住一年，海邊一年，酒館樓上住個一、兩年……他知道，對他來說這公寓太大了，客房從來沒有人睡過，很多晚上他自己睡在客廳的椅子上。對他而言，一間工作室大的公寓就夠了，其他的都太大。

富豪、寶馬、奧迪跑車……一部部往回家的路上飛馳而過。雷博思思索自己是否想通勤，從瑪其蒙他可以走路去上班，只要約十五分鐘，是他唯一的運動。他不會喜歡每天早上從瀑布村開車到市內。今天在那裡的時候，街上很安靜，但他猜狹窄的大街晚上會停滿車。

不過，他開始在瑪其蒙找停車位時，想起另一個搬家的理由。最後他把車子停在黃線上，到最近一家商店買晚報、牛奶、麵包和培根。他打過電話回分局，問是否需要他回去——不需要。回到公寓，他從冰箱裡拿出一瓶啤酒，坐進客廳窗戶旁的沙發裡。廚房比平常還要亂——重新鋪設管線的時候，走廊的一些東西還放在那裡。他不知道上次重接管線是什麼時候了，應該從他買了這地方之後就沒有碰過。重新鋪設管線後，他找了一名油漆工，上了木蘭花色，讓地方看起來清新一點。他被告知不要做太多重新裝潢，不論是誰買下，大概都會重新裝潢一次。重新鋪設管線和裝潢的工作，做到這裡就好。他住的地方賣得了多少錢，仲介公司說不可能說得準。在愛丁堡，你把房子放在市場上，註明「超過出價」，最後的賣價可能超過百分之三十或四十[2]。他在雅登街的這個殼，保守估計價值在十二萬五千鎊到十四萬鎊之間。貸款已經付清了，賣了就是銀行裡的現金。

「你可以用這筆錢退休。」席芳告訴過他。嗯，也許。他猜想，他會必須和前妻平分，雖然他們分手後不久，他就已經給過她一張支票付她的那一份，他也可以給她的女兒小莎一些錢。小莎也是另一個賣房子的原因，他是這樣告訴自己的。自從發生意外至今，她終於不用坐輪椅了，但還是得用枴杖。公寓房子的兩層樓樓梯似乎不在她的能力之內……在遭人開車肇事逃逸之前，她是常來的訪客。

他沒有很多訪客，也不是個好主人。他的前妻羅娜搬出去的時候，他一直沒有找到時間填補她留下的空缺。有人曾經描述這公寓是個「洞穴」，也有些真實性。這裡提供他形式上的庇護，他要求的也只有這麼多。隔壁的學生在放什麼半刺耳的音樂，聽起來像是二十年前難聽的「鷹族雄風」樂團，大概是來自什麼流行的新樂團。他檢視自己的收藏，拿席芳錄的錄音帶出來放，「羊肉鳥樂團」——有三首歌出自他們的專輯，他們來自紐西蘭，或是像那樣的地方，其中一個樂器是在愛丁堡這裡錄製的。關於他們，她能告訴他的大概就這麼多。第二首歌是「瀑布」。

他再次坐下來。地上有一個瓶子，泰斯卡威士忌，純淨、銳利的味道。旁邊有一個杯子，所以他倒了酒，對著窗戶上的倒影舉杯，靠在椅背上，閉上眼睛。他不會重新裝潢這個房間。不久前他才自己整理過這個房間，是他的老朋友兼盟友傑克．莫頓幫的忙。傑克已經死了，太多鬼魂之一。雷博思不知道搬走的時候是否可以把他們留下來，不過他懷疑，自己的內心深處還是會想念他們。

那些音樂都是關於迷失和贖罪，時間、地點隨之有所不同，夢則更遙不可及。雷博思不認為他和雅登街說再見時會有所遺憾。該是改變的時候了。

1 威卡教是一種在英美盛行、多神論的、以巫術為基礎的新興宗教。
2 愛丁堡的購屋市場是採「競標制」，屋主註明底價，有意的買家寫下自己願意出的價格，最後價高者得。

第四章

第二天早上，席芳在上班的路上只想著益智王。沒有人打手機找她，所以她想再寄一封信給他——他或她。她知道自己必須保持不預設立場，但無法不把益智王想成是「他」。「糾纏」、「冥岸」……在她聽起來感覺很男性化。這整個用電腦玩遊戲的想法……聽起來真像男生才會做的事，禦寒風雨衣只能可憐的被收在臥室裡。她的第一封信——**問題。需要和你談談，斐麗面**——似乎沒有效果。她今天打算結束偽裝，用自己的身分寫電子郵件給他，解釋斐麗的失蹤，請他聯絡。她整個晚上都把手機放在身邊，大概每個小時都醒來看自己是不是睡得太沉而沒接到，但是一通都沒有。最後，天亮的時候，她起身換衣服去散步。她的公寓就在布洛頓街的巷子裡，這個地區經歷了中產階級的「仕紳化」——不像鄰近的新城那樣貴，但也接近市中心。街上一半的住戶似乎都在用建築用的垃圾子車，她知道，早上來上工的卡車會很難找到停車位。

散步途中，她停在一家較早開門的店吃早餐，土司烘豆和一杯咖啡，濃到她怕會單寧酸中毒。在卡爾頓丘上，她停下來看著愛丁堡準備好迎接另一天。下方的里斯附近，一艘貨輪正在離岸。南邊的旁特蘭山脈被低雲層覆蓋著，彷彿受歡迎的棉被一般。王子街上的車流還沒有很多，大多是公車和計程車。她最喜歡愛丁堡的這個時間，一天的例行公事開始之前。巴摩爾飯店是最近的地標之一，她回想起婕兒·譚普勒在那裡舉行的派對……婕兒如何談到自己有很多事需要處理，席芳不知道她指的是案子本身還是她的升遷。隨著升遷而來的是約翰·雷博思，他現在是婕兒的問題，不再是農夫的了。辦公室裡的傳言是，約翰已經惹了麻煩——被發現在失人的公寓裡酩酊大醉。過去有人警告過席芳，說她越來越像雷博思，學到他的長處，但也學到了缺點。她並不覺得真是如此。

不，不是真的……

走下山丘的路帶她到滑鐵盧街，右轉後五分鐘就可以回到家，向左轉的話十分鐘就可以到辦公室。她左轉到北橋上繼續走。

聖藍納分局裡很安靜，刑事組辦公室有股發霉的味道——每天有太多人花了太長的時間擠在一起了。她打開幾扇窗戶，為自己泡了一杯淡茶，坐在自己的座位上。她檢查斐麗的電腦，沒有新郵件，決定保持連線，然後寫一封新的電子郵件。不過，才寫幾行電腦就通知她有新郵件——是來自益智王，一個簡單的**早安**。她按回覆鍵問，**你怎麼知道我在這裡？**回覆馬上出現。

斐麗面不會問這樣的問題。你是誰？

席芳飛快地打字，沒有糾正自己的錯誤。**我是愛丁堡的警察，我們在調查斐麗芭·包佛的失蹤案。**她等了整整一分鐘才等到回覆。

誰？

斐麗面，她打字。

她從來沒有告訴我她的真名過，那是規則之一。

遊戲規則？席芳打字。

是的。她住在愛丁堡嗎？

她是這裡的學生，我們可以談談嗎？你有我的手機號碼。

再一次的，等待似乎無限冗長。

我比較喜歡這種方式。

好，席芳打，**你可以告訴我冥岸是什麼嗎？**

你必須玩遊戲。給我一個名字稱呼你。

我是席芳·克拉克，我是洛錫安與邊境警方的警佐。

我覺得那是你的真名，席芳。你已經違反了第一守則中的其中一項。你的名字怎麼唸？

席芳可以感覺到血液流到她的臉上。這不是遊戲，益智王。

但這完全是個遊戲。你的名字怎麼唸？

席—芳—

這次的暫停長一點，她正要再寄一次信，他的回覆來了。

回答你的問題，冥岸是遊戲的關卡之一。

斐麗面在玩遊戲？

是的，下一關是糾纏。

什麼樣的遊戲？她有可能遇上麻煩了嗎？

等會兒。

席芳瞪著這些字。什麼意思？

我們等會兒再談。

我需要你的合作。

那麼學習有耐性。我可以現在關機，你永遠找不到我。你接受嗎？

接受。席芳已經準備好敲打螢幕。

等會兒。

等會兒，她打字。

就這樣。沒有其他訊息了。他已經離線，還是還在那裡但不回應？她所能做的只有等待，是這樣嗎？她登入網路，使用所有找得到的搜尋引擎，尋找和益智王、「異教徒奧瑪他」相關的網站。她找到十幾個益智王，但感覺都不是她在找的那一個。「異教徒奧瑪他」則找不到什麼資料，雖然兩個字分開的話，有好幾百個相關網站，幾乎都是在推銷新世紀宗教。她試著把「異教徒奧瑪他」當作網址搜尋，什麼都沒有，只是一個地址，不是網站。她再泡一些咖啡，其他值班的人開始進來，有些人打招呼，但她沒有在聽，而是在思索著另一個想法。她坐回座位上，帶著一本電話簿和一本分類電話簿，拿起筆記本和一枝筆。

□

她先試電腦經銷商，直到有人指引她到南橋上的一家漫畫店。對席芳而言，漫畫就像是《丹地和比諾》[1]，雖然她曾經交過這麼一個男友，他對《公元二〇〇〇》[2]的沉迷至少要為他們的分手負部分責任，但這家店讓她大開眼界。除了科幻小說、T恤和其他商品，還有幾千本漫畫。在櫃檯，一名少年店員正和兩個男孩子爭執著約翰·康斯坦汀[3]的長處。她完全聽不出來康斯坦汀是漫畫人物、作家還是漫畫家。終於，男孩們注意到她站在他們身後，他們不再興奮，恢復成笨拙瘦長的十二歲少年。也許不習慣有女人聽他們說話，她不認為他們習慣女人在身邊。

「我聽到你們的對話。」她說。「我想，也許你們可以幫我的忙。」三個人都沒說什麼，少年店員正在搓著臉上的一顆青春痘。「你們有玩過網路上的遊戲嗎？」

「你是說像Dreamcast遊戲機嗎？」她看起來很茫然。「是SONY的。」店員澄清。[4]

「我是指有人負責主導的遊戲，他們用電子郵件和你聯絡，設下一個挑戰。」

「角色扮演。」其中一個男孩點點頭，看著另外兩個確認。

「你有玩過嗎？」席芳問他。

「沒有。」他承認，他們都沒有玩過。

「里斯大道走到一半的地方有一家遊戲店，」店員說，「那是地魔，他們可能有辦法幫你的忙。」

「地魔？」

「刀劍與魔法，地窖和魔龍。」

「這間店有名字嗎？」席芳問。

「甘道夫。」他們同聲說。

□

「甘道夫」是一家狹窄的店面，前途黯淡地夾在刺青店和薯條店之間，更沒有前途的是骯髒窗戶上的金屬鐵條用大鎖鎖著。不過，當她試著推開門的時候，門開了，敲響了掛在裡面的一串風鈴。「甘道夫」顯然以前是別的店——也許是舊書店——改變用途之後並沒有隨之重新整修，書架上放著各種桌上遊戲和玩具——玩具本身看起來像沒有上漆的士兵。牆上的海報描繪著卡通的世界末日，攻略書籍的邊緣都捲了起來，房間中央有四張椅子和一張折疊桌，上頭有面遊戲棋盤，沒有販售櫃檯也沒有收銀機。店面後方的一扇門咿呀打開，一名五十出頭的男子出現，留著灰色鬍子和馬尾，「死之華」合唱團的T恤下包著一個巨大的肚腩。

「你看起來很像是公務人員。」他悶悶不樂地說。

「刑事組。」席芳說，秀出她的證件。

「房租只晚了八個星期。」他抱怨。他往遊戲棋盤移動時，她看到他穿著皮製的開口涼鞋，就像主人一樣，也已經累積了不少里程數。他看著棋盤上物件的位置。「你有移動什麼嗎？」他突然問。

「沒有。」

「你確定？」

「當然。」

他微笑。「那安東尼該死了，抱歉我的用詞。」他看看手錶，「他們再一小時就會到。」

「他們是誰？」

「玩遊戲的人。昨天晚上，他們還沒玩完我就必須關門。安東尼一定很興奮，他想要打敗威爾。」

席芳看看棋盤，看不出棋子的擺放位置上有任何偉大的設計，那長鬚怪人敲敲棋盤旁邊的卡片。

「這些才重要。」他不耐煩地說。

「噢，」席芳說，「我恐怕不是專家。」

「你不會是的。」

「你是什麼意思？」

「我確定沒什麼意思。」

但她很清楚知道他是什麼意思。這是個私人俱樂部，只限男性，和其他堡壘一樣完全排他。

「我不認為你能幫得上我的忙。」席芳承認，看看四周。她抗拒著撓抓自己的衝動。「我感興趣的是比較高科技的東西。」

他對此很不悅。「什麼意思？」

「電腦的角色扮演遊戲。」

「互動式的？」他的眼睛睜大。她點點頭。他再看看手錶，拖著腳步從她身旁走過，到門邊把門鎖上。她變得警覺，但他只是走過她身邊，走向遠處的門。「在這邊。」他說。席芳感覺有點像愛麗絲站在隧道口，最後還是跟著他走。

下了四、五階樓梯，她來到一個潮濕無窗的房間，只有部分照明。有堆得高高的箱子——她猜裡面是更多的遊戲和配件——還有一個水槽，濾水盤上有一個電熱水壺和馬克杯。不過，角落的一張桌子上放著一部看起來最先進的電腦，大螢幕薄得像是手提電腦一樣。她問導遊他叫什麼名字。

「甘道夫。」他愉快地回答。

「我是說你的真名。」

「我知道你要問這個。但是在這裡，這是我的真名。」他坐在電腦前，一邊說話一邊移動滑鼠。過了一會兒，她才了解滑鼠是無線的。

「網路上有很多遊戲，」他正在開口說道，「你可以加入一群人，一起合作對抗電腦程式，或是對抗其他隊伍。有許多結盟隊伍。」他敲敲螢幕。「看到沒？這是一個毀滅戰士聯盟。」他瞥了她一眼。「你知道什麼是毀滅戰士嗎？」

「一種電腦遊戲。」

他點點頭。「但是在這裡，你和其他人合作對抗一個共同的敵人。」

她的眼睛搜索著小組的名字。「這裡的匿名性如何？」她問。

「什麼意思？」

「我是說，每個玩遊戲的人都知道他們的隊友是誰，還是誰在對方的成員裡嗎？」

他摸摸鬍子。「頂多有個**化名**。」

席芳想到斐麗芭，她的祕密電子郵件的名稱。「每個人都可以有很多個名字，對不對？」

「噢，是的。」他說。「你可以累積十幾個名字。跟你聊過幾百次天的人……他們用一個新名字再回來，你不知道自己其實已經認識他們。」

「所以他們會偽裝自己？」

「如果你要這麼說的話。這是虛擬世界，沒有什麼是『真的』。所以，人們可以很自由地為自己虛擬人生。」

「我正在辦的一件案子，跟一個遊戲有關。」

「哪個遊戲？」

「我不知道，但是有像是『冥岸』和『糾纏』的關卡。似乎是一個叫益智王的人在主導。」

他又在摸鬍子。上了電腦桌之後，他戴上一副金邊眼鏡。螢幕反射在他的鏡片上，遮住他的眼睛。「我沒聽過這個遊戲。」最後他說。

「你聽起來覺得是什麼？」

「聽起來像『簡單角色扮演情境』。益智王設下挑戰或問題，可能是一個人玩的遊戲，也可能有好幾個人。」

「你是說像團隊?」

他聳聳肩。「很難說。網站是?」

「我不知道。」

他看著她。「你知道的不多,是不是?」

「沒錯。」她承認。

他嘆口氣。「這案子有多嚴重?」

「一個年輕女孩失蹤了,她在玩這個遊戲。」

「你不知道兩者是否有關連?」

「不知道。」

他把手放在肚子上。「我去打聽看看,」他說,「看能不能幫你找到益智王。」

「雖然我大概知道遊戲內容是什麼……」

他點點頭。席芳想起她和益智王的對話。她問到冥岸時,他的回答是?

你必須玩遊戲……

□

她知道申請手提電腦需要時間,即使拿到也不能連上網路。所以,回分局的路上,她在其中一家賣電腦的商店停了下來。

「我們最便宜的機型是九百鎊。」女店員告訴她。

席芳退縮了一下。「要多久才能上線?」

女店員聳聳肩。「要看你用哪一家網路服務公司。」她說。

席芳謝過她之後離開。她知道自己可以一直用斐麗芭的電腦，但由於種種因素，她並不想。她靈機一動，拿出手機。「葛蘭特？是席芳，我要請你幫個忙……」

□

葛蘭特．胡德警佐買手提電腦的原因和他買迷你光碟隨身聽、光碟機和數位相機的原因一樣。這些是**玩意兒**，買來讓人印象深刻的玩意兒。當然，每帶一個新的小玩意兒進聖藍納時，他就會成為眾人花五到十分鐘聚焦的對象——或該說是那**玩意兒**而不是他。不過，席芳注意到葛蘭特很喜歡把這些高科技產品隨便借人。他不是自己沒在用，就是把玩幾個星期後就厭倦了，也許連說明書都沒看完——相機的說明書可是比器材本身還要厚重。

所以，葛蘭特很樂得高興回家一趟，回來的時候帶著手提電腦。席芳已經解釋她需要用來收發電子郵件。

「已經接好、設定好了。」葛蘭特告訴她。

「我需要你的電子郵件地址和登入代號。」

「可是，這樣你就可以看到**我的**電子郵件。」他發現到了。

「告訴我，葛蘭特，你一個星期收到幾封電子郵件？」

「一些。」他說，聽起來像是為自己辯護。

「別擔心，我會幫你存起來……而且我保證不偷看。」

「還有我的費用問題。」葛蘭特說。

她看著他。「你的費用？」

「尚待討論。」他的表情變成笑容。

她雙臂交疊。「費用怎麼算？」

「我不知道，」他告訴她，「我要想一想……」

交易完成，她回到座位上。已經有把她的手機連結到手提電腦的傳輸線。她先檢查斐麗芭的電腦——沒有新郵件，益智王什麼也沒寄給她。她只花了幾分鐘就用葛蘭特的電腦上線，一旦連線，她寄了一封信給益智王，給他葛蘭特的電子郵件信箱：

也許我想玩這個遊戲。換你了。席芳。

信件寄出之後，她保持網路連線。下次手機帳單來的時候會是天文數字，但她把這個想法放到一邊去。目前，遊戲本身是她唯一的線索。即使沒有意願要玩，她還是想多知道一點。她可以看到葛蘭特在房間的另一頭和其他幾個警官說話，他們一直瞄往她的方向。

讓他們看吧，她想。

□

雷博思在蓋菲爾廣場分局，沒有什麼事情發生。也就是說，此處只有一片混亂的行動，所有的聲囂狂暴也無法掩飾浮現的絕望感。副署長親自出面，由婕兒．譚普勒和比爾．普萊德兩位簡報，他明白地表示他們需要「迅速的結論」。稍後譚普勒和普萊德都用了這個名詞，也是雷博思現在為什麼知道的原因。

「雷博思探長？」一名制服警察站在他面前，「老闆說她要找你。」

他進去的時候，她要他關上門。這地方很擁擠，聞起來是別人的汗臭味。因為空間很少，婕兒和另外兩名警官輪流使用這間辦公室。

「也許我們應該開始徵召牢房來用。」她說，收起桌上的馬克杯，卻無法找到更好的地方放。「實在不可能比這更糟了。」

「別麻煩了，」雷博思說，「我不久留。」

「沒錯，你不久留。」她把馬克杯放在地板上，卻差點立刻踢倒另一個。她不管潑出來的東西，坐下來，雷博思還是站著，也得就這麼站著，今天房間裡沒有別張椅子。

「你在瀑布村進行得怎麼樣？」

「我得到了很迅速的結論。」

她瞪著他。「是什麼？」

「對小報而言，會是很好的報導。」

婕兒點點頭。「我昨晚在晚報上看到一些。」

「找到娃娃的那個女人——她說她自己找到的——接受報社採訪。」

「『她說她自己找到的』？」

他只是聳聳肩。

「你覺得有可能是她在背後搞鬼？」

雷博思把手滑進口袋裡。「誰知道？」

「有人覺得他們可能會知道。我有一個朋友叫琴恩·柏其，我想你應該和她談一談。」

「她是誰？」

「她是蘇格蘭博物館的策展人。」

「她知道這個娃娃的來歷？」

「她也許知道。」婕兒停頓一下。「根據琴恩的說法，這並不是第一次。」

□

雷博思對他的導遊承認，自己從來沒有進過這個博物館。

「舊的博物館，我女兒小時候我倒是常常帶她去。」

琴恩．柏其不太高興。「但這裡是很不一樣的，探長。這裡包含了關於我們是誰、我們的歷史與文化。」

「沒有填充動物和圖騰圓柱？」

她微笑。「就我想得到的沒有。」他們進到一樓的展覽區，把白色的龐大入口抛在身後。他們停在一座小電梯前面，柏其轉身面對他，眼睛上下打量著。「婕兒講過你的事。」她說。電梯門打開，她進去，雷博思跟著她。

「希望都是好話。」他努力試著用輕浮的語氣。柏其只是再看他一眼，帶著淺淺的微笑。除了她的年紀，她讓他想起女學生——害羞和精明交雜，一本正經卻又好奇不已。

「四樓。」她告訴他。電梯門再次打開的時候，他們走進一條狹窄的走廊，全是死亡的陰影和影像。「信仰這一區，」她說，聲音幾乎聽不見，「巫術和盜墓者和葬禮。」一輛黑色馬車等著把下一批貨物載到維多利亞時代的墳場，附近有一口巨大的鐵製棺材。雷博思不由自主地伸手觸摸。

「那是守墓碑。」她說，然後，發現他看不懂。「死者的家屬會在下葬後的前六個月把棺材鎖在守墓碑裡，以防盜墓。」

「就是偷屍體的？」這是他知道的歷史。「像柏克和海爾？挖掘屍體賣給大學？」

她像老師一樣凝視著頑固的學生。「柏克和海爾沒有挖出什麼東西。他們的故事重點在此——他們殺人，然後把屍體賣給解剖學家。」

「對。」雷博思說。

他們走過黑色喪服、死嬰兒的照片，在最遠的玻璃櫃前停下來。

「到了，」柏其說，「亞瑟王座棺材。」

雷博思看著，裡面總共有八口棺材，大約五到六吋長，手工精良，蓋子上用釘子釘著。棺材裡是小小的木製娃娃，有些穿著衣服。雷博思瞪著一個綠白方塊。

「愛爾蘭人隊[5]的球迷。」他說。

「她們曾經都穿著衣服，但衣服爛掉了。」她指著櫃子裡的一張照片。「一八三六年，有些孩子在亞瑟王座[6]上玩，發現了一個隱藏的洞口，裡面有十七口小棺材，只有這八口還流傳下來。」

「他們一定嚇到了。」雷博思瞪著照片，試著想起這座有著大斜坡的山丘在哪裡。

「根據材質分析，這是在一八三〇年代製作的。」

雷博思點點頭。這個資訊印在展示品前的一系列卡片上。當時的報紙表示，女巫用娃娃在個人身上施死亡巫術。另一個普遍的理論是，水手出海前放在那裡當作護身符。

「亞瑟王座上的水手，」雷博思想著，「可不是每天都見得到這種東西。」

「我是否嗅出一絲恐同性戀的意涵，探長？」

他搖搖頭。「只是距離碼頭很遠，如此而已。」

她看著他，但他的臉上沒有任何表情背叛自己。

雷博思再次研究著棺材。如果他是慣於打賭的人，這些物品和在瀑布村找到的東西相關連的機率很低。不論是誰做了棺材，放在瀑布旁，應該知道博物館裡的這些陳列品，但不知道為了什麼理由決定做出複製品。雷博思看看四周不同死亡的陰森陳列。

「這些展覽是你弄的？」

她點點頭。

「在派對上一定是個受歡迎的話題。」

「你會很驚訝，」她安靜地說，「到最後，我們不都對於自己所恐懼的東西感到好奇？」

在樓下的舊博物館區，他們坐在一張長凳上，雕刻得類似鯨魚的肋骨。附近的水景觀裡有魚，孩子們想掙脫家長的手伸出去觸摸，最後一刻又把手伸回來，嘻笑著，抓緊他們的手，混雜著好奇和恐懼。

大廳的盡頭是一座巨大的時鐘，複雜的運作包括骨骼模型和覓嘴，一具雕刻的女性裸體好像被包在鐵絲網裡。雷博思感覺，也許在他的視線之外還有其他酷刑的場景。

「我們的千禧鐘，」琴恩．柏其解釋，她看看手錶，「再十分鐘就要報時了。」

「很有意思的設計，」雷博思說，「一座充滿苦難的鐘。」

她看著他。「不是每個人都會馬上注意到。」

雷博思只是聳聳肩。「樓上，」他說，「陳列說明寫著，娃娃跟柏克和海爾有關？」

她點點頭。「為受害人所做的偽葬禮。我們認為，他們也許賣了高達十七具屍體給解剖學家，那是非常恐怖的罪行。你知道，末日審判的時候，解剖過的屍體是無法復活的。」

「內臟都跑出來了當然不行。」雷博思同意。

她不理會他的話。「柏克和海爾被逮捕並受審。海爾作證不利他的朋友，只有威廉．柏克上了絞刑台。猜猜後來他的屍體下場如何？」

很簡單的問題。「解剖？」雷博思猜。

她點點頭。「他的屍體被送到舊學院，他大部分的被害人，如果不是全部，也是走一樣的路線，用在解剖課上。這是一八二九年一月的事。」

「而棺材的年代是一八三〇年初期。」

雷博思在沉思。不是有人曾經向他吹噓過，擁有一件柏克的皮膚做成的紀念品嗎？「後來屍體怎麼了？」他問。

琴恩．柏其看著他。「外科醫學會館裡有一本口袋書。」

「用柏克的皮膚做的？」

她又點點頭。「其實，我頗為同情柏克。他似乎是個友善的人，經濟移民。貧窮和機會導致了第一次販賣屍體，一名訪客死在他家，又欠人錢，柏克知道愛丁堡的危機——有成功的醫學院，但沒有足夠的屍體可以使用。」

「那時的人長壽嗎？」

「一點也不。但是，如我告訴你的，解剖過的屍體不能進天堂。醫學院的學生唯一取得屍體的途徑是死刑犯，一八三二年的解剖法案讓盜墓不再成為需要……」

她的聲音漸漸消逝。突然間，她似乎在思考愛丁堡充滿血腥的過去時，迷失於現在之中。雷博思也在那裡和她在一起，復活論者和人皮做的皮夾……巫術和絞刑。他在四樓的棺材旁看到不同的女巫裝備——骨骼結構、枯萎的動物心臟上面插著釘子。

「這地方真是了得，是吧？」

他指的是愛丁堡，但她打量周遭。「從小，」她說，「這裡比城裡其他任何地方都讓我覺得平靜。你也許認為我的工作很病態，探長，但更少人能安於**你**的工作。」

「這樣說很公平。」他同意。

「棺材引起我的興趣，因為它們**是**如此神祕。在博物館裡，我們遵守辨識和分類的規則，年代和出處可能不確定，但我們幾乎總是知道面對的是什麼——棺材、鑰匙、古羅馬的埋葬地。」

「但面對這些棺材，你不確定它們所代表的意義。」

她微笑。「沒錯。因此，對策展人而言，非常具有挫折感。」

「我知道那種感覺，」他說，「就像我在辦案一樣。如果不能破案，實在是很頭痛。」

「你一直左思右想……希望想出更多新的推論……」

「或新的嫌犯，是的。」

現在他們看著對方。「也許，我們的共同點比自己想像的還要多。」琴恩．柏其說。

「也許的確是。」他承認。

鐘聲開始響起，雖然分針還沒有到十二。訪客都被召喚到千禧鐘前，孩子們的嘴巴張開，鐘上的各種機制使裝飾的人物栩栩如生。鐘聲和不祥的管風琴音樂開始演奏，鐘擺是擦亮的鏡子。看著它，雷博思瞥見自己的影子，也捕捉到他身後整個博物館，以及每個旁觀者。

「值得近觀。」琴恩．柏其告訴他。他們站起來開始向前走，加入群眾。雷博思認為自己認得木雕的希特勒和史達林，他們操作著一把鋸齒狀的鋸子。

「還有一件事，」琴恩．柏其說，「還有其他娃娃，在其他地方。」

「什麼？」他的視線從時鐘上移開。

「最好是我把手上的東西拿給你看……」

□

星期五剩下的時間裡，雷博思只是等著他的值班時間結束。大衛．卡斯特羅車庫的照片貼在一面牆上，加入上面任意的拼圖中。他的名爵跑車是深藍色軟頂，鑑識小組尚未得到從車子和輪胎上採樣的許可，但並沒有阻止他們好好地看一看。車子最近沒有洗過，如果有的話，他們會問大衛．卡斯特羅原因。更多斐麗芭親朋好友的照片收集後交給德文林教授，加入幾張男友的照片，德文林抱怨這是「近乎藐視的策略」。

從星期日晚上開始已經過了五天，她也已經失蹤五天。雷博思越是瞪著牆上的拼圖，看到的越少。他又想到一次千禧鐘，在這方面完全相反，他越是看，看到越多——移動的整體中突然出現的小形體，他現在視為失落和遺忘的紀念碑。牆上的展示——照片、傳真、輪值表、圖畫——本身也是一種紀念碑。但是不論發生什麼事，這個紀念碑終究會拆除，撤到某處倉庫的箱子裡，壽命受限於搜索時間的長短。

這個處境並不陌生——別的時間、別的案子，並非所有的案子都在每個人的滿意下結案。你試著不要在乎，試著維持客觀，就像訓練講習會上教的，但是很難。農夫仍然記得加入警界第一個禮拜的一個年輕男孩，雷博思也有自己的回憶。這也就是為什麼在一天結束的時候，他回家、淋浴、換衣服、在椅子上坐一個小時，手中一杯拉弗格威士忌和滾石合唱團作伴——今晚是《乞丐盛宴》。其實，也不只一杯拉弗格。走廊和臥室的地毯捲起來放在他的兩旁，床墊和衣櫃、五斗櫃……房間就像報廢場一樣。但是，從門口到他的椅子之間有一條清楚的路徑，從椅子到音響也是，這已經足以滿足他的需要。

聽完滾石之後，他手上還有半杯麥芽威士忌，所以又放了一張專輯。巴布・狄倫的《慾望》，那首「颶風」，不正當的指控和正義的故事。他知道這些事情發生，有時候是刻意，有時候是意外。他曾經辦過一些案子，證據似乎決定性地指向某人，卻有別人出面自首。過去——遙遠的過去——也許一兩個罪犯曾經被設計，讓他們不能再上街囂張，或是滿足大眾對定罪的需要。曾經你確定自己知道犯人是誰，卻永遠無法證明到讓檢察官滿意的地步；也曾有一、兩個警察越過那條線。

他向他們舉杯，看見自己在客廳窗戶上的倒影，也向自己舉杯，拿起電話叫計程車。

目的地：酒吧。

在牛津酒吧，他和一位常客聊起天來，剛好提到他去瀑布村的那一趟。

「我以前從來沒有聽過。」他吐露。

「噢，是啊，」他的酒伴表明，「我知道瀑布村，小比利不就是那裡人嗎？」

小比利是另一個常客，一陣尋找後證實他還沒來，不過，他在二十分鐘後走了進來，還穿著轉角餐廳的主廚制服。他擠進酒吧，擦著眼角的汗水。

「你下班了嗎？」有人問他。

「休息抽菸，」他說，瞥一眼手錶，「請給我一品脫生啤酒，瑪格麗特。」

女酒保倒酒，雷博思再要了一杯，說兩杯都算他的。

「謝了，約翰。」比利說，不習慣如此的慷慨。「工作如何？」

「我昨天去瀑布村，你在那裡長大的是嗎？」

「是，沒錯。不過好幾年沒回去了。」

「那你不認識包佛家？」

比利搖搖頭。「那是我搬走以後的事，他們搬回去時我已經上大學了。謝謝，瑪格麗特。」他舉起酒杯，「敬你的健康，約翰。」

雷博思付錢，舉起自己的品脫杯，看著比利飢渴地三口就幹掉半杯。

「老天，這樣好多了。」

「辛苦的一班？」雷博思猜說。

「並不比平常辛苦。你在辦包佛案是嗎？」

「和市內每一個警察一樣。」

「你覺得瀑布村怎麼樣？」

「不大。」

比利微笑，伸手到口袋拿香菸紙和菸草。「和我住那裡的時候相比，有了一些改變。」

「你是草原側社區出身的男孩嗎？」

「你怎麼知道？」比利點了他的捲菸。

「運氣好猜到。」

「礦工出身，就是我。祖父整天都在礦坑工作，父親也一樣，但兩人都被資遣。」

「我自己也出身礦鎮。」雷博思說。

「那你會知道礦坑關門之後是什麼情形。草原側社區在那之前都還好。」比利瞪著鏡子，想起他的年少時期。

「那地方還在。」雷博思告訴他。

「是啊，但是不一樣了……不可能一樣了。做母親的在外面刷著樓梯，刷得比白更白。做父親的割草，總是過去另一戶雙併人家聊八卦或是借些什麼東西。」他停下來，幫他們點了幾杯續杯。「我最後聽到的時候，瀑布村都是雅痞。當地人已經買不起草原側社區的房子，孩子長大就搬走——像我一樣。有人跟你提到礦場的事嗎？」

雷博思搖搖頭，滿足地繼續聽。

「大約兩、三年前，有人談到開放村外的一座礦坑，可以有很多工作機會等等。突然間出現請願陳情——草原側社區既沒人連署也沒人要求他們簽字，接下來，礦坑就不開了。」

「雅痞搞的鬼？」

「看你怎麼叫他們。看來是很有影響力，也許包佛先生也插了一手。就我所知，瀑布村……」他搖搖頭，「已經不是原來的樣子了，約翰。」他抽完捲菸，在菸灰缸裡捻熄，然後又想到什麼事。「嘿，你喜歡聽音樂，是不是？」

「要看是哪一種。」

「『音速青春』的盧·瑞德，他要來表演劇院演出，我有多兩張票。」

「我想一想，比利。有時間再喝一杯嗎？」他對著比利杯子裡剩下的酒點點頭。

廚師又看了看他的手錶。「該回去了。下次好嗎，嗯？」

「下次。」雷博思同意。

「讓我知道你要不要那些票。」

雷博思點點頭，看著比利穿過人群朝門口去，進到夜色之中。盧·瑞德，一個來自過去的名字。「走在荒野」是雷博思最喜歡的歌曲之一。還有同一個人的貝斯為主音樂，他也幫那個「老爸軍團」的演員寫了「祖父」這首歌。有時候，真的有資訊太多這回事。

「再來一杯嗎，約翰？」女酒保問。

他搖搖頭。「我可以聽到來自荒野的呼喚。」他說，將自己從凳子上推開，朝門口走去。

1《Beano and Dandy》，英國兒童漫畫。
2《2000 AD》，英國科幻漫畫周刊。
3漫畫《康斯坦汀：驅魔神探》的主角，曾於二〇〇五年改編成電影上映，由基努李維飾演約翰．康斯坦汀一角。
4這個地方應該是伊恩．藍欽的筆誤。Dreamcast遊戲機的製造商是SEGA，而非SONY，是SEGA第六代家用遊戲機SEGA Saturn的後繼機，一九九八年底於日本上市，但最終仍無法擊敗SONY晚十五個月上市的PlayStation 2，以及微軟的Xbox和任天堂的GameCube，黯然退出家用遊戲機市場。
5蘇格蘭職業足球聯盟隊伍之一，隊徽為綠白相間。
6愛丁堡市內聖十字公園中一片高地丘陵地的頂峰，高約兩百五十一公尺。

第五章

星期六，他和席芳一起去看足球賽。復活節路沉浸在陽光下，球員在球場上投射出長長的影子。有那麼一下子，雷博思發現自己追隨著的是這個影子比賽，而不是球賽本身——黑色寵物的形狀不太像人，也不太像足球賽。球場很滿，只有在本地賽馬和格拉斯哥的球隊來比賽時才有的情形。今天的對手是來自格拉斯哥的遊騎兵隊，席芳有季票；感謝另一位無法出席的季票球迷，此刻雷博思坐在她身旁的座位上。

「你的朋友嗎？」雷博思問她。

「球賽後在酒館遇過一、兩次。」

「好人嗎？」

「好個顧家男人。」她笑說。「你什麼時候才會不試著把我嫁掉？」

「只是問一下。」他笑著說。他注意到電視攝影機在轉播球賽，他們專注在球員身上，觀眾只是模糊的背景，或是中場休息時充數的鏡頭。不過，是球迷讓雷博思感興趣，思索他們身上有些什麼故事，過什麼樣的生活。他並不孤單——身邊有其他觀眾，似乎同樣覺得群眾滑稽的行為很有意思，而不在意球場上發生的事。不過，席芳緊緊抓住球隊加油圍巾的兩手關節發白，臉上專注的神情和她投注在警察工作上時一樣，對著球員高喊意見，和附近的球迷爭論裁判的決定。在雷博思另一邊的男子也同樣熱血——他過重，紅紅的臉上流著汗。在雷博思的眼裡，他似乎正處於心臟病發作的邊緣。他對著自己喃喃自語，聲音的強度增加，直到終於發出大膽的辱罵，然後他看看四周，不好意思地微笑，又重新開始整個過程。

「慢慢來……慢慢來，孩子。」他現在告訴其中一個球員。

「你那方面的案子有什麼進展嗎？」雷博思問席芳。

「休假日，約翰。」她的眼睛沒有離開球場。

「我知道，只是問一下……」

「慢慢來……好了，孩子，快上！」那個流汗男子緊緊抓著眼前座位的後背。

「我們等一下可以去喝一杯。」席芳說。

「你試試看能不能阻止我。」雷博思告訴她。

「就是這樣，孩子，就是這樣！」聲音像海浪一樣地增強。雷博思拿出另一根香菸。天空的顏色可能明亮，但並不溫暖。風從北海吹進來，頭上的海鷗努力地留在天空中。

「現在進攻！」男子喊叫著。「快點！切到那個肥豬前面！」

他看看四周，不好意思地微笑。雷博思終於點起菸，給男子一根，他搖搖頭。

「可以抒解壓力，你知道，大吼大叫。」

「對你也許有用，老兄。」雷博思說，但之後的話被淹沒了，席芳和幾萬名球迷站起來尖叫自己理性主觀的判決，關於什麼犯規，雷博思——加上裁判——都錯過了。

□

她常去的酒館大客滿，即使如此，人們還是一直進來。雷博思看了一眼，建議去別的地方。「走路只要五分鐘，那裡一定比較安靜。」

「好吧。」她說，但語調中帶著失望。賽後的一杯屬於分析球賽的時光，她知道雷博思欠缺這方面的能力。

「圍巾收起來吧，」他要求她，「你永遠不知道會在哪裡碰上藍鼻人1。」

「這裡不會。」她很有自信地說。她也許說的對，球場外的警方為數不少，也很有經驗，把愛爾蘭人隊的球迷引向復活節路，客場出賽的格拉斯哥球迷則被引導往上坡去，回到巴士和鐵路總站。席芳跟著雷博思切過隆恩街，從里斯大道出來，疲倦的購物人潮正掙扎著回家。他心裡想的酒館是一個不起眼的地方，斜角窗戶，牛血般的地毯上滿是香菸燒到的痕跡和汙黑的口香糖。電視傳出益智節目的鼓掌聲，兩個老顧客在角落裡進行著髒話大賽。

「你真是懂得如何招待女士。」席芳抱怨著。

「女士想來一瓶百家得調酒嗎？也許來杯莫斯科騾子？」

「一品脫生啤酒。」席芳大膽地反抗。雷博思幫自己點了一品脫八十先令淡啤酒，加上一份麥芽威士忌。

他們坐下來時，席芳告訴他，他似乎知道城裡的每一家酒館。

「謝謝。」他不帶一絲諷刺地說，「所以，」他舉起杯子，「斐麗芭．包佛的電腦裡有什麼新的線索？」

「有一個她在玩的遊戲。我知道的不多，是一個叫益智王的人在負責，我和他聯絡了。」

「然後呢？」

「然後，」她嘆口氣，「我在等他回覆。到目前為止，我已經寄了十幾封電子郵件，沒有回音。」

「有其他的方法可以追蹤到他嗎？」

「如果有我也不知道。」

「是什麼樣的遊戲？」

「我一點也不清楚。」她承認，向飲料下手。「婕兒開始認為這是條死線索，結果她讓我去偵訊學生。」

「那是因為你上過大學。」

「我知道。如果婕兒有缺點的話，就是她的思考方式太直接了。」

「她對你讚賞有加。」雷博思狡黠地說，得來手臂上的一拳。

席芳的臉色變了，一邊再次拿起酒杯。「她給了我新聞官的職位。」

「我有想到她很可能這麼做。你要接受嗎？」他看著她搖頭，「因為發生在愛倫．懷利身上的事？」

「並不是。」

「那為什麼？」

她聳聳肩。「也許，我還沒準備好。」

「你準備好了。」他告訴她。

「可是，那並不真的是警察工作，是不是？」

「席芳，那是往上的一步。」

她低頭看自己的飲料。「我知道。」

「目前是誰在做？」

「我想是婕兒自己。」她停下來。「我們會找到斐麗的屍體，是不是？」

「也許。」

她看著他。「你認為她還活著？」

「不，」他黯然說道，「我不認為。」

□

那天晚上，他又去了幾家酒館，先從住家附近開始，然後在史威尼酒館外叫計程車到楊格街。他要點菸，但被司機阻止，他注意到禁菸的標示。

他問自己，我這算哪門子的探長。他盡可能多花時間遠離自己的公寓，重新配線的工程在上星期五的五點鐘停止，一半的地板都還掀起來，電線堆得到處都是；護壁板被撬起來，暴露出後方赤裸裸的牆面。水電工把他們的工具、配備留在這裡——「這裡夠安全」，因為知道他的職業。他們說，也許星期六早上可以過來，可是沒有，所以，他的週末就變成這樣，在線圈中絆倒，每兩塊地板就有一塊不見或鬆脫。他在咖啡座吃早餐，在酒館吃午餐，現在猶豫地醞釀著是否要吃哈吉士炸薯條晚餐，加上一條煙燻臘腸。不過，先去牛津酒吧。

他問過席芳有什麼打算。

「熱水澡和一本好書。」她告訴他。他知道她在說謊，因為葛蘭特．胡德告訴半個分局的人他要帶她出去約會，這是借她手提電腦的獎勵。雷博思沒有對她說什麼——她顯然不想讓他知道，這一點很清楚。不過因為知道，他也就沒有試著用印度菜或電影引誘她。只有在里斯大道上的酒館外分手時，他才想到這樣也許變成他自己沒有禮貌。他們兩個顯然都沒有計畫如何度過週末晚上，他如果邀她出去不是很自然嗎？她現在會不會覺得自己被冒犯了？

「人生苦短。」他告訴自己，付了計程車車資。走向酒館，見到熟悉的面孔，那些句子還跟著他。他向酒保哈利要電話簿。

「在那邊。」哈利回答，如往常般親切。

雷博思翻閱電話簿，但找不到想要查的電話號碼。然後他想起來，她有給他自己的名片。他在口袋裡找到，上面用鉛筆寫著她家的電話號碼，他再次走回門外，拿出手機。沒有婚戒，他很確定……電話在響，週六晚上，她也許……

「喂？」

「柏其小姐？我是約翰．雷博思，很抱歉週六晚上打電話給你。」

「沒關係，有事嗎？」

「沒有、沒有……我只是在想，我們是不是可以見個面。你說還有其他娃娃的事，聽起來非常神祕。」

她笑了。「你想現在見面？」

「嗯，我在想，也許明天。我知道明天是安息日之類的，不過我們可以把公事加上一點娛樂。」他話一說出口就退縮了。他應該先想好要說什麼、怎麼說。

「那麼，我們要怎麼做呢？」她問，聽起來似乎很有興趣。他可以聽到背景音樂——聽起來像古典樂。

「午餐如何？」他提議。

「在哪裡？」

的確，在哪裡？他想不起上次帶人吃午餐是什麼時候。他想找一個會令人印象深刻的地方，一個……

「我猜，」她說，「你星期天喜歡吃熱騰騰的早餐。」彷彿她可以感覺到他的不安，想助他一臂之力。

「我這麼好摸透嗎？」

「剛好相反。你是正宗的蘇格蘭男子漢。另一方面，我喜歡簡單的食物，新鮮食品有益健康。」

雷博思笑了。「『不協調』這個字眼浮現在我的眼前。」

「也許不會。你住哪裡？」

「瑪其蒙。」

「那我們去芬尼克百貨公司，」她說，「這樣很完美。」

「很好，」他說，「十二點半？」

「很期待。晚安，探長。」

「希望你午餐時不會一直叫我探長。」

在隨之而來的沉默裡，他覺得自己可以聽到她的微笑。

「明天見，約翰。」

「祝你今晚剩下的時……」但是電話已經掛斷。他回到酒館裡，又拿起電話簿。芬尼克在薩里斯柏利街，從他家走路不到二十分鐘。他一定開車經過了不下數次，距離小莎發生意外的地點只有五十碼，距離一個殺人犯試著拿刀捅他的地方只有五十碼。他明天會努力把這些回憶放在一邊。

「一樣的，哈利。」他說，雀躍不已。

「你要像其他人一樣排隊。」哈利對著他大叫。雷博思不在意，一點都不在意。

□

他早到了十分鐘。

她在五分鐘後走進來，她也早到了。「好地方。」他告訴她。

「可不是？」她身穿黑色套裝、灰色絲質襯衫，左胸前一只血紅的胸針閃爍著。

「你住在附近嗎？」他問。

「不是，我住波特貝羅。」

「很遠哪，你該早說的。」

「為什麼？我喜歡這個地方。」

「你常常外食嗎？」他還在試著消化她從這麼遠的地方來愛丁堡吃午飯這個事實。

「有時間的時候。拿到博士學位的好處之一就是，每次訂位的時候都可以用『柏其博士』。」

雷博思看看四周，只有另外一張桌有人，在靠前面的地方，看起來似乎是家庭派對，兩個小孩六個大人。

「我今天沒有訂位，午餐的時候人都不太多。現在，我們要吃什麼……？」

他考慮開胃菜和主菜，但她似乎知道他真的想吃熱熱的早餐，所以他就點了。她點了湯和鴨肉。他們決定同時點咖啡和葡萄酒。

「非常有早午餐的感覺，」她說，「不知怎的，感覺很像星期天。」

他情不自禁地同意。她告訴他如果想的話可以抽菸，但他謝絕了。家庭派對那一桌有三個在抽菸，不過他的菸癮還沒有上來。

他們一開始先談論婕兒．譚普勒，找到共同的話題，她的問題謹慎而有刺探的意味。

「婕兒可以很勇往直前，你不覺得嗎？」

「她只是做必須做的事。」

「你們倆之前有過一段，對不對？」

他的眼睛張大。「她這樣告訴你？」

「沒有。」琴恩停下來，把餐巾鋪平在腿上。「不過，我從她以前談到你時的樣子猜的。」

「以前？」

她微笑。「很久以前的事了，是不是？」

「史前時代。」他被強迫同意。「你呢？」

「我希望自己不是史前動物。」

他微笑。「我的意思是，告訴我關於你自己。」

「我在北部的艾爾金出生，父母都是老師。念格拉斯哥大學，涉獵考古學，博士在杜蘭大學拿的，在國外做博士後研究——美國和加拿大——研究十九世紀移民。我在溫哥華當策展人，這邊有機會的時候就回來了。在舊的博物館待快十二年，現在在新的博物館。」她聳聳肩，「大概就是這樣。」

「你怎麼認識婕兒的？」

「我們是好幾年的同學，最好的朋友，失去聯絡一陣子……」

「你沒結過婚？」

她低頭看看盤子。「一陣子，有，在加拿大，他英年早逝。」

「很遺憾。」

「比爾是喝酒死的，不過，他的家人怎麼也不相信。我想，那是我回蘇格蘭的原因。」

「因為他的過世？」

她搖搖頭。「如果我留下來，表示必須參與他們忙著建立的神話。」

雷博思覺得自己能夠了解。

「你有個女兒，是不是？」她突然說，熱中地改變話題。

「莎曼莎，她現在……二十幾歲了。」

琴恩笑了。「你不知道到底幾歲？」

他試著微笑。「不是這樣。我本來要說她身體殘障，也許不是你想知道的事。」

「噢。」她安靜了一下，然後抬頭看他。「但是對你來說很重要，不然不會是你想到的第一件事。」

「沒錯。不過，她現在又再重新站起來了，用那種老人用的助走器。」

「那很好。」她說。

他點點頭，不想談細節，不過，反正她也沒有要問他。

「湯怎麼樣？」

「很好喝。」

他們沉默地坐了一兩分鐘，然後她問他警察工作的事。她的問題回到那種剛認識的人會問的問題。通常，雷博思覺得談論工作很尷尬，他不確定別人是否是真的有興趣，即使是真的有興趣，他也不確定他們是否想聽沒有編輯過的版本——自殺、解剖；使人入獄的小衝突和黑色心情；家庭暴力和刀傷案、變調的週六晚上、職業惡徒和毒癮患者。說話的時候，他總是害怕自己的聲音會背叛對工作的熱情。他也許對於方法和最後的結果有懷疑，但是他仍然從工作本身得到成就感。他覺得像琴恩．柏其這樣的人可以看破這個表象，看見其他事情的焦點。她會了解到，基本上，他對這份工作的享受來自偷窺慾，是卑怯的。他專注在他人生活的細節、他人的問題，阻止他檢視自己的弱點和失敗之處。

「你打算抽那個東西嗎？」琴恩聽起來似乎被逗得很開心，雷博思低頭看到自己手上出現一根菸。他笑了笑，從口袋裡拿出菸盒，把香菸放回去。

「我真的不介意。」琴恩告訴他。

「我不知道自己這樣做了。」他說。然後，為了掩飾自己的難為情，「你要告訴我其他娃娃的事嗎？」

「吃完再說。」她堅定地說。

不過他們吃飽之後，她要了帳單，他們各分攤一半。出了餐廳，他們發現午後的陽光正盡力除去那天的冷冽。「我們走一走。」她說，手伸進他的臂彎。

「去哪裡？」

「梅德斯公園？」她提議，就成了他們的目的地。

陽光吸引人群到這個樹木林立的大草原，有人在丟飛盤，慢跑族和單車族快速經過，有些青少年躺著，短袖上衣脫掉，身邊幾瓶蘋果酒。琴恩為他描繪這個地區的歷史。

「我想，那裡以前有個池塘，」她說。「布朗斯菲爾德肯定有一座石礦，瑪其蒙本身是個農場。」

「現在比較像動物園。」他說。

她瞥他一眼。「你很努力地冷嘲熱諷，是不是？」

「不然會生鏽。」

在顎骨大道，她決定他們該過馬路，往上走到瑪其蒙路。「所以，你到底住在哪裡？」她問。

「雅登街，就在華倫公園路旁。」

「那不遠。」

他微笑，試著眼神接觸。「你在釣邀請函嗎？」

「老實說，是的。」

「那地方是個工地。」

「如果不是的話我會很失望。不過，我的膀胱說什麼都可以……」

□

聽到馬桶的沖水聲時，他正在拚命地整理客廳。他看看四周，搖搖頭，根本就像在爆炸現場用畚箕打掃一樣，一點用也沒有。因此，他回到廚房，把咖啡粉倒進兩個馬克杯裡。冰箱的牛奶是星期四的，不過還可以用。她站在門口看著他。

「感謝老天，我的這團髒亂是有藉口的。」他說。

「幾年前我家也重新配線。」她同情地說，「那時候，我本來考慮要賣。」她抬頭的時候，看見自己找到同道中人。

「我要放到市場上賣。」他承認。

「有什麼特別的理由嗎？」

鬼魂，他大可這麼告訴她，但是只是聳聳肩。

「重新開始？」她猜。

「也許。你要加糖嗎？」他把馬克杯遞給她，她檢視著乳狀表面。

「我連牛奶都不加。」她告訴他。

「天啊，抱歉。」他試著把馬克杯從她手上拿回來，但她抵抗。

「這樣就可以了。」她說，然後笑了。「你算哪門子探長啊？你剛剛在餐廳裡看我喝了兩杯咖啡。」

「完全沒有注意到。」雷博思同意地點點頭。

「客廳有地方可以坐下來嗎？現在我們熟了一點，該是給你看娃娃的時候了。」

他清出餐桌上的一個區域，她把肩袋放在地板上，拿出一個檔案夾。

「問題是，」她說，「我知道某些人可能覺得這聽起來很瘋狂，所以，我希望你可以維持開放的心態。也許，這是我想先認識你一些的原因……」

她遞過檔案夾，他拿出一疊新聞剪報。她說話的時候，他開始把這些剪報排在眼前的桌上。

「我會知道第一個棺材的事情是因為有人寫信給博物館，這是幾年前的事了。」他舉起信，她點點頭，「一位住在柏斯的安德森太太，她聽說了亞瑟王座棺材的故事，要我知道類似事件也發生在靠近『狩獵大屋』旅館的地方。」

信件所附的剪報是從《信差報》上剪下來的。「當地旅館附近的神祕發現」：一個棺材形狀的木盒附近有一片布料，一隻狗在每天散步的路上，於雜樹林下方的樹葉底下發現。狗主人把盒子拿到旅館去，以為也許是玩具，不過找不出任何解釋。那是一九九五年的事。

「這位女士，安德森太太，」琴恩正開口說，「她對當地歷史很有興趣，所以留下了這則剪報。」

「沒有娃娃？」

琴恩搖搖頭。「也許被什麼動物咬了之後跑掉了。」

「有可能。」雷博思同意。他轉到第二份剪報，日期是一九八二年《格拉斯哥晚報》。「教會譴責發現的病態惡作劇」。

「安德森太太自己告訴我這一則，」琴恩解釋，「在教堂的墓地，一座墓碑附近有一個小小的木製棺材，這次裡面有一個娃娃，基本上是一個木製的衣鉤，纏著一條緞帶。」

雷博思看著報紙上的照片。「看起來比較粗糙，像是喬木之類的。」

她點點頭。「我認為是巧合。從那之後，我就開始注意更多例子。」

他把兩份剪報分開。「還有找到它們，在我看來。」

「我代表博物館在國內巡迴演講時，每次都會問是否有人聽過這種事。」

「運氣好嗎？」

「目前為止有兩次。一九七七年在納林，一九七二年在鄧弗林。」

還有兩件神祕的發現。在納林的沙灘上發現棺材，鄧弗林則是在鎮上的峽谷。一個裡面有娃娃，一個沒有。同樣的，有可能是動物或小孩拿走了裡面的東西。

「你的判斷是什麼？」他問。

「那不應該是**我問的**問題嗎？」他沒有回答，篩選其他的報導。「有可能和你在瀑布村的發現相關嗎？」

「我不知道，」他抬頭看她，「我們何不來發現看看？」

□

週日的車流讓他們慢下來，雖然大多都是在鄉下待了一天之後，要回到城裡的車子。

「你認為有可能發現更多嗎？」他問。

「有可能。當地的歷史社團，他們會注意到這樣奇怪的東西——而且，他們的記憶力很好。這是個很小的圈子，他們知道我有興趣。」她把頭靠在乘客席的窗戶上休息，「我想，如果有的話，我會聽說。」

他們經過「歡迎到瀑布」的路標，她微笑。「這裡和安瓜斯是姊妹鎮。」她說。

「什麼？」

「剛剛那個路標，瀑布村和一個叫安瓜斯的地方是姊妹鎮，一定是在法國。」

「你怎麼推論出來？」

「嗯，那個地名的旁邊有一個法國國旗的圖案。」

「我猜那會有幫助。」

「但那也是個法文字——安瓜斯就是苦悶的意思。想像一下……一個叫苦悶的鎮……」

大街兩旁都停了車，形成一個瓶頸。雷博思不認為自己能夠找到車位，所以轉進巷子裡停在那兒。他們沿路走到貝芙·杜德斯的小屋，經過幾個正在洗車的當地人。穿著休閒的中年男子——燈芯絨長褲和V領上衣——卻好像穿制服的感覺。雷博思可以打賭，週間的時候，他們很少沒有穿西裝打領帶。他想到小比利的記憶——母親們刷洗著前門的台階，這正是當代的翻版。其中一名男子說「哈囉」，另一個說「午安」。雷博思點點頭，敲敲貝芙·杜德斯的門。

「我想，你會發現她出門散步了。」一名男子說。

「應該不久就會回來。」另一個補充。

兩人都沒有停下手邊的洗車工作，雷博思不禁懷疑他們是否在比賽——並不是他們急著做完，而是似乎有種競爭的感覺，他們非常深刻地專注著。

「想買陶器嗎？」第一個問，一邊移向寶馬汽車前方散熱器的窗形格。

「其實，我想看看那娃娃。」雷博思說，雙手滑進口袋裡。

「我不認為有可能。她和你的競爭對手之一簽了什麼獨家合作。」

「我是警察。」雷博思表明。

路華車主對於鄰居的錯誤嗤之以鼻。「那情況可能會有點不同。」他笑著說。

「發生這種事很奇怪，」雷博思攀談。

「這附近不乏這些事。」

「什麼意思？」

寶馬車主擠乾他的海綿。「幾個月前，這裡發生幾樁竊案，有人在教堂門口塗鴉。」

「國宅的孩子幹的。」路華車主打斷。

「也許，」他的鄰居同意，「不過有意思的是，以前從來沒有發生過，然後包佛家的女孩失蹤了……」

「你們有人認識那家人嗎？」

「在附近看過他們。」路華車主承認。

「他們兩個月前辦了一個午茶派對，對外開放，是為了慈善團體，我忘了哪一個。他們似乎非常好相處，約翰和賈桂琳。」說名字的時候，寶馬車主看了鄰居一眼，雷博思把這當作又一個他們生活中競爭的元素。

「那女兒呢？」雷博思問。

「總是有點冷淡。」路華車主很快地說，不打算被冷落。「很難和她搭上話。」

「她和我說過話，」他的對手宣布，「我們有一次聊了些她的大學課程。」

路華車主瞪著他，雷博思可以預見一場決鬥——兩頭喪氣的羚羊，各走二十步。「杜德斯小姐呢？」他問，「她也是個好鄰居嗎？」

思。

「天知道那陶器真是有夠爛。」是唯一的評語。

「不過，這個娃娃的事可能對生意有幫助。」

「我不懷疑，」寶馬車主說，「如果她頭腦清楚的話，就會好好把握機會。」

「任何新生意的行銷都是血脈。」他的鄰居補充。雷博思感覺他們知道自己在說些什麼。

「小小的折扣可能很有用，」寶馬車主發想，「茶、手工烘焙……」兩名男子都停下手上的工作，開始沉思。

「我才在想巷子裡是你的車子。」貝芙・杜德斯說，朝這群人走來。

□

茶泡好之後，琴恩問是否可以看一些陶器。小屋後面的加蓋是廚房和客房，客房變成工作室。琴恩讚美不同的碗盤，但雷博思看得出來她並不喜歡。然後，貝芙・杜德斯把各式各樣的手鐲手鍊掛在她的手上，琴恩也讚美這些。

「我做的。」貝芙・杜德斯說。

「是嗎？」琴恩聽起來很喜歡。

杜德斯把手臂伸出來，讓她看個清楚。「當地的寶石，我把它們洗過之後打磨，我想功用有點像水晶。」

「正面能量？」琴恩猜測。雷博思已經無法分辨她是真的有興趣還是在假裝。「你覺得我可以買一個嗎？」

「當然。」杜德斯高興地說。她的頭髮被風吹亂，臉頰因為剛剛的散步而紅潤。她把手鍊從手上滑下來，「這一條怎麼樣？我最喜歡的之一，只要十鎊。」

琴恩聽到價錢時停頓了一下，然後微笑遞過一張十鎊紙鈔，杜德斯放進口袋裡。

「柏其小姐在博物館工作。」雷博思說。

「真的嗎？」

「我是個策展人。」琴恩已經把手鍊戴在手腕上。

「多麼棒的工作。我每次進城的時候都會試著找時間去參觀。」

「你有沒有聽過亞瑟王座的棺材？」雷博思問。

「史帝夫告訴過我。」杜德斯說。雷博思假設史帝夫就是史帝夫．何利，那個記者。

「柏其小姐對它們很感興趣。」雷博思說，她想看看你找到的那個娃娃。」

「當然。」她打開一個抽屜，拿出棺材。琴恩小心翼翼地拿著，放在廚房的桌上才開始檢視。

「做工不錯，」她說，「比其他幾個更接近亞瑟王座的棺材。」

「『其他幾個』？」貝芙．杜德斯問。

「這是複製其他的嗎？」雷博思問，忽略這個提問。

「不是完全一樣的複製，不是。」琴恩說。「不同的釘子，結構也有些微的不同。」

「是看過博物館展覽品的人所做的？」

「有可能。你可以在博物館的禮品店裡買到棺材的明信片。」

雷博思看著琴恩。「最近有人顯示對展覽品的興趣嗎？」

「我怎麼會知道？」

「也許研究學者什麼的？」

她搖搖頭。「去年有一名博士班學生……不過她回去多倫多了。」

「有什麼關連嗎？」貝芙．杜德斯問，眼睛睜大，「博物館和綁架之間？」

「我們不知道是否有人被綁架。」雷博思警告她。

「還不是一樣……」

「杜德斯小姐……貝芙……」雷博思的眼睛看著她，「我們這段談話不能洩漏出去，這一點非常重要。」她點頭表示了解時，雷博思知道他們離開幾分鐘後，她就會打電話給史帝夫．何利。他留下沒喝完的茶。

「我們該走了。」琴恩聽到暗示，把自己的杯子放在濾水板上。「很好喝，謝謝。」

「不客氣，謝謝你買手鍊，是我今天的第三筆生意。」

他們走回巷子裡的時候，兩輛車經過他們，雷博思猜是一日遊的旅客。他們在往瀑布的路上，然後，他們也許會在陶器店停留，要求看有名的棺材，也許還會買些什麼。

「你在想什麼？」琴恩問，坐上車研究著手鍊，舉起手對著光線。

「沒什麼。」雷博思說謊。他決定開車經過村子，路華和寶馬汽車在陽光下曬乾。一對年輕夫婦帶著兩個小孩站在貝芙．杜德斯的小屋外，父親手裡有一部攝影機。雷博思讓路給四、五輛車，繼續前往草原側社區的路。三個男孩——也許包括上次來的時候見到的那兩個——在草地上玩足球。他們看著他，但是不打算中斷自己的球賽。他告訴琴恩等他一下，下了車。

「哈囉，你們。」他告訴男孩。

「你是誰?問問題的男孩消瘦，露出肋骨，握緊拳頭的是瘦弱的手臂。他的頭髮剪到頭皮，在陽光下斜視著，四呎六吋高的身材顯露出侵略性和不信任。

「我是警察。」雷博思說。

「我們沒做什麼。」

「恭喜。」

那男孩用力踢球，踢到另一個男孩的大腿上，第三個開始笑。

「我在想，你們知不知道我聽說的幾件竊案。」

那男孩看著他。「控制一下吧。」他說。

「很樂意，小伙子。哪一個，要控制你的脖子還是老二？」男孩試著冷笑。「也許，你可以告訴我教堂門口被塗鴉的事？」

「不能。」他說。

「不能？」雷博思聽起來很驚訝。「好吧，最後一試……那麼，這個發現的小棺材呢？」

「怎麼樣？」

「你看過嗎？」

男孩搖搖頭。「叫他滾蛋啦，奇克。」他的一個朋友忠告。

「奇克。」雷博思點點頭，讓男孩知道他記下來了。

「沒看過那棺材，」奇克說，「我才不可能去敲**她的**門。」

「為什麼不？」

「因為她是個他媽的怪人。」奇克笑。

「怎樣怪？」

奇克已經失去耐性，自己不知怎的被誘導對話，「像其他人一樣怪。」

「他們都是一群子宮外孕的傢伙。」他的同伴說，過來解救他。「我們走吧，奇克。」他們跑掉，順便帶走第三個男孩和他們的球。雷博思看了一下子，但是奇克沒有回頭。他回到車子上，看見琴恩的窗戶搖下來。

「好了，」他說，「我的確不是世界上最會問學生問題的人。」

她微笑。「他說子宮外孕的傢伙是什麼意思？」

雷博思發動引擎，看她一眼。「他的意思是他們都很怪。」他沒有說最後一個字，不需要，琴恩完全知道他是什麼意思。

□

那個星期天晚上很晚的時候，他發現自己在斐麗芭．包佛公寓外的人行道上。他口袋裡還有那副鑰匙，但沒有要進去，特別是發生了上次的事件之後。有人關上了客廳和臥室的百葉窗，燈光進不到公寓裡，一點都進不去。

她已經失蹤一星期了，案情重建正在進行中。一位貌似失蹤女學生的女警穿著斐麗芭當晚可能的穿著，斐麗的衣櫃裡少了一件最近買的凡賽斯T恤，所以女警就穿類似那樣。她會走出公寓，由等候的新聞記者拍照，很快地走到街角，坐上一輛為此目的徵召而來的計程車。她會再下車，開始爬上往市中心的上坡。一路上都會有攝影師等著她，制服警察攔下行人和司機，準備好紙筆和問題。女警會一路走到南區的酒吧。

兩組電視人員——英國國家廣播公司和蘇格蘭地方電視台——已經準備好拍攝這個重建畫面，在新聞節目中播放片段。

這是演練，顯示警方有在動作的方法之一。

如此而已。

婕兒．譚普勒從街道的另一邊捕捉到雷博思的眼神，似乎聳聳肩承認，然後回到和副署長卡斯威爾的談話裡。副署長似乎有幾點想要傳達，雷博思不懷疑「迅速的結論」這幾個字至少會出現一次。從過去的經驗裡，他知道婕兒．譚普勒不快的時候常常會玩弄有時候戴的一串珍珠。那串珍珠現在在她的脖子上，她的一隻手指在下面，前後把玩著。雷博思想到貝芙．杜德斯全部的手鍊，叫奇克的那男孩說：有夠怪的怪人……客廳裡威卡教的書，只是她不這麼說，而是叫會客室。他的腦海裡想到一首滾石合唱團的歌——「蜘蛛與蒼蠅」，《滿意》專輯的B面。他把貝芙．杜德斯看成蜘蛛，她的會客室是蜘蛛網。不知為何，這個影像雖然奇特，卻揮之不去。

1 指的是遊騎兵隊球迷。

第六章

星期一早上，雷博思帶著琴恩的剪報去上班，桌上等著他的是史帝夫·何利的三個留言，還有寫著婕兒·譚普勒字跡的短箋，通知他十一點去看醫生。他去她的辦公室為自己辯護，但她辦公室門上一張紙條寫著她那天在蓋菲爾廣場分局。雷博思回到座位上，拿起香菸和打火機走向停車場。席芳·克拉克來的時候，他剛點了一根菸。

「運氣如何？」他問她，席方舉起手上的手提電腦。

「昨天晚上。」她告訴他。

「發生什麼事？」

她看著他的香菸。「等你抽完那噁心的東西，上樓來我弄給你看。」

門在她身後關上，雷博思瞪著菸，抽了最後一口，把菸蒂彈到地上。

等他走到刑事組辦公室的時候，席芳已經把手提電腦開好。一名警官大叫史帝夫·何利在線上，雷博思搖搖頭。他非常清楚何利要什麼——貝芙·杜德斯告訴他雷博思去瀑布村的事情。他舉起一根手指，要席芳等一下，打電話到博物館。

「請接琴恩·柏其辦公室。」他說，然後等著。

「喂？」是她的聲音。

「琴恩？我是約翰·雷博思。」

「約翰，我正想打電話給你。」

「不用說……你被騷擾了？」

「嗯，不算是騷擾……」

「一個名叫史帝夫．何利的記者，想問娃娃的事？」

「他也在煩你嗎？」

「琴恩，我所能給你最好的建議就是什麼都不要說，拒絕接他的電話。如果他真的接通了，告訴他你沒有什麼可說的，不論他多麼努力逼你……」

「了解。是貝芙．杜德斯大嘴巴嗎？」

「是我的錯，我該知道她會這麼做。」

「我可以照顧自己，約翰，別擔心。」

他們說了再見。他放下電話，走了短短的距離到席芳的座位上，看了手提電腦螢幕上的訊息。

這遊戲不是一個遊戲，是一個追求的過程，需要力量及耐力，更不用說智力，但獎品會很棒，你還想繼續玩嗎？

「我回了一封電子郵件說很感興趣，但是問玩這個遊戲需要花多久時間。」席芳的手指在鍵盤上移動著。「他告訴我可能需要幾天，或幾個星期。所以，我又問他可不可以從冥岸開始。他馬上回覆，告訴我冥岸是第四關，我必需整個遊戲都玩，我說好。午夜的時候，來了這個東西。」

螢幕上有另外一個訊息。「他用不同的電子郵址，」席芳說，「天知道他還有幾個。」

「因為這樣而很難追蹤到他？」雷博思猜想，然後他看到：

我怎麼能確定你是自己說的那個人？

「他指的是我的電子郵址。」席芳解釋。「我本來用的是斐麗芭的信箱，現在我用葛蘭特的。」

「你怎麼告訴他的？」

「我說他只能信任我，不然的話，總是還有見面一途。」

「他很感興趣嗎？」

她微笑。「不是很明顯，但他寄了這個給我。」她又按下另一個按鍵。

「七芬高伊國王（Seven fins high is king），這女王在雕像前盛宴（This queen dines well before the bust）。」

「只有這樣？」

席芳點點頭。「我問他能不能給個提示，他只把這個訊息再寄了一次。」

「也許因為這就是提示。」

她一隻手穿過頭髮。「我大半個晚上都沒睡。我猜，這提示對你來說也沒什麼意義嗎？」

他搖搖頭。「你需要喜歡解謎的人，年輕的葛蘭特不是喜歡密碼的填字遊戲嗎？」

「是嗎？」席芳看看房間對面，葛蘭特．胡德正在講電話。

「你何不去問問看？」

胡德講完電話的時候，發現席芳在等著。「手提電腦用得如何？」他問。

「很好。」她給他一張紙，「聽說你喜歡字謎。」

他拿了那張紙，但沒有看。「星期六晚上？」他問。

她點點頭。「星期六晚上可以。」

上次見面也還算可以——喝幾杯酒，在新城一家不錯的小餐廳吃晚餐。因為沒有太多的共同點，他們大部分時間都在談公事。不過，有機會說說笑、回憶幾個故事也不錯，他還滿紳士的，事後陪她走路回家。她沒有邀請他上樓喝咖啡，他說自己可以在布洛頓街招計程車。

現在，葛蘭特點點頭微笑，「可以」對他來說已經足夠。然後他看看那張紙。「『七芬高伊國王』，」他讀出來，「這是什麼意思？」

「我還希望你可以告訴我。」

他再研究一次那個訊息。「可能是重組字。不過不太可能——母音不夠，都是i和e。『雕像前』也許是『失敗之前』，也許是『毒品搜捕』？」席芳只是聳聳肩。「也許，如果你再解釋詳細一點會有幫助。」胡德說。

席芳點點頭。「如果你覺得可以的話，我可以一邊喝咖啡一邊解釋。」她說。

在自己的座位上，雷博思看著他們離開房間，拿起第一份剪報。附近有人在說話，是關於另外一場記者會。大家的共識是，如果譚普勒分局長要你開頭陣，那表示她已經準備好下馬威。雷博思瞇起眼睛，他第一次一定錯過了這一句，在一九九五年的那張剪報上——在靠近柏斯的「狩獵大屋」旅館附近，一隻狗找到棺材和一小塊布。在報導過四分之三的地方，一位旅館匿名員工被引述說：「如果我們不小心一點，旅館會給自己引來不好的名聲。」雷博思不知道他這樣說是什麼意思。他拿起電話，想著琴恩・柏其也許會知道。但他沒有打電話，不希望她覺得他是……嗯，說白一點是什麼？他昨天很高興，認為她應該也是。他送她回波特貝羅，但謝絕了咖啡的邀請。

「我已經占用你太多時間了。」當時他說，她沒有否認。

「那麼，也許下一次吧。」她只這麼說。

開車回到瑪其蒙，他感覺他們之間好像有一些曖昧不明之處。他那天晚上差點打電話給她，但只是開了電視，讓自己迷失在大自然的節目裡，後來完全想不起來看了什麼。直到他想到案情重建的事情時才出去看一看。

他的手還放在電話上。他拿起話筒，問到狩獵大屋旅館的電話號碼，要求找經理。

「很抱歉，」櫃檯小姐說，「他目前在開會，可以幫你留言嗎？」

雷博思解釋自己是誰。「我想和一九九五年在旅館工作的人談一下。」

「他們的名字是？」

他對她的理解錯誤而微笑。「不是他們，我是說，誰都可以。」

「嗯，我從九三年就在這裡。」

「那你一定記得當時發現的小棺材。」

「很模糊的印象，是的。」

「只是，我有一段那時候的剪報，上面說旅館可能會引來不好的名聲。」

「是的。」

「為什麼這樣說？」

「我不確定，也許是因為那個美國遊客。」

「哪一個？」

「失蹤的那一個。」

有那麼一下子，他什麼都沒說，再開口的時候，他請她重覆剛剛說的話。

□

雷博思去了國家圖書館位於堤岸區的分館，從聖藍納分局只要不到五分鐘的路程。他亮出證件、向圖書館員解釋自己需要的資料，被帶到一張放著縮影片閱讀器的桌前，兩個捲軸上是一個很大的發光螢幕，影片從一邊開始，捲到另一個空的捲軸上。雷博思以前用過這種機器，當時報紙都保存在喬治四世橋的總館。他告訴圖書館員今天的需求是「急件」，即便如此，他還是坐著等了大約二十分鐘，圖書館員才帶著影片的盒子出現。

《信差報》是丹地的日報，雷博思自己家也有訂。他記得直到最近之前，這份報紙都還保持上一個年代的質報風格，頭版有專欄寬度的廣告。沒有新聞、沒有照片。有一個故事流傳說，鐵達尼號沉沒的時候，《信差報》的頭條是「丹地男子海上失事」，也不是說這份報紙心胸狹窄或什麼的。

雷博思帶著狩獵大屋旅館的剪報，把影片向前轉到大約四週前，報紙內頁的標題是：「遊客神祕失蹤警方不解」。失蹤女性的名字是貝蒂—安．傑斯普森，三十八歲，已婚，來自美國的旅行團一員，旅行團名為「神祕的蘇格蘭高地之旅」。貝蒂—安的照片來自她的護照，一位壯碩的女性，深色燙過的頭髮，厚框眼鏡。她的先生蓋瑞表示她習慣早起在早餐前散步，旅館沒有人見到她離開，他們搜索了鄉間，警方也帶著她的照片到柏斯市中心詢問。不過，雷博思把影片再往後調一個星期時，報導只剩一半的篇幅，沒有幾段；再下一個星期只剩一段。這個故事已經在消失中，正如貝蒂—安一樣。

根據旅館櫃檯的說法，蓋瑞．傑斯普森第一年回到那個地區好幾次，第二年去了一個月。不過，上次聽到的時候，蓋瑞已經另結新歡，從紐澤西搬到巴爾的摩去了。

雷博思把細節寫在筆記本上，坐在座位上拍打著他寫的那一頁，直到其中一名閱覽者清清喉嚨，警告他已經製造太多噪音。

回到外面的櫃檯，他要求更多報紙——《鄧弗林日報》、《格拉斯哥先鋒報》和《印弗內斯信差報》。只有《先鋒報》有縮影片，他從那裡開始。一九八二年，墓園裡的娃娃……范．莫瑞森在八二年早期出了《美麗視野》專輯，雷博思發現自己哼著「臨界魅影」的旋律，想起目前身在何處時又停下來。一九八二年，他還是警佐，和另一位警佐傑克．莫頓一起工作。他們那時候派駐大倫敦路分局，那是分局失火之前的事了。《先鋒報》的影片出現時，他放上捲軸開始工作，每一週、每一天在螢幕上模糊地通過。在大倫敦路分局共事時比他高階的警官，不是死了就是退休了，他沒有和任何人保持連絡。現在農夫也走了，很快的，不論他喜不喜歡，就要輪到他。他不認為自己會安靜地離開，他們必須把掙扎抗拒的他踢出去才行……

墓園的娃娃在五月時被發現，他從四月分的報紙開始看。問題是，格拉斯哥是座大城市，犯罪案件比柏斯這種地方多，他不確定找到什麼的時候自己會知道。如果只是個失蹤人口，會上報紙嗎？每年有好幾千人失蹤，有些人離開也沒被注意——流浪漢、沒有親友的人。在這個國家，屍體可以坐在壁爐前的椅子上，直到發出的味道讓鄰居警覺。

等他搜尋完四月分的時候，沒有看到失蹤人口，但是有六件死亡案，兩個是女的。一件是派對之後的刀傷致死，上面寫著一名男性在協助警方調查，雷博思猜是男朋友。他很確定，如果繼續追蹤這個案件的報導，會發現案子上了法庭。第二個案子是溺死，雷博思從來沒有聽過那一段河流的名字——白車水——屍體在羅休公園南側邊界的岸邊發現。被害人的名字是海瑟．吉布斯，二十二歲，她的先生離家留下她和兩個孩子，朋友說她很沮喪，前一天被看到留下孩子自顧自的在喝酒。

雷博思走到外面拿出手機，按著電話號碼找里斯刑事組的巴比．荷根。

「巴比，是約翰，你格拉斯哥知道一點，是不是？」

「一點點。」

「有聽過白車水嗎？」

「沒辦法說有。」

「羅休公園呢？」

「抱歉。」

「西邊那裡有熟人嗎？」

「我可以打個電話。」

「麻煩一下好嗎？」雷博思重覆名字，結束通話。他抽一根菸，瞪著對面角落一家新開的酒館。他知道喝一杯不會有什麼害處，然後想起自己應該去見醫生。去他的，這件事得等一等，他總是可以再約一次時間。菸抽完，荷根還沒有回電，雷博思回到座位上，開始過濾八二年五月的報紙。手機鈴響的時候，圖書館員和閱覽者都露出驚恐的表情。雷博思一邊咒罵著把手機拿到耳邊，一邊從座位上站起來再次走出去。

「是我。」荷根說。

「說吧。」雷博思低聲說，朝出口走去。

「羅休公園，位於市中心的西南邊，白車水從北端經過。」

雷博思停下來。「你確定嗎？」他的聲音不再是低語。

「我是這麼被告知的。」

雷博思回到他的座位上，《先鋒報》的剪報壓在《信差報》的下面。為了確認，他把它抽出來。

「謝了，巴比。」他說，結束通話。他身邊的人發出惱怒的聲音，但他沒有留意他們。「教堂譴責發現的病態惡作劇」——墓園發現棺材。教堂本身坐落在波特丘路。

那是在波拉克。

□

「我猜，你並不在乎要不要解釋自己的行為。」婕兒．譚普勒說。

雷博思開車到蓋菲爾廣場分局，要求和她見面五分鐘，他們回到同樣陳舊的辦公室。

「我正想這樣做。」雷博思告訴她。他一隻手放在前額，感覺臉好像燒起來。

「你應該去赴醫生的約診。」

「有事情發生。天啊，你不會相信的。」

她一隻手指指著桌上的八卦報。「知道史帝夫．何利怎麼找到這則新聞的嗎？」

雷博思把報紙轉過來面對自己，何利應該沒有太多時間，不過拼湊出來的故事還是有辦法提到亞瑟王座的棺材。「一個蘇格蘭博物館的當地專家」，瀑布村的棺材，還有「更多的謠言說還有更多棺材」。

「他是什麼意思，更多棺材？」婕兒問。

「我就是想告訴你。」他告訴她，把整個事情講給她聽。他在滿布塵埃、皮面裝訂的《鄧弗林報》、《印弗內斯信差報》裡，發現自己知道但憂慮會找到的消息。一九七七年七月，納林棺材被發現的不到一個星期前，寶拉．吉爾玲的屍體在同一個岸邊四哩遠的地方被沖上岸。她的死亡無法解釋，被當成「意外事件」。一九七二年十月，鄧弗林山上的棺材被發現的三個星期前，一位少女據報失蹤，卡洛琳．法莫是鄧弗林中學四年級的學生，最近才被一個交往很久的男友拋棄，最好的猜測是她因此而離家。她的家人說沒有找到她絕不罷休。雷博思懷疑他們有……

婕兒．譚普勒聽著，沒有插嘴。他說完的時候，她看著他在圖書館寫的剪報和筆記。終於，她抬頭看他。

「這些東西很薄弱，約翰。」

雷博思在椅子上移動。他需要動一下，但房間裡沒有太多空間。「婕兒，這是……還有其他的東西。」

「凶手把棺材留在現場附近？」她慢慢地搖頭，「我看不出來。你有兩具屍體，但是沒有不當行為的徵兆，兩件失蹤案，這不算構成什麼模式。」

「包括斐麗芭．包佛就是三件失蹤案。」

「還有一件事，瀑布村的棺材在她失蹤之後不到一個星期就出現，這也不是模式。」

「你覺得是我的幻覺嗎？」

「也許。」

「我可不可以至少追蹤一下？」

「約翰……」

「只要一個，也許兩個警員，給我們幾天，看看能不能說服你。」

「我們目前已經人手不足。」

「人手不足是在做什麼了不起的事？我們只是在黑暗中吹口哨壯膽，等她回來、打電話回家或是找到屍體。給我兩個人就好。」

她慢慢地搖頭。「你可以有一個，頂多三、四天，了解嗎？」

雷博思點點頭。

「約翰，去看醫生，不然我就拉你回來，了解嗎？」

「了解，我要跟誰合作？」

譚普勒很貼心。「你要誰？」

「給我愛倫．懷特。」

她瞪著他。「有什麼特別的理由嗎？」

他聳聳肩。「她沒辦法當電視主持人，但她是個好警察。」

譚普勒還在瞪他。「好吧，」她終於說，「去吧。」

「你有沒有辦法讓史帝夫．何利不要騷擾我們？」

「我可以試試看，」她拍拍報紙，「我假設這個『當地專家』是琴恩？」她等他點點頭，嘆了一口氣。「我早該知道，把你們兩個放在一起……」她開始揉著前額。以前農夫也會這樣做，每次他說有「雷博思頭痛」的時候。

□

「我們到底在找什麼？」愛倫．懷特問。她被召喚到聖藍納分局，對於和雷博思合作的雙人任務似乎不是很興奮。

「首先，」他告訴她，「我們要保護自己，也就是先確定這些失蹤人口後來沒有再出現。」

「詢問家人？」她猜，在筆記本上記下來。

「對，至於那兩具屍體，我們需要再看一次法醫的驗屍報告，看法醫有沒有可能錯過什麼。」

「一九七七年和八二年？你不覺得紀錄早就丟了嗎？」

「希望沒有。不管怎樣，有些法醫的記憶力很好。」

她再記下來。「我再問一次，我們在找什麼？你覺得有可能證明這些女人和那些棺材有關係嗎？」

「我不知道。」但他知道她的意思──相信是一回事，有辦法證明又是另外一回事，特別是在法庭上。

「也許可以讓我安心。」他終於說。

「這些都是從亞瑟王座的棺材開始的嗎？」他點點頭，自己的興致勃勃對她的懷疑完全沒有影響。

「這樣吧，」他說，「如果只是我的幻想，你會有機會告訴我。但是，首先我們必須挖一些東西。」

她聳聳肩，作勢寫下另一個筆記。「是你指定我，還是被派給我？」

「我指定的。」

「譚普勒分局長同意？」

雷博思再點點頭。「有問題嗎？」

「我不知道。」她認真想了一下這個問題。「也許沒有。」

「好，」他說，「那我們開始吧。」

□

他花了將近兩個小時打字、整理所有的資料，希望做一個可以參考的「聖經」。裡面有每一則新聞報導的日期、頁碼索引，也請圖書館幫他影印。懷利則忙著打電話，向格拉斯哥、柏斯、鄧弗林、納林的警察局哀求一些協助。如果案子的檔案還在的話，她需要檔案，加上法醫的名字。她每次笑的時候，雷博思知道她在聽什麼：「你要的不多，是不是？」雷博思在他的鍵盤上打著字，聽著她工作的情況。她知道什麼時候要靦腆，什麼時候要堅定，什麼時候該打情罵俏。她的聲音從來沒有背叛臉上的表情——她厭倦這些重覆的對話。「謝謝你。」這三個字她不知說了幾次。把話筒掛回電話上，在筆記本抄下筆記，看看時間，寫下來，頗為詳盡。「答應是一回事。」她不只一次這麼說。

「總比什麼都沒有好。」

「只要他們送過來就好。」她又拿起話筒，深呼吸，打下一通電話。

雷博思很好奇的是這些年代中的空檔：一九七二、一九七七、一九八二、一九九五，五年、五年、十三年。如今，只是也許，另一個五年的空檔。這些五年是很好的模式，但馬上就被八二年到九五年之間的安靜打破。有各種解釋——這個男人，不論他是誰，可能在其他地方，可能在監獄。誰說這些棺材只被留在蘇格蘭的四處？也許值得把搜尋範圍再擴大一些，看是不是有其他警官遇過這種情況。如果他在監獄裡待過，也可以查查紀錄，十三年是一段很長的時間——最可能的應該是謀殺罪。

還有另外一個可能性。他沒有消失到哪裡去，還是在這裡繼續享受著，只是沒有費力使用棺材，或者用了但從來沒有被找到。一個小小的木箱子……一隻狗就可以把它咬成碎片；小孩子可能帶回家；有的被人丟掉了，這種病態的惡作劇最好趕快丟掉。雷博思知道，公開訴求也是找尋的方法之一，不過他看不出譚普勒會答應，這需要先說服她。

「沒有嗎？」懷利剛放下電話時，他問。

「沒有人接電話。也許消息已經傳了出去，愛丁堡有一個瘋警察。」

雷博思揉了一張紙丟到垃圾桶裡。「我想，我們也許有點瘋狂，」他說，「休息一下吧。」

懷利要去麵包店買果醬甜甜圈，雷博思決定自己只想散散步。聖藍納分局附近的街道並沒有提供太多選擇，公寓房子、社區、聖十字路上的車流和背後的薩里斯柏利峭壁。雷博思決定走進聖藍納分局和尼可森街之間的擁擠巷弄，他走進報攤買了一瓶**Irn-Bru**，邊走邊喝。他們說這東西是解酒良方，他則用它來抵擋想喝酒的念頭，一品脫和一杯烈酒，充滿煙霧的酒吧裡，電視上播著賽馬……「南區人酒館」是個可能的選擇，但他過馬路避開。人行道上有些孩子在玩，大部分是亞裔的孩子。學校已經放學了，他們還在這裡，精力充沛、帶著豐富的想像力。他不知道是自己的想像還是因為加班所致……最後的可能性——他看到的是不存在的連結。他拿出手機和一張上面寫著電話號碼的紙。

有人接起電話，他要求轉接琴恩．柏其。

「琴恩？」他停下來，「是約翰．雷博思。你的小棺材，我們可能挖到寶了。」他聽了一下子，「我現在沒辦法告訴你，」他看看四周，「我正要去開會。你今天晚上忙嗎？」他再聽一次，「很可惜，你晚上想喝一杯嗎？」他的臉明亮起來。「十點鐘，波特貝羅還是城裡？」又停下來，「是的，如果開完會，在城裡碰面比較合理，我再開車送你回家。十點在博物館？好，再見。」

看看四周，他在山丘廣場，附近欄杆上有一個指標，他現在知道自己在哪裡，外科醫學會館的後面。眼前不具特徵的大門是入口，通往朱爾斯·松恩爵士手術歷史展覽。他看看手錶，看看開放時間，只剩十分鐘。管他的，他想，推開門進到裡面。

他發現自己站在普通的公寓樓梯底下，上一層樓到一個小小的轉彎處，兩扇門互相面對，看起來好像是私人公寓，所以他又上了一層樓。經過博物館的門檻時警報響起，通知一位員工有訪客。

「你以前來過嗎？」她問。他搖搖頭。「嗯，現代時期在樓上，左邊是牙科展示……」他謝謝她，她讓他繼續參觀。沒有其他人，雷博思看不到其他人。他在牙科室只待了半分鐘，對他而言，幾世紀以來的科技似乎沒有很大的進展。主要的博物館展覽占了兩層樓，整理得很好。展覽品都在玻璃後面，大部分照明良好。他站在藥劑師的店面前，又移到外科醫師約瑟夫·李施特全身假人前面，仔細看著他的成就清單，主要是石碳酸噴霧和消毒腸線。再過去一點，他看到一個盒子，裡面是柏克的皮膚做成的皮夾，他想起一個叔叔曾給他一本小的皮面聖經當生日禮物。旁邊是一尊柏克的石膏像，脖子上還看得到絞型的繩結——還有他的一個同伙約翰·柏根，幫助他搬運屍體。柏克看起來很安祥，頭髮梳理得很整齊，表情平靜；柏根則看起來深受困擾，皮膚從下巴處拉得很緊，球莖狀的頭是粉紅色的。

旁邊是解剖學家諾克斯的畫像，當初是他接手柏克還溫熱的屍體。

「可憐的諾克斯。」他身後的一個聲音說。雷博思看看四周，一個老人穿著整套晚宴服、領結，雷博思花了幾秒鐘才想起他是誰——德文林教授，斐麗的鄰居。德文林走向前瞪著展覽品。「關於他到底知道多少，有很多的討論。」

「你是說，他是否知道柏克和海爾是凶手？」

德文林點點頭。「就我自己而言，我認為他毫無疑問地知道。當時，解剖學家用的大部分屍體的確都是冰冷的，從英國各地送到愛丁堡——有些經由聯合運河。至於復活論者——也就是盜墓者——把屍體泡在威士忌裡運送，那是一門暴利生意。」

「那威士忌用完有拿來喝嗎？」

德文林吃吃地笑。「根據經濟支配原則的話是有的。」他說。「諷刺的是，柏克和海爾以經濟移民的身分來到蘇格蘭，他們的工作是協助建造聯合運河。」雷博思記得琴恩說過類似的事。德文林停下來，一隻手指插在腰帶上。「但可憐的諾克斯……這人有著某種天分。從來沒有證明過他是這些謀殺者的共犯，但是教會還是反對他，成為問題。人體是個殿堂，記得嗎？許多神職人員反對解剖——認為是一種褻瀆，他們煽動群眾反對諾克斯。」

「他後來怎麼了？」

「根據文獻，他死於中風。轉為控方證人的海爾必須逃離蘇格蘭，那時候連他都不安全。他被人用石灰攻擊，結果瞎了眼，在倫敦街上乞討。我相信倫敦某處有個酒館叫盲眼乞丐，至於是否有關連……」

「十六件謀殺案，」雷博思說，「在西港這樣小的區域。」

「我們沒辦法想像在那個時代發生，是不是？」

「但如今我們有法醫、有病理學……」

德文林伸出手指，在他面前搖一搖。「沒錯，」他說，「如果不是因為柏克和海爾這些人、那些盜墓者，今日我們完全不會有解剖學和病理學的研究！」

「這是你在這裡的原因？向他們致意？」

「也許。」德文林說，然後看看手錶，「七點鐘樓上有一場晚宴，我想早點來，花點時間看看這些展覽品。」

雷博思想起德文林壁爐上方的邀請函：**正式服裝加動銜**。

「很抱歉，德文林教授，」策展人叫道，「我該鎖門了。」

「好的，瑪姬。」德文林回答，對雷博思說，「你想看看其他部分嗎？」

雷博思想到愛倫·懷利，也許現在已經回到她的座位上。「我真的應該……」

「來吧、來吧，」德文林堅持，「你不能來外科醫學會館卻錯過黑色博物館……」

策展人只好讓他們經過幾道上鎖的門，在那之後進入建築物的主體。走廊上都是一些醫學人士的畫像，德文林指著圖書館，在圓形大理石圖案的大廳停下來，指著上面。「我們在上面用餐，很多盛裝打扮的教授和醫生，吃橡膠一樣的雞肉。」

雷博思抬頭，天花板是玻璃圓頂，二樓有一道圓形的欄杆，後面隱約看見一扇門。「今晚是什麼場合？」

「天知道，反正有邀請函來的時候，我就送他們一張支票。」

「蓋茲和科特會去嗎？」

「也許。你知道山地·蓋茲總是沒辦法拒絕豐盛的一餐。」

雷博思研究著這扇巨大大門的裡面，他以前看過，但只有從另外一邊，開車經過或走在尼可森街上的時候。他不認為自己曾經看這扇門開著過，也這樣向他的導遊說。

「今天晚上會打開，」德文林告訴他，「客人會走進來直接上樓梯。來吧，這邊走。」

順著更多的走廊，上了幾級階梯。「也許沒有上鎖。」德文林說，他們走向另一扇堂皇的門，「這些晚宴客人喜歡在用完餐後出來走一走，大部分會走到這裡來。」他試試門把。他是對的，門打開，他們進到一間很大的展覽廳。

「黑色博物館。」德文林宣布，手臂作著手勢。

「我聽說過，」雷博思說，「從來沒有拜訪過。」

「這裡沒有對外開放，」德文林解釋，「我從來都不確定為什麼，當成觀光景點開放的話，大學可以用這個地方賺點錢。」

原本稱作普雷菲爾廳，在雷博思的眼裡，並沒有暱稱所暗示的那樣可怕，裡面似乎包括一些舊的外科手術工具——比起手術室，更適合放在酷刑室。有很多的骨頭和身體部分，還有東西漂浮在朦朧的瓶子裡。遠處一道狹窄的樓梯帶他們上到轉角處，更多的瓶子等著他們。

「可惜那負責福馬林的傢伙翹辮子了。」德文林說，因為努力爬樓梯而喘著氣。

雷博思瞪著一只玻璃瓶裡的東西，一張嬰兒的臉回瞪著他，看起來有些變形。然後，他了解到那張臉位在兩具相異的屍體上——連體嬰，在頭部連結，兩張臉合起來變成一張臉。雷博思看過不少恐怖的景象，但還是覺得很詭異。不過，還有其他展覽品可以探索：更多變形的胚胎；還有畫像，大部分來自十九世紀，描繪被加農砲或步槍炸斷身體的士兵。

「這是我最喜歡的。」德文林說。周遭盡是令人厭惡的影像，他找到一張靜止的畫，一個年輕人的畫像，幾乎為畫家微笑著，雷博思讀著說明。

「肯納・羅威爾醫師，一八二九年二月。」

「羅威爾是負責解剖威廉・柏克的解剖學家之一，甚至有可能是由他在絞刑之後宣告柏克死亡。不到一個月之後，他就坐著讓人畫了這幅畫像。」

「他看起來還滿高興的。」雷博思下了註解。

德文林的眼睛閃閃發亮。「可不是？肯納也是工匠，用的材料是木頭，就像迪肯・布羅第[2]一樣，你聽過這個人。」

「白天是紳士，晚上是盜賊。」雷博思承認。

「也許是史帝文生變身怪醫的靈感來源。史帝文生小時候，房間裡有一個衣櫃，也是布羅第的創作之一……」

雷博思還在研究著畫像。羅威爾的眼睛深邃，下巴有個小開口，非常深色厚重的頭髮。他一點也不懷疑畫家把他的對象畫得比實際上要好，也許去掉了幾年的歲月，去掉了幾磅。不過，羅威爾是個英俊的男子。

「關於包佛家的女孩，很有意思。」德文林說。雷博思有點驚訝地轉向他，這個老人現在呼吸比較順暢，眼睛只看著畫像。

「什麼很有意思？」雷博思問。

「在亞瑟王座發現的棺材……新聞媒體再次提出來的方式，」他轉向雷博思，「其中一個角度說，它們代表柏克和海爾的被害人……」

「是的。」

「現在，另一口棺材似乎是紀念年輕的斐麗芭。」

雷博思轉向畫像。「羅威爾用木頭嗎？」

「我家餐廳的那張餐桌，」德林文微笑，「是他做的。」

「所以你才買下來嗎？」

「是對於早年病理學的小小紀念品。探長，外科歷史就是愛丁堡的歷史。」德文林吸吸鼻子，嘆息，「我很想念工作，你知道。」

「我不覺得自己會。」

他們離開畫像。「在某個方面來說，這是一種榮幸，令人無盡地讚嘆動物的外表能包含什麼。」德文林拍拍自己的胸脯加強語氣。雷博思並不覺得自己有什麼能補充的。對他而言，一具屍體就是一具屍體，一旦成為屍體，不論什麼有意思的原因都消失了。他差點說了這些話，但知道比不上老法醫的優雅。

回到主大廳裡，德文林轉向他。「看看這裡，你今天晚上真的該來，還有足夠的時間回家換衣服。」

「我不認為如此。」雷博思說，「你們都會在談公事，你自己也這樣說。」而且，他大可說他也沒有晚宴的西裝，更別說其他的。

「你會很喜歡的，」德文林堅持，「記得我們的對話。」

「為什麼？」雷博思問。

「演講的是一位羅馬天主教會的神父，他要討論身體和靈魂的二分法。」

「我已經聽不懂了。」雷博思說。

德文林只是對他笑著。「我想，你是假裝自己沒有那麼聰明，這對你所選擇的行業也許很有用。」

雷博思聳聳肩，算是承認。「這個講者，」他說，「不會是康納．李爾神父吧？」

德文林的眼睛睜大。「你認識他？那就更有理由加入我們。」

雷博思想一想。「也許晚宴前喝一杯就好。」

□

回到聖藍納分局，愛倫．懷利並不高興。

「你對休息的定義好像和我不太一樣。」她抱怨。

「我遇到認識的人。」他說。她沒有再說什麼，但他知道她只是在忍耐。她的表情還是很緊張，拿起電話的時候帶著一種怨懟的不情願。她想從他身上得到更多，也許是完整的道歉或讚美的字眼。他忍住一陣子，等她再度攻擊電話的時候問道：

「是因為那場記者會嗎？」

「什麼？」她把話筒又摔了回去。

「愛倫，」他說，「並沒有像——」

「你他媽的別想同情我！」

他舉起雙手投降。「好，不要叫名字了，如果聽起來像是我在同情你，那我很抱歉，懷利警佐。」

她瞪著他，突然間臉色改變，鬆懈下來。她從某處強迫擠出微笑，用手揉著臉頰。

「抱歉。」她說。

「我也是，」她看著他，「我不該出去那麼久，應該打電話回來。」他聳聳肩，「但是，你現在知道我一個很大的祕密。」

「什麼?」

「能從約翰．雷博思身上擠出一個道歉，你必須先粗暴地對待電話。」

這次她笑了，雖然距離全心全意還很遙遠，而且還有一點點歇斯底里，但是，她看起來似乎好多了。他們回到工作上。

不過，結束的時候他們也沒有完成什麼事情。他告訴她不需要擔心，本來就是很不穩固的開始。她聳聳肩，手放在口袋裡，問他要不要去喝一杯。

「我已經約好人了。」他告訴她，「改天吧，好不好?」

「當然。」她說，不過聽起來並不相信。

□

他一個人喝，走到外科醫學會館之前先喝一杯，拉弗格威士忌，只加一點點水去掉尖銳感。他選擇了一家愛倫．懷利不會知道的酒館，不希望拒絕她之後又碰到她。他需要喝下幾杯才能告訴她，她錯了，一次說不出話的記者會並不是事業的終結。婕兒．譚普勒盯上她，毫無疑問的，但婕兒沒有笨到讓這件事演變成反目成仇。懷利是個好警察，聰明的警察，她會再得到一次機會。如果譚普勒繼續這樣對待她，自己看起來也會很糟。

「再一杯嗎?」酒保說。

雷博思看看手錶。「好，來吧。」

這個地方很適合他，小而匿名地隱身在街道之間，外面甚至沒有招牌，沒有地方可以辨認。這裡位在一條後巷的角落，只有知道的人找得到。角落有兩個常客身體挺直地坐著，眼睛被遠方的牆壁催眠。他們的對話只是分散的喉音，電視的聲音關掉了，但酒保還是看著，什麼美國法庭的影集。很多踱步，還有灰色的牆壁，偶爾有女人的特寫，試著看起來很擔憂，不願意單靠臉部的表情，她也用上了手勢。雷博思遞過錢，把剩下的酒倒在第二杯裡，搖搖杯子滴光酒。其中一個老人咳嗽，吸吸鼻子，他的鄰居說了什麼，他點頭安靜地同意。

「在演什麼？」雷博思沒辦法不問酒保。

「什麼？」

「這個影集，在講什麼？」

「都一樣。」酒保說。好像每天都是一樣的規律，連電視上的影集都一樣。

「你自己呢？」酒保說，「你這一天過得如何？」這些字眼從他的嘴巴裡聽來還滿生疏的——和客人聊天並非習慣的一部分。

雷博思想想可能的答案。連續殺人犯逍遙法外的可能性，而且從七〇年代早期就開始；一個失蹤的女孩，幾乎可以確定出現時只會是屍體一具；一對連體嬰共用一張扭曲的臉。

「啊，你知道的。」他終於說，酒保點點頭同意，好像這就是他等著的答案。

在那之後，雷博思很快離開酒館，走一小段路到尼可森街上，到外科醫學會館。現在，如德文林教授所預測的，外科醫學會館的門敞開著，已經開始有客人進去，雷博思沒有邀請函可以給員工看，不過，解釋加上他的證件似乎有用。早來的客人都已經站在二樓樓梯附近，手上拿著飲料。雷博思走上樓去，宴會廳裡已經做好晚宴的擺設，服務生來回做最後一分鐘的檢查和調整。另一個門口的裡面有一張桌子，上面蓋了白布，一整排的杯子還有酒瓶，服務生穿著黑色的背心，筆挺的白色襯衫。

「是的，先生？」

雷博思考慮再來一杯威士忌，問題是，他一旦喝了三、四杯以後，就不會想停。如果他停下來，要去見琴恩的時候會剛好開始頭痛。

「柳橙汁就好，謝謝。」他說。

「天上聖母，現在我可以安祥地死去了。」

雷博思轉向那個聲音，微笑著。「此話怎講？」他問。

「因為我在這個榮耀的世間已經看夠了。給這男人一杯威士忌，不要小器。」他命令酒保，酒保倒柳橙汁倒到一半，停下來看看雷博思。

「只要果汁。」他說。

「天啊，」康納·李爾神父說，「我可以聞到你嘴裡威士忌的味道，所以我知道你沒有戒酒，但不知道為了什麼不明理由，你想保持清醒……」他又想了想，「是不是跟異性有關？」

「你當神父太浪費了。」雷博思說。

李爾神父大笑。「你是說我會是個好刑警嗎？誰又能說你說錯了呢？」然後對著酒保說，「還需要問嗎？」酒保沒有問，倒酒的時候很慷慨，李爾點點頭，從他手中拿過杯子。

「**乾杯！**」他說。

「**乾杯**。」雷博思喝著果汁。康納·李爾看起來幾乎精神太好了，雷博思上次和他說話的時候，老神父正在生病，藥和健力士啤酒在冰箱裡搶位子。

「有一陣子了。」李爾說。

「你知道事情是怎樣的。」

「我知道你們年輕人，忙於肉體之罪，沒有什麼時間探訪老弱婦孺。」

「我的肉體很久沒有見過什麼值得報告的罪惡了。」

「天知道是很多的。」神父拍拍雷博思的褲子。

「也許這就是問題所在。」雷博思承認，「你的話，另一方面……」

「啊，你以為我快憔悴至死？我才不會選擇這種方式。好酒美食，管他的後果。」

灰色V領毛衣之下，李爾戴著他代表神職人員的領結，穿著深藍色長褲，鞋子黑得閃閃發亮。他的確瘦了一些，但肚子和下巴還是垂下來，稀薄的銀髮像紡成的絲綢，眼睛深陷瀏海下。他拿威士忌酒杯的方式，就像工人抓著保溫瓶一樣。

「我們倆的穿著都不適合這個場合。」他說，看著晚宴客人穿的西裝。

「至少你穿了制服。」雷博思說。

「還好，」李爾說，「我已經從現役服務退休了。」他眨眨眼，「會發生的，你知道，我們可以退下去。不過，每次為了這種場合戴上領結，我都會看到教宗的使者跳出來，抓著利刃把它從我脖子上割下來。」

雷博思微笑。「好像離開外國軍團時一樣？」

「沒錯！或是從退休的相撲選手頭上剪掉馬尾。」

唐納．德文林走過來的時候，他們倆都在笑。「很高興你能夠加入我們。」他告訴雷博思，然後才握神父的手。「我想，神父，你是關鍵性的決定因素。」他說，解釋了晚宴的邀請。

「這個邀約還在，」他補充，「我肯定你會很想聽神父的演講。」雷博思搖搖頭。

「像約翰這種異教徒，最不需要的就是由我來告訴他什麼對他好。」李爾說。

「太對了。」雷博思同意，「而且，我確定以前都聽過。」他看看李爾，那一刻他們所分享的回憶——在神父的廚房裡漫長的談話、一趟又一趟到冰箱還有酒櫃的旅程。關於喀爾文教派、罪犯、信仰、無信仰。即使雷博思同意李爾的時候，他也試著當魔鬼的代言人，老神父則覺得他的頑固很有趣。他們有一些很長的對話、也很頻繁……直到雷博思開始找藉口不去。今天晚上，如果李爾問他為什麼，他知道自己說不出理由。也許，因為神父開始給他一些確定感，雷博思對此沒有時間。他們玩了這個遊戲，李爾相信自己可以改變這個「異教徒」。

「你有這麼多問題，」他告訴雷博思，「為什麼不讓人給你答案？」

「也許因為我比較喜歡問題，而不是答案。」雷博思回答。神父絕望地舉起雙手，又跑了一趟冰箱。

德文林正在問李爾演講的題目，雷博思看得出德文林已經喝了一、兩杯，臉色像玫瑰一樣，手插在口袋裡，微笑、很滿足，但有點距離。雷博思正在添柳橙汁，蓋茲和科特出現的時候，兩位法醫穿的幾乎一模一樣，比平常更像是在唱雙簧。

「天啊，」蓋茲說，「大家都在這裡。」他吸引酒保的注意力，「我要威士忌，給這位精靈一杯通寧水。」

科特嗤之以鼻。「又不是只有我一個。」他對著雷博思的飲料點點頭。

「你老天爺的，約翰，告訴我裡面有伏特加。」蓋茲笑了。「你在這裡做什麼？」蓋茲在流汗，領口勒住了喉嚨，臉幾乎漲紅。科特如同往常般看起來完全自在，他重了幾磅，不過看起來還是頗瘦，雖然臉色灰濛濛。

「我從來見不到陽光。」問到他的臉色的時候，他總是給這樣的理由，聖藍納分局不止一個制服警察習慣叫他吸血鬼德古拉。

「我在等你們兩個。」此刻，雷博思說。

「答案是不。」蓋茲說。

「你不知道我要問什麼。」

「聽你的音調就夠了。你要找人幫忙，你會說不需要多久時間，而你會是錯的。」

「只是一些舊的驗屍報告，我需要第二個意見。」

「我們已經很忙了。」科特說，看起來帶著歉意。

「是誰的？」蓋茲問。

「我還沒拿到，是從格拉斯哥和納林來的。也許，如果由你要求的話，事情會進行得快一點。」

蓋茲看看其他人。「懂我的意思了吧？」

「大學的工作，約翰，」科特說，「更多學生、更多課程、更少老師。」

「我知道……」雷博思開始。

蓋茲舉起腰帶，指著藏在裡面的傳呼機。「即使是今天晚上，我們都可能被呼叫，處理另一具屍體。」

「我不認為你贏得他們的支持。」李爾笑著說。

雷博思再嚴厲地看了蓋茲一眼。「我是認真的。」他說。

「我也是，這是我第一次晚上有空休息，而你又在要求你有名的『幫忙』。」

雷博思決定繼續逼他沒有意義，蓋茲心情不好的時候，這一招沒有用。也許他今天在辦公室不順利。只不過，他們不都是如此？

德文林清清喉嚨。「也許我可以……？」

李爾拍拍德文林的背。「來了、來了，約翰，有自願的受害者！」

「我知道自己已經退休好幾年了，不過，我想理論和實際應該沒有什麼改變。」

雷博思看看他。「其實，」他說，「最近的案子是發生在一九八二年。」

「八二年的時候，他還在用解剖刀。」蓋茲說。德文林微微鞠躬，承認這個事實。

雷博思猶豫了一下。他想要別人，像蓋茲這樣的人。

「提案通過。」科特說，幫他決定了這件事。

□

席芳．克拉克坐在客廳看電視，試著幫自己煮一頓正餐，但紅椒切到一半時就放棄了，把全部的東西放進冰箱裡，從冷凍庫拿出一份速食。空的容器現在在她面前的地板上，她盤腿坐在沙發上，頭靠著沙發扶手，手提電腦在咖啡桌上，但她的手機沒有接上去。她不認為益智王會再寫信了。她拿起筆記本，瞪著提示，她已經用掉十幾張紙，想找出可能的重組字和意義。七芬高伊國王，提到王后和「胸部」，聽起來像是從紙牌遊戲來的，不過，她從中央圖書館借來的紙牌遊戲大綱沒有什麼幫助。她在想該不該再讀一次的時候，電話響了。

「喂？」

「是葛蘭特。」

席芳把電視音量轉小，「什麼事？」

「我想，我也許破解了。」

席芳把腳伸出來放在地板上。「告訴我。」她說。

「我比較想讓你用看的。」

電話裡似乎有很多的背景噪音，她站起來。「你用手機打的嗎？」她問。

「是的。」

「你在哪裡？」

「車子就停在外面。」

她走到窗戶旁看外面，沒錯，他的車子就停在路中央。席芳微笑。「那找個停車位吧，我的門鈴是上面數下來第二個。」

等她把髒盤子拿到水槽時，葛蘭特已經在按她的對講機。她確認是他之後，才按下按鈕讓他進入樓下大門。他把自己拖上幾層台階的時候，她站在打開的門邊等著。

「抱歉這麼晚了，」他說，「但我沒辦法忍住不分享一下。」

「咖啡？」她問，在他身後關上門。

「謝謝，兩塊糖。」

他們把咖啡拿到客廳。「好地方。」他說。

「我喜歡。」

他在她身邊的沙發坐下，咖啡杯放在桌子上，伸手進外套口袋裡拿出一本倫敦地圖集。

「倫敦？」她說。

「我查遍歷史上所有可以想到的國王，還有所有跟國王這個字有關的。」他舉起那本書，看到書的背面是倫敦地鐵圖。

「國王十字車站？」她猜。

他點點頭。「看一看。」

她從他手上接過書，他幾乎無法好好坐著。

「七芬高伊國王。」他說。

「你覺得這個國王是國王十字的國王嗎？」

他滑過沙發，手指沿著經過車站的淡藍色的線。「你看得出來嗎？」他說。

「沒有，」她說，「所以你最好告訴我。」

「國王車站再往北一站。」

「高伯利和伊思林頓？」

「再下一個。」

「芬斯伯利公園……然後七姐妹。」

「現在反過來。」他說。他幾乎在原地跳躍。

「別嚇壞了。」她說。她再看看地圖，「七姐妹……芬斯伯利公園……高伯利和伊思林頓……國王十字。」然後她看出來了，完全一樣的順序，只是取第一個字，「七……芬……高……伊……國王……」。她看著葛蘭特，他正在點頭。「你做得很好。」她說。她是認真的。葛蘭特彎身給她一個擁抱，不過她躲過了，然後，他從沙發上跳起來，兩手拍在一起。

「我自己也不敢相信，」他說，「突然之間就跑出來，答案是維多利亞線。」

她點點頭，想不到其他什麼話可以說，的確是倫敦地鐵維多利亞線的一段。

「但這是什麼意思？」她終於說。

他又坐下來，彎身向前，手臂放在膝蓋上，「這就是我們接下來必須解決的。」

她又滑過沙發一點點，在他們之間空出一些空間，然後拿起筆記本讀：「這女王在雕像前盛宴。」她看他，他只是聳聳肩。

「有可能答案是在倫敦嗎？」她問。

「我不知道，」他說，「白金漢宮？女王公園巡遊者隊？」他聳聳肩，「有可能是倫敦。」

「所有這些地鐵車站……有什麼意義？」

「都在維多利亞線上。」是他所能想到的。他們瞪著彼此。

「維多利亞女王。」他們一起說。

席芳有一本倫敦的旅遊書，本來是為了一個從來沒有去度的週末而買。她花了一些時間才找到，同時，葛蘭特打開電腦在網路上搜尋。

「有可能是酒館的名字，」他建議，「就像『東城故事』裡面一樣。」

「是，」她說，忙著閱讀，「或是維多利亞和亞伯特博物館。」

「別忘了維多利亞車站也在維多利亞線上。那裡還有一個巴士站，全英國最爛的自助餐廳。」

「你是經驗有感而發嗎？」

「我年輕的時候有幾次坐巴士下去，一點都不喜歡。」他正在往下看一些文字。

「不喜歡巴士還是不喜歡倫敦？」

「兩者都一樣。我想，『失敗』（bust）不一定是指緝毒行動（drug bust）吧，是嗎？」

「也許，或是什麼股市大跌，不久之前才有一個，不是嗎？黑色星期一？」

他點點頭。

「不過，比較可能是個雕像（bust），」她說，「也許是維多利亞女王的雕像。前面有一家餐廳。」

在那之後，他們安靜地一起工作著，直到席芳的眼睛開始痛，她站起來泡咖啡。

「兩塊糖。」葛蘭特說。

「我記得。」她看著他，彎身在電腦螢幕前，一隻膝蓋抖個不停。對於那個擁抱，她想說些什麼……讓他感覺溫暖一點……但她知道已經錯過時機。

把咖啡杯從廚房裡拿回來，她問有沒有找到什麼。

「遊客網站。」他說，從她手上接過咖啡杯，點點頭道謝。

「為什麼是倫敦？」她問。

「什麼意思？」他的眼睛還盯著螢幕。

「我的意思是，為什麼不是比較靠近家裡的地方？」

「也許益智王在倫敦，我們不知道，不是嗎？」

「不知道。」

「而且，誰知道斐麗芭．包佛是不是唯一在玩這個遊戲的人？像這樣的事情，我打賭一定在某處有個網站——或曾經有。想要加入的人都可以去那裡，他們不會都是來自蘇格蘭。」

她點點頭。「我只是在想……斐麗有聰明到能夠解這個字謎嗎？」

「顯然有，不然她不可能進到下一關。」

「但這也許是新的遊戲，」她說，他轉頭看著她，「也許只是針對我們倆而已。」

「如果我們遇到那個混蛋的話，我會記得問他。」

又過了半個小時之候，葛蘭特把倫敦餐廳的名單看了一半。「你一定不相信這個鬼地方有多少條維多利亞路、維多利亞街，一半以上都有餐廳。」

他往後一靠，伸直背脊，好像力氣都用光了一樣。

「而且，我們還沒開始看酒館，」席芳手抓過頭髮，從前額向後緊緊一抓，「這實在是太……」

「什麼？」

「字謎的第一段很聰明，但是這個……這個只是要看清單，他難道期望我們去倫敦，去每一家薯條店和咖啡座，希望找到維多利亞女王的半身像嗎？」

「如果他這樣想的話，可以吹口哨。」葛蘭特的笑裡不帶幽默。

席芳看著紙牌遊戲的書，她花了幾個小時翻，原來一直在錯誤的地方找錯誤的東西。她及時趕到圖書館，當時還有五分鐘就關門，她把車子停在維多利亞街，希望不會被開罰單……

「維多利亞街？」她大聲說。

「任君挑選，有十幾個。」

「有些這裡就有。」她告訴他。

他抬頭。「是的，」他說，「沒錯。」

他下去車裡拿回一張蘇格蘭東部的地圖，打開索引那一頁，用手指往下找。

「維多利亞花園……克卡地有一家維多利亞醫院……愛丁堡有維多利亞街、維多利亞巷，」他看著她，「你覺得呢？」

「我在想，維多利亞街上有幾家餐廳。」

「有雕像嗎？」

「外面沒有。」

他看看手錶。「這個時間已經沒開了吧，有嗎？」

她搖搖頭。「明天第一件事，」她說，「早餐我請。」

□

雷博思和琴恩站在棕櫚庭酒吧裡。她喝著長伏特加，他則慢慢地喝一杯十年麥卡倫威士忌。服務生拿來小玻璃瓶的水，但雷博思沒有用。他好幾年沒有進來巴摩爾飯店了，那時候還叫作「北英國人」，這個老地方內部有一些改變，不過琴恩好像對周遭的環境沒有興趣，至少現在聽完雷博思的故事之後是如此。

「所以，也許她們都是被謀殺的？」她說。她的臉色蒼白，酒吧裡的燈轉暗，一位鋼琴師彈著琴。雷博思一直聽出一些曲子；他懷疑琴恩有聽進去任何一首。

「有可能。」他承認。

「但是，你這些推論都是基於那些娃娃嗎？」

她的眼睛看著他，他點點頭。「也許是我過分解讀，」他說，「但是，還是需要調查。」

「你到底該從哪裡開始？」

「我們在等原始檔案資料，」他停了一下，「怎麼了？」

她的眼裡有淚。她吸吸鼻子，在皮包裡尋找手帕。「我只是想到原來有這種可能性。這些日子以來，我手上有這些剪報……也許如果我早點拿給警方……」

「琴恩，」他握住她的手，「你有的只是關於棺材娃娃的報導而已。」

「我想也是。」她說。

「不過，也許你可以幫忙。」

她沒有找到手帕，拿起雞尾酒餐巾紙，擦擦眼睛。「怎麼幫？」她說。

「這整件事可以回溯到一九七二年，我需要知道，那時候誰有可能對亞瑟王座的展覽品有興趣，你可能幫我挖一些消息嗎？」

「當然。」

他再捏捏她的手。「謝謝。」

她給了個微笑，拿起飲料，喝完的時候冰塊在杯子裡面敲著。

「再一杯？」他說。

她搖搖頭，看看四周。「感覺得出來這不是你習慣去的地方。」

「哦？哪裡才是？」

「我想，讓你比較舒服的是又小、又滿是煙霧的酒吧，裡面滿是帶著希望的男人。」

她的臉上有著微笑，雷博思慢慢點頭。

「你學得很快。」他說。

她看看四周，微笑漸漸褪去。「我上星期才來這裡，一個很快樂的場合……感覺好像很久以前。」

「什麼場合？」

「慶祝婕兒升遷。你覺得她面對得還好嗎？」

「婕兒就是婕兒，她會撐過去的。」他停下來，「講到撐過去，那個記者還在煩你嗎？」

她勉強擠出微笑。「他很固執，想知道我在貝芙．杜德斯的廚房說的『其他』是指什麼。是我的錯，抱歉。」她似乎又恢復了鎮靜。「我該回去了，也許可以找得到計程車，如果……」

「我說我會送你回家。」他打出手勢，讓女服務生送帳單過來。

他的車子停在北橋上，一陣冷風吹來，但琴恩還是停下來看著夜色，史考特紀念碑、城堡、蘭西花園。

「真是個美麗的城市。」她說。雷博思試著同意。他已經很少看見了。對他而言，愛丁堡已經變成一種心態，欺瞞著犯罪的思維和直覺。他喜歡愛丁堡的大小、緊密，喜歡她的酒館。不過，她的外表已經很久以前就不再讓他印象深刻了。琴恩把外套再拉緊一點。「隨處看去都有故事，一點歷史。」她看著他，他點頭同意。但是，他也想起自己處理過的那些自殺案，從北橋往下跳的人，也許，他們已經不再看到琴恩所看到的城市。

「我從來不厭倦這個景色。」她說，轉過身向車子走去。他再次點點頭，不老實的。對他而言，這不是景色，只是等著發生的犯罪現場。

他開車離開的時候，她問可不可以聽些音樂。他打開放音機，車子裡充滿「鷹族雄風」合唱團的「尋找太空」。

「抱歉。」他說，把帶子拿出來。她在置物櫃裡找到錄音帶，吉米．罕醉克斯、奶油合唱團和滾石，「也許不是你的風格。」他說。

她拿起罕醉克斯朝他搖一搖。「你該不會剛好有《電子淑女國度》吧？」

雷博思看著她微笑。

罕醉克斯是他們開車到波特貝羅的音樂。

「所以，你是怎麼成為警察的？」她一度開口說。

「難道是很奇怪的事業選擇嗎？」

「那並沒有回答我的問題。」

「沒錯。」他看了她一眼，微笑；她得到暗示，點點頭諒解，然後專注在音樂上。

如果從雅登街搬出來，波特貝羅在雷博思的首選名單上。這裡有海灘，大街上有許多小店面。曾經是個很華麗的地點，貴族到這裡尋找新鮮的空氣和健康的海水。現在已經沒有這麼華麗了，但房屋市場決定了她的重生。負擔不起市中心小房子的人現在開始搬到「波地」，這裡仍有很大的喬治風格房子，但是房價沒有那麼貴。琴恩的房子在小巷裡，「整棟都是你的嗎？」他說，從擋風玻璃往外看。

「我很多年前買的，那時候還沒那麼流行。」她遲疑地說，「這次要進來喝杯咖啡嗎？」

他們的目光相遇，他的是疑問，她的是遲疑，然後他們同時微笑起來。

「很樂意。」他說。他正關掉引擎，手機開始響。

□

「我只是想，你會想知道。」唐納．德文林說。他的聲音有點顫抖，身體也是。

雷博思點點頭，他們站在外科醫學會館高大前門的裡頭，樓上有人輕聲說話。外面，一輛來自停屍間的灰色廂型車在等著，旁邊是一輛警車，車頂上的燈閃爍著，建築物門面沒幾秒鐘就變成藍色。

「發生什麼事？」雷博思問。

「心臟病，看起來是這樣，大家都在享受餐後白蘭地，靠在欄杆上。」德文林指著上面，「他突然變得很蒼白，彎身在欄杆上。他們以為他要嘔吐，但他只是突然彎下身，體重就把他帶下去了。」

雷博思往下看著大理石地板，一些血跡需要清洗。大家站在外圍，有些在外面草皮上，他們抽菸、談論著這個可怕的震驚。雷博思回頭看看德文林，老人似乎也在研究著他，彷彿他是瓶子裡的標本。

「你還好嗎？」德文林問，看著雷博思點點頭，「你們倆交情很好，我看得出來。」

雷博思沒有回答。山地．蓋茲走過來，用看起來是餐廳裡的餐巾擦著臉。

「真是糟透了，」他只這麼說，「也許必須解剖。」

屍體放在擔架上被抬走，毛毯蓋在屍袋上。雷博思抗拒要他們停下來、拉開拉鍊的誘惑。他希望自己對康納．李爾最後的記憶，是和他一起喝酒、生動活潑的男人。

「他才剛給了一場很棒的演講，」德文林說，「一種人體的一般歷史，從聖禮到作為臟卜師的傑克開膛手。」

「作為什麼？」

「經由動物內臟預言的人。」

蓋茲打嗝。「其中一半我都聽不懂。」他說。

「另外一半你睡著了，山地。」德文林微笑批評。「他整場演講都沒有用演講稿。」他非常仰慕地說，然後再抬頭看看二樓。「一個男人的墜落，是從那裡開始的。」他在口袋裡尋找手帕。

「這裡。」蓋茲說，把餐巾紙遞給他，德文林大聲擤鼻子。

「一個男人的墜落，然後他掉下來。」德文林說，「也許史帝文生是對的。」

「關於什麼？」

「他稱愛丁堡為陡峭之城，也許，暈眩就是這個地方的本質……」

雷博思想，他知道德文林是什麼意思，陡峭之城……每個居民都慢慢地在墜落，細微到幾乎無法察覺。

「餐點也真是糟糕。」蓋茲正在說，好像他寧可在盛宴之後失去康納·李爾。雷博思不懷疑康納也會有同感。

在外面，科特醫生是抽菸的人之一，雷博思加入他。

「我試著打電話給你，」科特說，「但你已經在路上了。」

「德文林教授找到我。」

「他說了。我想，他感覺到你和康納之間有些交情。」雷博思只是慢慢地點頭。「他其實已經病重了，你知道，」科特繼續說，很乾的聲音好像在錄音，「你今天晚上離開我們之後，他談起你。」

雷博思清清喉嚨。「他說什麼？」

「他說，他有時候把你想成是贖罪。」科特把香菸彈到空氣中，一陣藍光短暫閃過他的臉。「他說這句話的時候笑了。」

「他是個朋友。」雷博思說。他在內心說：**是我讓他走的**。他推卻了這麼多的友誼，喜歡獨自一人，黑暗中窗邊的椅子。有時候，他假裝只是在幫大家一個忙，那些過去自己容許親近他的人，他們養成受傷的習慣，有時甚至遇害。但是並不是這樣，並不是如此。他想到琴恩，他們之間可能往哪裡去，他已經準備好和別人分享自己了嗎？準備好讓她知道自己的祕密、自己的黑暗面嗎？他還不確定。和康納·李爾的那些對話就像告解一樣，他也許對神父透露了更多的自己，比起之前的任何人，妻子、女兒、情人。現在他走了……也許上了天堂，雖然會在上面造反，這一點毫無疑問。他會和天使吵架，尋找健力士啤酒，好好爭論一場。

「你還好嗎，約翰？」科特伸出手碰他的肩膀。

雷博思慢慢地搖頭，眼睛緊緊閉著。科特第一次沒有聽清楚，雷博思只好再說一次：

「我不相信天堂。」

這正是恐怖之處，這一生是你唯一所有，之後沒有贖罪，沒有機會再重新開始。

「沒關係。」科特說，顯然並不習慣安慰人的角色，碰著雷博思的手比較習慣從打開的傷口拿出人體器官。「你會沒事的。」

「會嗎？」雷博思說，「那麼，世界上就沒有正義了。」

「那一點你比我清楚。」

「噢，我很清楚。」雷博思深吸一口，再呼氣。他的襯衫下都是汗水，夜裡的空氣冰涼。「我會沒事的。」他安靜地說。

「你當然會沒事。」科特抽完他的菸，用腳跟壓到草坪裡。「正如康納說的，雖然謠傳所言相反，其實你是站在天使的那一邊。」他的手離開雷博思的手臂，「不論你喜不喜歡。」

唐納．德文林喧鬧地走過來。「我該叫計程車嗎，你覺得？」

科特看著他。「山地怎麼說？」

德文林拿下眼鏡，作勢擦擦鏡片。「他叫我不要這麼『天殺的實際』。」又把眼鏡戴上去。

「我有車。」雷博思說。

「你可以開車嗎？」德文林問。

「我又不是剛死了老爸！」雷博思爆發，隨即又開始道歉。

「這對我們大家來說，都是非常感傷的時刻。」德文林說，揮揮手表示不需要道歉。他又摘下眼鏡開始擦，好像世界在他眼前從來都不夠鮮明。

---

1 紐約時報董事長沙茲伯格說，所謂的「質報」，就是「一份對讀者需求做出設定的報紙」。

2 十八世紀的一位蘇格蘭木匠，過著雙重生活，日間是工會會長和愛丁堡市議員，夜間則成為盜賊，一方面為了刺激，一方面為了資助自己的賭博習慣。

第七章

星期二早上十一點，席芳・克拉克和葛蘭特・胡德從維多利亞街展開行動。他們開車上喬治四世橋，卻忘了維多利亞街是單行道。葛蘭特對著禁止進入的標誌咒罵，再次加入緩慢的車陣，朝著麻布市場[1]路口的紅綠燈而去。

「停在路邊就好了。」席芳說，他搖搖頭。「為什麼不要？」

「交通已經很亂了，沒有必要再弄得更糟。」

她笑了。「葛蘭特，你總是這麼循規蹈矩嗎？」

他看她一眼。「什麼意思？」

「沒什麼。」

他沒說什麼，只是在車子排在紅綠燈前第四輛的位置時，才打開左轉燈。席芳忍不住笑。他開的是男孩賽車[2]，但這都只是表象，其實他內心是個很有禮貌的小男生。

「你現在有交往的對象嗎？」號誌改變的時候她問。

他思索自己的答案。「目前沒有。」他終於說。

「有一陣子，我以為也許你和愛倫・懷利……」

「我們只是一起辦了個案子！」他抗議。

「好啦、好啦，只是，你們倆似乎相處得不錯。」

「我們還處得來。」

「我就是這個意思。那，是什麼問題？」

他的臉漲紅。「什麼意思？」

「我只是在想，是不是因為你們官階上的不同，有些男生沒有辦法接受。」

「因為她是警官，我是警佐嗎？」

「是啊。」

「答案是否定的，我從來沒有想過。」

他們接近賀伯咖啡座外的圓環，右邊往城堡，他們左轉。

「我們要去哪裡？」席芳問。

「我會在西港路上左轉，運氣好的話可以在草坪市場找到停車位。」

「我打賭你也會在計時器裡投錢。」

「除非你想。」

她嗤之以鼻。「我是放蕩不羈的，孩子，不計較這種小節。」她說。

他們找到一個停車位，葛蘭特往售票機裡投了幾枚銅板，把停車券撕下來貼在擋風玻璃裡面。

「半個小時夠嗎？」他問。

她聳聳肩。「要看我們找到什麼。」

他們走過「最後一滴」酒館，這名字來自這座城市的歷史，罪犯被帶到草坪市場的絞刑架前，會先帶來這裡。維多利亞街陡峭、蜿蜒向上連到喬治四世橋，兩邊都是酒館和禮品店。在這條街的另一頭，酒館和舞廳似乎是主流，其中一家叫古巴酒館和餐廳。

「你覺得如何？」席芳問。

「沒有太多雕像，我本來就不這麼認為，除非有卡斯楚的。」

他們走完整條街，再走回來。這一邊有三家餐廳，一家乳酪專賣店，一家只賣刷子和繩子的店。皮耶・維多利亞餐廳是第一站。透過窗戶，席芳可以看到裡面沒什麼東西，也沒有什麼裝潢。他們還是進去了，並沒有表明身分，幾秒鐘後就回到人行道上。

「解決一家，剩兩家。」葛蘭特說，聽起來不是很有希望。

接下來這一家叫穀物商店。他們跨過門檻、上了階梯，此處正在準備午餐供應，沒有雕像。

他們下了樓梯到街上，席芳又重覆提示，「那女王在雕像前盛宴，」她慢慢地搖頭，「也許我們想錯了。」

「那麼，我們唯一能做的就是再寄一封電子郵件，請求益智王的協助。」

「我不認為他是那種人。」

葛蘭特聳聳肩。「我們下一站至少可以喝杯咖啡嗎？我今天早上沒吃早餐。」

席芳挖苦他。「你媽會怎麼說？」

「她會說我睡過頭。然後我會告訴她，那是因為我整個晚上都沒睡，試著破解這個字謎。」他停下來，「還有，有人答應請我吃早餐……」

藍色餐廳是他們的最後一站，招牌保證「世界佳餚」，但他們進門的時候，餐廳內給人一種傳統的感覺——老舊但上了亮光漆的木頭，小小的窗戶不太能照亮擁擠的室內。席芳看看四周，連個花瓶都沒有。她轉向葛蘭特，葛蘭特指著一道彎曲的樓梯。「有樓上。」

「需要幫忙嗎？」店員說。

「等一下。」葛蘭特對她說。他跟著席芳上樓梯，一個小房間接著一個小房間，席芳進入第二個小房間的時候，嘆了一口氣。在他身後的葛蘭特以為情況不妙，然後他聽到她說「有了」，他同時看到了那尊雕像，是維多利亞女王，二呎半高，黑色的大理石。

「天啊，」他笑著說，「我們破解了！」

他看起來好像準備好要擁抱她，但是她朝著雕像走去。雕像坐在一個低矮的基座上，兩邊都有樑柱，被桌子夾著。席芳看看四周，但看不到什麼東西。

「我把它移動一下。」葛蘭特說，他抓住維多利亞的頭巾，從基座上移下來。

「對不起，」他們身後的一個聲音說，「有什麼事嗎？」

席芳把手滑到雕像下面，拉出一張摺疊的紙。她對著葛蘭特微笑，葛蘭特轉向服務生。

「兩杯茶。」他指示服務生。

「他的要兩顆糖。」席芳補充。

他們坐在距離最近的座位上，席芳抓著紙條的一角。「你覺得我們會找到指紋嗎？」她問。

「值得一試。」

她站起來走到角落放刀叉的托盤前，回來的時候帶著一副刀叉。服務生看到時差點掉了手上的餐具，以為這些客人要吃一張紙。

葛蘭特從她手上接過杯子，謝謝她，然後轉向席芳。「上面說什麼？」

但席芳抬頭看著服務生。「我們在那裡下面找到這個。」她說，指著雕像。服務生點點頭。「你知道是怎麼跑到那兒去的嗎？」服務生搖搖頭，臉上的表情像又小又驚恐的動物。葛蘭特試著讓她安心。

「我們是警察。」他說。

「經理在嗎？」席芳說。

服務生離開後，葛蘭特又重覆他先前問的問題。

「你自己看。」席芳說，用刀叉把那張紙張轉向他。

「B4．**蘇格蘭．法律．峽灣．親愛的**。（B4 Scots Law sounds dear）」

「只有這樣嗎？」他說。

「你的眼力和我一樣好。」

他伸手抓抓頭。「看不出什麼苗頭，可不是？」

「我們上次也沒有太多線索。」

「比這次多。」

她看著他攪拌茶裡的糖。「如果益智王把提示放在這裡……」

「他是本地人？」葛蘭特猜。

「若非如此，就是有本地人在幫他。」

「他知道這家餐廳。」葛蘭特說，看看四周。

「不是每個人進來都會上樓。」

「你覺得他有可能是常客嗎？」

葛蘭特聳聳肩。「看看四周的環境，喬治四世橋、中央圖書館、國家圖書館，學術人士和書蟲應該都很擅長字謎。」

「有道理，博物館也不遠。」

「還有法院，國會……」他微笑，「有一度，我還以為可以把範圍縮小一些。」

「也許我們有，」她說，舉起杯子好像在敬酒，「還是慶祝我們破了第一個提示。」

「還有幾關才到冥岸？」

席芳想了想。「那要看益智王，我想。他告訴我是第四關。我們回去之後，我會寄電子郵件給他，讓他知道。」她把那張紙放在證物袋裡，葛蘭特又在看上面的提示。「你的第一個想法是什麼？」她問。

「我想起小學時男生廁所裡的一些塗鴉。」他寫在餐巾紙上，

LOLO（哈囉哈囉）

AOIC（我看到排隊）

I82Q（我討厭排隊）

B4IP

席芳大聲讀出來然後微笑。「我尿尿之前（Be-fore I pee），」她重覆，「你覺得這是B 4的意思嗎，之

前？」

他聳聳肩。「也許是地址的一部分，門牌或郵遞區號。」

「或是方位……？」

他看著她。「地圖？」

「但是，是哪一本地圖？」

「也許這就是提示的其他部分所提供的線索。你的蘇格蘭法律怎麼樣？」

「考試是很久以前的事了。」

「我也是。『親愛的』這個字有拉丁文嗎？也許和法律有關？」

「我們可以去圖書館查查看，」她建議，「旁邊就有一家大書店。」

他看看手錶。「我再去投點錢。」他說。

□

雷博思在他的座位上，眼前五張紙攤開著。他把其他東西都放在地上——檔案、筆記、其他剩下的東西。辦公室很安靜，大部分的人都到蓋菲爾廣場分局去聽簡報，他們不會感謝他在他們不在時所建立的障礙，他的螢幕和鍵盤坐在一排排桌子中間的走道上，就在他的多層文件夾旁。

在他眼前的是五條生命，也許是五位被害人。卡洛琳．法莫最年輕，失蹤的時候只有十六歲。他今天早上終於找到她母親，並不是很容易打的一通電話。

「我的天啊，別告訴我有消息了？」突然重新燃起的希望，又被他的回答澆熄。但是，他找到自己必須知道的，卡洛琳沒有回來過。早期還有一些不肯定的蹤跡，當她的照片還有出現在報紙上時。但是，從那之後什麼也沒有。

「我們去年搬了家，」她的母親說，「也就是說，必須清空她的房間……」

但是在那之前的四分之一個世紀裡，雷博思臆測，卡洛琳的房間一直在等著她回來——牆上同樣的海報，同樣七〇年代早期的少女服裝，整齊地摺在五斗櫃裡。

「那時候，他們似乎認為是我們對她做了什麼事，」母親繼續說，「我是說，我們是她的家人！」

雷博思不喜歡說——很多時候往往都是父親、叔叔或堂兄弟。

「然後他們開始找羅尼的麻煩。」

「卡洛琳的男朋友？」雷博思問。

「是啊，他只是個小伙子。」

「他們已經分手了，不是嗎？」

「你知道青少年是怎麼樣的。」好像她在談論的是一、兩個星期前的事。雷博思並不懷疑回憶還很鮮明，總是準備好在清醒的時候折磨她，也許甚至睡著的時候也是。

「但是他被排除了？」

「他們只好放過他，是的。但是，在那之後他就不一樣了，家人從這個地區搬走，有好幾年他還寫信給我……」

「法莫太太——」

「現在是柯庫宏小姐，喬離開我了。」

「很遺憾。」

「我不覺得。」

「是不是和……？」他停下來，「抱歉，不關我的事。」

「他從來沒有談過這件事。」她只這麼說。雷博思不知道卡洛琳的父親是不是有辦法以她母親無法做到的方式放手。

「這聽起來也許是個奇怪的問題，柯庫宏小姐，不過，鄧弗林這地方對卡洛琳來說有什麼特別之處嗎？」

「我……我不確定你是什麼意思。」

「我也一樣，只是我們注意到的一些事。我們在想，不知道和你女兒的失蹤有沒有關係。」

「是什麼？」

他不認為她會把山上發現的棺材當成好消息，因此只是選擇老掉牙的台詞：「我目前沒有辦法透露。」

電話那一頭沉默了幾秒鐘。「她喜歡去山上健行。」

「自己去嗎？」

「她想的時候，」她的聲音停住，「你找到什麼東西嗎？」

「不是你想的那樣子，柯庫宏小姐。」

「你們把她挖出來了，是不是？」

「完全不是。」

「那是什麼？」她尖聲問。

「我無法——」

她掛了電話，他瞪著話筒，做了同樣的事。

在男洗手間裡，他把水潑在臉上，眼睛陰沉而浮腫。昨天晚上離開外科醫學會館之後，他開車到波特貝羅，停在琴恩的房子外面。她業已關燈，他已經打開車門，但還是停下來。他打算跟她說什麼？他想要什麼？他盡可能安靜地再次關上門，坐在那裡，引擎和車燈都沒有開，只有安靜地播放著罕醉克斯的「午夜孤燈」。

回到他的座位上，分局的一名職員剛好帶著一大箱文件進來。雷博思掀起蓋子看看裡面，箱子裡的東西其實不到一半。他拉出上面的檔案，檢視打字的標籤：寶拉．珍妮佛．吉爾綾（原姓麥錫森），出生日期：一九五〇年四月十日，死亡日期：一九七七年七月六日。納林溺水案。雷博思坐下來，拉張椅子開始讀。二十分鐘後，他正在條紋紙上寫下另一則筆記，愛倫．懷利來了。

「抱歉，我遲到了。」她說，脫下外套。

「我們對於上班時間的認知一定不同。」他說，想起她昨天所說的話。她的臉紅了，但是她看著他的時候，他在微笑。

「有什麼發現？」她問。

「我們北邊的朋友做得很好。」

「寶拉．吉爾綾？」

雷博思點點頭。「她當時二十七歲，結婚四年，先生在北海油田工作，住在鎮外一幢不錯的平房。沒有孩子，在雜貨店兼差……也許為了有伴，不是為了錢。」

懷利走到他的桌子旁邊。「排除了凶殺的可能嗎？」

雷博思拍拍他的筆記。「根據我目前所讀到的，沒有人能解釋。她看起來並沒有自殺傾向。當然，他們完全不知道她從海岸線的哪一段入水也沒有幫助。」

「驗屍報告呢？」

「在這裡，請你拿給唐納．德文林，看他是否可以撥點時間給我們。」

「德文林教授？」

「我昨天就是遇到他，他同意幫我們看驗屍報告。」他沒有詳述德文林介入的真正情境，蓋茲和科特如何拒絕他。「他的電話號碼會在檔案裡，」雷博思說，「他是斐麗芭．包佛的鄰居。」

「我知道。你看過今天早上的報紙了嗎？」

「沒有。」

她從袋子裡拿出來，打開到其中內頁，是一張合成照片——斐麗芭．包佛失蹤的前一天，德文林在公寓外看到的男人。

「這有可能是任何人。」雷博思說。

懷利點點頭同意。黑色短髮、筆直的鼻子、狹小的眼睛、薄薄像一條線的嘴唇。「我們已經很絕望了，是不是？」她說。

換雷博思點頭，發這種合成畫像給媒體，特別是這種顯然毫無特徵的，的確是絕望的行為。「送去給德文林。」他說。

「是，長官。」

她帶著報紙離開，坐在一個空位上，微微搖頭，好像在清除蜘蛛網。然後她拿起話筒，準備又是漫長一日的第一通電話。

雷博思回到他的閱讀上，但沒有太久。一個名字跳出來，參與納林調查的其中一名警官一個姓華森的探長。

農夫。

□

「很抱歉打擾你，長官。」

農夫微笑，一隻手拍拍雷博思的背。「你不需要再叫我『長官』了，約翰。」

他比手勢讓雷博思在他之前走到走廊。這是一座農舍改建的房子，就在外環道路的南邊。室內牆壁漆成淡綠色，家具都是五〇、六〇年代的經典款。一面牆打通，廚房和客廳只用一個早餐吧和用餐區分開。餐桌閃閃發亮，廚房檯面也同樣的乾淨。電爐上一塵不染，看不見一個盤子或髒鍋子。

「想喝一杯嗎？」農夫問。

「茶不錯。」

農夫吃吃地笑。「我的咖啡總是把你嚇跑，是不是？」

「你後來泡的還不錯。」

「坐下吧，我不會太久。」

但雷博思在客廳繞了一圈，玻璃櫃裡有瓷器、紀念品、裱框的家人照片，雷博思認出幾張，直到最近都還放在農夫的辦公室。地毯吸得很乾淨，鏡子和電視上一點塵埃都沒有。雷博思走到法式落地窗前，看著眼前一小片花園，盡頭是陡峭鋪著草坪的河岸。

「清潔婦今天來過了，是不是？」他說。

農夫又吃吃地笑，把托盤放在廚房檯面上。「我還滿喜歡做家事的，」他大聲說，「自從艾琳去世之後。」

雷博思轉身，回頭看看裱框的照片。農夫和妻子在某人的婚禮上，在國外的海灘，還有一群孫子。農夫的臉容光煥發，嘴巴總是微微張開，他的太太比較保守，也許比他矮了一吋，體重只有他的一半。她在幾年前去世。

「也許，那是我紀念她的方法。」農夫說。

雷博思點點頭。無法放手。他不知道她的衣服是不是還在衣櫃裡，珠寶在梳妝台的盒子裡……

「婕兒適應得如何？」

雷博思向廚房走去。「她一帆風順。」他說，「命令我去做身體檢查，和愛倫．懷利則不太順利。」

「我有看到記者會。」農夫承認。看看托盤，確定自己沒有忘了東西。「婕兒沒有先給愛倫時間適應。」

「故意的。」雷博思補充。

「也許。」

「你不在很奇怪，長官。」雷博思強調最後兩個字，農夫笑了。

「謝謝你這樣說，約翰。」他走到正開始沸騰的熱水壺旁，「還是一樣，我假設這並不是單純懷舊的拜訪。」

「不，是關於你以前在納林辦過的一個案子。」

「納林？」農夫挑起眉毛，「那是二十多年前的事了，我從西洛錫安轄區上去的，派駐在印弗內斯。」

「是的，但你去納林辦一件溺水案。」

農夫沉思了一下。「噢，對，」他終於說，「她叫什麼名字？」

「寶拉．吉爾綾。」

「吉爾綾，對。」他彈了一下手指，注意不要看起來健忘。「但那是很乾淨俐落的案子，是不是……請別介意雙關語。」

「我不是很確定，長官。」雷博思看著農夫把熱水倒進茶壺裡。

「嗯，我們把這個拿到客廳去，你可以一五一十地告訴我。」

所以雷博思再說了一次故事：瀑布的娃娃、亞瑟王座的謎團、還有從一九七二年到九五年間的溺水案、失蹤案。他把剪報也帶來了，農夫很認真地看著。

「我甚至不知道納林沙灘上的娃娃，」他承認，「那時候，我已經回到印弗內斯了。據我所知，吉爾綾之死已經辦到最接近結案的程度。」

「當時並沒有人把兩件事連起來。寶拉的屍體在鎮外四哩的地方被沖上岸，即使有人想到，大概也會以為是某種紀念品。」他停下來，「婕兒不相信有關聯。」

農夫點點頭。「她是在想上了法庭要如何呈現，你這裡有的都只是情境證據。」

「我知道。」

「不過……」農夫靠在椅子上，「的確是頗為不尋常的情境。」

雷博思的肩膀鬆懈下來。農夫似乎注意到，微笑著。「時機不對，是不是，約翰？正當你說服我你也許看見了什麼，我卻剛好退休。」

「也許你可以和婕兒說一兩句，說服她並非如此。」

農夫搖搖頭。他說，「我不認為她會聽，現在由她負責……她非常清楚我的利用價值已經結束了。」

「這樣有點嚴苛。」

農夫看著他。「但你知道是事實。她是你必須說服的人，不是一個穿著脫鞋的老人。」

「你比我大不到十歲。」

「我希望你會活到那一天並發現，約翰，你的六十幾歲跟五十幾歲差很多。也許那個健康檢查不是什麼壞主意，如何？」

「即使我已經知道醫生會說什麼？」雷博思拿起杯子喝完茶。

農夫再拿起納林的剪報。

「你要我做什麼？」

「你說這個案子很單純，也許你可以回想一下，當時是不是有什麼矛盾之處。任何事情，不論多麼細微或是看起來多麼偶然。」他停下來，「我本來要問你知不知道那個娃娃後來怎麼了。」

「但是你現在知道，那娃娃的消息對我而言是個新消息。」

雷博思點點頭。

「你希望有五個娃娃，對不對？」農夫問。

這一點雷博思承認。「也許是證明他們相關的唯一方法。」

「表示不論誰在一九七二年留下第一口棺材，也留了一個給斐麗芭．包佛？」

雷博思再點頭。

「如果有人能夠做到，約翰，你可以。我一直對你的頑固有信心，還有你全然無法聽從上級長官的能力。」

雷博思把杯子放回盤子上。「我會把這話當成恭維。」他說。看看房間，準備站起來道別，然後他想到什麼。現在這個房子是農夫唯一能控制的，他帶來秩序的方式就像控制聖藍納分局一樣，如果失去維持這個秩序的意志力與能力，他會羞愧而死。

□

「一點希望也沒有。」席芳．克拉克說。

他們花了近三個小時在中央圖書館，在書店裡花了將近五十鎊買地圖和蘇格蘭的導覽書籍。現在他們在象屋咖啡廳裡，占住本來給六個人坐的桌子，就在咖啡座後面的窗戶下方，葛蘭特向外瞪著灰衣修士墓地和城堡的景觀。

席芳看著他。「你在轉移注意力嗎？」

他還瞪著景色。「有時候得這麼做。」

「嗯，謝謝你的支持。」說出口的語氣比自己預期的還要憤慨。

「這是我能夠做到最好的。」他繼續說，忽略她的音調。「有時候，我卡在填字遊戲時，不會一直去想，只是先放在旁邊，等一下再拿起來看。我常常發現會突然想到一、兩個答案。不過，」現在他轉向她，「如果你一直專注在什麼東西上面，最後反而看不到其他的可能性。」他站起來走到咖啡廳放報紙的地方，帶回當日的《蘇格蘭人報》。「畢彼得，」他說，摺疊報紙讓後面頁的填字遊戲在最上面，「他喜歡用密碼，但不像其他人一樣依賴重組字。」

他把報紙遞給她，她看到畢彼得是設計填字遊戲的人。

「橫十二，」葛蘭特說，「他要我找一個古老羅馬武器的名字，但是其實到最後只是一個重組字。」

「很有意思。」席芳說，報紙丟在桌子上，蓋住六、七本地圖集。

「我只是試著解釋，有時候你必須先清空自己的腦袋，再從頭開始。」

她瞪著他。「你是說我們剛剛浪費了半天嗎？」

他聳聳肩。

「嗯，非常感謝！」她推開椅子站起來，很生氣地跑到洗手間。在裡面，她靠著洗手台，瞪著下面明亮白皙的表面。真是個混蛋。她知道葛蘭特是對的，但沒辦法像他一樣放手。她想玩這個遊戲，現在已經深深著迷了，不知道斐麗芭．包佛是不是同樣著迷。如果她卡住了，會尋找幫助嗎？席芳提醒自己，她還沒有問過斐麗的朋友或家人是否知道這個遊戲。在十幾次的偵訊中，沒有人提到這個遊戲，但他們為什麼要提到？也許對他們而言，這只是一個有趣的電腦遊戲，不值得費心……

婕兒．譚普勒願意給她新聞官的工作，卻是在刻意羞辱了愛倫．懷利之後。如果她因為和懷利的同仇敵慨而拒絕這個工作，這樣的感覺不錯；但其實一點關係都沒有。席芳自己害怕事實上比較是來自約翰．雷博思的影響。她至今已經在他身邊工作了好幾年，漸漸了解他的優點，還有缺點。在最重要的時刻，她和辦公室其他警官一樣喜歡特立獨行，希望自己也可以像雷博思那樣。但是，警方有其他的想法，警界只能容許一個雷博思。同時，現在她升官的機會唾手可得，好吧，這樣可以讓她成為婕兒．譚普勒的重臣——她會遵守命令、支持老闆、從來不冒險，她會很安全，繼續升官……到探長，也許四十歲之前升上分局長。她現在才看出來，婕兒邀請她去喝酒吃晚飯那天晚上，是為了讓她看這一切她是怎麼做到的。培養一些對的朋友，對他們好，有耐性，最後會有回報。對愛倫．懷利是一場教訓，對她卻是非常不同的一課。

回到咖啡座裡，她看著葛蘭特．胡德完成填字遊戲，把報紙放回去，靠在椅子上，冷淡地把筆放回口袋。他很努力不要看桌子旁邊一名單獨喝咖啡的女性，她也正在平裝書後頭打量著他的表現。

席芳開口。「我以為那個你已經做完了？」她說，對著《蘇格蘭人報》點點頭。

「第二次比較容易。」他回答的聲音好像如果更小聲一點的話，會變成灰燼合唱團「少年反抗」裡的和聲。「你為什麼那樣笑？」

那女的已經回到自己的書本上，是莫瑞兒．史巴克[3]。「我只是想起一首老歌。」席芳說。

葛蘭特看著她，但她不打算讓他知道，所以他伸出手碰了碰填字遊戲。「知道同音異義字是什麼意思嗎？」

「不知道，但聽起來很粗魯。」

「就是一個字聽起來像另一個字的時候，填字遊戲常用，今天的也有一個，做第二次讓我開始思考。」

「思考什麼？」

「思考我們的上一個提示。『峽灣．親愛的』，我們思索『親愛的』（dear）可能有『昂貴』或『珍貴』的意思，對不對？」

席芳點點頭。

「但也有可能是代表另一個同音字，峽灣（sounds）也有『聽起來』的意思。」

「我不懂。」她一腳往下伸，身體往前靠，很感興趣。

「也許是在告訴我們，不是找『親愛的』這個字，而是指『鹿』（deer）。」

她皺眉頭。「所以，我們獲得的提示變成『B4．蘇格蘭．法律．鹿』？這聽起來比之前還沒有意義？」

他聳聳肩，注意力又轉移到窗戶上。「如果你這麼說的話。」

她拍拍他的腿。「不要這樣。」

「你以為只有你可以鬧情緒嗎？」

「對不起。」

他看看她，她又在微笑。「這樣好多了。」他說。「現在……不是有什麼關於『聖十字宮』這個名字的由來嗎，古老的國王射到一頭鹿？」

「考倒我了。」

「對不起。」一聲音來自他們隔壁桌。「我不小心聽到，」那女人把她的書放在桌上，「是大衛一世，十二世紀的時候。」

「是喔？」席芳說。

那女人忽略她的音調。「他在打獵的時候，一頭鹿把他壓倒在地，他伸手抓鹿角，鹿角卻已經不見，反而抓到一個十字架。聖十字就是十字架，大衛把它視為徵兆，因而蓋了這間聖十字修道院。」

「謝謝你。」葛蘭特．胡德說。那女人點點頭，回到自己的書裡。「很高興看到受過教育的人。」他補充，給席芳聽的。她瞇著眼睛對他皺鼻子。「所以，也許和聖十字宮有關。」

「其中一個房間可能叫B4，」席芳說，「像學校教室一樣。」

他看出來她不是認真的。「這也許是蘇格蘭法律跟聖十字宮有關的一部分——另一個和皇室有關的提示，像維多利亞一樣。」

席芳張開手臂。「有可能。」她承認。

「所以，我們要幫自己找一個友善的律師。」

「檢察官辦公室的人有幫助嗎？」席芳說，「如果是這樣的話，我有認識的人……」

□

治安法院在乾劾街上一棟新的建築物裡，就在博物館對面。葛蘭特衝回草坪市場投錢，雖然席芳抗議被開罰單還比較便宜。她先走，在法院裡到處問，直到找到哈麗葉．布羅。這律師身穿另一套斜紋軟呢兩件式套裝、灰色絲襪和黑色平底鞋。席芳注意到她的踝關節很漂亮。

「親愛的女孩，這真是太棒了。」布羅說，牽著席芳的手，抓著她的手臂好像抽水器一樣。「真是太好了。」席芳注意到這個老女人的化妝只是更突顯了皺紋、多層皮膚，讓她的臉色過分裝飾地覆蓋著。

「希望我沒有打擾你。」席芳開口說。

「一點也不。」她們在法院的入口大廳，滿是來來往往的門房、律師、安全人員和看來非常憂心的家屬。在建築物的其他部分，正在決定有罪或無罪、刑期。「你們是為了審判而來的嗎？」

「沒有，我只是有個問題，不知道能不能請你幫忙。」

「很高興可以幫上忙。」

「我找到的一張紙條，也許和案子有關，但好像是一種密碼。」

律師的眼睛睜開。「真是令人興奮。」她吐了一口氣。「我們找個地方坐，然後你可以好好地說。」

她們找到一張空凳子坐下來，布羅透過塑膠套讀那張紙條，席芳看著她的嘴巴安靜地說著那些字，眉頭皺起來。

「對不起，」她終於說，「也許解釋一下背景會有點幫助。」

「這是一樁人口失蹤案的調查，」席芳解釋，「我們認為她也許參與了一個遊戲。」

「你需要解決這個提示才能進到下一關嗎？真是非常令人好奇。」

葛蘭特．胡德到了，沉重地呼吸著，席芳向他介紹哈麗葉．布羅。

「有答案嗎？」他問，席芳只是搖搖頭，他看著律師。「B 4在蘇格蘭法律裡有沒有意義？段落或附件？」

「親愛的孩子，」她笑了，「可能有好幾百個例子。不過，那比較有可能是4 B而不是B 4，一般來說，我們用的號碼在前。」

胡德點點頭。「所以會是第四段，附件b？」

「沒錯。」

「第一個提示，」席芳補充，「有一個皇室的連結，答案是維多利亞，我們在想這是不是和聖十字宮有關。」她解釋自己的理由，布羅又再看了一眼紙條。

「嗯，你們倆比我還聰明，」她承認，「也許，我這種律師的思考方式太按照字面上的意義。」她伸手把紙條給席芳，又拿回來。「我在想，『蘇格蘭法律』是不是故意要誤導你們。」

「什麼意思？」席芳問。

「只是，如果這個提示是為了模糊焦點，那麼寫的人一定是橫向思考。」

席芳看看胡德，他只是聳聳肩，布羅指著那張紙條。

「我從健行的日子學到的，」她說，「『法律』是蘇格蘭文山丘的意思……」

□

雷博思正在和狩獵大屋旅館的經理講電話。

「所以，有可能在倉庫裡？」他問。

「我不確定。」經理說。

「你可以去看一看嗎？也許去問一問，看有沒有人知道？」

「有可能在重新裝潢的時候丟掉了。」

「我最喜歡這種樂觀的態度，巴倫泰先生。」

「也許找到的人……」

「他說他交出來了。」雷博思已經打過電話給《信差報》，跟報導這個案子的記者談過話。記者很好奇，雷博思承認有另一個棺材出現在愛丁堡，強調任何關連都是「歷史上最大膽的嘗試」。他最不想要的就是媒體開始問東問西。記者給了他那個發現棺材的狗主人的名字，打了幾通電話之後，雷博思找到那個男人，只被告知他把棺材留在旅館，就沒有多想了。

「嗯，」此刻，經理說，「我不能承諾什麼……」

「找到的話請盡快通知我，」雷博思說，重覆自己的名字和電話，「這是很緊急的事情，巴倫泰先生。」

「我盡量。」經理嘆息著說。

雷博思掛了電話，看看另外一張桌，愛倫・懷利正和唐納・德文林坐著。德文林身穿又一件舊的開襟毛衣，這次大部分的釦子都在。他們一起試著找出格拉斯哥溺水案的驗屍報告。從懷利臉上的表情看來，他們運氣不太好。德文林的椅子就在懷利旁邊，懷利講電話的時候他一直靠近，也許只是想要聽懷利在說什麼，但雷博思看出來懷利並不喜歡。她一直試著移動椅子、移動身體，一直用肩膀和背部對著法醫。目前為止，她都避免和雷博思眼神接觸。

他暗自記下狩獵大屋旅館的事，回到電話上。格拉斯哥的棺材比較麻煩，報導這個案子的記者已經不在那裡了，新聞部沒有人記得這件事。雷博思最後終於得到一個教堂的電話號碼，和馬汀牧師說話。

「你知道後來棺材怎麼了嗎？」雷博思問。

「我想那記者拿走了。」馬汀牧師說。

雷博思謝過他，打回報社，終於和主編講到話，主編則想聽雷博思自己的故事，所以他解釋愛丁堡棺材的故事，他如何在「最大膽的嘗試」部門工作。

「這個愛丁堡棺材，到底是在哪裡找到的？」

「城堡附近。」雷博思說，他幾乎可以看到主編在記筆記，也許想著要做追蹤報導。

大約一分鐘後，雷博思又被轉到人事部，終於拿到那記者的轉寄地址。她的名字是珍妮．蓋布爾，是個倫敦地址。

「她在其中一家質報工作，」人事經理說，「是珍妮長久以來的夢想。」

雷博思出去買咖啡、蛋糕和四份報紙；《泰晤士報》、《每日電訊報》、《衛報》和《獨立報》。他找遍每一份報紙，在上面尋找記者的名字，但都沒有找到珍妮．蓋布爾。他沒有因此而退縮，打電話給每一家報社查詢名字，第三次嘗試的時候，總機要求他等一下，他看到德文林正把蛋糕屑掉在懷利的桌子上。

「現在為你轉接。」

雷博思整天都聽到的最甜蜜字眼，有人接了電話。

「新聞部。」

「請找珍妮．蓋布爾，」雷博思說。

「我就是。」

然後又是重覆故事的時候。

「天啊，」記者終於說，「那是二十年前的事了！」

「差不多，」雷博思同意，「我猜，你該不會還留著那個娃娃吧？」

「沒有，已經沒有了，」雷博思的心往下一沉，「我搬到南部的時候，給了一個朋友，他一直非常為之著迷。」

「有辦法幫我聯絡上他嗎？」

「等一下，我去找他的電話號碼……」停了一下子。

雷博思花時間把他的原子筆拆掉，發現自己對這種筆的使用原理只有模糊的印象——彈簧、外殼、重複使用的筆芯……他可以分解，再裝回去，但還是不懂。

「其實，他人在愛丁堡。」珍妮．蓋布爾說，給了他一個電話號碼，這個朋友的名字是多明尼克．曼恩。

「謝謝你。」雷博思說，掛掉電話。多明尼克．曼恩不在家，他的答錄機給了雷博思手機號碼，有人接電話。

「喂？」

「是多明尼克．曼恩嗎……？」雷博思又重頭開始。這次得到他要的結果，曼恩還保有那個棺材，當天稍晚可以帶來聖藍納分局。

「我真的很感謝，」雷博思說，「這種東西你會保存這麼多年，還滿有趣的……？」

「我本來打算放在其中一個裝置裡。」

「裝置？」

「我是個藝術家，至少我曾經是。現在主持一家藝廊。」

「你還畫畫嗎？」

「不常。不過，也還好我沒有用到，不然也許早就用油布包起來，賣給哪個收藏家了。」

雷博思向藝術家道謝，掛上電話。德文林已經吃完蛋糕，懷利把自己的蛋糕放在一旁，老人正覬覦著。納林棺材比較容易——兩通電話，雷博思就得到想要的結果。一名記者告訴他，他會去挖一挖資料，再打電話回來通報納林某人的電話號碼。這個人自己又查了一下，發現棺材現在存放在一個鄰居的倉庫裡。

「你要我寄給你嗎？」

「是的，麻煩你，」雷博思說，「請用次日寄達郵件。」他本來想派輛車子，但不認為有這麼多預算。有很多備忘錄流傳提醒著這件事。

「郵資呢？」

「附上資料，我會幫你申請退費。」

對方想一想。「聽起來還好，我想。只能信任你，是不是？」

「如果不能信任警察，還能信任誰？」

他放下電話，又看看懷利的桌子。「有什麼收獲嗎？」他問。

「快了。」她說，聲音很疲倦，很不耐煩。德文林站起來，蛋糕屑從大腿上掉下來，問「化妝間」在哪裡。雷博思指了方向，德文林離開，又在雷博思面前停下來。

「我沒辦法告訴你，我有多麼享受做這件事。」

「很高興有人喜歡，教授。」

德文林用手指戳戳雷博思的夾克。「我覺得你真是適得其所。」他微笑著走出房間，雷博思走到懷利的桌子旁。

「最好把蛋糕吃掉，如果你不想讓他流口水的話。」

她考慮了一下，把蛋糕分成兩塊，一半塞在嘴裡。

「我找娃娃有結果，」他告訴她，「兩個找到，另外一個有機會。」

她喝一大口咖啡，吞下甜甜的海綿蛋糕。「那你比我們好，」她研究剩下的半個蛋糕，丟進垃圾桶裡，「無意冒犯。」她說。

「德文林教授會很傷心。」

「如我所願。」

「他是來幫忙的，記得嗎？」

她瞪著他。「他的身上有味道。」

「有嗎？」

「你沒注意到嗎？」

「沒辦法說我有。」

她看著他，好像這句話解釋了他這個人。她的肩膀垮下來。「你為什麼要找我，我一點用也沒有。所有的記者和電視觀眾都看到了。每個人都知道，你是對跛腳情有獨鍾還是怎樣？」

「我的女兒是跛腳。」他安靜地說。

她的臉漲紅。「天啊，我不是這個意思……」

「不過回答你的問題，唯一認為愛倫．懷利有問題的，似乎是愛倫．懷利自己。」

她的手放在臉上，好像試著強迫血液回流。「去告訴婕兒．譚普勒。」她終於說。

「婕兒搞砸了，但這不是世界末日。」他的電話在響，他走回桌子。「好嗎？」他說，她點點頭。他轉身接電話，是狩獵大屋旅館，他們在失物用的地窖找到棺材，加上幾十年的雨傘、眼鏡、帽子、大衣、照相機。

「真是令人驚訝，下面有多少東西。」巴倫泰先生說，但雷博思感興趣的只是那口棺材。

「你可以寄次日寄達的郵件嗎？我會退費給你……」

德文林回來的時候，雷博思已經在追蹤鄧弗林的棺材了，這次遇到問題。沒有人——當地媒體、警方——

沒有人知道那口棺材怎麼了。幾個答應雷博思會問一問，但他沒有抱持太大希望。已經過了將近三十年，不太有可能出現。在另一張桌子上，德文林雙手交握，安靜地等懷利講完另一通電話，她看看雷博思這一邊。

「海瑟．吉布斯的驗屍報告在路上了。」她說。雷博思看了她一會兒，慢慢點頭微笑。他的電話又響了，這次是席芳。

「我要去找大衛．卡斯特羅，」她說，「如果你不忙的話。」

「我以為你和葛蘭特搭檔？」

「譚普勒分局長需要他幾個小時。」

「是嗎？也許她要給他你的新聞官的工作。」

「我拒絕讓你開我玩笑。現在，你到底來不來……？」

□

卡斯特羅在自己的公寓裡，幫他們開門的時候看起來有點驚訝。席芳向他保證不是壞消息，但他似乎不相信她。

「我們可以進來嗎，大衛？」雷博思問。卡斯特羅現在才看到他，慢慢地點頭。在雷博思的眼裡，他身上的衣服和他上次來時一樣，這段期間客廳似乎也沒打掃過。年輕人長了鬍子，看起來好像半醒著，揉著手指的紋理。

「有什麼消息嗎？」他問，坐在地墊上，雷博思和席芳還是站著。

「這裡一些，那裡一些。」雷博思說。

「但是你不能說細節？」卡斯特羅一直動來動去，試著坐得舒服一點。

「事實上，大衛，」席芳說，「細節——至少有一些——是我們來的原因。」她拿給他一張紙。

「這是什麼？」他問。

「這是一個遊戲裡的第一個提示，我們認為斐麗在玩的一個遊戲。」

卡斯特羅彎身向前，看著這張紙條。「什麼樣的遊戲？」

「她在網路上找到的遊戲，由一個叫益智王的人主持，只要破解提示就可以到達下一關。斐麗正在冥岸這一關，也許她破解了，我們不知道。」

「斐麗？」卡斯特羅聽起來很懷疑。

「你從來沒聽她說過嗎？」

他搖搖頭。「她什麼都沒說。」他看著雷博思，但雷博思拿起了一本詩集。

「她對遊戲有興趣嗎？」席芳問。

卡斯特羅聳聳肩。「晚宴派對玩的，你知道，比手劃腳猜字謎之類的，益智問答遊戲或禁忌遊戲。」

「但不是幻想遊戲？角色扮演？」

他緩緩搖頭。

「不是網路上的？」

他又揉揉手。「我還是第一次聽到。」他看看席芳，看看雷博思，再看回來。「你確定這是斐麗？」

「我們能確定。」席芳說。

「你覺得這和她的失蹤有關？」

席芳只是聳聳肩，看著雷博思的方向，不知道他有沒有什麼可以補充的。但雷博思忙於自己的沉思之中，想起了斐麗的母親怎麼說卡斯特羅，關於他如何把斐麗變得對抗自己的家人，雷博思問起為什麼的時候，她說：**因為他是誰**。

「很有意思的詩。」他說，揮著那本書。其實只是一本小冊子，粉紅色的封面，圖畫的素描，然後他念了幾行：

「你死不是因為壞，你死是因為有空。」

雷博思把書闔上，放下來。「我從來沒有這樣想過，」他說，「不過是真的。」他停下來點一根菸。「記得我們上次談話的時候嗎，大衛？」他吸一口菸，想到請卡斯特羅抽一根，他搖搖頭。半瓶威士忌已經空了，還有半打啤酒，雷博思可以看到在靠近廚房的地板上，加上馬克杯、盤子、叉子、外賣包裝紙。他不認為卡斯特羅是個喝酒的人，也許要重新改變自己的想法。「我問你斐麗是否有可能遇到別人？你說她會告訴你，你說她沒有辦法保守祕密。」

卡斯特羅點頭。

「可是她在玩這個遊戲。這不是個容易的遊戲，很多推理元素和字謎，她可能需要協助。」

「不是來自我。」

「她從來沒有提過網路，或是一個叫益智王的人？」

他搖搖頭。「這個益智王到底是誰？」

「我們不知道。」席芳承認，她走到書架旁邊。

「但是，想當然爾他應該現身說明？」

「我們希望他出來。」席芳從書架上拿起玩具兵。「這也是遊戲的一部分，是不是？」

卡斯特羅轉頭看。「是嗎？」

「你不玩嗎？」

「我真的不確定那是從哪裡來的。」

「顯然經歷過戰爭。」席芳說，看著壞掉的步槍。

雷博思看看卡斯特羅自己的電腦——手提電腦——好端端地放在那裡，旁邊的工作檯上有教科書，下面的地板上有印表機。「我猜你自己也有上網？」他問。

「大家不都是嗎？」

席芳擠出一個微笑，把玩具兵放回去。「雷博思警探還在跟電子打字機掙扎。」

雷博思看出她在做什麼——試著找話套卡斯特羅，利用雷博思當喜劇道具。

「對我來說，」他說，「網路是米蘭足球隊的守門員試著防衛的東西。」

這個說法得到卡斯特羅的微笑，因為他是誰……但是誰又是大衛．卡斯特羅？雷博思開始思索。

「如果斐麗沒有告訴你這件事，大衛，」席芳繼續說，「也許還有其他事情她是保密的？」

卡斯特羅又點點頭，他還在地墊上移動著，好像沒辦法坐定。「也許我一點都不認識她，」他承認。再看那個提示。「這是什麼意思，你們知道嗎？」

「席芳破解了，」雷博思承認，「但只是把她引到第二條提示而已。」

席芳遞過第二個提示的影印本。「這比第一個提示還沒有意義。」卡斯特羅說。「我真的不相信是斐麗，這一點都不像她會做的事情。」他作勢把紙條遞回去。

「她的其他朋友呢？」席芳問，「他們有人喜歡遊戲、字謎嗎？」

卡斯特羅瞪著她。「你認為他們其中有人可能……？」

「我只是在想，斐麗可能有去找他們之中的誰幫忙。」

卡斯特羅若有所思的說，「沒有人，」他終於說，「我想不到任何人，」席芳從他手上接過第二份提示。

「這個呢？」他問，「你知道這是什麼意思嗎？」

她大概是第四十次看這個提示。「不知道，」她承認，「還沒。」

結束之後，席芳開車送雷博思回聖藍納分局，他們前幾分鐘還很安靜，交通狀況很糟，下班的尖峰時間似乎每個星期都提早發生。

「你覺得呢？」席芳問。

「我覺得我們走路還比較快。」

這差不多就是她預期的回答。「你那些盒子裡的娃娃，有一點頑皮的性質，對不對？」

「他媽的古怪遊戲，如果你問我的話。」

「就像在網路上主持益智遊戲那麼古怪。」

雷博思點點頭，但是什麼都沒說。

「我不希望是那個看到關聯性的人。」席芳又說。

「那是我的部門嗎？」雷博思猜，「不過，還是有可能性，對不對？」

輪到席芳點頭。「如果所有的娃娃都有關聯的話。」

「給我們一些時間。」雷博思說。「至於目前，比較需要卡斯特羅先生的背景資料。」

「對我來說，他看起來夠真，來應門的時候臉上的表情，好像真的很害怕有什麼事要發生了。背景已經查證過了，不是嗎？」

「不表示沒有錯過什麼。如果我沒有記錯的話，這個工作是「嗨呵」．史威勒做的，那個人有夠懶惰，以為懶惰是奧運項目之一。」他半轉身面向她，「你呢？」

「我試著像在做些事。」

「我是說你現在要怎麼辦？」

「我想我要回家了，今天的工作就此打住。」

「最好小心一點，譚普勒局長喜歡她的警官做滿八個小時。」

「如果是這樣的話，她欠我……還有你。我不願意猜你上次只做八小時的班是什麼時候？」

「一九八六年九月。」雷博思說，臉上浮起一陣微笑。

「公寓現在弄得怎樣了？」

「配線都牽好了，油漆工來了。」

「找到地方賣了嗎？」

他搖搖頭。「你一直在想這件事，是嗎？」

「如果你想賣，那是你的決定。」

他給她一個酸溜溜的表情。「你知道我是什麼意思。」

「益智王？」她考慮答案，「我幾乎可以很享受。」

「如果？」

「如果不是感覺到他也很享受的話。」

「享受操弄你？」

席芳點點頭。「如果他對我做出這樣的事，那他也對斐麗芭．包佛這樣做。」

「你一直假設是他。」雷博思說。

「只是為了方便。」手機響了，「我的。」席芳說。雷博思伸手進自己的口袋。她的手機連接自己小小的充電器，在汽車音響旁。席芳按下按鈕，內建音效和喇叭打開。

「免持聽筒。」雷博思印象深刻地說。

「喂？」席芳大聲說。

「是克拉克警佐嗎？」

她認得這個聲音。「卡斯特羅先生，我能為你做什麼呢？」

「我只是在想……你說的關於遊戲和一些事？」

「是的？」

「嗯，的確有我認識的人喜歡這個遊戲，或說是斐麗認識的人。」

「叫什麼名字？」

席芳看看雷博思，他已經準備好紙筆。

大衛．卡斯特羅說了個名字，但聲音講到一半就斷掉。「抱歉，」席芳說，「你可以再說一次嗎？」

這次他們倆都清楚聽到了那個名字：「藍納．馬爾。」席芳皺皺眉頭，靜靜地重複這個名字。雷博思點點頭，他知道藍納．馬爾是誰，約翰．包佛的生意合夥人，負責愛丁堡包佛銀行。

□

辦公室很安靜，警官不是打卡下班了，就是在蓋菲爾廣場分局開會。外面也有巡邏員警，但是現在人比較少。幾乎已經沒有剩下人可以偵訊了，又經過一天沒有見到斐麗芭．包佛的蹤影，也沒有來自她的聯絡。沒有她還活著的跡象，信用卡和銀行存款都沒有動，沒有聯絡朋友家人。什麼都沒有。分局的傳言是，比爾．普萊德情緒非常不穩定，在開放式辦公室裡丟寫字板，讓警員低頭閃躲。約翰．包佛也在施壓，接受媒體訪問時批評沒有進展。署長也要求副署長的報告，表示副署長也對每個人施壓。因為沒有新線索，他們又第二次、第三次偵訊相關人等。大家都很焦躁不安、精力磨損。雷博思試著打電話給人在蓋菲爾分局的比爾．普萊德，但是接不通。他打電話到總部找犯罪小組的克里夫豪斯或歐密斯頓，第二大的小組，是克里夫豪斯接的電話。

「我是雷博思，我需要幫忙。」

「你是怎麼認為我會笨到要答應？」

「你的問題總是這麼難嗎？」

「滾回你石頭下的老家去，雷博思。」

「沒有比這更讓我喜歡的事，但是你媽已經占走了，說它愛她更甚於你。」這是面對克里夫豪斯的唯一方法：快速過招的冷嘲熱諷。

「她是對的，我內心其實是個尖酸刻薄的混蛋。回到第一個問題。」

「那個難的問題？這麼說吧，你越快幫我，我越快可以去酒館把自己喝到神智不清。」

「天啊，老兄，你為什麼不說？快說吧。」

雷博思對著話筒微笑。「我需要一個內線消息。」

「跟誰？」

「都柏林警方。」

「為何？」

「斐麗芭．包佛的男朋友，我想做背景調查。」

「我下了十鎊，賭他二賠一。」

「這是我可以想到幫我忙的最好理由。」

克里夫豪斯想了想。「給我十五分鐘，不要離開這個電話號碼。」

「我等著。」

雷博思放下電話，回到他的座位上。他注意到房間另一頭的什麼東西，是農夫的舊椅子，一定是婕兒丟出去讓人自由認領。雷博思把它拉到自己的桌子旁，讓自己舒服地坐著。他想到自己對克里夫豪斯說的：**我越快可以去酒館把自己喝到神智不清**。那是生活規律的一部分，不過，一大部分是他自己想要這麼做的，想要那種只有喝酒可以提供的模糊。神智不清——布萊恩歐格的樂團之一，遺忘之都，他在某處還有他們的第一張專輯，不過對他而言太爵士了。電話響的時候他拿起來，還在響——是他的手機。他從口袋拿出來放到耳邊。

「喂？」

「約翰？」

「哈囉，琴恩，我正要打電話給你。」

「現在方便說話嗎？」

「當然。那個記者還在騷擾你嗎？」他桌上的電話開始響，大概是克里夫豪斯。雷博思從農夫的椅子上站起來，走過辦公室出了門口。

「沒什麼我不能處理的，」琴恩正在說，「我研究了一下你所要求的，找到的恐怕不多。」

「沒關係。」

「嗯，我花了一整天……」

「我明天看一看，如果這樣你方便的話。」

「明天可以。」

「除非你今天晚上有空……？」

「噢，」她停下來，「我答應一個朋友要去看她，她剛生完小孩。」

「真好。」

「對不起。」

「不用道歉，我們明天見面，你方便來分局嗎？」

「可以。」

他們約好時間，雷博思回到刑事組辦公室，結束通話。他感覺到她很高興他這樣做，高興他要求今天晚上見面，是她所希望的，暗示他還有興趣，對他來說不只是工作。

或者，他有可能過度解讀。

回到座位上，他打電話給克里夫豪斯。

「我很失望。」克里夫豪斯說。

「我告訴你我不會離開座位，我有遵守諾言。」

「那你怎麼沒有接電話？」

「有人打我的手機。」

「有人對你比我還有意義嗎？現在我真的受傷了。」

「是我的組頭，我欠他二百鎊。」

克里夫豪斯安靜了一下。「這讓我非常高興。」他說，「好，你需要找的人是戴克連・麥克曼努斯。」

雷博思皺眉。「那不是貓王的真名嗎？」

「嗯，他顯然送給了需要的人。」克里夫豪斯把戴克連的電話號碼給了雷博思，包括國碼。「不過，我不認為聖藍納分局那些小氣鬼會讓你打國際電話。」

「必須先填表。」雷博思同意，「謝謝你幫忙，克里夫豪斯。」

「你現在要去喝那杯酒了嗎？」

「我想最好趕快去，組頭找到我的時候，我不希望神智清醒。」

「你說的有道理，敬一杯給跑不動的賽馬和好威士忌。」

「對你也一樣。」雷博思加入，掛斷電話。克里夫豪斯說的對，聖藍納分局主要的電話都封鎖外撥國際電話，但雷博思覺得分局長的電話應該可以撥，唯一的問題是，婕兒辦公室的門有上鎖。雷博思想了想，農夫以前有一把備用鑰匙。他在婕兒辦公室的門口蹲下來，把地毯角落翻起來，賓果，鑰匙還在那裡。他插進鎖孔裡，進了她的辦公室，在身後關上門。

他看了看她的新椅子，決定站著就好。靠在她辦公桌的邊緣，沒辦法不想到三隻小熊的童話故事——是誰坐了我的椅子？是誰用了我的電話？

他的電話響了幾聲後有人接。「我要找……」他突然發現到沒有麥克曼努斯的官階，「找戴克連・麥克曼努斯。」

「該說是誰找他？」那女性的聲音帶點誘惑的愛爾蘭音調，雷博思的腦海中浮現紅色頭髮與豐滿體型。

「約翰・雷博思探長，蘇格蘭的洛錫安與邊境警方。」

「請稍等。」

等待的時候，豐滿的身體變成一品脫慢慢倒的健力士啤酒，啤酒顯然依酒杯的形狀成型。

「雷博思探長？」聲音很清脆，一點都不拖泥帶水。

「蘇格蘭犯罪小組的克里夫豪斯探長給我你的電話號碼。」

「他真大方。」
「有時候他就是沒辦法克制自己。」
「我能為你做些什麼？」
「不知道你們是否聽過我們手上的這個案子，一個叫斐麗芭·包佛的失蹤人口案。」
「銀行家的女兒？這邊到處都是那條新聞。」
「因為和大衛·卡斯特羅的關聯嗎？」
「卡斯特羅家在這裡很有名，探長，可以說是都柏林社交界複雜結構的一部分。」
「你比我清楚，這也是我打電話的原因。」
「啊，是嗎？」
「我想對這個家族多了解一點，」雷博思開始在一張紙上畫畫，「我確定他們沒什麼問題，不過，如果有一些證據，我會比較安心。」
「沒有什麼問題，不過不確定我能保證。」
「哦？」
「每個家族都有自己的骯髒事，不是嗎？」
「我想也是。」
「也許我可以把卡斯特羅家的骯髒史寄給你，這樣如何？」
「這樣很好。」
「你該不會有傳真號碼吧？」
雷博思唸給他聽。「你需要先撥國碼。」提醒他。
「我想我會用。這些資料的保密程度如何？」
「在我能力範圍之內都會保密。」

「我想，我只得相信你。你打橄欖球嗎，探長？」

雷博思覺得他應該回答是。「只是個觀眾。」

「我喜歡去愛丁堡看六國聯賽，也許下次我們見面喝一杯。」

「我也想，我給你幾個電話號碼。」這次他給了他辦公室及手機號碼。

「我一定會找你。」

「記得，我欠你一杯大杯威士忌。」

「我會記得。」一陣暫停，「你大概不是真的有在看橄欖球，是不是？」

「沒在看。」雷博思承認，電話那一頭有笑聲。

「但是你很誠實。這是個好的開始，探長。再見。」

雷博思把電話放下，他還是不知道麥克曼努斯的官階，或者關於他的任何事。他看到面前畫的塗鴉時，發現自己畫了好幾個棺材。他等麥克曼努斯的回覆等了二十分鐘，但傳真機都沒有消息。

□

他先去「麥芽酒吧」，再去「皇家橡木」，然後才去「史威尼」。每家酒館都只喝那一杯，從一品脫健力士啤酒開始。他已經好一陣子沒試這個東西，好喝但很有飽足感，他知道喝不了太多杯，所以改喝印度淡色啤酒，最後是拉弗格威士忌對一點點水。然後，他坐計程車到「牛津酒吧」，吃掉架上最後一個鹹牛肉三明治，主餐是蘇格蘭蛋，又回到喝印度淡色啤酒，需要東西把食物沖下去。有些常客在，後面房間被一些學生占去，吧台前面的人沒有說什麼，好像從樓上傳來的興奮聲音是聽不見的。哈利在吧台後面，顯然很怕常客跑掉。有人被派來買酒的時候，哈利嚴正警告他們：「你們很快就要走了……去舞廳……時間還早……」年輕人的臉色光亮，也許是用磨的，只是瘋狂地笑著，一點都沒有聽進去。哈利搖搖頭。負責買酒的人拿著托盤走時，其中一個常客告訴哈利。他已經失去格調了，不過隨之而來的不敬反應似乎證明相反。

雷博思來這裡是為了把心裡的那些小棺材沖淡，可是一點用也沒有。他一直想像著，把他們當成是一個人、單一凶手的傑作……不知道外面還有沒有，也許就躺著在某個荒涼的山丘上爛，或是藏在哪裡，或是在發現者的院子的工具棚裡……亞瑟王座和瀑布村還有琴恩的四個棺材，他看到連續性，卻充滿厭惡。我希望被火化，他想，也許像原住民一樣吊在樹上。什麼都好，但不要被侷限在箱子裡……除了這個，什麼都可以。

門打開的時候，大家轉身看來者是誰，雷博思伸直身體，試著不要覺得很意外。是婕兒．譚普勒，她馬上看到他微笑，打開外套鈕釦，解開圍巾。

「我就知道會在這裡找到你。」她說，「我試著打電話，但只有你的答錄機。」

「可以請你喝點什麼？」

「琴湯尼。」

哈利聽到點酒，已經準備好杯子。「冰塊和檸檬嗎？」他問。

「要。」

雷博思發現其他酒客移動了一些，在擁擠的吧台前給雷博思和婕兒更多隱私。他付了酒錢，看著婕兒大口喝下。

「我真需要這一杯。」她說。

雷博思舉起杯子向她敬酒。「乾杯。」然後喝了一口，婕兒微笑。

「抱歉，」她說，「我這樣喝真是沒有禮貌。」

「忙碌的一天？」

「有過更好的時候。」

「什麼風把你吹來這裡？」

「幾件事，如同往常，你懶得讓我知道進展。」

「沒有什麼好報告的。」

「所以是死線索嗎？」

「我沒這麼說，只是需要幾天。」他又舉起杯子。

「然後，還有你和醫生約看診時間這件小事。」

「是，我知道，我會找時間，我保證。」他對著品脫杯點點頭，「對了，這是今天晚上的第一杯。」

「是啊，沒錯。」哈利嘟囔著說，忙著擦乾杯子。

婕兒微笑，視線還在雷博思身上。「和琴恩的事怎麼樣了？」

雷博思聳聳肩。「還好，她專注在歷史層面。」

「你喜歡她嗎？」

現在，雷博思看著婕兒。「這個媒人服務是免費的嗎？」

「我只是在猜。」

「你跑這麼遠來問？」

「琴恩以前被一個酒鬼傷害過，她先生是這樣死的。」

「她告訴過我，不用煩惱那一點。」

她低頭看看她的酒。「愛倫．懷利怎麼樣？」

「我沒有抱怨。」

「關於我，她說了什麼嗎？」

「並沒有。」雷博思喝完他的酒，揮揮杯子作手勢，哈利放下抹布開始倒酒。雷博思覺得很尷尬，他不喜歡婕兒像這樣在這裡，隨便進來，在他沒有防衛的時候找到他。他不喜歡那些常客在聽每一個字。婕兒似乎感受到他的不安。

「你比較希望我們在辦公室談嗎？」

他再次聳聳肩。「你呢？」他問。「喜歡新工作嗎？」

「我想我會沒事。」

「我打賭也是如此。」他指著她的杯子，提議幫她加滿，婕兒搖搖頭。「我該走了，只是回家前很快喝一杯。」

「我也是。」雷博思作勢看看手錶。

「我的車子在外面……？」

雷博思搖搖頭。「我喜歡走路，保持健康。」

在吧台後面，哈利嗤之以鼻，婕兒把圍巾圍回脖子。

「那麼，也許明天見囉。」她說。

「你知道我的辦公室在哪裡。」

她看看四周，牆壁是用過的香菸濾嘴的顏色，羅勃．伯恩斯的畫像沾滿塵埃。她點點頭。「是的，」她說，「我知道。」她稍微揮揮手，好像對象是整個酒吧，然後走了。

「你老闆？」哈利猜。雷博思點點頭。「跟你換。」酒保說。常客開始笑，另一個學生又從後面出來，在信封背面寫下需要的酒。

「三杯印度淡色啤酒、」哈利開始說，「兩杯大窖藏啤酒加檸檬、一杯琴酒加蘇打、兩瓶貝克、一杯不甜白酒。」

學生看看紙條，很驚訝地點點頭，哈利對他的觀眾眨眨眼。

「他們也許是學生，不過不是這裡唯一聰明的混蛋。」

□

席芳坐在客廳裡，瞪著手提電腦螢幕上的訊息，這是回應她之前寄給益智王的郵件，通知他自己現在在努力破解第二個提示。

我忘了告訴你，從現在起你要和時間賽跑，二十四小時之內，下一個提示就無效。

席芳在鍵盤上打字：「我想我們應該見面，我有問題。」她按下傳送鍵，然後等待，他馬上回答。

這個遊戲會回答你的問題。

她又敲更多按鍵：**斐麗有人幫忙嗎？還有其他人在玩這個遊戲嗎？**

她等了好幾分鐘，什麼都沒回，她在廚房裡又倒了半杯智利紅酒，聽見電腦告訴她有郵件，酒倒在手背上，她跑過去。

哈囉，席芳。

她瞪著螢幕，寄件人的地址只是一連串的號碼，她還沒回答之前，電腦告訴她還有另外一個訊息。

你在那裡嗎？你的燈亮著。

她無法動彈，螢幕好像在閃。他在這裡，就在外面！她很快走到窗戶旁，下面停著一輛車子，車燈還亮著。

葛蘭特．胡德的愛快羅蜜歐跑車。

他對著她揮手，她一邊咒罵著一邊跑到前門，下樓梯走到公寓門口。

「你覺得很好玩嗎？」她厲聲說。

胡德正從駕駛座出來，似乎被她的反應嚇到。

「我剛剛才看到益智王上線，」她解釋，「我以為你是他。」她停下來，瞇起眼睛，「你是怎麼做到的？」

胡德舉起他的手機。「這是個無線行動上網手機。」他解釋，「今天才剛拿到，可以寄電子郵件之類的。」

她從他手上拿過來研究。「天啊，葛蘭特。」

「對不起，」他說，「我只是想……」

她把手機還給他，知道他在想什麼——炫耀他最新的玩具。

「你在這裡做什麼？」她問。

「我想我破解了。」

她瞪著他。「又一次？」他聳聳肩，「你為什麼都是等到很晚的時候？」

「也許這才是我思考能力最佳的時候。」他抬頭看看樓上，「那麼，你要邀請我進去，還是給鄰居看免費的表演？」

她看看四周，的確有些人影探頭出來看。「上來吧。」她說。

上了樓，她先檢查電腦，但是益智王沒有回覆。

「我想你把他嚇跑了。」胡德說，讀著螢幕上的對話。

席芳倒在沙潑上，拿起杯子。「愛因斯坦，你今天給我們帶來什麼？」

「啊，有名的愛丁堡待客之道。」胡德說，看著杯子。

「你開車。」

「一杯不會怎麼樣。」

席芳又站起來，發出一些聲音抗議，走到廚房去。胡德伸手到他的袋子裡，開始拿出地圖和旅遊書。

「你有什麼？」席芳問，給他一個杯子開始倒。她坐下來，喝完自己的，然後再倒，剩下的連同瓶子放在地板上。

「你確定我沒有打擾你嗎？」他試著逗她，但她沒有那個心情。

「告訴我你有什麼就好了。」

「嗯……如果你真的確定我沒有……」她瞪著他。他沒有接下去講，低頭瞪著地圖。「我想起那個律師說的話。」

「哈麗葉，」席芳皺皺眉頭，「她說，有時候山丘也叫『法律』（law）。」

胡德點點頭。「蘇格蘭山丘，」他說，「表示也許我們在找的是蘇格蘭文裡同樣意思的字。」

「那會是……？」

胡德打開一張紙，開始大聲讀。「山丘、高地、斜坡、急坡、山、丘陵、山……」他把那紙條轉向她，「同義詞典裡面很多。」

她從他手上拿過那張紙，自己開始讀。「我們已經看過全部的地圖了。」她抱怨。「但是我們不知道要找什麼。有些導覽書背後有山丘和山脈的索引。其他的，我們查每一頁上面的B４那一格。」

「到底要找什麼？」

「鹿丘、公鹿坡、母鹿陵……」

席芳點點頭。「你假設『峽灣．親愛的』意思是『聽起來是鹿』。」

胡德喝一口酒。「我做了很多假設，但總比沒有好。」

「等不到早上嗎？」

「如果益智王突然決定我們要與時間賽跑的話就不行。」胡德拿起第一本旅遊書，翻到索引。

席芳從杯緣看著他。是的，她在想，可是你是來到這裡才發現有時間限制的，她還被他用電話寄電子郵件的方式嚇到。她不知道益智王的行動能力如何，她給了他自己的名字，還有工作的城市。三天了，要找到地址有多難，網路上大概五分鐘就可以解決了。

胡德沒注意她還在瞪著他。**也許，他想的比你還要接近，女孩**，席芳對自己說。

半個小時之後，她放了一些音樂，問胡德要不要咖啡。他坐在地板上，背靠著沙發，腳伸直。他把地圖放在大腿上，正在研究其中一個方塊，抬頭對她眨眨眼，好像房間裡的燈光對他很新奇。

「要，謝謝。」他說。

她帶著馬克杯回來的時候，她告訴他關於藍納·馬爾的事，他臉上的表情變成愁容。

「不要說出去，好嗎？」

「我想可以等到早上。」她的回答似乎沒讓他滿意，他從她手裡接過咖啡，說謝謝，席芳可以感覺到自己的怒火又昇起來。這是**她的**地方、**她的**家，他在這裡做什麼？工作是留給辦公室的，不是她的客廳。他為什麼不打電話叫她去他家？她越想越覺得她其實跟葛蘭特不熟。她以前跟他合作過，一起去過派對，一起出去喝酒，還有吃過那一次飯。她不認為他有過女朋友，聖藍納幾個刑事組的叫他玩具小子，從電視卡通來的。他是個有用的警察，有時也是被人嘲笑的對象。

他和她不一樣，他一點都不像她，但是，她卻和他分享自己的空閒時間。在這裡，他把她的空閒時間變成更多的工作。

她拿起另一本地圖集，蘇格蘭簡易道路地圖集，第一頁的Ｂ４是曼島。不知何故，這實在讓她很生氣——曼島不屬於蘇格蘭！下一頁，Ｂ４是約克夏峽谷。

「天啊。」她大聲叫。

「什麼？」

「這份地圖，好像邦尼王子查理贏了戰爭一樣[4]。」她翻到下一頁，Ｂ４是津泰爾海岬，但是在那一頁後面，她的眼神專注在費爾湖上。她進一步研究那個方塊，七十四號公路，還有莫非鎮。她知道莫非鎮，一個風景明信片般迷人的地方，至少有一家好飯店，她曾經有一次停下來午餐。在Ｂ４方塊上她看到一個小小的三角形，表示是一座山峰，這做山峰叫赤鹿丘，八百八十公尺高，她看看胡德。

「赤鹿也是鹿，對不對？」

他從地板上起身，走到她身邊。「有分雄鹿和雌鹿，」他說，「你這個字是雄的赤鹿。」

「為什麼不是『公鹿』？」

「我想赤鹿比較老。」他研究地圖，肩膀碰到席芳的手臂。她試著不要顫動，但是很難。「天啊，」他說，「根本就是在荒郊野外。」

「也許是巧合。」她提議。

他點點頭，但她可以看到他被說服了。「B4方塊，」他說，「『丘』就是『法律』的另一個字，『赤鹿』也是一種『鹿』。」他看看她，搖搖頭，「不是巧合。」

席芳把電視打開，轉上面的字幕。

「你在做什麼？」胡德問。

「查明天的天氣預報。我才不要在狂風大作的時候去爬赤鹿丘。」

□

雷博思回到聖藍納分局，收好四個案子的檔案——格拉斯哥、鄧弗林、柏斯和納林。

「還好嗎，長官？」其中一個制服警官說。

「怎麼會不好？」

他喝了幾杯，又怎麼樣？不會使他無能。計程車在外面等著。五分鐘後，他已經在爬公寓的樓梯；再過五分鐘，他在抽菸、喝茶，打開第一個檔案。他坐在窗邊的椅子上，在這個混亂中的小綠洲裡，可以聽到遠方的警笛聲沿著梅維爾大道，聽起來像救護車。他有四個被害人的照片，都是從新聞報導中找來的。她們對著他微笑，黑白照片，他又想起那一段詩，他知道四個人的死都是同樣的原因。

他們死是因為剛好有空。

他開始把照片釘在一面紙板上。他也有一張明信片，從博物館的禮品店買的，三張亞瑟王座棺材的特寫，環繞在黑暗之中。他翻過明信片讀到：「雕刻的木像，布料衣物，小型松木棺材，來自一八三六年六月在亞瑟王座東北岩石凹洞發現的一組。」他想到，當時的警察也許也有介入，表示某處會有文件。只是，當時的警察又多有條理？他懷疑會像現代的刑事局一樣。他們也許會檢查被害人的眼珠、尋找凶手的影像，距離巫術也不太遠，也是娃娃背後的理論。女巫真的曾經把她們的生財工具堆在亞瑟王座山上嗎？這些日子，他懷疑她們有所謂的企業中心。

他站起來放音樂。約翰醫生、夜間旅人。再回到桌子上用舊的菸頭點燃一根新的菸，煙霧刺痛他的眼睛。他瞇眼閉睛。再張開的時候，眼睛慢慢聚焦，四個女人的照片好像躺在一層沙上。他眨了幾次眼，搖搖頭，試著揮去疲倦。

幾個小時後醒來時，他還坐在桌前，頭趴在手臂上，照片也還在那裡，不安的臉孔進入到他的夢裡。

「真希望我能睡去。」他對她們說。起身走到廚房，帶著一杯茶，拿到窗邊的椅子上。他又在這裡熬過了一個夜晚，可是為什麼不覺得想慶祝？

---

1 蘇格蘭有許多以「某某市場」為名的舊地名，顯示早年該地特有的商業行為或生活型態，即使「市場」樣貌已不復見，當地人仍延用其名。現今的「麻布市場」指的是皇家哩路的某一段。

2 此語用於紐西蘭、英國和愛爾蘭等地，意指剛取得駕照或二十出頭的小伙子，因為經濟能力有限，購買便宜低底盤汽車後改裝成接近賽車性能的車輛。

3 出生於愛丁堡的小說家、劇作家、評論家，也是詩人。

4 英王詹姆斯二世的孫子查理．愛德華，率軍登陸蘇格蘭企圖復辟，失敗後逃到法國。

第八章

雷博思和琴恩・柏其走在亞瑟王座上，這是個明亮的早晨，但吹著冷風。有人說亞瑟王座看起來像一頭正要跳躍的獅子，不過，雷博思卻覺得比較像一頭大象或哺乳類動物——一顆很大球根狀的頭，脖子縮下來，伸展的身軀。

「一開始本來是火山，」琴恩解釋著，「像城堡石一樣，後來有農場和礦場，還有教堂。」

「人們以前到這裡來修行，對不對？」雷博思說，渴切地想炫耀自己的知識。

她點點頭。「欠債的人被驅逐到這裡，直到事情解決，很多人以為這裡是以亞瑟王的名字命名的。」

「你是說，難道不是嗎？」

她搖搖頭。「比較像是蓋爾語：亞—納—薩，意思是『憂愁的高處』。」

「真是個令人快樂的地名啊。」

她微笑。「這個公園裡到處都是這樣的地名：講道壇石、炸藥庫角落，」她看著他，「還有，謀殺田和絞刑峭壁聽起來如何？」

「那是哪裡？」

「在達丁斯頓湖和純真鐵道那裡。」

「不過，當時那些命名的對象是馬車而不是火車，對不對？」

她又笑了。「有可能，也有其他理論。」她指著湖，「參孫的肋骨，」她說，「羅馬人在那裡有個碉堡，」她給他狡猾的一瞥，「也許你不認為他們有到這麼北邊來？」

他聳聳肩。「歷史從來都不是我的強項，我們知道棺材是在哪裡找到的嗎？」

「當時的紀錄很模糊，根據《蘇格蘭人報》的記載，是在亞瑟王座東北山脈一個小小的山坳裡。」她聳聳肩，「我找過很多遍，可是從來沒有找到那個地點。《蘇格蘭人報》寫的另一件事是，棺材分兩層放，每層八個，第三層才剛開始堆上去而已。」

「好像放棺材的人還要加什麼東西上去嗎？」

她抓緊外套。雷博思感覺不是因為風讓她顫抖。他在想純真鐵道，現在是健行步道和單車道，大約一個月前，有人在那裡被搶。他不覺得這個故事會讓他的同伴高興。他也可以告訴她一些自殺的故事，路邊留下的針筒。他們雖然走在同一條路上，卻知道自己所處的是不同的情境。

「恐怕我所能提供的也就是歷史。」她突然說，「我問過別人，但似乎沒人記得有人特別對棺材感興趣，偶爾少數的學生或觀光客。這些棺材經歷私人收藏，後來交給古董協會，又給了博物館。」她聳聳肩，「我幫不上什麼忙，是不是？」

「像這樣的案子，琴恩，任何資訊都是有幫助的，如果不能提供線索，至少也可以排除。」

「我覺得你以前做過同樣的演講。」

換他微笑。「也許有，不表示我不是認真的。你今天稍晚有空嗎？」

「怎麼了？」她在玩弄新的手鍊，在貝芙．杜德斯那裡買的。

「我要把我們二十世紀的棺材拿去給一個專家看，一點歷史背景可能會有用。」他停下來眺望愛丁堡，「天啊，真是個美麗的城市，是不是？」

她看著他。「你這樣說是因為覺得我想聽嗎？」

「什麼？」

「那天晚上，我在北橋停下來的時候，我覺得你並不認為那景象很美麗。」

「我看，但並不總是能看到，可是我現在看到了。」他們在山丘的西面，所以腳下看到的是不到一半的城市，再往上爬一點，雷博思知道會有一個三百六十度的景觀，但是這裡已經足夠了——教堂尖塔、煙囪、爪形三角牆、南邊的旁特蘭山脈、北邊的港灣，再過去看得見法夫的海岸線。

「也許對你而言是那樣。」她說，微笑著。她彎身向前，踮起腳尖親到他的臉頰。「最好先下手為強。」她安靜地說。雷博思點點頭，想不到該怎麼接話，直到她哆嗦地說自己越來越冷了。

「聖藍納分局後面有一家咖啡座。」雷博思告訴她，「我請客。你知道，並不是為了賄賂你，而是因為我要請你幫一個大忙。」

她突然笑了，用手蓋住嘴巴開始道歉。

「我說了什麼？」他問。

「只是婕兒警告過我會發生這樣的事。她說，如果我一直接近你，必須有心理準備會聽到『幫大忙』這句話。」

「她這樣說嗎？」

「她說的對，不是嗎？」

「不完全是，是**非常大**的忙，不只是大忙……」

□

席芳身穿一件背心、馬球衫和純羊毛V領毛衣，還穿了一件舊的厚褲子，腳踝套了兩雙襪子。她擦了擦舊的登山鞋，看起來還好。已經很久沒有穿她的巴柏防水外套，但想不到有更好的機會可以穿。除了這些，她還戴著帽子、揹著背包，裡面有雨傘、她的手機、一瓶水，熱水壺裡是加了糖的茶。

「確定你帶夠了嗎？」胡德說。他只穿牛仔褲和運動鞋，黃色輕型風衣看起來是全新的。他的臉孔朝向太陽，陽光反射在太陽眼鏡上。他們把車子停在路邊，爬過圍牆，在那後面是和緩的斜坡，突然又出現一個陡坡。除了偶爾出現的金雀花叢和岩石，陡坡上寸草不生。

「你覺得呢？」胡德問，「一個小時可以到山頂？」

席芳把背包揹在肩上。「運氣好的話。」

他們爬過圍牆的時候，綿羊看著他們。沿著圍牆有一排鐵絲，綁著一堆灰色羊毛作記號。胡德幫席芳墊腳跳過去，手靠在圍牆樁上使力。

「天氣還不算壞。」他們開始爬的時候，他說。「你覺得，斐麗有可能自己找到這裡來嗎？」

「我不知道。」席芳承認。

「我不認為她是那種人。她會看一眼這斜坡，然後回到她的福特海灣汽車裡。」

「只不過她沒有車。」

「說的好。那麼，她又是怎麼來到這裡的呢？」

這也是另一個重點——這裡真的是荒郊野外，沒什麼城鎮，只有偶爾的小屋或農場顯示人跡。他們離愛丁堡只有四十哩遠，但愛丁堡似乎是遙遠的過去。席芳猜這附近應該有公車，如果斐麗來這裡，應該是有人幫忙。

「也許是計程車。」她說。

「如果有載過這麼遠的車程，司機不會忘記。」

「不會。」然而，雖然有警方的公開呼籲，報紙上也出現很多斐麗的照片，並沒有計程車司機出來指認。

「也許是朋友，我們還沒有找到的人。」

「也許。」但是胡德聽起來存疑。她注意到他已經開始呼吸急促，幾分鐘之後脫下外套摺起來，夾在腋下。

「真不知道你怎麼有辦法穿這麼多。」他抱怨。她從頭上拉下帽子，拉下防雨外套的拉鍊。

「這樣有比較好一點嗎？」她問。

他只是聳聳肩。

最後，在比較陡的斜坡上，他們變成手腳並用，帶著石頭的泥土在腳下碎落。席芳停下來休息，膝蓋彎起來坐著，腳跟踩深，喝一口水。

「你已經要休息了嗎？」胡德說，大約在她十呎上方。她請他喝水，但他搖搖頭又開始爬。她可以看到他頭髮上閃耀的汗水。

「這不是比賽，葛蘭特。」她大叫，他沒有回答。再過半分鐘之後，她轉身跟著他。她離他越來越遠，這算哪門子的合作，她想。他就像她認識的很多男人——由動力鞭策著，但無法把原因具體化，比較像是理性以外的直覺，一種基本需要。

上坡開始比較平坦了，胡德站起來，雙手插在臀部，一邊休息一邊欣賞風景。席芳看他試著彎下頭吐口水，但是他的口水太黏了，沿著他的嘴巴拒絕掉下來。他從口袋裡拿出手帕擦掉。趕上他之後，她把水瓶遞給他。

「這裡，」她說。他看起來好像要拒絕，但還是喝了一口，「上面很多雲。」席芳對天空比較感興趣，而不是景色。雲層很厚、很黑，有意思的是蘇格蘭的天氣可以突然轉變得這麼快，氣溫一定降了三、四度，也許更多。「也許會下雨。」她說，胡德只是點點頭，把水瓶遞給她。

她看看手錶，發現他們已經爬了二十分鐘，表示他們也許距離車子十五分鐘腳程，她認為下坡會比上坡快一點。往上看，她猜他們還要再爬十五到二十分鐘，胡德很大聲地呼了一口氣。

「你還好嗎？」她問。

「這是很好的運動。」他聲音沙啞地說，然後又開始爬。深藍色的運動外衣背上有一片濕掉的地方。他大概隨時會脫掉，天氣變化的時候只剩一件短袖上衣。沒錯，他停下來把運動衣脫掉。

「越來越冷了。」她警告他。

「但是我不冷。」他把運動衣的兩條袖子綁在腰間。

「至少把外套穿上去。」

「我會熱死。」

「你才不會。」

他似乎準備好要爭論，但又改變心意。席芳已經把自己的外套拉鍊拉起來。他們身邊的鄉間已經越來越看不見，不是低雲層就是霧，還有被風吹過來的雨絲。

五分鐘之後開始下雨，起先只是小雨，然後越來越大滴，席芳把帽子戴回去，看葛蘭特把連身帽拉起來。風越來越大，朝他們吹來。葛蘭特踩空，一腳跪下來，咒罵著。接下來的十幾步他有點跛腳，一手抓著他的腿。

「你想停一下嗎？」她問，知道他的回答會是什麼——沉默。

雨越來越大，但是遠方的天空已經放晴，雨不會下很久，不過還是一樣。席芳的小腿都溼了，褲子黏在腳上。葛蘭特的運動鞋發出水聲，他已經轉到自動模式，眼睛瞪著前面，心裡只想到達山頂，不計任何代價。

他們爬上最後一個陡坡，地勢突然變得平坦。他們來到山頂。雨漸漸小了，二十呎外有一堆石塊，席芳知道爬山的人每次登頂就會加一塊石頭，也許石堆就是這麼出現的。

「什麼，沒有餐廳？」葛蘭特說，蹲下來喘氣。雨已經停了，一絲陽光從雲層透過來，附近的山丘都在一種很奇怪的金黃色下。他在發抖，但是雨下在他的外套還有運動衣上，溼透了，現在已經沒有必要穿上。他牛仔褲的顏色也變得更深，溼掉的藍色。

「有熱茶，你想喝的話。」席芳說。他點點頭，她幫他倒一杯。他慢慢喝，研究著石堆。

「我們害怕會找到什麼嗎？」他說。

「也許我們什麼都找不到。」

他點頭承認。「去看看。」他告訴她。她把保溫瓶的蓋子蓋上，走近石堆繞了一圈。只是一堆石頭，碎石，「這裡什麼都沒有。」她說，彎下腰再看仔細一點。

「一定有，」葛蘭特站起來，走向她，「應該一定要有。」

「嗯，不論是什麼東西，藏得很好。」

他一腳放在石堆上，推一下，弄倒一些，跪下來用手在石堆中尋找。他的臉緊縮在一起，牙齒露出來，很快地，那些石塊已經完全倒了。席芳已經失去興趣，在四周尋找其他的可能性，卻什麼也沒有看到。葛蘭特一隻手伸進外套口袋，他帶來兩個證物袋，她看著他把最大的那一個塞進石頭下面，又開始把石頭堆起來，沒有堆很高又開始倒下來。

「放著吧，葛蘭特。」席芳說。

「完全沒用的東西！」他大叫，她不確定他是對著誰還是什麼東西說話。

「葛蘭特，」她安靜地說，「天氣又要變了，我們回去吧。」

他似乎不想走，坐在地上雙腳伸直，手放在後面支撐著自己。

「我們猜錯了。」他說，幾乎要流下眼淚。席芳看著他，知道自己必須哄他下山。他又溼又冷，已經快不行了。她在他面前彎下腰。

「我需要你堅強，葛蘭特。」她說，手放在他的膝蓋上，「如果你在我面前不行了，那就完了。我們是團隊，記得嗎？」

「團隊。」他附和著，席芳點點頭。

「所以，我們要表現得像團隊一樣，然後下山去。」

他瞪著她的手，伸出手握住她。她起身，把他拉起來。「來吧，葛蘭特。」現在，他們兩個都站了起來，但他的眼睛沒有離開她。

「記得你說的嗎？」他說，「我們試著在維多利亞街附近停車的時候？」

「什麼？」

「你問我是不是總是循規蹈矩……」

「葛蘭特……」她嘗試露出同情而不是憐憫的眼光。「別掃興。」她安靜地說，試著把手從他的手中抽開。

「掃什麼興？」他語氣空洞地問著。

「我們是團隊。」她重覆。

「就這樣嗎？」

他瞪著她，她一直點頭，直到他慢慢鬆開她的手。席芳轉身要離開，準備下山。她走不到五步，葛蘭特就衝超越過她，像被附身的男人一樣衝下坡。他失足一次或兩次，但是又馬上起身。

「告訴我這不是冰雹！」他大叫，但的確是。她試著趕路的時候，冰雹刺痛席芳的臉。葛蘭特要翻過鐵絲圍籬時，外套又被卡住勾破了。他一邊咒罵著，一邊脹紅著臉幫席芳翻過去。他們進到車子裡，整整坐了一分鐘，喘著氣。擋風玻璃開始起霧，席芳把窗戶拉下來。冰雹已經停了，太陽又露臉。

「他媽的蘇格蘭天氣，」葛蘭特說，「難怪我們這個民族好勇鬥狠。」

「有嗎？我沒注意到。」

他嗤之以鼻，但也微笑。席芳看著他，希望他們之間會沒事。他的樣子好像在山上什麼事都沒發生。她脫下外套丟在後面，葛蘭特把外套從頭上脫掉，他的T恤冒出蒸汽。從椅子下面，席芳找出手提電腦，連上手機，開機。手機的訊號很弱，不過勉強可以。

「告訴他，他是個混蛋。」葛蘭特說。

「我確定他聽到了一定會很高興。」席芳開始寫信，葛蘭特靠過去看。

剛上了赤鹿丘，沒有看見下一個提示，我猜錯了嗎？

她按了傳送鍵之後等待，又幫自己倒了一杯茶。葛蘭特試著把牛仔褲從皮膚上拉開。「我們一開車我就要開暖氣。」她點點頭，再給他一些茶，他喝了。「和銀行家約幾點見面？」

她看看手錶。「還有幾個小時，足夠時間回家換衣服。」

葛蘭特看看螢幕。「他不在線上，是不是？」

席芳聳聳肩，葛蘭特發動引擎。他們安靜地開著車，眼前的天氣又晴朗起來，顯然只是部分地區的陣雨。到了印內里森的時候，路上很乾。

「不知道剛才是否應該走七〇一號公路，」葛蘭特說，「也許會有一段短坡，山丘的西部。」

「現在無所謂了。」席芳說，她看得出來他的心思還在赤鹿丘上。手提電腦突然提示有新郵件，她按下去，但只是邀請她去看色情網站。「我不是第一次收到這些，」她轉向葛蘭特，「我不禁要想，你的電腦到底是用來做些什麼。」

「他們只是隨機選一些名字。」他說，脖子脹紅，「我想，他們有什麼系統知道你什麼時候在線上。」

「我相信你。」她說。

「是真的！」他的聲音提高。

「好啦、好啦，我真的相信你。」

「席芳，我絕不會做那種事。」

她點點頭，但保持沉默。下次電腦提示有新郵件的時候，他們已經接近愛丁堡郊外。這一次是益智王。葛蘭特把車停在路邊。

「他說什麼？」

「你看。」席芳把手提電腦轉給他看，他們畢竟是一個團隊……

我只需要赤鹿丘，你不需要真的去爬。

「混蛋！」葛蘭特開罵。

席芳回覆，**斐麗知道嗎？**有幾分鐘都沒有回應，然後：**你距離冥岸只有兩關，大約十分鐘後會有提示。你有二十四小時破解。你希望繼續遊戲嗎？**

席芳看看葛蘭特。「告訴他，要。」他說。

「時間還沒到。」他看著她的時候，她也回看著他。「我想，也許他需要我們，就像我們需要他一樣。」

「我們能冒那個險嗎?」

但是她已經開始在打字了:**需要知道——斐麗有沒有人幫她,還有誰在玩?**

他的回應很快:**最後一次問,你要繼續嗎?**

「我們不想失去他。」葛蘭特警告。

「他**知道**我會去爬那山丘,大概就像他知道斐麗不會。」席芳咬著她的下唇。「也許,我們可以多逼他一點。」

「我們距離冥岸還有兩關,斐麗只玩到那裡。」

席芳慢慢點頭,然後開始打字:**繼續下一關,但告訴我,斐麗有沒有人幫她。**

葛蘭特靠在座位上倒抽一口氣。沒有回應。席芳檢查手錶,「他說十分鐘。」

「你喜歡賭博對不對?」

「沒有冒險的人生算什麼?」

「比較愉悅,比較沒有壓力的經驗。」

她看著他。「這話竟從少年賽車手的嘴裡講出來。」

他擦擦擋風玻璃上的霧氣。「如果斐麗不需要爬赤鹿丘,也許她根本不需要出門。我是說,她有可能在臥室裡就破解嗎?」

「你的意思是?」

「我的意思是,她不會去到會讓自己惹上麻煩的地方。」

席芳點點頭。「也許下一關會告訴我們。」

「如果有下一個提示。」

「要有信心。」她說。

「『信心對我只是如此』,喬治・麥可的歌。」

手提電腦告訴他們有另外一封信，葛蘭特靠過去看。

一個老套的開始，石匠的夢想結束之處。（A corny beginning where the mason's dream ended.）

他們還在消化的時候，另一封信又到達：**我不認為斐麗有人幫她。有人在幫你嗎，席芳？**

她打「沒有」，按下傳送。

「你為什麼不想讓他知道？」葛蘭特問。

「因為他有可能改變規則，或是可能生氣。他說斐麗是自己玩，我希望他認為我也一樣。」她看著他，「有問題嗎？」

葛蘭特想了想，搖搖頭。「所以，這個提示是什麼意思？」

「完全不知道。我想，你該不會是共濟會成員吧？」

他又搖搖頭。「從來沒有想要加入，知道我們可以在哪裡找到嗎？」

席芳微笑。「在洛錫安與邊境警方內部，我不認為會很困難……」

□

棺材出現在聖藍納分局，還有驗屍報告。只有一個小問題，瀑布村的棺材現在在史帝夫．何利那裡，是貝芙．杜德斯給他照相用的。雷博思決定必須去何利的辦公室一趟，他抓了夾克走到對面桌子，愛倫．懷利看起來很無聊，唐納．德文林正在看一個薄薄檔案的內容。

「我要出去。」他解釋。

「真好運。需要人陪嗎？」

「好好照顧德文林教授，我不會很久。」

德文林抬頭。「你的遊歷要帶你去哪裡？」

「我要去見一個記者。」

「啊，我們被諸多嘲弄的第四權。」

德文林講話的方式越來越讓雷博思不高興。從懷利的表情判斷，他也不是唯一的一個。她總是讓自己的椅子離教授越遠越好，可以的話最好在桌子的另一邊。

「我會盡快。」他試著向她保證，但是離開的時候，他知道她的眼睛跟著他移動到門口。

這是關於德文林的另一件事。他幾乎太熱心了，「讓自己有用」讓他年輕了好幾歲。他很珍惜那些驗屍報告，很大聲地唸出來，每次雷博思很忙或者試著專心的時候，你一定確定德文林有問題要問。不是第一次了，雷博思詛咒著蓋茲和科特。懷利自己則問雷博思──「再提醒我一次」，她會問，「是他在幫我們，還是我們在幫他？我是說，如果我想當看護的話，我會去老人之家申請……」

在車子裡，雷博思試著不要數他在路上經過幾家酒館。

這家格拉斯哥八卦報的辦公室在皇后街一棟改建大樓的頂樓，離英國國家廣播公司不遠。雷博思賭賭運氣，停在外面的單黃線上。大門開著，他爬了三層樓，打開玻璃門進到擁擠的接待區，一位女性總機對他微笑，一邊回答電話。

「恐怕他今天不在，你有他的手機號碼嗎？」她的金色短髮梳在耳後，黑色耳機上有耳機和麥克風。「謝謝你。」她說，結束通話，又按接另外一通。她沒有看雷博思，但舉起一隻手指告訴他沒有忘記他。他看看四周找地方坐，沒有椅子，只有一株看來很累的繩狀藤植物，長得太快了。

「恐怕他今天不在，」她告訴新的來電者，「你有他的手機號碼嗎？」她給了號碼，結束通話。

「很抱歉。」她告訴雷博思。

「沒關係，我來見史帝夫．何利，但我覺得我應該知道你要說什麼。」

「恐怕他今天不在。」

雷博思點點頭。

「你有他的——」

「是的，我有。」

「他知道你要來嗎？」

「我不知道，我是來拿娃娃的，如果他用完了的話。」

「噢，那個東西。」她表現出發抖的樣子，「他今天早上放在我的椅子上，他覺得很好玩。」

「時間一定過得很快。」

她又微笑，享受著這個對抗同事的陰謀。「我想，東西應該在他的座位上。」

雷博思點點頭。「相片都照好了？」

「噢，是的。」

「那也許我可以……？」他用手指著猜是何利座位的地方。

「看不出有何不可。」總機又在響了。

「我讓你忙吧。」雷博思說，轉身好像知道自己要去哪裡。

很容易，只有四個「座位」——用分隔牆分開的桌子。座位上都沒有人，小小的棺材坐在何利的鍵盤旁，上面是幾張測試用的拍立得照。雷博思恭喜自己——這是最好的情況。如果何利在的話，可能還要擋一些問題，也許還為難他。他抓住機會看看這個工作場所，電話號碼和剪報貼在牆上，兩吋高的「史酷比」貼在螢幕上方，一個辛普森家族的桌曆上滿是塗鴉，日期差了三個星期。一部備忘錄音機，電池的地方打開空著，還有一則新聞頭條貼在螢幕旁：「超級卡利大顯神威，賽爾特隊糟糕透頂」。雷博思小小地微笑——這是現代的經典，講的是足球比賽。也許何利是游騎兵隊球迷，也許只是喜歡笑話。他正要離開時，注意到琴恩的電話和名字在靠近桌子的牆上，他撕下來放進口袋裡，看到下面另外一個電話號碼……他自己的，還有婕兒．譚普勒，下面還有其他名字：比爾．普萊德，席芳．克拉克，愛倫．懷利。這個記者還有譚普勒和克拉克家裡的電話，雷博思不知道何利為什麼有影印本，但他決定整個拿走。

在外面，他試著打席芳的手機，但是回覆的語音說她的電話無法接通。他的車上有一張罰單，看不見交通警察，因為藍色的制服，他們在城裡被稱為「藍色卑鄙鬼」。雷博思可能是唯一不是因為嗑藥才到電影院看「黃色潛水艇」的人，他欣賞這個名字，但還是詛咒那張罰單，塞進置物櫃裡。他在慢慢開回聖藍納分局的路上抽了一根菸。現在很多街道都不是你想走的方向，無法往王子街左轉，威佛利橋又有道路工程，結果他反而上了「山丘路」轉市場街。他的音響放著珍妮絲．卓普林的「活埋在藍調裡」。一定比當愛丁堡路上的活死人好。

回到辦公室，愛倫．懷利看起來好像可以唱一些屬於自己的藍調。

「想出去走一走嗎？」雷博思問。

她的臉色一亮。「去哪裡？」

「德文林教授，你也在受邀之內。」

「聽起來很令人好奇。」他今天沒有穿開襟毛衣，是V領毛衣，手臂的地方鬆垮，背部太短。「這會是什麼神祕之旅嗎？」

「並不是，我們只是要去葬儀社。」

懷利瞪著他。「你一定是在開玩笑。」

但雷博思搖搖頭，指著桌上排好的棺材。「如果要聽專家意見，」他說，「就要問專家。」

「顯然如此。」德文林同意。

□

葬儀社就在距離聖藍納分局步行不遠之處。雷博思上次來葬儀社是他父親過世的時候，他走向前觸摸父親的前額，就像他母親去世時父親教他的——**如果你摸了，強尼，你永遠都不會懼怕亡者**。在城裡的某個地方，康納．李爾正被安頓在自己的箱子裡。死亡和稅務——每個人都一樣。但是，雷博思知道有些罪犯從來沒有付過一枚銅板的稅。無關緊要——時間對的時候，他們的箱子還是在等著。

琴恩．柏其已經等在那裡，她從接待處的椅子上站起來，似乎很高興有同伴。雖然有鮮花，這裡的氣氛哀淒。既然無用，雷博思不知道他們是否從做花圈的花店拿到折扣。牆面是木板，還有微微家具亮光漆的味道。銅製的手把發亮，腳下是大理石地板，如西洋棋棋盤一般黑白相間。雷博思介紹眾人認識，握著琴恩的手時，德文林問：「你策展的究竟是什麼東西？」

「十九世紀，」她解釋，「信仰系統、社會關懷……」

「柏其小姐從歷史層面協助我們。」雷博思說。

「我不確定我了解。」德文林看著她尋求協助。

「亞瑟王座棺材的展覽是我策劃的。」

德文林的眉毛挑起。「噢，真了不起！也許和目前的這一波有關？」

「我不確定可以稱為『這一波』。」愛倫．懷利爭論。「三十年間出現五口棺材。」

德文林似乎有點嚇一跳，也許他不常被挑語病。他看了懷利一眼，轉向雷博思。「但是，有些歷史的連結嗎？」

「我們不知道，就是要來這裡發掘。」

內門打開，出現一位男士，大約五十出頭，身穿暗色西裝、筆挺白襯衫、灰色閃亮的領帶。他的銀髮很短，臉孔長而蒼白。

「哈其斯先生？」雷博思問，男人稍稍鞠躬打招呼，雷博思握他的手。「我們通過電話，我是雷博思探長。」雷博思介紹其他人。

「這個要求，」哈其斯先生幾乎低語地說，「是我接受過最奇特的要求。不過，帕圖羅先生在我的辦公室裡等你們，來點茶好嗎？」

雷博思向他保證他們很好，請哈其斯先生帶路。

「如我在電話裡解釋的，探長，現在大部分的棺材製作都可以用生產線作業來形容，帕圖羅先生是少見還接受訂製棺材的木工。我們使用他的服務很多年了，至少從我在這個公司以來。」他們經過的走廊也是像接待處一樣的木板牆面，但是沒有外裝燈光。哈其斯先生打開一扇門，讓他們進去，辦公室很寬大，幾乎完全沒有堆積雜物。雷博思不知道自己預期什麼——諸多展示的哀悼卡，也許棺材目錄。但是，這間辦公室唯一透露屬於葬儀社的線索，就是沒有任何線索。這已經不只是隱密，來這裡的客戶不會想被提醒來這裡的目的。雷博思也不認為，讓客戶每兩分鐘就掉一次眼淚的話，會使葬儀社的工作變得更容易。

「我讓你們繼續。」哈其斯說，關上門。他安排了足夠的椅子，不過帕圖羅先生站在不透明的窗戶旁。他戴著一頂平軟呢帽，帽緣在他擔憂的雙手之間；手指有指節，皮膚也很粗糙。雷博思猜帕圖羅先生應該已經七十多歲了，他還有一頭很濃密的銀髮，眼睛也很清楚，如果不是謹慎的話。不過他站得很筆挺，雷博思和他握手時，他在發抖。

「帕圖羅先生，」他說，「真的很感謝你同意見我們。」

帕圖羅聳聳肩，雷博思再介紹一次，請大家坐下來。他把棺材從塑膠袋裡拿出來，放在哈其斯先生的桌子上。總共有四個：柏斯、納林、格拉斯哥，還有最近來自瀑布村的那一個。

「我想麻煩你看一看，」雷博思說，「告訴我們你看到什麼。」

「我看到一些小棺材。」帕圖羅的聲音很沙啞。

「我的意思是，就工匠的角度而言。」

帕圖羅伸手到口袋裡拿眼鏡，起身站在展示的棺材前。

「需要的話可以拿起來看。」雷博思說，帕圖羅也照做，檢視著蓋子和娃娃，近距離看著釘子。

「地毯用的大頭釘、小木釘，」他說，「接縫的地方木工有點粗糙，不過這種尺寸的木工……」

「什麼？」

「嗯，你不會預期看到很精細的東西。」他回到檢視內層。「你想知道這是不是做棺材的人做的？」雷博思點點頭。「我不認為。是有一點技巧，但是沒有那麼多。比例都錯了，形狀也太像鑽石。」他把每個棺材翻過來看背面。「你看這裡用鉛筆畫線的痕跡？」雷博思點點頭，「他有先量尺寸，再用鋸子鋸，沒有先計劃，只是用磨砂紙。」他透過眼鏡上方看著雷博思，「你想知道是不是同一個人做的？」

再一次的，雷博思點點頭。

「這一個比較粗糙，」帕圖羅說，舉起格拉斯哥的棺材，「不同的木材，其他都是松木，這個是喬木，但所有的接縫都一樣，尺寸也一樣。」

「所以，你認為是同一個人？」

「只要不用我的生命發誓作賭注。」帕圖羅拿起另外一口棺材，「現在，這一個，這個比例不一樣，接縫也不太乾淨，我猜不是因為時間很趕，就是製作者另有他人。」

雷博思看看棺材，是瀑布村的那一個。

「所以，我們有兩個不同的人？」懷利說。帕圖羅點點頭。她吹一口氣，翻翻白眼。兩個人表示雙份工作，只有一半的機會得到結果。

「是模仿犯嗎？」雷博思猜。

「我不知道。」帕圖羅承認。

「這表示我們……」琴恩．柏其伸手到她的肩袋裡拿出一個盒子。她打開，裡面用紙包著的是其中一個亞瑟王座的棺材，雷博思請她帶來的。她現在和他眼神接觸，讓他知道自己在咖啡座告訴他的，她這麼做是冒著工作上的危險。如果被發現她把工藝品偷渡出博物館，要是發生了什麼事，她馬上就會被開除。雷博思點點頭，讓她知道他了解。她站起來把棺材放在桌上。

「這個很脆弱。」她告訴帕圖羅。德文林站了起來，懷利也想看得更清楚一點。

「我的天啊，」德文林喘一口氣，「這是我在想的東西嗎？」

琴恩只是點點頭。帕圖羅沒有拿起棺材，但彎下腰讓自己的眼睛和桌子成水平。

「我們想問的是，」雷博思說，「你剛剛看的棺材是根據這個複製的嗎？」

帕圖羅揉揉自己的臉頰。「這是比較基本的設計，還算做得不錯，但是邊邊比較直，直很多，不是我們現今所知棺材的形狀。蓋子也是用鐵圖釘裝飾。」他又揉揉臉頰，站起來用桌子的邊緣撐住自己。「這些不是複製品，我只能告訴你這麼多。」

「我從來沒有在博物館外見過它們。」德文林說，向前要去占帕圖羅的位置。他對著琴恩．柏其，眼神閃閃發亮，「你知道，關於這些是誰做的，我有個推論。」

琴恩挑起一道眉毛。「是誰？」

德文林把注意轉向雷博思。「你記得我給你看的那幅畫像嗎？肯納．羅威爾醫師？」雷博思點點頭，德文林又轉到琴恩的身上。「他是協助解剖柏克的解剖學家，後來，我想他因而對整件事很有罪惡感。」

琴恩覺得很有意思。「他有從柏克手上買屍體嗎？」

德文林搖搖頭。「並沒有歷史紀錄顯示如此，但是，就像當時的許多解剖學家，也許他也買了他那一份的屍體，卻沒有問太多問題。問題是，」德文林舔舔嘴唇，「我們的羅威爾醫師對木工也很有興趣。」

「德文林教授，」雷博思告訴琴恩，「有一張他做的桌子。」

「羅威爾醫師是個好人，」德文林說，「也是個好基督徒。」

「他留下這些棺材以紀念亡靈嗎？」琴恩問。

德文林聳聳肩，看看四周。「當然，我沒有證據……」他的聲音漸漸變小，好像突然了解自己的生動表情看來很愚蠢。

「這是很有意思的推論。」琴恩承認，但德文林只是再聳聳肩，好像只是了解到自己人的施惠。

「如我所說的，做得夠好。」帕圖羅說。

「還有其他推論，」琴恩說，「也許是女巫或水手做了亞瑟王座的棺材。」

帕圖羅點點頭。「以前的水手是好木工，有時候是因為需要，其他則是因為在漫長的旅程中打發時間。」

「那麼，」雷博思說，「再次謝謝你撥冗，帕圖羅先生，我們可以找人送你回家嗎？」

「我沒關係。」

他們說了再見，雷博思把一行人帶到大都會咖啡廳，點了咖啡，擠進其中一個情人座。

「向前一步，退後兩步。」懷利說。

「你覺得呢？」雷博思問。

「如果其他棺材和瀑布村那一個沒有關聯的話，我們只是在捕風捉影。」

「我不認為。」琴恩・柏其打斷。「我是說，也許我只是在臆測，但在我看來，不論是誰把棺材留在瀑布村，一定是從某處得到這個想法的。」

「同意。」懷利說，「但是，更有可能是從博物館想到這個主意，你不認為嗎？」

雷博思看著懷利。「你是說，我們應該不要管前面四個案子嗎？」

「我是說，這裡唯一相關的是瀑布村的棺材，而且要先假設和包佛的失蹤有關，我們甚至不能確定這一點。」雷博思開始想說些什麼，但是她還沒有說完。「如果我們帶這個東西去見譚普勒分局長——如同我們應該做的——她會說和我現在說的一樣的話。我們現在離包佛案越來越遠了。」她舉起杯子喝一口。

雷博思轉向坐在身邊的德文林。「你認為呢，教授？」

「我被迫要同意，雖然不太情願，如此一來我就會被迫回到退休老人的黑暗之中。」

「驗屍報告裡什麼線索都沒有嗎？」

「還沒有。看起來，兩位女性入水的時候好像都還活著，兩具屍體都有受到一些傷害，但並非不尋常。河裡會有石頭，所以，被害人通常會在落水的時候撞到頭，至於納林的被害人，潮水和海洋生物對屍體有很大的傷害，特別是已經在水裡一陣子的屍體。很抱歉，我沒辦法幫更多忙。」

「什麼都是有幫助的，」琴恩・柏其說，「如果不能提供什麼線索，至少也可以排除。」

她看著雷博思，希望他聽到自己所說的話會微笑，但他的心思在別的地方。他很擔心懷利說的是對的，同一個人留下四口棺材，另一個是完全不同的人做的，兩者之間沒有關聯。問題是，他覺得有關聯，但卻是無法讓懷利這樣的人了解的關聯。有時候，不論程序如何，就是要聽直覺的。雷博思覺得現在就是這個時候，但懷疑懷利會同意。

他也不能怪她。

「也許，如果你可以再看一次驗屍報告。」他問德文林。

「很樂意。」老人說，點點頭。

「還有和每位驗屍的法醫談一談，有時候他們會記得一些事情……」

「當然。」

雷博思把注意力轉向愛倫．懷利。「也許你應該向譚普勒分局長報告，告訴她我們做了什麼，我確定主要的調查小組裡有些你可以做的事。」

她直起身子。「這表示你不放棄嗎？」

雷博思給了一個疲倦的笑容。「已經接近了，再幾天就好。」

「你到底還要做什麼？」

「說服我自己這是條死線索。」

琴恩從桌子的另一頭看著他的樣子，他知道她想給他什麼，某種情緒的安慰——也許是握握他的手，或是幾句好意的話。他很高興有其他人在場而讓她不可能這樣做，否則他可能會說些他最不需要的就是安慰這類的話。

除非安慰和遺忘是同一件事。

□

白天喝酒是很特別的。在酒館裡，時間不存在，外面的世界也不存在。只要待在酒館裡，就覺得永恆、長生不老。從渾沌之處回到外面的陽光下時，身邊的人都在繼續下午的事情，世界有了一種新的感覺。畢竟，同樣該死的事人們已經做了好幾個世紀，用酒精彌補良知的缺口。但是今天……今天雷博思只喝兩杯酒，他知道自己在兩杯之後還走得出去，如果留下來喝三杯、四杯，意思就是一直喝到關門，或是喝到他不行為止。但是兩杯……兩杯是還能夠面對的數字。他因為這字眼而微笑：數字，想到其他可能的意義——使你麻木，安心的麻木，像平克．佛洛依德會說的。

伏特加和新鮮柳橙汁，不是他的首選，但是不會留下味道。他可以走回聖藍納分局，沒有人會知道，只是在他眼裡世界看起來會比較柔和。手機響的時候，他本來不想理會，但是鈴響打擾到其他酒客，他只好按下按鈕。

「喂？」

「讓我猜。」那個聲音說，是席芳。

「為了不要讓你亂想，我不在酒館裡。」旁邊一個年輕人剛好贏錢，很吵的銅板剛好跑出來。

「你說什麼？」

「我在等人。」

「有比較好的籍口嗎？」

「你要什麼？」

「我需要一個共濟會'會員拾他牙慧。（pick a Mason's brain）」

他聽錯了。「你需要奇異恩典？（pick Amazing Grace）」

「**共濟會**，你知道，奇怪的握手方式，捲起來的褲腳。」

「幫不上忙，我去面試沒過。」

「但你一定認識一些？」

他想一想。「到底是什麼事？」

所以她告訴他這個提示。

「讓我想一想，」他說，「農夫呢？」

「他是嗎？」

「我看過他握手的方式。」

「你覺得他會介意我打電話給他嗎？」

「剛好相反。」一陣停頓。「現在，你如果要問我是否知道他家的電話號碼，算你運氣好。」他拿出筆記本，唸出電話號碼。

「謝謝，約翰。」

「進行得如何？」

「還好。」

雷博思感覺到一陣沉默。「和葛蘭特一切都好嗎？」

「還好，是的。」

雷博思抬起眼，看著木桶架。「他和你在一起，對不對？」

「沒錯。」

「了解，我們稍晚再談。噢，等一下。」

「什麼？」

「你曾經和一個叫史帝夫·何利的有來往嗎？」

「他是誰？」

「一個本地的記者。」

「噢，他，我想我們可能講過一兩次話。」

「他有打電話去你家過嗎？」

「別傻了，那個號碼我才不會輕易告訴別人。」

「奇怪，你家的電話號碼釘在他辦公室的牆上。」她什麼也沒說，「知道他是怎麼拿到的嗎？」

「我想，他也是會有其他辦法的。我沒有給他線報或什麼的，如果你是在暗示這一點的話。」

「我唯一暗示的是，席芳，你要小心他。他就像新鮮的大便一樣平滑，給人的味道也一樣。」

「真迷人。我要走了。」

「是，我也是。」雷博思掛上電話，喝掉第二杯。好，就這樣，該結束這一天了。只是電視上有另一場賽馬，他的眼睛看著那匹栗色的「長日旅程」。也許再一杯不會有害……然後他的電話又響了。詛咒著，他走出門外，在陽光下瞇著眼睛。

「喂？」他發飆說。

「你這樣有點不乖。」

「是誰？」

「史帝夫·何利，我們在貝芙家見過面。」

「有意思，說到曹操。」

「是喔，我很高興我們那天碰過面，不然，我可能沒辦法從瑪歌的描述裡想到是你。」瑪歌，那個戴著耳機的金髮櫃檯小姐，還沒有辦法共謀進而抗拒舉報雷博思……

「什麼意思？」

「少來了，雷博思，棺材。」

「我聽說你用好了。」

「那是證據嗎?」

「沒有，我只是要還給杜德斯小姐。」

「我敢打賭你是要這麼做。一定有什麼不尋常的事情發生。」

「聰明的孩子。『什麼事情』是警方的調查。事實上，我目前很忙，所以如果你不介意的話……」

「貝芙說了有其他棺材的事……」

「是嗎?也許她聽錯了。」

「我不認為。」何利等著，但雷博思什麼也不說。「好吧，」記者對著沉默說，「我們稍晚再談。」「**我們稍晚再談**」，正是雷博思對席芳說的，有那麼一秒鐘，他不知道何利是不是有聽到他們的對話，但是不可能。電話掛斷了，雷博思想到兩件事，一是何利沒有提到他牆上失蹤的電話號碼，也許還沒有注意到；二是他打的是雷博思的手機，表示他知道號碼。通常，雷博思會給傳呼機而不是手機號碼，不知道他給貝芙·杜德斯的是哪一個。

□

包佛銀行一點都不像銀行。首先，銀行位在夏綠蒂廣場，是新城最優雅的一部分。購物人群在外面憂鬱的等著不存在的公車，裡面則非常不一樣——厚重的地毯、堂皇的樓梯、巨大的水晶吊燈、牆壁最近才上了很明亮的白漆。沒有收銀員、沒有排隊人龍，所有交易都由坐在位子上的三位員工處理。桌子相距甚遠，可以維持客戶隱私。員工很年輕，穿著得體，其他客人坐在椅子上，或是從咖啡桌上選擇報紙或雜誌，等著被送進私人房間。氣氛非常考究——在這個地方，錢不是被尊重，而是被崇拜，讓席芳想起神殿。

「他說什麼?」葛蘭特·胡德問。

她把手機放回口袋裡。「他覺得我們應該找農夫。」

「那是他的電話號碼嗎？」葛蘭特對著席芳的筆記本點點頭。

「是的。」她在電話號碼旁邊寫了F——代表農夫。如此一來，要是落入不知名人士手裡，筆記本裡的地址和電話號碼比較難認。她很不高興根本不熟的記者會有她家裡的電話號碼，也不是說他有打到家裡，但還是一樣……

「你認為這裡給免息透支額度嗎？」葛蘭特問。

「員工可能有，他們的客戶我不確定。」

一位中年女子從其中一扇門後走出來，溫和地在身後關上門，她走向他們的時候一點聲音都沒有。

「馬爾先生現在可以見你們了。」

他們以為會被帶回那扇門，但那女人卻走向樓梯，腳步很快地走在他們四、五階之前，沒有機會說話。在二樓走廊的盡頭，她敲著一扇雙面門，等待著。

「進來！」聽到之後，她打開兩扇門，作勢請兩位警官走進房間。

房間很大，三面落地窗用淺色布料的百葉窗蓋著。一張擦得很亮的橡木會議桌占了三分之一的空間，上面擺了筆、筆記本和水瓶，座位區有沙發和椅子，附近的電視上是股市訊息。藍諾．馬爾自己則站在一張很大的桌子後面，是古董的核桃木。看起來，馬爾的膚色似乎來自加勒比海，而不是尼可森街上的人工日光浴。他很高，灰白的頭髮無懈可擊，雙排釦直條紋西裝幾乎可以確定一定是訂做的。他上前迎接他們。

「藍諾．馬爾，」無謂的自我介紹，然後對那女人說，「謝謝你，卡蜜兒。」

她在身後關上門，馬爾作勢指指沙發，兩位警官舒服地坐下，馬爾則坐在搭配的皮椅上，一腳翹在另一腳上。

「有什麼消息嗎？」他問，臉色渴望地問著。

「調查正在進行中。」葛蘭特．胡德告訴他。席芳試著不要斜視她的同事——**調查正在進行中**。她不知道葛蘭特是從那一部影集學到這句話。

「我們來這裡的原因，馬爾先生，」席芳說，「是因為斐麗芭似乎在參與什麼角色扮演的遊戲。」

「真的嗎？」馬爾看起來很困惑，「但是，那和我有什麼關係？」

「嗯，先生，」葛蘭特說，「只是，我們聽說你也喜歡玩那樣的遊戲。」

「那樣的……？」馬爾雙手合在一起，「噢，我現在知道你的意思了，我的士兵。」他皺眉頭，「斐麗是參與那種遊戲嗎？她從來沒有表示過任何興趣……」

「這個遊戲是有人給提示，玩的人必須破解後才能進到下一關。」

「完全不一樣。」馬爾拍拍膝蓋站起來，「來，」他說，「我給你們看。」他走到桌子旁，從抽屜裡拿出鑰匙。「這邊走，」他說，打開到走廊的門，帶他們走回到樓梯頂端，但是爬狹窄的樓梯上樓。「在這邊。」他一邊走，席芳注意到他有一點點跛腳。隱藏得很好，但還是看得出來，也許他應該用枴杖，但她懷疑他的虛榮會容許他這麼做。她也聞到一點點古龍水的味道，看不到婚戒。他把鑰匙插進鑰匙孔的時候，她看到他戴的手錶是複雜的物件，皮製錶帶搭配他的膚色。

他打開門走進去，窗戶用黑色床單蓋著，他打開電燈，房間只有他辦公室的一半大，大部分的空間被桌子高度左右的東西占據。這是一個模型，也許十八呎長十呎寬，綠色的山丘、藍色的河流，有樹木、廢墟，蓋著的遊戲是兩組軍隊，好幾百個士兵，編成各個軍團，玩具士兵本身大概不到一吋高，但所有的細節都很詳細。

「大部分都是我自己漆的，試著讓它們有點不一樣，給點個性。」

「你玩戰爭遊戲？」葛蘭特說，拿起一門加農砲。馬爾看起來不是很高興。他點點頭，很小心地從葛蘭特手裡拿起那玩具。

「這就是我做的，戰爭遊戲，你可以這樣說。」他把物件放回板子上。

「我有一次去玩漆彈，」葛蘭特說，「你有玩過嗎？」

馬爾給了他一個勉強的微笑。「我們帶銀行員工去過一次，我沒辦法說很喜歡，太混亂了。但是約翰很喜歡，他一直威脅要回去再戰一場。」

「約翰就是包佛先生嗎？」席芳猜。

一個書架上面都是書——有些是談模型，有些是關於戰爭本身。其他書架上有透明的塑膠盒，裡面有一些休息的小兵，等待他們勝利的機會。

「你曾經改變戰爭結果嗎？」席芳問。

「那是戰略的一部分。」馬爾解釋。「你要想出被打敗的那一方做錯了什麼，然後試著改變歷史。」他的聲音裡有一種新的熱情。席芳走到另外一邊，一個裁縫師用的人偶上穿著一整套的制服，也有其他制服——有些保存得比較好——在牆上的玻璃後面。沒有任何武器，只有士兵穿過的衣服。

「克里米亞戰爭。」馬爾說，指著其中一件裱框夾克。

葛蘭特．胡德問問題打斷。「你跟其他人對戰嗎？」

「有時候。」

「他們來這裡嗎？」

「從來不是來這裡，沒有。我家車庫有比較大的模型。」

「那你為什麼這裡也要放一套？」

馬爾微笑。「我覺得可以讓我放鬆、思考。而且，我偶爾也會休息，」他說。「你覺得這是個幼稚的嗜好嗎？」

「一點也不。」席芳說，只有一半是實話。有一種「男孩玩具」的感覺。她可以看到葛蘭特一邊看這小小的模型，一下子年輕了好幾歲。「你有玩過其他的方式嗎？」她問。

「什麼意思？」

她聳聳肩，好像只是個隨意的問題，只是談話而已。「說不上來，」她說，「也許像是用郵寄的方式對奕，我有聽過玩西洋棋的人這樣做，或是透過網路？」

葛蘭特看了她一眼，馬上就知道她的意思。

「我知道一些網站，」馬爾說，「有一些攝影機的東西。」
「網路攝影機嗎？」葛蘭特說。
「就是這個，然後你跨州也可以玩。」
「但你從來沒有這樣玩過？」
「我不是最有科技天分的人。」
席芳又把注意力轉回書架上。「有沒有聽過一個名叫甘道夫的角色？」
「哪一個？」她只是看著他。「我的意思是，我知道的有兩個，《魔戒》裡的巫師，還有里斯大道上開遊戲店的那個怪人。」
「你去過他的店？」
「過去幾年，我在那裡買過幾件，但大部分都是用郵購。」
「在網路上呢？」
馬爾點點頭。「有過一、兩次。到底是誰告訴你們這些的？」
「關於你喜歡玩遊戲嗎？」葛蘭特問。
「是的。」
「你等了很久才問。」席芳說。
他看著她。「嗯，我現在問了。」
「我們恐怕無法透露。」
馬爾並不喜歡這樣，但忍住沒有說話。「如果我可以這麼說的話，」他說，「不論斐麗在玩什麼遊戲，跟這個一點都不一樣？」
席芳搖搖頭。「一點都不像這個，先生。」
馬爾看起來鬆了一口氣。「還好嗎？」葛蘭特問。

「沒事，只是這件事對我們都是很大的壓力。」

「我相信是如此。」席芳說，然後最後再看一次。「謝謝你讓我們看你的玩具，馬爾先生，我們最好讓你回去工作了。」但是轉身一半的時候，她又停下來。「我很確定自己在哪裡看過這些士兵。」她說，好像只是在想，「也許是在大衛．卡斯特羅的公寓裡？」

「我想我可能給過大衛一個。」馬爾說，「是他……？」他沒說，微笑搖搖頭。「我忘了，你們無法透露。」

「沒錯，先生。」胡德告訴他。

他們離開那棟建築，葛蘭特開始笑。「他不喜歡你說那些是『玩具』。」

「我知道，所以我才故意這樣說。」

「別費心去開戶了，我可以看到你上了黑名單。」

她微笑。「他知道網路，葛蘭特，而且玩那種遊戲，他也許有分析的本事。」

「益智王？」

她皺皺鼻子。「我不確定。我是說，他為什麼要這樣做？對他有什麼好處？」

葛蘭特聳聳肩。「也許不是太多……除了控制包佛銀行。」

「是的，總是有這一點讓人起疑。」席芳說。他又想到大衛．卡斯特羅公寓裡的那一塊，藍諾．馬爾的小禮物……只是，卡斯特羅說不知道是哪裡出現的，然後他又叫住她，告訴她馬爾的小嗜好。

「目前，」葛蘭特正開口說，「我們離破解提示一點都沒有接近。」

他打斷了她的思維。她轉向他。「答應我一件事，葛蘭特。」

「什麼事？」

「答應我你不要半夜在我的公寓出現。」

「那做不到，」葛蘭特微笑，「我們在和時間賽跑，記得嗎？」

她再看著他，想起他在赤鹿丘上，他抓著她的手的樣子。現在，他看起來好像很享受自己，追逐、挑戰，只是有點太多了。

「答應我。」她再說一次。

「好吧，」他說，「我答應你。」

然後他轉身對她眨眨眼。

□

回到分局，席芳坐在廁所裡，手舉到與眼睛平高的地方研究著。手有點顫抖，很奇怪的如何內心在顫抖，卻有辦法不表現出來。但是，她知道自己的身體有其他方法防止外表的徵兆，有時候她會皮膚出疹子，脖了和下巴的青春痘，有時候是左手手指上的濕疹。

她現在在顫抖，因為她無法專注在重要的事情上。重要的是把工作做好，不要惹火婕兒·譚普勒也很重要，她不認為自己的臉皮有雷博思那樣厚。這個案子很重要，也許益智王也是。無法確定讓她心痛，她知道一件事：這個遊戲已經到了著迷的危險。她試著把自己放在斐麗芭·包佛的角度，用這樣的方法思考，她無法確定自己做得如何。然後還有葛蘭特，看起來越來越像是個負擔。可是，如果沒有他，她也走不到這一步，也許和他保持距離也很重要。她甚至無法確定益智王是男的。她有感覺，但是依賴這些是很危險的——她看過雷博思搞砸過不止一次，只是直覺地認為別人有罪或無罪。

她還在想那個新聞官的工作，不知道自己是不是斷了後路。婕兒會成功，是因為她越來越像其他男性警官，像卡斯威爾副署長這樣的人，她也許認為自己可以玩弄這個系統，但席芳懷疑是系統玩弄了她，塑造她、改變她，確定她會適應。也就是表示築起藩籬，保持距離。表示給別人一些教訓，像愛倫·懷利這樣的人。

她聽到洗手間的門打開。一會兒之後，有人在敲她的門。

「席芳，是你在裡面嗎？」

她認得那個聲音，是蒂莉絲・婕米爾，其中一位女警。「什麼事，蒂莉絲？」她說。

「今天晚上，你還要跟我們一起去喝酒嗎？」

這是固定的事情——五、六名女警，還有席芳。音樂聲很大的酒吧，很多八卦配莫斯科騾子。席芳是榮譽會員——唯一受邀的非制服警察。

「我大概沒辦法，蒂莉絲。」

「來嘛，女孩……」

「下次一定去，好嗎？」

「你自己承擔後果。」婕米爾說，離開了。

「希望不會。」席芳對自己說，站起來打開門。

□

雷博思站在教堂對面的馬路上。他回家換過衣服，可是現在到了這裡，卻沒辦法要自己進去。一輛計程車開過來，科特醫生下車，他停下來扣外套的釦子，看到雷博思。這是一間很小的本地教堂，就像李爾想要的，他好幾次在對話中告訴雷博思。

「迅速、乾淨、簡單，」他說，「我唯一喜歡的方法。」

教堂也許很小，但出席的人很多。主持儀式的主教過去和李爾一起在羅馬的蘇格蘭學院，看起來還有十幾位神職人員，他們也進入教堂。也許很乾淨，但是雷博思懷疑是否會很「迅速」或很「簡單」……

科特正在過馬路，雷博思把剩下的香菸彈到路上，手放進口袋裡。他注意到袖子上還有一些菸灰，但懶得撥開。

「天氣不錯。」科特說，研究雲層像瘀傷一樣的灰，即使在戶外還是覺得很鬱悶。雷博思用手摸後腦袋的時候，可以感覺到汗水。像這樣的下午，愛丁堡感覺像是個監獄，一座被牆包圍的城市。

科特正在拉其中一個袖子，確定袖子露出一吋以下，並露出銀色袖釦。他的西裝是深藍色的，白襯衫、黑領帶，黑色皮鞋擦亮過，總是穿著無懈可擊，雷博思知道自己的西裝雖然是最好的、他所擁有最正式的一套，但相比之下實在很寒酸。他已經穿了六、七年，穿褲子的時候要把肚子縮進去，他甚至沒有試著扣上外套鈕子。他是在奧斯汀·里德買的，也許該是再去一次的時候了。這些日子，他還是會被邀參加婚禮或受洗，但葬禮是另一回事。同事、認識的酒客……都在漸漸消失之中。才上個禮拜之前，他去過一個火葬場，聖藍納的一名制服警察退休不到一年就死了，白襯衫和黑領帶從那之後就回到衣架上，他今天下午檢查了領口才穿上襯衫。

「我們該進去了嗎？」科特說。

雷博思點點頭。「你先去。」

「怎麼了？」

雷博思搖搖頭。「沒什麼，我只是不確定……」手從口袋拿出來，又忙著點一根菸，給科特一根，他點點頭拿了。

「不確定什麼？」法醫問，雷博思為他點菸。雷博思等到自己的點著了，吸了幾口，很大聲的吐煙。

「我想記得他以前的樣子。」他說，「如果我進去，就會有演講，還有其他人的記憶，不會是我認識的康納。」

「你們倆曾經很親密，」科特同意，「我跟他不是那麼熟。」

「蓋茲會來嗎？」雷博思問。

科特搖搖頭。「有其他事。」

「你們兩人做的解剖嗎？」

「是腦出血。」

更多哀悼的人出現。有些走路，有些坐車。另一輛計程車出現，唐納．德文林走出來，雷博思以為自己在西裝下看到一件開襟毛衣。德文林很快地走上教堂階梯，很快消失在裡面。

「他有幫到你的忙嗎？」科特問。

「誰？」

科特對著離開的計程車點點頭。「老法醫。」

「並沒有，不過他已經盡力了。」

「那他做的就是我和蓋茲可以做的。」

「我想也是。」雷博思在想德文林，想像他坐在座位前，看著那些細節，愛倫．懷利保持距離。「他以前結過婚，是不是？」他問。

科特點點頭。「鰥夫，為什麼問？」

「沒理由。」

科特看看手錶。「我想，我最好進去了。」他在人行道上把香菸踩熄。「你要來嗎？」

「我不這麼想。」

「墓園呢？」

「我想，那個可能也不會去吧。」雷博思抬頭看看雲層，「美國人會說是因雨順延。」

科特點點頭。「那稍晚再見。」

「下次有命案的時候。」雷博思很肯定地說。他轉身走路離開，腦袋裡裝滿了停屍間的影像、驗屍，他們把死者的頭放在上面的一個木塊，桌上小小的凹陷把體液帶走，儀器、還有標本罐……他想到自己在黑色博物館看到的標本罐，恐怖混合著驚奇的樣子。有一天，也許不遠的一天，他知道會是他在那張桌上，也是科特和蓋茲準備著他們一天規律的作業，他對他們而言就是如此——只是規律的一部分，就像他眼前的教堂是另一種規律。他希望有些會是拉丁文，李爾喜歡拉丁文彌撒，他會唸整段給雷博思聽，即使知道他聽不懂。

「想當然你的日子他們有教拉丁文。」他曾經問過。

「也許是在貴族學校。」雷博思回答，「我上的學校，教木工和鐵工。」

「幫宗教重工業培養人才嗎？」李爾笑的時候，聲音從胸部深處跑出來，這些是雷博思會記得的聲音。他覺得雷博思說了什麼很水性楊花的愚蠢事情時，會咯咯叫；誇大的哀嚎，站起來從冰箱再拿更多健力士啤酒的時候。

「啊，康納。」此刻，雷博思說。低著頭，路人才不會看到眼淚開始成型。

□

席芳在和農夫通電話。

「很高興接到你的電話，席芳。」

「長官，其實我需要你的幫忙，很抱歉打擾你寧靜的生活。」

「你知道，有一種東西叫作太寧靜的生活。」農夫笑了。所以，她假設他是在開玩笑，但還是聽出話中的涵意。

「保持活動是很重要的。」聽起來好像是什麼信箱專欄。

「他們都是這樣說的。」他又再笑一次，聽起來更像強迫出來的，「你建議什麼新嗜好？」

「我不知道，」席芳在椅子裡坐立不安，這不是她預期的對話。葛蘭特．胡德坐在桌子的另一邊，借了約翰．雷博思的椅子，看來就像農夫辦公室裡的那一張。「也許高爾夫？」

現在換葛蘭特皺眉頭，不知道她到底在說些什麼。

「我總是說，好好的一個散步被高爾夫給破壞了。」農夫說。

「嗯，散步對身體很好。」

「是嗎？謝謝你提醒我。」農夫的聲音聽起來絕對有點暴躁。她不知道為什麼，或許是她講到敏感的事。

「關於這個忙……」她開始說。

「是的，最好趕快問，不然我要換上慢跑鞋了。」

「其實是個字謎的提示。」

「你是說像填字遊戲嗎？」

「不是，長官，是我們在辦的案子。斐麗芭·包佛在破解這些提示，我們也在做一樣的事。」

「那我能幫什麼忙？」他鎮定下來一些，聽起來很感興趣。

「長官，提示說，一個『老套的開始，石匠的夢想結束之處』。我們在想石匠（mason）是不是指共濟會（Masnoic Lodge）？」

「有人告訴你我是共濟會成員？」

「是的。」

農夫安靜了一下子。「讓我拿枝筆。」他終於說，然後要她重覆提示，他寫下來。「共濟會是大寫嗎？」

「不是，長官。有差別嗎？」

「我不確定，通常我會期望是大寫。」

「所以有可能是其它的東西？」

「等一下，我不是說你錯了，我只是需要想一想。可以給我半個小時左右嗎？」

「當然。」

「你在聖藍納？」

「是的，長官。」

「席芳，你不需要再叫我長官了。」

「了解……長官，」她微笑，「抱歉，沒辦法。」

農夫似乎聽起來好一點。「嗯，我想一想再打電話給你，還沒有發現她發生了什麼事嗎？」

「我們都很努力，長官。」

「我相信你們是如此。婕兒適應得如何？」

「很好，我想，如魚得水。」

「她可以一直升上去，席芳。記住我說的話，你可以從婕兒．譚普勒身上學到很多。」

「是的，長官，我們稍後再談。」

「再見，席芳。」

她放下電話。「他要想一想。」告訴葛蘭特。

「太好了，同時時間越來越逼近了。」

「好了，聰明人，我們聽聽你的好主意。」

他看著她，好像在測量這個挑戰，然後舉起一根手指。「第一，聽起來幾乎像是故事裡的某一行，也許是從莎士比亞或是哪裡來的。」第二根手指。「第二，老套（corny）是指老式（old-fasioned）還是說跟玉米（corn）有關？」

「你是說，『玉米首先在哪裡開始種』嗎？」

他聳聳肩。「或是如何從種子開始——有沒有聽過『散播想法的玉米種子』這種措辭？」

她搖搖頭。他舉起另一個手指。

「第三，如果是石匠，有沒有可能是墓碑（stonemason）？畢竟，那是我們所有夢想結束的地方。也許是雕刻玉米桿（carving of a corn-stalk）。」他把所有舉起的手指變成一個拳頭。「目前為止我只有想到這些。」

「如果是墓碑，我們需要知道是哪個墓地。」席芳拿起她寫提示的那張紙。「這裡沒有。沒有地圖，沒有頁碼。」

葛蘭特點點頭。「這是不一樣的提示。」他似乎看到其他的東西。「『老套的開始』（a corny beginning）有沒有可能其實是『橡實的』（acorny），從『橡實』（acorn）來的？」

席芳皺皺眉頭。「那會變成什麼？」

「橡木，也許是橡木葉，一個帶有『橡木』、『橡實』名字的墓地，」

她鼓起臉頰。「這個墓地在哪裡，還是我們要查蘇格蘭每一個城鎮的墓地？」

「我不知道。」葛蘭特承認，揉著他的太陽穴。席芳又讓提示掉回桌上。

「越來越難了嗎？」她問，「還是我的大腦已經不行了？」

「也許我們只是需要休息一下。」葛蘭特說，試著在椅子上休息。「我們甚至可以今天到此為止就好。」

席芳抬頭看看時鐘，是真的——他們今天已經工作大約十個小時，整個早上都浪費在去南邊一趟，她可以感覺到四肢都很痛。泡熱水澡加點浴鹽跟一杯夏多內白酒……很誘惑。但她知道明天醒來的時候，距離提示無效之前的時間會很短，而且，還要看益智王是否會遵守規則。問題是，唯一知道他會不會的方法，只有即時破解。她不想冒那個險。

到包佛銀行……她不知道那是不是也算浪費時間，藍諾．馬爾和他的小士兵……來自大衛．卡斯特羅的線索……在卡斯特羅的公寓裡發現壞掉的小玩具。她不知道卡斯特羅是不是在告訴她關於馬爾的什麼事。她想不到是什麼，倒是心裡有一個可能性，這整件事根本就是浪費時間，益智王只是在跟她玩，這個遊戲和斐麗的失蹤一點關係都沒有……也許和女生們一起喝那杯酒也不是什麼壞主意……她的電話響起時，她馬上抓起來。

「刑事組，克拉克警佐。」她對著話筒說。

「克拉克警佐，這裡是櫃檯，有人要找你說話。」

「是誰？」

「一位甘道夫先生。」說話人的聲音突然降低，「長像很奇怪的怪人，好像他在愛的夏天中暑，到現在都還沒恢復。」

席芳到樓下去，甘道夫拿著一頂暗棕色男用軟呢帽，撫摸著彩色的羽毛，他身穿一件棕色皮背心，同樣是在店裡穿的「死之華合唱團」T恤，淺藍色的燈芯絨長褲見過更好的日子，還有他腳上的涼鞋。

「嗨，你好。」席芳說。

他的眼睛張大，好像不是很認得她。

「我是席芳．克拉克。」她說，伸出她的手，「我們在你的店裡見過面。」

「是的、是的。」他說。他瞪著她的手，但似乎沒有要握手，所以席芳的手又放了下來。

「什麼風把你吹來的，甘道夫？」

「我說我會找看看關於益智王的東西。」

「沒錯。」她說。「上樓來好嗎？我大概可以弄個咖啡。」

他瞪著她剛走過來的門，嚴肅地搖搖頭。「不喜歡警察局，」他說，「很不好的磁場。」

「我確定一定有的。」席芳同意。「你比較想在外面談嗎？」她看看街上，還是尖峰時間，路上車子很擁擠。

「街角有一間店，是我認識的人開的……」

「好磁場？」席芳猜。

「非常好。」甘道夫說，他的聲音第一次很生動。

「不會還沒開吧？」

他搖搖頭。「他們開著，我看過了。」

「好吧，給我五分鐘就好。」席芳走到桌子旁，一名穿著襯衫的警察正從玻璃帷幕外面看著他們。「請你按鈴到樓上告訴胡德警佐，告訴他我十分鐘後就回來？」

那警員點點頭。

「來吧，」席芳告訴甘道夫，「這家店叫什麼？」

「遊牧人的帳蓬之外。」

席芳知道這個地方，比較像倉庫而不是一家店，賣一些很棒的地毯和工藝品，她曾經在那買過一條繡織地毯，因為她喜歡的毯子價錢在預算之外。很多東西都是從印度和伊朗來的，他們走進去的時候，甘道夫對店主揮揮手打招呼，店主也揮手，回到文書工作上。

「好磁場。」甘道夫微笑著說，席芳不禁也微笑回去。

「不確定我的透支額度會同意。」她說。

「只是錢而已。」甘道夫告訴她，好像在教授什麼偉大的智慧。

她聳聳肩，很想趕快談公事。「所以，關於益智王你可以告訴我什麼？」

「不是很多，除了他也許有其他的名字。」

「叫什麼？」

「推事官、益智、大師、益智玩家、大魔咒、全能之王……很多，你要幾個？」

「都是些什麼意思？」

「網路上設下挑戰的人的名字。」

「現在在發生的遊戲嗎？」

他伸手去摸附近牆上吊著的毯子。「你可以研究這個花樣好幾年，」他說，「還是無法完全了解。」

席芳重覆她的問題，他似乎回過神來。

「不是，這些是舊的遊戲，有些是關於邏輯、數字，其他你可以扮演一個角色，像騎士或巫師的學徒。」

他看著她，「我們在講的是虛擬世界，益智王在虛擬世界裡可能有很多名字可以用。」

「沒有辦法追蹤到他嗎？」

甘道夫聳聳肩。「如果你問中央情報局或是聯邦調查局……」

「我會記得。」

他稍稍移動。「不過，我有查到另外一件事。」

「是什麼？」

他從後面口袋拿出一張紙，交給席芳，席芳把它打開。是來自三年前的一段剪報，關於一個德國學生從家裡失蹤，屍體在蘇格蘭遍遠的北部山丘上被發現，可能已經躺在那裡好幾個星期、好幾個月，只有那邊的野生動物打擾。辨識工作非常困難，屍體已經剩下皮包骨。德國學生的父母擴大搜尋範圍，他們開始相信山丘上屍體是他們的兒子。離屍體二十呎遠的地方發現一把左輪手槍，一顆子彈貫穿年輕人的頭部，警方認為是自殺，解釋手槍的位置也許是羊或其它動物移動。有可能，席芳必須承認，但是家長並不相信他們的兒子不是被謀殺的。槍不是他的，也無法追蹤。更大的問題是，他是怎麼到蘇格蘭高地去的？似乎沒有人知道。席芳皺皺眉頭，必須再讀一次報導的最後一段：

尤根很喜歡角色扮演的遊戲，每天花很多時間上網，他的父母親認為他們的學生兒子有可能參與了什麼遊戲，卻發生了悲慘的後果。

席芳拿起剪報。「只有這樣嗎？」

他點點頭。「只有一則報導。」

「你從哪裡拿到的？」

「我認識的人，」他伸出他的手，「他要拿回去。」

「為什麼？」

「因為他在寫一本書，關於電子虛擬世界，他剛好也想訪問你。」

「也許再說吧。」席芳把剪報折起來，但是沒有要還給他的意思。「我需要留著，甘道夫，我用完的時候，你朋友可以拿回去。」

甘道夫看起來對她很失望，好像她沒有維持自己那部分的協議。

「我保證，我用完的時候他可以拿回去。」

「不能影印嗎？」

席芳嘆氣。從現在的一小時之後，她希望自己可以在浴缸裡，也許用一杯琴湯尼代替葡萄酒。「好吧，」她說，「我們回到警局……」

「他們這裡有影印機。」他指著店主坐的角落。

「好，你贏了。」

甘道夫聽到眼色一亮，好像這三個字是他聽到最甜美的字眼。

回到警局，把甘道夫留在「遊牧民族帳蓬之外」，席芳發現葛蘭特·胡德正在將一張紙揉成一顆球，往垃圾桶丟去但沒進。

「怎麼了？」她問。

「我開始在想重組字。」

「然後呢？」

「嗯，如果『班求立』（Banchory）這個小鎮名沒有h，就是『老套的b』（a corny b）。」

席芳笑出來，看到葛蘭特表情的時候把嘴巴遮起來。

「沒關係，」他說，「你盡量笑。」

「天啊，對不起，葛蘭特，我想，我已經快要接近歇斯底里的狀態了。」

「我們應該試著寫信給益智王，告訴他我們困住了嗎？」

「也許等到更靠近期限的時候。」越過他的肩膀看到剩下的紙，席芳看到他正在研究的是「石匠的夢想」。

「今天可以結束了嗎？」他建議。

「也許。」

他聽出她的音調。「你有什麼新的線索嗎？」

「甘道夫。」她說，給他看新聞報導。她看著他讀，注意到嘴唇微微地移動，不知道他是不是一直都是這樣……

「很有趣，」他終於說，「我們要追蹤嗎？」

「我想我們得這麼做，你不認為嗎？」

他搖搖頭。「交給調查小組，我們自己的工作已經被這個提示中斷了。」

「交給他們……？」她很生氣，「這是我們的，葛蘭特，萬一結果很重要怎麼辦？」

「天啊，席芳，聽聽你自己說的話。這是一個調查，很多人都參與，並不屬於我們。你對待這種東西不能這麼自私。」

「我只是不希望有人偷了我們的功勞。」

「即便可以找到活著的斐麗芭．包佛嗎？」

她停下來，整張臉縮了起來。「別傻了。」

「這都是從約翰．雷博思身上學來的，對不對？」

她的臉色脹紅。「學什麼？」

「想要都留給自己，好像整個調查只靠你一個人而已。」

「胡說八道。」

「你自己也明白——我只要看著你就看得出來。」

「真不敢相信我在聽你說這些話。」

他站起來面對她，兩人相隔不到一呎，辦公室沒有其他人。「你自己知道。」他安靜地重覆。

「你聽著，我只是試著想要說……」

「……你不想分享。如果這聽起來不像雷博思，我不知道像誰。」

「你知道你的問題是什麼嗎？」

「我有感覺快要發現了。」

「你太懦弱了，總是循規蹈矩。」

「你是警察，不是私家偵探。」

「你太懦弱、一絲不苟、循規蹈矩。」他大吼回去。

「循規蹈矩不等於懦弱。」他大吼回去。

「一定是，因為**你**就是！」她爆發。

「沒錯。」他說，似乎鎮靜了一點，頭點著，「沒錯，我總是循規蹈矩，不是嗎？」

「聽著，我的意思只是……」

他抓住她的手，把她拉向他，嘴巴找她的嘴唇。席芳的身體非常僵硬，她的臉閃開。他抓著她的手臂，她沒辦法移動，她已經退到桌子旁邊，卡在那裡。

「又好又親密的工作關係，」門口傳來一個聲音，「正是我所樂見的。」

葛蘭特抓著她的手鬆開，雷博思走進房間。

「別管我，」他繼續說，「只因為我沒有用這些新奇的辦案方式，不表示我不贊成。」

「我們只是在……」葛蘭特的聲音消失，席芳繞過桌子，讓正在顫抖的身子坐在椅子上。雷博思靠近。

「用完了嗎？」他是說農夫的椅子。葛蘭特點點頭，雷博思把它拉回自己的座位上。他注意到，愛倫・懷利的桌子上是用繩子綁著的驗屍報告——達成結論，沒有其他用處。「農夫給你結果了嗎？」他問。

「還沒有回電，」席芳說，試著控制她的聲音，「我正打算打電話給他。」

「但是你把葛蘭特的舌頭當成了話筒，是嗎？」

「長官，」她說，保持聲音的平穩，雖然她的心跳很快，「我不希望你誤會這裡發生的事……」

雷博思舉起一隻手。「和我無關，席芳。你說得很對，我們不要再說什麼了。」

「我想，有必要說清楚。」她的聲音提高。她看看葛蘭特站著的地方，身體背向她，頭轉著，他的眼睛才沒有看著她。

但她知道他在拜託。這個小男生！這個怪人和他的玩具還有賽車！最好準備一整瓶琴酒，一整箱，也別管熱水澡了。

「怎樣？」雷博思在問，現在他真的很好奇。

我可以在這裡把你的事業毀掉，葛蘭特。「沒什麼。」她終於說。雷博思瞪著她，但她的眼睛停留在眼前的文件上。

「你那裡有什麼嗎，葛蘭特？」他問，坐在椅子上。

「什麼？」葛蘭特的臉又脹紅。

「這個提示快要破解了嗎？」

「還沒有，長官。」葛蘭特站在一張桌子旁邊，抓著桌緣。

「你呢？」席芳問，在她的椅子上移動。

「我？」雷博思用一枝筆敲著他的指節。「我想，我今天什麼都沒有做成。」他把筆丟下來，「也就是為什麼我要請喝酒。」

「你已經喝了幾杯嗎？」席芳問。

雷博思的眼睛瞇起來。「幾杯。他們埋葬了我一個朋友，我今天打算舉行一個人的哀悼儀式，如果你們誰想加入我的話，也可以。」

「我要回家。」席芳說。

「我不……」

「來吧，葛蘭特，對你很好的。」

葛蘭特看看席芳的方向，尋找答案，或是許可。「我想，也許可以喝一杯。」他說。

「好小子，」雷博思直接告訴他，「那就喝一杯。」

□

葛蘭特喝他的一品脫，雷博思已經喝了兩杯雙份威士忌和兩杯啤酒。葛蘭特很沮喪地發現，只要杯子裡一有空間，另一杯半品脫就會倒進他的杯子裡。

「我要開車回家。」他警告。

「天啊，葛蘭特，」雷博思抱怨，「我只聽到你講這句話。」

「抱歉。」

「剩下的都是道歉。我實在看不出來你需要為了跟席芳打啵道歉。」

「我不知道怎麼發生的。」

「別試著分析。」

「我想，這個案子只是越來越……」他的聲音被電子嗶嗶聲打斷。「你的還是我的？」他問，已經伸手到自己的口袋裡，不過是雷博思的手機。他歪歪頭，讓葛蘭特知道他要拿去外面聽。

「喂？」冰冷的夜晚，計程車等著載客，一個女人差點在人行道上跌倒，一個剃光頭、還有鼻環的年輕男子幫她撿起購物袋掉出來的橘子。一件小小的善行……但雷博思還是等到那個年輕人走開，以防萬一。

「約翰，是琴恩。你在上班嗎？」

「監控行動。」雷博思告訴她。

「天啊，你要我……？」

「沒關係，琴恩，開玩笑的，我只是在外面喝一杯。」

「葬禮進行得如何？」

「我沒有去。我是說，我**有**去，但沒辦法面對。」

「你現在在喝酒?」

「別開始那個助人專線的東西。」

她笑了。「我沒有要開始，只是我坐在這裡，一瓶葡萄酒還有電視……」

「然後呢?」

「然後如果有伴的話會很好。」

雷博思知道自己的狀況沒有辦法開車。其實，也沒辦法做什麼，如果發生的話。「我不知道，琴恩，你沒有見過我喝多酒的樣子。」

「怎樣，你變成變身怪醫嗎?」她笑了，「我和我先生已經經歷過，我懷疑你能給我看什麼新把戲。」她的聲音壓抑著輕浮，但有一點點緊張。也許是因為邀請他而緊張。沒有人喜歡被拒絕，也許還有更多的意涵……

「也許我可以坐計程車。」他看看自己，還穿著出席葬禮的衣服。領帶已經拿掉，襯衫的兩個釦子打開。「也許我該先回家換衣服。」

「如果你想的話。」

他看看對街，拿購物袋的女人現在在等公車，一直看著自己的袋子，確定在那裡。城市的生活——不信任是身上盔甲的一部分，沒有什麼叫作單純的善行。

「那我們很快見。」他說。

回到酒館裡，葛蘭特站在他空的品脫杯旁，雷博思進來的時候，他舉手投降。

「該走了。」

「是的，我也是。」雷博思說。

葛蘭特看起來似乎有點失望，好像希望雷博思繼續喝，喝醉一點。雷博思看看空杯子，不知道酒保是不是有被說服倒掉裡面的東西。

「你可以開車嗎?」雷博思問。

「我沒事。」

「好。」雷博思拍拍葛蘭特的肩膀，「這樣的話，你可以載我去波特貝羅。」

□

過去一個小時，席芳試著清理自己的思緒，暫時忘記任何跟案子有關的事。這樣沒有用，洗澡也沒有用：琴酒也拒絕發揮效用。音響的音樂——羊肉鳥樂團的「天使羨豔」——不像往常一樣安慰她。最新的這個提示在她的腦海裡盤旋不去，每三十秒左右……又來了!……她看著重播，葛蘭特抓著她的手臂；約翰．雷博思——這麼多可能撞見的人，居然是他——從門口看著他們。如果他沒有宣布自己的出現，不知道會發生什麼事。她不知道他已經在那裡站了多久，有沒有聽見他們的爭吵。

她從沙發上跳起來，開始在房間裡踱步，手裡拿著杯子。不、不、不……好像重覆這個字可以讓所有事情走開，從來沒有發生過。但那就是問題，你不能讓事情當作沒有發生過。

「愚蠢的白痴。」她很高聲地說，好像唱歌的聲音，一直重覆這個字眼，直到失去它的意義。

愚蠢的白痴愚蠢的白痴愚蠢的白痴……

不不不不不不……

石匠的夢想……

斐麗芭．包佛……甘道夫……藍諾．馬爾……

葛蘭特．胡德。

愚蠢的白痴愚蠢的白痴……

音樂放完的時候，她站在窗戶旁。在片刻的沉默之中，她聽到一輛車轉進她的街道，直覺告訴她那是誰。

她跑到燈旁邊踩在地板開關上，房間頓時陷入黑暗。她的走廊有燈光，但是她懷疑可以從外面看到。她害怕到不能移動，害怕她會露出洩底的陰影。車子停下來，下一首歌放著，她伸手拿搖控把CD關掉。現在，她可以聽到車子停在那裡的聲音，她的心跳很快。

然後門鈴響了，告訴她外面有人想進來。她等著，沒有移動。手指緊抓著杯子，開始抽筋。她換手，門鈴又響了。

不不不不……

不要管了，葛蘭特，上車回家去。從明天開始我們可以假裝沒有發生過。

……鈴鈴鈴鈴鈴……

她開始溫柔地哼著自己編的調子，好像不是真的曲子，只是聲音和門鈴聲還有水流聲在她的耳裡。她聽到車門關上的聲音，放鬆一點點，等聽到電話響的時候，杯子差點掉下來。

在街道燈光下，她可以看到手機，在沙發旁的地板上，響了六響之後答錄機會接起來，二…三…四……

也許是農夫！

「喂？」她倒在沙發上，電話在椅子上。

「席芳，是葛蘭特。」

「你在哪裡？」

「我剛剛才在按你的門鈴。」

「我一定是在工作，能為你做什麼？」

「可以從讓我進去開始。」

「我累了，葛蘭特，上床去吧。」

「五分鐘，席芳。」

「我不認為行得通。」

「噢。」沉默就像第三者一樣，毫無幽默感的朋友，只有他們其中一人邀請。

「回家吧，明天早上見。」

「對益智王來說，可能太晚了。」

「噢，你是來談工作的？」她的手從身體伸上來，塞在拿著電話的手臂下面。

「並不完全是。」他承認。

「我也不這麼想。聽著，葛蘭特，我們就把它當作是瘋狂的一刻，好嗎？我想我可以接受。」

「你覺得是這樣嗎？」

「你不認為嗎？」

「你在怕什麼，席芳？」

「你是什麼意思？」她的聲音變得冷酷。

他在放棄之前有一段短暫的沉默，然後告訴她：「沒什麼，我沒有什麼意思，抱歉。」

「那麼辦公室見。」

「好。」

「好好睡一晚，我們明天會破解那個提示。」

「如果你這麼說的話。」

「是的，晚安，葛蘭特。」

「晚安，小席。」

她結束通話，甚至沒有時間告訴他，她討厭人家叫她小席。學校的女生以前這樣叫，她大學的一個男朋友也喜歡這樣叫，說那是刀子的俚語。席芳——即使在英格蘭，學校的老師都沒有辦法叫對她的名字，席—歐—芳，他們會這樣唸，她會需要糾正他們。

晚安，小席……

愚蠢的白痴……

她聽到他車子開走的聲音，看到他的車燈越過她的天花板，還有遠處的牆壁。她坐在黑暗之中，喝完她的飲料但沒嚐到味道。她的電話再次響起的時候，她很大聲地詛咒。

「聽著，」她對著話筒大叫，「讓它過去，好嗎？」

「嗯，如果你這麼說的話。」是農夫的聲音。

「噢，天啊，長官，對不起。」

「在等別的電話嗎？」

「沒有，我……也許下一通吧。」

「好吧。我打了幾通電話，有人對於那種東西懂得比我多，我想，他們也許可以給你一些意見。」

他的音調告訴她自己需要知道的。「運氣不好嗎？」

「也不見得，只是還有幾個朋友需要再回我電話，沒有人在家，所以我留了言。**沒有理由絕望**。這是他們說的，不是嗎？」

她的微笑很微弱。「他們某些人也許是如此，是的。」比方說，無可救藥的樂觀主義者。

「所以，你可以期待明天還有電話，期限是什麼時候？」

「接近中午的時候。」

「那麼，我明天一起來就打電話追蹤。」

「謝謝你，長官。」

「有用的感覺很好。」他停下來。「有事情在困擾你嗎，席芳？」

「我可以面對。」

「我願意打賭你可以。明天再談。」

「晚安，長官。」

她放下電話，飲料已經喝完了，這都是從約翰・雷博思身上學來的，不是嗎？他們爭吵的過程中，葛蘭特對她使用的字眼。現在她在這裡，手上一個空杯子，坐在黑暗裡，瞪著窗外。

「我一點都不像他。」她大聲地說，再拿起電話撥打他的號碼，聽到他的答錄機聲。她知道可以打他的手機，也許他在外面喝啤酒，幾乎確定他是在外面喝酒。她可以和他碰面，尋找城市裡開比較晚的酒館，由每一座城市昏暗的一角保護著。

但是，他會想討論葛蘭特，關於他以為自己發現的事。不論他們的對話是什麼，都會在他們之間。

她想了想，還是打了他的手機，可是處於關機狀態，又一個語音信箱，又一個沒有留的留言。他的傳呼機是最後的機會，但是，她現在已經氣消了，她會帶一杯茶上床。她打開熱水壺，尋找茶包，盒子是空的，只剩一些花草茶之類的東西——甘菊茶。她在想加農米爾那家加油站不知道有沒有開，也許布洛頓街上的炸魚薯條店。是的，就這樣……她可以看到問題的答案了！她穿上大衣，確定手上有鑰匙和錢，出去的時候檢查身後的門上鎖，下樓梯進到夜色之中，尋找無論如何都可以依賴的盟友。

巧克力。

1 共濟會是起源於十六世紀英國的一個祕密組織，原意為「自由的石匠」，在舉辦聚會時常以特殊的握手方式以辨認身分。

第九章

電話鈴聲把她吵醒的時候，時間剛過七點半。她蹣跚起床，走過客廳，一手放在額頭上，另一手去拿電話。

「喂？」

「早安，席芳，沒有吵醒你吧？」

「沒有，我正在做早餐。」她眨眨眼，動動臉頰，試著張開眼睛。聽起來，農夫好像已經起床很久了。

「嗯，我不想打擾你。只是，我接到一通很有意思的電話。」

「你認識的人嗎？」

「另一隻早起的鳥，他正在寫一本關於聖戰騎士的書，寫到和共濟會的關係。也許，就是他為什麼馬上看出來的原因。」

席芳現在在廚房，看看開水壺裡還有足夠的水，打開開關。瓶子裡有足夠的即溶咖啡可以泡兩、三杯，她這幾天需要跑一趟超市。流理台上有一些巧克力屑，她用手指壓一壓，放到嘴巴裡。

「看到什麼？」她說。

農夫開始笑。「你還沒醒，對不對？」

「還有點昏沉，如此而已。」

「昨天晚睡嗎？」

「也許是吃了太多巧克力。看到什麼，長官？」

「提示裡的線索，和羅斯琳教堂有關。知道在哪裡嗎？」

「我不久前才去過。」另一個案子，她和雷博思一起辦的案子。

「也許你看到了，其中一扇窗戶顯然是用玉米雕刻裝飾的。」

「我不記得。」但她現在開始清醒了。

「然而，這間教堂在玉米出現在英國之前就蓋了。」

「『一個老套的開始』。」她背誦。

「沒錯。」

「那石匠的夢想呢？」

「你一定有注意到，教堂裡有兩根精心製作的柱子——一根叫石匠之柱，另一根叫學徒之柱。故事是，大石匠決定出國學習，設計他要建的這根柱子。但是他不在的時候，其中一個學徒夢見柱子完成的樣子，於是開始工作，建了學徒之柱，等大石匠回來的時候，他非常嫉妒，就用木槌把那學徒打死了。」

「所以石匠的夢想在柱子結束？」

「沒錯。」

席芳在腦袋裡想一下這個故事。「很符合，」她終於說，「非常感謝，長官。」

「任務完成了嗎？」

「嗯，還沒，我該走了。」

「有時間打電話給我，席芳，我想知道結局如何。」

「我會的，再次謝謝你。」

她兩手穿過頭髮。**一個老套的開始，石匠的夢想結束之處**。羅斯琳教堂，羅斯琳村，大約愛丁堡外六哩的地方。席芳又拿起電話，準備打電話給葛蘭特，卻又放下來。在手提電腦上，她寄了電子郵件給益智王：

羅斯琳教會，學徒之柱。

然後她等著，喝一杯淡咖啡，吞下兩顆止痛藥。她進去浴室淋浴，走回客廳的時候一面用毛巾擦乾頭髮，仍然沒有來自益智王的訊息。她又坐下來，咬著下唇。他們並不需要去到赤鹿丘，回答地名就足夠了。再三小時，時間就到了，益智王要她去羅斯琳嗎？她又寄另外一封電子郵件。

我在這裡等還是要去？

她再等一下，第二杯咖啡比第一杯還要淡，瓶子已經空了，如果她要喝其他的東西，就只剩下洋甘菊茶。她不知道益智王有沒有可能去別的地方，她有感覺他不論去到哪裡應該會隨身帶著手提電腦和手機。也許他也是二十四小時待命，就像她自己一樣。他會想知道什麼時候會有訊息出現。

所以，他到底是什麼意思？

「不能冒險。」她大聲說。最後一封信：**我要去教堂**。然後她去穿衣服。

她坐上車，把手提電腦放在乘客座上，再次考慮打電話給葛蘭特，但決定不要。她會沒事的，她可以接受他對她的不滿……

……你不想分享。如果這聽起來不像雷博思，我不知道什麼才是。

葛蘭特對她說的話，但是，現在她卻要一個人去羅斯琳。沒有支援，而且告訴益智王她要去。她還沒開到里斯大道盡頭就已經下定決心，把車轉向葛蘭特公寓的方向。

□

電話鈴聲吵醒雷博思的時候，才剛過八點十五分，是他的手機。他昨晚睡覺前插進牆壁上的插座，隔夜充電。他從床上滑下來，腳踢到地毯上的衣服，四肢著地在地上尋找電話，拿到耳邊。

「雷博思，」他說，「最好是什麼好事。」

「你遲到了。」那個聲音說，是婕兒．譚普勒。

「遲到什麼？」

「有大新聞發生。」

還跪在地上，雷博思看著床，看不到琴恩，不知道她是不是上班去了。

「什麼大新聞？」

「聖十字公園需要你，亞瑟王座上發現了一具屍體。」

「是她嗎？」雷博思突然覺得自己的皮膚濕黏。

「目前很難判斷。」

「噢，天啊，」他彎彎脖子，眼睛看天花板，「怎麼死的？」

「屍體在那裡有一陣子了。」

「蓋茲和科特在現場嗎？」

「很快就會到。」

「我會直接過去。」

「很抱歉打擾你，不會剛好在琴恩那裡吧？」

「這是隨便猜的嗎？」

「也許身為女人的直覺。」

「再見，婕兒。」

「再見，約翰。」

他一邊掛斷電話，門打開，琴恩・柏其走進來。她穿著一件毛巾浴袍，拿著托盤——柳橙汁和吐司，一整壺咖啡。

「天啊，」她說，「你看起來真迷人。」

然後她看到他臉上的表情，微笑消失。

「怎麼了？」她問。

他說給她聽。

□

葛蘭特打哈欠。他們在小店買了咖啡，即使如此，他也還沒完全清醒。他似乎很清楚意識到脖子上的頭髮翹著，一直試著用手按平。

「昨天晚上沒睡太多。」他看著席芳的方向，她的眼睛還注視著前方的路。

「報紙上有什麼嗎？」

他手裡拿著那天的小報，是和咖啡一起買的，放在大腿上。「沒什麼。」

「有關案子的新聞嗎？」

「我不認為。」他忽然有一個想法，開始拍拍口袋。

「什麼？」有那麼一瞬間，她以為他也許忘了什麼重要的藥。

「我的手機，一定是留在桌子上了。」

「有我的。」

「是啊，接在我的網路帳號上。如果有人打電話進來怎麼辦？」

「他們會留言。」

「我想也是……聽著，關於昨天……」

「我們就假裝沒有發生過吧。」她很快地說。

「但是的確發生了。」

「我只希望沒有，好嗎？」

「是你一直抱怨我——」

「討論結束了，葛蘭特。」她轉向他，「我是認真的，要不就從此打住，要不我去找老闆——你決定。」

他開始說什麼，但又停下來，雙手交握胸前。音響很安靜地放著維珍電台的節目，她很喜歡，可以幫助她清醒。葛蘭特想聽比較新聞性的，蘇格蘭廣播電台或是第四廣播電台。

「我的車子，我的音響。」她只這麼說。

現在，他要求她重覆已經說過的，關於農夫的來電。她照做了，很高興他們不再談那個話題。她說話的時候，葛蘭特喝著他的咖啡。雖然沒有太陽，他還是戴著太陽眼鏡，雷彭太陽眼鏡。

「聽起來很合理。」她說完的時候他說。

「我想也是。」她同意。

「幾乎太容易了。」

她嗤之以鼻。「容易到我們差點錯過。」

他聳聳肩。「可是不需要任何技巧，我只是這個意思。你要不就知道，要不就不知道的事。」

「如你所說的，不一樣的提示。」

「你覺得斐麗芭·包佛會認識幾個共濟會的？」

「什麼？」

「你是這樣發現的，那她是怎麼想出來的？」

「她是念藝術史的，不是嗎？」

「的確，所以她曾經讀到羅斯琳教堂嗎？」

「有可能。」

「而益智王會知道？」

「他為什麼會？」

「也許她告訴他自己念什麼的。」

「也許。」

「不然的話，那並不是她有能力破解的提示，了解我的意思嗎？」

「我想是。你的意思是說，這個提示需要特別的知識，不像先前的提示一樣？」

「類似這樣的。當然，還有另一個可能性。」

「是什麼？」

「益智王非常清楚她知道羅斯琳教堂，不論她是否告訴他自己念的是什麼。」

席芳了解他的意思。「你是說認識她的人。益智王是她的朋友嗎？」

葛蘭特從太陽眼鏡上方看著她。「如果藍納・馬爾是共濟會成員，我不會很驚訝。他做那一方面的工作……」

「不，我也不會。」席芳若有所思地說，「我們也許必須回去問他。」

他們離開主要道路開到羅斯琳村。席芳把車子停在教會的禮品店旁，門緊緊鎖著。

「十點才開門。」葛蘭特說，讀著布告欄。「你覺得我們剩下多少時間？」

「如果我們等到十點，不會剩很久。」席芳坐在車子裡，檢查有沒有收到新的電子郵件。

「一定有人在。」葛蘭特用拳頭敲門。席芳走出車外，研究圍繞著教堂的圍牆。

「你爬牆在行嗎？」她問葛蘭特。

「可以試試看，」他說，「但如果教堂本身也鎖著怎麼辦？」

「萬一裡面有人在打掃呢？」

他點點頭，不過裡面傳出開門的聲音，門打開，一個男人站在那裡。

「我們還沒開門。」他很堅定地說。

席芳給他看證件。「我們是警察，先生，我們恐怕不能等。」

他們跟著他走了一段很長的小路，到教堂的側門，建築物本身有一個很大的帳篷蓋著。上次來的時候，席芳知道屋頂有問題，他們必須等屋頂乾了才能繼續施工。從外面看教堂很小，但從裡面看似乎比較大，因為有華麗的裝飾。即使大部分的地方都因為潮溼腐朽而變成綠色，天花板本身非常驚人。葛蘭特站在中央走道上，就像她第一次來的時候一樣，驚訝到說不出話來。

「真是不可思議。」他安靜地說，話還回聲在牆上。每個地方都有雕刻，但席芳知道自己在找什麼。她直接走到學徒之柱，就在通往聖器收藏室的樓梯旁。這根柱子大約八呎高，圍繞著雕刻的緞帶。

「就是這個？」葛蘭特說。

「就是這個。」

「那我們在找什麼？」

「找到的時候就會知道。」席芳用手撫摸柱子冰冷的表面，彎下身來。兩條龍在底部交叉，其中一條的尾巴又旋轉回過來，留下一個小小的凹洞。她伸手用指頭抽出一張紙條。

「我的天。」葛蘭特說。

她沒有費心用手套或證物袋。他們現在已經知道，益智王不會留下鑑識小組可用的線索。那是一張筆記本的紙，折了三次。她打開，葛蘭特移動，讓他們都可以看到上面寫著什麼。

你是追求者，你的下一個目標是冥岸。指示緊接在後。

「我不懂，」葛蘭特說，「全部這些，就只為了這個？」他的聲音越來越高。

席芳一次又一次讀著上面的指示，把紙翻過來，另一面空白。葛蘭特正在用腳跟旋轉著，踢空氣。

「王八蛋！」他大叫，引領者皺著眉頭。「我猜他一定正在大笑，看我們這樣追來追去！」

「我想這是一部分，是的。」席芳安靜地同意。

他轉向她。「什麼的一部分？」

「吸引力的一部分，他喜歡看我們跑來跑去，筋疲力竭。」

「是的，但是他**沒有**看到我們，有嗎？」

「我不知道，有時候我覺得他可能在看。」

葛蘭特瞪著她，然後走到引領者身邊。「你叫什麼名字？」

「威廉．艾迪。」

葛蘭特拿出他的筆記本。「你住哪裡，艾迪先生？」他開始記下艾迪的個人資料。

「他不是益智王。」席芳說。

「誰？」艾迪說，聲音顫抖著。

「不用管他。」席芳說，抓著葛蘭特的手臂離開，他們走到車子旁邊，席芳開始打電子郵件：

已準備好接受冥岸的提示。

她傳送出去，靠回椅子上。

「現在怎麼辦？」葛蘭特問，席芳聳聳肩。此時手提電腦提示有新的郵件，她按下按鍵閱讀。

準備好放棄了嗎?那是更確定的事。（Ready to give up? That's a surer thing.）

葛蘭特發出呼吸聲。「這是提示還是恥笑？」

「也許都是。」另一個訊息出現：

冥岸到今晚六點為止。

席芳點點頭。「兩者都是。」她重覆。

「六點?他只給我們八個小時。」

「不能浪費時間了，什麼是『更確定的事』？」

「完全不知道。」

她看著他。「你不覺得這是一個提示？」

他強迫擠出微笑。「我不是這個意思。我們再看一次。」席芳在螢幕上再次把訊息找出來。「你知道這看起來像什麼嗎？」

「什麼？」

「填字遊戲的提示。我是說，這並不合文法，是不是？像是有意義，但其實沒有。」

席芳點點頭。「好像有點勉強？」

「如果是填字遊戲的話……」葛蘭特噘嘴，專心的時候眉心出現一點皺紋，「如果是提示的話，那麼『放棄』(give up）有可能表示『讓路』(yield），就是退讓的意思。你看出來了嗎？」

他在口袋裡尋找，拿出筆記本和筆。「我需要看它寫下來。」他解釋，把提示抄下來，「這是一個典型的填字遊戲模式——一部分告訴你要怎麼做，另一部分是做了之後得到的意思。」

「繼續，也許你很快就會找到意思了。」

他再次微笑，但眼睛專注在面前的字上。「如果是同義字的話，『準備好要放棄……更確定』，如果你放棄——也就是放棄或使用——『更確定』裡的字母，就會得到一個字或兩個字，代表某個事物。」

「什麼樣的事物？」席芳可以感覺到頭痛快要來了。

「我們必須找出來。」

「如果是重組字的話。」

「如果是重組字。」葛蘭特同意。

「那這跟冥岸又有什麼關係，不論冥岸是什麼？」

「我不知道。」

「如果是重組字，不就太容易了嗎？」

「你要知道填字遊戲怎麼玩才會容易。不然的話，你會單就字面上的意義解讀，就一點意義都沒有了。」

「嗯，你剛解釋了，對我還是一點意義都沒有。」

「那麼，我在這裡對你而言不就是很幸運的事嗎？來吧，」他撕掉一張紙拿給她，「看看你能不能夠破解

『更確定的事』（that's a surer）。」

「找出一個字，代表一件事物？」

「字或字眼，」葛蘭特糾正她，「你有十一個字母可以玩。」

「不是有什麼電腦軟體可以用嗎？」

「也許，可是這樣變成作弊，不是嗎？」

「噢，就現在來說，我覺得作弊聽起來滿好的。」

但葛蘭特沒有在聽，他已經埋頭在工作裡。

□

「我昨天才來過這裡。」雷博思說。比爾・普萊德把他的板子留在蓋菲爾廣場分局。他們爬坡的時候，他的呼吸很沉重，制服警察站在旁邊，他們拿著好幾捲條紋帶子，等著被通知隔離現場是需要或實際的舉動。一排車子停在下面的路邊——記者、攝影師、至少一組電視工作人員，消息很快傳了出去，馬戲團已經進城了。

「有什麼可以告訴我們的，雷博思探長？」他走出自己車子的時候，史帝夫・何利問他。

「只有你很煩這一點。」

現在，普萊德正在解釋是一名健行者發現屍體。「在樹叢裡，並沒有企圖隱藏。」

雷博思保持安靜。兩具沒有找到的屍體……兩具在水裡找到，現在這個……在山上，破壞了模式。

「是她嗎？」他問。

「從凡賽斯T恤看來，我會說是的。」

雷博思停下來看看四周，這裡是愛丁堡中央的一塊野地。亞瑟王座原本是個死火山，被三座湖和鳥類棲息地包圍著。「如果屍體是用拖上來的，會很困難。」他說。

普萊德點點頭。「大概是在這裡殺害的。」

「被騙上來的嗎？」

「或是只是上來散步。」

雷博思搖搖頭。「我不認為她會是那種健行者。」他們又開始移動，現在更接近了。山丘上有一群人彎著腰，穿著白色連身工作服和帽子——破壞犯罪現場是很容易的。雷博思認出蓋茲教授，因為爬上山而臉紅。婕兒・譚普勒在他身邊，沒有說話，只是聽著、看著。犯罪現場調查小組的警官正在做地毯式搜索；稍晚，屍體搬動之後，他們會再帶一些制服警察開始地毯式搜查。不會很容易——這裡的草又長又密，一名警方攝影師在調整鏡頭。

「最好不要再走更遠了。」普萊德說，叫人再拿兩套連身工作服來。雷博思拿到從鞋子套上去，薄薄的質料在強風中拍打著。

「有看到席芳・克拉克的蹤影嗎？」他問。

「試著連絡她和葛蘭特・胡德，」普萊德說，「到目前為止運氣不佳。」

「真的嗎？」雷博思壓抑壓著微笑。

「有什麼我該知道的事嗎？」普萊德問。

雷博思搖搖頭。「不是什麼好的葬身之處，是不是？」

「不是都如此嗎？」普萊德拉起身上連身服的拉鍊，開始往前走向屍體。

「被勒死的。」婕兒・譚普勒告訴他們。

「只是目前最好的猜測。」蓋茲糾正她。「早安，約翰。」

雷博思點點頭，回應招呼。「科特醫生沒和你在一起嗎？」

「打電話請病假。他最近滿常請病假。」蓋茲一邊檢視一邊聊天。屍體的姿勢很尷尬，雙腿和雙臂都呈現很奇怪的角度，旁邊的樹叢一定把她掩蓋得很好，雷博思猜。加上很高的草，需要接近八呎以內才有辦法看出是什麼。衣服也在隱藏上幫了忙——淡綠色的戰鬥褲，卡其色短袖上衣，灰色夾克，正是斐麗失蹤那天穿的衣服。

「通知父母了嗎？」他問。

婕兒點點頭。「他們知道找到一具屍體。」

雷博思繞過她，找一個比較好的角度看清楚些。她的臉被轉背向他，頭髮裡有樹葉，還有鼻涕蟲留下的閃亮足跡。她的皮膚是淡紫色的，蓋茲也許稍微移動了屍體。雷博思在看的是屍斑的沉澱，死亡的時候血會往下沉，屍體最接近地面的地方會有顏色。這些年來，他看過許多屍體，從來不會比較不悲傷，或讓他比較不難過。生動是每個生物的特性，很難接受失去這個特性。他在停屍間看過哀傷的親人伸手摸屍體，搖晃他們，好像可以把他們帶回來。斐麗芭·包佛不會回來了。

「手指有啃咬的痕跡，」蓋茲說，對著他的錄音機而不是觀眾，「大概是當地的野生動物。」

鼬鼠或狐狸，雷博思猜。這是不會在電視紀錄片中看到的自然法則。

「有點麻煩。」蓋茲繼續說，雷博思知道他是什麼意思——如果斐麗芭·包佛有反抗她的加害人，她的指甲裡可以告訴他們很多事——藉由皮膚或血液的殘留。

「真是浪費。」普萊德突然說。雷博思感覺他的意思不是斐麗芭的死，而是他們從她失蹤以來所投注的心力——檢查機場、渡輪、火車……假設也許——只是也許——她還活著。而這期間她都躺在這裡，經過的每一天都給他們更少可能的證物、可能的線索。

「她這麼快被找到算很幸運。」蓋茲說，也許是為了安慰普萊德。不過也是事實。幾個月前，公園的另一處發現一具女性屍體，距離公共步道沒有多遠，但那具屍體在那裡躺了超過一個月，結果是一樁「家暴案」，被害人是被他們的親人所害。

在下面，雷博思認出其中一部停屍間的灰色廂型車到來。屍體會被裝袋，送到西區綜合醫院，然後蓋茲會進行解剖。

「腳跟上有拖曳的痕跡，」蓋茲正在對著錄音機說，「不是很嚴重，沉血痕跡和屍體的姿勢相符，所以，她被拖到這裡的時候，要不是還活著就是才剛死。」

婕兒．譚普勒看看四周。「我們需要搜索的範圍有多遠？」

「五十，也許一百碼。」蓋茲告訴她。她看看雷博思的方向，他看到她並沒有抱太大希望。他們不太可能知道她是被人從哪裡拖過來的，除非她掉了什麼東西。

「口袋裡沒有東西嗎？」雷博思問。

蓋茲搖搖頭。「手上有首飾，還有滿貴重的錶。」

「卡地亞。」婕兒補充。

「至少我們可以排除搶劫。」雷博思喃喃地說，蓋茲開始微笑。

「也沒有跡象顯示衣物曾經被撥動。」法醫說，「所以，你調查的時候大概也可以排除性動機。」

「越來越好了，」雷博思看著婕兒，「這會是很有趣的案子。」

「所以你才看到我咧嘴微笑。」她嚴肅的說。

□

回到聖藍納，分局裡已經嘈雜地談論著這個消息，但席芳感覺到的只有一點眼花撩亂的麻木。玩著益智王的遊戲——像斐麗芭一樣——使席芳感覺和那失蹤學生有一些些同仇敵愾的感覺。她現在已經不是失蹤人口，最深的恐懼已經實現了。

「我們一直都知道的，是不是？」葛蘭特說，「只是屍體什麼時候會出現的問題罷了。」他把筆記本放在面前的桌上，三、四頁都蓋滿了重組字。他坐下來翻到新的一頁，手裡拿著筆。喬治．史威勒和愛倫．懷利也在刑事組的房間裡。

「我上週末才帶孩子上亞瑟王座。」史威勒正在說。

席芳問是誰找到屍體。

「有人出去散步，」懷利回答，「中年女子，我想，每天固定去的。」

「她已經有一陣子沒走那條路了。」史威勒嘟囔著。

「這段時間，斐麗就這樣一直躺在那裡嗎？」席芳看著對面的葛蘭特忙著寫下字母，也許他繼續工作是對的。但是，她沒辦法不去感覺到一種厭惡，他怎麼可能不被這個消息影響，連喬治．史威勒——憤世嫉俗到不行的人——看起來都很震驚。

「亞瑟王座，」他重覆，「才上個週末。」

懷利決定回答席芳的問題。「分局長似乎這樣認為。」她說話的時候，低頭看看自己的桌子，手在上面磨擦，好像在擦掉灰塵。

她很難過，席芳想……即使是說「分局長」這幾個字，都提醒了她上電視的事，加深了怨懟的感覺。其中一具電話響的時候，史威勒去接。

「不，他不在這裡，」他告訴打電話來的人，然後說，「等一下，我看看。」他把手蓋在話筒上，「愛倫，知道雷博思什麼時候會回來嗎？」

她緩慢地搖頭。突然間，席芳知道他在哪裡——他在亞瑟王座上……應該算是他搭檔的懷利卻沒有。她想到婕兒．譚普勒，她如果告訴雷博思那裡需要他，他會直接去，把懷利留在這裡。在席芳看來，這完全像譚普勒會刻意設計的，她完全清楚懷利會有什麼樣的感覺。

「抱歉，不知道，」史威勒對著電話，然後說，「等一下。」他把話筒拿給席芳。

「小姐想跟你說話。」

席芳走過去，嘴裡問是誰，但史威勒只是聳聳肩，把電話遞給她。

「喂，我是克拉克警佐？」

「席芳，我是琴恩・柏其。」

「嗨，琴恩，能為你做什麼嗎？」

「你們辨認出她了嗎？」

「並沒有百分之百，你怎麼知道的？」

「約翰告訴我的，然後他就急著走了。」

席芳的嘴唇作了一個安靜的「噢」。約翰・雷博思和琴恩・柏其……嘖嘖。「你要我告訴他你打過電話嗎？」

「我試過他的手機。」

「他也許關機了——在現場並不想被打擾。」

「在什麼？」

「在犯罪現場。」

「亞瑟王座嗎，是嗎？我們昨天早上才去過那裡。」

席芳看看史威勒。看來，好像每個人最近都去過亞瑟王座。她的眼睛移到葛蘭特身上的時候，看到他瞪著自己的筆記本，好像因為什麼事情而感到很震撼。

「你知道是在亞瑟王座的哪裡嗎？」琴恩在問。

「從鄧薩比湖對面上去一點點向東方。」

席芳正在看著葛蘭特，他的眼睛看著她，然後從椅子上站起來，筆記本也拿了起來。

「那是哪裡……？」那只是個修辭性問句，琴恩試著想像那個地方。葛蘭特把筆記本握在胸前，但離她還太遠——只是一些字母，有些字圈起來，席芳瞇起她的眼睛。

「噢，」琴恩突然說，「我知道你說的是哪裡了。冥岸，我想是這個名字。」

「冥岸？」席芳確定葛蘭特可以聽到她說話，但是他的心思似乎在別處。

「那是一面很陡的坡，」琴恩正在說，「也許可以解釋那個名字。雖然，民俗上當然還是比較喜歡女巫或惡魔。」

「是的。」席芳說，勉強說出這個字。「聽著，琴恩，我該走了。」她瞪著葛蘭特筆記本上圈起來的字，他已經破解出來了。「更確定的事」（that's a surer）已經變成「亞瑟王座」（Arthur's Seat）。

席芳放下電話。

「他在把我們帶向她的所在之處。」葛蘭特安靜地說。

「也許。」

「什麼意思？也許？」

「你的意思是，他知道斐麗已經死了。我們並不能確定，他所做的只是帶我們去斐麗去過的地方。」

「她在這個地方死掉了。除了益智王，還有誰知道她在那裡？」

「可能有人跟蹤她，趁機下手。」

「你並不這麼相信。」葛蘭特很有自信地說。

「我只是在做惡魔的代言人，葛蘭特，只是如此。」

「他殺了她。」

「如果真是如此，那為什麼還這麼麻煩地幫我們玩這個遊戲？」

「玩弄我們。」他停下來，「不，也許玩弄你的成分多一點。」

「那麼，他在這之前就可以把我殺了。」

「為什麼？」

「因為，我現在已經不需要玩這個遊戲了，我已經走到斐麗走的地方。」

他慢慢地搖頭，「你是說他如果給你提示……下一關是什麼？」

「糾纏（Stricture）。」

他點點頭。「如果他寄給你，你不會受到誘惑嗎？」

「不會。」她說。

「騙人。」

「嗯，在這之後，我不可能沒有支援就跑到哪裡去。他也知道。」她想了想又說。「糾纏。」她說。

「怎麼樣？」

「他寫電子郵件給斐麗……她被殺之後。他如果殺了她，為什麼還要這樣做？」

「因為他是心理變態。」

「我不這麼認為。」

「你應該上網去問他。」

「問他是不是心理變態？」

「告訴他我們已經知道了。」

「他可以就這麼消失的。承認吧，葛蘭特，我們可能在路上跟他擦肩而過卻渾然不知。他只是一個名字——那甚至不是真名。」

葛蘭特敲桌子。「我們必須做些什麼，他隨時都會從收音機或是電視聽到消息。屍體已經找到了，他會等著我們的回覆。」

「你說的對。」她說。手提電腦在她的肩帶裡，還連著手機。她拿出來打開，把電腦和手機插在地板上的插座充電。

這給葛蘭特足夠的時間開始第二個想法。「等一下，」他說，「我們必須經過譚普勒分局長的同意。」

她看了他一眼。「又回到循規蹈矩了嗎？」

他的臉紅了，但點點頭。「像這樣的事情，我們必須告訴她。」

史威勒和懷利很認真地聽著，足以了解現在正在發生很重要的事。

「我同意席芳，」懷利說，「打鐵趁熱是對的。」

史威勒不同意。「你們知道狀況怎麼樣——如果你們在分局長背後偷偷摸摸被知道了，你們會很慘。」

「我們沒有要偷偷摸摸。」席芳說，眼睛看著懷利。

「有的，我們有。」葛蘭特說。「現在是謀殺案，席芳，玩遊戲的時間已經結束了。」他兩隻手放在她的桌上，「你如果要發電子郵件，就自己承擔。」

「也許我就是希望這樣。」她說，話一說出口就後悔了。

「能坦白也不錯。」葛蘭特說。

「我贊成。」雷博思從門口說。愛倫・懷利伸直身體，雙手交叉。「說到這個，」他繼續說，「抱歉，愛倫，我應該打電話給你的。」

「沒關係。」但房間裡的每一個人都清楚知道，她並不這麼認為。

雷博思聽了席芳那天早上的版本——葛蘭特偶爾用不同的觀點打斷——他們都看著他決定。他一根手指劃過手提電腦的螢幕。

「你告訴我的每一件事，」他建議，「都需要告訴譚普勒分局長。」

在席芳的眼裡，葛蘭特看起來並不是自得於有人贊成他的意見，而是非常噁心的自命不凡。同時，愛倫・懷利看起來好像想隨便找個人吵架……隨便挑一件事。就一個謀殺案調查小組來說，他們並不完全非常理想。

「好吧，」她說，甚至有心理準備部分的妥協，「我們去向分局長報告，」然後，雷博思開始點頭，她又說，「雖然我很願意打賭，這並不是你會做的事。」

「我？」他說，「我不會拿到第一個提示，席芳。知道為什麼嗎？」

「為什麼？」

「因為對我來說，電子郵件好像黑色藝術一樣。」

席芳微笑，但心裡閃過一陣思緒——黑色藝術……巫術用的棺材……斐麗死在叫冥岸的山丘上。

巫術？

□

他們六個擠在蓋菲爾廣場分局的辦公室裡——婕兒・譚普勒和比爾・普萊德，雷博思和愛倫・懷利，席芳和葛蘭特。譚普勒是唯一坐著的。席芳印出所有的電子郵件，譚普勒正在安靜地讀著，她終於抬頭。

「我們有什麼方法可以找出益智王的身分嗎？」

「據我所知沒有。」席芳承認。

「有可能。」葛蘭特補充，「我是說，我不確定要怎麼做，但我想有可能。看看那些製作病毒的，那些美國人總是有辦法追蹤到他們。」

譚普勒點點頭。「沒錯。」

「大都會警局有一個電腦犯罪小組，不是嗎？」葛蘭特繼續說，「他們可能和聯邦調查局有聯絡。」

譚普勒研究他。「你想要那份工作嗎，葛蘭特？」

他搖搖頭。「我喜歡電腦，但這已經超出我的能力範圍。我是說，我很樂意聯絡……」

「好吧，」譚普勒轉向席芳，「你告訴我們的這個德國學生……」

「是的？」

「我要更多一點細節。」

「應該不會太難。」

突然間，譚普勒的眼睛轉向懷利。「你可以幫忙嗎，愛倫？」

懷利看起來很意外。「我想可以。」

「你要把我們分開嗎？」雷博思打斷。

「除非你可以想到一個好理由為什麼不要。」
「一個娃娃留在瀑布村，現在屍體出現了，這個模式和以前一樣。」
「可是根據你的棺材達人所述並非如此，根本是完全不同的工匠，我記得他是這樣說的。」
「你覺得是巧合？」
「我沒有下任何結論。如果有關連的話，你可以重新開始。可是我們現在調查的是謀殺案，一切都改變了。」
雷博思看看懷利，她的怒氣在沸騰。從布滿灰塵的驗屍報告到調查學生的背景和離奇死亡……這些任務並沒有讓她覺得很興奮。但是同時，她也沒有打算幫忙雷博思——她太忙著深陷在屬於自己的不公不義中。
「好，」譚普勒對著沉默說，「目前你們先回去調查屍體——記得，我知道這裡面的笑話。」她把那些紙整理在一起，還給席芳。「請你留下來一下好嗎？」
「當然。」席芳說，其他人擠出房間，很高興有新鮮空氣。但雷博思在譚普勒的門前逗留，他瞪著房間另一頭的牆上——傳真、照片還有其他，有人很忙碌地在拆解那個拼圖，既然現在已經不是失蹤人口案，調查的步調似乎已經變慢，不是因為震驚或尊敬死者，而是因為事情改變了——已經沒有必要加快速度，已經沒有可能救到誰的命了……
在辦公室裡，譚普勒正在問席芳要不要重新考慮新聞官的職務。
「謝謝，」席芳回答，「我不考慮。」
譚普勒靠在她的椅子上。「可以和我分享理由嗎？」
席芳看看四周，好像在空白的牆面上尋找隱藏的答案。「一時想不起來，」她聳聳肩，「只是現在不想。」
「我也許不會想再問一次。」
「我知道。也許是因為我現在介入這個案子太深，我想繼續調查。」

「好—吧。」譚普勒說，拉出第二個字。「我想，我們就說到這裡。」

「好。」席芳伸手到門把，試著不要對這些字做太多解讀。

「噢，你可以請葛蘭特進來嗎？」

席芳站在那裡，門開了一兩吋，點點頭離開房間。雷博思的頭伸進來。

「兩秒鐘，婕兒？」

「勉強。」

他還是進來了。「我忘了提一件事……」

「忘記？」她勉強擠出微笑。

他手上有三張傳真紙。「這些資料是從都柏林來的。」

「都柏林？」

「一個叫戴克林．麥克曼努斯的聯絡人，我詢問關於卡斯特羅家的事。」

她從紙張上抬頭。「有什麼特別的理由嗎？」

「只是直覺。」

「我們已經查過那家人了。」

他點點頭。「當然，很快的一通電話，回來的消息是沒有犯罪紀錄。但你我都知道，通常那只是故事的開端。」

至於卡斯特羅，故事很長。雷博思知道自己已經讓譚普勒上鉤了。葛蘭特敲門的時候，她要他五分鐘後再回來。

「最好十分鐘。」雷博思補充，對著年輕人眨眨眼。他把三個檔案夾箱子從椅子上移走，讓自己舒服地坐下。

麥克曼努斯提供的資料很好。大衛．卡斯特羅年輕的時候很瘋狂：「父母親給了太多金錢，卻缺乏擁有足夠注意力的結果。」這是麥克曼努斯的措詞。瘋狂表示開快車、超速罰單、有些可能會讓自己關起來的不當行為只收到口頭警告：有酒館打架、打破玻璃、損毀電話亭、至少兩次在公共場所當眾解放——歐康納橋，大白天的下午，連雷博思都對最後一項印象深刻。據說，十八歲的大衛仍然是紀錄保持人，他同時被禁止進入最多家酒館——鹿頭酒館、戈爾根酒館、大衛・柏恩酒館、歐唐納休酒館、杜和尼和耐斯比酒館、雪柏酒館……總共十一家。前一年，一個前任女友向警方提出申訴，在利費伊河河邊一家舞廳的外面，他打了她的臉。譚普勒讀到那部分的時候抬起頭。

「她也喝了幾杯，不記得那家舞廳的名字。」雷博思說。「最後，她還是放手了。」

「你認為也許有金錢交換嗎？」

他聳聳肩。「繼續讀。」

麥克曼努斯承認卡斯特羅有改過自新，指出在十八歲生日時的轉變——一個朋友跟他挑戰從一個屋頂跳到另一個屋頂，但是距離不夠，跌到下面的巷子裡。

他沒有死，但大腦受傷、脊椎傷害……只比植物人好一點，需要二十四小時看護。雷博思想到大衛的公寓——半瓶裝貝爾威士忌……還以為他不是個喝酒的人。

「在那個年齡而言，算滿震驚的，」麥克曼努斯寫到，「讓大衛從此清醒過來，也不再喝酒，否則，他可能也變成那樣的下場。」

有其父必有其子。湯瑪斯・卡斯特羅也曾經撞壞八輛車子，卻從來沒有丟過駕照。和先生吵架的時候，他的妻子泰瑞莎兩次叫警察到家裡，兩次他們都發現她躲在浴室裡，鎖起門，門上有木頭碎片，因為湯瑪斯用切肉刀攻擊。「只是試著打開那扇門，」他第一次向警方解釋，「我以為她要傷害自己。」

「不是我需要傷害！」泰瑞莎大吼。（在傳真的旁邊，麥克曼努斯加了一行手寫字。泰瑞莎有兩次服藥過量，城裡的每個人都很同情她——努力工作的妻子、家暴、懶惰的丈夫，只因沒有特別的努力而非常的富有。）

在庫拉賽馬場，湯瑪斯曾經因為口頭汙辱觀光客而被驅除。他曾經威脅剪斷下注業者的生殖器，只因為那位先生問卡斯特羅先生是不是可以結清他的損失，這名業者已經幫他揹了好幾個月債務。

然後還有，現在，卡拉東尼亞飯店裡的兩個房間聽起來很合理……

「美妙的家庭。」譚普勒說。

「都柏林最好的。」

「都被警方遮掩起來。」

「嘖嘖。」雷博思說。「我們這裡不會這樣做，對不對？」

「天啊，不，」她微笑說，「你對這些事情的看法是……？」

「大衛．卡斯特羅有我們不認識的一面，他的家人也一樣。他們還在城裡嗎？」

「幾天前已經回愛爾蘭了。」

「但他們會再過來一次？」

她點點頭。「既然現在已經找到斐麗芭。」

「已經通知大衛．卡斯特羅了嗎？」

「他應該已經聽到消息了，如果斐麗芭的父母沒有說，媒體也會披露。」

「我希望自己在場。」雷博思對自己說。

「你不能到處都去。」

「我想也是。」

「好了，那父母來的時候去和他們談一談。」

「那男朋友呢？」

她點點頭。「但下手不要那麼重。對於哀悼的人，這樣看起來不太好。」

他微笑。「總是想著媒體，婕兒？」

她看著他。「請你讓葛蘭特進來好嗎？」

「我們令人印象深刻的年輕警官馬上來。」他拉開門，葛蘭特站在那裡，在鞋跟上搖晃著。雷博思沒有說什麼，只是經過時又眨眨眼。

十分鐘之後，席芳正在從機器裡拿咖啡，葛蘭特找到她。

「譚普勒找你做什麼？」她問，沒有辦法停下自己。

「她給我新聞官的工作。」

席芳專心攪拌她的飲料。「我想大概也是。」

「我會上電視！」

「我很高興。」

他瞪著她。「你可以再努力一點。」

「你說的對，我可以。」他們看著對方，「謝謝你幫我那些忙。如果不是你，我做不到。」

現在他才了解到，他們的合作關係真的已經結束了。「噢，對。」他說。「聽著，席芳……」

「怎樣？」

「發生在辦公室的事……我真的很抱歉。」

她讓自己酸酸地笑。「怕我打小報告嗎？」

「不是……不是這樣……」

但的確是如此，他們倆都知道。「這個週末去剪個頭髮，買新西裝。」她建議。

他低頭看看自己的外套。

「如果你想上電視的話，白襯衫，不要條紋也不要格子。噢，還有，葛蘭特……？」

「什麼？」

她伸出一根手指滑到他的領帶下面。

「這個也不要有花色，卡通人物並不有趣。」

「譚普勒分局長也這麼說。」他聽起來很意外，低頭看小小辛普森的頭裝飾著他的領帶。

□

葛蘭特的電視處女作在同一天下午，坐在婕兒．譚普勒身邊，針對發現的屍體，她讀了簡短的聲明。愛倫．懷利看著辦公室裡的其中一台電視，胡德不會有講話的機會，但她注意到，媒體開始問問題的時候，他靠過去在婕兒的耳邊說了幾句話，分局長點點頭回答。比爾．普萊德坐在譚普勒的另一邊，回答大部分的問題，每個人都想知道屍體是不是斐麗芭．包佛，每個人都想知道死亡原因。

「我們目前還無法確認身分。」普萊德說，夾雜著一點咳嗽。他看起來很緊張。懷利知道咳嗽是因為聲帶發癢，她自己也經歷過，那些忍不住想清喉嚨的衝動。婕兒．譚普勒看著普萊德，胡德把這當作是一個提示。

「死亡原因還需要判定。」他說，「驗屍排在下午稍晚。如你們所知，今天晚上七點有另外一場記者會，希望到時候我們可以提供更多消息。」

「但是，死亡原因被視為可疑？」其中一個記者大聲地說。

「目前這個階段，是的，我們視為可疑死亡。」

懷利把原子筆尾端塞在嘴巴咬著。毫無疑問的，胡德非常冷靜。他已經換過衣服，看起來是全新的。也洗了頭，她想。

「我們目前沒有什麼可以補充的。」他正在告訴媒體，「毫無疑問，你們會了解。等到身分辨識出來的時候，我們必須先連絡家人，確認身分。」

「我可以問斐麗芭．包佛的家人會不會來愛丁堡嗎？」

胡德對問這個問題的人看了一眼。「我不會回答這個問題。」在他身邊，婕兒．譚普勒同意地點點頭，表示自己的不屑。

「我能不能問普萊德探長，失蹤人口調查是否還在持續之中？」

「調查還在持續當中。」普萊德很有決心地說，從胡德的表現中學到了一些自信。懷利想把電視關掉，但其他人和她一起看，所以，她只好起身走到走廊上的自動販賣機。等到她回來的時候，記者會已經結束，有人關掉電視，讓她脫離痛苦。

「看起來很不錯，是不是？」

她瞪著問問題的制服警察，但他並沒有明顯的惡意。「是的，」她說，「他做得很好。」

「**比某些人好**。」另一個聲音說。她轉頭，但是有三個警官，都是蓋菲爾分局的。沒有人看著她，她伸出一隻手拿咖啡，但沒有拿起來，害怕自己的顫抖會被注意到。所以她把注意力轉向席芳關於德國學生的筆記，她可以開始用電話麻木自己。

等她把比某些人好這些字眼逐出腦海。

□

席芳正在傳送另一個訊息給益智王，她花了二十分鐘措辭。

冥岸已經破解，斐麗的屍體在那裡，你想談一談嗎？

他沒有多久就回覆。

你怎麼破解的？

是亞瑟王座的重組字，冥岸是那個山丘的名字。

是你發現屍體的嗎？

不，她是你殺的嗎？

不是。

但和遊戲有關，你不認為有人在幫她嗎？

我不知道，你想繼續嗎？

繼續？

「糾纏」在等著。

她瞪著螢幕，斐麗的死對他一點義意都沒有嗎？

斐麗死了，有人在冥岸殺了她，我需要你出面。

他的回答花了一些時間。

幫不上忙。

我認為你可以，益智王。

進行下一關，也許我們可以在那見面。

她想一想，這個遊戲的目標是什麼？在哪裡結束？

沒有回答，她感覺到後面有人站著：雷博思。

「小情人在說什麼？」

「小情人？」

「你們似乎花很多時間相處。」

「這是工作的一部分。」

「我想也是。所以他說什麼？」

「他要我繼續玩遊戲。」

「叫他滾蛋，你現在不需要他了。」

「是嗎？」

電話響了，席芳接起來。

「是的……好……當然，」她抬頭看雷博思，他還站在旁邊。她講完電話的時候，他期待著挑起一邊的眉毛。

「分局長。」她解釋，「現在葛蘭特去當新聞官了，我要繼續電腦這方面的調查。」

「表示？」

「表示是否有追蹤到益智王的方法。你覺得呢——犯罪小組？」

「我懷疑那些人會不會拼『數據機』這三個字，更不必說使用了。」

「但他們會知道該聯絡特別小組的什麼人。」

雷博思接受，聳聳肩。

「我需要做的另外一件事是，再過濾一次斐麗的朋友和家人。」

「為什麼？」

「因為我不可能自己走到冥岸這一關。」

雷博思點點頭。「你也不認為她一個人做得到？」

「她需要了解倫敦地鐵、地理，蘇格蘭文、羅斯琳教堂，還有填字遊戲。」

「很難？」

「那是我的猜測。」

雷博思若有所思。「不論益智王是誰，他也需要知道這些事情。」

「同意。」

「而且知道她至少有機會可以破解每一個提示？」

「我想，也許有其他的玩家……不是我，而是斐麗芭在玩的時候。這樣的話他們就是在彼此競爭，不止是和時間比賽，而是彼此競爭。」

「益智王不說？」
「不說。」
「不知道為什麼。」
席芳聳聳肩。「我相信他有他的理由。」
雷博思把指節放在桌子上。「我錯了，我們畢竟還是需要他，是不是？」
她看著他。「我們？」
他舉起手。「我的意思是，這個案子需要他。」
「很好，我以為你要用你那一套……」
「哪一套？」
「把握每個困境，當成是你自己的。」
「別這麼說，席芳。」他停下，「不過，如果你要去找她的朋友……」
「怎樣？」
「會包括大衛．卡斯特羅嗎？」
「我們已經和他談過了，他說不知道關於遊戲的事。」
「但你還是打算再和他談一次？」
她微笑了。「我這麼容易解讀嗎？」
「只是在想，也許我可以跟著一起來，我自己有幾個問題要問他。」
「怎樣的問題？」
「讓我請你喝咖啡再告訴你……」

□

那天晚上，約翰．包佛由家族朋友陪同，正式指認了女兒斐麗芭。他的妻子在一輛包佛銀行的捷豹車裡等著，由藍納．馬爾駕駛。他們不是在停車場裡等，馬爾把車子開到附近的街上，十分鐘後回來，時間由比爾．普萊德建議，他在那裡陪伴包佛先生，走到指認室這段不自在的路。

有幾個態度很堅決的記者在場，但沒有攝影師——蘇格蘭媒體還有一、兩個原則，沒有人會問哀傷的家人問題，他們只想為後續的報導增加一點色彩。結束的時候，普萊德打電話到雷博思的手機告訴他。

「該我們了。」雷博思告訴身邊的人。他和席芳、愛倫．懷利和唐納．德文林在牛津酒吧裡。葛蘭特．胡德拒絕了喝酒的建議，說他必須趕快惡補媒體——名字和面孔。記者會已經改到九點，希望到時候已經完成驗屍，得到初步的結論。

「天啊，」德文林說，他脫掉夾克，現在拳頭放在毛衣外套的口袋裡。「真是可惜。」

「抱歉我來晚了。」琴恩．柏其說，進來的時候外套從肩膀滑下來，雷博思站起來拿著她的外套，問她要喝什麼。

「讓我買一輪。」她說，但是他搖搖頭。

「我約的，至少我該買第一輪。」

他們占了後面房間的桌子。今天人並不多，對面角落的電視表示他們的談話不太可能會被聽到。

「這是什麼會議嗎？」雷博思離開之後琴恩問。

「也許是哀悼會。」懷利猜。

「這樣說來是她囉？」琴恩問。他們的沉默已經是足夠的答案。

「你的工作內容是巫術和那一類的，是不是？」席芳問琴恩。

「信仰系統，」琴恩糾正她，「不過，是的，巫術是其中一部分。」

「只是因為關於棺材，還有斐麗的屍體在一個叫冥岸的地方發現……你自己說，也許和巫術有關。」

琴恩點點頭。「是事實，冥岸的名字也許是這樣來的。」

「而且，亞瑟王座上所發現的小棺材有可能跟巫術有關，這也是事實？」

琴恩看看唐納．德文林，他很專注地聽著他們的對話，她還在思索要說什麼，德文林說話了。

「我很懷疑亞瑟王座的棺材和巫術有關。但是，你的確提出一個很有趣的假設，在這樣的假設之中，我們雖然也許受到啟發，不過，我們也很容易接受胡言亂語。」他對席芳微笑，「我認為很不容易，一個警察會這麼注意。」

「我沒說我是。」席芳回擊。

「也許是把握最後的線索？」

雷博思帶著琴恩的萊姆蘇打回來的時候，沒辦法不注意到桌上的沉默。

「嗯，」懷利不耐煩地說，「既然我們都到了……？」

「既然我們都到了……」雷博思回應，舉起他的杯子，「乾杯！」

他等著，直到他們舉起杯子，才把自己的放到嘴邊。蘇格蘭——你不能拒絕別人的舉杯。

「好了，」他說，又把杯子放回去，「有一件謀殺案需要偵破，我只是想確定我們的立場都相同。」

「早上的簡報不就是這個目的嗎？」

他看看懷利。「那麼，就把這稱為非正式的簡報。」

「所以，酒是用來賄賂的？」

「我一直都很贊成適當的鼓勵。」他還是有辦法為她擠出一個微笑。「好了，這是我認為我們目前擁有的。我們有柏克和海爾——照年代來說——在那之後，我們有很多個在亞瑟王座發現的小棺材。」他看看琴恩，第一次注意到德文林旁邊有一個空位，她從旁邊的桌子拉了一張椅子，因此是坐在席芳身旁。「然後，不論有沒有關聯，我們有一連串的棺材在一些地方出現，這些地方剛好又有女人失蹤或死亡。一個這樣的棺材在瀑布村發現，就在斐麗芭．包佛失蹤之後，然後她死了，在亞瑟王座，是原始棺材所放的地點。」

「那裡距離瀑布村很遠。」席芳覺得自己應該指出來。「我是說，你有的這些其他棺材，它們都是在犯罪現場附近發現的，不是嗎？」

「而且，瀑布村的棺材和其他的不同。」愛倫．懷利補充。

「我不是在指其他的，」雷博思打斷，「我只是試著在建立關連，看我是不是唯一看到這些關連性的人。」

他們看看彼此，沒有人說什麼，直到懷利舉起她的血腥瑪莉，看著紅色的表面，提到德國學生。「劍與魔法，角色扮演，結果死在蘇格蘭的山上。」

「沒錯。」

「但是，」懷利繼續說，「很難與你的失蹤和溺水案連結。」

德文林似乎被她的音調說服。「並不是說」他補充說，「當時那些溺水案有被當成可疑案件，而且，我在檢視那些細節的時候，並沒有資料說服我不是如此。」他把手從口袋拿出來，現在放在寬鬆灰色長褲的膝蓋上。

「好，」雷博思說，「所以，我是唯一一個有被說服的人？」

這一次，連懷利都沒有說話。雷博思再喝了一大口。「嗯，」他說，「感謝你們的信心投票。」

「聽著，我們為什麼在這裡？」懷利把手放在桌上。「你是在試著說服我們合作嗎？」

「我只是在說，所有這些小小的細節，也許是同一個故事的一部分。」

「從柏克和海爾到益智王的尋寶遊戲？」

「是的。」但是現在，雷博思看起來比較沒有那麼相信自己。「天啊，我不知道……」他的手穿過頭髮。

「聽著，謝謝你的酒……」愛倫．懷利的杯子空了，她從坐凳上拿起背袋，開始站起來。

「愛倫……」

她看著他。「明天是大日子，約翰，謀殺案調查的第一天。」

「法醫宣判之前都還不算正式的謀殺案調查。」德文林提醒她，她看起來好像要說些什麼，但只是給他最冷酷的微笑，然後從兩張椅子中間擠出去，向大家說了聲再見，離開了。

「有些事情把它們連接在一起，」雷博思安靜地說，幾乎是對自己說的，「雖然我想不到是什麼，但還是存在……」

「可能有傷害，」德文林宣布，「如果開始沉迷的話——如同我們大西洋另一端的堂弟會說的——沉迷在案子裡，對案子對人都有傷害。」

雷博思試著剛剛愛倫·懷利給的微笑。「我想下一輪該你了。」他說。

德文林看看手錶。「其實，我恐怕沒辦法久留。」他似乎覺得站起來很痛。「你們哪一位年輕女士可以載我一程嗎？」

「你在我回家的路上。」席芳終於承認。

雷博思看著琴恩的方向，被拋棄的感覺軟化了一點——她只是讓他們兩個獨處，如此而已。

「但我走之前可以買一輪。」席芳補充。

「也許下次吧，」雷博思眨眨眼告訴她。他和琴恩沉默地坐著，直到他們離開。正要說話時，德文林又跑回來。

「我是否可以假設，」他說，「自己的用處已經結束了？」雷博思點點頭，「這樣的話，檔案會被送回它們的來處嗎？」

「明天第一件事就是讓懷利警員送回去。」雷博思承諾。

「很感謝，」德文林的微笑是對著琴恩，「很高興認識你。」

「彼此彼此。」她說。

「我也許會去博物館走一走，也許你可以賞臉帶我參觀一下……？」

「非常樂意。」

德文林點點頭，又開始走回樓梯。

「我希望他不會。」他離開的時候她唸著。

「為什麼？」

「他讓我毛骨悚然。」

雷博思越過她的肩膀看去，好像德文林的背影說服自己她是對的。「你不是第一個這樣說的人。」他轉向她，「不過別擔心，你和我在一起很安全。」

「噢，希望不是如此。」她說，眼睛在杯子上方閃亮著。

□

新聞播出來的時候他們正在床上，雷博思接了電話，他裸著身子坐在床墊邊緣，很不舒服地知道他給琴恩看到的景象——也許腹部的一、兩個備胎，手臂和肩膀的脂肪比肌肉還多。唯一值得安慰的是，從前面看的景象只會更糟。

「勒斃。」他告訴她，滑回到床單下。

「發生得很快囉？」

「絕對是。脖子上的頸動脈有瘀傷，她也許先昏過去，然後他把她勒死。」

「他為什麼要這樣做？」

「順從的時候殺人比較容易，沒有掙扎。」

「你真是個專家，是不是？有殺過人嗎，約翰？」

「不至於你會注意到的地步。」

「那是個謊話，是不是？」

他看看她點點頭，她彎過來吻他的肩膀。

「你不想談，沒關係。」

他把手臂繞住她，吻她的頭髮。房間裡有一面鏡子，那種單獨站著的全身鏡。鏡子沒有對著床，雷博思不知道是不是故意的，但他不打算問。

「頸動脈在哪裡？」她問。

他把一根手指放在自己的脖子上。「從這裡壓下去，幾秒鐘就會昏過去了。」

她摸摸自己的脖子，直到找到它。「很有意思，」她說，「除了我之外每個人都知道嗎？」

「知道什麼？」

「在哪裡、什麼功用。」

「我不認為。沒有。什麼意思？」

「只是不論是誰做的，一定知道。」

「警察會知道。」他承認。「現今已經沒有用了，因為很明顯的理由。不過曾經有過一段時間，這手法可以讓不聽話的囚犯聽話，我們以前稱之為火神的死亡之手。」

她微笑。「那是什麼東西？」

「你知道，出自星際迷航記。」他抓住她的肩骨，她掙脫，拍拍他的胸膛，把手放在那裡。雷博思回想著他受訓的日子，接受攻擊技巧的教學，包括在大動脈上施壓……

「醫生會知道嗎？」琴恩問。

「也許，只要受過醫學訓練的人都知道。」

她看起來若有所思。

「為什麼？」他終於問。

「只是報紙上寫到的東西，斐麗芭的其中一個朋友不是醫學院的學生嗎？她那天晚上要去見的那一個？」

第十章

他的名字是亞伯特．溫菲爾德，朋友叫他阿畢。對於警方想再找他談一次話，他似乎覺得很意外，不過，第二天早上還是在指定時間出現在聖藍納分局。雷博思和席芳足足讓他等了十五分鐘，他們處理工作，確定由兩位粗壯的警察帶他到偵訊室，讓他在那裡又等了十五分鐘。在房間外面，雷博思和席芳對看著，向對方點點頭，然後雷博思用力推開門。

「感謝你再過來，溫菲爾德先生。」他厲聲地說，年輕人差點從椅子上跳起來。窗戶關得很緊，房間很悶，只有三張椅子——兩張在窄桌子的一邊，一張在另一邊。溫菲爾德面對著這兩張空椅子，錄音機和錄影機釘在牆上靠桌子的地方，桌子上有一些名字的刮痕——夏格、賈茲、老爆這樣的人在這裡待了很長時間的證據。牆上有禁止吸菸的標誌，上面有原子筆亂畫，牆上靠近天花板的地方還有一部攝影機。如果有人決定需要錄影的話，可以從牆上向下錄影看到整個過程。

把椅子拉向桌子的時候，雷博思故意讓椅腳發出最大的聲響。他丟下一個厚重的檔案夾——上面沒有名字，溫菲爾德似乎很迷惑，不過，他不可能知道裡面只是從影印機借來的空白紙。

雷博思把手放在檔案上，對著溫菲爾德微笑。

「你一定非常震驚，」安靜的聲音，很平順，很誘人……席芳坐在她的同事身邊。「對了，我是克拉克警佐，這是雷博思探長。」

「什麼？」年輕人說，因為流汗而前額發亮，短短的棕髮有一個美人尖，下巴上有青春痘。

「斐麗被謀殺的消息，」席芳繼續說，「一定非常的震驚。」

「是的……絕對是。」他聽起來像英格蘭人，但雷博思知道他不是。邊境以南的私立學校教育撫平了他的蘇格蘭口音，父親直到三年前都還是香港的生意人，和母親離婚，住在柏斯郡。

「你跟她很熟嗎？」

溫菲爾德的眼睛盯著席芳。「我想是，我是說，她其實是卡蜜兒的朋友。」

「卡蜜兒是你的女朋友嗎？」席芳問。

「外國人是嗎？」雷博思大聲說。

「不是……」眼神飄到雷博思身上，但只有一下子。「不是，她是史塔福郡人。」

「如我所說的，外國人。」

席芳看了雷博思一眼，擔心他的角色發揮得太充分。溫菲爾德低頭瞪著桌面，雷博思向席芳眨眨眼，向她保證。

「這裡很熱，是不是，亞伯特？」席芳停下來，「你不介意我叫你亞伯特吧？」

「不……不介意，沒關係。」他又抬頭看她一次，但是，他每次這樣做的時候，目光都會被她身旁的鄰居吸引。

「你希望我開一扇窗嗎？」

「很好，請。」

席芳看看雷博思，他正把椅子推開，又發出最大的聲響。窗戶非常小，在外牆的高處，雷博思要踮起腳尖才開得到，拉開三、四吋的空間，外面的風吹進來。

「好一點了嗎？」席芳問。

「是的，謝謝。」

雷博思還是站在溫菲爾德的左邊，雙手交握靠在牆上，就在攝影機的正下方。

「我們只是有些問題要追蹤一下，」席芳正在說。

「對……好。」溫菲爾德熱心地點點頭。

「所以，你會不會說自己跟斐麗算很熟？」

「我們一起出去，一群人，我是說，有時候吃晚餐……」

「她的公寓呢？」

「去過一、兩次，我家也是。」

「你住在植物園附近？」

「沒錯。」

「很好的一區。」

「是我父親的房子。」

「他住在那裡嗎？」

「沒有，他是……我是說，他買給我的。」

席芳看著雷博思的方向。

「聽起來不錯，」他喃喃地說，雙臂還是交握著。

「我父親有錢又不是我的問題，」溫菲爾德抱怨。

「當然不是，」席芳同意。

「斐麗的男朋友呢？」雷博思問。

溫菲爾德發現自己在看雷博思的鞋子，「大衛？他怎麼樣？」

雷博思彎身，對著溫菲爾德的方向揮揮手。「我在這裡，孩子，」他直著身體，溫菲爾德看著他的眼神只有三秒鐘。

「只是在想你是否把他當朋友，」雷博思說。

「嗯，現在的情形下有點尷尬……我是說，以前就很尷尬。他們一直分手，又在一起……」

「你站在斐麗這一邊嗎？」席芳猜。

「我一定要，因為是卡蜜兒還有其他的事……」

「你說他們一直分手，是誰的錯？」

「我想，他們是個性不合……你知道異性相吸？嗯，有時候反過來也是這樣。」

「我沒有受過大學教育，溫菲爾德先生，」雷博思說。「也許你可以解釋給我聽。」

「我只是說，他們很多地方都很相似，使得他們的感情很難經營。」

「他們會吵架嗎？」

「應該是說他們有吵不完的架，一定要有人贏有人輸，沒有中間地帶。」

「這些吵架會發展成肢體暴力嗎？」

「沒有。」

「但大衛還是有他的脾氣？」雷博思繼續問。

「和一般人差不多。」

雷博思走到桌子旁邊，只有幾步而已，他向前彎，影子蓋著溫菲爾德。「但是，你有見過他失控嗎？」

「並沒有。」

「沒有嗎？」

席芳清喉嚨，暗示雷博思他的策略撞牆了，「亞伯特，」她說，聲音非常溫柔。「你知道斐麗喜歡玩電腦遊戲嗎？」

「不知道，」他說，看起來很意外。

「那你會玩嗎？」

「我一年級的時候玩過世界末日，也許在學生會那裡玩彈珠遊戲。」

「電腦彈珠遊戲？」

「沒有，只是彈珠遊戲。」

「斐麗在玩一個網路遊戲，好像是尋寶遊戲的一種，」席芳打開一張紙，滑過桌子的對面。「這些提示對你有什麼意義嗎？」

他皺著眉頭讀著，呼出空氣，「完全沒有。」

「你是醫學系的學生，對不對？」雷博思打斷。

「沒錯，我現在三年級。」

「我打賭一定很辛苦，」席芳說，把那張紙又滑到自己這邊。

「你不會相信，」溫菲爾德笑。

「我想我們也許會，」雷博思說。「做我們這一行的，我們常常見到醫生，」他大可以補充說，雖然我們某些人非常盡力在迴避他們……

「關於頸動脈，我可以假定你懂一些？」席芳問。

「我知道在哪裡，」溫菲爾德承認，看起來很迷惑。

「有什麼作用？」

「那是頸部大動脈，其實有兩條。」

「輸送血液到大腦？」席芳說。

「我必須查字典才知道，」雷博思告訴溫菲爾德。「原文是希臘文，意思是睡覺，你知道為什麼嗎？」

「因為壓迫頸動脈會讓你昏迷。」

雷博思點點頭，「沒錯，很深層的昏迷，如果繼續壓著的話……」

「天啊，她是這樣死的嗎？」

席芳搖搖頭，「我們認為她只是昏迷，然後才被勒死。」

隨之而來的沉默，溫菲爾德只是瘋狂地看著一個警察、又看著另一個，然後他站起來，手指抓著桌子的邊緣。

「天啊，你不認為……？天可憐見，你們認為是**我**？」

「坐下，」雷博思命令他。其實，溫菲爾德並沒有完全站起來，看起來他的膝蓋拒絕固定。

「我們知道不是你，」席芳很堅定地說，學生坐回他的椅子上，差點打翻椅子。

「我們知道不是你，因為你有不在場證明；你那天晚上和大家一起在酒吧裡等斐麗。」

「沒錯，」他說，「沒錯。」

「所以，你沒有什麼好擔心的，」雷博思說，從桌子又退後，「除非你知道什麼事。」

「沒有，我……我……」

「你們那一群人有人喜歡玩遊戲嗎，亞伯特？」席芳問。

「沒有人，我是說，崔斯特電腦上有幾個遊戲，古墓奇兵那一類的，但是幾乎大家都有。」

「也許，」席芳承認，「你們那一群人沒有其他人是念醫學系？」

溫菲爾德搖搖頭，但是席芳可以看到他正在想，「有克蕾兒，」他說，「克蕾兒．班利，我只在派對上遇過她一、兩次，但她是斐麗的朋友……我想是以前的同學。」

「她在念醫學系嗎？」

「是的。」

「但你並不認識她？」

「她低我一年，不同的專科，天啊，沒錯……」他抬頭看看席芳，看看雷博思。「所有的專科之中，她想選的是法醫……」

□

「是的，我認識克蕾兒，」科特醫生說，帶著他們走向其中一條走廊，他們在大學醫學院的一部分，麥克尤恩大禮堂後方的一棟。雷博思曾經來過這裡，科特和蓋茲的教學辦公室在這裡，不過他從來沒有去過演講廳。科特現在帶他們去那裡，雷博思問他是否感覺好一點了，胃的問題，科特解釋。「她是個很愉快的女孩子，」他現在說，「好學生，我希望她繼續選擇我們。」

「什麼意思？」

「她只是二年級，還有可能改變心意。」

「有很多女性法醫嗎？」席芳問。

「沒有很多，沒有……這個國家沒有。」

「是個很奇怪的決定，不是嗎？」雷博思說。「我是說，這麼年輕的時候。」

「並不會，」科特覺得很好笑。「我每次都是在生物課上解剖青蛙的人，」他微笑，「而且，我寧願對付死者而不是活人：沒有焦慮的診斷、沒有期待的家屬，也沒有過失申訴……」他停在兩扇門前，透過上半的玻璃看進去。

「是的，在這裡面。」

演講廳很小、有點古老：牆上有木板裝飾，彎曲的木頭板凳很陡的往上爬，科特看看手錶，「再一、兩分鐘而已。」

雷博思看看裡面，他不認識的人正在對十幾個學生上課，黑板上面有新畫的圖表，還有一個老師站在講台上，正在拍掉手上的粉。

「裡面看不見一具屍體，」雷博思說。

「我們通常把那些留到實際的課程。」

「你現在還需要用到西區綜合醫院嗎？」

「會，不過交通上還算方便。」

由於肝炎、空氣流通的問題，停屍間的解剖室已經不能用了。找不到資金蓋新的，表示城裡的一家市立醫院必須提供地方給法醫使用。

「人體是非常奇妙的機器，」科特正在說。「你真的只有在解剖時才會有那樣的感覺，醫院的外科醫生會專注在身體特定的區域，但是我們可以享受無限制地利用。」

席芳的臉色看起來在說，她希望醫生不要這麼毫無悔意地對這個話題如此興致高昂，「這棟建築很舊了。」她說。

「其實也沒這麼舊，如果跟整個大學比較起來的話，早期的醫學院其實是在於舊學院。」

「他們就是把柏克的屍體帶到那裡嗎？」雷博思問。

「是的，他被吊死之後。有一條隧道通往舊學院，所有的屍體都被帶到那邊——有時候是在暗夜之中。」他看看席芳。「復活者。」

「用在樂團的話是個好名字。」

他皺眉頭對付她的輕浮，「竊屍人，」他說。

「而且，柏克的皮膚被剝下來？」雷博思繼續說。

「你知道一些。」

「最近才知道的，隧道還在嗎？」

「有一部分。」

「我還滿想看看的，有機會的話。」

「那要找德文林。」

「是嗎？」

「對於醫學院的早期歷史，他是非正式的歷史學家，關於這方面，他寫過一些簡介……自己出版，不過非常具有啟發性。」

「我不知道這一點。我只知道他對柏克和海爾的事知道很多，他有一個理論，是肯納．羅威爾醫生把棺材放在亞瑟王座上。」

「啊，我們最近在報紙上看到的？」科特皺著眉頭沉思。「羅威爾？嗯，誰能說他錯了？」他停下來又皺皺眉頭，「你會提到羅威爾還滿有意思的。」

「為什麼？」

「因為，克蕾兒最近才告訴我，她是羅威爾的後代。」裡面有一陣騷動聲。「啊，伊思頓醫生下課了，他們都會從這邊走出來，我們最好往後站一點，不然會被踩扁。」

「他們這些學生認真嗎？」席芳說。

「很認真地想回到新鮮的空氣中，是的。」

只有幾個學生還費力看看他們的方向，有看的人似乎知道科特是誰，有些向他點點頭、微笑、說幾句話，演講廳已經走了四分之三之後，科特又踮起腳尖。

「克蕾兒？你有幾分鐘的時間嗎？」

「科特醫生，」她的聲音幾乎是嬉戲的。

她長得很高、很瘦，短短的金髮，長而直的鼻子，眼睛的形狀有如斜斜的杏仁，很像東方女性。她的手上拿著兩個檔案夾，手上還有手機，走出來的時候正在看著：也許是在看有沒有簡訊。她微笑地走向前來。

「克蕾兒，這些警察想和你談一下。」

「是關於斐麗的事，是不是？」她的臉孔沉下來，所有的笑意都不見了，聲音也變得比較嚴肅。

席芳慢慢點點頭，「有幾個問題需要追蹤。」

「我一直在想也許不是她，也許弄錯了……」她看著病理學家，「是你……？」

科特搖搖頭，但意思不是否認，而是拒絕回答這個問題。不過雷博思和席芳知道，科特是解剖斐麗芭·包佛的法醫之一，另一位是蓋茲教授。

克蕾兒·班利也知道，她的眼睛還在科特醫生身上。

加。」

「你曾經有過……你知道……認識的人？」

科特看看雷博思的方向，雷博思知道他在想康納．李爾。

「並非絕對需要，」科特對他的學生解釋。「有這樣的事情發生的時候，可以以同情心理由斟酌不參

「我們可以允許有同情心？」

「偶爾一點點，是的。」這讓她微笑又回到臉上，雖然馬上又消失。

「我可以幫什麼忙？」她問席芳。

「你知道我們把斐麗的死視為凶殺案？」

「今天早上的新聞是這麼說的。」

「嗯，我們需要你幫忙釐清幾件事。」

「你們可以用我的辦公室，」科特說。

他們雙雙走回走廊上，雷博思看著克蕾兒．班利的背影，她把檔案夾拿在胸前，和科特醫生討論最近的上課內容。席芳看著他皺眉頭，不知道他在想什麼。他搖搖頭：不重要。但還是一樣，他覺得克蕾兒．班利很有意思，早上宣布了她朋友的謀殺案，她還有辦法去上課，下課後討論，甚至在背後跟了兩個警察的情形下……

唯一的解釋：轉移。她把斐麗的事情推開，用每天的規律代替。保持忙碌，才不會大哭出來。

另一個解釋：她是個以自我為中心的人，斐麗的痛苦在她的宇宙裡只是一件很小的事。

雷博思知道他比較喜歡哪一個版本，但不確定就是正確的版本……

科特醫生和蓋茲教授共用一個祕書，他們先經過祕書的辦公室：科特和蓋茲辦公室的兩扇門就在隔壁，科特開門把讓他們進去。

「我還有一、兩件事要做，」他說，「用完之後把門關上就好了。」

「謝謝你，」雷博思說。

但是，帶他們來了之後，科特似乎又不想把自己的學生單獨留給兩位警察。

「我沒關係，科特醫生，」克蕾兒向他保證，好像了解他的疑慮，科特點點頭離開他們。這是一個很擁擠、沒有空氣的房間，一個玻璃櫃書架占了整面牆，放到快要滿出來。還有更多的書、文件覆蓋著架上的每一個空間。雷博思很確定桌上某個地方有電腦，但是卻看不到——只有更多的文件、檔案、檔案夾、期刊、空信封……

「他不太丟東西，是不是？」克蕾兒．班利說，「如果想到他如何處理屍體的話，這樣說起來是很諷刺的。」

這樣隨意的一句話，卻讓席芳．克拉克嚇一跳。

「天啊，抱歉，」克蕾兒說，一隻手放在她的嘴巴上，「他們這個課程應該順便頒發壞品味的文憑。」

雷博思正在回想過去的解剖：內臟丟到桶子裡、器官被切開、放在秤子上……

席芳靠在桌子上休息，克蕾兒坐在客座上，看起來像一九七〇年代餐廳的椅子，雷博思的選擇是站在房間中間或是坐科特的椅子，他選擇後者。

「所以，」克蕾兒說，把檔案夾放在腳邊的地板上，「你們想知道什麼？」

「你和斐麗一起上中學？」

「有幾年，是的。」

他們已經看過克蕾兒．班利第一次偵訊的筆記，兩位蓋菲爾廣場分局的警察跟她談過話，但是沒有得到什麼線索。

「你們失去聯絡嗎？」

「有一點，幾封信，電子郵件，然後她開始上藝術史的課程，我發現自己得到愛丁堡大學的入學許可。」

「又重新連絡上？」

克蕾兒點點頭，一隻腳放在椅子上自己身體的下面，玩弄著左手手腕上的手鍊，「我寫了一封電子郵件給她，然後我們又碰上面。」

「在那之後，你常見她嗎？」

「沒有那麼頻繁，我們上的課程不同，課業的份量也不一樣。」

「不同的朋友？」雷博思問。

「有一些，是的，」克蕾兒同意。

「你和以前的同學還有哪些人有連絡嗎？」

「一、兩個。」

「斐麗呢？」

「並沒有。」

「她是怎麼認識大衛‧卡斯特羅的，你知道嗎？」雷博思已經知道答案，他們在一個晚餐派對認識的，可是，他不知道克蕾兒跟卡斯特羅有多熟。

「我想她說了什麼派對……」

「當時你喜歡他嗎？」

「大衛？」她若有所思的說，「他是個很傲慢的混蛋，非常有自信。」

雷博思差點馬上回答：**跟你一點都不像？**不過他只是看看席芳，席芳伸手到口袋裡拿那張折起來的紙條。

「克蕾兒，」她說，「斐麗喜歡玩遊戲嗎？」

「遊戲？」

「角色扮演……電腦遊戲……也許在網路上？」

她思索一下。沒關係，只是，雷博思知道停頓可以用來編造一些故事……

「我們學校有一個地窖與魔龍的社團。」

「你們兩個都有參加嗎？」

「直到我們知道那是個只有男生可以參加的社團，」她皺皺鼻子，「現在想一想，大衛在學校的時候不是也有玩嗎？」

席芳拿給她那張紙，「以前有看過這些嗎？」

「這些是什麼意思？」

「斐麗在玩的一種遊戲，你在笑什麼？」

「七芬高……她那時很高興。」

席芳的眼睛張大，「什麼？」

「她到某個酒館來找我……天啊，我忘了哪裡，也許是巴塞隆納，」她看看席芳，「是巴克魯街的一家酒吧。」

席芳點點頭，「繼續說。」

「她只是……她在笑……然後她說這些。」

克蕾兒指著這張紙，「七芬高伊國王，她問我知不知道是什麼意思，我告訴她我完全不知道，『是維多利亞線，』她說，看起來很自得意滿。」

「她沒有告訴你是什麼意思？」

「我剛剛說了……」

「我是說，關於這是益智遊戲的一部分。」

克蕾兒搖搖頭，「我以為……我不知道那時候我是怎麼想的。」

「那時還有其他人嗎？」

「在酒吧裡，沒有。她跑來的時候我正在買酒。」

「你覺得她有告訴別人嗎？」

「據我所知沒有。」

「她沒有解釋其他的嗎？」席芳指指那張紙，她感覺一陣很強烈的如釋重負，七芬表示她和斐麗在破解同樣的提示，她心裡有一部分很擔心益智王給她是新的問題，只有給她的問題。現在，她感覺和斐麗前所未有的接近……

「這個遊戲和她的死有關嗎？」克蕾兒在問。

「我們還不知道，」雷博思告訴她。

「你們也沒有嫌犯，沒有……線索？」

「我們有很多線索，」雷博思很快地向她保證。

「告訴我，你說大衛・卡斯特羅是個很傲慢的人，曾經超過傲慢的範疇嗎？」

「什麼意思？」

「我們聽說，他和斐麗之間有過一些很瘋狂的爭執。」

「斐麗也不是簡單的對手。」她突然停下來瞪著前方。不是人生的第一次，雷博思希望自己有讀心術，

「她是被勒死的，是不是？」

「是的。」

「從我在病理學上學到的，被害人都會掙扎，他們會抓、會踢、會咬。」

「如果失去意識的話就不會，」雷博思安靜地說。

克蕾兒閉上眼睛一下子，她再張開的時候，淚光閃閃。

「壓迫頸動脈，」雷博思繼續說。

「死前造成的瘀傷？」克蕾兒可能是從教科書上讀來的，席芳點點頭回答。

「我們同學還像是昨天的事……」

「這是在愛丁堡嗎？」雷博思問，等著克蕾兒回答、直到她點點頭。第一次的偵訊並沒有談到她的背景，除了和斐麗有關的部分。「你的家人住在那裡嗎？」

「現在是，但那時候我們住在卡斯蘭特。」

雷博思皺皺眉頭，「卡斯蘭特？」他不知道從哪裡聽過這個名字。

「這是一個村子，其實是一個小村落，大概距離瀑布村一哩半的地方。」

雷博思發現自己緊緊抓著科特醫生的椅子把手。

「那你知道瀑布村？」

「以前很熟。」

「還有包佛家的房子『杜松』？」

她點點頭，「有一陣子，我比較像是長住的客人，不只是個訪客。」

「然後你們家搬走了？」

「是的。」

「為什麼？」

「我父親……」她的聲音停下來，「因為他的工作而搬家。」雷博思和席芳互看一眼：這並不是她本來打算說的。

「你和斐麗去過瀑布嗎？」雷博思隨意地問。

「你知道那裡嗎？」

他點點頭，「去過幾次。」

她在微笑，眼睛已經失焦，「我們以前在那裡玩，假裝是我們的魔法王國，生命永不止盡的地方，如果當時知道的話……」

她在這時候情緒崩潰，席芳去安慰她，雷博思走到外面的辦公室向祕書要一杯水。他拿著水回來的時候，克蕾兒已經恢復了。席芳蹲在旁邊的椅子上，一手放在她的肩膀上。雷博思提供了水，克蕾兒用面紙擦擦鼻子。

「謝謝，」她說，把它擠壓成只有一個音節。

「我想，目前這些就夠了，」席芳說。雷博思私底下當然不同意，但是點點頭順從。「你幫了很大的忙，克蕾兒。」

「真的嗎？」

這次換席芳點點頭，「我們稍後可能會再連絡一次，如果可以的話。」

「沒關係，都可以。」

席芳給了自己的名片，「如果我不在辦公室，打傳呼機可以找到我。」

「好，」克蕾兒把名片放在她的檔案夾裡。

「你確定自己沒事嗎？」

克蕾兒站起來，停下來，把檔案夾放在胸前，「我還有一堂課，」她說，「不想錯過。」

「科特告訴我們，你和肯納．羅威爾有親戚關係？」

她看著他，「是我母親那一邊，」她停下來，好像在等待下一個問題，但雷博思沒有問。

「再次謝謝你，」席芳說。

他們正看著她離開，雷博思幫她把門開著，「只有一件事，克蕾兒？」

她在他身邊停下來，抬頭瞪著她，「什麼事？」她說。

「你告訴我們，你以前對瀑布村很熟，」雷博思等到她點頭，「意思是說，你最近沒有去過嗎？」

「我可能有經過。」

他點點頭接受這一點。她又要離開，「不過，你認識貝芙莉．杜德斯，」他補充。

「誰？」

「我想，你戴的那手鍊是她做的。」

克蕾兒舉起她的手腕，「這個？」看起來非常像琴恩買的那一條：擦亮的寶石。「是斐麗給我的，說什麼有『好的魔力』，」她聳聳肩，「也不是說我相信是真的，不過……」

雷博思看著她離開，關上門。「你覺得呢？」他問，轉身回到房間裡。

「我不知道，」席芳承認。

「有點在演戲嗎？」

「眼淚看起來倒很真實。」

「演戲不就是如此？」

席芳坐在克蕾兒的椅子上，「如果那裡面藏著一個凶手，那麼，倒是藏得非常的深。」

「七芬高——假設斐麗不是在酒吧跟她說的，假設克蕾兒已經知道那什麼意思。」

「因為她是益智王嗎？」席芳搖搖頭。

「或者她是另一個玩家，」雷博思說。

「那為什麼還要告訴我們**什麼事**？」

「因為……」雷博思想不出答案。

「我告訴你我在想什麼。」

「她父親？」雷博思猜。

席芳點點頭，「她在隱瞞什麼事。」

「她的家人為什麼搬家？」

席芳若有所思，但想不到一個很快的答案。

「她以前的學校也許可以告訴我們，」雷博思說。席芳去向祕書要電話簿的時候，雷博思打了貝芙・杜德斯的電話，她在第六響的時候接起來。

「我是雷博思探長，」他說。

「探長，我現在有點忙……」

他可以聽到其他聲音，他猜是觀光客，也許在決定要買什麼。「我不認為，」他說，「我曾經問你是否認識斐麗芭．包佛。」

「沒有嗎？」

「你介意我現在問你嗎？」

「不介意，」她停下來，「答案是不認識。」

「你從來沒有遇過她？」

「從來沒有，你為什麼這樣問？」

「她的朋友戴著一條手鍊，她說是斐麗芭給她的，在我看起來像是你做的。」

「有可能。」

「但是你沒有賣給斐麗芭？」

「如果是我的，他們有可能是在店裡買的，哈丁頓有一家工藝店賣我的東西，愛丁堡也有。」

「愛丁堡那一家叫什麼？」

「『威卡工藝』，在傑佛瑞街，如果你有興趣的話。現在，如果你不介意……」但雷博思已經掛了電話。

席芳帶著斐麗以前母校的電話號碼回來，雷博思打了電話，放擴音讓席芳可以聽到。斐麗和克蕾兒念書的時候，校長是那裡的老師。

「可憐，可憐的斐麗芭，真是可怕的消息，她的家人正在經歷的……」女校長說。

「我相信他們受到很多援助，」雷博思說，試著聽起來聲音很有誠意。

電話那一頭傳來很長的嘆息聲。

「不過，我打電話是為了要問克蕾兒的事。」

「克蕾兒？」

「克蕾兒．班利，這是背景調查的一部分，我們試著了解斐麗芭的背景，我相信，她曾經和克蕾兒是朋友。」

「滿好的朋友，是的。」

「她們住的地方也很近嗎？」

「是的，在東洛錫安。」

雷博思有個想法，「她們怎麼去上學？」

「噢，克蕾兒的父親通常載他們來，不是他就是斐麗芭的母親，非常好的女士，我的確為她感到非常地難過……」

「那麼，克蕾兒的父親在愛丁堡工作嗎？」

「噢，是的，他是律師。」

「這家人是因為這樣而搬家嗎？和他的工作有關嗎？」

「天啊，不，我想他們是被趕出去的。」

「趕出去的？」

「嗯，實在不應該八卦，不過他已經過世了，我想應該沒有關係。」

「我們會嚴格保密，」雷博思說，看著席芳。

「嗯，只是那可憐的男人做了一些不好的投資，我想，他一直都有點賭博的性格，這次似乎下手太重，損失了很多錢……房子，等等。」

「他怎麼死的？」

「我想你猜到了，就在不久之後，他住進一家海邊的旅館，不明藥物過量。畢竟落差太大，是不是？從律師到破產……」

「是的，的確是，」雷博思同意。「感謝你告訴我們這些。」

「是的，我該走了，我有課程會議要出席，」她的音調告訴雷博思這是一般的事務，不能不去。「真是可惜，兩個家庭因為悲劇而分散。」

「那麼再見，」雷博思說，放下電話，他看著席芳。

「投資，」她說。

「除了女兒最好朋友的父親，他還會信任誰？」

席芳點點頭，「約翰・包佛正要埋葬他的女兒，」她提醒他。

「那麼我們要和銀行其他的人談一談。」

席芳微笑，「我知道找誰……」

□

藍納・馬爾在「杜松」，所以他們開車到瀑布村。席芳問他們能不能停下來看看瀑布，幾個觀光客也在做一樣的事。一個男人幫妻子照相，問雷博思可不可以幫他們照一張合照，他的口音是愛丁堡腔。

「你們怎麼會來這裡？」雷博思說，故作無知狀。

「可能也是跟你一樣的原因，」男人說，站在妻子旁邊擺姿勢。「要把瀑布也照進去。」

「你是說，你來這裡也是因為棺材？」雷博思說，從觀景窗看出去。

「是啊，她現在死了，不是嗎？」

「是沒錯，」雷博思說。

「你確定有把我們照進去嗎？」男子擔心地問。

「很完美，」雷博思說，按下快門。照片洗好的時候會是天空和樹木的照片，其他什麼都沒有。

「告訴你一個小小的祕密，」男人說，把照相機拿回來。他對著那些樹點點頭，「是她找到棺材的。」

雷博思看著，樹上釘著一塊粗糙的牌子，貝芙・杜德斯陶器店的廣告，一張手寫地圖寫著她的小屋在哪裡。「陶器出售，咖啡，茶。」她在拓展生意。

「她有給你們看嗎？」雷博思問，非常清楚答案是什麼，瀑布的棺材和其他幾個的一起鎖在聖藍納分局。

遊客失望地搖搖頭，「在警方那裡。」

雷博思點點頭。「你們下一站要去哪裡？」

「想看看『杜松』」，他的妻子說，「如果找得到的話。我們花了半個小時才找到這個地方，」她看著席芳，「他們這裡不相信路標這種東西，是不是？」

「我知道『杜松』在哪裡，」雷博思很有權威地說。

「你回到那條路，左轉經過村莊，右邊有一個叫草原側的社區，開進去就會看到『杜松』在那邊。」

男人很高興，「太厲害了，感謝。」

「沒問題，」雷博思告訴他。遊客揮揮手再見，很想趕快回到大馬路上。

席芳走到雷博思身邊，「完全錯誤的方向？」

「他們如果回來的時候四個輪胎還在，算他們幸運，」他對著她笑，「我的日行一善。」

回到車子裡，雷博思轉向席芳，「你想怎麼進行？」

「首先，我要知道馬爾是不是共濟會成員。」

雷博思點點頭，「這我可以處理。」

「然後，我想我們直接切到雨果·班利的問題。」

雷博思還在點頭，「誰要問問題？」

席芳坐著，「見機行事，看馬爾比較喜歡哪一個。」雷博思看著他，「你不同意嗎？」她問。

他搖搖頭，「不是這樣。」

「不然怎樣？」

「只是跟我原本打算講的幾乎一樣，如此而已。」

她轉向他，看著他。「這是好事還是壞事？」

雷博思的臉變成一個微笑，「我還沒決定，」他說，發動引擎。

「杜松」的大門有兩個制服警察在守衛，包括妮可拉．坎柏，上次來的時候遇見的女警。只有一個記者把車子停在對面路邊，從保溫瓶在喝著什麼東西。看著雷博思和席芳開近大門，又回到他的填字遊戲裡。雷博思搖下車窗。

「沒有電話監聽了嗎？」他問。

「現在沒有綁架了案，」坎柏回答。

「『大腦』呢？」

「回去總部了，有事情發生。」

「我看到一隻禿鷹，」雷博思指的是記者，「有什麼餓鬼嗎？」

「有幾個。」

「嗯，可能還有幾個在路上，誰在上面？」雷博思指著大門的另一邊。

「譚普勒分局長，胡德警佐。」

「計劃下一次的記者會，」席芳猜。

「還有誰？」雷博思問坎柏。

「父母親，」她告訴他，「員工……一個葬儀社來的，還有一個家族的朋友。」

雷博思點點頭，他轉向席芳，「不知道我們是否跟員工談過：有時候他們會聽到或看見……」坎柏正在開門。

「迪克警員偵訊過他們，」席芳說。

「迪克？」雷博思上了排檔，慢慢地開過大門，「那個對時間斤斤計較的小氣鬼？」

她看著他，「你只是想全部自己做，是不是？」

「因為我不信任其他人可以做得好。」

「非常感謝。」

他的眼睛離開擋風玻璃。「還是有例外，」他說。

房子外的車道上停了四輛車，也是在這個車道上，賈桂琳．包佛搖搖擺擺地走下來，以為雷博思是綁架她女兒的人。

「葛蘭特的愛快羅密歐，」席芳說。

「老闆的司機。」雷博思猜黑色富豪四十是葬儀社的，剩下棕色瑪芝拉蒂和綠色的亞思頓．馬汀。他不能確定哪一輛是藍納．馬爾的，哪一輛是包佛家的車。

「亞思頓是約翰．包佛的，」席芳告訴他，他看著她。

「是猜的嗎？」他問。

她搖搖頭，「寫在筆記裡。」

「接下來你會告訴我他穿幾號鞋。」

一個女佣來應門，他們拿出證件、被帶進玄關裡。女佣沒有說什麼就離開了，雷博思從來沒有看過人這樣躡手躡腳走路，哪裡都聽不到聲音。

「這個地方是直接從『妙探尋凶』遊戲裡出來的，」席芳說，研究著木板牆，上面有過去包佛家族的畫像，樓梯下甚至有一套盔甲，盔甲旁的桌上有一疊郵件。女佣消失的那一扇門現在打開，一位高大、看來很有效率的女性走向他們，她的臉很鎮靜、但是沒有微笑。

「我是包佛先生的私人助理，」她的聲音沒有多大聲。

「我們要找的是馬爾先生。」

她點點頭，「但是你們一定了解，這個時間非常地敏感……」

「他不願意和我們談話嗎？」

「不是『不願意』的問題。」她變得不耐煩。

雷博思慢慢地點頭，「這樣好了，我只好去告訴譚普勒分局長，馬爾先生擔誤我們對於包佛小姐謀殺案的調查，如果你可以告訴我們怎麼走的話……？」

她很冷酷地瞪著他，但雷博思沒有眨眼，也不動如山。

「請在這裡等一下，」她終於說。她說話的時候，雷博思才第一次看到她的牙齒。他勉強擠出一個禮貌的謝謝，她走回門後去。

「印象深刻，」席芳說。

「她還是我？」

「兩人對戰。」

他點點頭，「再多說兩分鐘，我就要去穿上盔甲了。」

席芳走到桌子旁邊翻著郵件，雷博思加入她。

「我還以為我們拆閱這些郵件，」他說，「尋找綁架贖金的要求。」

「我們可能有，」席芳回答，研究著郵戳，「但這些都是昨天和今天的。」

「郵差很忙碌，」有些是卡片的尺寸，有著黑邊。「希望私人助理有打開。」

席芳點點頭，又是這些餓鬼。有名的人死了會引來一些著迷的人，你永遠不會知道有誰會寄致哀卡片，「應該是我們要檢查才對。」

「說得好，」畢竟，殺人凶手有可能就是這樣的人。

門再打開一次，這次藍納・馬爾走向他們，穿著黑西裝、黑領帶、白襯衫，看來因為被打斷而很不高興。

「這次又是什麼事？」他問席芳。

「馬爾先生？」雷博思伸出手。「雷博思探長，我只是想說，真的很抱歉必須這樣打擾。」

馬爾接受道歉，也接受雷博思的手，雷博思從來沒有加入這個「工藝」，但是他的父親曾經教過他。雷博思還是少年的時候，父親在一個酒醉的夜晚教他如何握手。

「可以借一步說話嗎？」

「只要不花太久的時間就好，」馬爾說，要求更多方便。

「這邊走，」馬爾帶他們走兩個走廊的其中一條。雷博思看席芳的眼睛點點頭，回答她的問題，馬爾是共濟會成員。她撇撇嘴，看起來在沉思。

馬爾打開另一扇門，進入一個大房間，裡面是和牆壁一樣長的書架，還有全尺寸的撞球桌。他打開燈的時候，綠色粗呢也亮起來，房間就像房子其他部分一樣都被哀悼籠罩著，一面牆上有兩張椅子靠著，中間有一張桌子，桌上是一個銀色托盤、一個威士忌玻璃瓶、還有水晶杯。馬爾坐下來幫自己倒一杯飲料，他向雷博思做手勢，他搖搖頭，席芳也是。馬爾舉起他的杯子。

「敬斐麗芭，願她的靈魂安息。」然後他很深地喝一口。雷博思早就在他身上聞到威士忌的味道，知道這不是他今天的第一杯，也許也不是第一次說這樣的話。如果只有他們兩個在一起，他們會交換一些關於自己是會員的消息——雷博思反而會有麻煩——但是，由於席芳在場，他反而很安全。他把一顆紅色的球滾過桌子，彈到邊緣又彈回來。

「所以，」馬爾說，「這次你們要什麼？」

「雨果．班利，」雷博思說。

馬爾聽到這個名字很驚訝，他的眉毛挑起來，又喝了一口酒。

「你認識他嗎？」雷博思猜。

「不是很熟，他的女兒和斐麗芭是同學。」

「他使用你們的銀行嗎？」

「你知道我不能討論銀行的業務，違反職業道德。」

「你不是醫生，」雷博思說，「你只是幫人保管錢。」

馬爾的眼睛瞇起來，「我們做的不只這些。」

「什麼？你是說也幫他們賠錢嗎？」

馬爾跳起來，「這些跟斐麗芭的謀殺有什麼關係？」

「回答這個問題就好：雨果・班利把錢投資在你們這裡嗎？」

「不是在我們這裡，是經由我們投資。」

「你們給他建議？」

馬爾又倒滿杯子，雷博思瞥了席芳一眼，她知道自己在這裡扮演的角色，保持安靜，站在綠色粗呢後方的陰影裡。

「你們給他建議嗎？」雷博思再問一次。

「我們建議他不要冒風險。」

「但是他不聽？」

「沒有冒險的人生算什麼：那是雨果的哲學，他賭博……輸了。」

「他覺得是包佛的責任？」

馬爾搖搖頭，「我不這樣想，那可憐的混蛋只是自我了結。」

「他的妻子和女兒呢？」

「她們怎麼樣？」

「他們有心懷怨懟嗎？」

他又搖搖頭，「她們知道他是怎樣的男人，」他把杯子放在撞球桌的邊緣，「但是，這跟那又有什麼……？」然後他似乎了解，「啊，你們在尋找動機……你們認為一個死人從墳墓裡出來向包佛銀行復仇？」

雷博思又把一個球在桌子上滾著，「更奇怪的事情也曾經發生過。」

席芳現在向前走，把那張紙拿給馬爾，「記得我曾經問過遊戲的事？」

「是的。」

「這裡的提示，」她指著和羅絲琳教堂有關的，「你看起來覺得怎麼樣？」

他瞇著眼睛專心的看，「什麼也沒有，」他說，手伸回來。

「我可以問你是不是共濟會的成員嗎，馬爾先生？」

馬爾瞪著她，然後眼睛看著雷博思的方向，「我不會回答這樣的問題。」

「你知道，斐麗芭需要破解這個提示，我也是。我看到這個字眼『工匠的夢想』的時候，要找成員來問才知道這是什麼意思。」

「是什麼意思？」

「那不重要，可能重要的是，斐麗芭是不是也同樣尋求幫助。」

「我已經告訴過你，我對這些事情一無所知。」

「但她有可能在對話之中談到……？」

「並沒有。」

「她有認識其他共濟會的人嗎，馬爾先生？」雷博思說。

「我不知道，聽著，我認為自己已經給你們足夠的時間了……尤其是在今天這樣的日子。」

「是的，先生，」雷博思說。「謝謝你見我們，」他又再伸出他的手，但是這次馬爾沒有伸出手。他安靜地走到門口，打開門走出去。雷博思和席芳跟著他回到大廳，譚普勒和胡德站在入口，馬爾一語不發地經過他們，消失在一扇門的後面。

「你們在這裡做什麼？」譚普勒壓低聲音問。

「試著抓到謀殺犯，」雷博思告訴她，「你們呢？」

「你在電視上看起來很好，」席芳告訴胡德。

「謝謝。」

「是的，葛蘭特做得非常好，」譚普勒說，她的注意力從雷博思到席芳身上，「我非常滿意。」

「我也是，」席芳笑著說。

他們離開房子各自回到車上，譚普勒臨別說：「我要一份報告，解釋你們為什麼在這裡，約翰？醫生在等你……」

「醫生？」席芳問，扣上安全帶。

「沒什麼，」雷博思說，發動引擎。

「她不只看上你，也盯上我了嗎？」

雷博思轉向她，「婕兒要你在她身邊，席芳，你拒絕了。」

「我還沒準備好。」她停下來，「你知道，這聽起來很笨，但我想她在嫉妒。」

「嫉妒你？」

席芳搖搖頭，「嫉妒你。」

「我？」雷博思笑，「她為什麼要嫉妒我？」

「因為你不遵守規則，她卻必須要。因為你雖然這樣，卻總是可以讓別人幫你做事，即使他們不同意你要求他們做的。」

「我一定比自己想像的能幹多了。」

她狡猾地看著他，「噢，我想你知道自己有多厲害，至少，你認為你知道。」

他回看她一眼，「這句話帶有汙辱的含意，可是我還看不太出來是哪一點。」

席芳靠在她的椅背上，「現在該怎麼辦？」

「回愛丁堡。」

「然後呢？」

雷博思一面沉思、一面把車子開下車道，「我不知道，」他說。「剛剛那裡，你幾乎會以為是馬爾失去了自己的孩子……」

「你不是在說……？」

「他們兩個長得像嗎？這一點我不是很拿手……」

席芳想一想，咬著嘴唇，「在我看來，富有的人都一個樣子，你覺得馬爾和包佛太太可能有外遇嗎？」

雷博思聳聳肩，「沒有驗血很難證明，」他看著她的方向，「最好確定蓋茲和科特有留下樣本。」

「克蕾兒·班利呢？」

雷博思對坎柏警員揮揮手，「克蕾兒很有意思，但是我們不想讓她太警覺。」

「為什麼？」

「因為，從現在開始的一到三年之後，她可能是我們友善的當地法醫，我也許不會撐到那個時候，但你會，而你最不想要的就是……」

「過節？」席芳微笑地猜。

「過節，」雷博思慢慢地點頭同意。

席芳若有所思，「但是不論從哪個角度看，她都很有理由生包佛家的氣。」

「那她為什麼和斐麗還是朋友？」

「也許她是在玩自己的遊戲。」他們開回到路上，她睜大眼睛尋找遊客，但沒有看到。「我們應不應該看看草原側社區，看看他們有沒有事？」

雷博思搖搖頭，他們再次沉默，直到瀑布村在他們身後。

「馬爾是共濟會成員，」席芳終於說。「他喜歡玩遊戲。」

「所以，現在變成他是益智王，而不是克蕾兒·班利？」

「我想，比他是斐麗生父的可能性高。」

「當我什麼都沒說，」雷博思在想雨果·班利，開車到瀑布村之前，他打電話給一個律師朋友，打聽班利的事。班利的專長是遺囑和信託，是個非常安靜、有效率的律師，也是一家大律師事務所的一員。他的賭博並非眾所皆知，也從來沒有干擾過他的工作。謠言是，他把錢放在遠東的新創公司，由他最喜歡的日報財經版下指導棋。如果是真的，雷博思看不出來是包佛的責任，也許他們只是在他的指示下幫他管理財務，這些錢消失在揚子江時只好結束。班利並不是只賠了他的錢——身為律師，他永遠可以再賺。在雷博思看來，他失去的是更重要的東西——對自己的信心。因為不再相信自己，就開始相信自殺是容易的選擇，在那之後的某個時刻變成絕對的需要。雷博思自己也曾經發生過一、兩次，酒瓶和黑暗作伴的時候。他知道自己無法從高處跳下——自從服役的時候他們把他從直昇機上往下吊之後，他就有懼高症。熱水澡和割腕……問題是會很凌亂，想到朋友或陌生人看到這樣的景象。喝酒吃藥……最後總是最基本的藥。不要在家裡，最好在某個不知名旅館房間，由員工發現。對他們來說，只是另一具孤單的屍體。

只是空想。不過，就班利的立場來看就，妻子和女兒……他不認為自己做得到，留下一個悲傷的家庭。現在克蕾兒想當法醫，一個充滿屍體，無窗房間的事業，她處理的每一具屍體都會有她父親的影像嗎……？

「一分錢買你在想什麼，」席芳說。

「不賣，」雷博思回答，眼睛看著前方的路。

□

「高興一點，」史威勒說，「這可是星期五的下午。」

「那又怎麼樣？」

他瞪著愛倫．懷利，「別告訴我你沒有約會在等著？」

「約會？」

「你知道：吃飯、跳跳舞、回去他住的地方。」他開始搖搖臀部。

懷利的臉皺在一起，「我連午餐都要忍住才不會吐出來。」

剩下的三明治在她桌上：鮪魚沙拉加玉米。鮪魚的味道很奇怪，現在她的胃給她訊號，並不是說史威勒沒有注意到。

「可是，你一定有男朋友吧，愛倫？」

「如果我真的很飢渴，會打電話給你。」

「只要不是星期五或星期六晚上就好，這是我喝酒的晚上。」

「我會銘記在心，喬治。」

「當然，還有星期天下午。」

「當然，」懷利不得不認為，這樣的安排大概非常適合史威勒太太。

「除非我們有加班，」史威勒又開始想，「你覺得我的機會如何？」

「要看看，不是嗎？」她知道要看什麼：媒體的壓力，強迫上級趕快有結果。也許約翰．包佛再用上人情，找幾個大頭施壓。不過，以前辦大案子的時候，刑事組曾經一星期七天都上班，一天十二個小時，可以拿加班費。但是現在預算沒有那麼多。也沒那麼多人。在大英國協領袖會議期間，她從來沒有看過那麼多高興的警察，帶著點加班的喧鬧。不過，那是幾年前的事了，現在她看到警察——史威勒是其中之一——把大英國協領袖會議掛在嘴上，好像護身符一樣。史威勒聳聳肩走開，也許還想著加班的事。懷利把注意力轉到德國學生身上，尤根．貝克，她想到打網球的貝克，曾經是她最喜歡的網球選手。不知道有沒有什麼親戚關係。她懷疑有，如果真的和名人有關，就會像斐麗芭．包佛這樣拉關係施壓。

然而，他們到底有什麼進展？比起啟動失蹤人口調查的那一天，他們似乎沒有任何進展。雷博思有更多的想法，可是還是沒有專注在任何一點上，好像他伸出手、從樹上或樹叢抓到什麼可能性，就要別人接受。她以前跟他合作過的那一次——在昆斯柏利大屋發現屍體，就在他們準備拆掉開始蓋新國會的時候——那次也沒有結果。他幾乎就是把她甩了，事後拒絕討論這個案子，也沒有什麼具體證據可以上法院。

可是……比起完全無關緊要的人，她還寧願是雷博思小組的一部分。她覺得自己在婕兒．譚普勒那裡已經斷了後路，不論雷博思說什麼，她知道是自己的錯。她做得太過火了一點，幾乎是在騷擾譚普勒，這是一種懶惰的行為，努力想被注意，只為了想往上爬。後來，她知道譚普勒之所以拒絕她，就是因為看出自己不是那塊料。婕兒．譚普勒不是這樣爬上去的——她非常、非常地努力，對抗針對女性警官的歧視，那些從來不能討論，也不能承認的歧視。

可是她還是做到了。

懷利知道現在要保持低調，閉上嘴。席芳．克拉克就是這樣——她從來都不會看起來像在給人壓力，即使她根本就是一個事業心很重的人……競爭對手，懷利忍不住要把她當成這樣的人。從一開始，席芳就是譚普勒最喜歡的，也就是為什麼她——愛倫．懷利——開始明白的追求時，是太強求了，不但讓她自己被孤立，而且困在像尤根．貝克這種報導裡。星期五下午，根本不太可能有人接她的電話，回答她的問題。這是靜止的時間，如此而已。

靜止的時間。

□

葛蘭特．胡德有另一個記者會要安排，他已經認識一些記者，可以把臉和名字連在一起。和主要的那些媒體，也就是比較有名的記者，長久以來跑犯罪線的記者，他也安排了短暫的會面。

「問題是，葛蘭特，」譚普勒分局長向他承認，「有些記者我們可以說是自己人，就這部分而言，他們是可以調教的——需要的話會幫我們放消息，如果我們不想的話會幫我們壓新聞——已經跟他們有信任的基礎。不過這是雙方的事，我們必須給他們一些好處，他們希望你在發給對方一、兩個小時前，就先得到新聞。」

「對方，長官？」

「競爭對手的報紙，你知道，在記者會看到他們的時候，他們看起來好像只是一大群人，但其實不是。他們曾經互相合作——比如輪流去守候無人感謝的跟監，然後和其他人分享消息，他們會輪流。」

葛蘭特點點頭了解。

「但是就其他方面而言，那是一個狗咬狗的世界。不屬於小圈圈裡的才是最激烈的，他們也不會太謹慎。適合的時候，他們會拿出支票，也會試著贏得你的心——也許不是用現金，也許用飲料或晚餐。他們會讓你覺得是他們的一分子，你也會開始認為他們其實沒這麼壞，那你就有麻煩了。因為，他們其實一直在你不知情的情況下利用你。你也許只是丟下一個暗示，只是讓他們知道你知道什麼，可是，不論是什麼，你都可以保證他們會印出來。你會是『警方消息來源』或『不具名的警方消息來源』——如果他們心情好、那還好一點，如果他們抓到你什麼把柄，他們就會利用這個把柄。他們會要所有的詳情，會讓你你承受壓力。」她拍拍他的肩膀，最後下了結論，「只是幾句警告的箴言。」

「是的，長官，謝謝你，長官。」

「跟他們稱兄道弟是沒關係，你可以向重要的人介紹自己，但是，永遠不要忘記自己站在哪一邊……而且是有分邊的，好嗎？」

他點點頭，然後她給了一個「主要人物」的名單。

每次開會的時候，他都只喝咖啡或柳橙汁，慶幸看到大部分記者都一樣。

「你也許會發現那些『老記者』仰賴威士忌和琴酒，」一個年輕的記者說，「但不是我們。」

隨後的會議是跟其中最受尊敬的「老記者」，他只想喝水：「年輕人喝起酒來像魚一樣，但我發現自己已經沒辦法這樣喝了，你喜歡喝什麼，胡德警佐？」

「這不是正式場合，吉利斯先生，拜託，叫我葛蘭特。」

「那你要叫我亞倫。」

但是，葛蘭特還是無法將譚普勒的警語拋諸腦後。結果，他覺得自己在這些見面會上給人的感覺很僵硬、尷尬。不過，絕對是好處的一點是，譚普勒安排他在總部有自己的辦公室，至少在調查期間是如此。她稱之為謹慎，解釋他每天都必須和記者談話，最好讓他們和調查小組有一段距離。如果他們剛好去到蓋菲爾廣場或是聖藍納聽簡報，或是很快地聊一下，不知道會會順便聽到什麼，或剛好注意到。

「好主意，」他說，點點頭。

「電話也一樣，」譚普勒繼續說，「如果你要打電話給記者，在辦公室關起門來打，這樣的話，他們就不會從背景聽到什麼不該聽的東西。他們有人打電話給你，你如果在刑事組或不在辦公室，就說你再回電給他們。」

他又點點頭。

回想起來，她也許認為他和那些點頭狗很像，那種放在車子後面的玩偶。他試著把那樣的影像搖開，專注在自己的螢幕上。他在寫一份新聞稿，要給比爾．普萊德，婕兒．譚普勒和卡斯威爾副署長過目，請他們給意見並且核准。

卡斯威爾副署長的辦公室在同一棟的另一層樓，他已經敲過葛蘭特的門，進來祝他好運。葛蘭特介紹自己是胡德警佐，卡斯威爾慢慢地點頭，眼睛像是在檢視他。

「嗯，」他說，「如果你這個案子不搞砸，有好的結果，我們最好幫你找一些更好的工作，你說是吧？」

也就是說再往上升一級，胡德知道卡斯威爾可以這樣做。他已經讓自己旗下的一個年輕刑事組警官升級了，林福德探長。問題是，林福德或卡斯威爾都對約翰．雷博思沒有好感，這表示胡德自己必須小心。他雖然已經拒絕和雷博思喝一杯，以及其他的小組成員，可是，他知道自己最近才和雷博思一起喝過酒，如果給卡斯威爾知道這種事情的話，可能對工作不好。他又想到譚普勒的話：**如果他們抓到你什麼把柄，會緊抓不放……**另一個影像閃過他的面前，和席芳的事。他現在開始必須小心……小心和誰說話，小心說什麼，小心和誰在一起，小心自己做什麼。

小心自己不要遇到敵人。

又有人敲門，是另一個員工。「有東西給你，」她說，給他一個袋子。她微笑地退出去。他打開，裡面是一瓶酒：上面有一張卡片：

祝你新職就任愉快，把我們當成想睡覺的小孩，必須每天讀故事才能睡覺，你的新朋友，第四權

葛蘭特微笑著，認為這是亞倫．吉利斯的手法，然後他想到：他沒有回答吉利斯自己最喜歡什麼飲料，可是他卻買對了。這不是猜的，有人在說話。微笑離開了葛蘭特的臉上，龍舌蘭酒不只是個禮物，也是力量的顯現。那個時候，他的手機響了，他從口袋裡拿出來。

「喂？」

「胡德警佐嗎？」

「是我。」

「我只是想自我介紹一下，因為我好像錯過了其中一場邀約。」

「哪一位？」

「我的名字是史帝夫．何利，你有看過我的報導。」

「我有看過，」何利絕不是在譚普勒的主要名單上，她自己是用「混蛋」描述他。

「嗯，我們會在記者會上見面，不過，我想我還是應該先打個招呼，你拿到酒了嗎？」

葛蘭特沒有回答的時候，何利只是笑了。

「他總是這樣做，老亞倫，很聰明，但你我都知道，這只是派對上的把戲。」

「是嗎？」

「我不是那種垃圾，無疑地你會有注意到。」

「注意到？」葛蘭特皺眉頭。

「想一想，胡德警佐，」然後電話就斷了。

葛蘭特瞪著電話，然後才想起來。目前為止，這些記者只有他辦公室的電話號碼、傳真和呼叫器，他很認真的想，自己並沒有把手機號碼給人。來自譚普勒的更多建言：

「你一旦認識他們，會有一、兩個你真的是談得來——每個新聞官都不一樣。有些會比較特別，你也許會想給他你的手機號碼，這是信任的跡象，其他的人，就別管了，不然你的生活不會是自己的……他們一天到晚打電話，你的同事要怎麼連絡你？我們和他們，葛蘭特，記得，我們和他們……」

現在，他們其中一個有他的手機號碼，只有一個解決辦法，他必須把號碼換掉。

至於龍舌蘭酒，他要帶到記者會上去，他會還給亞倫．吉利斯，告訴他自己現在不喝酒了。

他開始想，也許這話距離事實也不太遠了，如果他還想走這條路的話，還必須做很多改變。

葛蘭特覺得自己已經準備好了。

□

聖藍納辦公室刑事組的人越來越少，跟謀殺案調查無關的警官都下班度週末去了。如果加班費批准的話，他們有些週六會來上班，其他人則會待命，萬一有新的案子要調查。但對大多數人來說，週末已經開始了。他們的腳步輕快，嘴裡哼著舊的流行歌曲。最近城裡很安靜，只有一些家暴案、一兩件毒品案。不過，組毒小組本來接到來自慈恩丘國宅的線報，行動後卻保持低調。原來，那房子二樓臥室的窗戶日夜都用銀色薄板關著，他們進去準備打擊愛丁堡最近的毒品販子，發現的卻是一間少年臥室，才剛剛重新裝潢——他的母親買了一張月亮毛代替窗簾，自以為看起來很流行……

「都是『換房間』那個節目害的，」緝毒小組的其中一個人說。

也有其他案子，但都不相關，不算是什麼犯罪風潮的一部分。席芳看看她的手錶，她早先打電話到犯罪小組問電腦的事，話才說到一半，克里夫豪斯就說，「有人在辦了，我們會請他過去。」所以她現在在等著。她又打電話給克里夫豪斯一次，沒有人接，他也許在回家或是去酒館的路上，也許星期一才會派人來。她再等個十分鐘，畢竟，她也有自己的生活，不是嗎？如果她想的話，明天可以去看足球賽，雖然是客場比賽。星期天可以開車去兜風，有些地方她從來沒有去過——琳璃斯哥城堡、福克蘭宮、查基爾。一個很多月沒見的朋友邀請她星期六晚上去參加生日派對，她不認為自己會去，但至少有個選擇的餘地……

「你是克拉克警佐嗎？」

他帶著一個公事包，放在地上，讓她想起挨家挨戶的推銷員，沒有人要理的那種。她站直身體，看到他過重的體重大部分都在肚子上，短髮、後腦勺有頭髮站起來，他介紹自己是艾瑞克．班恩。

「我有聽說過你，」席芳承認，「他們不是叫你『大腦』嗎？」

「有時候，但老實說，我比較喜歡人家叫我艾瑞克。」

「那就叫艾瑞克吧，請自便。」

班恩拉過一張椅子，他坐下來的時候，淡藍色襯衫的布料伸展開，鈕釦中間的縫隙也拉開了，看到淡粉紅色的皮膚。

「所以，」他說，「這裡有什麼問題？」

席芳解釋，班恩非常專注地聽著，眼睛一直看著她。她注意到他的呼吸是小口小口的喘氣，不知道口袋裡是不是有一個氣喘用的呼吸器。

她試著眼神接觸，試著放鬆，但他的身形和重量讓她不太舒服。他的手指很粗、沒有戒指，手錶上有太多按鈕，下巴有些鬍子早上沒有刮到。

她說話的時候，他一個問題都沒問。最後，他要求看電子郵件。

「在螢幕上還是印出來？」

「都可以。」

她把那張紙從肩袋抽出來。班恩把椅子移動得更靠近，把它們放在桌上散開。他按照時間排好，按照最上面的時間。

「這些只是提示，」他說。

「是的。」

「我要整封電子郵件。」

席芳打開手提電腦，連接手機，「我要不要查新的郵件？」

「有何不可？」他問。

有兩封來自益智王。

遊戲時間已經經過，你希望繼續嗎，尋找者？

一小時之後，緊接一封。

溝通或放棄？

「很熟悉她使用的字彙，是不是？」班恩說。席芳看著他，「你一直說『他』，」他解釋。「我想，如果我們不要預設立場的話可能會有好處……」

「好，」她說，點頭，「隨便。」

「你想回覆嗎？」

她開始搖頭，然後聳聳肩，「我不確定自己想說什麼。」

「如果她沒有關機的話，比較容易追蹤。」

她看看班恩，打了一封回應——**正在思考**——然後按傳送，「你覺得這樣可以嗎？」她問。

「嗯，這絕對可以算得上是『溝通』，」班恩微笑。「現在，讓我看看其他郵件。」

她連接到印表機，發現沒有紙。「真是的，」她說。儲藏室的櫃子已經鎖起來了，她不知道鑰匙在哪裡，然後她想起雷博思的檔案夾，他們去偵訊醫學系學生阿畢的時候帶去的，他故意讓檔案看起來厚得嚇人，裝了很多影印機拿來的紙。席芳走到雷博思的位子，打開抽屜，賓果，檔案在那裡，半疊紙還塞在裡面。兩分鐘之後，她有了和益智王通訊往來的紀錄。班恩在她桌上移動那些紙，幾乎完全蓋住她的桌子。

「看到這些東西嗎？」他問，指著有些紙張的下面，「你大概沒有看過這個東西，對不對？」

席芳必須承認確實如此，在標頭下面還有更多行：回覆途徑、訊息身分、客戶端……這些對她沒有什麼意義。

「這個，」班恩說，舔舔嘴唇滋潤，「才是有用的東西。」

「我們可以利用這些找出益智王的身分？」

「不能馬上，但是個開始。」

「為什麼有些郵件沒有標頭？」席芳問。

「那個，」班恩說，「是不好的消息。如果電子郵件沒有這個，表示寄件人用的是跟你一樣的網路服務公司。」

「但是……」

班恩在點頭，「益智王不只用一個帳戶。」

「他會轉換網路服務公司？」

「並非不尋常。我有朋友不想付上網費用，免費網路出現之前，他每個月都到不同的網路服務公司註冊，這樣他可以利用每家公司第一個月免費的方案，時間到了他就取消，再去別的地方找，一整年都不用付費。益智王做的是這樣的延伸」。班恩的手順著每一個標題，在第四行停下來。「這裡可以告訴你他的網路服務公司，看到沒有？三個不同的公司名。」

「讓他很難抓嗎？」

「比較難，是的，但是他一定有設一個……」他注意到席芳臉上的表情，「什麼？」他問。

「你說『他』。」

「有嗎？」

「如果我們先稱呼『他』會不會比較簡單，你認為呢？不是我不贊成你先前要不預設立場的想法。」

班恩想一想，「好，」他說，「所以，如我所說的，他或她，一定有設定很多個帳號，至少我是這樣認為。即使你是用一個月的免費試用帳號，他們通常都會要求填寫一些資料，包括信用卡或是銀行帳戶資料。」

「然後等時間到的時候，他們就可以開始收費？」

班恩點點頭，「每個人都會留下足跡，」他安靜地說，瞪著那些紙，「他們只是不認為自己有留下來。」

「就像科學辨識，是不是？頭髮、毛髮、皮膚屑。」

「沒錯。」班恩又再微笑。

「所以，我們需要網路服務公司，要他們交出他的資料嗎？」

「如果他們願意跟我們說話的話。」

「這是謀殺案件調查，」席芳說，「他們必須要。」

他看看她，「有管道，席芳。」

「管道？」

「有一個特別的單位專門處理高科技犯罪，他們處理比較難的，追蹤購買兒童色情照片的人，那種案子。你不會相信那些案情，隱藏在硬碟裡的硬碟，螢幕保護中藏有色情影像。」

「我們需要他們的批准嗎？」

班恩搖搖頭，「我們需要他們的幫助。」他看看手錶，「今天晚上已經太晚了，沒辦法做什麼事情。」

「為什麼？」

「因為在倫敦也是星期五晚上。」他看看她，「請你喝一杯？」

她沒有要說好，有很多準備好的藉口。可是，不知道為什麼，她也無法說拒絕。所以，他們發現自己坐在對面的麥芽啤酒酒館裡，他們站在酒吧的時候，他又把公事包放在身邊的地板上。

「你為什麼放在那裡？」她問。

「你覺得呢？」

她聳聳肩，「裡面有手提電腦、手機……裝備、軟碟……我不知道。」

「你應該是要這樣想，」他把公事包拿到酒吧上正打算打開，但是停下來搖搖頭，「不要，」他說，「也許等我們熟一點再說。」又把它放回腳邊。

「有祕密嗎？」席芳說，「對於工作伙伴來說，真是個好的開始。」

酒來的時候，他們都微笑了，瓶裝啤酒給她喝，他喝一品脫啤酒，沒有座位可以坐。

「聖藍納分局是什麼樣子？」班恩問。

「我猜和其它分局差不多。」

「不是每個分局都有約翰・雷博思。」

她看著他，「什麼意思？」

他聳聳肩，「是克里夫豪斯說的，關於你是雷博思的徒弟。」

「徒弟！」即使音響響著，她的聲音還是引起來轉頭側目。「真是太過分了！」

「好了，好了，」班恩說。「只不過是克里夫豪斯說的一幾句話。」

「那你告訴克里夫豪斯回家吃自己。」

班恩開始笑。

「我不是開玩笑的，」她說。但是她也開始笑。

再喝兩杯酒之後，班恩說他累了，看看豪伊餐廳有沒有位子可以吃飯，她本來沒有要說好——喝酒之後並還沒有覺得餓——但是，她又發現自己無法說不。

□

琴恩・柏其在博物館加班。自從德文林教授提到肯納・羅威爾醫生之後，琴恩就覺得很好奇，決定自己調查一下，看老法醫的理論是否其來有自。她知道如果直接問德文林教授比較快，可是，有什麼事情阻止了她。她想像自己還可以聞到他皮膚上福馬林的味道；她握他的手時，還感覺得到死亡屍體冰冷的觸感。歷史只讓她遇到那些已經死了很久的，通常只是出現在參考書目裡，或是挖掘時發現的東西。她先生死的時候，他的驗屍報告讀起來並不有趣，可是，不論是誰寫的，顯然非常樂在其中，很詳細的寫著那些肝臟的變化、腫漲、過度負擔。過度負擔，作者用了一些很奇怪的字眼。她想，在死後才診斷出酗酒實在是有夠容易的事。

她想到約翰・雷博思的喝酒，對她而言和比爾的方式似乎不盡相同。比爾會撥弄著自己的早餐，然後去車庫他藏酒的地方，上車前先喝個幾口。她一直找到證據：地窖裡空的波本酒瓶，衣櫃最上面那一層的裡面。她從來都沒有說什麼，讓比爾一直繼續做他的「生命和靈魂」，「安定可以依賴」，「有趣的人」，直到他的病讓他無法工作，送他進醫院躺著。

她不認為雷博思是那種暗中酗酒的人。他只是喜歡喝酒，如果他一個人喝，是因為他沒有太多朋友。她曾經問過比爾為什麼喝酒，他無法回答。她想，也許雷博思有答案，雖然可能不太願意給。不過，她知道答案會是洗去世界的存在、暫時驅離留藏心裡的問題和難題。

然而，這些並沒有讓他成為比比爾更有吸引力的酒鬼，不過目前為止，她還沒有看過雷博思喝醉。她覺得他是那種喝醉就睡覺的人，不論需要多少杯，不論人在哪裡，就這麼失去意識。

電話鈴響時，她很久才接起來。

「琴恩？」是雷博思的聲音。

「哈囉，約翰。」

「我以為你應該已經走了。」

「我在加班。」

「我只是在想，不知道你……」
「今晚不行，約翰，我有很多想做的事，」她捏捏鼻樑。
「好吧。」他無法隱藏聲音裡的失望。
「這個週末怎麼樣：有計劃嗎？」
「嗯，有事情我想告訴你……」
「什麼？」
「表演劇院，盧．瑞德，明天晚上，我有兩張票。」
「盧．瑞德？」
「他的歌有時候很好聽，有時候只是裝腔作勢，只有一個方法可以發現。」
「我已經好多年沒有聽他的歌了。」
「我不認為他在這段期間有學到怎麼唱歌。」
「沒有，大概沒有，好吧，那我們去吧。」
「要在哪裡碰面？」
「我晚上要去買東西……一起吃午餐怎麼樣？」
「太好了。」
「如果你沒有其他的事，我們可以共渡週末。」
「正合我意。」
「我也是，我要去城裡買東西……不知道能不能在聖歐瑞咖啡訂到桌子？」
「那不是就在牛津酒吧旁邊？」
「是的，」她說，微笑著。她想愛丁堡是用餐廳記憶，雷博思想到的是酒館。
「我去打電話訂。」

「訂一點鐘，如果可以的話，打電話跟我說。」

「他們會給我位子的，那裡的主廚是牛津的常客。」

她問他案子進行得如何，他很沉默，直到想起什麼事。

「你知道德文林教授提過的解剖學家嗎？」

「誰？肯納．羅威爾？」

「就是他，我今天偵訊一個醫學院學生，斐麗芭的朋友，結果她是他的後代。」

「真的嗎？」琴恩試著聽起來不要太好奇，「同樣的名字嗎？」

「不是：克蕾兒．班利，她是母親那邊有親戚關係。」

他們又聊了幾分鐘，琴恩掛電話的時候看看身邊。她的「辦公室」是一個很小的隔間，有桌子跟椅子，檔案櫃和書架，她在門後貼了一些明信片，包括一張博物館禮品店買的，亞瑟王座的棺材。在她門外，祕書和其他員工共用一個很大的辦公室，不過他們都回家了。大樓的其他部分有清潔工忙著，安全警衛在巡邏。她曾經整個晚上待在博物館，完全沒有被嚇到。即使是舊的博物館，展示著填充動物，都讓她覺得很鎮靜。星期五晚上。她知道博物館的餐廳會很忙碌，那裡有獨立的電梯，還有人在門口，確保客人會直接走進餐廳，而不會誤入博物館。

她想起第一次見席芳的時候，她提到的「不好的經驗」，應該不是和上面的食物有關，雖然，最後出現的帳單有時候會很令人震驚。她不知道等等會不會慰勞自己一下，十點鐘之後，用餐的價格會降低，也許他們可以幫她安排一下位子。她摸摸肚子，明天的午餐……如果今晚跳過晚餐的話也不會有害。而且，她不確定自己十點鐘還會不會在這裡。她調查肯納．羅威爾的生活，並沒有出現什麼特殊的資料。

肯納：她本來以為這個名字印錯了，但是一直出現：肯納，不是肯尼斯，一八〇七年出生於阿爾夏郡，柏克被處決的時候他只有二十一歲。他的父母是農家，父親曾經雇用過羅勃．柏恩斯的父親。肯納在當地上學，由當地牧師幫忙，寇特派屈克牧師……

外面辦公室有一個熱水壺，她站起來走出房間。門開著，她的影子伸展在地板上，她沒有開燈，開了熱水壺燒水，在水龍頭下沖杯子。茶包、奶精，她站在黑暗中靠著工作檯，雙手交握。透過門口，她可以看到自己的桌子，還有影印的那些紙。目前為止，她找到關於肯納．羅威爾醫生的資料只有這些——他協助解剖一個殺人犯，幫忙取下威廉．柏克的皮膚。最初的驗屍報告由門羅醫生進行，出席的還有經過篩選的觀眾，包括一位骨相學家和雕塑家，哲學家威廉．漢默頓爵士，以及外科醫生羅勃．里斯頓。接著是公開解剖，大學裡擠滿的大體解剖室裡，吵雜的醫學院學生像禿鷹一樣聚在一起，飢渴的尋找知識，那些沒有票的則聚集在門口和警察吵架。

她使用的研究資料是歷史書籍——有些關於柏克和海爾的案子，其他關於蘇格蘭的醫學史。中央圖書館的愛丁堡室如同往常一般有用，還有國家圖書館的一個朋友，兩者的員工都幫她影印了一些資料。她也去過外科醫學會館，使用他們的圖書館和資料庫。她沒有告訴雷博思這些，她知道為什麼：因為她很擔心。她認為亞瑟王座的案子只是一條盲目的巷子：對於約翰來說，他需要他的答案，卻可能反而誤入岐途。對於這一點，德文林教授說的對，沉迷總是有可能讓你掉進陷阱裡。這是歷史——比起包佛案是非常古老的歷史。不論凶手是否知道亞瑟王座的棺材，或看起來無關，沒有方法可以知道。她繼續這個調查是為了滿足自己：不希望約翰過度解讀。即使沒有這件事，他手上的事也已經夠多了。

熱水壺開關跳起來的時候，走廊傳來一個聲音。她沒有想太多，把開水倒進杯子裡，茶包泡幾遍，丟到垃圾桶裡。把杯子帶回到房間裡，門開著。

肯納．羅威爾在一八八二年來到愛丁堡，當時他還不到十五歲。她無從得知他是坐馬車還是走路來，在那個時代，走這樣的路程並非不尋常，特別是經濟比較拮据的話。在一本關於柏克和海爾的書裡，一位歷史學家猜測是寇特派屈克牧師贊助羅威爾的旅費，還把他介紹給一個朋友，最近才從海外回國的諾克斯醫生。在海外的時期，他在滑鐵盧當陸軍外科醫生，並且在非洲和巴黎讀書。在愛丁堡的第一年，諾克斯接待了年輕的羅威爾，等到羅威爾開始讀大學的時候，兩個人似乎漸漸疏遠，羅威爾也搬到西港……

琴恩喝著她的茶，翻閱這些影印資料：沒有註記、沒有索引，沒有資料指出這些顯然是「事實」的出處。就像面對信仰和迷信問題的時候，她知道從歷史文獻裡面找出客觀事實是多麼困難的事。傳說和謠言都可以印出來，偶爾致命的錯誤也會出現。無法查證任何資料的正確性讓她覺得很惱怒，只能依賴一些評語。像柏克和海爾這樣的案子，衍生出一些當代的「專家」，相信自己的證詞是唯一真實、值得記錄的。

但不表示她就必須相信。

更令她感覺挫折的是，肯納．羅威爾在伯克和海爾的故事裡也有出現，只存在於那殘忍的場景裡，而愛丁堡的醫學史中，他的角色則比較被忽略。他的傳記裡有很大的空白之處。她讀完的時候，只知道他讀完書之後開始教書、也開始執業。他在柏克的解剖中出現，但三年後他似乎又在非洲，結合了很是需要的醫學技術和基督教的傳教工作，在那裡待了多久則無法說清楚。他再次出現在蘇格蘭是一八四〇年晚期，開始在新城執業，客戶大概都反應了當時那裡的財富。一個歷史學家假設他可能繼承了寇特派屈克牧師的產業，因為他「幾年來都和這位紳士保持聯絡，維持良好關係」。琴恩很想看看這些信，但沒有人在書裡引述來處，她寫下筆記，試著找出來，阿爾夏郡的教會也許有些紀錄，或者，外科醫學會館的人也許會知道。很有可能的是根本就找不到，可能因為已經消失了——羅威爾死的時候和他的私人物品一起被丟掉——或是流到海外。很多歷史文件都流到國外的收藏家手上——大多是加拿大和美國……許多都是私人收藏，表示只有很少的細節內容可以找得到。

她看過很多線索就這樣消失，為自己沒有能力知道信件或什麼資料是否存在而感到挫折。然後，她想到德文林教授，羅威爾做的餐桌，根據德文林所言，羅威爾是業餘的木工……她又找出那篇論文，確定上面沒有寫到他的嗜好。要不是德文林有什麼書，有些證據，是她沒有找到的；或者，他只是在編造虛構的故事。她也常常看到這樣的情形：人們「就是知道」他們所擁有的古董曾經屬於邦尼查理王子、或華特．史考特爵士。如果她只是相信德文林的話就說羅威爾是木工，那麼，關於亞瑟王座的棺材是他留的這件事，就會整個開始動搖。她靠在椅子上，不是對自己很滿意。這些日子以來，她所努力的假設有可能是不成立的。羅威爾在一八三二年離開愛丁堡，放著棺材的洞穴只在一八三六年才被發現，有可能經過這麼久不被發現嗎？

她從桌上拿起一個東西，是她在外科醫學會館的一張拍立得照片──羅威爾的畫像，他看起來不像曾經在非洲受到蹂躪的人。他的皮膚很蒼白、平滑，臉看起來很年輕，她在背面寫下藝術家的名字，站起來又離開房間，打開到老闆辦公室的門，打開那裡的燈。他有半個書架放著很厚重的參考書籍，她找到自己需要的那一本，翻到畫家的那一頁，史考特．鐘西，一八二五年到三五年活躍於愛丁堡，她讀到，主要是畫風景，但也有一些肖像。在那之後，他到歐洲許多年，然後才在豪斯定居下來，所以，羅威爾這幅肖像是他在愛丁堡的早期畫的，他自己出門旅行之前。她不知道這樣的事看起來是否如表面一般奢侈，只有富有的人這樣做。然後她想到寇特派屈克牧師……也許這個畫像是由他所要求的，畫好之後往西送到阿爾夏教區，去提醒牧師由他負責。

同樣的，也許在外科醫學會館埋藏著一個線索，關於畫像到達之前的歷史。

「星期一，」她大聲說，可以等到星期一。她期待週末……還有盧．瑞德音樂會。

她關掉老闆辦公室的燈，聽到另一個聲音，這次更接近。有人打開外面辦公室的門，也開了燈，琴恩退了半步，才看到只是清潔婦。

「你嚇了我一跳，」她說，手放在胸前。

清潔婦只是微笑，把垃圾袋放下來，回到走廊去拿吸塵器。

「介意我開始打掃嗎？」她問。

「請便，」琴恩說，「反正我這裡已經做完了。」

她整理桌子時，注意到心還噗噗跳著，手有點顫抖。這麼多個穿過博物館的夜晚之中，她還是第一次受到一點驚嚇，拍立得上面肯納．羅威爾的肖像瞪著她。不知道為什麼，在她看來，鐘西並沒有把他畫得太好。羅威爾看起來很年輕，但是眼中帶點冷酷，嘴巴很堅定，臉上都是算計。

「直接回家嗎？」清潔婦問，進來清她的垃圾桶。

「也許在酒類專賣店停一下。」

「不成功便成仁嗎？」清潔婦說。

「諸如此類，」琴恩回答，心裡出現並不想看到的先生的影像。然後她想到什麼，走回桌子旁，拿起筆在目前為止的筆記裡加上一個名字。

克蕾兒·班利。

第十一章

「天啊，那可真大聲，」雷博思說。他們回到表演劇院外的人行道上，進去的時候天空還亮著，現在已經暗下來了。

「這樣說起來，你不常做這種事囉？」她問。她的耳朵也還在嗡嗡作響，而且由於過分彌補的作用，自己說話變得太大聲。

「有一陣子了，」他承認。聽眾群混著青少年、老龐克，一直到雷博思年紀的人……也許甚至還大個一、兩歲。瑞德演奏很多新的東西，雷博思聽不出來的，不過也加了一些經典作品。上次來表演劇院可能是UB四十的表演，大概是他們第二張專輯的時候。他不想去回憶那是多久以前的事了。

「去喝一杯好嗎？」琴恩建議。他們整個下午和晚上有一搭沒一搭地喝著：午餐喝葡萄酒，牛津酒吧很快地喝一杯。一段漫長的散步走下迪恩村、沿著里斯小溪，一直走到里斯，中間停下來坐在公園的板凳休息、聊天。「沿岸酒館」再喝兩杯。他們考慮早點吃晚餐，但午餐還很飽，於是他們走里斯大道再回到表演劇院。時間還是太早，他們進去柯南．道爾酒館喝一杯，然後再到劇院本身附設的酒吧。

有一度，雷博思發現自己對琴恩說：「我以為你會不再喝酒。」但馬上後悔說出這樣的話。然而，琴恩只是聳聳肩。

「你是說因為比爾？事情不是這樣的，我是說，對有些人也許如此，他們要不是突然自己變成酒鬼，不然就是決定永遠不要碰酒。但是，錯的並不是酒，是喝酒的人。比爾一直都有自己的問題，所以並沒有讓我因而停止喝酒。我從來沒有教訓他，這也沒有讓我停止喝酒……因為我知道，這對我並沒有那麼大的意義。」她停下來，「你呢？」

「我？」雷博思自己也聳聳肩，「我喝酒只是為了社交。」
「什麼時候開始有用過？」
他們笑了，不再聊這個話題。現在是星期六晚上剛過十一點，街上滿是酒後的吵雜聲。
「你建議哪裡？」琴恩問。雷博思作勢看看手錶：他可以想到很多酒館，不過是，並不是他想讓琴恩看到的地方。
「你可以再聽一些音樂嗎？」
她聳聳肩，「哪一種？」
「吉他音樂，而且只能站著聽。」
她若有所思，「是從這裡到你家的路上嗎？」
他點點頭，「你知道那地方很亂……」
「我看過，」她的眼睛找到他的視線。「那麼……你要邀請嗎？」
「你今晚想留下來過夜嗎？」
「我要你要我留下來。」
「只有地板上的一張床墊。」
她笑了，捏捏他的手，「你是故意這樣的嗎？」
「什麼？」
「想潑我冷水。」
「不是，只是……」他聳聳肩，「我只是不希望你……」
她用一個吻打斷他，「我不會的，」她說。
他一隻手伸上她的手臂，停在她的肩膀上，「還想先去喝那杯酒嗎？」
「我想是，多遠？」

「過橋後不遠，叫皇家橡木。」

「那就帶路吧。」

他們手牽手走著，雷博思努力試著不要看起來很尷尬。可是，還是發現自己看著經過他們的人，尋找他認識的面孔：同事或罪犯。他沒辦法說最不想撞見的是誰。

「你到底知不知道怎麼放鬆？」琴恩一度問。

「我以為自己已經模仿得很好了。」

「我在音樂會裡有感覺到，有一部分的你不知道在哪裡。」

「工作的副作用。」

「我不認為，婕兒就可以把工作的事放在一邊，我猜刑事組大部分的人也做得到。」

「也許不如你想的那麼多。」他想像席芳，想像她坐在家裡，瞪著手提電腦……還有愛倫．懷利在某處苦惱著……還有葛蘭特．胡德，床上都是文件，記住名字和臉孔。還有農夫，他會在做什麼？用抹布再次擦拭已經乾淨的表面嗎？有些人——嗨呵．史威勒，喬．迪克——他們上班的時候根本幾乎沒認真過，更不要說在一天結束的時候把工作放在一邊，其他像比爾．普萊德和巴比．荷根是努力工作，但把工作留在辦公室裡，有辦法神奇地把私人生活和工作分開。

然後還有雷博思自己，長久以來都是工作優先……因為，這樣他就不用面對自己私事的真相。

琴恩打斷他的思維，問了問題，「路上有什麼二十四小時商店嗎？」

「不只一家，為什麼？」

「早餐：有什麼東西告訴我，你的冰箱不會是阿拉丁神燈的洞穴。」

□

星期一早上，愛倫．懷利回到她的座位前，大家都稱這裡是西區，意思是托比申分局。她的理由是在那裡比較容易工作，空間比較沒有那麼擠。週末有幾件刀傷案、一件搶劫、三件家暴案、還有一件縱火案……這些讓她的同事很忙碌。他們走過她身邊的時候，也問到包佛案。她特別等待著的是雷諾和夏格．大衛森這對讓人害怕的雙簧，會提到關於她的首度電視登台。不過他們並沒有，也許同情受到折磨的她，更有可能只是顯示對她的支持。即使在像愛丁堡這樣小的城市，分局之間的競爭還是存在的。如果包佛案調查小組對愛倫．懷利不好，整個西區分局在面子上也掛不住。

「重新調派任務嗎？」夏格．大衛森猜。

她搖搖頭，「我在追蹤一條線索，在這裡做比較容易。」

「啊，這樣你就距離光鮮的追逐行動很遙遠。」

「什麼？」

他微笑，「重要的畫面、調查行動、重要任務的核心。」

「我在西區的核心，」她告訴他。「對我來說已經夠好了。」大衛森對她眨眨眼，雷諾拍拍手，她微笑：她回家了。

她整個週末都很煩躁：自己被孤立的方式，從新聞官調到和雷博思合作、模糊不清的地方。從那份任務到這一份——幾年前的遊客自殺案——看起來也是另一種貶損。

所以她決定了：既然他們不需要她，她也不需要他們。歡迎回到西區來，她進來的時候，拿了自己所有的筆記放在桌上，她不需要和那麼多人共用這張桌子。這裡的電話也不會一直響，比爾．普萊德拿著他的板子走過她身邊，還有尼古丁口香糖。她覺得在這裡很安全，在這裡，她可以得到安全的結論，一切只是自己在捕風捉影。

現在，她只要證明到讓婕兒．譚普勒滿意的程度就好。

她開始工作。打電話給威廉堡的警局，唐納．麥克雷警員非常熱心幫忙，對於這個案子，他記得很清楚。

「是在多柯利山的上坡，」他告訴她，「屍體已經在那裡幾個月，是一個偏僻的地點，還好剛好有獵人經過，否則可能在那裡躺上好幾年。我們遵守程序，沒有可以證明身分的東西，口袋裡也沒有。」

「連錢都沒有嗎？」

「什麼都沒找到，外套、襯衫上的標籤都沒能告訴我們什麼。也問過民宿和旅館，查過失蹤人口紀錄。」

「那槍呢？」

「槍怎麼樣？」

「有指紋嗎？」

「這麼久以後？沒有，沒有指紋。」

「但是，你有查槍的來源？」

「噢，有。」

懷利把每件事都寫下來。大部分是用縮寫，「火藥殘留呢？」

「什麼？」

「皮膚上的火藥殘留，他的傷口在頭上？」

「沒錯，法醫沒有在頭皮上找到燃燒或殘留。」

「那不是很不尋常嗎？」

「如果半個頭都打破了，還有當地的野生動物在覓食的話就不算。」

懷利停下來，「我知道了，」她說。

「我是說，這不像屍體，比較像稻草人。屍體像羊皮一樣，山丘上的風很強。」

「你沒有把它當成可疑案件處理？」

「我們只是根據解剖的發現進行。」

「有可能把檔案寄給我看嗎？」

「如果收到書面要求，當然。」

「謝謝，」她用筆敲著桌面，「槍找到的地點距離屍體多遠？」

「也許二十呎。」

「你覺得是動物移動的嗎？」

「是的，不然就是反射動作，把槍放在頭上扣下板機，當然會有反作用力，不是嗎？」

「我想也是，」她停下來，「接下來發生什麼事？」

「嗯，我們最後試著臉部重建，然後發出了合成畫像。」

「然後呢？」

「然後什麼也沒有，問題是，我們以為他比較老……也許四十出頭，合成畫像看起來也是這樣。天知道德國人是怎麼聽到的。」

「那對父母親？」

「沒錯，他們的兒子已經失蹤快一年了……也許更久。然後我們接到這通來自慕尼黑的電話，聽不太懂。接下來，他們帶著翻譯來到分局，我們給他們看衣服，他們認得幾樣東西……外套、手錶。」

「你聽起來不是很相信。」

「老實說，並沒有。他們已經找了他一年，都快瘋了。夾克只是一件單純綠色的衣服，沒有什麼特別的，手錶也一樣。」

「你認為他們只是說服自己，因為他們很想相信？」

「希望是他，是的。但是他們的兒子不到二十歲，專家告訴我們，我們這具遺體的年紀是二倍。然而報紙還是報導了這個消息。」

「那刀劍和魔法的事是怎麼發現的？」

「等一下好嗎？」她聽到麥克雷把話筒放在電話旁。他正在給某人指示：「就經過那個魚簍……有一個小屋，亞力在那裡租船……」她想像威廉堡：安靜，河岸邊，西邊就是小島。漁夫和觀光客，頭上有海鷗，海藻的味道。

「抱歉，」麥克雷說。

「很忙嗎？」

「噢，這邊總是很忙，」他笑著回答。她真希望自己和他一樣在那裡。他們談完之後，她可以走到碼頭邊，經過魚簍……「剛剛講到哪裡？」他說。

「刀劍和魔法。」

「我們會知道是因為報紙上的報導，又是那對父母，他們跟記者說的話。」

懷利面前拿著那張照片。標題：「高地神祕槍枝案件中的角色扮演遊戲？」記者的名字是史帝夫．何利。

尤根．貝克是二十歲的學生，和父母住在漢堡郊區，他上的是當地大學，主修心理學。他喜歡角色扮演遊戲，也是網路上大學聯盟的小組成員之一。其他學生說，失蹤前的一個禮拜，他有點焦慮，顯然有困擾。據他父母所知，他最後一次離家的時候帶著一個背包，他的護照、幾件換洗衣服、照相機、隨身CD、T恤、還有幾張CD片。

他的父母都是專業人士——父親是建築師，母親是大學講師——他們放棄工作尋找兒子，這個故事的最後一句用粗體寫著：「現在，兩位傷心的父母找到自己的兒子，但是對他們而言，謎團只有更深。他如何死在荒蕪的蘇格蘭山上？還有誰跟他一起在那裡？是誰的槍……誰用這支槍結束了這年輕學生的生命？」

「背包、還有其他東西，都沒有出現嗎？」懷利問。

「從來沒有出現，可是既然不是他，我們也不期望會出現。」

她微笑，「你幫了很大的忙，麥克雷警員。」

「把書面要求寄來，我會把詳細資料寄給你。」

「謝謝，我會寄的，」她停下來，「我們愛丁堡刑事組也有一個麥克雷，在克雷米勒分局……」

「是的，我們是堂兄弟，在一些婚禮葬禮上碰過他。克雷米勒就是有錢人住的地方？」

「他是這樣告訴你的嗎？」

「我被騙了嗎？」

「有空自己來看看。」

懷利笑著結束電話，夏格·大衛森走到她的桌子邊，她只好告訴他為什麼。刑事組辦公室並不大：四張桌子，有門通到儲存舊檔案的檔案室。大衛森拿起影印的報導，讀一遍。

「看起來好像是何利自己編的，」他說。

「你認識他嗎？」

「和他交手過幾次，何利的專長就是編故事。」

她從他手上拿過那篇報導，當然，關於幻想遊戲、角色扮演那些東西都維持曖昧，文中的字眼都是假設的：「也許有」，「有可能」，「如果」，「如想像的」……

「我需要找他，」她說，又拿起電話筒。「你知道他的電話號碼嗎？」

「不知道，不過他在報社的愛丁堡辦公室，」大衛森開始走回自己的桌子，「你會在分類電話簿裡找到，在『痲瘋病院』那一欄……」

□

電話響的時候，史帝夫·何利還在上班的路上。他住在新城，距離最近報紙所稱的「悲慘死亡公寓」只有三條街。並不是說他自己的地方和斐麗芭·包佛同一個等級，他住的是尚未現代化的頂樓公寓，新城少數剩下的。他的地址也沒有斐麗家的那種地位，不過，他還是看著自己公寓的價格攀升。四年前，他決定想住在城的這一邊，可是即使是當時，似乎也超過他的負擔，直到他開始注意日報和晚報上的訃聞。他看到新城地址的時候，帶著一個上面寫「緊急」的信封，標明給「屋主」。裡面的信很短，介紹自己是在那條街出生長大的人，但是母親搬走，從那以後就壞運不斷。他的雙親都已經去世，現在希望回到這麼多美好回憶的路上，如果屋主考慮要賣的話……

結果天啊，居然有用。一個已經困在家裡許多年的老太太去世，她的外甥女是她的近親，她讀了何利的信，那天下午打電話給他。他去看了那地方，三個臥室、有一點味道、有一點暗，但他知道這些問題都可以解決。外甥女問他以前住在幾號的時候，他差點砸了自己的腳，但還是有辦法騙過她。然後是他的遊說：那些仲介公司、律師都要抽成……最好自己決定公道的價錢，不用中間人……

那個外甥女住在邊境區，似乎不知道愛丁堡公寓的價錢如何。她甚至給了很多老太太的家具。他當然非常感謝她，但住進去的第一個週末就丟掉了。

如果他現在賣的話，口袋裡會有十萬鎊，不錯的存款。事實上，今天早上他才在想同樣的事，關於包佛家……只是，他猜他們非常清楚斐麗住的地方價值多少。杜達斯街爬到一半，他停下來接手機。

「史帝夫．何利。」

「何利先生，這是懷利警官，洛錫安與邊境警方刑事組。」

懷利？他試著想她是誰，當然，那個精彩的記者會！「是的，懷利警官，今天早上能為你服務什麼？」

「是關於你三年前左右寫的一遍報導……德國學生。」

「是不是那個槍在二十呎外的學生報導？」他笑著問，他站在一家小小的藝廊外面，看著櫥窗，先是對價錢很好奇，然後才是畫作。

「就是那個，沒錯。」

「別告訴我你抓到凶手了？」

「不是。」

「那是什麼？」

她猶豫了一下：他皺著眉頭專心，「也許有一些新的線索出現……」

「什麼新的線索？」

「現在，目前，恐怕沒有辦法透露……」

「是啊，是啊，告訴我一些不是每天都聽到的，你們這些人總是想不勞而獲。」

「你們就不是嗎？」

他轉身背對櫥窗，剛好看到一輛綠色亞思頓從紅綠燈經過：這種車不太多，一定是那個哀悼的父親……

「這和斐麗芭．包佛有什麼關係？」他問。

線路上很沉默，「抱歉？」

「那不是很好的答案，懷利警官。我上次看到你的時候，你還在辦包佛案。你是說，他們突然把你調去辦另一個案子，而這個案子甚至不隸屬洛錫安與邊境警方的管轄？」

「我……」

「你大概沒有辦法透露，是不是？反過來說，我愛怎麼說就可以怎麼說。」

「就像你編造刀劍和魔法的故事？」

「那不是編造的，我從他父母那聽來的。」

「說他喜歡角色扮演，是的，可是，是什麼遊戲把他帶到蘇格蘭的這種想法……？」

「是基於可得證據的猜測。」

「但是並沒有這個遊戲的證據，有嗎？」

「高地的山上，那些賽爾特神話的垃圾……就是像貝克這樣的人會跑來的地方。被派去追蹤什麼，只是，他到的時候有一把槍在那裡等著他。」

「是啊，我讀了你的報導。」

「我不知道為什麼和斐麗芭．包佛有關，但是你不告訴我怎樣有關？」何利舔舔嘴唇，很享受這個對話。

「是的，」懷利說。

「一定很痛，」他的聲音幾乎很熱心。

「什麼？」

「他們把你從新聞官調走的時候。不是你的錯，是不是？我們有時候真的很殘暴，他們應該幫你準備得更充分一點。天啊，婕兒・譚普勒自己新聞官做了一百年……她應該知道的。」

電話上又是一陣沉默，何利的聲音變溫和，「然後，他們就這樣把工作給了一個警佐，葛蘭特・胡德警佐，真是個好榜樣，我看過最臭屁的混蛋。如我所說的，像那樣的事一定很痛苦。發生了什麼事，懷利警官？你被困在這個蘇格蘭山上的案子，找個記者——敵人之一——讓他把你導引到對的方向。」

他以為她已經掛電話了，然後聽到幾乎是嘆息的聲音。

噢，你真厲害，史帝夫老兄，他對著自己想，有一天，你會有對的地址，牆壁上會有藝術品給人看……

「懷利警官？」他說。

「什麼？」

「很抱歉我提到你敏感的事。不過聽著，也許我們可以見個面，我想我知道怎麼幫你，即使只是一點點。」

「怎麼幫？」

「見面再說？」

「不，」聲音變得很堅定，「現在告訴我。」

「嗯……」何利把頭面向太陽，「比如說，你在辦的這個案子……需要保密，對不對？」他吸一口氣，「不要回答，我們都已經知道。但是比如說有人……一個記者，如果用個好的例子的話……發現了這個報導，人們會知道他是怎麼知道的，你知道他們會先找誰嗎？」

「誰？」

「新聞官，葛蘭特警佐。他是媒體的消息管道，如果某一個記者，擁有洩漏消息的記者，剛好……嗯，透露他的消息來源距離並不太遠……很抱歉，聽起來一定很小家子氣，你可能不想看到胡德警佐陷入泥沼之中，或是譚普勒分局長的頭上。只是，有時候我開始思考什麼事的時候，我就想一路到底。你知道我的意思嗎？」

「知道。」

「我們還是可以見面，我整個早上都有空。關於山上那男孩，你需要知道的我已經都告訴你了，不過，我們還是可以談一談……」

□

雷博思站在愛倫．懷利的桌子前整整半分鐘，她才發現到他在那裡。她瞪著眼前的文件，但雷博思不認為她有在看。大衛森經過，拍拍雷博思的背說，「早安，約翰，」懷利才抬頭。

「週末過得這麼糟嗎？」雷博思問。

「你在這裡做什麼？」

「找你，雖然我開始在懷疑為什麼要費這個心。」

她似乎趕快整理自己的情緒，一手摸摸頭，說什麼接近道歉的話。

「所以，我說得對嗎，週末過得這麼糟？」

大衛森又經過，手裡拿著文件。「她十分鐘前還好好的，」他停下來，「是那個混蛋何利嗎？」

「不是，」懷利說。

「打賭是，」大衛森說，又離開。

「史帝夫．何利？」雷博思猜。

懷利拍拍報紙上的報導，「我有需要找他談談。」

雷博思點點頭，「要小心他，愛倫。」

「我可以處理，別擔心。」

他還在點頭，「這樣比較像話。現在，你可以幫我一個忙嗎？」

「要看是什麼。」

「我有個感覺，這個德國學生的事可能把你弄得很煩……是因為這樣你才回來西區嗎？」

「只是覺得這裡可以做比較多事。」她把筆丟在桌子上，「看來我錯了。」

「嗯，我是來讓你休息的，我有一些偵訊要進行，需要一個伙伴。」

「你要偵訊誰？」

「大衛．卡斯特羅和他的父親。」

「為什麼找我？」

「我還以為我已經解釋了。」

「我是同情的對象嗎？」

雷博思吐了長長的一口氣，「天啊，愛倫，你有時候真難搞。」

她看看手錶，「我十一點半有一個會。」

「我也是：醫生約診。但這不會很久。」他停下來，「聽著，如果你不想……」

「好吧，」她說，肩膀垂下來，「也許你是對的。」

太晚了，雷博思又猶豫起來。她彷彿已經失去鬥志，他認為自己知道原因，也知道沒有什麼是他可以做的。

「很好，」他說。

雷諾和大衛森從另外一張辦公桌看著，「你看，大衛森，」雷諾斯說，「是動力二重唱！」

懷利似乎需要所有的力氣，才有辦法從她的椅子上站起來。

□

他在車子裡給她簡報。她沒有問很多問題，似乎對經過的行人更有興趣。雷博思把汽車留在飯店的停車場，走進飯店，懷利跟在他身後幾步之處。

卡拉東尼亞飯店是愛丁堡的產物，紅色磐石座落在王子街的西端。雷博思不知道房間的價格。他曾經和妻子和幾個朋友在餐廳用餐過一次，朋友來愛丁堡渡蜜月。那位朋友堅持把餐費記在房帳上，所以，雷博思從來不知道最後的價錢是多少。他整個晚上都很不舒服，正在辦一件案子，想趕快回去。羅娜也知道，把他孤立，專注在她和朋友的回憶上。渡蜜月的夫妻在上菜之間都握著手，有時甚至連吃飯的時候也是。雷博思和羅娜幾乎像陌生人一樣，婚姻正在瓦解之中……

「另一半的人如何生活，」在櫃檯等著打電話通知卡斯特羅的時候，他對懷利說。雷博思先打電話到大街・卡斯特羅的公寓，沒有人接。所以他在辦公室問了問，知道他的父母星期天晚上飛了過來，他們的兒子那天和他們在一起。

「我不認為自己進去過裡面，」懷利回答。「畢竟只是個飯店。」

「他們會很喜歡聽到你這麼說。」

「嗯，是事實，不是嗎？」

雷博思感覺她的心口不一，她的心思在別的地方，說的話只是在填補空檔。

櫃檯小姐對他們微笑，「卡斯特羅先生在等你們，」她給他們房間號碼，指引他們走到電梯。一個制服搬運工在搬東西，他看一眼雷博思，知道這裡沒有他的工作。電梯打開的時候，雷博思試著把一首曲子驅逐出他的腦海，凱斯・蒙恩「行李員」的咆哮及吼聲。

「你在吹的是什麼曲子？」懷利問。

「莫札特，」雷博思說謊，她點點頭，好像剛認出曲調……

結果，他們住的不只是客房，而是套房，連接門通到隔壁的套房。他先生關上門之前，雷博思瞥見泰瑞莎．卡斯特羅。起居室很精簡：沙發、椅子、桌子、電視……旁邊有一間臥室，走廊底端有一間浴室，雷博思可以聞到肥皂和洗髮精的味道。他們的身後是沉悶的味道，有時候在旅館房間裡會聞到。桌上有一籃水果，大衛．卡斯特羅坐在那裡，正在吃一個蘋果。他刮了鬍子，但是頭髮沒有洗，細長而油膩。他的灰色T恤看起來是新的，黑色牛仔褲也是。運動鞋上的鞋帶沒有綁。不是不小心，不然就是原本設計如此。

湯瑪斯．卡斯特羅比雷博思想像的還要矮，走路的時候肩膀有拳擊手的樣子。淡紫色的襯衫開著襟，長褲用淡粉紅色吊褲帶吊著。

「請進，請進，」他說，「請坐。」他指著沙發。不過，雷博思坐在椅子上，懷利則站著。那父親沒有什麼其他事可做，只好坐在沙發上，伸出雙手。但是一秒後他的雙手又合起來，問他們需要喝點什麼。

「我們不用，卡斯特羅先生，」雷博思說。

「確定嗎？」卡斯特羅看著愛倫．懷利，她也慢慢地點頭。

「這樣的話，」那個父親又再一次把雙手放在兩邊，「我們可以為你們做些什麼？」

「很抱歉必須在這樣的時機打擾，卡斯特羅先生。」雷博思看一眼大衛，他對於整個過程的興趣只和懷利一樣多。

「探長，我們非常了解你有工作要做，我們都希望協助你們抓到這個病態的混蛋，對斐麗芭做這樣的事。」卡斯特羅握緊拳頭，表示自己已經準備好對犯人做一點傷害。他的面孔寬而短，頭髮剪得很短，從前額上往後梳，眼睛有點瞇起來，雷博思猜這男人戴隱形眼鏡，很害怕掉出來。

「卡斯特羅先生，我們只是有些問題需要追蹤……」

「你們問的時候，介意我留在這裡嗎？」

「一點也不。也許你可以幫得上忙。」

「請說吧。」他的頭轉過去，「大衛！你在聽嗎？」

大衛．卡斯特羅點點頭，再咬一口蘋果。

「請便，探長，」那父親說。

「嗯，也許我可以從問大衛幾個問題開始。」雷博思作勢把筆記本從口袋裡拿出來，雖然已經知道問題，也不認為需要寫什麼下來。但是有時候，筆記本的出現可以有一些魔力。被訪談的人似乎信任被寫下來的字：如果你在筆記本寫下一些東西，表示也許被確認過。另外，如果他們覺得自己的答案會被記錄下來，就會在說話之前更加謹慎，不然事實真相會脫口而出。

「你確定不用坐嗎？」那父親問懷利，拍拍沙發上的空間。

「不用，」她冷淡地回答。

這樣的話似乎打破了魔咒，大衛．卡斯特羅看起來對記事本一點也不在乎。

「說吧，」他告訴雷博思。

雷博思瞄準開火，「大衛，關於我們認為斐麗在玩的網路遊戲，我們問過你……」

「是的。」

「你說你什麼都不知道，也對電腦遊戲之類的也沒有興趣。」

「是的。」

「可是，我們現在聽說你在學校的時候，對於那個地窖和魔龍的遊戲還算高手。」

「我記得，」湯瑪斯．卡斯特羅打斷，「你和你那些朋友，整天整夜在房間裡。」他看看雷博思，「整個晚上，探長，如果你相信的話。」

「我聽說過成年男子做一樣的事，」雷博思說。「幾手撲克牌、加上一個夠大的錢筒……」

卡斯特羅幾乎微笑地承認——兩個賭博男子之間的暗語。

「誰告訴你我是『高手』？」大衛問。

「只是有人說，」雷博思聳聳肩。

「噢，我不是，這個遊戲我大概只沉迷了一個月。」

「在學校的時候，斐麗也有玩，你知道嗎？」

「我不確定。」

「她應該會告訴你……我是說，既然你們兩個都喜歡的話。」

「我們認識的時候已經沒有在玩了，我不認為我們有談過這件事。」

雷博思瞪著大衛．卡斯特羅的眼睛，他的眼睛布滿血絲。

「那麼，斐麗的朋友克蕾兒是怎麼聽說的？」

年輕人嗤之以鼻，「她告訴你的？克蕾兒那頭母牛？」

湯瑪斯．卡斯特羅發出嘖嘖聲。

「嗯，她是啊，」他的兒子又說，「她總是想讓我們分手，假裝她是『朋友』。」

「她不喜歡你嗎？」

大衛想一想，「我想，她只是沒辦法忍受看到斐麗快樂。我告訴斐麗的時候，她只是嘲笑我，她自己看不出來。她的家人和克蕾兒的家有些過去的歷史，我想，斐麗覺得有罪惡感，克蕾兒真的是她的盲點……」

「你為什麼以前沒有告訴我們這些？」

大衛看看他笑了，「因為，克蕾兒沒有殺斐麗。」

「沒有嗎？」

「天啊，你不是在說……」他搖搖頭，「我是說，我說克蕾兒很邪惡的時候，只是她的心理遊戲……只是文字。」他停下來，「但也許，這就是那個遊戲：這是你在想的嗎？」

「我們不預設立場。」雷博思說。

「拜託，大維，」那父親說，「如果有什麼需要告訴警官的，趕快說出來！」

「是大衛！」年輕人大聲說。他的父親看起來很生氣，但是沒有說什麼。「我還是不認為是克蕾兒殺的，」大衛補充給雷博思聽。

「斐麗的母親呢？」雷博思隨意的問，「你和她相處的如何？」

「很好。」

雷博思讓沉默又徘徊了一會兒，以問句重覆大衛說的話。

「你知道母親都怎麼對待女兒的，」大衛開始說，「保護、諸如此類的。」

「應該如此的，不是嗎？」湯瑪斯．卡斯特羅對雷博思眨眨眼，雷博思則看了愛倫．懷利一眼，不知道她聽來感覺如何。然而，她只是瞪著窗外。

「問題是，大衛，」雷博思安靜的說，「我們有理由相信有一些衝突存在。」

「怎麼說？」湯瑪斯．卡斯特羅問。

「也許大衛可以回答，」雷博思告訴他。

「怎樣，大衛？」卡斯特羅問他的兒子。

「我不知道他在說什麼。」

「我是說，」雷博思說，假裝在看他的筆記，「包佛太太有一個想法，說你不知道如何汙染了斐麗的心靈。」

「你一定聽錯了，」湯瑪斯．卡斯特羅說，他又再握拳。

「我不認為如此，先生。」

「看看她所承受的壓力……她不知道自己在說些什麼。」

「我想她知道，」雷博思還看著大衛。

「說得滿對的，」他說。對蘋果已經完全失去興趣。蘋果在他的手上吊著，白色的果肉已經開始變色。他的父親質疑的看了一眼，「賈桂琳似乎認為，我在灌輸斐麗一些想法。」

「怎樣的想法？」

「她的童年並不快樂，她都記錯了。」

「你覺得是這樣嗎？」雷博思問。

「是斐麗，不是我，」大衛說，「她作這些夢，回到倫敦，回到那裡的家，在樓梯上上下下地跑著，試著逃離什麼，兩個禮拜，幾乎每天都作一樣的夢。」

「你怎麼做？」

「查了一些教科書，告訴她，可能和被壓抑的記憶有關。」

「我聽不懂他在說什麼，」湯瑪斯・卡斯特羅承認。他的兒子把頭轉向他。

「你想辦法不去想的一些壞事。事實上，我還頗羨慕的，」他們瞪著對方，雷博思認為他知道大衛在說什麼：和湯瑪斯・卡斯特羅一起長大應該不容易，也許解釋了那兒子的少年時期……

「她從來沒有解釋過可能是什麼？」雷博思問。

大衛搖搖頭，「也許沒有什麼，夢可以有不同的意義。」

「但斐麗相信？」

「有一陣子，是的。」

「也這樣告訴她母親？」

大衛點點頭，「然後，她就把整件事怪到我頭上。」

「女人真是的，」湯瑪斯・卡斯特羅說，他揉揉自己的額頭，「可是她承受很大的壓力，非常大……」

「這是斐麗失蹤之前的事，」雷博思提醒他。

「我不是這個意思，我是說包佛家，」卡斯特羅說，對兒子還是很不滿意。

雷博思皺眉頭，「怎麼說？」

「都柏林很多有錢人，會聽到一些謠言。」

「關於包佛家?」

「我自己並不是很清楚:過度投資……流動性比率……這些對我而言只是一些字眼而以。」

「你是說包佛銀行有問題嗎?」

卡斯特羅搖搖頭,「只是一些謠言,他們如果不改善的話,就往那邊去了,銀行的問題是關於信心,不是嗎?只要幾個編造的故事,就可以造成很大的傷害……」

雷博思感覺到卡斯特羅不會說什麼。但是賈桂琳.包佛指控他兒子的影響,他記下偵訊的第一個筆記:查包佛家。」

他自己也有一個問題:提起父親和兒子在都柏林的狂野日子。不過,大衛似乎看起來比較鎮定,少年的歲月已經過去。至於他的父親,雷博思可以看到一些脾氣還在,他不認為需要再得到一個教訓。

現在,房間裡又是沉默。

「這樣可以了嗎,探長?」卡斯特羅說,作勢伸手到口袋裡拿出一個口袋錶,打開又蓋起來。

「差不多了,」雷博思承認,「你知道葬禮是什麼時候嗎?」

「星期三,」卡斯特羅說。

有時候,調查謀殺案時,被害人盡可能先不要下葬,以防萬一有新的證據出現。雷博思認為應該是有人施壓:又是約翰.包佛,為了滿足自己的需要。

「是土葬嗎?」

卡斯特羅點點頭,土葬很好,如果火葬,有需要的時候就不可能使用屍體……

「那麼,」他說,「除非你們兩位還有什麼補充的……?」

並沒有,雷博思站起來,「好了,懷利警官?」他說,她好像從睡覺被叫起來。

卡斯特羅堅持送他們到門口,和他們倆握手。大衛沒有從椅子上站起來,雷博思說再見的時候,他把蘋果拿到嘴邊。

在外面，門關起來，雷博思站在那裡一下，聽不到裡面有什麼聲音。他注意到隔壁的門打開了幾吋，泰瑞莎・卡斯特羅探出頭來。

「都還好嗎？」她在問懷利。

「都很好，夫人，」懷利告訴她。

雷博思走到那裡之前，門又關起來。他想著泰瑞莎・卡斯特羅，感覺好像坐困愁城……

在電梯裡，他告訴懷利會送她回去。

「沒關係，」她說，「我走路去。」

「確定嗎？」她點點頭，他看看手錶，「你的十一點半？」他猜。

「沒錯，」她的聲音漸漸消失。

「那麼，謝謝你幫忙。」

她眨眨眼，好像很難聽進去。他站在大廳看著她走進旋轉門，稍後，他跟著她走向街上。她正穿過王子大街，袋子拿在胸前，幾乎在跑步。她走到費雪百貨公司旁，經過夏綠蒂廣場，包佛銀行總部附近。他不知道她要去哪裡：喬治街、也許皇后街？走下新城？唯一的方法是跟著她，但是，他懷疑她會感激他的好奇心。

「噢，隨便，」他對自己說，朝街口走去。他在等紅綠燈，只有靠近夏綠蒂廣場時看到她一眼：她走在馬路的另一邊，走的很快。等他走到喬治街的時候，已經看不見她了。他對自己微笑：真是哪門子的探長。他走到城堡街又走回來，她應該在其中一家店或咖啡座裡。去他的，他開車門，開出飯店的停車場。

有些人有自己的惡魔。他感覺愛倫・懷利也是其中之一，他在這方面還頗會看人，經驗總是有用。回到聖藍納分局，他打電話給週日報紙商業版的連絡人。

「包佛有多穩？」他問，不多廢話。

「我假設你問的是銀行？」

「是的。」

「你聽說什麼？」

「都柏林的謠言。」

記者笑一笑，「啊，謠言，世界沒有它們怎麼辦？」

「所以沒有問題？」

「我沒有這樣說。在紙上，包佛的運作很好，但是，有些數據還是可以隱藏的。」

「所以呢？」

「所以，他們的半年預測數字已經下調，不足以讓大投資戶高興，但是包佛跟小投資人維持友好關係，他們比較容易疑神疑鬼。」

「最壞的情況是什麼，泰瑞？」

「雖然有敵意的接收併購，包佛會生存下來。但是，如果年底的財務報表看起來有問題，也許會有一、兩個做做樣子的革職。」

雷博思若有所思的說，「會是誰？」

「我會認為是藍納．馬爾，只是包佛為了表現自己在這樣的年齡、這樣的時間、還是有所需要的無情。」

「沒有老友的情分？」

「老實說，從來都沒有。」

「感謝，泰瑞，牛津酒吧會有一大杯琴湯尼等著你。」

「也許要等一陣子。」

「很忙嗎？」

「醫生的命令，我們已經一個一個被選走了，約翰。」

雷博思想了幾分鐘，想到他和醫生的約診，因為打這通電話又錯過了。他放下電話的時候，在筆記本上寫下馬爾、圈起來。藍納．馬爾，他的瑪莎拉蒂跑車、還有玩具小兵。**你幾乎會以為是他失去了女兒……**雷博思開始修正這個想法。他不知道馬爾是否知道這個工作已經不保，知道只要他們的存款稍有一點動向，小投資人可能就會要求代罪羔羊……

他轉到湯瑪斯．卡斯特羅的影像，一輩子從來都不用工作。那是什麼生活？雷博思無法回答這個問題。他的父母親一生都很窮——從未擁有自己的房子，他父親去世的時候，留了四百鎊給雷博思和他的弟弟分，保險費拿來支付葬禮費用。即使在那時候，在銀行裡拿到他那一部分的錢，他在想……他父母親一生的積蓄，只相當於他一星期的薪水。

現在，他在銀行裡有自己的錢——每個月薪水用的很少，公寓的錢已經付清了，羅娜或莎曼莎似乎都不需要從他這得到什麼，食物和飲料，修車廠的帳單。他從來不渡假，大概一星期買幾張唱片或是CD。幾個月之前，他本來想買一套林恩音響，但那家店讓他放棄了——告訴他沒有庫存，有的時候會打電話給他，但一直沒有接到來電。盧瑞德的票也沒有花他多少錢，琴恩還堅持要付自己那一份……第二天早上還煮了早餐。

「微笑警察來了！」席芳從辦公室的另一端大叫。她坐在桌子前，旁邊坐著總部來的大腦。雷博思了解到自己臉上有一個很大的微笑，他站起來走過房間。

「我收回那句話，」席芳很快的說，舉起雙手投降。

「哈囉，大腦」雷博思說。

「他的名字是班恩，」席芳糾正他，「他喜歡被叫艾瑞克。」

雷博思忽略她說的，「這裡好像星際迷航記的船長室一樣，」他看著一大堆電腦器材和連接線：兩台手提電腦、兩台個人電腦。他知道其中一台個人電腦是席芳的，另一台是斐麗芭．包佛的。「告訴我，」他問她，「我們對於斐麗芭早期在倫敦的生活知道多少？」

她皺皺鼻子，想著，「不多，為什麼？」

「因為男朋友說她做這些惡夢，在倫敦家裡的樓梯上上下下的跑著，被什麼東西追。」

「確定是倫敦的房子嗎？」

「什麼意思？」

她聳聳肩，「只是『杜松』讓我覺得很毛，盔甲裝備、布滿灰塵的舊撞球間……想像一下在那種地方長大。」

「大衛・卡斯特羅說是倫敦的家。」

「是心理轉移作用嗎？」班恩建議。他們都看著他，「只是個想法，」他說。

「所以，他害怕的是『杜松』嗎？」雷博思問。

「我們把錢仙板子拿出來問吧，」席芳發現自己說了什麼，然後說，「真是差勁，對不起。」

「我聽過更糟的，」雷博思說，他也是。在犯罪現場，幫忙圍警戒線的制服警察被聽到告訴朋友：「我打賭她沒有指望（銀行）這一點，聽懂嗎？」

「有點像次希區考克，是不是？」班恩現在說，「你知道，《豔賊》[1]那一類的……」

雷博思想到大衛・卡斯特羅公寓裡的詩集：**夢見希區考克**。

你死不是因為壞，你死是

因為有空……

「也許你說的對，」他說。

席芳聽出他的語調，「都一樣，你還是想知道斐麗在倫敦那些年的生活？」

他開始點頭，然後又搖搖頭，「不，」他說，「你說的對……太勉強了。」

他走開的時候，席芳轉向班恩。「這通常是他最拿手的，」她喃喃的說，「越勉強他越喜歡。」

班恩微笑，他又帶著公事包、還是沒有打開。星期五晚餐之後他們道再見，星期六早上，席芳開車北上去看足球賽，並沒有要載誰一程：她帶了過夜的袋子，找了一家民宿，下午愛爾蘭人隊贏的不錯。然後到處看看，吃了晚餐。她帶了隨身聽，一些錄音帶、和幾本書。手提電腦留在公寓裡，一個沒有益智王的週末：正好是醫生指示的。只是，她沒辦法停止想他，不知道是不是有新的信件在等著她。她讓自己星期天晚上很晚回來，又忙著洗衣服。

如今，手提電腦坐在她的桌上，她幾乎害怕去碰，害怕降服於這個癮頭……

「週末過的好嗎？」班恩問。

「不壞，你呢？」

「很安靜，星期五的晚餐算是高潮。」

她微笑的接受這個恭維，「現在怎麼辦？連絡特別小組嗎？」

「我們先找犯罪小組，他們會轉達我們的要求。」

「我們不能直接連絡嗎？」

「中間人會不喜歡。」

席芳想到克里夫豪斯：班恩也許是對的，「那就這麼做吧，」她說。

班恩拿起電話，和總部的克里夫豪斯探長談了很久。席芳的手指滑過手提電腦上的鍵盤，電腦已經連接到她的手機。星期五晚上，家裡有一個電話留言等著她：她的手機門號公司，不知道她是否知道自己的使用量突然大幅增加，是的，她很清楚。班恩還在忙著向克里夫豪斯解釋，她決定連上網，找點事做……

有來自益智王的三封新郵件，第一封是星期五晚上，大約她回家的時候：

尋求者：我的耐心不再，遊戲將對你關閉，要求馬上回覆。

第二封是星期六下午：

席芳？我對你很失望，你目前為止的表現都非常好，現在遊戲已經結束。

不管是不是真的結束，他星期天午夜還是又回來：

你忙著在追蹤我嗎，是嗎？你還想見面嗎？

班恩結束談話，放下電話，瞪著電腦螢幕。

「你讓他動搖他了，」他說。

「新的網路服務公司？」席芳問。班恩看看上面點點頭。

「新的名字，全部都是新的。不過，他還是認為自己無法被追蹤到。」

「那他幹嘛不乾脆結束一切就好了？」

「我不知道。」

「你真的認為遊戲結束了嗎？」

「唯一知道的方法……」

所以席芳忙著打鍵盤：

我週末不在，如此而已。調查進展中。目前，是的，我還想見面。

她傳送訊息。他們去買咖啡，回來的時候還是沒有回覆。

「他在鬧情緒嗎？」席芳問。

「或是不在電腦附近。」

她看著他，「你的臥室裡到處都是電腦的東西嗎？」

「你是要我邀請你去我的臥室嗎？」

她微笑，「不是，我只是在想，這些人，他們可以花整日整夜在電腦螢幕前，是不是？」

「絕對是，但我不是其中一個，我在三個聊天室是常客，無聊的時候也許上網一、兩個小時。」

「什麼是聊天室？」

「就是聊聊天，」他把椅子拉向桌子。「現在，我們等的時候，也許該看看包佛小姐刪除的檔案。」他看到她臉上的表情，「你知道可以把刪除的檔案叫回來嗎？」

「當然，我們已經看過她的往來檔案。」

「但是，你有看過她的電子郵件嗎？」

席芳被強迫承認沒有，或者，葛蘭特並不知道可以這樣做。

班恩嘆口氣，開始使用斐麗的個人電腦。沒有花太長的時間，很快的，他們瞪著一連串刪除的電子郵件，來自斐麗、還有寄給她的。

「這個到多久以前？」席芳問。

「差不多兩年多，她什麼時候買電腦的？」

「是十八歲的生日禮物，」席芳說。

「對某些人而言算是不錯的禮物。」

席芳點點頭，「她也有一間公寓。」

現在班恩看著她，不可思議的慢慢搖頭，「我的生日禮物是手錶和照相機，」他說。

「這就是那個手錶嗎？」席芳指著他的手腕。

不過，班恩的心思放在別的地方。「所以，我們有她一開始的電子郵件，」他在最早的日期那裡點一下，但是電腦告訴他不能打開。

「需要轉換，」他說。「硬碟可能壓縮過了。」

席芳試著研究他在做什麼，但他做的太快。沒有多久時間，他們已經在讀斐麗一開始寄的郵件，是寄到她父親的辦公室：

只是測試，希望你有收到，個人電腦真棒！今晚見，斐麗。

「我猜，我們需要全部都讀過？」班恩猜。

「我想是吧，」席芳同意。「這表示要一次一次轉換嗎？」

「並不需要，如果你幫我倒杯茶——加牛奶不要糖——我來看看可以怎麼做。」

等她帶飲料回來的時候，他已經把它們一張一張列印出來，「這樣子，」他說，「我準備下一疊的時候，你可以一邊讀。」

席芳依序開始看，沒有多久就找到比較有意思的，而不只是斐麗和朋友間的八卦。

「看這個，」她告訴班恩。

他看著郵件，「是來自包佛銀行，」他說，「叫RAM的人。」

「我願意打賭是藍納．馬爾，」席芳把這張拿回來。

斐麗，你終於成為虛擬世界的一部分，真是好消息！我希望你覺得很好玩。你也會發現網路是非常棒的研究工具，所以我希望可以幫助你的學習……是的，你可以刪除信件沒錯，它們會占據記憶體的空間，刪掉可以讓你的電腦跑快一點。但是記得，刪除的信件還是可以再恢復，除非你採取某些步驟。以下是如何完全刪除。

寫的人繼續寫那個過程，最後他屬名R，班恩用手指指著螢幕的一角。

「這解釋為什麼有這麼長的時間空白，」他說，「一旦他告訴她如何完全刪除，她就開始這樣做了。」

「也解釋了為什麼沒有來自、或寄給益智王的電子郵件。」席芳在看著那些紙，「甚至沒有原來給RAM的郵件。」

「之後的也沒有。」

席芳揉揉太陽穴，「她為什麼會想把其他的東西都刪掉？」

「我不知道，大部分的使用者並不會想到要這樣做。」

「坐過去一點，」席芳說，把她的椅子滑過去。她開始寫一封新的電子郵件，寫給包佛銀行的RAM。

我是克拉克警佐，有急事請連絡。

她加上聖藍納分局的電話號碼，然後寄出信件，再拿起電話打到銀行。

「請接馬爾先生的辦公室，」她被接到馬爾的祕書，「馬爾先生在嗎？」她問，眼睛看著班恩喝他的茶。

「也許你可以幫我的忙，我是聖藍納分局刑事組的克拉克警佐，我剛剛寄了一封電子郵件給馬爾先生，不知道他收到了沒有。顯然我們這邊有些問題……」她停下來等祕書去查。

「噢，沒有嗎？可以告訴我他在哪裡嗎？」她又停下來聽著祕書說。「真的很重要，」現在她的眉毛揚起，「普思頓大屋？離這裡不遠。有沒有可能留言給他，請他開會之後來聖藍納分局一趟？只要幾分鐘。也許比我們去他工作的地方方便一點……」她再聽一次，「謝謝，電子郵件沒有傳過去嗎？很好，謝謝。」

她放下電話，班恩已經喝完杯子丟掉，安靜的鼓掌。

四十分鐘之後，馬爾來到分局，席芳請其中一位制服警察帶他到二樓刑事組，雷博思已經不在，但這裡還是很忙碌。制服警察把馬爾帶到席芳的桌子前，她點點頭請銀行家坐下，馬爾看看四週：沒有多的椅子，很多眼睛雙瞪著他，其他警官在思索著他是誰。穿著筆挺的條紋西裝、白襯衫、淡檸檬色的領帶，他看起來比較像是昂貴的律師，而不是分局平常的訪客。

班恩站起來，把自己的椅子拉給馬爾坐。

「我的司機停在單黃線上，」馬爾說，作勢看看手錶。

「這不會太久，先生，」席芳說。「你認得這個機器嗎？」她拍拍電腦。

「什麼？」

「是斐麗芭的。」

「是嗎？我不會知道。」

「我想也是，但你們彼此互通電子郵件。」

「什麼？」

「RAM，是你，是不是？」

「如果是呢？」

班恩向前走一步，拿給馬爾一張紙，「那麼，這就是你寄的，」他說，「看來，包佛小姐也作了行動。」

馬爾從信件中抬頭，眼睛看著席芳，而不是班恩。她因為班恩的話而退縮一下，馬爾注意到了。

大錯，艾瑞克！她想大叫。因為，現在馬爾知道這是他們唯一有的，他和斐麗之間的電子郵件。否則的話，席芳可以誘導他，讓他以為他們還有其他的信件，看看會不會讓他覺得困擾。

「怎麼樣？」讀過信件之後，馬爾只有這樣說。

「只是很好奇，」席芳說，「你給她的第一封郵件，居然是教她如何刪除電子郵件。」

「斐麗在很多方面都非常注意隱私，」馬爾解釋。「她喜歡隱私，她問我的第一件事就是關於刪除郵件，這是我的回應。她不喜歡有人可以讀她寫的東西。」

「為什麼不？」

馬爾聳聳優雅的雙肩，「我們都有不同的人格面貌，不是嗎？那個寫信給年老親戚的『你』和寫信給親密朋友的『你』並不一樣。我知道我寫信給玩戰爭遊戲同好的時候，並不希望我的祕書看到。她會看到一個很不同的『我』，相較於工作的時候。」

席芳點點頭，「我想我能夠了解。」

「我在工作上也是如此，保守機密——祕密，如果你喜歡——是絕對的重要。商業欺騙永遠很重要，我們把不要的文件碎掉，刪掉電子郵件等等，保護我們的客戶、還有自己。所以，斐麗提到刪除郵件的時候，那種考量在我心裡是最重要的。」他停下來，眼神從席芳移到班恩又回來。「你們就想知道這些嗎？」

「你們的電子郵信還談過些什麼？」

「我們沒有寫很久，斐麗只是在嘗試，她有我的電子郵件信箱，知道我比較熟，一開始她有很多問題，但她學的很快。」

「我們還在找電腦裡刪除的郵件，」席芳說，「你知道自己最後一次寫信給她是什麼時候嗎？」

「也許大約一年前吧，」馬爾開始站起來，「如果我們結束了，我真的需要……」

「如果不是你告訴她怎麼刪除郵件，也許我們現在就抓到他了。」

「誰？」

「益智王。」

「是她玩這個遊戲的對手嗎？你還認為這和她的死有關嗎？」

「我很想知道。」

馬爾現在站起來，撫平外套，「有可能嗎，沒有他的幫忙……這個益智王？」

席芳看看班恩，他知道收到提示時該做什麼。

「是的，」他很有自信的說，「可能需要時間，但我們會追蹤到他。他留下足夠的蹤跡讓我們可以找到他。」

馬爾的眼神從一個警察移到另一個身上。「太好了，」他微笑的說，「如果我可以幫什麼忙的話……」

「馬爾先生，你已經幫我們非常多了，」席芳說，眼睛看著他。「我請其中一個制服警察送你出去……」

他離開之後，班恩把椅子拉過來，坐在席芳旁邊。

「你覺得是他，是不是？」他安靜的問。

她點點頭，瞪著馬爾剛剛離開的門。她的肩膀又垮下來，緊閉雙眼，揉一揉，「其實，我也不知道。」

「你也沒有證據。」

她點點頭，眼睛還閉著。

「直覺？」他猜。

她眼睛張開，「我知道不要太相信直覺。」

「很高興聽你這樣說，」他對她微笑，「有證據的話會不錯，是不是？」

電話響的時候，席芳好像還在夢裡，所以由班恩接電話。是一個特別小組的布萊克警官，他想知道是不是找對人，班恩向他確定是的時候，布萊克問他對電腦懂多少。

「我懂一點。」

「很好，個人電腦在你面前嗎？」班恩答是，布萊克告訴他怎麼做。五分鐘後掛上電話時，班恩鼓起臉頰，很大聲的呼氣。

「真不知道特別小組是怎麼了，」他說，「不過，他們總讓我覺得自己只有五歲，第一天上學。」

「你聽起來還好，」席芳向他保證。「他們需要什麼？」

「你和益智王所有的往來電子郵件，還有斐麗芭．包佛帳號的細節，還有使用者名稱，你的也是。」

「不過，那是葛蘭特．胡德的機器，」席芳說，碰著手提電腦。

「嗯，那麼就是他的帳號細節，」他停下來，「布萊克問我們有沒有嫌犯。」

「你沒有告訴他。」

他搖搖頭，「可是我們還是可以給他馬爾的名字，我們甚至可以給他電子郵件地址。」

「會有幫助嗎？」

「有可能，你知道嗎？美國人可以用衛星讀電子郵件？全世界所有的電子郵件……」她只是瞪著他，然後他笑了。「我不是說特別小組有那種科技，但是你永遠不知道，是不是？」

席芳正在沉思，「那就把我們所有的資料都給他們，給他們藍納．馬爾。」

手提電腦告訴他們有新郵件，席芳按下去打開，益智王。

追求者，我們在「糾纏」這一關結束後碰面，接受？

「噢，」班恩說，「他是真的在問你。」

所以遊戲沒有結束？席芳又打回去。

特別待遇。

她打另外一個訊息：**目前有問題需要回答**。

馬上回應：**問，追求者**。

所以她問：**除了斐麗還有其他人在玩這個遊戲嗎？**

他們等回覆等了一分鐘。

有。

她看看班恩，「以前他說沒有。」

「他要不是以前在說謊，就是現在在說謊。你會再問一次這個問題，讓我覺得你第一次並不相信他。」

有幾個？席芳答。

三個。

彼此競爭嗎？他們知道嗎？

他們知道。

他們知道對手是誰嗎？

三十秒的空檔，**絕對不知道。**

「真話還假話？」席芳問班恩。

「我在想，馬爾是否有足夠的時間回到辦公室裡。」

「像他這個行業，如果他在車子裡有手提電腦或手機，我也不會很驚訝，只是為了在遊戲中保持領先。」

她對著這個無意的雙關語微笑。

「我可以打他的辦公室……」班恩已經伸手拿電話，席芳唸出銀行的電話號碼。

「請接馬爾先生辦公室，」班恩對著話筒說。然後：「是馬爾先生的助理嗎？這裡是班恩警員，洛錫安警方，我可以跟馬爾先生說話嗎？」他看著席芳。「馬上回來？謝謝你。」然後又想一想，「噢，我可以連絡車上的他嗎？他車上可以看電子郵件嗎？」又停一下，「不用了，謝謝你。我等一下再打。」他放下電話，「車裡不能看電子郵件。」

「就他的助理所知，」席芳安靜的說。

班恩點點頭。

「現在，」她繼續說，「你只需要一支電話。」一支行動上網手機，她在想，就像葛蘭特一樣。不知道為什麼，她心裡閃過那天早上在大象咖啡座……葛蘭特忙著已經完成的填字遊戲，試著想讓隔壁桌的女人印象深刻……她研究下一個訊息：

你可以告訴我他們是誰嗎?你知道他們是誰嗎?回覆馬上出現。

不知道。

不能告訴我還是不知道是誰?

兩者都是,「糾纏」等著。

最後一件事情,主人,你是怎麼選到斐麗的?我必須向她來找我,像你一樣。

但是她怎麼找到你的?

下一關的提示馬上會出現。

「我想他受夠了,」班恩說,「也許不習慣他的奴隸頂嘴。」

席芳想著要試著繼續對話,點點頭同意。

「我不認為我有葛蘭特.胡德的水準,」班恩補充,她皺皺眉頭,並不了解,「在破解這部分,」他解釋。

「我們等著瞧。」

「目前,我可以把這些東西送到特別小組。」

「好,」席芳笑著說,她又想到葛蘭特,如果不是他,她不會來到這麼遠。但是,調職後,他並沒有表現出一點點好奇心,也沒有打電話問有沒有新的提示要破解……她不知道他這種完全轉移焦點的能力是打哪裡來的。看著電視上的葛蘭特,幾乎認不出他是那個午夜在她公寓裡踱步,在山丘上崩潰的人。她知道她比較喜歡哪一個,並且不認為是出自於專業上的嫉妒。她想到自己現在比較了解婕兒.譚普勒一點了,婕兒用自己的資深恐嚇下屬,那些有野心又有自信的是她的目標,也許因為她自己沒有足夠的自信。席芳希望這只是一個階段。她祈禱是這樣。

她希望,「糾纏」這一關來的時候,忙碌的葛蘭特可以給他的舊伙伴幾分鐘,不論他的新主子喜不喜歡。

□

葛蘭特．胡德整個早上都在面對媒體，重新修改每日的新聞稿，是當天稍晚要用的——希望這次譚普勒分局長和卡斯威爾副署長都會滿意——並且幫被害者的父親分擔一些電話，他非常生氣當初沒有給更多媒體時間，呼籲大眾提供資訊。

「犯罪現場節目呢？」他問了幾次。私底下，葛蘭特認為「犯罪現場」節目是個很好的想法，所以，他打電話到愛丁堡的英國廣播公司，對方給了他格拉斯哥的號碼，格拉斯哥又給了他倫敦的號碼，總機又把他接給研究員，用著任何有本事的新聞官都會知道的音調，他說，這一季的「犯罪現場」已經結束了，要幾個月後才會再回來。

「噢，對，謝謝，」葛蘭特說，放下電話。

他沒有時間吃午飯，早餐只是從餐廳買的培根三明治，幾乎六個小時以前的事了。他很清楚四周的一些政治——警察總部的政治。卡斯威爾和譚普勒也許在某些事情上互相同意，但從來都不會是所有的事，他被夾在他們之間，試著不要和任何一方鬧的太僵。卡斯威爾是真正的權力中心，但譚普勒是葛蘭特的老闆，有辦法修理他。他的工作就是讓她沒有動機、也沒有機會。

他知道自己目前為止表現的還不錯，但是留給給食物、睡眠和空閒的時間只剩一點點。就收獲而言，這個案子現在已經吸引了更多關注，不止是倫敦的媒體，還有紐約、雪梨、新加坡和多倫多，國際媒體也需要向他查證所有的細節，甚至提到派記者到愛丁堡來，胡德警佐是否有時間接受短暫的採訪？

對於每個要求，葛蘭特都很想正面回應。他確保自己寫下每一個記者的細節、連絡電話、甚至時差。

「如果我半夜傳真給你的話，一點用也沒有，」他告訴紐西蘭的一位新聞編輯。

「我比較喜歡電子郵件，老兄。」

葛蘭特也記下那些細節，才想到要從席芳那裡拿回手提電腦。要不然，就是投資在更先進的東西上。這個案子可以有自己的網站，他會寫一個備忘錄給卡斯威爾，也給譚普勒，附上他的要求。

如果他有時間的話……

席芳和他的手提電腦——他已經好幾天沒有想到她了。他對她的「單戀」並沒有維持太久，還好他們沒有真的再進一步，他的新工作會形成他們之間的阻礙。他知道他們能夠把那個吻大事化小，小事化無，好像沒有發生過。雷博思是唯一的目擊者，但如果他們否認的話，說他說謊，他也會開始忘記。

現在，葛蘭特很確定的只有兩件：他想永遠當新聞官，他也很拿手。

他用那天的第六杯咖啡慶祝，對走廊和樓梯上的陌生人點點頭，他們似乎知道他是誰，想認識他，也被他認識。他推開門的時候，電話又響了，辦公室很小，比某些分局的櫃子還要小，也沒有自然光。不過，這還是他的地盤。他靠在椅子上，拿起話筒。

「胡德警佐。」

「你聽起來很快樂。」

「請問是哪位？」

「是史帝夫．何利，記得我嗎？」

「當然，史帝夫，我能為你做什麼？」但他的音調馬上變的比較專業。

「這個嘛……葛蘭特，」何利在句子裡擠進一點點的狡滑，「我只是需要為自己寫的一篇報導找一個引述。」

「是的？」葛蘭特在椅子上稍微向前一點，現在沒有那麼舒服了。

「蘇格蘭到處都有女性失蹤……現場發現的娃娃……網路遊戲……山丘上死亡的學生，有讓你想到什麼嗎？」

葛蘭特以為自己會把話筒捏爛掉，桌子、牆壁……都模糊起來。他閉上眼睛，試著把腦袋搖清楚。

「像這樣的案子，史帝夫，」他說，想要，「記者會聽到很多東西。」

「葛蘭特，我相信是你自己破解了網路上的一些提示。你覺得呢？一定跟謀殺案有關，是不是？」

「我對此沒有評論，何利先生。聽著，不論你認為自己知道什麼，你必需了解，不論是真實或虛假的報導，都可能對調查造成不可回復的傷害，特別是在重要的階段。」

「包佛案在很重要的階段嗎？我沒聽說……」

「我只是想要試著說明……」

「聽著，葛蘭特，承認吧：你這件事搞砸了，抱歉我說錯話，你最好就是告訴我吧，這樣對你最好。」

「我不這麼認為。」

「你確定嗎？你現在那個職位不錯……我不想看你完蛋。」

「不過，我覺得你好像就是希望如此，何利。」

電話筒在葛蘭特的耳朵旁笑著，「從史帝夫到何利先生到何利……接下來，你就會開始罵我了，葛蘭特。」

「誰告訴你？」

「這麼大的事情，不可能不洩漏出去。」

「是誰打破水壩上的洞？」

「這裡一句，那裡一句……你知道是怎樣的。」

何利停下來，「噢，不，對了──你不知道是怎樣，我一直忘記，你才上任五分鐘，已經以為自己可以擺平我這種人。」

「我並沒有想要……」

「這些小小的個別簡報，只有你和你最喜歡的記者，去你的，葛蘭特，像我這樣的人你才需要注意，隨便你想怎麼解釋都可以。」

「謝謝，我會的，你多快要付印？」

「想用兩隻眼來壓嗎？」葛蘭特沒有說什麼的時候，何利又笑了。「你連這種行話都聽不懂！」他笑，但是葛蘭特學得很快。

「是暫時禁令，」他猜，知道自己是對的。兩隻眼（兩個i）：是法庭的命令，阻止出版。「聽著，」他說，抓著他的鼻樑，「就官方說法，我們並不知道你提到的事情和目前的案子有關。」

「但還是新聞。」

「可能不利。」

「那你去告我。」

「有人用這樣骯髒的手段，我永遠不會忘記。」

「去排隊吧。」

葛蘭特正要放下電話，但何利打敗他。他站起來踢了桌子，又踢一次，跟著是垃圾桶，他的公事包（週末時買的），然後牆角。他把頭靠在牆上。

我必須向卡斯威爾報告這件事，我必須告訴婕兒・譚普勒！

先譚普勒……根據官階，然後她必須告訴副署長，副署長必須打擾署長每日的活動。下午……葛蘭特不知道自己要等到多晚，也許何利會打給譚普勒或卡斯威爾，如果葛蘭特等到那天結束的時候，他的麻煩更大。也許他們真的還有時間找兩隻眼。

他拿起電話，眼睛再緊閉，這一次是很短的、安靜的祈禱。打電話。

□

已經接近傍晚，雷博思已經瞪著棺材五分鐘。他偶爾會拿起一個，看看工匠手法，比較跟其他幾個不同的地方。他最近的想法：找個法醫人類學家，用來做棺材的工具會留下小小的洞和缺口、記號、專家可以辨識。如果每個接合處用完全一樣的鋸子，也許可以證明。也許還有衣料、指紋……那一塊布——可以追蹤嗎？他把被害人的名單放在面前：一九七二……七七……八二和九五。第一個被害人，卡洛琳．法莫是目前最年輕的，其他的都是二十幾、三十幾歲的成熟女性。溺水和失蹤－如果沒有屍體，幾乎不可能證明有犯罪行為。至於溺水而死……法醫可以說她們入水時是死是活，但除了這一點之外……如果你把人敲昏、推他們入水，即使上了法庭，還是有討價還價的空間，謀殺的罪名可以減到過失殺人。雷博思記得，有一次一個消防隊員告訴他完全謀殺的方法，讓被害人在廚房喝醉，把炸薯條鍋的火開大。

簡單又聰明。

雷博思還是不知道他的對手有多聰明。法夫、納林、格拉斯哥、和柏斯——他顯然去了又多又遠。旅行的人。他想到益智王、還有席芳目前找到的線索，有可能把益智王和留棺材的人連在一起嗎？在筆記本上寫下「法醫病理學家」之後，雷博思又加了兩個：罪犯側寫。有大學心理學家專長的是這個項目，從犯罪模式中過濾出性格。雷博思從來沒有被說服過，但是，他這次無計可施，如果沒有協助，哪裡也去不了。

婕兒．譚普勒衝進走廊的時候，經過刑事組的門口，雷博思不認為她有看到他。不過，她現在向他走來，臉色非常生氣。

「我以為，」她說，「你已經被通知了。」

「通知什麼？」他天真的問。

她指著棺材，「通知說這是浪費時間，」她的聲音因為憤怒而震動，整個身體都很緊繃。

「天啊，婕兒，發生什麼事？」

她沒有說什麼，只是大手一揮，棺材亂飛。雷博思從椅子上站起來，撿起棺材，檢查傷害、受損程度。他看一看的時候，婕兒已經又走出去了，但是她又停下來一半轉身。

「你明天就會知道了，」她說完走出去。

雷博思看看房間四周，史威勒和一個職員停下他們的對話。

「她快不行了，」史威勒說。

「她說明天是什麼意思？」雷博思問，但是史威勒只是聳聳肩。

「不行了，」他再說一次。

也許他是對的。

雷博思坐回到他的座位上，想著那一句話：

「不行」有很多方式，他知道自己也在危險之列中……不論不行的是什麼。

□

那天大部分的時間，琴恩．柏其都在追蹤肯納．羅威爾和寇特派屈克牧師之間的往來書信。她和人談過：阿羅威和阿爾夏的教區牧師，當地的歷史學家，寇特派屈克的一個後代。她和格拉斯哥米契圖書館的館員裡講了超過一個小時的電話，從博物館走一段小路到國家圖書館，從這裡又到蘇格蘭律師協會。最後，她又沿著乾勒街走回來，再走到外科醫學會館。在博物館裡，她瞪著史考特．鐘西所畫，肯納．羅威爾的肖像，羅威爾曾經是英俊的年輕人。畫家時常在肖像中留下些許主人翁性格的線索：職業、家庭、嗜好……但是，這卻是一幅非常簡單的工筆：頭像和上半身，簡單的黑色背景和羅威爾臉上明亮的黃色、粉紅色形成對比。在外科醫學會館裡，其他的肖像通常手上拿著一本教科書，或是筆紙。有些站在圖書館，手裡拿著明顯的道具——頭骨、腿骨、或是解剖圖。羅威爾的肖像裡什麼都沒有，這一點讓她覺得很奇怪，要不是畫的人一點都不熱心，不然就是被畫的人堅持什麼都不透露。她想到寇特派屈克牧師，想像他付藝術家錢，收到這幅乏味的裝飾。她不知道這是否展現了被畫人的一些理想，或只是相當於一張風景明信片，只是羅威爾的廣告。這個年輕人才剛成年，就已經協助解剖柏克。根據當時的一份報告，「流出來的血非常多，演講結束的時候，這個課堂就像屠宰場一樣，血流成河」。第一次讀的時候，這樣的描述讓她覺得頭昏。死在柏克手下又有多麼幸運？他們先被灌醉、然後才被勒死，琴恩又瞪著肯納・羅威爾的眼睛，黑色的眼珠看起來似乎閃閃發亮，即使在見證過這些恐怖之後。

或者，她沒辦法不一直想，正是因為這些恐怖嗎？

策展人無法回答她的問題，她問可不可以見館長，布魯斯・卡德上校雖然和藹可親，也無法告訴琴恩什麼她不知道的。

「我們似乎沒有什麼紀錄，」他們坐在辦公室的時候，他告訴她，「關於如何得到羅威爾的畫像。我假設是個禮物，也許是拖延遺產稅。」他很矮、但長像特別，穿的很好，面孔很亮、閃閃發光。他請她喝茶，她也接受了。是大吉嶺，每個杯子都有個別的濾茶銀器。

「我對於肯納・羅威爾的書信也很有興趣。」

「你們什麼都沒有嗎？」她很驚訝。

「是的，嗯，我們也是。」

館長搖搖頭，「要不是羅威爾醫生不喜歡寫信，不然就是不見了，或者進入什麼個人奇怪的收藏。」他嘆氣，「非常可惜，我們對他在非洲的時間知道的太少了……」

「或是愛丁堡，這樣說起來的話。」

「他被埋在這裡，我不認為你會對他的墳墓會有興趣……？」

「在哪裡？」

「卡爾頓墓園，他的墳墓離大衛・休姆的不遠。」

「我去看看也好。」

「很抱歉幫不上什麼忙，」他想了一下，然後眼睛亮起來，「唐納・德文林應該還有那一張羅威爾做的桌子。」

「是的，我知道，雖然，文獻裡並沒有說他對木工有興趣。」

「我相信哪裡有提過，我似乎記得在哪裡讀過……」但是，即使他努力嘗試，卡德上校還是不記得什麼或是在哪裡。

那天晚上，她和約翰·雷博思坐在波特貝羅的家裡。他們吃中餐外賣，配著冰冷的夏多內白酒，雷博思喝瓶裝啤酒。音響上放著音樂——尼克·德瑞克，珍妮絲·伊恩，平克·佛洛伊德的「干預」。他似乎沉浸在自己的思維之中，但她也沒抱怨。吃完飯之後，他們去徒步區散步，小孩子滑滑板，看起來很美國風，但聽起來完全是「波地人」，不停的爆粗口。一家薯條店開著，兒時記憶熱脂肪和醋的味道，他們還是沒有說什麼，和旁邊經過的伴侶沒有什麼兩樣。沉默是愛丁堡的傳統：隱藏自己的感覺，還有自己的問題。有些人說是教會以及約翰·諾克斯這類人物的影響——她聽過這個城市被稱為諾克斯堡，外人這樣說。但對琴恩而言，這和愛丁堡的地理位置有關，陰沉的岩石面孔以及黑暗的天空，風從北海吹來，吹過峽谷般的街道，每個轉角處都感覺的到不可承受之處，似乎被四周的環境所壓抑。只要從波特貝羅進到城裡就會感覺到：這個地方壓抑和被壓抑的本質。

約翰·雷博思也是，想著愛丁堡。他從公寓搬出來的時候，下一個家在哪裡？他有其他喜歡的地區嗎？波特貝羅本身不錯，頗為低調，不過，他還是可以搬到南邊或西邊，搬到鄉下。他的一些同事遠道從福克爾克和琳璃斯哥去上班，他不確定自己準備好那種通勤。不過，波特貝羅還算不錯，唯一的問題是，他們走在徒步區的時候，他一直看著海邊，好像在哪裡會看到一個小小的木製棺材，就像他們在納林找到的一樣。去哪裡都不重要，他的腦袋會跟著他，把他的四周染色。瀑布的棺材現在進到他的腦袋裡，只有木匠說是別人做的，和做那四個棺材的不是同一人。但是，如果凶手真的很聰明的話，他是否會預期如此，因而改變自己工作的習慣和工具，試著矇騙他們……

天啊，又來了……老套，在他的腦中盤旋不去。他坐在海邊的牆上，琴恩問有什麼事情不對勁嗎。

「有點頭痛，」他說。

「那可不該是女人的特權嗎？」她在笑，但是他可以看到她並不高興。

「我該回去了，」他告訴她。「我今晚不是個很好的伴侶。」

「你想談一談嗎？」他抬起眼睛看著她，然後她笑著說，「抱歉，真是愚蠢的問題。你是蘇格蘭人，你當然不想談。」

「不是這樣，琴恩，只是……」他聳聳肩，「也許治療不是什麼太壞的主意。」

他試著開玩笑，她沒有再繼續逼他。

「我們回去吧，」她說，「反正這裡快冷死了。」

離去的時候，她把手插進他的臂彎裡。

1 希區考克電影。

第十二章

星期二早上，卡斯威爾副署長到蓋菲爾分局的時候，已經在找人開刀了。

約翰．包佛已經責罵過他了，包佛的律師對他的訓誡則比較低調，音調沒有背叛其專業、受過良好教育的背景。然而，卡斯威爾還是覺得受傷，需要某種程度的報復。署長很冷淡——他的地位，不可動搖的權威，都必須不計代價的維護。這畢竟是卡斯威爾弄砸的他前一天晚上忙碌的審視著這一切，彷彿手中掃把和鑷子，面對的卻是破磚破瓦的場景。

檢察官辦公室裡最優秀的人研究了這個問題，以令人厭惡、平淡無奇又非常主觀的方式（讓卡斯威爾知道他們一點都不在乎），做出的結論是完全無法封鎖這個新聞報導。畢竟，他們無法證明那些娃娃或德國學生和包佛案有任何關聯——大部分的資深警官似乎都同意其實不太有可能有關聯——因此，也認為很難說服法官何利的報導如果付印，對調查會有很大的傷害。

包佛和他的律師想知道的是，警方為何似乎無法告訴他們關於娃娃的報導，或是德國學生和網路遊戲的資訊。

署長想要知道的是，卡斯威爾打算怎麼解決。

卡斯威爾自己要的則是犧牲品。

他的座車由助手德瑞克．林福德駕駛，開到已經擠滿警察的分局前。曾經或目前參與包佛案的警察——制服警察、刑事組、包括豪登豪爾的鑑識小組——都被「要求」參加今天早上的會議。結果，簡報室裡非常擁擠、悶熱。警局外的早晨還在從隔夜的小雪中恢復，人行道上溼溼的，氣溫也很低，卡斯威爾的皮鞋走在上面的時候，冰冷著他的雙腳。

「他來了，」有人說，看到林福德打開卡斯威爾的車門，再關上，走回到駕駛座那一邊去，似乎帶著一點點跛腳。這時，房間裡有折起八卦報紙的聲音——每份都是一樣的標題，打開在同一頁——趕快把報紙收起來。譚普勒分局長先進到房間裡，穿著彷彿是要去參加葬禮，帶著黑眼圈。她對比爾．普萊德低聲說了幾句，他點頭、撕下筆記本一角，把過去半小時吃的口香糖吐在裡面。卡斯威爾本人走進來的時候，警官們下意識的調整自己的姿勢，發出一陣聲響，整理自己的服裝。

「有人沒來嗎？」卡斯威爾大聲的說，沒有「早安」，沒有「謝謝你們出席」，忘了通常的開場白。譚普勒給他幾個名字——一些小病或不舒服。卡斯威爾點點頭，似乎對於聽到的一點興趣也沒有，也沒有等她點完名。

「我們裡面有一隻洩密的鼠輩，」他大聲說，聲音大到足以在走廊上聽到。他慢慢的點頭，試著認出眼前的每張面孔。他看到後排還有人站在他瞪不到的距離，走到桌子之間的走道，警官們必須移動讓他通過，但又留下足夠的空間，走過的時候被他碰到。

「鼠輩是很醜陋的小東西，毫無視野可言；有時候有貪婪的爪子，又不喜歡被曝露。」他的嘴唇兩邊有口水積成的泡泡，「我如果在院子裡發現鼠輩，會放毒藥給它們吃。現在，你們有些人會說這些鼠輩又沒犯法，他們並不知道那是別人的院子，是有秩序、安靜的地方，他們不知道自己把東西弄的很醜陋。但是不論知不知道，他們的確做了，也就是為什麼他們需要被消滅的原因。」他再次停下來，拉長了沉默的時間。他走到後面。德瑞克．林福德已經進到房間裡，好像是潛進來的。他站在門邊，眼睛尋找著約翰．雷博思，他們倆是最近的敵人……

林福德的出現似乎只是讓卡斯威爾更生氣，他踩在鞋跟上，再次面對下屬。

「也許只是個誤會，我們都有說溜嘴的時候，沒辦法。可是天啊，出現的資訊似乎也太多了一點！」他又停下來，「也許是勒索，」現在聳聳肩，「像史帝夫．何利這樣的人，他在進化的階梯上比鼠輩還要低下，他是池塘裡的生物，他是你們會在那裡看到的渣滓。」他慢慢的在面前搖動一隻手，好像在撥水。「他認為他可以讓我們變的骯髒，但並非如此。這遊戲還沒完，我們都知道。我們是一個團隊，這是我們的工作方式！如果有人不喜歡，可以要求被調回一般職務，就這麼簡單，各位同僚，但是請想一想好嗎？」他的聲音又低下來，「想想被害人，想想她的家人，想想這些事情對他們所造成的傷害。她是我們在這裡這麼努力的原因，不是報紙讀者、或是每日提供他們垃圾的人。」

「你們也許對我有些不滿，或是小組的同事，但是，為什麼要把他們——斐麗芭正準備參加明天葬禮的家人和朋友——為什麼有人對這些人做這樣的事？」他讓問題懸在空中，同時看到一些面孔因羞愧而低頭，他再深深的吸一口氣，音調再度往上提。

「不論是誰做的，我都會找到你，別以為我不會。別以為可以信任史帝夫．何利保護你。他一點都不在乎你，如果你想繼續隱藏身分，就必須繼續給他更多的新聞，更多、更多！他不會讓你回到以前所知的世界，現在已經不一樣了，你是個洩密的鼠輩，屬於他的鼠輩，他永遠不會讓你過好日子，永遠不會讓你忘記。」

他看一眼婕兒．譚普勒的方向，她站在牆邊，雙手交握，自己的視線也掃視著房間。

「我知道，這也許聽起來像校長的警告，有學生打破窗戶、或是在腳踏車棚塗鴨。」他搖搖頭，「我會這樣對你們所有的人說話，因為非常重要的是，我們清楚重要的是什麼。說說話可能不會傷害生命，但不表示可以任意散布消息，小心你說些什麼，對誰說。如果要負責任的那個人想出面，很好。你現在就可以出面，或是等一下。我會在這裡待一小時左右，也可以在辦公室找到我。想想如果你不出面的話會有什麼影響，你已經不是這團隊的一份子，已經不是站在天使的那一方，而是在一個記者的口袋裡，他要你待多久，你就得待多久。」最後的暫停似乎維持了永恆，沒有人咳嗽或清喉嚨。卡斯威爾把手伸進口袋，頭的角度好像在檢查自己的鞋子，「譚普勒分局長？」他說。

現在，婕兒．譚普勒走向前，房間輕鬆了一點點。

「還沒到放假的心情！」她大聲說，「好，有人洩密給媒體，我們現在需要的是損害控制。除非經過我同意，沒有人可以對外發言，知道嗎？」一陣同意的聲音。

譚普勒繼續說，但雷博思沒有在聽。他也沒有想聽卡斯威爾說話，但也很難把他排除在腦海之外，那頗為令人印象深刻的東西，他甚至想了想院子這個景像，幾乎可以有效而不讓人發笑。

不過，雷博思大部分的注意力還是在周遭的人身上，婕兒和比爾．普萊德在較遠的地方，他幾乎可以忽視他們的不安，這是比爾發揮的機會，婕兒身為分局長的第一個重大案件，並不是他們倆會想要的狀況……比較靠近他的——席芳努力的專注在副署長的演講上，也許從裡面學到了什麼，她總是在尋找新的學習重點。葛蘭特．胡德是另一個有很多可以失去的人，他的臉上和肩膀都寫著沮喪，雙手交握胸前的方式好像是怕打。雷博思知道葛蘭特有麻煩了，有人向媒體洩密的時候，第一個看的總是新聞官，他們是有和媒體連絡的那些人——也許是一句不明智的話，一頓好餐之後，耳酣酒熱、友善的聊天。即使不是他們洩漏的，好的新聞官也只要做到婕兒所謂的損害控制，有經驗的話，你知道如何控制記者、讓他們配合你的需要，即使這表示某種程度的賄賂，比如往後新聞故事的第一手消息……

雷博思不知道這次的傷害程度有多少，益智王會知道自己也許一直受到懷疑，這遊戲也不只有他和席芳，她的同事都知道。她的表情沒有透露什麼，但雷博思知道她已經在想要如何處理，下次和益智王溝通時如何措詞，如果還想繼續玩的話……亞瑟王座棺材的關聯讓他很不高興，因為報導中提到琴恩的名字，引述為本案「博物館的專家」。他回想何利曾經很固執的一直留言給琴恩想採訪她，她有可能在不小心的情況下跟他說了什麼嗎？他不這麼認為。

不，他已經看到被告是誰了。愛倫．懷利看起來好像在煎熬之中，沒有專心梳理到的地方，頭髮有一點打結。她的眼神裡有一種認命的表情，卡斯威爾演講的時候，她只是一直瞪著地板，在他說話的時候也沒有移動。她現在還在看著地板，彷彿試著找到意志力做其他的動作。雷博思知道她昨天早上和何利通過電話，為了德國學生的報導，可是，在那之後，她似乎變得一點精神都沒有。當時，雷博思以為也許是因為她調查的又是一個死線索，他現在知道真正的原因了，原來如此。從卡拉東尼亞飯店離開之後，她不是去了何利的辦公室，就是附近的酒吧或咖啡座。

他抓到她的把柄。

也許大衛森也了解到這麼多，也許她西區的同事會記得，她在通過電話之後有多麼不同。但是，雷博思知道他們不會洩露出去，這不是你會做的事情，不會對同事朋友作的事。

懷利已經悶悶不樂好幾天，是他把她帶進這個棺材的案子，以為自己可以幫忙，可是，也許她說的對，也許他只是把她當成另一個跛腳，可以接受他的指揮，在他總是當成屬於自己的案子裡做苦工。

也許，他別有動機。

懷利也許把這些當成是報復——對婕兒．譚普勒，因為她所受到的公開羞辱；對席芳，因為譚普勒對她有很高的期望；對葛蘭特．胡德，新的黃金男孩，懷利無法處理的時候他卻可以……還有雷博思，這個操縱她、利用她、壓榨她的人。

他看到她只剩下兩個選擇——說出來，或是宣洩她的憤怒與挫折。如果他接受她那天晚上邀約去喝酒……也許她會徜開心胸，他會聽，也許她需要的就這麼多。但他那時卻沒有伸出援手，自己偷偷跑去酒館。

做的好，約翰，處理的非常平穩。不知道什麼原因，他想到一個畫面——一些老爵士擁護者，為了「愛倫．懷利藍調」出現，也許是約翰．李．胡克或是比比金……他提醒自己回過神來，差點又回到音樂上，差點想到一首會淹沒他的歌詞。

不過，卡斯威爾現在又在念一連串的名單，雷博思聽到自己的名字，胡德警佐……克拉克警佐……懷利警官……棺材，德國學生——他們都有調查這些案子，現在副署長要見他們。有些面孔好奇的轉過來，卡斯威爾正在宣布他會在「老闆的辦公室」見他們，表示是分局長的辦公室。

出去的時候，雷博思試著找到比爾．普萊德的眼神，不過，既然卡斯威爾已經出去了，比爾在口袋裡找口香糖，眼睛則試著找他的板子。雷博思在一排遲鈍的人龍後面，胡德在他前面，然後是懷利和席芳。譚普勒和卡斯威爾在前面，德瑞克．林福德正站在分局長辦公室門外，幫他們打開門後往後站。他試著瞪雷博思一眼，但雷博思不吃這一套。他們還在互瞪的時候，婕兒．譚普勒關上門，打破兩人之間的僵局。

卡斯威爾坐在椅子上，滑向桌子，「你們已經聽了我的演講，」他告訴他們，「所以，我不會再煩你們，如果有消息洩漏出去，一定是你們其中之一。那個混蛋何利知道的太多了。」他話說完才首次抬頭看他們。

「長官，」葛蘭特．胡德說，向前走半步，雙手在後面交握，「身為新聞官，為這個報導把關應該是我的工作，我想公開道歉——」

「是啊，是啊，我昨天晚上就聽過了，我現在要的是很簡單的自首。」

「恕我無禮，長官，」席芳．克拉克說，「我們不是罪犯，我們調查案子的時候本來就需要問問題，有時候放一些風聲，史帝夫．何利可能只是自己把二加二……」

卡斯威爾只是瞪著她，然後說：「譚普勒分局長？」

「史帝夫．何利，」譚普勒開始說，「如果可以的話，他不會使用那樣的工作方式。他並不是水晶吊燈上最亮的燈泡，但是非常狡滑，也毫不留情。」她說話的方式好像在告訴克拉克什麼，告訴她，這些已經都被討論過了，「其他的記者，是的，他們也許可以從公開的資訊想出什麼關連，但不是何利。」

「但是，他的確寫過德國學生的報導，」克拉克繼續說。

「可是他不該知道網路遊戲的關聯，」譚普勒幾乎是背誦的說著，這是資深警官之間互相爭論的另一個重點。

「昨天晚上很漫長，」卡斯威爾告訴他們，「相信我，我們已經討論過很多次了，關鍵似乎就是你們四位。」

「可是我們有來自外部的協助，」葛蘭特．胡德爭論說，「還有一個博物館的策展人，退休的法醫……」

雷博思一隻手放在胡德的手臂上，要他安靜。「是我，」他說。所有的頭都轉向他，「我想，有可能是我。」

他專注的不看愛倫．懷利的方向，但知道她的眼睛正對著他燃燒。

「之前，我在瀑布村和一個叫貝芙．杜德斯的女人談話，是她找到瀑布旁邊的棺材。當時，史帝夫．何利已經在到處問問題，她也給了他那個消息……」

「然後呢？」

「然後我不小心說溜嘴說還有更多棺材……我是說，對她說溜嘴。」他想起那個說溜嘴——其實是琴恩說溜嘴。「如果她告訴何利，那何利可能就是這樣聽到的。那時候我和琴恩．柏其在一起——她是策展人，也許因而讓他想到亞瑟王座的關聯……」

卡斯威爾很冷酷的瞪著他，「那網路遊戲呢？」

雷博思搖搖頭，「那個我無法解釋，不過，也不是什麼保持很好的祕密。我們到處給被害人的朋友看那些提示，問斐麗有沒有請他們幫忙……他們其中一人有可能告訴何利。」

卡斯威爾還在瞪著他，「你要為這件事承擔責任嗎？」

「我是說有可能是我的錯，只是說溜嘴……」他轉向其他人。「我沒有辦法告訴你們我有多抱歉。我讓大家都失望了。」他瞄一眼懷利的臉，專注在她的頭髮上。

「長官，」席芳．克拉克說，「雷博思探長剛剛所承認的，也有可能發生在我們身上，我肯定自己有時候也比該說的多說了一點點……」

卡斯威爾揮揮手要她安靜。

「雷博思探長，」他說，「我現在將你停職，等待調查。」

「你不能這樣做！」愛倫．懷利突然說。

「閉嘴，懷利！」婕兒．譚普勒要她不要說話。

「雷博思探長知道後果，」卡斯威爾說。

雷博思點點頭，「有人需要被懲罰，」他說，「這是為了整個團隊好。」

「沒錯，」卡斯威爾說，點點頭。「不然，不信任會有腐蝕性的影響，我不認為有人希望這樣的情形發生，對不對？」

「不希望，長官，」只有葛蘭特・胡德的聲音。

「回家去，雷博思探長，」卡斯威爾說。「把你的版本寫下來，詳細一點，我們稍候再談。」

「遵命，長官，」雷博思說，轉身打開門。

林福德就站在門外，臉上帶著微笑。雷博思毫不懷疑他是在偷聽。他突然想到，卡斯威爾和林福德也許共謀讓他看起來越糟越好。

他剛剛給了他們完美的藉口，可以永遠除掉他。

□

他的公寓已經準備好可以放在市場上了，他打電話給幫他賣的律師告訴她。

「星期四晚上和星期天下午可以看房子嗎？」她問。

「我想可以，」他坐在椅子上，瞪著窗戶外面。「有沒有辦法可以……我不要在這裡？」

「你希望有人幫你介紹房子嗎？」

「是的。」

「我們可以有人這樣做，收取一點費用。」

「很好，」他不想在這裡看著陌生人開門，摸東西……他也不認為自己是這地方最好的推銷員。

「我們已經有照片了，」律師正在說。「所以可以把公寓的照片放進房屋租售指南裡，大概最快下星期四就可以出現。」

「不是後天嗎？」

「恐怕沒辦法……」

打完電話之後，他走到走廊——新的電燈開關、新的插頭，這地方看起來更明亮了，是新油漆幫的忙。屋裡沒有太多雜物，他已經去了舊達基路的垃圾場三次——不知道哪裡得來的衣架，很多箱舊雜誌和報紙，一台二條燈管的電爐，還有莎曼莎舊房間裡的五斗櫃，上面還貼著八〇年代流行歌手的貼紙。史威尼酒館一個喝酒認識的人幫忙鋪了地毯，還問他邊緣要不要釘釘子，雷博思看不出來有需要。

「反正新主人會把它們再翻起來。」

「你不該磨光那些地板，約翰。應該留給他們，當做特別招待的……」

雷博思把他的東西整理到一房公寓都放不滿，更別說他現在住的三房，但他還是沒有地方去。他知道愛丁堡的房屋市場是什麼狀況，如果雅登街下星期四進了銷售市場，可能下一個星期就賣掉了。從現在開始的兩個星期後，他可能發現自己無家可歸。

還有，他想到，也沒有工作。

他以為會有人打電話來，結果只有一通，是婕兒．譚普勒。

她的開場白是：「你這個愚蠢的混蛋。」

「哈囉，婕兒。」

「你大可以閉上嘴巴。」

「的確。」

「總是要當自願的犧牲者，約翰？」她聽起來很生氣、疲勞、壓力很大，他可以看到三者背後的原因。

「我只是說了實話，」他說。

「那會是第一次……我根本一點都不相信。」

「不相信嗎？」

「少來了，約翰，愛倫．懷利的額頭上根本就印著有罪兩個字。」

「你認為我在保護她？」

「我不認為你這麼高尚，你有你的理由，也許只是讓卡斯威爾生氣，你知道他討厭你的膽量。」

雷博思不想承認她可能是對的，「其他的事情如何？」他問。

她的憤怒發洩了，「新聞部很忙，我在幫忙。」

雷博思打賭她很忙——所有其他報紙、還有媒體，全部試著趕上史帝夫．何利。

「你呢？」她問。

「我怎麼樣？」

「你打算怎麼辦？」

「我還沒想過。」

「這樣的話……」

「我最好讓你回去工作，婕兒，謝謝你打電話來。」

「再見，約翰。」

他放下電話，又開始響，這次是葛蘭特．胡德。

「我只是想謝謝你讓我們那樣過關。」

「你並沒有危險，葛蘭特。」

「我有，相信我。」

「我聽說你很忙。」

「你怎麼……？」葛蘭特說，「噢，譚普勒分局長告訴你。」

「她是在幫忙還是接收？」

「目前很難說。」

「她現在沒有和你一起在房間裡吧，有嗎？」

「沒有，她在自己的辦公室，我們從副署長的會議出來之後。……她看起來是最如釋重負的人。」

「也許是因為她有最多可以失去。葛蘭特，你也許現在看不出來，但是的確如此。」

「我相信你是對的，」不過，他聽起來並不是真的很相信，在整件事情來說，他自己的倖存不是比較重要的。

「去吧，葛蘭特，謝謝你找時間打電話給我。」

「碰到你的時候再說。」

「你永遠不知道自己的運氣……」

雷博思放下電話等著，但是沒有電話。他到廚房泡了一杯茶，發現已經沒有茶包和牛奶。沒有穿外套，他直接下樓到附近的商店去，又買了火腿、麵包、芥茉，回到公寓門口，有人正在按門鈴。

「快點，我知道你在樓上……」

「哈囉，席芳。」

她轉向他，「天啊，你嚇到我了……」她把手放在喉嚨，雷博思伸手越過她打開門。

「因為我偷偷摸摸的出現，還是因為你以為我在樓上割腕？」他幫她把門開著。

「什麼？不是，我不是在想那個。」但是她的臉開始漲紅。

「嗯，為了讓你不要擔心，如果我想自我了斷的話，會是很多酒，加上一些藥，『很多』的意思是大概兩、三天份，這樣的話，你會有充分的警告。」

他在她面前走上樓，打開前門。

「你真幸運，」他說，「我不但沒有死，而且還有茶跟火腿芥茉三明治可以招待你。」

「茶就好了，謝謝，」她說，終於恢復了一些元氣，「嘿，走廊看起來很棒！」

「你去參觀一下，我最好也習慣一下。」

「你是說已經放在房屋銷售市場賣了嗎？」

「下禮拜開始。」

她打開一間臥室的門，探頭進去看，「微調燈光開關，」她說，試一試。

雷博思進廚房把熱水壺打開，找到兩個乾淨的馬克杯，其中一個上面寫著「世界最棒的父親」。不是他的，一定是以前的房客留下來的。他決定席芳可以用那個喝茶，他用比較高、有罌粟花圖案、邊緣缺角的那一個。

「你沒有漆客廳，」她說，進到廚房來。

「不久以前才漆過。」

她點點頭，有些事情他沒有說，但是她沒有追問。

「你和葛蘭特還在一起嗎？」他問。

「我們從來沒有在一起過，此事到此為止。」

他從冰箱裡拿出牛奶，「最好小心一點，你會有名聲。」

「什麼？」

「吸引不適合的男人，其中一個整個早上都瞪著我。」

「噢，天啊，德瑞克．林福德，」她若有所思，「他看起來很糟，不是嗎？」

「他不是一直都如此？」雷博思把茶包放在茶杯裡，「所以，你是來看我，還是來感謝我為我們承擔責任？」

「我才不會要求你做那種事。你大可以不說話，你自己也知道。如果你承擔了責任，那是因為你想承擔。」她說。

「然後呢？」他鼓勵她。

「那麼你就是有什麼自己的目的。」

「其實並沒有……沒有特別的目的。」

「那你為什麼這樣做？」

「因為那是最快、最簡單的方法。如果我繼續思考的話……也許就會真的會什麼也不說。」他把熱水和牛奶倒到茶杯裡，一杯給席芳。席芳低頭看看漂浮的茶包，「夠濃的時候撈起來，」他建議。

「好喝。」

「確定不能用火腿三明治誘惑你嗎？」

她搖搖頭，「別讓我阻止你自己吃。」

「也許等一下再說，」他說，帶他們進到客聽。「基地一切很安靜嗎？」

「你愛怎麼說卡斯威爾都可以，但其實他是很可以激勵人心的，大家都以為是他的演講讓你很有罪惡感。」

「所以，他們現在更努力嗎？」他等她點點頭，「一群快樂的園丁，沒有討人厭的鼠輩。」

席芳大笑。「實在很老套，對不對？」她看看四周，「你這裡賣掉之後要去哪裡？」

「你有客房不是嗎？」

「要看你要待多久。」

「我在開玩笑，席芳。我會沒事的，」他喝了一口茶。「所以，到底是什麼風把你吹來的？」

「你是說除了來看你？」

「我猜不止如此。」

她伸手把馬克杯放在地上，「我又收到另一個提示。」

「益智王？」她點點頭，「他到底說了什麼？」

她從口袋裡拿出紙打開，伸手遞給他，他拿的時候他們的手指碰到，第一張是來自席芳的電子郵件：

等待「糾纏」之中。

「我今天早上就寄了，」她說，「以為他不會讀到新聞報導。」

雷博思轉向第二張，是來自益智王。

我對你很失望，席芳，我要帶球回家了。

然後席芳：
不要相信你讀到的東西，我還想玩。
益智王：
然後再跟你的老闆報告？
席芳：
這次只有你跟我，我保證。
益智王：
我怎麼能信任你？
席芳：
我一直很信任你，不是嗎？而且你一直都知道怎麼找到我，我到現在還對你一無所知。
「我在那之後還再等了一下，最後一張是在——」她看看手錶，「四十分鐘前進來了。」
「然後你直接來這裡？」
她聳聳肩，「差不多。」
「你沒有給大腦看？」
「他去犯罪小組辦一些事。」
「別人呢？」她搖搖頭，「為什麼找我？」
「雖然現在我人在這裡，」她說，「不過並不真的知道。」
「葛蘭特才是有辦法破解的那個人。」
「他現在忙著保護自己的工作。」
雷博思慢慢的點頭，再讀一次最後一頁：
卡繆加上ＭＥ史密斯，他們在陽光照不到的地方打拳擊，法蘭克．芬雷是裁判。

「嗯，」他說，「你給我看……」他把紙遞回去，「對我一點意義也沒有。」

「沒有嗎？」

他搖搖頭，「法蘭克·芬雷是演員——也許還是，就我所知。我想他在電視上演獵豔高手，上過『帶刺鐵絲網的花』……之類的。」

「『帶刺鐵絲網之花』？」

「有可能，」他又瞄了一眼提示，「卡繆是法國作家，我以前以為發音是卡默，直到我在收音機還是電視上聽到。」

「拳擊——那是你懂的東西。」

「馬西安諾、德畝西、卡西斯·克雷變成阿里之前……」他聳聳肩。

「陽光照不到的地方，」席芳說，「那是美式措辭，對不對？」

「從屁眼出來的意思，」雷博思說，「你突然覺得益智王是美國人嗎？」

她微笑，但是沒有笑意。

「聽我的建議，席芳，交給犯罪小組或是特別小組，或是本來應該去追蹤這個的人，或是寫信叫他去死，」他說，「你說他知道可以怎麼找到你？」她點點頭，「他知道我叫什麼名字，知道我是愛丁堡刑事組的警察。」

「但是不知道你住在哪裡？他沒有你的電話號碼？」她搖搖頭，雷博思點點頭，很滿意，他在想史帝夫·何利辦公室牆上釘著的那些電話號碼。

「那麼，讓他去吧，」他安靜的說。

「你會這樣做嗎？」

「我會強烈建議。」

「那你不想幫我？」

他看著她，「怎麼幫你？」

「把提示抄下來，想一想。」

他笑一笑，「你想讓我在卡斯威爾面前惹上更多麻煩嗎？」

她低頭看看那些紙，「你說的對，」她說，「我沒有想到，謝謝你的茶。」

「留下來喝完，」他看著她站起來。

「我該回去了，很多事要做。」

「從交出提示開始？」

她瞪著他，「你知道，你的意見一直對我很重要。」

「這是要還是不要？」

「當做一個確定的也許。」

他現在也站起來，「謝謝你來，席芳。」

她轉向門口，「林福德的目標是你，是不是？他和卡斯威爾都是？」

「不要擔心。」

「但林福德的勢力越來越大了，他很快會變成督察長。」

「就你所知，也許我也越來越堅強。」

她轉頭看著他，但是沒有說什麼，不需要。他跟著她進到走廊，幫她開門。

她站在樓梯的時候又說話，「你知道跟卡斯威爾的會議結束之後，愛倫．懷利說什麼嗎？」

「什麼？」

「什麼都沒有，」她又看著他，一隻手放在扶手上，「很奇怪，我還以為她會針對你的烈士情結發表一番演講……」

進到家裡，雷博思站在走廊上，聽著她的腳步聲離去。然後，他躡手躡腳的走到客廳的窗戶旁站著，彎著脖子看她離開，門關上後留下一個回聲。她來這裡要求一些東西，他拒絕了她。他可以告訴她，是因為他不希望她受到傷害，就像許多親近他的人都受到傷害一樣？要怎麼告訴她，她應該學到自己的教訓，而不是他的？終究說起來，她是一個比較好的警察——也是比較好的人？

他轉身回到房間，那些鬼魂很模糊，但還是看得到。他傷害過的人，還有傷害他的人，那些痛苦、不必要的死亡。不用太久了，也許再幾個星期，他就可以擺脫他們。他知道電話不會響，愛倫·懷利也不會來看他。他們足夠了解對方，不需要這些不必要的連絡。也許未來有一天，們會坐下來聊一聊。不過，也許她永遠不會再跟他說話了，他偷了她的關鍵時刻，而她站在那裡讓他做，再次的在勝利邊緣被擊敗。他不知道她會不會繼續留在史帝夫·何利的口袋裡……不知道那口袋有多深、多黑暗。

他走到廚房，把席芳和自己剩下的茶倒到水槽裡，倒了一吋的麥芽威士忌到乾淨的杯子裡，從櫃子裡拿出一瓶印度淡色啤酒。回到客廳。他坐在椅子上，從口袋裡拿出筆和筆記本，寫下他所記得的提示……

□

琴恩·柏其的早上是一連串的會議，關於贊助資金的討論差點演變成暴力，一位策展人奪門而出，順手摔上門，另一個幾乎哭出來。

午休的時候她已經覺得很累，辦公室裡的沉悶讓她頭痛。史帝夫·何利又留了兩個留言給她，她知道如果自己坐在桌子前吃三明治，電話會再響起。因此，她走出辦公室，加入被放出來午休的上班族，在糕餅店排隊買三明治或派。蘇格蘭人有令人無法羨慕的紀錄，心臟病和牙齒的問題都來自國民飲食——飽和脂肪、鹽和糖。她常常在想，是什麼原因讓樣蘇格蘭人尋找安慰食物、巧克力、洋芋片、和汽水——是天氣嗎？或者，答案存在於更深層之處，在國民的性格裡？琴恩決定不要隨波逐流，買了一些水果、一盒柳澄汁。她走下北橋，路邊都是便宜的服裝店、外賣店，公車和貨車在通恩教堂的街角排隊等紅綠燈。一些門口前坐著乞丐，瞪著經過行人的腳。琴恩在紅綠燈停下來，在高街上左右看著，想像這地方在王子街之前的時期——攤販叫賣著商品，在陰暗之處交易，晚上關起來的城門和徵稅所，把城市鎖在裡面……她不知道一七七〇年來的人如果來到現代的話，是否會覺得這城市已經大不相同。燈光和車子可能讓他們驚訝，但是，這個地方的感覺卻不沒有改變。

她在北橋停下來，向東瞪著新國會的預定地，卻沒有進展的跡象。蘇格蘭人報的辦公室已經搬到聖十字路的一棟嶄新建築，就在國會對面。她最近去那裡參加一項聚會，站在後面一個很大的陽台上，瞪著巨大的薩里斯柏利峭壁。現在，她身後的舊的蘇格蘭人報建築也在拆除——要蓋一座新的旅館。往北橋再下去，連接王子大街的地方，舊的郵政總局空洞的坐在塵埃之中，顯然未來尚未決定——謠言說是另一家飯店。她右轉到滑鐵盧街，吃著第二個蘋果，試著不要想巧克力和洋芋片。她知道自己要去哪裡，卡爾頓墓園。進入鐵柵門的時候，她看見方尖石碑，「烈士紀念碑」獻給五個人，「人民的朋友」，他們居然敢在一七九〇年代大聲疾呼國會改革。那個時代，城裡只有不到四十個人有選舉權。這五個被判決下放，到澳洲的單程船票，琴恩看著她在吃的蘋果，她吃到一張標籤，原來產地是紐西蘭，她想到這五個被判刑的人，他們的生活。不過，蘇格蘭並沒有法國革命的對應版本，在一七九〇年代沒有。

這讓她想到某些共產黨的領袖和思想家——是馬克斯自己嗎？——曾經預言，西歐的革命會在蘇格蘭開始，另一個夢想……

琴恩對大衛．休姆知道的不多，不過站在他的紀念碑前，喝她的柳澄汁。哲學家和作家……一個朋友曾經告訴她，休姆的成就是把約翰．洛克的哲學變的可以理解，但她一點也不懂洛克的東西。

有其他的墳墓，布萊克和康思特堡，出版家，蘇格蘭教會分裂時是其中一位領袖，進而成立了蘇格蘭自由長老教會。在東邊，在墓園的牆壁旁，是一個有垛口的小塔。她知道這是卡爾頓監獄留下來的。她看過畫像，是從卡爾頓丘的對面——囚犯的親友聚集在那裡大叫他們的消息或是問候。閉上眼睛，她幾乎可以用這些雜聲取代車流的聲音，親友之間的對話在滑鐵盧街上迴響著……。

再度張開眼睛的時候，她看到自己想要找的——肯納．羅威爾的墳墓，墓碑座落在墓園的西牆，現在已經有一些裂痕，被媒煙弄黑，旁邊塌下來看到沙岩。墓碑很小，靠近地面，「肯納．安德森．羅威爾醫生」琴恩讀到，「這個城市卓越的醫生」他在一八六三年去世，享年五十六歲。地面上雜草叢生，蓋住了許多的銘刻。琴恩蹲下來把草拔開，碰到一個用過的保險套，用樹葉撥開。她知道有人晚上來使用卡爾頓丘，想像他們倚著這道牆，壓著羅威爾醫生的骨頭。羅威爾會有什麼感覺？有一下子，她想像另一對的畫面——她自己和約翰．雷博思。其實，他完全不像琴恩喜歡的那一型，她過去約會的對象是研究員、大學老師，曾經和市裡的雕刻家有過一段短暫的調戲——已婚男人。他曾經帶她到墓園，是他最喜歡的地方，約翰．雷博思可能也喜歡墓園。他們剛開始見面的時候，她把他當成挑戰、好奇，即使現在，她都要很努力才能不把他當成是展覽品在思考——太多的祕密，太多他拒絕讓世界看到的東西，她知道還需要很多的挖掘……

她清除那些雜草，發現羅威爾結過三次婚，三任妻子都先他而死。沒有孩子的證據……她不知道是否有他的後代埋在他處，也許沒有孩子，但是約翰不是說過，關於一個後代的事……？她看著上面的日期，看到妻子都很早死，心裡有另一個想法：也許都是因為生產而死。

第一任妻子：畢翠絲，本姓亞歷山大，享年二十九歲。

第二任妻子：愛麗斯，本姓拜斯特，享年三十三歲。

第三任妻子：派翠西亞，本姓愛迪森，享年二十六歲。

一個碑銘上寫著：**逾越，在主內的王國再次甜蜜的見面**。

羅威爾和他三個妻子的會面，琴恩無法不認為一定會很精彩。她口袋裡有一支筆，但是沒有記事本也沒有紙。她看看四周，找到一個舊的封，撕下一半，把泥土和灰塵撥開，她寫下上面的細節。

□

席芳回到她的座位上，試著從卡繆和ME史密斯找到同義字，然後艾瑞克．班恩進到辦公室。

「還好嗎？」他問。

「我會生存的。」

「這麼好啊？」他把公事包放在地板上，站直身體看看四周，「特別小組回覆你了嗎？」

「就我所知沒有。」她正在用筆圈出字母。M跟E中間沒有空間，益智王的意思是「我」嗎？他是在說他的名字是史密斯嗎？「ME」也是一種疾病，她不記得代表什麼…記得是「雅痞的感冒」，新聞上寫的。班恩走到傳真機旁，拿起幾張紙看一看。

「你有想到檢查一下這裡嗎？」他說，拿出兩張紙，剩下的放回機器上。

席芳抬頭，「是什麼？」

他一邊走過來一邊讀，「太好了，」他說，「別問我他們怎麼做到，但是他們做到了。」

「什麼？」

「他們已經追蹤到其中一個帳號。」

席芳站起來的時候椅子往後倒，手去抓傳真。班恩放手的時候，他問了一個很簡單的問題。

「誰是克蕾兒．班利？」

□

「你沒有被逮捕，克蕾兒，」席芳說，「如果你要律師的話，那要看你，但是，我想請你允許錄音。」

「聽起來很嚴重，」克蕾兒．班利說，他們去她家接她，開車載她到聖藍納分局。她還頗合作，沒有問問題。她穿著牛仔褲、淡粉紅色高領上衣，臉看起來有點累，沒有化妝。她坐在偵訊室裡，雙手交握，班恩把錄音帶放在兩個錄音機裡。

「你一份，我們一份，」席芳說，「好嗎？」

班利只是聳聳肩。

班恩說「好了」，兩個帶子都開始跑，他坐在席芳身邊的椅子上。席芳為錄音表明自己的身分，加上偵訊的時間和地點。

「請說你的全名，克蕾兒，」她問。

克蕾兒．班利照做，加上她布朗斯菲爾德的地址，席芳往後坐了一下，準備自己，然後彎身向前，手臂靠在狹窄桌子的邊緣。

「克蕾兒，記得我們先前和你的談話嗎？我和一個同事，在科特醫生的辦公室？」

「是的，我記得。」

「我問你是否知道斐麗芭．包佛在玩的一個遊戲？」

「明天是她的葬禮。」

席芳點點頭，「你記得嗎？」

「七芬高伊國王，」班利說，「我告訴過你。」

「是的。」

「沒錯，你說斐麗芭到一個酒吧來找你……」

「……解釋給你聽。」

「是的。」

「但是你對遊戲本身並不知情？」

「不知道，在你告訴我之前，我都不知道。」

席芳又往後靠，雙手交握，幾乎像班利的鏡子，「那麼，為什麼不論是誰寄那些信給斐麗，用的是你的網路帳號？」

班利瞪著她，席芳瞪回去。艾瑞克，班恩用大姆指抓抓鼻子。

「我要律師，」班利說。

席芳慢慢的點頭，「偵訊結束，下午三點十二分。」班恩把錄音機關掉，席芳問克蕾兒知不知道要找誰。

「我想找的是我們的家庭律師，」學生說。

「是誰？」

「我父親。」看到席芳臉上的困惑表情，班利的嘴角上揚，「我是說我的繼父，克拉克警佐，別擔心，我沒有打算召喚鬼魂來為我奮戰……」

□

消息傳的很快。席芳走出偵訊室的時候，走廊有一堆人。正當被召喚的女警員要進去的時候，有一些低語的問題。

「怎麼樣？」

「是她做的嗎？」

「她說了什麼？」

「是她嗎？」

席芳不理會任何人，除了婕兒·譚普勒，「她要律師，結果，原來她家就有一個。」

「真方便。」

席芳點點頭，擠過人群進到刑事組辦公室，把她看到的第一個電話拔起來。

「她也想喝飲料，比較想喝健怡百事可樂。」

譚普勒看看四周，眼睛落在喬治·史威勒身上，「聽到了嗎，喬治？」

「是，長官，」史威勒似乎不太情願的離開，直到婕兒用手把他趕出去。

「所以呢？」婕兒現在擋住席芳的去路。

「所以，」席芳說，「她有需要解釋的地方，但不表示她就是兇手。」

「如果是就好了，」有人說。

席芳想起雷博思所說，關於克蕾兒．班利的事。她看著婕兒．譚普勒的眼神，「想想三年後，」她說，「如果她繼續攻讀病理學，我們可能必須和她一起合作，我不認為我們下手可以太重。」她不確定自己是否逐字複述雷博思的話，但是知道很接近，譚普勒很讚許的看著她，慢慢的點頭。

「克拉克警佐說的非常好，」她告訴旁邊的面孔。然後，她靠邊讓席芳過去，說了類似「做的好，席芳」，好像她們是平起平坐。

回到偵訊室裡，席芳把電話插在牆壁的插孔裡，告訴克蕾兒按九撥外線。

「我沒有殺她，」那學生帶著安靜的自信。

「那麼一切都會沒事，我們只是需要知道發生了什麼事。」

克蕾兒點點頭，拿起話筒，席芳對班恩做做手勢，他們一起離開房間，制服女警接手。走廊上聚集的人群已經不見了，但是刑事組辦公室裡的聲音又大又興奮。

「說不是她做的，」席芳安靜的說，她的話只有班恩聽的到。

「好，」他說。

「那麼，益智王怎麼有可能進到她的帳號？」

他搖搖頭，「我不知道，我是說，我想有可能，但是不太可能。」

席芳看著他，「所以，你認為是她？」

他聳聳肩，「我只想知道其他的帳號屬於誰。」

「特別小組有說要多久嗎？」

「也許今天稍晚，也許明天。」

有人經過他們，拍拍他們兩個的肩膀，舉起大姆指，走到走廊盡頭。

「他們以為我們破案了，」班恩說。

「那真是笨蛋。」

「她有動機，你自己說的。」

席芳點點頭，她在想「糾纏」這一關的線索，試著想像是女人所設計。是的，有可能，當然有可能。虛擬世界——高興假裝是誰就假裝是誰，任何一種性別，任何一種年齡。報紙上到處都是這種新聞報導，中年戀童癖進入兒童聊天室，假裝是青少年或兒童，這種網路匿名性就是吸引人的地方。她想到克蕾兒・班利，她一定花了很久、很小心的計劃，從她父親自殺以來就隱藏的憤怒。也許，她開始想再認識斐麗一次，想喜歡她、原諒她，卻發現自己的仇恨越來越深，恨斐麗輕鬆的世界，開快車的朋友、酒吧、夜店、晚宴、她的整個生活方式，從來都不認識痛苦的人，從來沒有在人生中失去買不回來的東西。

「我不知道，」她說，兩隻手抓著頭髮，緊緊抓著她的頭皮很痛。「我真的不知道。」

「這樣很好，」班恩說，「用不預設立場的心態進行偵訊，就像教科書上教的。」

她疲勞的微笑，捏著他的手，「謝謝你，艾瑞克。」

「你會沒事的，」他告訴她，她希望是這樣。

□

也許，中央圖書館對雷博思是好地方，今天，許多客戶似乎是那些沒有錢、疲勞、沒有工作的。有人坐在比較舒服的椅子上睡覺，書放在大腿上。一個老人沒有牙齒的嘴巴開開的，坐在靠近電話簿的座位上，手指指著每一個專欄，雷博思問了其中一個員工關於他的事。

「他已經來這裡好幾年了，從來不讀其他的東西，」他被告知。
「他可以去查號台工作。」
「或許，就是他們把他開除的。」
雷博思承認說的好，回到自己的研究。目前為止，他找到亞伯特・卡繆是法國的小說家和思想家，寫了《墮落》和《瘟疫》等小說。他得過諾貝爾獎，四十幾歲就死了。圖書館員幫他搜尋，但這是唯一可以找到的卡繆。
「沒用，除非你在講的是街名。」
「什麼？」
「愛丁堡的街名。」
當然，結果這個城裡有很多卡繆路、卡繆街、卡謬公園、卡謬小巷。沒有人知道為什麼用法國作家命名，雷博思想，也許頗有可能這就是答案。他看看電話簿裡的卡繆——運氣好，這次老人沒有在用——只找到一個。休息的時候，他考慮走回去開車，也許開車到卡繆路，不過計程車來的時候他招了車。卡繆路、大道、公園路、巷子在愛丁堡南邊，費明海德區柯明斯頓路旁一個安靜的小區域。，雷博思要他回到喬治四世橋的時候，計程車司機似乎覺得很有趣。他們碰到塞車，停在蓋菲爾的時候，雷博思付了錢下車，直接走到「山地・貝爾酒館」。下午的人潮還沒有被街上下班的工人填滿，一品脫和一杯威士忌，酒保認識他，告訴他幾個故事。醫院搬到小法國區之後，他們丟了一半的生意。不是醫生和護士，是病人。
「穿著睡衣、脫鞋，我不是開玩笑的，他們直接從病房走到這裡，一個男的手臂上甚至還插著一個管子。」
雷博思微笑，喝完他的酒。角落就是灰衣修士墓地，他走進去。他猜這些立下誓約的鬼魂應該頗為悲慘，見到一隻小狗讓這個地方比他們還要有名。這裡晚上有旅行團來，也有一些突然出現冰冷的手摸他們肩膀的故事。他回憶羅娜，他的前妻，本來想在這教堂結婚。他看到覆蓋鐵條的墳墓，防止盜墓的守墓碑。愛丁堡總是把殘忍這東西發揚光大，幾世紀來的殘暴被時而沉穩、時而嚴苛的外表所掩蓋……糾纏……他不知道這個字和提示有什麼關係。他想，也許意思是被綁起來，諸如此類，但發現自己並不確定。他離開那墓園走到喬治四世橋，轉進圖書館。同一個圖書館員還在值班。

「字典？」他問，她指向他需要的那一排。

「我查了你問的，」她補充，「有一些書是叫馬克．史密斯寫的，但是沒有ME史密斯。」

「還是謝謝你，」他開始轉身。

「我也幫你列了一些我們有的卡繆的庫存。」

他從她手上接過那張紙，「太好了，非常謝謝你。」

她微笑，好像不習慣被恭維。聞到他口中酒精的味道時，表情遲疑了一下。他走到書架邊的時候，注意到電話簿旁的桌子空著，不知道老先生今天是不是結束了，也許他是九點到五點。他把找到的第一本字典拉出來，翻到「糾纏」那一頁——綁起來、關起來、緊密的意思，「綁起來」讓他想到木乃伊，或是有人的手綁起來，被拘禁……

他的身後有人在清喉嚨，圖書館員站在這裡。

「趕人的時間到了嗎？」雷博思猜。

「還沒，」她指著身後的桌子，現在另一個員工在值班，看著他們，「我的同事……肯尼……他認為他知道史密斯先生是誰。」

「什麼先生？」雷博思看著肯尼——剛脫離青春期，戴著金屬框眼鏡、黑色T恤。

「ME史密斯，」圖書館員說，雷博思走過去，對著肯尼點頭打招呼。

「他是個歌手，」肯尼說，「至少，如果是我想的話——馬克．E．史密斯，不是每個人都同意歌手這個描述。」

圖書館員回到她的座位上，「我必須承認自己從來沒聽說過，」她說。

「該是拓展視野的時候了，布麗姬，」肯尼說。他看看雷博思，看著他張大眼睛瞪著。

「是『淪陷樂團』的歌手？」雷博思安靜的說，幾乎是對著自己。

「你知道他們？」肯尼似乎很意外，雷博思的年紀還有這樣的知識。

「二十年前看過他們，在教堂丘的一家俱樂部。」

「真正很吵鬧的那一種，對不對？」肯尼說。

雷博思專心的點點頭，然後另一個圖書館員，布麗姬，把她在想的說出來。

「真有意思，」她說，然後指著雷博思手上的紙，「卡繆的小說，這一本的翻譯就是『墮落』，如果你要的話，我們的小說區就有一本……」

□

結果，克蕾兒．班利的繼父是傑克．麥克伊斯特，城裡比較有能力的辯護律師。偵訊開始之前，他要求先和她獨處十分鐘。然後，席芳進去房間，由婕兒．譚普勒陪同，艾瑞克．班恩顯然很不高興的被趕了出去。

克蕾兒的飲料瓶已經空了，麥克伊斯特面前有半杯溫的茶。

「我不認為需要錄音，」麥克伊斯特說，「我們談談就好，看看怎麼樣，同意嗎？」

他看看婕兒．譚普勒，她終於點點頭。

「你準備好就開始，克拉克警佐，」譚普勒說。

席芳試著和克蕾兒眼神接觸，但是，她忙著玩弄百事可樂的瓶子，在兩個手掌之中滾動。

「克蕾兒，」她說，「斐麗收到的這些提示，其中一個是從一個電子郵件信箱發出，我們追蹤到你。」

麥克伊斯特拿出一本A４筆記本，上面已經寫了好幾頁好像個人密碼的筆跡。現在，他翻到新的一頁。

「我可以問，你們是怎樣找到這些電子郵件的嗎？」

「它們……我們沒有真的找到，是一個叫益智王的人寄給斐麗芭·包佛，然後到我這裡。」

「怎麼會這樣？」麥克伊斯特沒有從筆記本中抬頭，她看到他的，只有藍色條紋肩膀和他的頭頂，漸漸稀薄的頭髮中看到很多頭皮。

「我在檢查包佛小姐的電腦，尋找可能解釋失蹤的原因。」

「所以，這是在她失蹤之後？」他現在抬頭──厚重的黑框眼鏡，嘴巴沒有打開的時候是一條薄薄的懷疑的線。

「是的，」席芳承認。

「這就是你說追蹤到我的客戶電腦的信嗎？」

「從她在網路服務公司的帳號，是的。」席芳注意到克蕾兒第一次抬頭──是因為他說「我的客戶」。克蕾兒看著她的繼父，研究著他。

也許，她以前沒有看過他專業的這一面。

「網路服務公司是提供網路連線的公司嗎？」

席芳點點頭回答，麥克伊斯特讓她知道，他也知道這些用詞。

「後面有接下來的信嗎？」

「有的。」

「都屬於同一個地址嗎？」

「我們還不知道，」席芳決定，他不需要知道有不止一個網路服務公司。

「很好，」麥克伊斯特用筆在最後一張紙上畫下一個句點。然後往後靠著沉思。

「我現在可以問克蕾兒一個問題了嗎？」席芳問。

麥克伊斯特從眼鏡頂端瞄著她，「我的客戶比較想做一個簡短的聲明。」

克蕾兒伸手到牛仔褲口袋裡，拿出一張紙，攤開，顯然從桌上的筆記本來的。上面的筆跡和麥克伊斯特的畫押不一樣，席芳可以看到律師建議修改的地方圈起來。

克蕾兒清清喉嚨，「大約在斐麗失蹤的兩個星期之前，我把我的手提電腦借她，她在寫作業，我想可能對她有幫助，我知道她自己沒有手提電腦。我還沒有機會把它要回來，我在等她的葬禮之後，問她的家人是不是可以從公寓拿回來。」

「這手提電腦是你唯一的電腦嗎？」席芳打斷。

克蕾搖搖頭，「不是，但是連接的網路服務和我的個人電腦是同一個。」

席芳瞪著她，還是沒有眼神接觸，「斐麗芭．包佛的公寓裡沒有手提電腦，」她說。

終於有眼神接觸，「那在哪裡？」克蕾兒說。

「我假設你還有購買證明，類似這樣的東西？」

麥克伊斯特說話，「你是在指控我女兒說謊嗎？」她已經不再只是一個客戶……

「我在說，也許這是克蕾兒可以早點告訴我們的事。」

「我並不知道被……」克蕾兒開始說。

「譚普勒分局長，」麥克伊斯特說，「我不認為指控潛在證人欺瞞是洛錫安與邊境警方的政策。」

「目前，」譚普勒回嘴說，「你的繼女是嫌犯、不是證人。」

「什麼的嫌犯？益智遊戲嗎？從什麼時候開始益智遊戲也算犯罪？」

對這一點，婕兒沒有答案。她看看席芳的方向，席芳覺得自己大概可以讀出幾個老闆的想法。他說的對……我們還不是很確定的知道益智王和任何事情有關……這是你的直覺我同意，但是記得……

麥克伊斯特知道兩位警察之間交換的眼神有什麼意義，決定繼續。

「我不認為你們能夠把這些資料交給檢察官，他們會嘲笑的退回來，譚普勒分局長，」把重音放在分局長這三個字，他知道她剛升職，知道她還要證明自己……

婕兒開始恢復她的沉著，「我們需要克蕾兒提供的，麥克伊斯特先生，是一些直接的回答，不然，她的故事聽起來很薄弱，我們需要深入調查。」

麥克伊斯特似乎在考慮這一點。同時，席芳正忙著在心裡準備一張名單，克蕾兒．班利的確有動機——包佛銀行在她父親的自殺所扮演的角色。這個角色扮演的遊戲，她有工具，只要引誘斐麗到亞瑟王座就有機會，現在，她發明出借的手提電腦，卻又很方便的不見了……

席芳開始列另一個清單，這一次是針對藍納．馬爾。他早就警告斐麗要如何刪除郵件。藍納．馬爾和他的玩具士兵，銀行的第二把交椅。她還是看不出來馬爾可以從斐麗的死得到什麼……

「克蕾兒，」她安靜的說，「你去『杜松』的時候，見過藍納．馬爾嗎？」

「我看不出這有什麼——」

但克蕾兒打斷她的繼父，「藍納．馬爾，我一直不知道她看上他哪一點。」

「誰？」

「斐麗，她單戀藍納，女學生常有的，我猜……」

「對方有回應嗎？有比單戀更進一步嗎？」

「我想，」麥克伊斯特說，「我們已經偏離了——」

但是克蕾兒對席芳微笑，「一直到後來才有，」她正在說。

「後來是多後來？」

「我的感覺是，她在失蹤前都滿常去見他的……」

□

「為什麼這麼興奮？」雷博思問。

班恩從他工作的桌上抬頭，「克蕾兒．班利在接受偵訊。」

「為什麼？」雷博思彎下來，伸手到桌子其中一個抽屜。

「抱歉，」班恩說，「這是你的……？」

他打算站起來，但雷博思阻止他。「我被停職了，記得嗎？你幫我坐熱一點，」他關上抽屜，沒有找到什麼。

「那班利在這裡做什麼？」

「其中一封電子郵件，我讓特別小組去追查。」

雷博思吹口哨，「克蕾兒・班利寄的嗎？」

「嗯，是從她的帳號寄出來的。」

雷博思想一想，「不見得是一樣的事？」

「席芳是存疑的那一個。」

「她和班利在一起嗎？」雷博思等到班恩點點頭。「但是你在外面？」

「譚普勒分局長。」

「啊，」雷博思說，不需要更多解釋。

婕兒・譚普勒衝進刑事組辦公室，「我要藍納・馬爾帶進來偵訊，誰要去載他？」

她馬上有兩個自願者——嗨呵史威勒和湯米・傅雷明。其他人還在試著思考這個名字，為什麼和克蕾兒・班利、和益智王有關。婕兒轉身時，席芳站在她身後，

「做的好。」

「是嗎？」席芳問，「我不確定。」

「什麼意思？」

「我和她說話的時候，好像我問的是她想被問的事，好像是她在主導。」

「我不這麼認為，」婕兒碰碰席芳的肩膀，「休息一下，讓別人去偵訊藍納・馬爾。」她看看房間四周，

「你們其他人回去工作。」她的眼睛看到約翰・雷博思，「你在這裡做什麼？」

雷博思打開另外一個抽屜，拉出一包香煙、搖一搖。

「只是來拿一些個人物品，長官。」

婕兒抿著嘴，走出房間。麥克伊斯特和克蕾兒在走廊上，他們三個簡短的討論，席芳靠近雷博思。

「你在這裡做什麼？」

「你看起來很累。」

「我看你的辯才還是像以前一樣生鏽。」

「老闆叫你休息一下，你就是這麼幸運，讓我請你。你在忙著恐嚇小姐的時候，我在做重要的事……」

□

席芳還是喝柳橙汁，一直玩著她的手機——班恩受到嚴格指示，有消息的話要打電話給她。

「我要回去了，」她說，不是第一次。然後，她又檢查手機畫面，萬一需要充電或是沒有訊號。

「你吃過了嗎？」雷博思問。她搖頭的時候，他從酒吧帶回幾包鮮蝦洋芋片，她一邊吃，一邊聽他說。

「我這時候才想到。」

「想到什麼？」

「天啊，席芳，醒一醒。」

「約翰，我覺得我的頭快要爆炸了，我真的覺得會。」

「你不認為克蕾兒．班利是有罪的，這一點我可以了解。現在，她說斐麗芭．包佛和藍納．馬爾有一腿。」

「你相信她嗎？」

他在點一根菸，把煙吹向席芳的相反方向。「我不可以有意見——停職直到另行通知為止。」

她看了他一眼，舉起杯子。

「那會是一段很有趣的對話，是不是？」雷博思問。

「什麼？」

「包佛問他信任的朋友警察找他做什麼的時候。」

「你認為馬爾會告訴他嗎？」

「即使沒有，包佛一定會發現。明天的葬禮應該是很愉快的場合。」他向天花板吹了幾口煙，「你要去嗎？」

「正在考慮，譚普勒和卡斯威爾，還有幾個人……他們會去。」

「如果有人開始打架的話，也許會有需要。」

她看看手錶，「我該回去了，看看馬爾在說什麼。」

「你被下令要休息。」

「我休息過了。」

「如果你覺得需要的話，打電話進去。」

「也許我會這樣做。」她注意到她的手機還連著傳輸線，如果不是電腦放在聖藍納分局的話，可以讓她上網。她瞪著傳輸線，抬頭看雷博思，「你說什麼？」

「關於什麼？」

「關於『糾纏』。」

雷博思的微笑變的更大。「真高興你又回來和我們在一起，我整個下午都在圖書館，已經解出謎語的第一個部分。」

「這麼快？」

「你看到的是品質，席芳，所以，你想聽嗎？」

「當然。」她注意到她的杯子幾乎空了，「我應該……」

「聽就好，」他把她拉回座位上。酒吧也許才半滿，但大部分的酒客看起來像學生。雷博思想，他也許是那裡最老的面孔。站在吧台旁，他也許會被誤以為是酒館主人。和席芳一起坐在角落邊邊的位子，他看起來比較像試著灌醉祕書的好色老闆。

「我在聽，」她告訴他。

「亞伯特・卡繆，」他慢慢的開始，「寫了一本書，叫《墮落》。」他從外套拿出一本平裝本，放在桌子上，用一隻手指拍著。不是從圖書館借的，他去聖藍納的路上在席恩書店找到的，「馬克・E・史密斯是一個叫『沉淪樂團』的歌手。」

席芳皺眉頭，「我想我聽過他們的單曲。」

「所以，」雷博思繼續說，「我們有『沉淪』、『墮落』，加在一起你就有……」

瀑布，席芳猜，雷博思點點頭。她拿起那本書，看看封面，翻過去看看書背，「你認為，那也許是益智王想見面的地方？」

「我想，和下一段的提示有關。」

「但是其他部分呢？拳擊比賽、法蘭克・芬利？」

雷博思聳聳肩，「這又不是『簡單的心靈』，我沒有承諾奇蹟給你。」

「不……」她停下來，又抬頭看他，「想一想，我並不以為你會這麼有興趣。」

「我改變心意。」

「為什麼？」

「你曾經坐在家裡看著油漆乾嗎？」

「我去過比那更無趣的約會。」

「那也許你懂我的意思。」

她點點頭，翻著書上的頁次，皺起眉頭。她不再點頭，又看著他，「其實，」她說，「我一點也不懂你在說什麼。」

「很好，那表示你在學習。」

「學習什麼？」

「約翰．雷博思專利品牌的存在主義，」他對她搖搖手指，「這是我到今天才知道的名詞，都要感謝你。」

「那是什麼意思？」

「我不是說我知道是什麼意思，但我想，和選擇不要看油漆乾有很大的關係……」

他們回到聖藍納分局，但沒有消息。警官們根本早已經雀躍不已，這是他們需要的突破、破案。洗手間裡有人在打架，需要被拉開——兩個制服警察沒辦法說是怎麼開始的。雷博思看著席芳幾分鐘，她從一邊走到另一邊，想知道進展。他可以看到她無法鎮定下來，整個腦袋裡都是理論、想法，她也需要突破、破案。他走向她，她的眼睛閃閃發光，雷博思抓住她的手臂，拉她到外面，她本來抗拒著。

「你上次吃東西是什麼時候？」他問。

「你買那些洋芋片給我吃的時候。」

「我是說吃熱的。」

「你聽起來像我媽……」

短暫的路程把他們帶到尼可森街上的印度餐廳。餐廳很暗，要走上一排樓梯，沒有什麼人，星期二已經變成新的星期一——城裡是死寂的一夜，週末從星期四就開始，計劃如何花薪水，然後星期一很快的喝一杯結束，才能夠重溫剛剛過去的高潮。星期二，理性的選擇是回家，留下身邊僅剩的現金。

「你對瀑布村知道的比我多，」她現在說，「那邊有什麼地標？」

「這樣，瀑布本身——你看過——也許『杜松』——你去過，」他聳聳肩，「就這樣。」

「但是有一個社區，對不對？」

他點點頭，「村外有一個加油站，還有貝芙．杜德斯的小屋，一些通勤的，甚至沒有教堂或郵局。」

「當然也沒有拳擊場囉？」

雷博思搖搖頭，「也沒有花束，帶刺鐵絲網，或是法蘭克．芬利之家。」

席芳似乎對食物失去興趣，雷博思沒有太擔心，她已經吃下綜合烤雞開胃菜、還有她的烤咖哩。他看她拿出電話打回分局，她已經打過一次——沒有人接電話，這次有人接。

「艾瑞克？是席芳。發生什麼事？我們逮到他了沒？他說什麼？」她聽著，眼睛看著雷博思。「真的嗎？」她的聲音突然提高了一點，「那真是有點傻，不是嗎？」

起初，雷博思以為是自殺，他用手劃了脖子一下，但席芳搖搖頭。

「好，艾瑞克，謝謝你，等會見。」她掛上電話，花時間把手機放回袋子裡。

「趕快說，」雷博思說。

她挖起另一口食物，「你被停職了，記得嗎？不再辦案子了。」

「你不趕快吐出來的話，我就把你吊在天花板、掛在上面。」

她微笑，放下叉子，沒有碰食物。服務生往前一步準備好清桌子，但雷博思揮揮手叫他回去。

「嗯，」席芳說，「他們去馬爾農莊區獨棟房子的家裡接他，他不在那裡。」

「然後呢？」

「然後他不在那裡是因為已經有人先告訴他我們要去。婕兒．譚普勒打電話給副署長，說他們要去偵訊馬爾，副署長建議他們先通知馬爾先生，做為『禮遇』。」

她拿起水瓶倒到她的杯子裡，同一個服務生又往前站，準備好換水瓶，雷博思又揮揮手。

「所以，馬爾跑了？」

席芳點點頭，「看起來是如此。他太太說，他接了電話，兩分鐘後她回頭找他的時候，他不在那裡，瑪莎拉蒂跑車也不見了。」

「你最好在口袋裡放一些餐巾紙，」雷博思建議，「看起來，卡斯威爾會需要把臉上的蛋擦乾淨。」

「我沒辦法想像他會很高興向署長解釋，」席芳同意。然後，她看著雷博思臉上出現的笑容，「這剛好是你所需要的，」她猜。

「也許可以轉移我身上的焦點。」

「因為卡斯威爾會忙著解決自己的問題，沒有時間對付你？」

「這是優雅的說法。」

「要歸功大學教育。」

「那麼，現在馬爾怎麼辦？」雷博思對服務生點點頭，他猶豫的向前一步，不確定是不是會突然被趕走，「兩杯咖啡，」雷博思告訴他。男人小小的　躬離開。

「不確定，」席芳承認。

「葬禮前一夜，可能很尷尬。」

「而且是高速追逐⋯停車逮捕……」席芳想像那個場景，「哀悼的雙親不知道他們最好的朋友為什麼突然被拘提……」

「如果卡斯威爾想的好，他會等到葬禮後再動手。也許馬爾本來就會出現在那裡。」

「向他的祕密情人道別嗎？」

「如果克蕾兒．班利說的是事實。」

「他還有什麼其他的原因要跑？」

雷博思瞪著她，「我想，你知道這個問題的答案。」

「你是說馬爾殺了她？」

「我以為他是你懷疑的目標。」

她若有所思，「那是發生這件事之前，我不認為益智王會跑。」

「也許益智王沒有殺斐麗芭．包佛。」

席芳點點頭，「那是我的重點，我以為馬爾是益智王。」

「表示她是別人殺的？」

咖啡來了，還有薄荷糖，席芳把她的薄荷糖泡在咖啡裡一下，很快的丟到嘴裡。沒有被要求，服務生就把帳單和咖啡一起送來。

「平分嗎？」席芳建議，雷博思點點頭，從口袋拿出三張五鎊紙鈔。

他問她怎麼回家。

「我的車在聖藍納分局——要坐一程嗎？」

「今晚很適合走路，」他說，抬頭看看雲層，「答應我你會回家，休息一下……」

「我答應你，媽。」

「現在，既然你說服自己益智王沒有殺斐麗……」

「怎樣？」

「嗯，你就不用再玩那些遊戲了，是不是？」

她眨眨眼，告訴他自己認為他說的對。但是，他可以看到她並不相信，這個遊戲是她在這案子的一部分，她不能就這樣放手……他知道，自己也會有相同的感覺。

他們在人行道上分手，雷博思回到家裡，進去之後打電話給琴恩，但是她不在家，也許又在博物館加班，不過，她也沒有接博物館的電話。他站在餐桌前瞪著那裡的案件報告，釘在牆上的一些紙，上面有四個女人的細節——傑斯普森、吉布斯、吉爾綾和法莫。他試著回答一個問題——為什麼凶手要留下一個棺材？好，那是他的「署名」，但是，這些署名並沒有被認出來。有人花了三十年才了解到這是個署名，如果凶手希望被認出他所犯的罪，應該會重覆同樣的事，或嘗試其他方法——寫信給媒體或警方。如果不是署名的話，如果他的動機是……什麼？雷博思把它們看成紀念品，只對把他們留在那裡的人有意義。亞瑟王座的東西是不是也可以這樣說？為什麼這個人不出面呢？答案：因為一旦找到，棺材對創造的人就失去了意義。那這些紀念品，本來就不應該被找到，或是被認為和柏克和海爾有關。

是的，這些棺材之間可能有關連，還有琴恩所認出來的。雷博思不願意加上瀑布村發現的那一個，可是，他覺得應該也有關聯——一個勉強的關聯，但還是很有力。

他看看答錄機，只有一通留言——他的律師，關於一對退休的夫婦想幫他介紹房子，讓他不用留下來。他知道，他必須在那之前把這些剪貼拿下來，藏起來，打掃一下房子……

他又試試琴恩的電話，但還是沒有人接，他放一張史帝夫・厄爾的唱片：辛苦的方法。

雷博思不知道其他的方法……

□

「你運氣好，我沒有改名，」珍・班利說。琴恩打電話簿的每一個班利，向她們解釋，「我現在嫁給傑克・麥克伊斯特。」

他們坐在一棟三層樓透天厝的起居室裡，在城市西區帕瑪斯頓街旁。珍・班利很高、很瘦，穿著及膝的黑色洋裝，左胸有一個閃亮的胸針。房間反應了她的優雅——古董、擦亮的表面、厚牆和無聲的地板。

「謝謝你在這麼短的時間內見我。」

「除了在電話上告訴過你的，我沒什麼好說的，」珍・班利聽起來漫不經心，好像她的一部分在其他地方，也許就是她為什麼會同意見面的原因……「這是很奇怪的一天，柏其小姐，」她現在說。

「為什麼？」

但珍・班利只是聳聳一邊的肩膀，再問一次琴恩要不要喝點什麼。

「我不想打擾太久，你說，派翠西亞·羅威爾是你的親戚？」

「曾曾曾祖母……類似這樣。」

「她很早死，不是嗎？」

「你對她知道的也許比我還多，我不知道她埋在卡爾頓丘墓園。」

「她生了幾個小孩？」

「只有一個，一個女孩。」

「你知道她是死於難產嗎？」

「完全不知道，」珍·班利笑著這個問題的荒謬。

「對不起，」琴恩說，「我知道這想起來很殘忍……」

「有一點，你說，你在研究肯納·羅威爾？」

琴恩點點頭，「你的家族會不會有他的一些文件？」

珍·班利搖搖頭，「沒有。」

「你沒有親戚有可能……？」

「我真的不這麼認為，沒有。」她一隻手臂伸向椅子旁的桌子，拿出一根香菸。「你要不要……？」

琴恩搖搖頭，看著珍·班用一個細長金色打火機點香菸。這個女人似乎做什麼都是慢動作，好像用錯放電影的速度一樣。

「只是，我在找羅威爾醫生和他贊助人之間的書信往來。」

「我還不知道有這樣的人。」

「一個在阿爾夏的牧師。」

「真的嗎？」珍·班利說，但是琴恩看的出來她沒有興趣：現在，她手指上的香菸比什麼都重要。

琴恩決定繼續挖，「外科醫學會館有一幅羅威爾醫生的畫像，我想，也許是牧師要求的。」

「是這樣嗎？」

「你有看過嗎？」

「沒辦法說我有。」

「羅威爾醫生有好幾個太太，你知道嗎？」

「三個，是不是？也不算太多，如果這樣想的話。」班利似乎在沉思，「我現在是第二個先生⋯但誰說會到此為止？」她看看香菸盡頭的煙灰，「我第一任先生自殺，你知道。」

「我不知道。」

「沒有理由你會知道，」她停下來，「我不認為傑克也會做一樣的事。」

琴恩不確定她是什麼意思，但珍．班利在看著她，似乎等著她回答。「我想，」琴恩說，「看起來會令人懷疑，失去兩個先生。」

「但是肯納．羅威爾卻失去了三個妻子⋯⋯？」

琴恩就是在想這件事⋯⋯

珍．班利站起來走到窗戶旁。琴恩又看了一眼房間，所有的工藝品、繪畫、鑲框照片、燭台、水晶煙灰缸⋯⋯她感覺沒有一樣屬於班利，是她和傑克．麥克伊斯特的婚姻所帶來，他帶來的一部分。

「這樣，」她說，「我該走了，再次抱歉我必須⋯⋯」

「沒關係，」班利說，「我希望你找到你在找的。」

突然之間，走廊上傳來一些聲音，還有前門關起來的聲音，它們始往樓梯上來，越來越近。

「是克蕾兒和我先生，」珍說，又坐下來，讓自己看起來像藝術家的模特兒一樣。門打開，克蕾兒．班利衝進房間裡，在琴恩的眼裡，她一點都不像她母親，但也許是因為她的出場方式，精力充沛的樣子。

「我一點也不在乎，」她正在說。「他們要的話可以把我關起來，把鑰匙丟掉！」傑克．麥克伊斯特進來的時候，她正在房間裡踱步，他有他太太的慢動作，但似乎只是疲勞的結果。

「克蕾兒，我的意思只是……」他彎身吻一下太太的臉頰，「真是一段可怕的經歷，」他告訴她，「警察像頭蝨一樣爬在克蕾兒身上，你有沒有辦法控制一下你女兒，親愛的？」他直起身子看到有訪客的時候，說話的聲音漸漸消失。琴恩正在站起來。

「我真的該走了，」她說。

「這又是誰？」克蕾兒咆哮。

「柏其小姐是博物館來的，」珍解釋，「我們在談肯納．羅威爾。」

「天啊，不要連她也是！」克蕾兒頭一搖，躺在房間裡的兩座沙發之一。

「我在研究他的生平，」琴恩解釋給麥克伊斯特聽，他正在酒櫃幫自己倒威士忌。

「晚上的這種時間？」他只這樣說。

「他的畫像掛在某個地方的大廳，」珍．班利告訴她的女兒，「你知道嗎？」

「我當然知道！在外科醫學會館的博物館裡，」她看著琴恩，「你是從那裡來的嗎？」

「不是，其實……」

「不論你從哪來，你為什麼不快滾回去？我才剛離開警察的拘提——」

「在這個家裡，你不能這樣對客人說話！」珍．班利大叫，從椅子上跳起來，「傑克，告訴她！」

「我真的應該……」琴恩的字眼被三個人吵架的聲音蓋過，她後退走向門口。

「你沒有權利……」

「天啊，誰都會以為他們偵訊的是你！」

「還是沒有藉口……」

「只是安靜的喝一杯，這樣也不可……」

他們似乎沒有注意到琴恩開門，在她身後又關上。她走下鋪著地毯的樓梯，躡手躡腳，盡可能安靜的打開前門，溜到街上，才終於鬆了一口氣。離開的時候，她看了一眼起居室的窗戶，但什麼也看不到。那個房子的牆壁非常的厚，他們可以用來當成牢房，感覺上，她就是剛從那樣的地方逃出來。

克蕾兒·班利的脾氣真是令人不敢領教。

第十三章

到了星期三早上，還是沒有見到藍納．馬爾的蹤影。

他的太太桃樂絲打電話到「杜松」，接電話的是約翰．包佛的私人助理。雖然沒有明確的提醒這家人還有葬禮要辦，但私人助理認為，葬禮結束之前不應該打擾包佛先生或夫人。

「你可以了解，他們失去了女兒，」私人助理傲慢的說。

「我可是失去了我的丈夫，你這婊子！」桃樂絲．馬爾回嘴，說完又稍微的畏縮起來，了解到這大約是自己成年後第一次用如此的字眼罵人。但是道歉已經太晚了：私人助理已經放下電話，通知下面的包佛員工不要再接馬爾太太的電話。

「杜松」屋內到處都是人——家人、朋友都在這裡聚集，有些從遠方來，前一天晚上住在這裡，現在在眾多走廊裡遊蕩著，尋找近似早餐的東西。廚師杜蘭太太決定這樣的日子不適合吃熱早餐，所以客人找不到她通常自豪的的香腸、培根、蛋或鮮魚燴飯。餐廳裡是一排排的早餐麥片包和果醬，果醬是手工的、但沒有杜蘭太太的黑醋栗和蘋果果醬，這是斐麗從小最喜歡的東西，她留在後面的食具室裡沒有拿出來，上次有人吃是斐麗偶爾來的時候。

杜蘭太太正在告訴女兒卡翠安娜這一點，卡翠安娜則安慰著她，又遞給她一張紙手帕。一個客人被派來詢問是否有咖啡和冷牛奶，探頭進廚房的門又出去，很尷尬的看到杜蘭太太這樣的狀況。

在圖書館裡，約翰．包佛告訴他的妻子，他不要「任何他媽的愚蠢警察」出現在墓園。

「但是，約翰，他們這麼努力的工作，」他的太太說，「他們也有要求出席，他們當然也有同樣的權利像……」她的聲音變小。

「像誰?」他的聲音比較不生氣了，但突然比較冷酷。

「比如，」他的太太說，「那些我們不認識的人……」

「你是說我認識的人?你在一些派對場合見過他們……賈姬，天啊，他們只是想來致意。」

他的太太點點頭，保持安靜。在葬禮後，「杜松」會有自助午餐，不只是給近親，還有她先生認識的人和所有的朋友，總共將近七十個人。賈桂琳想要的形式比較小，餐廳容納的下就好。結果，他們必須在後面的草坪上立一個大帳蓬，由一家愛丁堡的公司——無疑由她先生的客戶所經營——負責食物。一位女性老闆在那裡忙著，監督從似乎毫無止盡的廂型車裡搬出來的桌子、桌布、餐具、和廚具。賈桂琳到目前為止小小的勝利是把斐麗自己的朋友加入邀請的名單內，雖然，並不是沒有尷尬的時刻。比如說，大衛·卡斯特羅應該和他的父母一起受邀，即使她從來沒有喜歡過大衛，覺得他好像降低了這家人的水準。她希望他們不要出席，或是不要待太久。

「在某些方面來說，這算是烏雲的銀邊吧，」約翰低沉的說，幾乎沒有察覺到她在房裡，「這件事把他們全部帶到包佛家來，讓他們很難去其他的地方……」

賈桂琳顫抖的站起來。

「我們在埋葬我們的女兒，約翰!這和你的生意無關!斐麗不是什麼……商業交易的一部分!」

包佛看看門口，確定門關著。「小聲一點，女人，這只是一個……我的意思不是……」他突然倒在沙發上，臉埋在手裡。「你說的對，我沒有在想……老天幫我。」

他的太太坐在他旁邊，把他的手從臉上拿下來，「老天爺幫我們兩個，約翰，」她說。

□

史帝夫·何利設法說服了他報社在格拉斯哥總部的老闆，自己需要儘早到場。他知道蘇格蘭地理文盲的猖獗，也說服老闆瀑布村和愛丁堡的距離比實際上更遙遠，「灰牆莊園」會是一個理想的過夜點。他沒有解釋灰牆莊園在古蘭，距離愛丁堡開車不到半個小時。而且，就在媒體聚集之時，古蘭也不在愛丁堡和瀑布村之間。但有什麼關係？他拿到了過夜的錢，他的女朋友姬娜加入他，可是那也不真的是他女朋友，只是過去三個月約過幾次會的女人。姬娜很想去，但很擔心第二天早上上班，所以史帝夫幫她安排了一輛計程車。他知道自己會怎麼說：他會說他的車子壞了，是他自己坐計程車回到城裡……

他們享用了一頓很豐盛的晚餐，餐後花園裡散步——花園顯然是由一個叫傑克的人設計的——史帝夫和姬娜則在沉睡前利用了房間裡的那張大床。結果等他們醒來的時候，姬娜的計程車已經在等著了，史帝夫只好自己吃早餐，反正他也比較喜歡這樣。不過第一個讓他失望的地方是飯店提供的報紙……全部都是質報。他停在古蘭去瀑布村的小路上，買了競爭對手的報紙，放在乘客座上，一邊開車一邊翻，結果占用了太多的路面，經過的車子一邊對著他閃燈、一邊按喇叭。

「放屁！」他從車窗裡大叫，一邊拿起手機，想確定攝影師東尼有準備好要去墓地拍攝，一邊對著外面這些捅綿羊的鄉下人作手勢。他知道東尼去過幾次瀑布村見貝芙，或是「那個瘋女人」，史帝夫開始這樣叫她。他認為東尼以為自己快要到手，他的建議很簡單：「她是瘋子，老兄，也許可以弄上床，但是我打賭，你醒來的時候小老弟會被切掉，躺在你身邊。」東尼笑了笑說，他只是想說服貝芙幫他的「個人檔案」擺一些「藝術姿勢」。所以，史帝夫今天早上打電話給東尼的時候，他說的話和往常一樣：

「你的誘拐成功了嗎，老兄？」

然後，一如往常，他開始笑自己的笑話。剛好看著照後鏡，看到後面有一輛警車閃著燈，不知道已經跟在後面多久了。

「東尼，等會再打給你，」他說，剎車靠邊停。「你記得準時去教堂。」

「早安，警官，」他說，走出車子。

「你也早，何利先生，」其中一個制服警察說。

這讓史帝夫想起，他這個月在洛錫安與邊境警方並不是受歡迎的人物。

十分鐘之後，他回到路上，警察跟著他，以免他們所謂「更多的違規」。他的手機響的時候，他本來想不要接，但是是格拉斯哥打來的，因此他又打燈回到路邊接電話，看著後面十碼的警車。

「喂？」他說。

「你覺得你是一個很聰明的混蛋，是不是，史帝夫男孩？」

他的老闆。

「不，這一秒鐘不是，」史帝夫．何利說。

「我有朋友在古蘭打高爾夫球，那裡根本就在愛丁堡。你這王八蛋，瀑布村也一樣，你以為可以把這一趟採訪花費當作公費報銷的話，你可以認真老實的塞在自己的屁眼裡。」

「沒問題。」

「你到底在哪裡？」

何利看看四周的田野，遠處有一輛牽引機。

「我正在墓地埋伏，等著東尼出現，幾分鐘之後就要去『杜松』，跟著他們去教堂。」

「真的嗎？想確認一下嗎？」

「確認什麼？」

「你親口說出的天大謊話！」

何利舔舔嘴唇，「我不懂。」怎麼，難道報社在他的車子裝了追蹤系統嗎？

「東尼五分鐘前才打電話給攝影編輯，攝影編輯剛好站在我該死的桌子旁，猜猜你的失蹤攝影師從哪裡打的？」

何利沒有說什麼。

「說啊，再猜一猜，因為，我下次再看到你就是要帶你去那裡。」

「墓地？」何利說。

「那是你最後的答案嗎？要不要打電話問朋友。」

何利覺得一股憤怒升上來：最好的防衛就是攻擊，對不對？「聽著，」他嘶聲說，「我給了你的報社本年度的大新聞，打敗了你所有的競爭對手，一個都不剩。這是你對待我的方法嗎？去你的報社，操你媽的！你可以找別人來這裡報導葬禮，找一個像我一樣知道這個新聞的人。同時，我想我會打幾個電話給你的競爭對手──用我自己的時間，我自己的電話，如果你不介意的話，你這個小氣的混蛋。如果你想知道我為什麼不在墓地，我告訴你，因為我被幾個警察攔下來。因為現在我把他們揭發出來了，我甩不掉他們，你要巡邏車的車牌嗎？給我幾秒鐘，也許你可以自己跟他們說話！」

何利閉嘴，但確保他對著電話筒的呼吸聲很大。

「總算有一次，」來自格拉斯哥的聲音說，「也許他們可以把這個刻在我的墓碑上，我想，我終於聽到史帝夫．何利說實話了。」又是一陣沉默，然後是笑聲，「所以，我們讓他們很擔心嗎？」

我們……史帝夫知道自己安全了。

「我後面根本就是一團永恆的隨扈，萬一我決定把手拿開方向盤挖鼻孔。」

「所以，我們現在講話你沒有在開車？」

「靠在路邊，方向燈閃著，還有，恕我無禮，老闆，我跟你講話又浪費了五分鐘……並不是說我從來不享受我們之間的對話。」

另一陣笑聲，「啊，去他的，偶爾也需要發洩一下。我告訴你，這樣好了，把飯店的帳單報上來，好嗎？」

「知道了，老闆。」

「趕快帶著你的老屁股上路吧。」

「了解，老闆。這是實話，報告完畢。」何利掛了電話，大聲的呼氣，做了他被交待的事：趕快上路……

□

瀑布村沒有教堂、也沒有墓園。不過，就在瀑布村和卡斯蘭特之間的路上，有一個很小、不太用的教堂——其實只是禮拜堂的大小。這家人選了這個地方安排了一切，但是私底下，來參加的斐麗的朋友覺得這個地方的寧靜和隔絕和斐麗的個性不合。他們沒辦法不認為她會想要一個比較活潑的地方，在愛丁堡市內，人們可以去那裡溜狗、星期天去散步；還有，在黑暗之中，生動的機車派對和更隱密的苟合可能發生之處。

這裡的墓園太整齊、太小、墳墓太舊、整理的太好。斐麗會喜歡比較野生的、散落的蔓藤和苔蘚、薔薇花叢、長長溼溼的草。但是他們想一想，了解到她並不會在乎怎麼樣，因為她死了，一切都結束了。如今，也許是第一次，他們可以把失落和麻木的驚嚇分開，感受未完生命的痛苦。

教堂裡的人超過容納人數，門開著，外面可以聽到簡短的儀式。這一天很冷，地上很多露水。鳥在樹上玩耍著，因為這特別的入侵而顯得不安。車子排在大馬路上，靈車安靜的離開、回到愛丁堡。穿著制服的司機站在汽車旁，手裡拿著香菸，勞斯萊斯、賓士、捷豹……

這家人通常是去城裡的教會做禮拜，牧師被說服來主持儀式，雖然他比較習慣只有在聖誕節才見到包佛一家人，而且過去兩、三年間都沒有。他準備的非常詳盡，不厭其煩的和父母親討論引用的聖經，很關心的詢問一些問題，希望答案可能可以幫助他訴說斐麗的生平。不過，他對於媒體的注意覺得很困惑，只習慣在婚禮或是受洗的時候遇到攝影機。攝影機第一次對著他的時候，他給了一個微笑，事後才了解到那是不恰當的舉止。他們並不是光鮮的親戚、而是記者，只能和嚴肅的那一群保持距離，鏡頭只能從這麼遠的地方對著他們。雖然可以從路上清楚的看到墓園本身，但不會有棺材下到墓地，或是父母親在墓邊的鏡頭。只有一張照片可以刊登，棺材從教堂被抬出來的照片。

當然，一旦哀悼的人離開教堂的範圍，又會回到一般的攝影規則。

「那些寄生蟲，」其中一個客人嘶聲說，他是包佛家長久以來的客戶。同樣的，他知道自己第二天早上會買不只一份報紙，只為了看看自己在哪一份報紙上出現。

教堂裡擠滿了人，警方也保持距離，站在教堂後方門邊。卡斯威爾副署長雙手交握在前站著，頭微微低著。譚普勒分局長站在比爾．普萊德探長身邊，就在卡斯威爾後面。其他警官站的更遠，在附近巡邏著。斐麗的凶手還在外面，還有藍納．馬爾，如果兩個是不同人的話。在教堂裡面，約翰．包佛一直轉頭，看著每一張面孔，好像在找人。只有那些知道包佛銀行工作情形的人猜到失蹤的面孔屬於誰……

約翰．雷博思站在遠方的牆邊，穿著他的好西裝、以及一件綠色長雨衣，衣領翻起來。他一直想著，周遭的環境看起來很淒涼：典型光禿的山丘上到處是綿羊，無精打采的黃色金雀花叢。他在教堂大門裡的布告欄讀到，這棟建築物可以回溯到十七世紀，是當地農夫湊錢建造的。在低矮的石牆裡，至少找到一個聖殿騎士的墳墓，讓歷史學家相信，這裡以前有一個禮拜堂和墓園。

「這個聖殿騎士的墓碑，」他讀到，「現在可以在蘇格蘭博物館看到。」

這時他想到琴恩，走在那樣的地方，她會注意到他注意不到的地方，來自過去的跡象。這時，婕兒臉色冷漠的朝他走來，兩手插在口袋裡，問他以為自己在這裡做什麼。

「來致哀。」

他注意到卡斯威爾微微移動他的頭，注意到雷博思的出現。

「除非有法律禁止，」他補充，然後走開。

席芳距離他大概五十碼，但目前為止只有揮揮戴著手套的手，確認他的存在。她的眼睛看著山丘，好像以為凶手會突然在那裡出現，雷博思有自己的懷疑。儀式結束的時候，棺材抬出來，攝影師開始他們短暫的工作。出席的記者小心的研究這個場景，在心裡記下一些句子，或是非常安靜的對著手機說話。還是沒有用，雷博思不知道他們用的是哪一家公司——他的手機到現在還是沒有訊號。

記錄了抬棺人從教堂出來的鏡頭之後，電視台的攝影機被關掉，從攝影師的肩膀卸下來。教堂外和裡面一樣安靜，只有偶爾在碎石上的腳步聲，以及偶爾來自哀悼者的輟泣聲。

約翰·包佛一隻手挽著妻子，有些斐麗的學生朋友互相擁抱，臉孔埋在手臂或胸膛裡，雷博思認出一些面孔——崔斯坦和蒂娜、亞伯特和卡蜜兒……沒看到克蕾兒·班利。他看到一些斐麗的鄰居，包括德文林教授，早先有過來跟他說話，問棺材的事是否有任何進展。雷博思搖搖頭，德文林問他感覺如何。

「只是，我感覺到一股挫折感，」老人說。

「有時候就是這樣。」

德文林研究他，「我不認為你是現實主意者，探長。」

「我一向認為悲觀比較容易給人慰藉，」雷博思告訴他，然後離開。

現在，雷博思看著整個過程，有一些政客，包括蘇格蘭國會議員席歐娜·葛里芙。大衛·卡斯特羅在父母親之前走出教堂，在突然出現的光線下眨眨眼，從胸前的口袋拿出太陽眼鏡戴上。

被害人的眼睛捕捉凶手的面孔……

見到大衛·卡斯特羅的人都會從太陽眼鏡裡看到自己的反射，這是卡斯特羅要他們看的嗎？在他身後，他的母親和父親分開走，姿勢非常不同，比較像點頭之交、而不是夫妻。群眾漸漸失去隊形的時候，大衛發現自己站在德文林教授身邊，德文林伸出一隻手握大衛，但年輕人只是瞪著他，直到德文林手伸回來，拍拍他的手臂代替。

但是，現在有什麼事在發生……一輛車抵達、關上門，穿著隨意的男子——V領毛衣還有灰色寬鬆褲——跑在路上、穿過教堂大門到墓地。雷博思認出一個沒有刮鬍子、眼神朦朧的藍納·馬爾，馬上猜到馬爾睡在他的瑪莎拉蒂裡。他看到史帝夫·何利的臉色變了，猜想著發生什麼事。隊伍剛好走到墳墓旁邊，馬爾趕上。他直接走到約翰和賈桂琳·包佛面前，包佛放開他的妻子，擁抱馬爾，也接受他的擁抱。譚普勒和普萊德正在看柯林·卡斯威爾，他的手勢手掌向下，等一下，他在說，等一下再說。

雷博思不認為有記者注意到卡斯威爾——他們忙著理解這個好奇的中斷，然後，他看到席芳正瞪著那個墳墓，眼睛來回盯著棺材，好像在那裡看到什麼。同時，她又轉身回到隊伍上，開始在墓碑之間遊走，好像在找什麼掉的東西。

「復活在我，生命也在我，」牧師正在說。馬爾站在約翰·包佛身邊，眼睛只看著棺材。另外一邊，席芳還在墳墓之間走來走去，雷博思不認為記者看得到她——哀悼者形成一道人牆。她在其中一個墓碑蹲下來，好像在讀上面的銘刻。然後，她又站起來離開，現在走的更慢了，已經沒有緊急的感覺。轉身的時候，她看到雷博思在看她，很快的笑一笑，不知道為什麼，他不覺得安心。她再移動到哀悼群眾的後面，消失在他的視線範圍之外。

卡斯威爾正在和婕兒·譚普勒說些什麼，指示她如何處理馬爾。雷博思知道，他們可能會讓他離開墓地，但隨後馬上堅持陪伴他。他們也許會到「杜松」，在那裡偵詢，更有可能的是，馬爾不會見到帳蓬和自助餐，而是見到蓋菲爾分局的偵訊室和一杯灰色的茶。

「塵歸塵……」

雷博思沒辦法不想，他的腦袋裡是大衛·鮑伊歌曲的前幾節。

幾個記者已經在準備離開。不是回到城市就是上路到「杜松」，還可以在那裡算算有哪些客人受邀。雷博思手伸進雨衣的口袋，開始慢慢的巡視教堂的範圍。斐麗芭·包佛的棺材上灑上泥土，最後的雨下在擦亮的棺木上，她的母親對著天空哀嚎，由微風送到附近的山丘上。

雷博思發現自己站在一個小小的墓碑前，這個墓碑的主人從一八七六年活到一九三七年，死的時候不到六十一歲，錯過了希特勒最糟的年代，參加第一次世界大戰也許太老。他也是個木工，也許在附近的農場工作。有一下子，雷博思想起棺材達人，又回到墓碑上的名字——法蘭西斯·坎伯爾·芬利——他必須壓抑笑容。席芳看過裝著斐麗芭·包佛遺體的箱子，她想到——箱子。然後，她看著墳墓本身，了解到那是陽光照不到的地方。益智王的線索把她帶到那裡，只有到了以後才想的出來。她去找法蘭克·芬利，找到了。雷博思不知道她蹲下來的時候找到什麼。他回頭看著哀悼者離開教堂的地方，司機按掉菸頭準備打開車門。他看不到席芳，但是看到卡斯威爾把藍納．馬爾拉到一邊討論，卡斯威爾在說話，馬爾只是點點頭回應。卡斯威爾伸出手時，馬爾交出他的汽車鑰匙。

雷博思是最後一個離開的，有些車子在迴轉，後面一輛大卡車等著，雷博思不認得那司機。席芳站在路邊，手臂靠在車頂上，一點也不急。雷博思越過馬路，點點頭打招呼。

「就知道會在這裡見到你，」她只有這樣說，雷博思自己的手臂也靠在車頂上，「被罵一頓了，是不是？」

「就像我告訴婕兒的，又不違法。」

「你有看到馬爾來嗎？」

雷博思點點頭，「現在要怎麼辦？」

「什麼事？」

「卡斯威爾要開車載他到『杜松』，馬爾需要幾分鐘向包佛解釋一些事。」

「下一個就換我們聽。」

「聽起來，他好像要承認殺人。」

「不是，」她說。

「我在想……」雷博思讓聲音消去。

她的視線離開試著瑪莎拉蒂跑車迴轉的卡斯威爾迴轉，「什麼？」

「最後的線索，『糾纏』這一關，還有什麼想法嗎？」他在想，這一關的意思是密閉，在生活裡沒有什麼比棺材更像了……

她眨眨眼，搖搖頭，「你呢？」

「我有在想，『拳擊』是否比較是『裝箱』的意思。」

「嗯，」她看起來若有所思，「也許。」

「要我繼續試嗎？」
「不會有什麼壞處，」現在，瑪莎拉蒂跑車呼嘯而過，卡斯威爾油門踩的太用力了。
「我想也是，」雷博思轉向她，「你要去『杜松』嗎？」
她搖搖頭，「回去聖藍納。」
「有事要做，是嗎？」
她的手臂離開車頂，右手伸進黑色巴柏外套的口袋，「有事要做，」她同意。
雷博思注意到她的汽車鑰匙拿在左手，不知道右手口袋裡有什麼。
「待會見囉？」他說。
「回頭在分局見。」
「我還在黑名單上，記得嗎？」
她把手拿出口袋，打開駕駛座的門。「對，」她說，上了車。他彎下身看著車窗，她給他一個短暫的微笑，就這樣而已。他向後退一步，車子發動，車輪轉動找到路。
她所做的，是他也會做的——不論找到什麼，先不透露。雷博思跑到自己停車的地方，決定跟著。
經過瀑布村的時候，雷博思在貝芙．杜德斯的小屋外慢了下來，他有點以為會在葬禮上看到她。這個葬禮帶來一些觀光客，雖然馬路兩端的警察方也說服某些人不要進來。村子裡的停車位很少，不過這一天是星期三，應該有空位。陶器屋的臨時招牌用更顯眼、專業的代替。雷博思油門又踩多一點，讓席芳的車子維持在視線之內。那個棺材還在他桌子最下面的抽屜裡，他知道貝芙．杜德斯會想把瀑布的那一個拿回去。也許他今天下午會好心去拿，星期四或星期五拿去給她，又有一個藉口可以去分局。他可以再和席芳試一試——如果，她真的是要去那裡的話……
他想起他的車座椅下還有半瓶威士忌，他真的很想喝一杯——葬禮之後就是要這麼做，用酒精洗掉死亡的無可避免感。「很有誘惑力，」他對自己說，放一個錄音帶，早期的亞歷斯．哈維——信仰治療師。問題是，早期的亞歷斯．哈維和晚期的亞歷斯．哈維沒有什麼不同。他不知道酒精在這格拉斯哥歌手身上扮演什麼樣的角色。不過，一旦開始酒精的死亡之路，只會拒絕結束……

□

他們三個在偵訊室裡，門外是不自然的騷動——低聲說話、踮腳尖、電話幾乎一響起就有人接聽。婕兒．譚普勒，比爾．普萊德和藍納．馬爾。

「我們先不要跳到結論，馬爾先生，」婕兒說。

「你們不是正在這樣做嗎？」

「只有幾個追蹤的問題，先生，」比爾．普萊德說。

馬爾嗤之以鼻，不願意再回應這樣的評論。

「你認識斐麗芭．包佛多久了，馬爾先生？」

他看看婕兒．譚普勒，「從她出生，我是她的教父。」

婕兒記下來，「你們什麼時候發現互相吸引？」

「誰說我們有？」

「你為什麼像那樣離開家，馬爾先生？」

「就是壓力很大，聽著，」馬爾在椅子裡移動，「你認為我應該有律師在場嗎？」

「如你先前被告知的，完全看你自己。」

馬爾想一想，聳聳肩，「繼續，」他說。

「你和斐麗芭．包佛有來往嗎？」

「你們認為是我殺了她，是不是？」

「什麼樣的來往？」

比爾．普萊德的聲音像熊吼一樣，「她的父親會拿刀砍你的那一種。」

「我想我懂你的意思，」看起來，馬爾好像在思考他的答案。「我會這樣說——我跟約翰．包佛談過，他對那段談話抱持負責任的態度，我們的談話——不論我對他說什麼——和這個案子不相關。大概就是這個樣子。」他靠回到椅子上。

「居然上了自己的教女，」比爾．普萊德噁心的說。

「普萊德警探，」婕兒．譚普勒警告的說，然後對馬爾說，「我為同事的不當行為道歉。」

「我接受道歉。」

「他只是比較沒有辦法像我一樣，隱藏自己的噁心和不屑。」

馬爾幾乎微笑了。

「至於誰或是什麼事和這個案子是否『相關』，由我們來決定，你不認為嗎，先生？」

馬爾的臉漲紅，但是他不會中計。他只是聳聳肩，雙手交握，讓他們知道對他而言，他們的討論已經結束了。

「我可以跟你談一下嗎，普萊德警探，」婕兒說，頭朝向門。他們走出房間時，兩位制服警察進來守衛。警官已經靠過來，因此婕兒把普萊德推到「女性」洗手間，背靠著門趕走好奇的人。

「怎麼樣？」她說。

「好地方，」普萊德說，看看四周。他走到水槽邊，從下面拉出垃圾桶，把口香糖吐到裡面，又從口袋拿出新的。

「他們兩個已經串通好了，」他終於說，欣賞著鏡子裡自己的影像。

「沒錯，」婕兒同意。「我們應該直接把他帶來這裡的。」

「是卡斯威爾的錯，」普萊德說，「又一次。」

婕兒點點頭，「你覺得他向包佛承認了嗎？」

「我想，他也許說了什麼，他有整個晚上的時間可以想到正確的說法：『約翰，就這麼發生了……很久以前，就那麼一次……對不起。』夫妻之間常常這樣說。」

婕兒笑了，普萊德好像有經驗似的。

「可是包佛沒有拿刀把他砍死？」

普萊德慢慢的搖頭，「我聽說越多約翰．包佛的事，就越不喜歡他。銀行看起來快要垮了，家裡都是客戶……他最好的朋友走過去跟他說，坦白說，他和那女兒有染，包佛怎麼做？他做了一筆交易。」

「他們兩個很安靜，想掩蓋一切？」

這一次換普萊德點頭，「因為，另一個選擇就是醜聞、辭職、公開指責，他們所重視的一切都瓦解——也就是白花花的現金。」

「那我們就很難從他們的嘴裡問出什麼。」

普萊德看著她，「除非我們逼的很緊。」

「我不確定卡斯威爾會喜歡這樣。」

「恕我無禮，譚普勒分局長，卡斯威爾先生找不到自己的屁股，如果上面沒有一個標籤寫著『請在這裡伸入舌頭』。」

「我不會用這樣的語言，」婕兒幾乎笑著說。門的外面有一些壓力，她對著不論是誰大叫不要再推。

「我很急！」一個女性的聲音說。

「我也是，」比爾．普萊德眨眼說，「但也許我應該到男生的洗手間去。」婕兒點點頭開始開門，看了最後一眼。「不過，從今以後這些景象會在我的腦海裡，相信我，男生可以習慣這樣的豪華……」

回到偵訊室，藍納，馬爾的表情好像自己很快可以回到瑪莎拉蒂方向盤後，婕兒無法忍受這樣的自大，決定用最後一張牌。

「你和斐麗芭的外遇，維持了一陣子，是不是？」

「天啊，又回到這個上面了，」馬爾說，翻翻白眼。

「這也是眾所皆知的事，斐麗芭都告訴克蕾兒．班利了。」

「這是克蕾兒．班利說的嗎？我以前似乎也聽過。那位小姐為了傷害包佛家，可以口不擇言。」

婕兒搖搖頭，「我不認為，她知道自己的作為，什麼時候都可以用上——只要打通電話給約翰．包佛，她就可以揭發整個祕密。她沒有這樣做，馬爾先生，我只能假設克蕾兒還有一些原則。」

「或者，她只是在等待時機。」

「也許如此。」

「到最後就變這樣嗎——我的說詞對上她的說詞？」

「還有你很熱心的向斐麗芭解釋如何刪除電子郵件的這個事實。」

「我也對你們的警官解釋過了。」

「是的，但我們現在知道你這樣做的真正原因。」

馬爾試著瞪她，但是沒有用。他無從知道，在她的刑警事業中，婕兒偵訊過一打以上的殺人犯，曾經被充滿火焰的眼睛瞪過，變成瘋狂的眼神。他放棄，肩膀垮下來。

「聽著，」他說，「有一件事……」

「我們在等著，馬爾先生，」比爾．普萊德說，像個牧師一樣在椅子上坐直。

「關於斐麗芭在玩的遊戲，我……我沒有說全部的實話。」

「你對什麼事都沒有說全部的實話，」普萊德打斷他，但婕兒用眼神要他安靜。也不重要——馬爾沒有在聽。

「我不知道那是個遊戲，」他在說，「那時候不知道。只是一個問題……也許是填字遊戲的提示，我當時是這樣想的。」

「所以，她的確有去問你其中一個提示？」

馬爾點點頭，「工匠的夢想，她以為我應該知道是什麼意思。」

「她為什麼會這樣想？」

他臉上出現鬼魂般的笑容，「她總是對我估計過高，她……我不認為你們知道斐麗究竟是怎麼樣的人。我知道你們一開始看到什麼——被寵壞的有錢人家小孩，大學生活就是瞪著一些繪畫，然後畢業、嫁給更有錢的人。」他在搖頭，「這一點都不像斐麗，也許只是她的其中一面，但她很複雜，總是有辦法給你驚喜，像這個謎語的東西，我聽到的時候一方面嚇一跳，另一方面……在很多方面，這非常像斐麗的個性，她會突然對事情產生興趣，對事物的熱情。好幾年來，她都一個星期自己去一次動物園，真的差不多每個星期，我是不小心發現的。幾個月前，我在附近的旅館開會出來，她正好從動物園走出來，就在隔壁。」他抬頭看他們，「你們看不出來嗎？」

婕兒不確定自己有，但她還是點點頭，「繼續，」她說。但是，她的話好像打破了魔咒。馬爾停下來呼吸，似乎失去了他的活力。

「她很……」他的嘴巴張開又合起來，但是沒有聲音。然後他搖搖頭，「我累了、我想回家。我有些事需要和桃樂絲談。」

「你可以開車嗎？」婕兒問。

「沒問題，」他深呼吸，他又看著她的時候，眼睛裡有淚水。「天啊，」他說，「我真是搞砸了，對不對？可是，如果可以重溫那些和她相處的時刻，我會再做一次又一次又一次。」

「在練習對老婆說的話嗎？」普萊德很冷酷的說。只有那時，婕兒才知道只有自己被馬爾的故事影響到。好像要再強調他的重點，普萊德吹出類似泡泡的東西，然後聽到破掉的聲音。

「天啊，」馬爾說，幾乎是受到驚嚇，「我希望、祈禱、自己的臉皮永遠都不像你一樣厚。」

「你才是那個這些年來誘拐合夥人女兒的那個人，跟我比起來，馬爾先生，你根本就是一隻犰狳。」

這一次，婕兒把她的同事從偵訊室裡拉出來。

□

雷博思走進聖藍納分局，像在旁觀一場盛宴。感覺他們會在馬爾和班利之間問出什麼，他們會問出什麼，他們應該會問出什麼。

「沒有努力的話，當然問不出什麼東西，」雷博思喃喃的說，也不是有人在聽。他找出棺材、一些文件，還有一個用過的咖啡杯，有人懶的找垃圾桶就丟在裡面。他坐在農夫的椅子上，把棺材拿出來放在桌子上，把更多的文件推開騰出空間，可以感覺到一個兇手在手指間滑過。問題是，如果雷博思有第二次的機會，表示必須有新的被害人出現，他不確定他想要這樣。他帶回家的證據，釘在牆上的筆記——騙不了自己，根本不算什麼證據，只是一些巧合和臆測，無中生有的捕風捉影，一攻就破的線索。就他所知，貝蒂—安·傑斯普森和她的祕密情人跑掉了，海瑟·吉布斯在白車水的岸邊喝醉酒，失足掉到河裡，失去意識。也許，寶拉·吉爾綾把她的憂鬱症隱藏的很好，在自由意志下走到海裡。還有那個學生卡洛琳·法莫，她有沒有可能在英格蘭的城市開始新生活，遠離蘇格蘭小鎮的少女憂鬱？

就算真的有人在附近留下棺材又如何？他甚至不能確定每次都是同一個人，只有棺材達人所說的話。至於驗屍報告的證據，沒有任何方式可以證明任何犯罪行為……至少，在瀑布的棺材出現之前。還有另一個破壞模式的地方，斐麗芭·包佛是第一個確定死在加害人手裡的被害人。

他把頭捧在手裡，好像如果把手拿開，頭就會爆炸。太多的鬼魂、太多的如果、但是；太多痛苦、太多哀悼、失落、和罪惡。是這種事情讓他必須向康納·李爾傾訴。現在，他不認為有人可以讓他傾訴……

不過一個男聲接了琴恩的分機，「抱歉，」男生說，「她最近比較低調。」

「你們那裡很忙嗎？」

「沒有很忙，琴恩又去她的其中一個神祕之旅。」
「哦？」
那男人笑了，「我不是說什麼巴士旅遊，她偶爾會有這些企劃案。他們可能在建築物裡面放炸彈，琴恩會是最後一個知道的。」
雷博思微笑——這個男人可能在說他。但琴恩並沒有提到除了平常的工作還在忙些什麼，也不是說關他什麼事……
「所以，這次她在做什麼？」他問。
「嗯，我看看……柏克和海爾，諾克斯博士，還有那個時期。」
「復活者？」
「很奇怪的措詞，你不認為嗎？我是說，他們並沒有復活，是不是，不是像好基督徒會了解的那一種？」
「說的沒錯，」這個男人讓雷博思很煩，是他的語氣、他的語調，甚至連這男人這麼輕易就給他訊息他也覺得討厭。他甚至沒有問雷博思是誰，如果史帝夫·何利有辦法聯絡到這個男人，他會把自己知道所有琴恩的事都說出來，也許包括她家的地址和電話號碼。
「不過，她似乎很專注在這個醫生身上，幫柏克驗屍的醫生，他的名字是什麼……？」
雷博思想到外科醫學會館的畫像，「肯納·羅威爾？」他說。
「沒錯，」男人好像失望雷博思知道，「你在幫琴恩的忙嗎？要我留言給她嗎？」
「你不會剛好知道她在哪裡吧？」
「她不一定總是有告訴我。」
也好，雷博思覺得自己想這樣說。但他告訴男人不需要留言，掛掉電話。德文林告訴琴恩關於肯納·羅威爾的事，他的理論是羅威爾把棺材留在亞瑟王座上。她顯然在追查這一條線索，同樣的，他也不知道她為什麼都沒說……

他瞪著對面的桌子，懷利用的那張桌子。上面堆著文件，他瞇著眼睛從座位上站起來走過去，開始從上面翻那些文件。

最下面是海瑟．吉布斯和寶拉．吉爾綾的驗屍報告，他一直打算寄回去。在牛津酒吧後面的小房間裡，德文林教授強調它們應該被寄回去。也沒錯，這些資料在這裡一點用處也沒有，如果繼續淹沒在斐麗芭．包佛案所製造出來的文件堆裡，可能永遠不見或被歸錯檔。

雷博思把那些檔案放在自己的桌上，整理所有多餘的文件，所有的棺材都回到他的抽屜裡；除了瀑布村的那一個，他放在塑膠袋裡。在影印機那裡，他從紙箱拿出一張紙，這是刑事組唯一可以找到空白紙的地方。他在上面寫著：可不可以有人在星期五以前把這東西寄回去，謝謝，雷。

看看四週，他才想到，他雖然跟著席芳的車子到停車場，現在卻不見她的蹤影。

「她說要去蓋菲爾廣場，」一個同事解釋。

「什麼時候？」

「五分鐘前。」

他在講電話、聽八卦的時候。

「謝謝，」他說，衝到他的車子。

到蓋菲爾廣場沒有捷徑，所以雷博思擅闖了幾個紅燈和路口，停好車後，他還是看不到她的車。他跑到裡面，她就站在那裡，和葛蘭特．胡德說話，他穿著好像另一套新西裝，看起來令人懷疑的棕膚色。

「這陣子有出去做日光浴嗎，葛蘭特？」他問。「我還以為你在總部的辦公室連窗戶都沒有？」

葛蘭特意識到，把手放在臉頰上，「也許曬了點太陽，」他作勢看到房間對面的人，「對不起，該走了……」然後離開。

「我們的葛蘭特開始讓我擔心了，」雷博思說。

「你覺得呢——是塗上去的、還是日光浴沙龍照出來的膚色？」

雷博思慢慢的搖頭，無法確定。回頭看一眼，看到他們在看他，葛蘭特又開始另一段對話，好像對方是他想說話的對象。雷博思讓自己舒服的坐在一張桌子上。

「有什麼事情發生嗎？」他問。

「藍納·馬爾已經被放走了，我們問到的只是斐麗確實有問他那個工匠的提示。」

「他對我們說謊的藉口……？」

她聳聳肩，「我不在那裡，沒辦法說。」她似乎很焦躁。

「你幹嘛不坐下來？」她搖搖頭，「有事要做？」他猜。

「沒錯。」

「像什麼？」

「什麼？」

他重覆那個問題，她的眼睛盯在他的身上，「對不起，」她說，「不過，對於被停職的警官來說，你是不是花太多時間在辦公室了？」

「我忘了一些東西，過來拿。」話說出口，他了解到真的忘了什麼東西——瀑布村的棺材，還放在聖藍納的塑膠袋裡，「你忘了什麼東西嗎，席芳？」

「像什麼？」

「忘記把你發現的資訊分享給團隊的其他人。」

「我不認為。」

「那你的確有找到東西?在法蘭西斯·芬利的墳墓上?」

「約翰……」她的眼睛在逃避他，「你已經沒有在辦這個案子了。」

「也許如此，另一方面來說，你雖然還在辦案，卻偏離了正軌。」

「你沒有權利這樣說，」她還是沒有看著他。

話……」

「雷博思探長！」一個權威的聲音——卡斯威爾站在距離門口二十碼的地方，「如果你可以給我幾分鐘的

雷博思看看席芳，「等一下繼續，」他說，站起來離開房間。卡斯威爾在婕兒．譚普勒擁擠的辦公室等他，婕兒也在，雙手交握的站著。卡斯威爾已經讓自己舒服的坐在桌子後方，眼睛不高興的看著他上次來之後囤積起來的雜物。

「所以，雷博思探長，我們能為你做什麼？」他說。

「只是來拿東西。」

「我相信，不是什麼會傳染的東西，」卡斯威爾勉強的笑。

「很好笑，長官，」雷博思冷淡的說。

「約翰，」婕兒打斷，「你應該在家的。」

他點點頭，「不過很難，有這些令人興奮的發展，」他的眼睛還在卡斯威爾身上，「像警告馬爾他要被傳訊，現在我還知道，他在偵訊之前和包佛講了十分鐘。做的好，長官。」

「石頭和棍子，雷博思，」卡斯威爾說。

「你決定時間地點。」

「約翰……」婕兒．譚普勒又說，「我不認為這樣會讓我們有進展，你認為呢？」

「我要回到案子上。」

卡斯威爾嗤之以鼻，雷博思轉向婕兒。

「席芳不按牌裡出牌，我認為她又和益智王聯絡上了，這次也許要見面。」

「你怎麼知道？」

「就說是經驗的猜測吧，」他看看卡斯威爾，「在你又說聰明才智不是我的強項之前，讓我先同意你。不過這一項，我想我是對的。」

「他又寄了新的條提示嗎？」婕兒上鉤了。

「今天早上在教堂。」

她眯起眼睛，「其中一個哀悼的人嗎？」

「可能是任何時間留下來的，問題是，席芳一直想見面。」

「然後呢？」

「然後她站在案情室裡，只是在殺時間。」

婕兒慢慢的點頭，「如果是新的提示，她會忙著破解……」

「等一下，等一下，」卡斯威爾打斷，「我們怎麼知道這些的？你看到她找到提示嗎？」

「上一個提示把我們帶到一個特定的墳墓，她在墓碑前蹲下來……」

「然後呢？」

「然後，我認為她就是在那時找到提示。」

「你沒有看到她做？」

「她蹲下來……」

「但是你沒有看到她做？」

感覺到另一陣衝突，婕兒插手，「我們何不把她帶進來問？」

雷博思點點頭，「我去找她，」他停下，「如果你允許的話，長官？」

卡斯威爾嘆息，「去吧。」

但是，案情室裡已經看不到席芳的蹤影。雷博思到走廊上找她，在飲料販賣機，有人說她剛剛經過。雷博思加快腳步，打開門到外面，人行道上也沒有她的影子，也看不見她的車子。他不知道她是不是停的更遠，看看左右，一邊是忙碌的里斯大道，另一邊是狹窄的新城街道。她如果走向新城，五分鐘就可以到她的公寓，他走回室內。

「她走了，」他告訴婕兒，呼吸急促，他注意到卡斯威爾也不見了。「副署長呢？」

「被叫到總部，我想，是署長找他。」

「婕兒，我們要找到她。找些人來。」他對著案情室點點頭，「反正他們在裡面也不是要救火。」

「好，約翰，我們會找到她，別擔心，也許大腦知道她去哪裡，」她拿起話筒，「我們從他開始。」

但是艾瑞克·班恩似乎也和席芳一樣難捉摸，有人知道他在總部某處，但沒有人知道在哪裡。同時，雷博思打了席芳家裡電話和手機，家裡是答錄機，手機則是錄音留言，告訴他雷話正在通話中。他五分鐘後試的時候，還是在通話中。那時他已經改用自己的手機，走到席芳她家那條街，他試她的門鈴，沒有回應。他過馬路瞪著她的窗戶很久，連路過的人也開始往上看，不知道他能看到什麼他們看不到的。她的車子沒有停在路邊，也沒有在旁邊的街上。

婕兒已經打了席芳的呼叫器，要求馬上回電，但雷博思要更多，最後她同意了——要巡邏車開始找她的車。

但是現在，站在她的公寓外面，雷博思想到她有可能在任何地方，不只是在市內。益智王曾經帶她到赤鹿丘、還有羅斯琳教堂，不知道他會選哪裡見面。越偏遠的地方，席芳就越有危險。他想打自己的臉——他應該把她拉進那個會議，不要給她機會跑掉……他又試她的手機——還在通話中。沒有人會用手機講那麼久的電話，太貴了。然後，他突然知道是什麼——她的手機連在葛蘭特·胡德的手提電腦上，既使現在，她可能在告訴益智王自己在路上……

□

席芳停了車，距離益智王建議見面的時間還有兩小時。她想，在那之前還可以先避避風頭。婕兒．譚普勒的呼叫告訴她兩件事：一是雷博思告訴婕兒．譚普勒所有的事了，另一是她如果忽視婕兒的命令，需要好好解釋一番。

解釋？她連對自己都沒有辦法好好解釋。她只知道這個遊戲——她知道不只是個遊戲，而是有更潛在的危險——但這個遊戲已經讓她著迷。不論益智王最後是誰，也已經讓他著迷。她無法思索其他事情，她想念每天的提示和謎題，會很高興繼續接受。但是她想知道更多的，是關於益智王和遊戲的每一件事，「糾纏」這一關讓她印象深刻，益智王一定懷疑她會出現在葬禮上，而且，只有當她站在斐麗的墓旁時，那個提示才開始有意義。的確是糾纏……但她感覺到這個字也可以用在自己身上，因為她覺得被這個遊戲纏住了、被綁住，而且，開始認同起遊戲的創造者，同時又感覺窒息。益智王也在葬禮上嗎？他有看到席芳拿起紙條嗎？也許……這樣的想法讓她顫抖。不過，媒體有報導葬禮的消息，也許益智王是這樣知道的，那是距離斐麗家最近的墓園——她很有可能葬在那裡……

但這些都無法解釋她為什麼這樣做，像這樣自己單獨行動。她常常責罵雷博思，正是為了這樣的事，也許葛蘭特也已經這樣決定，葛蘭特已經表示他是「團隊的人」，他的西裝、他的膚色，在電視上看起來很好，對方而言是很好的宣傳。

一個她知道自己不想玩的遊戲。

她跨越過那條界線很多次，但總是又回來。她也違反過一兩個規則，但不是什麼重要、會威脅到事業的，總是回到正軌。她並不像約翰．雷博思那樣原本就不合群，但是她有學到；其實，她比較喜歡他那一邊，比起變成葛蘭特或德瑞克．林福德……那些玩自己的遊戲，不計代價結交重要的人，像卡斯威爾那樣的人。

曾經，她有想過也許可以從婕兒．譚普勒身上學到什麼，但是婕兒也變成和其他人一樣，有自己的利益需要保護，為了往上爬，不計代價。她也必須學到像卡斯威爾這種人身上最壞的一點，像是把自己的感覺包在層層的盒子裡。

如果升職表示要失去部分的自己，席芳不想這麼做。在海德安餐廳的那頓晚餐時，婕兒暗示的時候，她就已經知道。

也許，這就是她為什麼在這裡孤軍奮戰——證明自己，也許真的不是關於遊戲和益智王，而是關於她自己。

她在座位裡移動，面對手提電腦，線路已經通了，她上車以後就通了。沒有新的訊息，她打自己的。

接受見面，在那裡見，席芳。

然後按下「傳送」。

在那之後，她關掉電腦，掛掉電話關機，反正需要充電。她把兩者都放在乘客座下面，確定行人從外面看不到——不希望有人打破窗戶。她下車的時候，確定所有的門都鎖著，只有小小的警報紅燈閃著。

只剩兩個小時，有一點點時間可以殺……

□

琴恩．柏其試著打電話給德文林教授，但是沒有人接。最後，她寫了一張紙條請他連絡，決定親自送去。在計程車後座，她不知道自己為什麼這麼急，才發現是因為她想把肯納．羅威爾的事情拋諸腦後。他花了她太多時間，昨天晚上甚至影響到她的夢，在解剖台上切肉，發現下面是平坦的木頭，她的同事看著鼓掌，變成了舞台表演。

如果她對羅威爾的研究要有進展的話，需要先證明他對木工的興趣，如果沒有這一項，她就停滯不前。付錢給司機之後，她站在教授的公寓前，手上拿著紙條。但是大門沒有信箱，信箱在每間公寓的門上，郵差進去的時候先按門鈴，有人讓他進去投遞。她想也許可以把紙條塞在門下，但又覺得一定會和其他垃圾郵件一起，躺在那裡沒有人理會。所以她看著一排按鈕，德文林教授的只有寫「D德文林」，她不知道他回來了沒有，按下按鈕。沒有回應的時候，她看看剩下的按鈕，不知道要選哪一個，然後對講機響了。

「喂？」

「德文林醫生？我是博物館的琴恩．柏其，不知道能不能跟你說句話……」

「柏其小姐？真是多少有點意外。」

「我有打電話……」

但是門已經發出訊號顯示開了。

德文林在樓梯口等她，他穿著一件白色襯衫，袖子捲起來，吊褲帶拉著他的褲子。

「來，請進，」他說，拉著她的手。

「很抱歉這樣打擾你。」

「一點也不會，年輕小姐，你必須進來。我想你會發現，我沒有什麼打掃……」他帶她進到客廳，裡面都是箱子和書。

「正在分開紅豆和綠豆，」他告訴她。

她拿起一個盒子打開，裡面是舊的手術器材，「你不會是要丟掉吧，也許博物館會有興趣……」

他點點頭，「我有連絡外科醫學會館的人，他認為應該還有可以擺一、兩件的空間。」

「卡德上校？」

德文林的眉毛挑起來，「你認識他嗎？」

「我才在問他肯納．羅威爾畫像的事情。」

「所以，你很認真的看待我的理論？」

「我認為值得探索。」

「太好了，」德文林拍拍手，「你找到什麼？」

「沒有很多，也就是我為什麼在這裡的原因。我在文獻裡找不到任何東西證明羅威爾對木工有興趣。」

「噢，的確有紀錄，我向你保證，雖然我看到是很久以前的事了。」

「在哪裡看到？」

「有些論文……我真的不記得。有可能是大學的論文。」

琴恩慢慢的點頭，如果是論文，只有大學本身會有一份，其他圖書館不會有紀錄，「我應該想到才對，」她承認。

「但你不同意他是個很了不起的人嗎？」德文林問。「他的確過的很充實……不像他的妻子們。」

「你去過他的墳墓？」他微笑著這個問題的愚蠢，「當然你去過，而且你記下他的婚姻狀況。你有什麼想法？」

「一開始，沒有什麼……但是後來，我想了一想之後……」

「你開始猜測，她們最後的旅程是否有人幫忙？」他又微笑，「其實很明顯，是不是？」

琴恩開始感覺到房間的味道——陳腐的汗臭味，德文林的額頭閃閃發亮，眼鏡的鏡片看起來好像沒有擦到，她覺得很不可思議他居然能看透鏡片。

「誰能夠，」他正在說，「比解剖學家更容易殺人而脫罪？」

「你是說他殺了她們？」

他搖搖頭，「時間過了這麼久，已經不可能知道，我只是在猜測。」

「但是，他為什麼要這樣做？」

德文林聳聳肩，他的肩膀伸展著吊褲帶。「因為他可以？你認為呢？」

「我一直在想……他參加柏克解剖的時候還很年輕，也許年輕並且令人印象深刻，也許解釋他為什麼逃到非洲去……」

「只有上帝知道他在那裡遇到了什麼恐怖景象，」德文林說。

「如果有他的書信會有幫助。」

「啊，他和寇特派屈克牧師之間的往來書信？」

「你不會剛好知道哪裡有吧？」

「我敢打賭，託付在遺忘之中，也許被好牧師的後代丟到火葬場裡……」

「而你也在做同樣的事情。」

德文林看看身邊的雜亂，「的確，」他說。

「選擇用那一段歷史來評斷我小小的這一段努力。」

琴恩拿起一張照片，裡面是一個中年女人，穿著正式。

「是你的夫人嗎？」她猜。

「我親愛的安，她在一九七二年夏天去世，自然死亡，我可以向你保證。」

琴恩看看他，「你為什麼必須向我保證？」

德文林的微笑消失，「她對我很重要……非常非常重要……」他又把手合在一起，「我在想什麼，居然沒有請你喝什麼，喝茶好嗎？」

「喝茶就太棒了。」

「我不能保證ＰＧ茶包是什麼了不起的東西，」他的微笑定在那裡。

「然後，也許我可以看看肯納．羅威爾的桌子。」

「當然，在餐廳裡，是從一個有信譽的交易商買來的，雖然我承認無法界定出處來源——如他們所說的，買者留心。但是，他們還是很有說服力，我也願意相信。」他把眼鏡拿下來用手帕擦一擦，又戴上去的時候，眼睛似乎變大了，「茶，」他重覆，走向走廊，她跟著他出去。

「你住在這裡很久了嗎？」她問。

「自從安去世之後，原來的房子有太多回憶。」

「那是三十年？」

「幾乎。」他現在在廚房，「一下子就好，」他說。

「好。」她開始回到客廳。一九七二年夏天他的妻子過世……她經過一扇打開的門：餐廳。餐桌幾乎占了整個空間，上面有一個完成的拼圖……沒有、沒有完成，缺了一塊。那是愛丁堡的空照圖，桌子本身是很簡單的設計。她進了房間，研究著桌子表面光滑的木頭。桌腳很穩，沒有什麼花俏的裝飾。實用主義，她想。不完整的拼圖一定花了很久的時間……好幾天，她彎下身找不見的那一塊，就在那裡：幾乎完全藏在桌腳下。她伸手去拿的時候，看到桌子設計精良、祕密的一筆：兩片葉子在中間相遇，那中央設計裡有一個小小的櫃子。她以前看過類似的設計，但沒有十九世紀那麼久遠。不知道德文林教授知不知道自己被騙了，買到比羅威爾時期還要新的東西……她擠到狹窄的裡面打開櫃子，很難開，她幾乎放棄。突然打開了，她發現裡面的東西。

一支鉋子、一支三角尺、一支鑿子。

一支小鋸子和一些釘子。

木工工具。

她抬頭的時候，德文林教授站在門口。

「啊，失蹤的那一片，」他只說了這些……

□

愛倫·懷利聽到葬禮的報告，藍納·馬爾如何突然出現，擁抱約翰·包佛。西區分局的傳言是，馬爾被帶進去偵訊，但已經釋放。

「串謀，」大衛森說，「有人在拉關係。」

他說話的時候沒有看著她，但是也不需要。他知道……她也知道，拉關係：她去和史帝夫·何利見面的時候，不也就是這樣想嗎？可是，不知道為什麼，他卻變成那個操縱的人，而她變成木頭人偶。卡斯威爾對大家的談話像刀一樣的割著她，不只是劃過皮膚，而是穿過整個身體。他們都被叫到辦公室的時候，她一半希望自己的沉默會露出馬腳，但是雷博思介入，把整件事攬到自己身上，讓她更難受。

夏格．大衛森知道……雖然他是同事也是朋友，他也是雷博思的朋友，他們倆有很深的淵源。現在，他每次說些什麼，她都發現自己在分析，尋找其中隱藏的意義。她沒辦法專心，雖然最近把自己的分局當成避難所，卻也變成不友善而陌生的地方。

她因而到聖藍納分局去，卻發現刑事組沒有人。牆上外套架的西裝袋告訴她至少有一個警官去過葬禮，回到這裡換回工作的服裝。她猜是雷博思，但是不確定。他的桌旁有一個塑膠袋，裡面有一個棺材。這些努力，卻沒有結果可以展現。現在解剖報告放在桌上，等著有人遵守上面的指示。她拿起最上面的筆記，坐在雷博思的椅子上。她並沒有真的要，但發現自己打開上面綁的帶子，打開第一個檔案開始讀。

當然，她以前也做過，或是，德文林教授做過，她坐在旁邊寫筆記。很慢的工作，但是她現在了解到自己其實滿喜歡的——想到也許有什麼東西暗藏在這些打字的文件中，想到是在事情的邊緣努力，在一個不放棄的調查裡：還有雷博思他自己，比他們全部人加起來還要有動力，專心的時候咬著一枝筆，皺著眉頭，或是突然伸懶腰，鬆鬆脖子。他的名聲是獨行俠，但他很樂意分派工作。她曾經指控他是在可憐她，但其實並不真的這樣相信。他的確有烈士情結，但似乎對他很有用……對其他人也是。

看著那些文件，她終於了解到自己為什麼來：她想用他會了解的方法道歉……她抬頭，他站在不遠的地方看著她。

「你在那裡多久了？」她問，放下幾頁。

「你在幹嘛？」

「沒什麼。」她拿起幾張紙，「我只是……我不知道，也許送回倉庫之前再看一次。葬禮進行的如何？」

「葬禮就是葬禮，不論埋的是誰。」

「我聽說馬爾的事了。」

他點點頭，走進房間。
「怎麼了？」她問。
「我本來希望席芳會在這裡。」他走到她的桌子旁，希望有些線索……什麼都可以。
「我想見你，」愛倫．懷利說。
「哦？」他從席芳的桌子旁轉過來，「為什麼？」
「也許謝謝你。」
他們的眼神接觸，無言的溝通。
「別擔心，愛倫，」雷博思終於說，「我是說真的。」
「但是我害你惹上麻煩。」
「沒有，你沒有。我自己惹上麻煩，也許反而幫你把事情弄的更糟。如果我沒說話的話，我想你是會說的。」
「也許，」她承認，「但我還是大可以承認的。」
「我也沒有把它變的比較容易，我為這點道歉。」
她必須勉強微笑，「你又來了，把整個風向都轉了，應該是我道歉才對。」
「你說的對，我情不自禁。」席芳的桌子上、桌子裡都沒有東西。
「那我現在該怎麼做？」她問，「告訴譚普勒分局長嗎？」
他點點頭，「如果你想的話，當然，你也可以什麼都不說。」
「讓你承擔責任？」
「誰說我不喜歡？」電話響了，他馬上接起來。「喂？」他的臉色突然放鬆，「沒有，他現在不在，我可以幫你……？」他把電話放下，「有人找史威勒，沒有留言。」
「你在等電話嗎？」

他揉揉今天的鬍渣，「席芳不見了。」

「什麼意思？」

他告訴她，他說完的時候，其他桌子的電話又開始響。他站起來接，另一個留言。他拿了一枝筆一張紙開始寫下來。

「好……好，」他在說，「我會放在他桌上，但不能保證他什麼時候會看到。」他講電話的時候，愛倫・懷利又在翻解剖報告，他放下電話的時候，看著她低頭看著一個檔案，好像試著要讀什麼。

「老嗨呵史威勒今天很受歡迎，」他說，把電話留言放在史威勒的桌上，「怎麼了？」

她指著紙下面的地方，「你看的出這個簽名嗎？」

「哪一個？」有兩個，在解剖報告下面，旁邊是日期和簽名：一九八二年四月二十六號星期一，海瑟・吉布斯，格拉斯哥被害人，死於星期五晚上……

簽名下面的打字是「代理法醫」。另一個簽名——註明是「主任法醫，格拉斯哥市」——並沒有比較清楚。

「我不確定，」雷博思說，檢識著這個筆跡，「名字應該有打在封面頁上。」

「這就是問題，」懷利說，「沒有封面頁，」她又翻過幾頁確認，雷博思從桌子那邊走出來，站在她身邊，彎身靠近一點。

「也許頁數亂了，」他說。

「也許，」她開始翻閱，「但我不認為。」

「檔案來的時候就不見了嗎？」

「我不知道，德文林教授什麼都沒有說。」

「我想，當時格拉斯哥的主任法醫是艾文・史都華。」

懷利又翻回到簽名，「沒錯，」她說，「這我同意，但是，是另外一個名字讓我覺得很有意思。」

「為什麼？」

「也許只是我這樣認為，長官，但是，如果你瞇起眼睛再看一次，是不是有可能上面寫的是唐納・德文林？」

「什麼？」雷博思看著，眨眨眼，再看一次。「德文林那時在愛丁堡，」但是他的聲音漸漸變小，代理這個字進入他的眼簾，「你之前有讀過報告嗎？」

「那是德文林的工作，我比較像是祕書，記得嗎？」

雷博思把手放在脖子後面，揉著那裡的一團肉，「我不懂，」他說，「德文林為什麼不說……？」他拿起電話按九，打了市內電話。「請找蓋茲教授，是急事，我是雷博思探長。」停一下，然後祕書幫他接通。「山地？是的，我知道我總是說是急事，但這一次我不是誇張，一九八二年四月，我們認為唐納・德文林有協助格拉斯哥的解剖。有可能嗎？」他再聽一次，「不，山地，八二年，是的，四月。」他點點頭，和懷利眼神接觸，開始重覆他聽到的，「格拉斯哥危機……員工短缺……是你有機會第一次負責這裡，嗯，山地……你的意思是說，德文林一九八二年在格拉斯哥嗎？謝謝，稍候再談。」他重重掛上電話，「唐納・德文林當時在那裡。」

「我不懂，」懷利說，「他為什麼什麼都沒有說？」

雷博思又翻著其它的報告，納林的那一份。不，兩個法醫都不是唐納・德文林。不過沒有差別……

「他不希望我們知道，」他終於說，回答懷利的問題。「也許就是為什麼他把封面頁拿走。」

「但是為什麼？」

雷博思正在想……唐納・德文林回到牛津酒吧後面的房間，急著再把驗屍報告變成歷史……格拉斯哥棺材，輕質喬木做的，比其他粗糙，如果沒有辦法聯絡到平常的供應商，或是平常用的工具，可能做比較粗糙的東西……德文林對於肯納・羅威爾醫生以及亞瑟山棺材的興趣……

琴恩！

「我有不好的預感，」愛倫・懷利說。

「我一向很相信女性的直覺……」

但這次他卻沒有做到這一點：這些日子以來，女生對德文林的反應都很不好……「開你的車還是我的車？」他說。

□

琴恩正在站起來，唐納・德文林還是在門邊，藍色的眼睛像北海一樣冷酷，瞳孔只剩一個黑點。

「是你的工具嗎，德文林教授？」她猜。

「嗯，他們不是肯納・羅威爾的，親愛的女士，是嗎？」

琴恩吞一口口水，「我想我該走了。」

「我不認為可以讓你這樣做。」

「為什麼不行？」

「因為我想你知道。」

「知道什麼？」她看看身邊，沒有看到什麼有用的東西……

「你知道是我留下那些棺材，」老人說。「我可以在你的眼裡看到，不用假裝了。」

「第一個就在你太太去世之後，是不是？你殺了鄧弗林那可憐的女孩。」

他舉起一根手指，「不正確：我只是讀到她的失蹤，到那裡去留下一個紀念品，在那之後還有其他的……天知道她們發生了什麼事。」她看到他向前走一步進到房間。「需要一些時間，你知道，把我的失落感變成其他東西」他的微笑變成嘴唇邊的顫抖，因為水分而閃亮著，「安的生命就這樣……被奪去……這麼多個月的痛苦之後。看起來是如此的不公平：沒有動機，沒有人被判有罪……這些我解剖過的屍體……安娜死後的那些……最後，我希望一些痛苦隨著他們一起離開。」他的手撫摸著桌子的邊緣。「我不該說溜嘴，關於肯納．羅威爾的事……一個好的歷史學家自然無法抗拒更深入研究我所聲稱的理論，在過去和現在之中找到令人困惑的比較，是吧？柏其小姐？是你……唯一找到關聯……過去這些所有的棺材……」

琴恩很努力的控制自己的呼吸，現在她覺得夠強壯，不用靠在桌子上。她的手鬆開，「我不懂，」她說，「你在幫忙調查……」

「比較像是阻礙，誰能抗拒這樣的機會？畢竟，我在調查的是自己，看其他人做同樣的事……」

「你殺了斐麗芭．包佛？」

德文林的臉厭惡的皺起來，「絕對沒有。」

「但是你留了棺材……？」

「我當然沒有！」他發脾氣。

「那麼已經五年了，自從你上一次……」她想正確的字，「上一次做什麼事。」

他又向她靠近一步，她以為自己可以聽到音樂，才突然了解到是他，他在哼著什麼調子。

「你聽的出來嗎？」他問，他的嘴角冒著白沫。「『輕搖可愛的馬車』，管風琴師在安的葬禮上演奏這首曲子，」他微微低頭，微笑。「告訴我，柏其小姐：馬車搖的不夠輕的時候，你怎麼辦？」

她彎下身，伸手到櫃子裡拿其中一把鑿子。突然之間，他抓著她的頭髮，把她往後拉。她尖叫，手還在尋找武器，感覺一個冰冷的木頭把手，頭好像著火了。她失去平衡開始跌倒的時候，把鑿子刺進他的腳踝，他不動如山。她再刺一次，但是現在他拖著她向門口而去。她掙扎著站起來把力量衝向他，兩人一起倒在門邊，搖晃出房間、進到走廊。鑿子從她手中掉下來，第一拳打來的時候，她四肢趴在地上，眼睛閃過白光。地毯上的旋渦好像形成一個問號。

真是荒謬，她想，發生在她身上……她知道自己必須站起來，開始回擊。他是個老人……另一拳又讓她退縮了一下。她可以看到鑿子……距離前門只有十二呎……現在德文林拖著她的腳，把她拖到客廳……他像老虎鉗一樣抓著她的腳踝。天啊，她想，天啊……她的手慌亂的抓著，尋找支撐的位置，有什麼她可以用的工具……她再尖叫一次。耳朵裡都是血，她無法確定自己有沒有發出聲音。德文林的一個吊褲帶鬆了，襯衫一角跑出來。

不能像這樣……不能像這樣……

約翰永遠不會原諒她……

□

加農米爾和印弗里斯附近地區是比較容易的轄區：沒有國宅社區，很多匿名低調的有錢人。巡邏車總是刻意在植物園大門口停留，就在印弗里斯公園對面。安柏頓街是雙線道，沒有什麼車：對中途休息的警察剛好。安東尼．湯普森警員總是提供一壺茶，他的伙伴肯尼．米藍會帶巧克力餅乾——不是橘子餅乾，就是是像今天的焦糖夾心。

「太好了，」湯普森說，雖然他的牙齒告訴他不可以：只要吃到糖，他嘴角的一顆臼齒就會隱隱作痛。他從一九九四年世界盃以來就沒有看過牙醫，湯普森對於未來看牙醫這件事並不是很熱心。

米藍的茶裡面有放糖，湯普森不加糖。這就是米藍為什麼總是帶幾包小小的糖包和湯匙，糖包是米藍大兒子從工作的漢堡連鎖店拿來的。不算什麼工作，但也有些好處，而且，聽說還在談不錯的升遷機會。

湯普森喜歡美國的警察電影，從「緊急追捕令」到「火線追緝令」，他們每次停下來休息的時候，他都會想像自己是停在甜甜圈店外面，坐在耀眼刺眼的陽光下，然後無線電馬上開始忙碌起來。他們只好把咖啡留著，趕快去追捕銀行搶匪或黑道殺手……

愛丁堡沒有什麼這種機會，一些酒館的槍殺案，一些少年劫車（其中一個是朋友的兒子），垃圾箱裡的屍體，這大概就是湯普森在警界二十年的寫照。所以，無線電真的開始忙碌的時候，一輛車和司機的細節，安東尼・湯普森馬上迴轉。

「這裡，肯尼，不就是那一輛車嗎？」

米藍轉身看著窗戶外面，隔壁停著車子。「我不知道，」他承認。「我其實沒有在聽，東尼。」他又咬一口餅乾。湯普森倒很緊張，要求重覆車牌號碼。然後，他打開門繞過巡邏車，瞪著隔壁車子的前面。

「我們該死的就停在旁邊，」他告訴伙伴，然後他又連絡無線電。

□

這個消息傳到婕兒・譚普勒那裡，她從包佛小組派了六個警官到那個地區，然後和湯普森警員說話。

「你認為呢，湯普森：她在植物園還是印弗里斯公園？」

「你的意思是，她是去見人嗎？」

「我們這樣認為。」

「嗯，公園只是一個平坦的空間，很容易看到人。植物園裡有死角，有可以坐下來聊天的地方。」

「所以你認為是植物園？」

「但是植物園很快就要關了……所以也許不是。」

婕兒・譚普勒吐一口氣，「你真是在幫大忙。」

「植物園是很大的地方，長官，何不派警官進來這裡，讓員工幫忙？同時，我和我的伙伴可以先去公園看看。」

婕兒考慮這個想法，她不希望益智王被嚇跑……或是席芳・克拉克。她希望他們兩個都回到蓋菲爾廣場分局。已經派去的警察從遠方看或許像平民，制服警察不會。

「不用，」她說，「沒關係，我們從植物園開始。你留在原地，她如果回到車上……」回到巡邏車上，米藍聳聳肩，「你不能說沒試過，東尼。」他吃完餅乾，揉揉包裝紙。

湯普森沒有說什麼，他的時刻已經來了又去。

「那表示我們就卡在這裡？」他的同伴問，然後他舉起杯子，「保溫瓶裡還有茶嗎……？」

□

在「茶道咖啡」，茶不叫茶，叫花草汁：精確的說是黑莓和人蔘。席芳覺得喝起來還好，雖然她很想加一點牛奶去掉澀味。花草茶還有一片紅蘿蔔蛋糕，她從隔壁的報攤買了一份晚報，第三頁有斐麗的棺材，還有抬棺人離開教堂的照片。比較小的照片是父母和一些出席的名人，當時席芳沒有注意到。

她穿過植物園之後跑來這裡，並不打算走完整個植物園，但是發現自己在東門靠近印弗里斯路的地方。商店和咖啡座都在右邊，靠加農米爾，還有一些時間……她想去開車，但決定把車留在那裡。她不知道要去的地方好不好停車，想起電話放在乘客座下面，但為時已晚：如果穿過植物園走回去，再開車或走回那裡，她會錯過見面的時間。她不確定益智王會多有耐心。

做了決定，她把報紙留在桌上，走回植物園，這次經過入口，走在印弗里斯路上。她在黃金畝地的橄欖球場右轉，路變成一條小徑。她轉彎進到華里斯頓墓地時，已經薄暮低垂。

□

沒有人回應唐納．德文林的門鈴，所以雷博思按其他門鈴，直到有人回答。雷博思表明自己的身分後進入大門，愛倫．懷利就在他身後。她在樓梯上還跑過他，首先衝到德文林的門口，大聲敲著、踢著，按著他的門鈴，敲著信箱蓋。

「沒有希望，」她承認。

雷博思才剛喘過一口氣，彎身在信箱前面打開。「德文林教授？」他大叫，「是約翰．雷博思，我需要和你談話。」樓下樓梯口其中一扇門打開，一張臉出現。

「沒事，」懷利向緊張的鄰居保證，「我們是警察。」

「噓！」雷博思說，他把耳朵貼在打開的信箱孔上。

「什麼事？」懷利低聲說。

「我聽得到什麼東西……」聽起來像是貓在低聲叫，「德文林沒有養寵物，有嗎？」

「據我所知沒有。」

雷博思把眼睛放在信箱口，走廊沒有人，通往客廳的門在遠方，打開幾吋。窗簾看起來拉著，他看不到房間裡面，然後他的眼睛大開。

「天啊，」他說，他站起來往後站，踢門、再踢一次。木板鬆了一下，但是沒有開。他又用肩膀去衝，沒有用。

「怎麼了？」懷利說。

「有人在裡面。」

他正要再衝一次，懷利阻止他。「一起，」她說。他們就這樣做，數到三同時撞門。這個衝勁發出聲音，他們第二次撞的時候把門打開，門向裡面開，懷利倒在上面，四腳朝天。她往上看的時候，看到雷博思看到的。幾乎在地板的高度，一隻手試著打開客廳的門。

雷博思向前跑，打開客廳的門，是琴恩。她受傷慘重，臉上都是血和口水，頭髮都是汗水、還有更多的血；一隻眼睛腫起來，完全閉上，呼吸的時候，嘴巴有一些粉紅色的口水跑出來。

「天啊，」雷博思說，在她面前蹲下來，眼睛看著可見的傷勢，他不想碰她，也許有骨頭斷掉，他不希望她比現在更痛。

現在懷利也在房間裡，看著四周。看起來，公寓一半的東西都倒在地上，一條血痕表示琴恩．柏其是爬到門邊的。

「叫救護車，」雷博思說，聲音在顫抖。然後：「琴恩，他對你做了什麼？」看著她好的那隻眼睛裡都是淚水。

懷利電話打到一半的時候，以為聽到走廊有聲音，也許是緊張的鄰居變的好奇。她伸出頭去，但看不到什麼，她給了地址，強調很緊急，掛了電話。雷博思的耳朵靠近琴恩的臉，懷利了解到她試著說什麼，她的嘴唇腫起來，看來牙齒也掉了幾顆。

雷博思抬頭看看懷利，眼睛張大，「她說，我們找到他了沒？」

懷利馬上懂了意思，跑到窗邊把窗簾打開，唐納．德文林正在過馬路，一腳跛腳，胸前握著流血的左手。

「混蛋！」懷利大叫，朝門口去。

「不！」雷博思的聲音像吼叫一樣，他站起來，「他是我的！」

他兩步兩步跳下樓梯，知道德文林一定是藏在其中一個房間裡，等他們在客廳忙的時候再溜出去。他們打斷了他，他試著不去想如果他們沒有到的話，琴恩的命運會是如何……

等他到人行道上的時候，德文林已經從眼前消失，但明亮的血跡是雷博思能夠寄望最清楚的痕跡。他看到他又過豪爾街，走向聖史帝芬街，雷博思快要追上了，直到不平的人行道把他絆住，一腳跪下來。德文林也許七十多歲。但是沒有太大意義：他像著魔一樣有力，意志堅決。雷博思以前在追人的時候看過，絕望和腎上腺素是很可怕的混合……

不過，他滴下的血還是留下了痕跡，雷博思慢下來，試著不要著力在受傷的那個腳踝上。想到琴恩的面孔，他在手機上按號碼，第一次按錯又再開始。有人接電話的時候，他大叫要求協助。

「我把電話開著，」他說，如此一來，他們可以知道德文林是否突然叫計程車，或上了公車。

他現在又看到德文林，但他轉向寇爾街角，等到雷博思走到街角的時候，他又不見了。前面是汀豪街和雷朋街，很多行人和車子：晚上回家的人，這麼多人在旁邊比較難追蹤。雷博思剛過馬路上的紅綠燈，發現自己在橫跨里斯河的橋上……德文林有好幾條路可以選，血跡似乎不見了。他是穿過馬路到桑德街，還是繞回去到漢莫頓街？雷博思一手放矮牆上，讓腳踝不要受力，剛好向下看到緩慢的河水。

他看到德文林在步道上，向下游走去。

雷博思拿起電話報告位置，這樣做的時候，德文林回頭看到他。老人的腳步變快，但是突然慢下來。他停下來，路上的其他人從他身邊繞過去。有一個看起來似乎想幫忙，但德文林搖搖頭拒絕幫助。他轉身瞪著雷博思，他正走在橋的尾端，走樓梯下來。德文林沒有動，雷博思在報告他的位置，然後把電話放在口袋裡，空出雙手。

他走向德文林的時候，看到他臉上的抓痕，知道琴恩一定有盡力掙扎。德文林檢視著自己沾滿血跡的手，雷博思在六呎之外停下來。

「有時候，人類咬傷也可能有毒，你知道，」德文林告訴他。「但是，至少我能確定如果是柏其小姐的話，我不需要擔心肝炎或是愛滋帶原。」他抬頭，「我想到一件事。看到你在橋上。我突然想到：他們什麼都沒有。」

「什麼意思？」

「證據。」

「嗯，我們總是可以從意圖謀殺開始。」雷博思一手伸進口袋，拿出電話。

「你要打電話給誰？」德文林問。

「你不要救護車嗎？」雷博思把電話拿起來，往前站幾步。

「只需要縫幾針，」德文林說，又檢視了傷口。汗水從他的頭髮、臉的兩邊滴下來，他很用力的呼吸著，發出聲音。

「你已經不幹連續殺人犯了，是不是，教授？」

「有一段日子了，」他同意。

「貝蒂—安・傑斯普森是最後一個嗎？」

「我和年輕的斐麗芭一點關係都沒有，如果你要問這個的話。」

「有人偷了你的主意？」

「嗯，一開始就不是我的。」

「有其他人嗎？」

「其他人？」

「我們不知道的被害人。」

德文林的微笑把他臉上的傷口打開，「四個還不夠嗎？」

「你說呢。」

「感覺好像……很令人滿意，沒有模式，你看，有兩具屍體一直沒有找到。」

「只有棺材。」

「也許根本就不會被聯想在一起……」

雷博思慢慢的點頭，沒有說什麼。

「是解剖報告嗎？」德文林終於問。雷博思點點頭，「我就知道很冒險。」

「如果你一開始就告訴我們，格拉斯哥的驗屍是你做的，我們什麼都不會想。」

「但是，我當時不可能知道你會找到什麼，我是指其他的關聯。等我看到你沒有什麼線索的時候，已經太晚了。我沒辦法說，『噢，對了，我是那個解剖的法醫』，我們看過那些報告之後就不可能了……」

他用手按按自己的臉，發現傷口流血出來。雷博思又把電話拿近一點。

「救護車……？」他說。

德文林搖搖，「再說吧，」一個中年女子經過他們，看到德文林的時候，眼睛恐怖的張大，「從樓梯跌下來，」他向她保證，「已經叫了救護車。」

她加快腳步離開現場。

「我想，我已經說夠了，你不認為嗎？雷博思探長？」

「不能由我評斷，先生。」

「我真的希望懷利警官不會因此惹上麻煩。」

「為什麼？」

「我在研究那些驗屍報告的時候，她沒有好好的盯著我。」

「我不認為她是這裡惹上麻煩的人。」

「沒有經過證實的證據，我們面對的不是這些嗎，探長？另一個女人的話對上我的話？我很確定可以找到一些可信的動機，關於我和柏其小姐的爭吵。」他研究自己的手，「有些人可能會說我才是被害人。老實說，你還有什麼？兩件溺水案，兩件失蹤案，沒有證據。」

「嗯，」雷博思糾正他，「除了這個以外，沒有其他證據，」他把電話再拿高一點。「我從口袋拿出來的時候已經接通了，接到我們的通訊中心，」他把電話靠近耳朵。轉過頭，看到制服警察已經從樓梯上走下來。「你都錄下來了嗎？」他對著話筒問，然後抬頭看著德文林微笑。

「你知道，我們錄下每通電話。」

德文林臉上突然失去了生動的表情，他的肩膀垂下來。

他突然準備要跑，但是雷博思伸出雙臂，緊緊抓著他的肩膀。德文林試著掙扎，一隻腳滑在步道上跌倒，他的重量拉著雷博思一起，兩個人很重的跌進河裡。河水並不很深，雷博思覺得自己的肩膀碰到石頭。他試著站起來的時候，泥土深到他的腳踝。他還抓著德文林，但是他的禿頭從水面跑出來，眼鏡不見了，雷博思看到這個攻擊琴恩的怪物。他伸手抓教授的脖子，又把他壓下去。手伸出來拍打著、抓空氣，手指抓著雷博思的手臂，正抓著他的夾克衣領。

他一生中從來沒有感覺如此平靜，身邊的水冰冷、但又很令人安心。橋上有人往下瞪著，警官走進附近的水裡，蒼白如檸檬的太陽從瘀傷的雲上方照著。河水似乎在清洗著他，他感覺不到自己扭傷的腳踝，感覺不到什麼。琴恩會復元，他也會。他會搬出雅登街，找到別的地方，沒有人知道的地方……也許靠近水邊。

他的手臂從後面被抓住：其中一個穿制服的警察。

「放手！」

這聲喊叫打破了僵持，雷博思鬆手，唐納·德文林站起來，河水在他臉上流下……

□

雷博思的手機開始響的時候，他們正把琴恩·柏其放進救護車。其中一個穿綠衣的救護員正在解釋，他們無法排除脊椎或頸部傷害，也就是為什麼他們把她綁在擔架上，放上頭和脖子的護具。

雷博思瞪著琴恩，試著聽出她在說什麼。

「你不是應該接嗎？」急救人員說。

「什麼？」

「你的電話。」

雷博思把手機拿到耳邊，他和德文林掙扎的時候，掉在步道上。有一點刮傷，但至少還可以用，「喂？」

「雷博思探長？」

「是的。」

「我是艾瑞克·班恩。」

「什麼事？」

「怎麼了嗎？」

「發生很多事，是的。」擔架滑到救護車後面，雷博思低頭看看自己浸溼的衣服。「有看到席芳嗎？」

「這是我打電話的原因。」

「發生什麼事？」

「沒有發生什麼事。只是我找不到她。他們認為她在植物園，有六、七個人在外面找她。」

「所以呢？」

「所以，關於益智王，有新的消息。」

「你急著告訴別人？」

「我想是的，是的。」

「我不確定你找對人，班恩，我現在有點忙。」

「噢。」

雷博思現在在救護車裡，坐在擔架對面。琴恩的眼睛閉著，但是他伸手抓她手的時候，她也握著他的手。

「什麼？」他說，錯過班恩剛剛說什麼。

「那我應該告訴誰？」班恩重覆。

「我不知道，」雷博思嘆氣，「好吧，告訴我是什麼。」

「是特別小組，」班恩說，「益智王用的其中一個電子郵件信箱，追蹤回斐麗芭·包佛的帳號。」

雷博思聽不懂：班恩是在說，斐麗芭·包佛就是益智王嗎……？

「我想有道理，」班恩正在說，「加上克蕾兒·班利的帳號的話。」

「我聽不懂，」琴恩的眼皮在顫動，是疼痛，雷博思猜。他放鬆手上的力道。

「如果班利的確把手提電腦借給斐麗芭·包佛，我們在同一個地方有兩台電腦，都是益智王在用的。」

「所以呢？」

「如果我們排除包佛小姐是嫌犯……」

「就剩下兩台電腦都用的到的人？」

沉默了一陣子，然後班恩說：「我想，那男友又回成為嫌犯了，你不認為嗎？」

「我不知道，」雷博思無法專心，他用手臂擦過前額，感覺那裡的汗水。

「我們總是可以去問他……」

「席芳已經去見益智王了，」雷博思說。然後他停下來，「你說她在植物園？」

「是的。」

「我們怎麼知道的？」

「她的車子停在外面。」

雷博思想了一下：席芳會知道他們在找她，把車子留在看的到的地方就太明顯了……」

「她如果不在那裡呢？」他說，「萬一她在別的地方和他見面呢？」

「我們要怎麼樣才能知道？」

「也許卡斯特羅的公寓……」他低頭看看琴恩，「聽著，班恩，我真的沒辦法走……現在不行。」

琴恩的眼睛打開，她說了什麼。

「等一下，班恩，」雷博思說，然後他低頭聽琴恩說什麼。

「去……」他聽到她說。

她在告訴他自己沒事，他現在該去幫席芳的忙，雷博思的頭轉過來，眼睛看到愛倫．懷利正站在路邊，等著門關起來。她慢慢的點頭，讓他知道她會和琴恩待在一起。

「班恩？」他對著手機說，「我在卡斯特羅的公寓和你碰面。」

□

雷博思到那裡的時候，班恩已經爬上蜿蜒的樓梯，站在卡斯特羅的門外。

「我不認為他在家，」班恩正在說，彎身透過信箱看，想起他看德文林的公寓看到什麼，雷博思脊椎一陣發涼。班恩又站起來，「看不到……天啊，你發生了什麼事？」

「游泳課，我沒時間換衣服。」雷博思看著門，然後班恩，「一起衝進去？」他說。

班恩瞪著他，「那不是非法的嗎？」

「為了席芳，」雷博思只是說。

他們一起數到三，然後撞門。

在裡面，班恩知道他要找什麼，電腦，他在臥室找到兩台，兩台都是手提電腦。

「克蕾兒．班利的，」班恩猜，「還有他自己、或是別人的。」

一台電腦上開著螢幕保護程式，班恩進入卡斯特羅的電腦，打開檔案夾。

「沒有時間試密碼了，」他說，幾乎對他自己而不是雷博思。「所以我們只能讀舊的信。」

但是，並沒有寫給或是來自席芳的信，「看來他已經都刪除了」班恩說。

「不然，就是我們找錯人了，」雷博思看著房間四周：沒有舖的床，地板上的書。電腦旁散亂的作業，從五斗櫃翻出來的襪子、褲子、上衣，但不是從最上面的抽屜。雷博思跛腳的走過去慢慢打開，裡面是：地圖和旅遊書，包括亞瑟王座的，一張羅斯琳教堂明信片，還有另一本旅遊書。

「在這裡，」他簡單的說。班恩站起來，走過來看。

「益智王所需要的東西都在這裡，」班恩伸手進去抽屜，但是雷博思把他的手拍走，「不要碰，」他試著把抽屜再拖出來，有什麼東西黏住了，他從口袋拿出一枝筆把它撥掉：是一本愛丁堡的地圖。

「打開在植物園那一頁，」班恩說，聽起來鬆一口氣。如果大衛．卡斯特羅在那裡，他們現在會已經抓到他了。

但是雷博思不確定，他看著那一頁其他的部分，然後抬頭看看卡斯特羅的床，老舊墓地的明信片……一張小小的錶框照片，卡斯特羅和斐麗芭．包佛，裡面剛好可以看到一個墓碑。他們在晚宴派對遇見……第二天早餐走到一個墓園，那是卡斯特羅告訴他的，華里斯頓墓園就在植物園對面，在地圖上是同一頁。

「我知道他在哪裡，」雷博思安靜的說。「我知道她在哪裡和他見面。來吧。」他從房間跑出來，已經伸手拿手機。在植物園的警官，他們兩分鐘就可以到華里斯頓……

□

他還穿著葬禮的衣服，包括太陽眼鏡。她走向他的時候，他笑著，他坐在那裡，兩腿在牆壁上搖擺著，突然滑下來站在她面前。

「哈囉，大衛。」

「你猜到了，」他說。

「有一點。」

他看看手錶，「你早到了。」

「你更早。」

「我要先看看地形，看你是不是在說謊。」

「我說我會自己來。」

「你來了，」他看看四周。

「這裡有很多逃亡路線，」席芳說，很驚訝自己這麼鎮定。「是你選擇這裡的原因嗎？」

「是在這裡，我第一次了解到我愛斐麗。」

「愛到把她殺掉？」

他的臉色一沉，「我並不知道事情會那樣發生。」

「不知道？」

他搖搖頭，「直到我的手在她的脖子上的那一刻……即使那時，我都不認為自己知道。」

她深呼一口氣，「但你還是做了。」

他點點頭，「我想的確是如此，是的，」抬頭看著她「這是你想聽的，不是嗎？」

「我想見益智王。」

他張開雙臂，「任你差遣。」

「我也想知道為什麼。」

「為什麼？」他的嘴唇形成一個噢字，「你要幾個理由？她可憎的朋友？她的偽裝？她一直逗我，一直吵架，想分手，她才能看著我爬回來？」

「你可以離開。」

「但我愛她。」他笑的時候好像是在承認自己的愚蠢。「我一直這樣告訴她，你知道她怎麼回我嗎？」

「什麼？」

「說不是只有我一個。」

「藍納．馬爾？」

「那老混蛋，是的，從她中學畢業之前就開始，而且還在來往，甚至連我們在一起的時候！」他停下來吞口水，「對你而言，這是足夠的動機嗎，席芳？」

「你把對馬爾的憤怒發洩在玩具士兵上，而斐麗……你必須殺斐麗嗎？」她覺得很鎮靜，幾乎麻木。「在我聽起來，並不是很公平。」

「你不會了解的。」

她看著他，「但我想我了解，大衛。你是個懦夫，就這麼簡單。你說你不知道那天晚上會殺了斐麗，那是謊言。你一直都計劃好……之後你還扮演鎮定先生，殺了她不到一小時之後，還和她擔心的朋友說過話。你完全知道自己在做什麼。大衛，你是益智王。」她停下來，他瞪著他們之間的空間，聽著每一句話。

「我不了解的是……你為什麼在斐麗死後還寄信給她？」

他微笑，「那天在她的公寓，雷博思在看著我，你用她的電腦的時候……他說了什麼，說我是唯一的嫌犯。」

「所以你想誤導我們？」

「本來應該只有那一封信的……但是你回覆了，我無法抗拒。我像你一樣上癮，席芳，我們兩個都迷上這個遊戲。」他的眼睛發亮，「不是很了不起的事嗎？」

他似乎期望一個答案，所以她慢慢的點頭。「你在考慮要不要殺我嗎，大衛？」

他很快的搖頭，很生氣有這樣的假設，「你知道這個問題的答案，」他說，「不然你就不會來。」他走到一個矮矮的墓碑旁，在上面休息。「也許，這一切都不會發生。」他說。「如果沒有教授的話。」

席芳以為自己聽錯了，「哪一個？」

「唐納・德文林，他事後第一次看到我，就猜到是我做的。所以他才發明那個故事，有人在公寓外面流連，他是想保護我。」

「他為什麼要這樣做，大衛？」用他的名字感覺很奇怪，她想叫他益智王。

「因為我們談過的事……犯下謀殺案，逍遙法外。」

「德文林教授？」

他看著她，「是的，他也殺過人，你知道，這老混蛋幾乎就說出口了，挑戰我像他一樣……也許他是個太好的老師，是嗎？」他的手摸著墓碑，「我們在樓梯上聊過很久，他想知道我的事，早期的生活、憤怒的日子。我去過一次他的公寓，他讓我看那些剪報……失蹤或溺死的人。甚至有一篇關於一個德國學生……」

「所以你才想出那個點子？」

「也許，」他聳聳肩，「誰知道這些點子是哪裡來的？」他停下來，「我幫她的忙，你知道，她覺得很了不起，那些提示……在我出現之前，她完全不知道怎麼辦……」他笑了，「斐麗對電腦不是很拿手，是我給她那個名字斐麗面，然後寄了第一個提示。」

「你在公寓出現，告訴她你破解了『冥岸』。」

卡斯特羅點點頭，想起來，「她本來沒有要跟我去，直到我答應她事後會載她回去……她才剛把我趕出去——是最後一次，她已經把我的衣服堆在椅子上。去過冥岸之後，她要和朋友去酒吧喝酒……」他眼睛緊閉，一下子又張開眨眨眼，轉過頭面向席芳，「你一但去了那裡，就很難回頭……」他聳聳肩。

「從來就沒有『糾纏』這一關。」

他慢慢的搖頭，「這一關是為你而設，席芳……」

「我不知道你為什麼一直回到她身邊，大衛，或是你以為遊戲可以證明什麼。但是，我所知道的是：你沒有愛過她，你只是想控制她。」她對這個事實點點頭。

「有些人喜歡被控制，席芳。」他的眼睛瞪著她，「你不喜歡嗎？」

她想了想……或是試著想。張開口準備說話，但被噪音打斷。

他突然轉過頭：有兩個人接近，他們後面五十碼處還有另外兩個人，他慢慢轉頭看著席芳。

「我對你很失望。」

她正在搖頭，「不關我的事。」

他從墓碑上跳下來，衝到牆壁旁，伸手抓住上面，腳開始用力。警察現在用跑的，一個叫著，「阻止他！」席芳只是看著，一動也不動。益智王……她答應他……他的一隻腳找到著力點，正在往上爬……

席芳自己靠在牆上，雙手抓著另外一隻腳往下拉。他試著把她踢掉，但是她抓著，一隻手拉他外套，試著把他拉回來。然後他們兩個都往後倒，他發出唯一的聲音，太陽眼鏡似乎慢動作的飛過她眼前。她倒在地上的時候看著他們，他很重的落在她身上，空氣從她的胸部跑出來，頭碰到草地的時候，她覺得很痛，卡斯特羅站起來開始跑，但是兩個警察抓住他，把他壓在地上。他掙扎的轉過頭看著席芳，兩個人只有相隔幾碼，他的臉上滿是仇恨，然後，他對著她的方向吐口水，吐在她的下巴上，留在那裡。突然之間，她沒有力氣擦掉……

□

琴恩在睡，不過醫生向雷博思保證她沒事：只有割傷和瘀傷，「沒有什麼是時間無法療癒的。」

「我很懷疑，」他對醫生說。

愛倫・懷利在床邊，雷博思走到她身邊，「我想跟你說謝謝，」他告訴她。

「謝什麼？」

「幫忙撞破德文林的門，那是一件。我自己絕對沒有辦法做到。」

她的回答是聳聳肩，「腳踝怎麼樣？」她問。

「腫的很好，謝謝。」

「可以請一兩個禮拜病假，」她說。

「也許更多，如果我吞了里斯河水的話。」

「我聽說德文林也喝了好幾口，」她瞪著他，「準備好說詞了嗎？」

他微笑，「你打算替我撒一兩個謊嗎？」

「聽你的指示。」

他慢慢的點頭，「問題是，有一堆證人會說不是這樣。」

「但他們會說嗎？」

「我們等著瞧，」雷博思說。

他跛著腳走到急診室，席芳的頭上在縫針，艾瑞克・班恩在那裡，雷博思接近的時候，他們停下對話。

「艾瑞克這裡，」席芳說，「正在解釋你怎麼知道我在哪裡，」雷博思點點頭，「還有你怎麼進到大衛・

卡斯特羅的公寓。」

雷博思用嘴唇做了一個噢字。

「大力士先生，」她繼續說，「踢破嫌犯的門，沒有授權、也沒有搜索令。」

「技術上，」雷博思告訴她，「我被停職，表示我不是執勤中的警官。」

「這樣反而更糟，」她轉向班恩。「艾瑞克，你必須掩護他。」

「我們去的時候門開著，」班恩背誦，「也許是誰擅闖民宅搞砸了……」

席芳點點頭對他微笑，然後捏捏班恩的手……

□

唐納·德文林在西區綜合醫院的私人病房由警方監管，他呈現半溺水狀態，醫生稱為昏迷。

「希望他留在那裡，」卡斯威爾副署長說，「省下我們起訴的錢。」

卡斯威爾沒有對雷博思說什麼，婕兒說不用擔心：「他不想理你，因為他痛恨道歉。」

雷博思點點頭，「我剛剛看過一個醫生，」他告訴她。

她看著他，「然後呢？」

「這樣算不算接受檢查……」

□

大衛·卡斯特羅被警方拘留在蓋菲爾廣場分局。雷博思沒有靠近，他知道他們會再開幾瓶威士忌和琴酒，慶祝的聲音流入卡斯特羅被偵訊的房間。

他想到那次問唐納・德文林他的年輕鄰居是否有能力殺人：對大衛不算是智力的行為。嗯，卡斯特羅還是找到自己的方法，德文林保護他……老的保護小的。

雷博思回家，看看自己的公寓，了解到這代表著他生活中唯一安定的地方。那些他經手的案子，遇到的怪物……他在這裡面對他們，坐在椅子上，瞪著窗外。在心裡的寓言故事裡留空間給他們，他們也留在那裡。

他如果放棄這個地方，還剩下什麼？他的世界裡就沒有了靜止的中心，魔鬼沒有了囚籠……

明天他會打電話給律師，告訴她，他不搬了。

明天。

今天晚上，他有新的籠子要填滿……

第十四章

星期天下午，在尖銳低矮的陽光下，長得不可思議的影子變成伸縮的幾何圖形。風吹過樹梢，雲彩像上了油的機器般移動著。瀑布村，「憂愁」的姊妹鎮……雷博思開過路標，看了琴恩一眼，她很安靜地坐在乘客席上。她整個星期都很安靜，接電話很慢，應門也很慢。醫生說：沒有什麼是時間無法療癒的……

他讓她選擇，但她決定和他一起來。他們停在閃亮的寶馬汽車旁，路邊還有肥皂水的蹤跡，雷博思拉起手煞車，轉向琴恩。

「我很快就好，你要在這裡等嗎？」

她想一想，點點頭。他伸手到後座拿棺材，棺材包在報紙裡，頭版是史帝夫·何利的報導。他走出車子，沒有關車門，敲敲車輪小屋的門。

貝芙·杜德斯應門，臉上的微笑凝固，胸前是一條有花邊的圍裙。

「我能為你做什麼？」

「抱歉，不是遊客，」雷博思說，她的微笑褪去，「茶和蛋糕賣得好嗎？」

他拿起包裹，「我想，你也許想把這個拿回來，畢竟是你的，是不是？」

她打開報紙，「噢，謝謝，」她說。

「真的是你的，是不是？」

她不願意看著他，「找到的人就可以留著，我想……」

但是他搖搖頭，「我是說，是你做的，杜德斯小姐，你這個新的招牌……」他對著招牌的方向點點頭，「可以告訴我是誰做的嗎？我很願意打賭也是你自己做的，很好的一片木頭……我猜，你也有幾支鑿子什麼的。」

「你想怎樣？」她的聲音越來越冷淡。

「我帶琴恩．柏其來這裡的時候——對了，她在車子裡，她還好，謝謝你問起——我帶她來的時候，你說你常常去博物館。」

「所以呢？」她瞪著他的肩膀後方，但接觸到琴恩的眼神時，她又把視線移開。

「但是，你卻從來沒有看過亞瑟王座的棺材？」雷博思皺著眉頭，「我當時就應該想到了。」他瞪著她，但她什麼話都沒說。他看著她的脖子紅起來，看著她在手裡翻弄著棺材。「可是，」他說，「還是幫你帶來了一些額外的生意，是不是？不過我可以告訴你一件事……」

她的眼睛變得明澈，她抬起頭看他，「什麼？」她說，聲音變得沙啞。

他用手指指著她，「你很幸運我沒有早一點想到，我可能對唐納．德文林說什麼，然後，你看起來就會像琴恩那樣，如果不是更糟的話。」

他轉身離開，走回車上，途中把陶器的招牌拆下來，丟到地上，她還在門口看著她。他發動引擎的時候，幾個一日遊的遊客正從人行道上走來，雷博思知道他們要去哪裡，知道為了什麼。他故意很用力地轉方向盤發出聲音，壓過招牌，前輪和後輪都有。

回愛丁堡的路上，琴恩問他們是不是要去波特貝羅。他點點頭，問這樣好不好。

「好，」她告訴他，「我需要有人幫我把鏡子搬出臥室，」他看著她，「直到瘀傷復元之後，」她安靜地說。

他點點頭了解，「知道我需要什麼嗎，琴恩？」

她轉向他，「什麼？」

他慢慢地搖頭，「我還希望你能告訴我……」

愛丁堡就是性壓抑和歇斯底里。

菲利普·柯爾〈不自然歷史博物館〉

後記

首先，非常感謝「魔怪」樂團。這本書最後一校的時候，他們的《史丹利・庫柏力克》專輯一直是背景音樂。

大衛・卡斯特羅公寓裡的詩集是詹姆斯・羅勃森所著《夢見希區考克》，雷博思所引述的詩句標題為「沐浴一景」。

寫完此書的初稿之後，我發現蘇格蘭博物館曾經在一九九九年委託兩位美國研究員，來自維吉尼亞大學的亞倫・辛普森博士和山姆・曼尼菲博士，檢視亞瑟王座的棺材後整理結論。最後，他們認為最可能的解釋是，棺材由殺人犯柏克和海爾認識的一位製鞋師傅所製，使用製鞋刀、利用鞋釦做成黃銅配件。由於被解剖的屍體無法復活，棺材成為被害人接受基督教埋葬的遺跡。

當然，瀑布村是杜撰的，是想像力的產物；肯納・羅威爾醫生只存在於書頁之中。

一九九六年六月，奧德山頂附近發現一具男屍，死於槍傷。他的名字是伊曼紐爾・凱利，一位法國商業銀行家之子，他前往蘇格蘭的原因從未查明。綜合解剖報告和犯罪現場證據之後，最後的結論是這位年輕男子自殺而死。然而，仍有足夠的矛盾與無法回答的問題使他的雙親相信，這並非真正的答案……

這背後一定有一個故事[1]

伊恩・藍欽

每次巡迴的時候，我總會特別注意沒有聽過的當地音樂和樂團。第一次到紐西蘭時，我坐在奧克蘭的旅館房間裡看電視，頗喜歡電視廣告上來自「羊肉鳥」（**The Mutton Birds**）最新專輯的音樂片段。我當時並不知道這個樂團，不過他們在紐西蘭似乎很受歡迎。巡迴結束到了機場，我發現自己還有一個小時的時間可以打發，一些零錢可以用，便在一家CD店買了那張專輯。回到愛丁堡聆聽之後發現，《雨，蒸汽和速度》（**Rain, Steam, and Speed**）這張專輯裡有很多很棒的曲子，不過，其中一首「瀑布」（**The Falls**）真的深深地吸引了我，非常緩慢、縈繞不去、如神話般。歌詞寫的是關於創造——我們如何以無法滿足的好奇心創造了身處的這個世界。我很愛這首歌的副歌——「這背後一定有一個故事……」

一定有一個故事。

法國電視台的小組進城來的時候，我還在調整時差。他們來愛丁堡拍攝有關蘇格蘭國會的紀錄片，想訪問幾個持存疑態度的人。我一直不知道他們怎麼找到我的，不過沒錯，我對整個花費、所選擇的地點和另一層官僚的需要抱持質疑的態度（現在則比較樂觀）。我同意在乾勃街上新開的蘇格蘭博物館碰面，地下一樓有一個地點適合作為訪問的背景。我們走近博物館時，一名職員漫步經過，他認出我，有話對我說。

「你該去看看那些小娃娃，藍欽先生。」

我問他指的是哪些小娃娃。他眨眨眼，叫我坐電梯到四樓。這些年來，很多人帶著他們所謂的故事來作為我下一本書的題材。我只發現其中珍貴的少數的確有用或可行，不過，這些「小娃娃」很吸引我，我也因而知道了亞瑟山座棺材的故事。這些棺材收藏在四樓的後方，一個專門展示宗教信仰和來世的區域。我一看到就知道，這會是一個很棒的故事。特別是，沒有人能夠針對這些棺材的含意下定論。也就是說，有故事可以寫。也許，小說可以提供一種到目前為止這些棺材的歷史所缺乏的結局。

這背後一定有一個故事……

我的書一向試圖解釋蘇格蘭不同的面向，對外人和本地人皆然。我喜歡使用「隱藏」的故事——瑪麗金小巷（*Mortal Causes*），同類相殘（*Set in Darkness*）。有些東西可以寫進小說裡，因為它們並不總是適合歷史書。我也利用現實生活中未破的案件（如《黑與藍》中的聖經約翰），從中推斷、描述我們自己創造的世界。也許，那是我為什麼如此好奇的原因：和亞瑟王座棺材的邂逅，知道了伊曼紐爾・凱利的故事之後——蘇格蘭山區發現一名年輕法國男子的屍體，沒有人能解釋他為什麼來到這麼遙遠的地方自殺，甚至為什麼自殺。一個推論——不會比其他的更荒謬——說他參與網路上的角色扮演遊戲，因而導致遭謀殺而死。對於我們上網所面對的危險，有很多記載。當然，對於討厭的人、江湖郎中、虎視眈眈的獵人而言，虛擬空間這個充滿變形的地方，是他們完美的棲身地。

更重要的是，這是在雷博思的理解範圍之外。

我知道當我選擇角色扮演作為故事情節的依據時，等於把雷博思帶到一個新的領域，他會感覺全然的迷失。也就是說，這得讓席芳發揮自己的方式去辦案。這是她的案子，這個機會讓她證明自己是和師傅同樣有能力的警探，但擅長的技巧不同。同時，我也給雷博思屬於他自己的任務，只不過是真正的線索——娃娃——而不是高科技的。

《瀑布》是雷博思的書，也是席芳的書。他們占的戲分大概差不多，也有同時出場的安排，只是時間不多。也許我試著想強調的是，席芳已經不需要雷博思了。她很樂意和他合作，但以平等的地位互動。我也讓婕兒・譚普勒升遷（除了雷博思，她是唯一從本系列的第一本書存活到現在的角色），讓「農夫」華森退休。

雷博思自己似乎感覺到時空的轉變，年輕的警官已經升到足以擔負重任的重要地位，而他還是個老恐龍。他可以和老一輩的同僚巴比・荷根分享自己的憂慮，但不是和莫里斯・傑拉德・卡菲提。我決定不讓愛丁堡的幫派老大在這本書出場。過去的故事證明他是個有用的阻撓——他是雷博思覺得親近的一個人，但不是正面的。卡菲提誘惑、逗弄雷博思，不請自來的幫忙；兩個人太相似了，不得不互相尊敬，但是，在任何一個時間點，一方也可以毫不猶豫地毀掉另一方。卡菲提本來可以在《瀑布》裡對我有用處，但我把他備而不用，算是對恩師的好意。雅倫・馬熙（Allan Massie）曾是愛丁堡大學的駐校作家，對我早期的一些故事很有助益；也是他把我介紹給尤恩・卡麥隆（Euan Cameron），後來出版《繩結與十字》（*Knots & Crosses*）的倫敦編輯。我在感謝頁裡感謝他們，並提及另一位系列作家，安東尼・鮑威爾（Anthony Powell），說到雅倫和尤恩「開始了這一切」，可是這一頁卻在大部分的平裝本中消失——希望目前的版本已經改正。

所以，卡菲提為什麼不見了？嗯，在一篇針對先前小說的報紙評論中，雅倫・馬熙開始不喜歡他——因而有了這本沒有卡菲提的書。

你看，有時候我的確對批評的意見從善如流。

1 這篇文章是作者伊恩・藍欽為英文版平裝新版所寫的序，原文無標題，此為中文版編輯增添，並將全文移至書末，請讀者鑒察。

與生俱來的滄桑：再見雷博思

陳靜妍

（編按：本文部分涉及《瀑布》故事關鍵情節，建議您先閱畢整部小說再行閱讀。）

作者伊恩．藍欽寫道：「幸運的是，我永遠不會遇見他，我知道我們處不來……」雷博思似乎永恆性的沉溺在沉悶的烏煙瘴氣之中：固執、硬頸、人緣差，一個年過半百的糟老頭子，居然還有女人喜歡，頗為令人匪夷所思。不過，雷博思恐怕也不見得就會把伊恩．藍欽當成知心好友，也許頂多在「牛津酒吧」相遇時禮貌（或不屑）的打個招呼……

一窺雷博思的個性緣由，得先來到遠在蘇格蘭西北方的西部離島。一般遊客要前往蘇格蘭西部離島的「外黑布地斯群島」（The Outer Hebrides）之前，常會聽到這樣的提醒：「島上居民嚴守安息日教條，週日店家皆無營業，也沒有渡輪或大眾運輸工具可以搭乘，遊客最好有心理準備。」這是因為離島北部居民大多隸屬蘇格蘭自由教會，或是教規更嚴格的蘇格蘭自由長老教會，他們仍然謹守安息日不工作、儀式不使用樂器或歌曲，只吟頌詩篇；上教堂時女性必須戴帽子、穿裙子而不是褲子，兩性皆不可穿牛仔褲。雖然英國國會在二〇〇五年通過「公民伴侶法案」，給予同志及非婚姻伴侶關係法律保障，但當地政府仍然拒絕為他們舉辦公開儀式，只接受註冊。

離島南部的居民則仍然大多信奉天主教。宗教對於英國人的生活影響甚巨，如每週五晚餐時分「炸魚薯條」店生意興隆，其來有自。一方面因為週五是發薪日，以外賣食物慰勞一週的辛勞；另一方面，每週五為耶穌受難日，天主教教規規定應守小齋不吃肉，但可吃魚，因此，國民美食炸魚薯條成了家家戶戶週五晚餐桌上的飄香菜餚。

然而，宗教對於蘇格蘭人民的影響並不僅止於日常生活，而是更深層的，自宗教改革以降的改變。在伊恩·藍欽的小說中，他不斷地提到約翰·諾克斯及喀爾文教義對於愛丁堡、蘇格蘭、甚至蘇格蘭人的價值觀的影響，其來有自。

蘇格蘭宗教改革

十六世紀發生在歐洲的宗教改革是世界歷史上最重要的時期之一。首先，因為宗教改革而有了各種語言版本的聖經；其次，宗教自由、信仰自由、法律規則、政教分離等現今幾乎普世認定的原則，在宗教改革之前則是難以想像。改革家奮力爭取到的是，只有聖經才是最後的權威，只有上帝是教會之主等等。

一般而言，宗教改革的背景包括羅馬天主教系統的腐敗，教授迷信和非聖經的教義，並出售教會職務，價高者得；教會也鼓勵人們購買「贖罪券」，以得到教宗的赦免；此外，神權即王權已不符國權主義的需要，而發明西方活版印刷術的德國人約翰·古騰堡在一四五六年所印製的第一本聖經，對於後來的發展更有正面而快速的影響。

蘇格蘭的宗教改革最重要的人物是約翰·諾克斯，他出生於東洛錫安的農夫之家，當時，具有學術才能的人只能選擇神職一途，他自聖安德魯大學畢業後成為公證牧師，由於受到早期宗教改革家的影響，加入了改革蘇格蘭教會的行列，因而身陷囹圄，並遭到放逐。他在日內瓦結識了約翰·喀爾文，接受改革教派的神學觀，長老派的組織結構，帶著這些經驗與知識回到愛丁堡，領導蘇格蘭的宗教改革。

以喀爾文為首的新教派稱為「Protestant」，來自拉丁文的「公開宣示」，新教派後來又各自分派，但仍然承襲「protest——抗議」的精神，對抗天主教的壓迫與血腥鎮壓。瑪麗皇后曾經說：「比起十萬大軍，約翰·諾克斯的祈禱更令我畏懼。」而約翰·諾克斯最有名的祈禱為：「給我蘇格蘭或讓我死去！」這個禱告在他生前得到回應。

新教徒的神學觀

羅馬天主教會認為，一個人獲得救贖的方法唯有得到神的恩寵、透過聖禮、平常做好事等等。那些沒有時間做善事補償自己的罪過的人，便捐錢給教會，讓別人來代替做善事，這成為「贖罪券」的由來，但後來卻成為教會斂財的工具。

喀爾文教派的精神在於馬丁．路德在聖經中所發現的「因信稱義」，也就是說，一個人只要信奉神就能得救，不需要這些繁瑣的聖禮與儀軌。喀爾文則更深層的詮釋，認為一個人得救與否並非藉由做善事或信仰，而是由神在出生前就已經決定，因此，人不需要關心自己未來是否得救，只要在現世生活中盡其在我，全力以赴，便可以榮耀神；如果在世間成功，便是得救的印記。雖然，這樣的「預定論」把人放在非常微小的地位，然而，由於這樣的「預定論」認為只要做該做的事，拚命賺錢也沒關係，提倡勞動致富，因此，後世的馬克斯．韋伯認為對於資本主義有推波助瀾的效果。

因此，對於新教徒而言，身為教徒的天職，就是把俗世日常生活的所有事物都置於宗教精神的氛圍之下，個人的天職就是透過日常生活的道德行為，完成對上帝的敬意與義務。此舉強迫新教徒遠離天主教僧侶靜修的理想，以及對塵世拒斥的態度，走上今世追求的道路。換言之，比起天主教徒相對「出世」的態度，新教徒較為「入世」的精神強調個人的義務是以有秩序的方法從事職業，作為實現上帝意志的手段。

就一個凡人而言，新教徒的教義在實踐上自有其困難之處——人除了信神，做好自己的本分，其他做什麼也沒有用。換句話說，不信神一定不會得到救贖，但信神也不一定會得到救贖。然而，人非聖賢，孰能無過？面對自身的過失，天主教徒還能向神父告解，處理內心的罪惡感；新教徒卻只能帶著無處宣洩的罪惡感繼續活下去。

再加上十六世紀時，約翰・諾克斯及其追隨者想盡辦法確定蘇格蘭人很難做出任何輕佻或享樂的事——禁止嘉年華會和假面舞會，褻瀆者和姦夫淫婦可能受到酷刑或絞刑，整個民族似乎陷入集體贖罪的行為。失敗是必然的，成功則要保持低調，無怪乎在《死靈魂》一書中出現這樣的對話：

「我們就是注定不該全部擁有，是不是？我們應該光榮的失敗，有任何成功之處卻必須保持低調，即使吹噓自己的成功也是一種失敗。」

雷博思微笑，「也許有一點這樣的意味。」

「這在我們的歷史中比比皆是。」

「以國家足球代表隊最具代表性。」

喀爾文教派的雷博思

宗教改革、歷經不同民族入侵統治的歷史、加上獨特的地理位置，這些因素使得蘇格蘭人養成拘謹、沉默的民族性。在《瀑布》一書中，作者藉由琴恩說出他的觀察：

沉默是愛丁堡的傳統——隱藏自己的感覺、自己的問題。有人說是教會以及約翰・諾克斯這類人物的影響——她聽過這座城市被稱為諾克斯堡，外人這樣說。但對琴恩來說，是和愛丁堡的地理位置有關，陰沉的岩石面孔以及黑暗的天空，風從北海吹來，貫穿峽谷般的街道，每個轉角處都感覺得到不可承受之處，似乎被四周的環境所壓抑。只要從波特貝羅進到城裡就會感覺到，這個地方壓抑和被壓抑的本質。

然而，對於伊恩・藍欽而言，他看到的不只是「自卑情結」，而是更複雜的、幾近「享受」失敗的態度，以受虐的熱誠擁抱失敗，再披上自我解嘲的外衣。對於一個歷經如此變遷的民族而言，謹言慎行、隱藏的性格原本是出自於需要，卻成為習慣。當情境開始令人不適地嚴肅起來時，他們隱身在幽默之後，這是他們在有時間消化之前應付的方法。

雷博思的冷硬、固執，其實是蘇格蘭文化歷史的產物：「pessimisterian: Presbyterian pessimist」（悲觀長老：長老教派的悲觀主義者）。這樣說來，他的不受歡迎，似乎一點也不令人意外。

伊恩．藍欽用許多宗教性的詞彙形容雷博思——一個長老教會型的警察，母親去世的時候，他發現情緒的外露根本是不可能的事，身為典型的蘇格蘭人，他哭不出來。眼淚是留給足球輸掉的時候，看到勇敢動物的故事，酒館關門後在大馬路上高唱「蘇格蘭之花」。眼淚是留給愚蠢的事，但不適合失去親人的時刻。

藍欽也形容雷博思是最標準的喀爾文派——相信天遣，而非更生後重返社會。最好如同英文諺語所說的，lock away and throw away the key。換言之，雷博思並不相信「第二次機會」。

在如此壓抑的氛圍中，對他而言，工作就是他的救贖。警察工作的規律給了他的生活形式與實質意義，早上下床的理由。他討厭空閒的時間，討厭星期天。他為工作而活，也為了活著而工作。工作是較容易的選擇，每天面對陌生人，對他而言，他們的人生並沒有什麼真實的意義，他可以很輕易地進出他們的人生，隨時抽身，不需要深入交往，比真實生活容易多了。他對自己周遭的人事物漫不關心，只有在辦案的時候才全神貫注。即使真的沉迷其中，也是可以接受的。至少沉迷在工作之中時，生活中的事物便有著在掌握之中的假象；沉迷在其他人的生活與問題之中，他便可以不需檢視自己的脆弱與失敗。在某種層次而言，他甚至享受自己的不完美，如果為了證明自己身為人類的缺陷，表示要忍受痛苦和挫敗，那麼，他寧願承受。

好一個喀爾文教派的雷博思。

對抗怪物、看進無底洞的人

工作也許是喀爾文新教徒的信仰，然而，對雷博思而言，沒有了工作，未嘗不是失去了贖罪的機會，無窮盡地面對罪惡感；沒有了工作，又有什麼堂皇的理由把自己沉浸在酒精之中；更令人恐懼的，若是沒有了工作，隨之而來的，是否如德文林或大衛．卡斯特羅般，自由落體式的沉淪？

於是，他「像個身披黑袍的喀爾文教士一般，懇求為自己的罪惡受鞭打，背上鞭打的傷痕。雷博思嘗試過所有的宗教，各有其更為苦澀之處。對於沒有罪惡感、羞恥心、不後悔憤怒或復仇的人，適合他們的宗教在哪裡？對於相信善惡並存的人，即使在個體之中，適合他們的宗教在哪裡？什麼樣的宗教可以相信上帝，但不相信上帝的信念？」

他與上帝結下的樑子之深，足以讓他不願意參加好友的葬禮，不相信天堂的存在。

然而，雷博思的苦行主義卻自有其迷人之處，一個很簡單的理由是：不是每個人都能夠如他這般孤立自己、擁抱痛苦。尼采曾經說：「對抗怪物的人，應該小心自己在過程中不變成怪物；當你看進無底洞時，無底洞也在看著你。」一般人也許連站在無底洞旁往下看的勇氣都沒有，然而，那卻是雷博思徘徊不去之處，他的生活重心。每日看著那無底洞，確定自己沒有落入其中，是他活下去的理由。沒有了這個無底洞、沒有了對抗的怪物，他只是個酗酒、酗菸、以下犯上、失敗的丈夫、無能的父親、無奈的情人——一個凡人常常就此妥協的角色。因為活在無底洞的邊緣，因為把自己孤立成對抗魔龍的獨行俠，原本無趣的雷博思多了那麼一股悲壯的意味，彷彿把整個蘇格蘭民族的十字架都扛在肩上。

這並非一般人想要做、願意做、甚至做得到的事，然而，這才是他的救贖。史蒂文生稱愛丁堡為陡峭之城，雷博思則認為每個居民都在慢慢的墜落，細微到幾乎無法察覺。他站在無底洞旁，因為每次看進無底洞時，他才能確定自己還沒有掉進去；只有在對抗怪物時，他才能確定自己還活著。

沒有了這一切，雷博思的生命裡還剩下什麼？他是不能退休的，退休是早到的死亡，比死亡本身更加令他畏懼。也許，麥可・康納利筆下的哈瑞・鮑許警探在退休後重新復出，並非廣大讀者的要求，而是哈瑞・鮑許夜夜在康納利的夢中苦苦哀求，如《咆哮山莊》裡的凱薩琳：「讓我回去！讓我回去！」

害怕退休更甚於死亡的雷博思，害怕未來更甚於過去的雷博思，他所擁有的只剩下現在。現在是過去的未來，是未來的過去。如同愛丁堡血腥的過去成就了現在，雷博思的現在也在成就一個無夢的未來。然而，如果雷博思的人生是愛丁堡的縮影，那麼，想必是一個喧鬧不休的夢境。不確定他會喜歡。

不過，即使背負著如此沉重的包袱，雷博思的風格仍自有其追隨者。他拒絕升遷，婕兒・譚普勒可是毫不客氣地爬上頂峰，順便帶著願意聽話的葛蘭特・胡德。另一方面，年輕的席芳・克拉克步上雷博思的後塵，拒絕了譚普勒的提攜，決定走自己的路。而高知識分子的德文林與大衛・卡斯特羅則以彼此共同的墜落而惺惺相惜。莫非，愛丁堡真如其名「諾克斯堡」，一併歸化了外來者？或者，慧黠的席芳也早已看出，看似一帆風順的升遷下，其實是隨波逐流的沉淪？雷博思選擇工作做為贖罪或許出於無奈，席芳的奮不顧身卻或許是無知的樂觀。

在世代更迭的過程中，整個民族所背負的重擔消失了，或是傳承了？也許，答案在莫瑞斯・林西（Maurice Lindsay）的詩裡：

蘇格蘭是一種變遷的意識，
無止盡的蛻變，永遠不會有
完整、或最後的定論
蘇格蘭是一種思維方式。

〈話說蘇格蘭〉（*Speaking of Scotland*）